T0287014

Un hotel junto al mar

Un hotel junto al mar

Título original: *The Sisters of the Sea View*

© 2022 by Julie Klassen
Originally published in English under the title:
The Sisters of the Sea View
by Bethany House Publishers,
a division of Baker Publishing Group,
Grand Rapids, Michigan, 49516, U.S.A.
All rights reserved

© de la traducción: Ana Andreu Baquero

© de esta edición: Libros de Seda, S.L.
Estación de Chamartín s/n, 1ª planta
28036 Madrid
www.librosdeseda.com
www.facebook.com/librosdesedaeditorial
@librosdeseda
info@librosdeseda.com

Diseño de cubierta: Gemma Martínez Viura
Maquetación: Rasgo Audaz
Imagen de la cubierta: © Ilina Simeonova/Trevillion Images (jóvenes en primer plano);
 J.T. Photography/Shutterstock (casa); Freepik (acantilados).

Primera edición: abril de 2023

Depósito legal: M-4916-2023
ISBN: 978-84-19386-07-6

Impreso en España – Printed in Spain

Julie Klassen

Un hotel junto al mar

Libros /de
seda

En recuerdo de Walter McCoy,
que compartió conmigo la historia de su madre, Viola,
la cual sirvió de inspiración para uno de los personajes de esta novela.

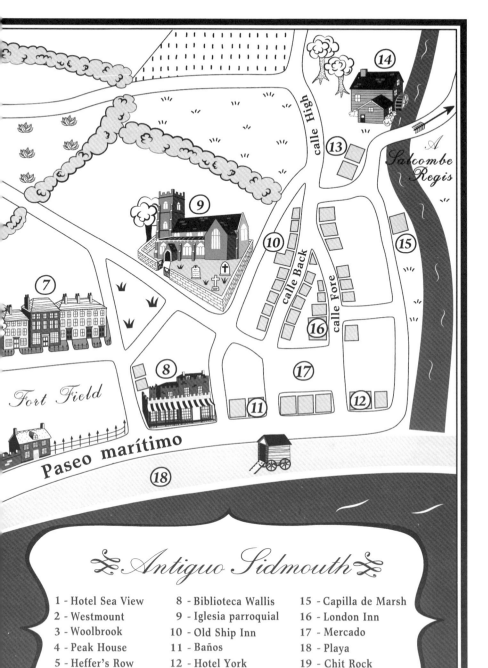

⚘ Antiguo Sidmouth ⚘

1 - Hotel Sea View
2 - Westmount
3 - Woolbrook
4 - Peak House
5 - Heffer's Row
6 - Antiguo fuerte
7 - Fortfield Terrace

8 - Biblioteca Wallis
9 - Iglesia parroquial
10 - Old Ship Inn
11 - Baños
12 - Hotel York
13 - Asilo para pobres
14 - Molino de agua

15 - Capilla de Marsh
16 - London Inn
17 - Mercado
18 - Playa
19 - Chit Rock
20 - Horno de cal
21 - Playa de poniente

«Sidmouth es célebre por la templanza de su clima.
Encaja muy bien conmigo.
Mi tos ya no puede llamarse tal, y cada día estoy más
fuerte y más robusta».

Elizabeth Barrett Browning

«Sácianos muy de mañana con tu misericordia, para
que todos nuestros días sean de júbilo y regocijo».

Salmo 90:14

«La perspectiva de pasar los próximos veranos junto
al mar… me resulta muy, pero que muy apetecible».

Jane Austen

Capítulo 1

«Recoge, oh, Dios, los pedazos
y vuelve a recomponerme».

Jeremías 17:14

Abril, 1819

Con suma delicadeza, Sarah Summers tomó entre sus manos la reliquia familiar y un cálido manto de nostalgia se posó sobre ella. El plato de porcelana ribeteado en oro mostraba una colorida imagen de tres hermanas ataviadas con ropas chinas que permanecían apiñadas mientras una cuarta les leía en voz alta. Su padre se lo había regalado a su madre hacía mucho tiempo. Sarah deslizó suavemente el dedo por encima, sintiendo cómo se le formaba un nudo en la garganta. En ese momento descubrió una mota de polvo y, tras extraer un pañuelo de la manga de su vestido, procedió a limpiar el plato.

En aquel preciso instante dos de sus hermanas irrumpieron en la habitación, tan diferentes en su aspecto como en su temperamento.

—Sarah, dile a Vi que me devuelva mi capota de paja.

Viola frunció el ceño.

—¡Si ni siquiera es tuya! Era de...

Al darse cuenta de que Viola estaba a punto de decir el nombre prohibido, a Sarah se le estremeció el corazón y, con él, también la mano, provocando que el preciado plato se estrellara contra el suelo.

«¡Oh, no!». Sarah se arrodilló y, empezó a recoger desesperadamente los fragmentos diseminados, reprendiéndose para sus adentros. «Serás torpe...». Deslizándose hacia delante sobre las rodillas revestidas de fustán, se estiró todo lo que pudo para alcanzar todos y cada uno de los pedazos.

¿Sería posible recomponerlo?

De pie, muy cerca de ella, Emily increpó a su hermana gemela.

—¡Mira lo que has hecho!

—No ha sido culpa suya —masculló Sarah—. He sido yo.

Emily resopló.

—¡Claro! Viola nunca tiene la culpa de nada. Puede hacer lo que le plazca y todas tenemos que sentir lástima por ella.

—Ya basta. ¡Ay! —Sarah se llevó a la boca el dedo en el que se había pinchado. Sabía a sangre—. ¿Por qué no os vais de aquí y hacéis algo de provecho mientras yo recojo esto?

Con un nuevo resoplido, Emily se dio media vuelta y, agitando en el aire la muselina de color claro, abandonó la habitación dando grandes zancadas con Viola siguiendo su estela.

Sus hermanas pequeñas habían prescindido de sus trajes de luto a finales del año anterior. El duelo de Sarah, en cambio, no se debía a una única pérdida. Llevaba casi dos años vistiéndose de negro riguroso, aunque nunca había estado casada y su padre había fallecido hacía menos de un año.

Con extremo cuidado, introdujo los fragmentos en una caja para guantes con idea de volver a juntar las piezas y pegarlas entre sí. La mayoría de los trozos eran bastante grandes excepto... «¡Oh, no!» Tres pedazos estaban hechos añicos.

Un dolor punzante le atravesó el pecho ante aquella imagen melancólica, un triste recordatorio de que su familia nunca más volvería a estar completa.

Alcanzó una escoba y barrió los restos del polvo que habían quedado. Seguidamente fue a confesarle a su madre lo sucedido.

Como de costumbre, la encontró en su habitación, tumbada en su diván francés con dosel, con la espalda erguida gracias a unos cojines. Aquel día iba vestida de completamente de luto, con un traje de crespón negro.

—Lo siento mucho, mamá. He cometido una estúpida torpeza.

—¿A qué viene tanto dramatismo?

—He roto tu plato.

—¿Mi plato? ¿Cuál?

—El plato de porcelana, el de las cuatro muchachas.

Sarah depositó la caja sobre su regazo. La tierna mirada de su madre se empañó al contemplar el contenido.

—¡Oh, qué pena! —exclamó, tomando un fragmento con cautela.

—¡Ten cuidado! —le advirtió Sarah—. Yo me he cortado con uno.

Su madre no parecía oírla.

—Tu padre estaba muy orgulloso de él. Lo encontró en una tienda en la calle Bond. Decía que le recordaba a nuestras cuatro mujercitas; antes de que llegara Georgiana, claro está. Insistió en que lo pusiéramos en la sala de estar, aunque no casaba mucho con el resto del mobiliario. —Sacudió la cabeza con las comisuras ligeramente contraídas—. ¡Era tan sentimental...! Por aquel entonces.

Sarah sintió un nudo en la garganta.

—Sí.

A su padre, que tiempo atrás había sido un hombre afable y benévolo, se le había agriado el carácter durante los últimos dos meses de vida. Y había sido culpa suya, al menos en parte.

—¡Es una verdadera lástima! —Su madre dejó el fragmento con un suspiro—. Sé lo mucho que te gustaba.

—¿A mí? Pensaba que eras tú la que sentía un apego especial por él.

Eugenia Summers alzó la vista y miró a su hija.

—¡Oh! No te digo que no lo apreciara, era un regalo de tu padre, pero su pérdida no me parte el corazón, y a ti tampoco debería.

—Gracias, mamá. Eres muy amable.

—Y tú, mi querida niña, te tomas las cosas muy a pecho. Siempre lo has hecho. Pero aún más desde que... Bueno, ahora no es momento de hablar de eso. —La mujer esbozó una sonrisa forzada y cambió de tema—. El señor Alford debe estar a punto de llegar, ¿no?

—Sí. El té estará listo en unos minutos. Espero que traiga buenas noticias.

Su madre le apretó ligeramente la mano.

—No sé por qué, querida, pero tengo serias dudas.

Desde la muerte de su padre, la finca de Gloucestershire había pasado a las manos de un pariente al que apenas conocían, ya que por ley debía ser transmitida al primer varón de la línea sucesoria.

Por suerte, su padre había adquirido aquella casa con un dinero que habían heredado de un tío materno, por lo que Sea View no estaba incluida en el grueso del patrimonio, y había podido dejársela a su mujer en el testamento. También había dispuesto que se le asignara una renta en previsión de su fallecimiento, aunque todavía no conocían los detalles. Esperaban que la suma fuera suficiente para vivir.

Desde que se habían mudado a Sidmouth seis meses antes, habían hecho frente a los gastos con la pequeña asignación para ropa y gastos menores de su madre reservada a lo largo de los años. Pero aquellos ahorros estaban menguando a pasos agigantados.

Sarah paseó la mirada por el cuarto de su madre.

—¿Traigo alguna silla más o...?

—No, lo recibiremos en la sala de estar. Creo que puedo arreglármelas. No quiero que vea lo mucho que me he debilitado.

—Muy bien.

Sarah salió del cuarto de su madre y, una vez de vuelta en el cercano salón, dejó la caja de los guantes sobre la mesa de trabajo y bajó las escaleras en busca de todo lo necesario para el té.

Mientras ella vertía el agua caliente, la cocinera añadió a la bandeja un plato con pastelitos de grosellas.

—Los he hecho yo misma. En mi opinión, el panadero los cobra demasiado caros.

Sarah echó un vistazo al plato. El glaseado no acababa de esconder del todo los bordes quemados de aquellos pastelitos algo deformes. La repostería nunca había sido el fuerte de la señora Besley, pero tendrían que apañárselas con lo que había.

Después de dar las gracias a la cocinera, regresó a la planta principal. Una vez allí, ella y Viola acompañaron a su madre hasta la sala de estar justo en el momento en que llegaba Nigel Alford, el abogado de la familia, exactamente a la hora acordada. Habían visto a aquel hombre poco después de la muerte de su padre, pero aquella era la primera vez que las visitaba en Sea View.

Emily y Georgiana se reunieron con ellas y, mientras Emily pasaba el plato con los pastelitos, Sarah sirvió el té. El abogado le dio un bocado a uno, frunció la nariz y lo dejó.

Tras beber un sorbo del té, el señor Alford se aclaró la garganta y se dirigió a la esposa de su antiguo cliente.

—Se ha procedido a la validación del testamento de su esposo y, como era de esperar, la propiedad de la finca ha pasado a manos de su heredero. He saldado las deudas pendientes y lamento comunicarle que su situación financiera no es muy halagüeña. —Tenía la mirada puesta exclusivamente en la madre, como si las jóvenes no estuvieran presentes—. La renta vitalicia que quedó establecida en sus capitulaciones matrimoniales es anual, de manera que los intereses se liquidan una vez al año. Desgraciadamente, estos no bastarán para mantener una familia tan numerosa como la suya. Yo le sugiero que venda esta casa, teniendo en cuenta que en un futuro no muy lejano ya no estará en condiciones de hacer frente a los desembolsos que genera.

—Viviremos con sencillez —intervino Sarah, dándose cuenta del ligero tono de desesperación con el que había hablado—. Recortaremos gastos.

El abogado frunció el ceño.

—Dudo mucho que puedan pagar los impuestos, por no hablar del resto de costes, por muy austeramente que vivan.

No podía creerlo.

—Y si vendemos la casa, ¿dónde vamos a vivir?

Él se encogió de hombros.

—Podrían alquilar un par de habitaciones y vivirían con muchos menos gastos que en esta vivienda tan grande.

Sarah se indignó.

—Somos cinco personas en esta casa, señor Alford, sin contar a nuestros leales sirvientes. Jessy es joven y podría conseguir trabajo con facilidad, pero la cocinera y el criado son demasiado mayores para encontrar otro lugar.

Por fin, el señor Alford miró una a una a todas las hermanas.

—En ese caso, tal vez deberían consideraran la posibilidad de ser ustedes las que se busquen una ocupación. Me refiero, por supuesto, a algo que encaje con su educación. Como institutrices, quizá.

—¡Cielos! ¡Qué espanto! —replicó su madre—. Es evidente que no ha tenido a ninguna hija o hermana a la que amara ejerciendo un trabajo semejante; que no ha recibido sus cartas describiendo sus penosas circunstancias y su soledad, menospreciadas por la sociedad, lejos de sus familias, y con un puñado de niños malcriados como única compañía.

El abogado pestañeó y tragó saliva, desplazando la nuez arriba y abajo en el marchito cuello.

¿Habría escuchado, siquiera? Estaba claro que aquel hombre no podía ayudarlas. En ese momento Sarah fue consciente de que, si querían permanecer unidas, tendría que ser ella la que encontrara la manera de conseguirlo.

Tan pronto como el señor Alford se hubo marchado, Sarah se retiró a la biblioteca y estudió con mayor detenimiento las finanzas, comparando los gastos de los últimos meses con los ingresos aproximados que recabarían de la renta vitalicia de su madre. A pesar de lo mucho que detestaba admitirlo, el abogado estaba en lo cierto: cuando se agotaran los ahorros de su madre, los ingresos no alcanzarían para salir adelante. Además de los impuestos sobre el valor de los terrenos y sobre las ventanas, el gobierno también les cobraba un tributo por tener un criado varón y por otros artículos de consumo: la sal, el periódico, el jabón, las velas, el té, los alfileres, el azúcar, el café, los carruajes, el papel pintado para las paredes y muchos más. Y luego estaban el diezmo de la iglesia y las tasas del condado. Y todo sin tener en cuenta los gastos habituales como la comida, el combustible, el vestuario, etcétera. Por no hablar de los médicos y las medicinas de su madre.

Claramente, habría que vender el carruaje y los caballos. ¿Qué más podían hacer? Había albergado la esperanza de contratar a una ayudante de cocina para que asistiera a la cocinera y a la sirvienta, sobrecargadas de trabajo, pero en aquel momento quedaba completamente descartado. Sarah se preguntó si podría ocuparse ella de hornear algunos alimentos, tanto para ayudar a la señora Besley como para reducir la suma que le pagaban al panadero local.

Mientras seguía sentada en el escritorio, con la cabeza inclinada entre los libros de contabilidad, alguien golpeó con los nudillos el marco de la puerta abierta. Al levantar la vista, Sarah vio a la señorita Fran Stirling y de inmediato parte de la tensión que sentía se disipó.

—No la he oído llegar.

—Me ha abierto Jessie.

La antigua doncella de su madre era una mujer morena, en la treintena, con un bello rostro, pese a tener una nariz bastante afilada. Durante años había estado ahorrando su asignación económica, y ese dinero, junto con una pequeña herencia de su abuelo, le había permitido abandonar el oficio unos años antes y adquirir una modesta pensión al este de Sidmouth. Desde entonces, la señorita Stirling había mantenido una relación de amistad por correspondencia con su antigua señora y había sido la primera en recibirlas cuando se mudaron a Sidmouth.

La mujer, primorosamente vestida, ladeó la cabeza para examinarla con detenimiento.

—¿A qué se debe esa expresión tan compungida?

Con un suspiro, Sarah le contó la situación sin andarse con rodeos, tenía la suficiente confianza en ella como para no tener que maquillar la realidad.

La señorita Stirling asintió con la cabeza con gesto meditabundo y echó un vistazo a su alrededor.

—Bueno, querida. Supongo que, si desean ganar algo de dinero extra, tendrán que dedicarse a lo mismo que otra mucha gente en Sidmouth. Alquilar habitaciones a los visitantes. He de decir que a mí me va bastante bien, y su casa es mucho más grande que la mía.

—¿En serio? ¿Cree que podríamos? Carecemos por completo de los conocimientos necesarios para emprender un proyecto de esas características.

—¡Bobadas! Su madre era una de las anfitrionas más populares del condado. A menudo hospedaban en su casa a invitados provenientes de fuera; organizaban fiestas, celebraciones navideñas, cenas y todo ese tipo de cosas.

—Sí, pero se trataba de familiares y amigos. No consigo imaginar lo que supondría dar alojamiento a desconocidos.

—Les llevará algún tiempo acostumbrarse, no se lo niego. Si quiere, con mucho gusto puedo compartir con ustedes todo lo que sé. —La señorita Stirling esbozó una sonrisa—. Y cuando hayan pasado ese par de minutos, les brindaré mi ayuda en todo lo que esté en mi mano.

Sarah sopesó la sugerencia de la señorita Stirling y empezó a elaborar un plan.

Al día siguiente convocó una reunión familiar y, en esta ocasión, todas se congregaron en el cuarto de su madre, que las recibió tumbada sobre las sábanas, vestida, como de costumbre, completamente de negro, y con una pequeña manta cubriéndole las piernas. La señorita Stirling había vuelto para prestarle su apoyo y secundar el plan.

Cuando todas se acomodaron, Sarah detalló la brecha entre sus ingresos y los gastos y cómo podían subsanarla: alquilando habitaciones en Sea View.

Viola, con la cicatriz de la boca y su tendencia a evitar a la gente, fue la primera en protestar.

—¡Yo no quiero extraños en nuestra casa!

Su madre frunció el ceño.

—Ni yo. ¿Una pensión? No pretendo ofenderla, señorita Stirling, pero el término me parece tan... tan... ordinario —concluyó, con un estremecimiento.

—¿Qué os parece «residencia vacacional»? —propuso Sarah.

Con la tolerancia que la caracterizaba, Fran Stirling matizó:

—Aquí, en Sidmouth, la palabra «residencia» se usa principalmente cuando se trata de una casa entera disponible para el alquiler, sin ocupantes, a excepción de uno o dos sirvientes.

—Tiene que haber algún otro término que podamos emplear —insistió su madre.

—¿Qué me decís de... «casa de huéspedes»? Le aporta un punto de elegancia.

Fran asintió con la cabeza.

—Estoy de acuerdo. Y mucho más apropiado para una casa tan bonita como Sea View.

—Cómo decidamos llamarla es lo de menos —intervino Emily—. ¿Dónde acomodaríamos a la gente? Quedan muy pocos dormitorios libres.

Sarah consultó su lista.

—Arriba hay seis habitaciones de un tamaño más que adecuado. Siete si cuentas mi pequeño cuarto.

—Pero cuatro de ellas ya las ocupamos nosotras.

—Tendremos que renunciar a disponer de alcoba propia y compartir. Y, puesto que está orientado hacia el mar, puede que también tengamos que liberar el vestidor grande para utilizarlo como dormitorio adyacente.

Su madre alzó una ceja.

—¿Alquilarías también el cuarto de tu padre? ¿A unos extraños?

—Sí, mamá. No tiene vistas, pero es uno de los más grandes. Sacaría las pocas cosas que dejó allí y las empaquetaría y guardaría con mucho cuidado. Recuerda que solo durmió en él un par de meses durante nuestra primera estancia aquí.

La madre suspiró.

—Supongo que tienes razón.

—¿Y yo qué? —preguntó Georgiana—. ¿Dónde dormiría yo?

—Tal vez podrías compartir habitación conmigo —propuso Sarah.

La expresión habitualmente vivaracha de Georgiana se ensombreció.

—¡Pero yo adoro tener una habitación propia!

—Lo siento. No hay más remedio.

La joven, de quince años, reflexionó durante unos instantes.

—¿Puedo al menos trasladarme a una de las habitaciones vacías del ático?

—¿Al ático? —El ceño de su madre se contrajo—. Ahí es donde duermen los sirvientes.

—No veo por qué no —respondió Sarah intentando apaciguar los ánimos—. Ahora mismo la única que duerme ahí es Jessie. —La cocinera y el criado tenían sus habitaciones abajo, junto a la cocina.

—¡Oh! ¡Está bien! —accedió la madre.

Georgie sonrió.

—Asimismo —añadió Sarah—, voy a tener que pediros a todas y cada una de vosotras que, o bien ayudéis con los huéspedes, u os busquéis algún otro modo de conseguir ingresos. De ese modo podremos permitirnos contratar a alguien más.

—¡Yo ayudaré! —convino Georgiana—. Puedo hacer las camas y cosas de ese estilo.

—Bien. ¿Viola?

Esta sacudió la cabeza tensando su cara pecosa.

—De ninguna manera. Puede que Georgie encuentre divertido jugar a ser una criada, pero yo no. Yo soy la hija de un caballero. No pienso rebajarme a algo así.

En su fuero interno, Sarah sabía que no estaba del todo equivocada.

—Ya has oído a Sarah —dijo Emily—. Todas tenemos que contribuir.

Su madre frunció el ceño con gesto meditabundo.

—Yo podría... ocuparme de las labores de costura. Y tal vez hacer unos manteles nuevos. Detesto esta debilidad infernal. ¡Ojalá hubiera más cosas que pudiera hacer!

Viola levantó la barbilla con expresión testaruda.

—Si voy a tener que trabajar como una esclava, me quedaré en la retaguardia. No quiero tener que tratar con los huéspedes.

Emily soltó un bufido.

—¿Y qué vas a hacer? ¿Ayudar a la señora Besley a pelar patatas y a lavar los platos? ¿O te vas a ocupar de la colada?

Viola se estremeció.

Su madre alzó el brazo con la palma bien abierta.

—¡Ninguna de mis hijas va a trabajar de lavandera! Al menos para la colada, podemos pagar a alguien externo.

—El encargar tareas a personas ajenas a la casa supone reducir aún más nuestros fondos, ya de por sí bastante limitados —les recordó Sarah—. Y los necesitamos para la carne, las verduras y las velas. Eso sin contar los salarios y los impuestos.

—Pues habrá que hacer una excepción con la colada. No tenemos escurridor. ¡Con todas las sábanas y toallas que habrá!

La señorita Stirling tomó la palabra.

—Yo pago a alguien externo para que me haga la colada. Me parece que es lo más razonable. Y conozco a la persona adecuada para ustedes.

—De acuerdo. Gracias.

—¿Y tú que harás, Emily? —la desafió Viola—. ¿Vaciar los orinales de las habitaciones?

Sarah intervino rápidamente para impedir que se produjera otra discusión.

—Afortunadamente, tenemos el nuevo excusado, y todavía está la letrina del jardín trasero, aunque necesitará algunos arreglos.

—Sé también quién podría ayudarles con esa cuestión —dijo la señorita Stirling.

Sarah tomó otra hoja de papel.

—Será mejor que empiece otra lista.

—Yo redactaré unos cuantos anuncios para los periódicos —añadió Emily —, y me ocuparé de la correspondencia.

—Gracias, Emily —respondió Sarah—, pero tendrás que colaborar también con las habitaciones de los huéspedes.

Esta resopló.

—Si no hay más remedio...

—¿Anuncios? —Su madre volvió a fruncir el ceño—. No había pensado en eso. ¿Es realmente necesario que advirtamos a todo el mundo que necesitamos complementar nuestros ingresos?

—No tiene por qué incluir su apellido en el reclamo —opinó Fran Stirling—. Bastará con usar el nombre de la casa y describir su maravillosa ubicación y su confortable mobiliario.

—Bueno. Es un alivio.

La señorita Stirling añadió:

—Es una pena que la guía de Sidmouth se publicara hace unos años. Aparecer en ella sería de gran ayuda. Es muy popular. Pero los anuncios en el periódico también pueden ser bastante efectivos, aunque resultan más costosos.

La madre cambió de tema.

—¿Y qué comidas deberíamos ofrecer?

Todas ellas miraron a la señorita Stirling.

—Sin lugar a dudas, el desayuno —respondió esta—, y probablemente también la cena; al menos varias noches a la semana.

La madre soltó un gruñido.

—A la señora Besley no le va a hacer ninguna gracia. Ya es mayor. Una vez al día, si no más, amenaza con jubilarse.

—Yo hablaré con ella —se ofreció Sarah—. Intentaré encontrar la manera de suavizar la cosa. Y tal vez tú podrías colaborar con la elaboración de los menús, ¿no, mamá? Siempre se te dio muy bien.

—Con mucho gusto.

A nadie se le ocurrió preguntarle a Sarah de qué se encargaría ella, sabían de sobra que cargaría con la mayor parte del trabajo.

Tras dejar a su madre descansando, Sarah y Emily, junto a la señorita Stirling, recorrieron las habitaciones comunes de la planta principal —la sala para el desayuno, el comedor, el salón, la sala de estar, el vestíbulo y la biblioteca—, y después subieron el largo tramo de escaleras que conducía a la de los dormitorios, discutiendo dónde era necesario hacer arreglos, cambios y nuevas adquisiciones para las alcobas, el excusado y el baño, como toallas nuevas y ropa de cama.

Mientras descorría el viejo pestillo de una de las puertas, la señorita Stirling anunció:

—Deberían instalar cerraduras en las puertas de las habitaciones de los huéspedes. Solo les faltaba que alguien dijera que le ha desaparecido algún objeto valioso y pretendiera responsabilizarlas de la pérdida.

—¿Sabe de alguien que pueda ayudarnos con ese menester?

—¡Oh, sí! Conozco a la persona perfecta. El señor Farrant. Es muy hábil con ese tipo de cosas.

Además de una lista de compras, Sarah terminó confeccionando también una lista de tareas y proyectos, que sin lugar a dudas reduciría todavía más sus escasos fondos.

Solo esperaba que no acabaran arrepintiéndose de aquel desembolso y rezó porque, al final, el esfuerzo económico diera sus frutos.

Unas horas más tarde, Sarah bajó a la planta inferior para echarle un vistazo a la colección de libros de cocina de la señora Besley.

Contando siempre con el beneplácito y a las indicaciones de la anciana cocinera, la joven no tardó mucho en ponerse manos a la obra con su primera tanda de galletas siguiendo la receta más sencilla que fue capaz de encontrar en *El arte de la cocina, fácil y asequible*[1], de la señora Glasse. Se trataba de unas pastas que requerían tan solo de tres ingredientes: huevos, azúcar y harina, que, una vez bien amalgamados, había que dejar caer en pequeñas cantidades sobre una placa de latón enharinada.

Mientras Sarah intentaba encontrar la manera de romper los huevos sin que la cáscara acabara en el bol, su anciano criado, Lowen, procedió a extraer para ella algunos trozos de azúcar del cono, para luego rallarlos finamente.

Antes de que hubiera pasado una hora, a Sarah le dolían los brazos de darle vueltas a la masa y tenía la cara ardiendo de las veces que se asomaba al horno para ver si las pálidas galletas subían y tomaban color, intentado averiguar cuándo estaban hechas.

Con intención de ser más eficiente, se acercó a la mesa para retirar los ingredientes, pero, antes de que quisiera darse cuenta, un repentino olor a quemado la hizo regresar a toda prisa al horno. Era demasiado tarde. La visión de aquellos montoncitos chamuscados dispuestos en hileras idénticas fue de lo más descorazonadora. Entonces empezó a entender por qué le resultaba tan difícil a la señora Besley elaborar productos horneados de apariencia impecable teniendo que preparar al mismo tiempo muchos otros platos, y más aún considerando que contaba como única ayuda con Jessie, y solo cuando esta no estaba ocupada con las tareas de limpieza.

Pero Sarah estaba decidida a no claudicar. Después de estar más atenta con la siguiente bandeja, pronto extrajo una docena de galletas azucaradas y las colocó sobre una rejilla. Había algunas más doradas que otras y, después de probarlas, descubrió que estaban un poco duras, pero, sin lugar a dudas, eran comestibles.

Tanto la señora Besley como Lowen se comieron una entre débiles murmullos de aprobación... y grandes tragos de té. No obstante, a pesar de los imperfectos resultados, Sarah se sintió extraordinariamente segura de sí misma.

Era un comienzo.

---

1   N. de la Trad: *The Art of Cookery Made Plain and Easy*, escrito por Hannah Glasse, es un libro de recetas publicado en 1747 que durante más de un siglo gozó de gran popularidad en todos los países de habla inglesa y en el que se alude por primera vez a la gelatina como ingrediente del *trifle* y a las hamburguesas (Hamburgh sausages).

Capítulo 2

«Las mujeres con una o dos habitaciones de sobra
—especialmente si estaban en primera línea de mar—
vieron una oportunidad de hacer dinero, naciendo
así la arrendadora de las zonas costeras. Ofrecer
alojamiento era un negocio ideal para las mujeres:
era socialmente aceptable [y] sacaba provecho de sus
conocimientos domésticos».

HELENA WOJTCZAK,
Women of Victorian Sussex

Un mes más tarde, la primera semana de mayo, Sarah Summers,
a sus veintiséis años, se vistió con un sencillo vestido de batista azul oscuro, dejando por fin atrás el fustán de color negro;
no porque ya no estuviera de duelo, sino porque sabía que los huéspedes no
se mostrarían muy complacidos al ser recibidos por una anfitriona adusta
y taciturna. De pie, frente al pequeño espejo, se alisó la oscura cabellera, se
la recogió con alfileres en un sencillo moño y examinó sus cansados ojos
azules. Peter solía decirle que eran muy bonitos...

Parpadeó para alejar de su mente el recuerdo de una dulce mirada
y la punzada de dolor que lo acompañaba. Luego se volvió hacia el cajón
abierto a los pies de la cama y pasó un dedo por la camisa de lino blanco
que había cosido para él durante su ausencia y la última carta que le había
enviado antes de embarcarse. Conocía el contenido de la misiva de memoria, pero aun así la desdobló y la leyó:

Mi querida Sarah, te echaré de menos. Espero que el tiempo que pasemos lejos el uno del otro trascurra rápidamente y resulte fructífero. Ruego a Dios que cuide de ti hasta que nos reencontremos. Por favor, recuerda devolverle al vicario el libro que me prestó. Gracias y que Dios te bendiga.

Tuyo,
Peter

Aquella mezcla de afecto, fe y pragmatismo era tan suya que incluso entonces sintió un leve temblor agridulce en los labios. Sarah había rezado mucho para que Peter volviera sano y salvo y, a pesar de ello, desgraciadamente, sus plegarias no habían obtenido respuesta.

Regresando de nuevo al presente, desplazó un poco más sus pertenencias para hacerle hueco a las de Emily y cerró la tapa del cajón con resolución.

A continuación salió al pasillo y recorrió las habitaciones, inspeccionando los dormitorios de los huéspedes.

Incapaz de subir más de unos pocos escalones, su madre había mantenido su alcoba en la planta principal y Viola se había trasladado al vestidor adyacente.

Emily, en cambio, tendría que haberse mudado ya al pequeño cuarto de Sarah en la planta de los dormitorios, pero todavía tenía que cambiar de sitio sus pertenencias.

En cuanto a Georgie, se había instalado en uno de los dormitorios del ático que habían pertenecido a los sirvientes y estaba encantada, no solo por el hecho de disfrutar de una habitación para ella sola, sino por disponer prácticamente de toda una planta.

Viola todavía se negaba a ayudar con los preparativos, y su madre se mostraba reticente a presionarla demasiado. En parte porque comprendía las objeciones de su hija. Después de todo, aquella situación era bastante humillante para las que, tiempo atrás, habían sido las orgullosas hijas y la esposa de un caballero. ¿Pero qué otra cosa podían hacer? Sarah deseaba con todo su corazón mantener unido lo que quedaba de su familia. Si aquella empresa fracasaba, probablemente ella y sus hermanas tendrían que buscar trabajo lejos de allí, como señoritas de compañía o, peor aún, como institutrices, tal y como les había sugerido el abogado. Y en ese caso, ¿quién iba a cuidar de su debilitada madre?

La hermosa Emily, la escritora de la familia, había redactado una serie de anuncios y los había enviado a periódicos de Bath y de Londres, así como a otras publicaciones en localidades aún más distantes. Desde entonces esperaban impacientes alguna respuesta. Aunque Sidmouth se estaba haciendo cada vez más popular entre los turistas, imaginaban que hospedarían a ancianos impedidos, que solían frecuentar la costa sur para mejorar su salud.

No obstante, la primera reacción que recibieron fue una airada carta de un tal mayor Hutton, que se había mudado hacía poco a la casa colindante con la suya, conocida como Westmount. Había oído que iban a abrir Sea View a los visitantes y no le hacía ninguna gracia la afluencia de extraños cerca de su residencia privada. Amenazaba con recurrir a su abogado si alguien se adentraba en su propiedad. Sarah confió en que la situación no llegara a ese extremo. Lo último que necesitaban era tener que pagar los honorarios de otro letrado. Había intentado hacerle una visita cordial, pero el criado que abrió la puerta le había dicho que el mayor estaba indispuesto y que no recibía a nadie. Imaginándose a un viejo cascarrabias reponiéndose de viejas heridas y alimentando antiguos rencores, le respondió con una educada nota en la que prometía que se ocuparía de advertir a los huéspedes de que no debían cruzar los límites de la propiedad y pedirles que procuraran importunarle lo menos posible.

Si es que alguna vez tenían algún huésped al que informar al respecto...

Para su sorpresa, el primero en escribir para reservar habitaciones fue un tal señor Callum Henshall, de Kirkcaldy, Escocia, que viajaría acompañado de su hija. Emily insistió en que no había enviado anuncios tan al norte, de manera que todas se preguntaron cómo habría llegado a oídos de aquel hombre la existencia de Sea View.

Sarah rezó para que sus huéspedes inaugurales no fueran difíciles de contentar. Ella y sus hermanas no tenían experiencia. Tal y como había dicho la señorita Stirling, en su antigua casa habían proporcionado alojamiento a muchos invitados, pero, evidentemente, nunca a nadie que pagara por ello.

A pesar de las deficiencias, Sarah tenía la esperanza de lograr satisfacer a sus huéspedes y de ganarse la reputación necesaria para asegurar más visitantes.

«¡Oh, Señor! Intercede por nosotras».

Emily Summers, de veintiún años, inspiró hondo y llenó los pulmones del aire fresco y vigorizante. Aquel era su último día de asueto antes de la llegada de los primeros huéspedes y estaba resuelta a disfrutarlo al máximo. Se encontraba de pie en lo alto de la colina de Salcombe y miraba por encima de los arbustos y los árboles doblados por el viento hacia a Sidmouth, que se encontraba a sus pies.

Sidmouth era su nueva residencia permanente, tanto si le gustaba como si no. Llevaban allí más de seis meses, pero ella todavía no lo consideraba su hogar. ¿Alguna vez lo conseguiría?

Echaba de menos su antigua casa —Finderlay, cerca de la colina de May, en Gloucestershire—, pero tenía que reconocer que aquellas vistas eran extraordinarias. Entonces se preguntó qué pensaría Charles de aquel lugar. ¿Cambiaría de opinión, se daría cuenta de que la echaba de menos e iría a visitarla? A Emily no le habría importado tanto mudarse allí de no ser porque había supuesto separarse de él y porque, aparentemente, las esperanzas de un futuro a su lado se habían desvanecido.

Georgiana estaba a varios metros de distancia, lanzando un palo a un terrier de pelo enmarañado, un perro callejero que se llamaba *Chips* y que parecía seguirla a todas partes cada vez que salía de casa. Georgiana tenía planeado pasar su día libre con una amiga, pero había accedido a acompañar primero a Emily a dar un largo paseo. Sarah estaba ocupada y Viola se había negado, diciendo que iba a pasar el día en casa con su madre.

Su madre había intentado convencerla de que saliera, pero finalmente había desistido. Siempre era igual. Viola hacía lo que quería y raras veces lo que le decían. Y debido a su... condición... nadie le insistía demasiado.

Para prepararse para la mudanza, Emily había leído todo lo que había podido sobre la zona, y sus frecuentes paseos le habían enseñado todavía más. Sidmouth estaba situado cerca de la desembocadura del río Sid, donde vertía sus aguas en el canal de la Mancha. El pueblo se hallaba en un valle delimitado al oeste por Peak Hill, con sus escarpados y relucientes acantilados de arenisca roja, y al este por la colina de Salcombe, donde se encontraban en ese momento.

Abajo, el paseo marítimo corría paralelo a la playa y estaba repleto de establecimientos: el hotel York, varias residencias vacacionales, los baños medicinales, y cómo no, su favorito, la biblioteca de Wallis.

Detrás de aquellos edificios, una serie de callejuelas estrechas conducían hacia el interior. En ellas se podían encontrar casitas de campo con el tejado de paja, tiendas, el mercado y la iglesia parroquial, con su torre fortificada de forma cuadrada.

Más allá de la zona este del pueblo se extendía un campo de hierba que se utilizaba para jugar a los bolos y para partidos de cricket.

Allí, en el extremo más alejado de ese campo, se divisaba su casa, que formaba parte de un trío de residencias amplias e independientes. Su padre la había comprado dos años antes como residencia vacacional con la esperanza de que el célebre aire de Sidmouth contribuyera a que su madre recuperara la salud. Él falleció después de la primera visita al lugar.

Retiró un mechón de pelo negro que le tapaba los ojos para enjuagarse las lágrimas. Había llegado el momento de empezar de nuevo.

Emily y Georgie descendieron la colina de Salcombe y se apartaron a un lado del camino para dejar paso al carro de un granjero. Luego cruzaron el río por el puente de madera que estaba junto al molino, saludaron al molinero y enfilaron la calle High en dirección al pueblo.

Al llegar a la verdulería, donde la calle se dividía en dos formando una especie de «y» griega, viraron a la derecha hacia la estrecha calle Back, porque Emily quería pasar por la oficina de correos. Muy pronto les llegó el olor a cerveza, a pescado rebozado y a humo del Old Ship Inn. Sin detenerse, pasaron por delante de la tienda de encajes y posteriormente de la carnicería, en cuya puerta esperaba un muchacho a lomos de un caballo y provisto de una cesta, listo para hacer una entrega.

Tras dejar a Georgie fuera con el perrito juguetón, Emily empujó la puerta de la oficina de correos haciendo sonar la campanilla.

—Buenos días, señor Turner. —Acto seguido bajó la voz—. ¿Hay algo para V. S. que haya sido enviado a la dirección de la oficina de correos de Sidmouth?

El señor Turner echó un vistazo.

—Nada que provenga de Exeter, pero hace un rato han entregado en mano una carta.

A Emily le dio un vuelco el corazón al tiempo que se le ponían los nervios de punta. Era la primera respuesta a aquel anuncio en concreto.

—Es para mi hermana Viola. Yo me encargo de dársela —dijo, alargando la mano. Después de unos segundos de vacilación, el señor Turner le entregó la carta.

—¿Nada más? —preguntó—. ¿Para Sea View o para la señorita Emily Summers? —Percibió el tono de súplica de su voz y esperó que el señor Turner no lo hubiera notado.

—No, señorita —respondió él, con una mirada que parecía pedir disculpas—. Lo siento, señorita.

—No pasa nada. —Se esforzó por esbozar una amable sonrisa y se marchó, con Georgiana y el terrier siguiendo sus pasos.

Tras proseguir su camino por el pueblo en dirección al mar, Emily no pudo resistirse a hacer una parada en la biblioteca marina de Wallis, una biblioteca circulante que prestaba libros y que servía también como sala de lectura. La terraza delantera, con sus bancos bajo un alegre toldo de rayas y vistas directas al mar, era un lugar de encuentro muy popular entre los visitantes. Georgie se quedó allí, suplicándole que no se demorara demasiado.

Ignorando los lamentos de Georgie, abrió la puerta llevada por la emoción. ¡Oh! ¡Aquel olor a libros! A tinta, a papel, a cuero... a vida.

Nada más poner el pie en el local, Emily vio a dos caballeros conversando. Se trataba del propio señor Wallis y del anciano reverendo Edmund Butcher. El responsable de la biblioteca había aprovechado el entusiasmo del religioso por la costa convenciéndolo para que escribiera guías turísticas de la zona. La más conocida era la que había mencionado la señorita Stirling cuando sugirió que convirtieran Sea View en una casa de huéspedes: *Los encantos de Sidmouth al descubierto*[2]. Emily la había leído de cabo a rabo. No solo describía «la situación, la salubridad y el pintoresco paisaje» de la localidad, sino que incluía también una selección de los negocios, las residencias vacacionales, los hoteles y las posadas.

Mientras examinaba detenidamente las publicaciones periódicas y las nuevas novelas, poco a poco se fue acercando a los caballeros y oyó parte de la conversación.

Estaban sopesando posibles añadidos y revisiones para una nueva edición de la ilustre guía de viajes. Emily contuvo la respiración cuando oyó lo poco que faltaba para que viera la luz. ¡Oh! Sarah se pondría

---

2   N. de la Trad: *The Beauties of Sidmouth Displayed,* se publicó por primera vez en 1810.

contentísima si aparecía el nombre de Sea View. Bueno, quizá «contentísima» resultaba algo exagerado. Al fin y al cabo, era Sarah, la seria de Sarah.

La cuestión era cómo conseguir que mencionaran Sea View, y que lo hicieran mostrando una opinión favorable. Si lo lograba, seguro que se podría librar de quitar el polvo y de hacer las camas durante un mes.

¿Debía terciar en la conversación en ese momento? Y en caso afirmativo, ¿podía hacerlo sin parecer una maleducada o una joven inexcusablemente atrevida?

Acaba de abrir la boca para dirigirse a los caballeros cuando se oyó el ruido de la puerta y Georgie apareció en el umbral, agitando los brazos casi con desesperación.

En respuesta, Emily negó con la cabeza y se llevó un dedo a los labios. Sin embargo, su gesto, no demasiado sutil, fue pasado por alto.

Georgie asomó la cabeza al interior de la biblioteca y susurró:

—Tengo que irme.

Emily volvió a levantar el dedo dándole a entender que debía esperar un minuto.

—No puedo esperar. —Georgie empezó a dar saltitos laterales, como si bailara una danza irlandesa—. *Chips* acaba de hacer sus necesidades en la terraza y, si no nos vamos ahora mismo, puede que yo acabe haciendo lo mismo.

Con las mejillas ardiendo, Emily corrió hasta la puerta agachando la cabeza, muerta de vergüenza. Esperaba que los caballeros no la hubieran oído. En cualquier caso, estaba claro que aquel no era el mejor momento para intentar convencer al clérigo y al respetable editor de que el suyo era un establecimiento distinguido, ideal para codearse con gente respetable.

Viola Summers no podía imaginar nada peor.

Abrir su casa a los visitantes era lo último que habría deseado. ¿Cómo podían esperar que ella, precisamente ella, alternara con extraños? Y tampoco tenía ningunas ganas de trabajar en la casa como si fuera una limpiadora.

Aquella tarde, durante la comida, Emily se había quedado mirándola y después había anunciado:

—Si Viola no va a ayudar con los huéspedes, tendrá que buscarse alguna otra manera de aportar ingresos. ¿No es eso lo que dijiste, Sarah?

Su hermana mayor asintió.

—Así es. ¿Acaso tienes alguna sugerencia?

—Me he tomado la libertad de conseguirle una ocupación remunerada.

De improviso, la perplejidad se apoderó de todas ellas.

—¿Cómo? —Viola abrió la boca de par en par, tensando así la cicatriz.

—No te preocupes. Se trata de un empleo de lo más respetable. —Emily levantó un recorte de periódico cuadrado que tenía en el regazo y leyó:

«Dama educada tiene a bien informar a la nobleza, la alta burguesía y a los visitantes de que está disponible para leer a personas inválidas. Las cartas, dirigidas a la atención de V. S., a franquear en destino a la oficina de correos de Sidmouth, serán debidamente atendidas».

Viola la miró fijamente.

—No me puedo creer que...

—Pues sí.

Sarah hizo una mueca de reprobación.

—Emily...

—¿Por qué no? —protestó Emily—. La tenemos demasiado protegida. Solo necesita un pequeño empujoncito. Y con lo que gane, contribuirá a pagar a la criada extra que vamos a tener que contratar para hacer la parte que le corresponde de las tareas de la casa.

Viola sacudió la cabeza.

—Sabes muy bien que no trato con desconocidos.

—¡Oh, vamos! No pasa nada porque vayas a la casa de un puñado de ancianos con la vista tan nublada como para necesitar que alguien lea para ellos.

—No pienso hacerlo. —Se cruzó de brazos—. Además, puede que no responda nadie.

—Ya lo han hecho. Hoy mismo he recogido esto en la oficina de correos.

Emily levantó una carta, la desdobló y leyó:

«Estimada V. S. Existe alguien a quien sería de gran ayuda con sus servicios. ¿Tal vez por las tardes, durante una hora?

Si la propuesta cuenta con su aprobación, pregunte por el señor Hutton, el próximo martes a las tres».

Emily alzó la vista.

—Eso es mañana.

Viola permaneció sentada, incapaz de articular palabra. En aquel momento su enfado con Emily había quedado eclipsado por otro pensamiento. ¿Ella... ayudando a alguien? ¿Ella, que siempre había necesitado ayuda, que daba trabajo a los demás, que despertaba su compasión, ayudando a alguien?

Sarah frunció el ceño.

—¿Hutton? Es el apellido del hombre que escribió para amonestarnos por abrir aquí una casa de huéspedes. ¿Cuál es la dirección?

Emily recorrió con la mirada las últimas líneas de la carta.

—Westmount, Glen Lane, Sidmouth.

El vecino cascarrabias. Todas ellas se intercambiaron miradas de preocupación.

Viola, que ya estaba bastante alterada, se puso doblemente nerviosa.

Al menos leer para un anciano grosero sería mejor que barrer suelos o hacer las camas.

O eso esperaba.

Sus primeros huéspedes llegaron en una carreta tirada por un burro y guiada por el lugareño Puggy Smith. En su carta, el señor Henshall había mencionado que, en la medida de lo posible, tenían intención de viajar en diligencia para luego contratar un trasporte privado desde la pensión más próxima.

Sarah se encontraba junto a la ventana, frotándose las manos con nerviosismo y rezando para que todo saliera bien. Su madre, confinada en cama como de costumbre, había prometido hacer lo propio.

Las dos personas que se apearon no se correspondían en absoluto con la idea que Sarah se había forjado en la mente. Se había imaginado a un octogenario acompañado por una hija solterona de mediana edad. Pero se encontró con un caballero en la treintena que ayudaba a bajar del vehículo a una joven adolescente. A continuación, agarró el estuche de un instrumento musical y una abultada bolsa de viaje, mientras Puggy echaba a andar tras él cargado con una segunda bolsa y un par de sombrereras.

Sarah les abrió la puerta.

—El señor Henshall y la señorita Henshall, supongo.

—Así es. —El caballero se quitó el sombrero dejando al descubierto una mata de pelo rubio oscuro. Sus patillas y la sombra de una barba incipiente eran de un tono más claro, y las cejas todavía más.

—Bienvenidos. Yo soy la señorita Summers. ¿Qué tal su viaje?

—Largo y tedioso —dijo la joven, sin darle tiempo a su padre a responder.

—Sin duda. —Sarah sujetó la puerta mientras entraban—. Imagino que deben de estar cansados y sedientos. ¿Les apetece un té?

—Solo nuestras habitaciones, si no le importa —contestó el caballero.

La muchacha lo miró con el ceño fruncido.

—Yo quiero té.

Sarah miró a la huraña adolescente y, seguidamente, a su agotado padre. En un futuro aquella joven pelirroja podía llegar a convertirse en una mujer atractiva, cuando desaparecieran los granos y el mal humor. El padre, en cambio, un hombre aseado, de estatura media y hombros anchos, ya era apuesto. Tenía unos rasgos faciales bien definidos, pero las profundas arrugas verticales de su entrecejo y aquellos ojos verdes de expresión cansada denotaban preocupación, o quizá dolor. Entonces se preguntó si estaría enfermo y había acudido a Sidmouth en busca de sus célebres beneficios para la salud.

—En ese caso —dijo intentando resultar alegre—, les mostraré sus habitaciones y les llevaré el té. ¿Les parece bien?

—Sí, gracias —respondió el caballero. A continuación, lanzó a su hija una mirada incisiva y esta, a regañadientes, también expresó su agradecimiento.

Luego, concentrando de nuevo su atención en Sarah, preguntó:

—¿Por casualidad no tendrán algún cuarto disponible en esta planta? ¿Tal vez... con vistas al jardín?

Sarah lo miró con extrañeza. ¿Por qué motivo quería una habitación con esas características? ¿Acaso Emily había hecho algún tipo de alusión en sus anuncios? Era bastante improbable, pues la única alcoba de ese tipo era la que ocupaba su madre.

—Mmm... me temo que no.

—¡Oh! No se preocupe.

Notó el acento escocés en la manera en que pronunció el «no».

Sarah se tragó su incomodidad y añadió:

—Podrán tomar el desayuno en cualquier momento que deseen entre las nueve y las diez y media.

El hombre asintió con la cabeza y pareció echar un vistazo hacia la sala de desayunos incluso antes de que ella la señalara.

—La cena se sirve a las seis —añadió—. No servimos un almuerzo formal, pero en caso de que tengan hambre, les prepararemos una bandeja con té y unos sándwiches por la tarde. También hay varios locales en el pueblo que sirven comidas. —Sarah encontró las llaves para las recién instaladas cerraduras y los condujo por las escaleras a sus habitaciones contiguas. De camino, señaló una puerta cerrada. —Disponemos de un excusado, justo ahí.

—¡Vaya! Eso es nuevo.

Una vez más, Sarah lo miró con cara de sorpresa.

Él añadió rápidamente.

—Quiero decir, muy innovador.

—Mmm... sí. Hay una letrina fuera, si lo prefieren. Y también disponemos de baño —dijo, señalando la puerta de más adelante—. Si prefieren bañarse en su propia habitación, podemos subirles una bañera con reposacabezas. En ambos casos, les pediría, por favor, que nos avisen con algunas horas de antelación para calentar el agua.

En ese momento giró la llave y, tras cruzar la alcoba, abrió también la puerta que conectaba ambos dormitorios.

—Estas habitaciones tienen muy buenas vistas al mar. Pueden abrir las ventanas si han venido para disfrutar del saludable aire de la costa.

—Ja —bufó él con sorna.

Sarah vaciló, no sabía cómo reaccionar.

—Bueno, si tienen alguna pregunta o si desean algo en particular durante su estancia, háganmelo saber.

La hija se apresuró hacia su habitación y cerró la puerta detrás de ella con no demasiada delicadeza. Su padre dio un respingo y después miró a Sarah desde detrás de sus pestañas rubias.

—Lo siento.

—No pasa nada.

—No tiene hijas, imagino.

—No, pero tengo una hermana poco mayor que ella.

—Ah, entonces lo entiende.

Ella asintió. De pie a su lado en la habitación, pudo percibir que despedía un olor agradable, fresco y con un toque ligeramente perfumado. Resultaba llamativo después de tantos días de viaje.

En aquel momento señaló con la barbilla el estuche que parecía contener un instrumento.

—¿Le importaría si la toco de vez en cuando?

Intrigada, Sarah pregunto:

—¿Qué es?

—Una guitarra escocesa.

—No me importa en absoluto. Siéntase como en casa.

Algo hizo que le brillaran los ojos, pero no dijo nada más.

Ella se retiró en dirección a la puerta.

—Bueno, volveré en unos instantes con el té.

—Traiga solo para Effi, si no le importa. Yo solo necesito descansar y un poco de privacidad.

Le molestó que lo rechazase, aunque no había motivo para ello.

—Por supuesto. Discúlpeme.

Giró sobre los talones y abandonó la habitación, reprendiéndose a sí misma por su estupidez. La gente no iba a las casas de huéspedes para entablar una relación de amistad con sus propietarios. Lo hacían en busca de un alojamiento limpio y tranquilo.

Sarah se dijo a sí misma que, con el tiempo, se iría acostumbrando a su nuevo papel. Al fin y al cabo, aquello era lo más cercano que estaría nunca a ser la señora de una casa, o al menos su anfitriona.

Antes de la muerte de Peter estaba convencida de que tendría un marido y una casa propia, pero ya se había resignado a ser una mujer soltera que se ocupaba de asistir a su familia.

Aun así, mientras se marchaba, en su mente se dibujó el destello de un par de ojos verdes como el mar.

Capítulo 3

«La señora Wellard (antigua señora de Manor House, Streatham) tiene a bien informar a sus amigos, los miembros de la nobleza, de la alta burguesía y visitantes, que a partir de ahora se dedicará a la lectura para impedidos».

Brighton Herald, ca. 1830

 l menos está a poca distancia y no es probable que me encuentre con nadie de camino», pensó.

Mirándose en el espejo con una mueca de desagrado, Viola se arregló el cabello cobrizo y se puso la capota dispuesta a salir.

Había nacido con una fisura palatina o paladar hendido, comúnmente conocido como labio leporino, un término que ella aborrecía.

Su madre, con frecuencia, intentaba tranquilizarla diciendo que la cicatriz —que le bajaba desde una de las fosas nasales hasta la boca— y el acortamiento del labio superior apenas se notaban ya. Pero, como bien sabía ella, las madres no eran objetivas y lo veían todo con los ojos del amor maternal. Cuando Viola se miraba en el espejo, lo único que veía eran los defectos. Para ella la cicatriz vertical era una prueba indeleble de su deformidad infantil y de su espantosa atrofia labial.

Durante su infancia, la gente se quedaba mirándola descaradamente o apartaba rápidamente la vista, así que había tomado la costumbre de ponerse un sombrero o capota con velo que le cubriera la cara cada vez que salía de casa.

Recordaba cómo, en una ocasión, un muchacho del pueblo había levantado el labio y había imitado el ceceo con el que hablaba por aquel entonces y que su hermana Emily lo había tirado al suelo de un empujón con una fuerza pasmosa. Y en otra ocasión, una mujer con el abdomen abultado por un embarazo se había puesto a chillar y había echado a correr.

Mucha gente seguía creyendo en la antigua superstición según la cual el labio hendido era debido a que la madre, durante la gestación, había visto a una persona con ese defecto. O porque se le había cruzado una liebre salvaje en su camino provocando una atrofia en el bebé que estaba por nacer. Había también quien sostenía que lo causaba la sífilis, y otros incluso lo consideraba una maldición.

En un momento dado Viola les había preguntado a sus padres qué había originado su defecto. Su madre había reconocido que una vez había visto a una niña con esa característica y que se la había quedado mirando fijamente, no solo por pena, sino también por fascinación y por una paralizante sensación de aprensión.

—Entonces es culpa tuya que yo sea así —le había reprochado Viola aquel día.

Era consciente de que aquel improperio había sido muy cruel por su parte, pero necesitaba a alguien a quien echar la culpa. ¿Por qué, oh, por qué había tenido que nacer así? ¿Había sido culpa de su madre, de Dios, o era ella la responsable?

Tras echar un último vistazo al espejo, se cubrió la cara con el velo y se dio la vuelta dispuesta a marcharse.

En la puerta principal, Sarah le dio un pequeño apretón en el hombro.

—Georgie irá contigo. Si el viejo cascarrabias se muestra descortés o te amenaza de algún modo, marchaos inmediatamente. ¿Entendido? Ya encontraremos otra cosa que puedas hacer.

Asintió con la cabeza y salió, con las manos sudando bajo los guantes.

Su casa estaba orientada hacia el mar. Detrás de ella y medio oculta por los árboles, estaba la casa del vecino, y más hacia el interior, Woolbrook Cottage, que era propiedad del general Baynes.

Juntas, ella y Georgiana recorrieron una corta distancia por la estrecha Glen Lane y giraron hacia un camino boscoso. Al llegar a una cancela de hierro forjado no muy alta, Viola la empujó y, con un chirrido metálico, la hoja cedió. Prosiguió hasta la puerta principal de Westmount, con el corazón a punto de estallar.

¿Qué estaba haciendo?

Georgiana, que iba acompañada del perro descarriado que la seguía a todas partes, se acobardó.

—¿Seguro que es aquí?

Viola asintió con la cabeza, con el rostro carente de expresión, y se obligó a sí misma a llamar a la puerta. Aquello era un error. Deberían darse la vuelta y batirse en retirada antes de que saliera alguien.

La puerta se abrió.

Demasiado tarde.

—¿Sí? ¿En qué puedo ayudarle?

Un hombre de pelo cano la miraba desde el umbral. Tanto su indumentaria como su porte eran los de un caballero y no parecía en absoluto enfadado.

—Yo... he venido por lo del anuncio —balbució—. Si no es un buen momento, entonces...

—Por supuesto que lo es. Llega justo a tiempo. La estaba esperando.

Si hubiera sido un sirviente el que le hubiera abierto, tal vez había podido pedir que la dispensaran, pero ¿al señor en persona?

—Adelante —dijo, abriendo aún más la puerta. Luego miró a Georgiana—. ¿Cree que su acompañante desearía entrar también?

Con la voz queda, Viola respondió:

—Es mi hermana.

—¿Puedo esperarte aquí, Vi? —preguntó Georgie—. Hace un día precioso y *Chips* quiere jugar.

Viola levantó la vista y miró al anciano. ¿Estaría a salvo con él? Sin duda parecía todo un caballero.

Como si le hubiera leído la mente, el hombre dijo:

—Las ventanas están abiertas. Su hermana estará en todo momento lo bastante cerca como para que pueda llamarla si la necesita.

Viola accedió con un gesto de asentimiento.

—De acuerdo.

El hombre le hizo un ademán para que entrara. Con aquel porte erguido y aseado y sus vivaces ojos, no parecía en absoluto un impedido.

Con el velo puesto, durante unos instantes al pasar de la luz del sol a la relativa penumbra del vestíbulo, apenas pudo ver nada.

Con paso enérgico, el caballero tomó la delantera y enfiló el pasillo.

Viola lo siguió hasta la cercana sala de estar y, cuando la vista por fin se le aclimató, vio que el mobiliario era bastante espartano. A través del vano de una puerta abierta, divisó un salón algo más formal con un pianoforte.

—Tome asiento, por favor —dijo el hombre, indicándole el sofá de la sala de estar.

Se acomodó sobre el asiento hundido y él se sentó en una butaca.

Con la vista puesta en el velo, el caballero abrió la boca con intención de decir algo, pero, aparentemente, se lo pensó mejor.

—Discúlpeme, señor, pero el anuncio especificaba que se trataba de lectura para impedidos. Y no me parece que usted cumpla los requisitos.

—Gracias. Tiene usted toda la razón. Yo no necesito que lea para mí. Mi hijo, el mayor Hutton, fue herido en India y se está recuperando de una serie de heridas en la cabeza y en un ojo, lo que hace muy difícil la lectura.

—¡Oh! —A Viola se le secó la boca y sintió como si tuviera una piedra en el estómago. Cuando Emily había anunciado su plan, había imaginado que se trataría de alguna ancianita, o tal vez un abuelo de trato afable que empezaba a perder la vista. En ningún caso de un oficial herido.

Al darse cuenta de su indecisión, el señor Hutton añadió:

—Él no es... bueno, no resulta tan desagradable a la vista, si es eso lo que le preocupa. Uno de los lados de la cara presenta quemaduras, pero no se trata de algo espantoso. Y uno de los ojos todavía lo lleva vendado.

—Yo... no era eso en lo que estaba pensando.

—Eso sí, me temo que tiene mal carácter. En ocasiones utiliza un lenguaje muy poco afortunado.

—¿Sufre muchos dolores?

—No, o al menos no lo reconoce. Y creo que se controlará aún más en presencia de una dama y que se abstendrá de dirigirse a usted con los malos modos con los que nos trata al resto de nosotros.

—¿Al resto de ustedes? —preguntó Viola, que no había visto a nadie más en la casa.

—Bueno, está su edecán o asistente de campo, como supongo que diría usted, y un puñado de sufridos sirvientes. Y estamos esperando a mi hijo menor, su hermano, que llegará uno de estos días.

—Ya veo.

—He pensado que podríamos empezar con una hora al día. Excluyendo los domingos, claro está. —En ese momento sugirió una suma por hora—. ¿Qué opina?

Era más de lo que había imaginado. Con aquel dinero podían hacer frente al sueldo de una criada y aún podía ahorrar algo.

—Me parece bastante razonable.

—Bien, bien. Estoy seguro de que sabrá ganárselo. En fin, no creo que sea necesario esperar más. Se lo presentaré.

El señor Hutton se puso en pie y la condujo hasta una habitación en la planta baja situada al fondo del pasillo. Al llegar a una puerta cerrada, se volvió hacia ella y dijo con voz queda:

—Debo advertirle que al principio puede que no reaccione del todo bien, pero con el tiempo acabará haciéndose a la idea.

Ligeramente asustada, lo miró a través de la malla de su velo.

—¿No sabe que estoy aquí?

El hombre negó con la cabeza.

—Fui yo quien respondió a su anuncio en nombre de mi hijo. A veces las personas que necesitan ayuda se muestran reticentes a pedirla. Estoy seguro de que lo entiende.

—¿Pero y si...?

Su objeción se diluyó cuando el señor Hutton llamó a la puerta golpeando dos veces con los nudillos y la abrió.

La habitación estaba en penumbra, con las contraventanas prácticamente cerradas, aunque un rayo de luz solar y una pizca de aire fresco se colaban a través de una ventana entreabierta. Junto a la puerta había un escritorio abarrotado de cosas. En el lado opuesto de la habitación, se vislumbraba una figura sobre un diván similar al de su madre, aunque las cortinas eran más sobrias. Llevaba puesto un *banyan* o tal vez una elegante bata de caballero. Tal y como le habían informado, tenía uno de los ojos tapado con un vendaje. Percibió que el pelo era oscuro, pero no resultaba fácil sacar conclusiones sobre sus rasgos faciales debido a la falta de luz.

—¿Qué pasa ahora? —gruñó el hombre, tumbado boca abajo.

—Buenas tardes, Jack. Ha venido a verte una persona, así que compórtate.

—Quien quiera que sea, dile que se marche.

El señor Hutton la miró con expresión de disculpa.

—Demasiado tarde. Ya está aquí.

—¡Te dije que no quería visitas!

—La señorita Summers no es ninguna visita. Está aquí para leerte.

—No soy un niño.

—No, pero tienes un montón de periódicos acumulando polvo y numerosa correspondencia sin responder.

—Estoy seguro de que la mayoría son tonterías sin fuste ninguno.

Su padre se acercó a la ventana.

—¿Abro las contraventanas para que pueda ver mejor...?

—No. Déjalas cerradas.

—De acuerdo. Bueno, yo os dejo para que podáis poneros a ello.

El señor Hutton se marchó de la habitación agachando la cabeza, como si temiera que alguien le lanzara algún tipo de proyectil.

Cuando se hubo marchado, Viola miró al paciente, que levantaba un vaso con un líquido ambarino y luego, tras echar un vistazo hacia ella, lo dejó de nuevo donde estaba, como si se lo hubiera pensado mejor.

—Muy inteligente por su parte organizar todo en un momento en que Armaan no iba a estar en casa.

—¿Armaan? ¿Es su ayuda de cámara? Ah, espere. Su padre mencionó a un edecán.

Negó con la cabeza, un movimiento que provocó en él una mueca de dolor.

—Armaan es mi amigo. Servimos juntos en India. Me salvó la vida. Me rescató de un edificio en llamas.

—¡Oh! Discúlpeme.

—Es una suposición muy habitual. Mi propio padre está confundido al respecto. En cualquier caso, si Armaan hubiera abierto la puerta, le habría obligado a marcharse por donde ha venido. ¿Cómo era su nombre?

Aquella perorata le hizo flaquear.

—Mmm... Señorita Summers —respondió, esforzándose al máximo por calmarse y moderarse al hablar.

—Summers... —repitió él, frunciendo el ceño—. Es el apellido de esos desgraciados que han convertido la residencia de aquí al lado en una vulgar pensión.

Viola levantó la barbilla.

—Preferimos llamarla «casa de huéspedes».

Él se aclaró la garganta con gesto de desaprobación.

—¿Sabe? Compré esta propiedad casi exclusivamente porque se encontraba lejos de todo y de todos. El agente me aseguró que la zona era muy tranquila y que las casas de los alrededores no solo eran privadas, sino que permanecían cerradas fuera de temporada.

—Las cosas han cambiado.

—¿Qué cosas?

—Nuestro padre falleció. Tuvimos que... mmm... replantearnos nuestras finanzas.

—A costa mía.

—Me cuesta creer que...

—¿Cuál es su nombre de pila?

Viola echó la cabeza hacia atrás con desconfianza.

—Viola, pero...

—No. Ese no era el nombre. —Frunció el ceño.

—La persona con la que cruzó correspondencia es mi hermana Sarah.

—Eso es.

En aquel momento empezaron a oírse fuera ladridos y voces. El mayor Hutton lanzó una mirada furibunda a la ventana cerrada.

—¿Qué diantres es todo ese jaleo?

—Mi hermana Georgiana. Me está esperando fuera acompañada de un perro descarriado de por aquí.

—¿Otra hermana? ¡Por el amor del cielo! ¿Cuántas son?

—Cuatro.

—¿Y su madre...?

—Sí, ella también vive con nosotros, aunque, en cierto modo, también es una persona impedida.

—Pues habría hecho usted mejor en quedarse en casa y leerle a ella.

Viola negó con la cabeza.

—Todas tenemos que ayudar, ya sea en la casa o económicamente.

—¿Y usted eligió este trabajo?

—Bueno, más bien me vi obligada por Emily. Fue ella la que publicó el anuncio en mi nombre.

—¿La cuarta hermana?

—Sí.

—Entiendo. De repente me siento muy agradecido por no tener hermanas.

A Viola se le escapó una débil risita y sintió como él dirigía la mirada de su único ojo descubierto hacia su silueta ensombrecida.

—¿Por qué llevas velo?

Ella tragó saliva.

—¿Por qué tiene usted las contraventanas cerradas?

—¡Ja! Se le da bien esquivar preguntas. Pues resulta que el cirujano me recomendó que pasara la recuperación en una habitación a oscuras. Hace poco me extrajo una astilla de metal del ojo.

Viola tuvo que reprimir una arcada con solo escuchar la palabra «cirujano».

Al verla, él comentó:

—Si eso le provoca aprensión, será mejor que se marche ahora.

En lugar de responder, se aproximó al escritorio atestado de pilas de periódicos y de correo sin abrir.

—¿Quiere que empiece con la prensa o con la correspondencia?

Al ver que no contestaba, volvió la cabeza y descubrió que la estaba mirando con el ojo destapado.

—No la conozco de nada. ¿Por qué iba a confiarle mi correspondencia personal y potencialmente confidencial?

Ella se encogió de hombros.

—No se me ocurre ninguna razón.

—¿Dispone al menos de referencias personales?

—No. Es la primera vez que trabajo. Hasta ahora nunca me había visto obligada a buscar un empleo.

—¿Una carta de su vicario, tal vez?

—No.

—¿Puede al menos tranquilizarme declarando ser una joven dama devota y temerosa de Dios?

Viola sacudió la cabeza; de pronto se le había hecho un nudo en la garganta. Temerosa de Dios, sí. ¿Devota? No.

Vio un destello de interés en el único ojo destapado del hombre.

—¿No cree en Dios?

—Sí. Es solo que... no comparto todas sus decisiones.

Una vez más se aclaró la garganta como muestra de desaprobación.

—Entonces le sugiero que se vuelva a su casa ahora mismo y se lleve consigo a su hermana y al perro callejero.

—Le puedo asegurar, señor, que no soy ninguna chismosa. No tengo a nadie con quien chismorrear.

—¡Ja! ¿A excepción de tres hermanas impertinentes, una madre y una casa llena de huéspedes? Con todas esas mujeres pululando por ahí, los detalles de mi vida personal se difundirían de Peak Hill a la colina de Salcombe en menos de una hora.

Fingiendo una bravuconería impropia de ella, Viola se giró en dirección a la pila de periódicos.

—Empezaremos por la prensa.

Agarró los que se encontraban en la parte superior del montón.

—¿El *Exeter Flying Post*? ¿O prefiere algún diario londinense?

—¿No hay nada de Derbyshire?

—Sí, lo hay. —Viola tomó el *Derby Mercury* y echó un rápido vistazo al contenido—. ¿Qué prefiere? ¿Los precios del grano, o matrimonios y nacimientos?

—Si debe leer algo sobre los mercados, le ruego que no sea del mercado matrimonial.

Comenzó a leer un artículo con el encabezamiento «Mercado del cereal»: «El día veintiuno del presente mes nuestros puertos volverán a cerrar para protestar contra la importación de trigo, centeno y grano. El miércoles el cuarto de trigo inglés se vendía un chelín más barato, mientras que el de centeno y el de guisante blanco más de dos chelines por debajo...».

En ese momento se detuvo y levantó la vista.

—¿Por qué Derbyshire, si me permite preguntarle?

—No le permito preguntarme.

—¿Entonces vino usted aquí por el aire del mar, igual que nosotras?

El mayor no respondió.

—¿Quiere que prosiga con los precios del azúcar, el lúpulo y el cuero?

—No. Solo estaba comprobando su destreza lectora. He de reconocer que tiene soltura.

Viola experimentó una inusitada y placentera sensación.

—Gracias. He tenido que esforzarme mucho para conseguirlo. —Mucho más de lo que nadie se imaginaba.

—Aunque podría levantar algo más la voz —añadió—. Al menos si insiste en permanecer ahí, tan apartada.

Al oír aquello, cruzó la habitación y se sentó en un sillón cerca de la cama. El hecho de encontrarse más próxima a él le permitió echar un vistazo a la piel cicatrizada de su mejilla y se dio cuenta de lo oscuro que era su pelo en comparación con las almohadas blancas. No era capaz de discernir el color de su ojo. No creía que fuera marrón. ¿Quizá verde? ¿O gris? Tampoco era fácil determinar su edad. ¿Treinta tal vez? Escogió un artículo sobre el exiliado Napoleón y leyó: «La salud del emperador no se ha visto en modo alguno alterada por las indignidades y las privaciones que le han hecho padecer, y tampoco su estado de ánimo ha mermado en lo más mínimo. La isla se ha visto afectada por unas fiebres contagiosas que han aquejado al alcalde y a varios de los habitantes más notables, pero el emperador permanece indemne».

El mayor Hutton volvió a fruncir el ceño.

—¿Por qué no me sorprende? El viejo déspota mantiene su buena salud mientras nuestros hombres sufren y mueren protegiéndolo.

Viola siguió leyendo un rato más y después se levantó para devolver el periódico a la pila.

—Y con esto concluye nuestra hora.

Él asintió y añadió de manera cortante:

—No se olvide de mantener a sus huéspedes lejos de mi propiedad.

Ignorando el comentario, Viola se marchó pensando para sus adentros: «El viejo déspota. Efectivamente».

Habían decidido servir la cena para sus huéspedes solo cinco noches a la semana para evitar sobrecargar de trabajo a la señora Besley. La señorita Stirling había considerado el plan bastante razonable, pues había otras opciones para cenar en el pueblo.

Se llegó a la conclusión de que lo mejor era ofrecerla a las seis, a medio camino entre las cenas de las zonas rurales, que solían ser antes, y las modernas cenas tardías de la ciudad.

También habían resuelto que las hermanas se turnarían en la supervisión del servicio y en ayudar a Jessie según las necesidades. Viola se negó a hacer las funciones de camarera, así que cenaba con su madre en la habitación de esta. Al menos así le hacía compañía, se ocupaba de subir tanto su bandeja como la de su madre y de bajar los platos cuando acababan. «Algo es algo», pensó Sarah, aunque era consciente de que el arreglo no era justo en comparación con las tareas de las demás.

Sarah estaba nerviosa ante la primera cena con sus huéspedes, el señor y la señorita Henshall. El menú era relativamente sencillo y se iba a servir a la francesa, como si fuera una comida familiar: caballa a la plancha, empanada de ternera y espinacas, todo ello seguido de un pudin de arroz hecho al horno.

Esperaba que cumpliera sus expectativas, incluso que fuera objeto de alabanza.

Durante la cena el padre y la hija permanecieron en un incómodo silencio. En más de una ocasión el señor Henshall intentó involucrar a la joven, Effie, en una conversación, pero esta permaneció todo el tiempo callada con cara de pocos amigos, y muy pronto el padre desistió.

Sarah, que lo mismo ayudaba a Jessie a rellenar los vasos que recogía los platos vacíos, se sentía muy cohibida en su papel. Había dado por hecho que los huéspedes preferirían sentarse solos en vez de tener a la familia a la mesa con ellos y verse obligados a departir con sus anfitrionas.

Sin embargo, no estaban entablando conversación entre ellos, lo que resultaba aún más incómodo. Entonces se dijo a sí misma que las cosas mejorarían cuando tuvieran más clientes. Algo que, con suerte, sucedería pronto.

Unas horas más tarde, después de ayudar a recoger el comedor y asegurarse de que todo estaba listo para el desayuno de por la mañana, Sarah subió a su habitación con intención de retirarse hasta el día siguiente. De camino a su cuarto, oyó que el señor Henshall estaba tocando quedamente la guitarra. Cuando se disponía meterse en la cama, la música ya había cesado y todo estaba en completo silencio.

Se quedó dormida en seguida, exhausta por el trabajo que había supuesto prepararse para la llegada de los primeros huéspedes y por toda la ansiedad que había conllevado. Estaba tan agotada que pensó que sería capaz de dormir durante días.

Por desgracia, algo la despertó de madrugada. ¿No bastaba con tener que levantarse más temprano de lo habitual para ayudar con el desayuno, que tenía que soportar que la despertaran antes del amanecer?

Refunfuñó y se dio media vuelta, pero entonces, en la distancia, oyó el ruido de una puerta al cerrarse. Recordaba haber cerrado con llave todas las entradas antes de retirarse a su dormitorio, así que aquello solo podía querer decir que alguien se estaba marchando. ¿Pero quién iba a salir a aquellas horas intempestivas? Al menos esperaba que no se tratara alguien que intentaba introducirse en la casa de forma subrepticia.

Refunfuñando nuevamente, apartó la ropa de cama, se levantó y se dirigió a la ventana.

Se aproximaba la aurora y la cerrada oscuridad de la noche se había ido mitigando hasta convertir el cielo en un manto gris claro. Un hombre con sombrero de copa y un amplio gabán con las solapas subidas para evitar la humedad se alejaba de la casa a grandes zancadas. Antes de cruzar la calle volvió la cabeza para comprobar si se aproximaba algún vehículo y Sarah pudo avistar su perfil.

Era el señor Henshall. ¿Qué hacía levantado a aquellas horas? ¿A dónde iba completamente solo?

Sintió una punzada de intranquilidad al pensar que dejaba a su hija desatendida. Y entonces se dio cuenta de que, aunque él podía descorrer el pestillo desde el interior para salir, no podía volver a cerrar sin disponer de una llave.

Sidmouth era un lugar relativamente seguro, y en nada se haría de día. Aun así, aquello no le gustó nada.

Sarah exhaló un suspiró. Lo de dormir se había acabado. Y entonces, resistiendo la tentación de volver a la cama, empezó a vestirse para otro ajetreado día.

Capítulo 4

«Mi salud ha mejorado mucho junto al mar; no es que haya bebido de sus aguas ni me haya bañado en ellas, como hace la gente corriente: ¡No! Solo he caminado junto a él y lo he contemplado con fascinación».

THOMAS GRAY, poeta

Emily había llegado a la conclusión de que en Sidmouth el mejor momento del día eran las mañanas, antes de que el gentío se apropiara de la playa y del porche de la biblioteca. Tras dejar atrás la extensión de hierba que rodeaba Sea View, cruzó la carretera y el paseo marítimo y bajó la pendiente natural de guijarros para llegar hasta la arena.

Debido a la escasa profundidad de la bahía y al hecho de que Sidmouth no tuviera puerto, raras veces se aproximaban barcos de grandes dimensiones, a excepción de las barcazas costeras de fondo plano que trasportaban carbón y piedra caliza.

En su lugar, numerosas barcas de pesca y recreativas moteaban el agua con sus pintorescas velas que contrastaban con el profundo azul del mar. Y en la parte derecha se elevaba Chit Rock, un farallón que servía a los marineros de punto de referencia en los días de niebla.

Emily adoraba contemplar el mar —las olas, los barcos, las aves marinas revoloteando en círculo por encima de su cabeza—, pero la idea de adentrarse en sus aguas le daba tanto pavor que le ponía los pelos de punta y se mantenía alejada del rompiente.

En el extremo oeste de la playa se erigía un grupo de casas llamado Heffer's Row, situado sobre una elevación desde la que se divisaba la orilla, así como un puñado de casitas más.

Aunque poco a poco iba ganando notoriedad como destino vacacional, Sidmouth era en esencia un pueblo de pescadores. La pesca era el pilar fundamental de su economía y la principal fuente de ingresos de muchas familias. Unos veinte botes, o «traineras», con nombres como *Petrel de las tormentas*, *Águila pescadora* o *Elfo*, salían a faenar desde aquella playa. Muchos de los pescadores también tenían nombres pintorescos como Ruder Pike, Banty Hook y Toot Salter. Cada familia disponía de un trozo de playa propio y todo el mundo respetaba aquella antigua norma no escrita. Los hombres también formaban su propio equipo de cricket.

Emily conocía a algunos de aquellos infatigables trabajadores y mantenía muy buena relación con una familia en particular. Los Cordey tenían sus barcas al fondo de la playa, cerca de su humilde cabaña de piedra y adobe situada bajo Heffer's Row.

Su pedazo de playa era el más cercano a Sea View, y las hermanas a menudo se detenían a intercambiar amables bromas con el afable señor Cordey, su joven hija, Bibi, y su agradable hijo pequeño, Punch.

Emily saludó a los hombres con la mano.

—¡Buenos días!

—¡Buenos días tenga *usté*, señorita!

Tom, el hijo mayor del señor Cordey, era más serio y reservado. Debía de rondar los veinticinco años y tenía las manos fuertes y habilidosas y unos hombros anchos marcados por un jersey de lana. Bajo su gorra plana mostraba unas facciones realmente excepcionales y unos ojos de color azul cristalino. Sus hermanas le tomaban el pelo diciéndole que, desde que tenía tratos con aquel apuesto pescador, la familia al completo comía mucho más pescado.

Georgiana, con el pelo castaño claro ondeando al viento alrededor de su alegre rostro ovalado, bajó corriendo hasta la playa para reunirse con ella, seguida de *Chips*. Al llegar saludó a los pescadores que se preparaban para salir al mar con uno de sus botes.

—¿Puedo ir con ustedes? —preguntó la más joven de las hermanas.

El señor Cordey se rascó la sien y se recolocó la gorra.

—Georgie, los hombres tienen trabajo —la reprendió Emily—. Y nosotras también. Será mejor que les dejemos tranquilos con lo suyo y volvamos a casa a hacer nuestras tareas.

—Sé que se lo había *prometío*, señorita; así que ¡venga! Pero un *ratico* corto *na* más, antes de que salgamos a faenar.

—¡Sí, por favor!

Emily sintió un ligero picor en la frente, estaba sudando. ¿Qué diría Sarah si estuviera allí? ¿Sería peligroso?

—Son ustedes muy amables, pero ¿no es mucha molestia?

—¡Molestia ninguna, señorita, cuando es *pa* mis mejores clientas!

Punch le hizo un gesto de invitación con las cejas.

—¿Viene usted también, señorita Emily?

— No. A mí... no me gusta el agua.

—¿Que no le gusta? ¡Pero si no hay *na* mejor!

Emily tragó saliva y admitió:

—Es que no sé nadar.

—¡Anda! ¡Ni nosotros! Pero nos gusta el agua porque está *toa* llena de peces —añadió con un guiño cómplice.

—Bueno... eso está muy bien. Para ustedes... Pero yo prefiero recorrer la playa a pie y recoger a Georgie al otro lado. Pongamos... ¿delante del hotel York?

El señor Cordey hizo un gesto de asentimiento.

—Va a estar *mu* bien *cuidá*.

Emily recorrió lentamente el paseo marítimo, una vía peatonal protegida por una barandilla que discurría a lo largo de aproximadamente medio kilómetro. Un muro almenado bordeaba la parte situada al oeste; eran los restos de un pequeño fuerte abandonado tiempo atrás. Detrás de él estaba Fort Field, el antiguo campo de entrenamiento. Luego pasó por delante de la biblioteca, sin perder de vista en ningún momento el recorrido de la barca.

Cuando reparó en las casetas de baños de la playa, sintió un escalofrío. Ella jamás se aventuraría a entrar en el agua, ni siquiera en uno de esos coloridos carros. Ni hablar. Se quedaría en la orilla, sana y salva.

Pasado un buen rato, después de que Emily hubiera recogido a Georgiana, las dos hermanas regresaron juntas a casa, y Georgie se pasó todo el camino parloteando alegremente sobre su experiencia en el agua. Cuando llegaron a Sea View, la pequeña se dirigió a la escalera exterior de la cocina en busca de algo de comida para premiar a *Chips*. Emily, entre tanto, entró sigilosamente por la puerta del porche con la esperanza de esquivar a Sarah, que con toda seguridad la pondría a trabajar. Mientras subía las escaleras de puntillas, se quitó los guantes y la capota. Instantes después, cuando llegó a su dormitorio, donde finalmente podría refugiarse, se sintió tan aliviada como una debutante que ha logrado rehuir a una odiosa pareja de baile.

Cuando abrió la puerta, frenó en seco y se llevó la mano a la boca para reprimir un grito.

Dentro había un hombre, vestido solo con unos pantalones bombachos y a punto de ponerse una camisa blanca.

Emily logró entrever unos brazos musculosos y estilizados y un torso masculino, con el pecho amplio y ligeramente velludo, y el estómago plano.

La garganta se le secó. Bajó la mano y dijo con la voz algo ronca:

—Mmm... ¿Qué está haciendo?

El hombre dio un respingo y se giró hacia el lugar del que provenía la voz con la cabeza todavía cubierta por la camisa.

—Vistiéndome. Creo que es así como lo llaman.

Tiró de la camisa hacia abajo y la cabeza asomó como un topo saliendo de su madriguera, con los brazos todavía atrapados dentro.

Tenía el pelo de color caramelo, revuelto y despeinado y abrió los ojos como platos en el momento en que la vio.

—¡Ah! ¡Por fin te encuentro, Emily! —oyó decir a Sarah desde detrás de ella en un tono fingidamente alegre—. Te has equivocado de habitación. —Seguidamente su hermana la tomó con fuerza por los hombros utilizando las manos como si fueran tenazas y la obligó a dar media vuelta—. Le ruego nos disculpe, señor Stanley.

Luego la soltó un instante, para cerrar la puerta, y se la llevó con actitud enérgica.

—¿Qué está haciendo eeee... ese hombre en mi cuarto? —farfulló Emily.

—Ahora es el suyo.

—¡Pero si ni siquiera había sacado mis cosas todavía!

—A pesar de que te lo había pedido en repetidas ocasiones.

—¡Podrías haberme avisado!

—El señor Stanley ha llegado mientras estabas fuera, esperando disponer de una habitación con buenas vistas. Al parecer, escribió para reservar estas fechas, pero no había nada en el registro de huéspedes y tampoco he encontrado su carta.

—¿Y a mí que me cuentas?

—Eres tú la que se abalanza siempre sobre el correo apenas llega.

Emily abrió la boca para protestar, pero luego la cerró. El nombre Stanley le sonaba vagamente familiar, y de pronto sintió una opresión en el estómago. Había sido ella misma la que había contestado por correo para confirmar la reserva, pero se había olvidado de añadirla al registro. Y no tenía ni idea de dónde había acabado la carta.

—Tienes razón. Me olvidé de apuntarlo.

—Ahora ya no importa. Ha demostrado ser la amabilidad en persona al esperar a que le preparáramos una habitación, así que no protestes, o al menos, no tan fuerte.

—¿Y por qué no le has dado tu habitación?

—Porque la mía es pequeña y está en la parte de atrás de la casa. Y porque está debajo de la de Georgie, y ya sabes que se pasa el rato dando golpes y pateando el suelo como un batallón con un ariete.

—¡Pero mi cuarto tiene unas excelentes vistas al mar!

—Precisamente por eso. Es tal como la describiste en los anuncios.

Aquello hizo que Emily se pusiera a la defensiva.

—¡Ah! ¡Conque la culpa es mía! ¿Es eso lo que estás sugiriendo?

—¡Vamos, querida! No hagas un drama de esto. Ya estoy cansada de discutir.

—¿Y mamá qué opina de que le des mi habitación a un desconocido?

Sarah la miró fijamente, con un inusual destello de irritación en sus ojos azul claro.

—Ni se te ocurra ir a molestarla con tus historias de niña pequeña y caprichosa. Lo único que vas a conseguir es alterarla.

Aquel comentario se parecía mucho a las cosas que Emily solía reprocharle a Viola y de pronto sintió una punzada de culpabilidad.

Sarah añadió:

—He llevado tus cosas a mi habitación. No obstante, si prefieres trasladarte a una de las alcobas del ático con Georgie...

—¿Has sacado toda mi ropa y el resto de mis cosas?

—Todo no. No podía tener al huésped esperando todo el día. He metido todo lo que he podido en tu baúl y Lowen me ayudó a trasladarlo.

—¿Y mis libros?

Sarah resopló con desesperación.

—¡Me hubiera llevado horas sacar todos tus libros! Puedes pasar un mes sin ellos.

—¿Piensa quedarse todo un mes?

—Tal vez más, siempre que tú no lo asustes y decida marcharse antes. Y por favor, deja de fruncir el ceño. Sé lo importante que es para ti tu apariencia, y te aseguro que esas arrugas en el entrecejo no te favorecen nada.

¿Un mes entero sin sus libros? Por suerte, había muchos más en la biblioteca de la planta principal. Es más, ahora tendría excusa para visitar con mayor frecuencia la biblioteca Wallis.

—¿Qué sabemos del señor Stanley? —preguntó Emily.

—Prácticamente nada. Aunque parece una persona distinguida.

En su mente, Emily revivió el torso desnudo del aquel caballero y la expresión cálida con la que la había mirado. Desde luego, no era para nada uno de los ancianos impedidos que había imaginado. Se le pasó el enfado. Tal vez, mientras esperaba a que Charles volviera a ponerse en contacto con ella, aquel negocio de hospedar visitantes acabaría por ser más grato de lo que había creído en un principio.

Aquella noche, Emily se quedó leyendo hasta tarde en la biblioteca de Sea View a la luz de un quinqué.

—¿Señorita Summers?

Emily levantó la vista lentamente y vio al señor Stanley en el umbral.

—Será mejor que me llame usted señorita Emily, ya que hay varias señoritas Summers en esta casa.

—Señorita Emily —dijo, escondiendo las manos detrás de la espalda con gesto de disculpa—. Deduzco que me han dado su habitación...

—¡Oh! —Hizo un gesto con la mano en el aire, como restándole importancia—. Se trata solo de mi antigua habitación.

—Siento mucho que mi presencia aquí suponga un inconveniente.

—No lo es en absoluto, señor Stanley. Es usted muy bienvenido y no tiene nada por lo que disculparse. —Dejó el libro a un lado y se puso de pie—. Es solo que toda esta situación, lo de abrir la casa a la recepción de huéspedes, es nueva para nosotras. Espero que mi... su... habitación le parezca confortable.

—Sí, mucho. Y está llena de libros, como a mí me gusta.

A Emily le animó la respuesta.

—Si hay alguno que despierte su interés, no dude en tomarlo prestado.

—Gracias. Mmm... En realidad, hay un libro que he pensado que le habría gustado recuperar. —Sacó de detrás de la espalda un cuaderno con tapas de cuero.

Al verlo, dio un respingo.

Era su diario.

Avergonzada, agachó la cabeza . Notó las mejillas acaloradas.

—Me temó que lo abrí sin darme cuenta de lo que era y... mmm... esto cayó al suelo. —Le tendió el cuaderno junto a un pañuelo doblado y con un bordado bien visible: «cPs». Las iniciales de Charles.

Pensó en todas aquellas páginas de anotaciones garabateadas, detallando sus preocupaciones infantiles, frustraciones, fantasías románticas y posteriores desengaños amorosos.

Afligida, preguntó casi en un susurro:

—¿Lo ha leído?

Él cambió de apoyo de una pierna a otra.

—Para serle totalmente sincero, he de reconocer que he leído la primera página. En cuanto me he dado cuenta de que se trataba de un diario personal —su diario—, lo he cerrado. Le aseguro, por mi honor, que no he leído nada más.

¿Qué diantres había escrito en aquella primera página? Esperaba que no fuera nada demasiado humillante.

—Le agradezco su discreción, señor Stanley. Y el hecho de que me lo devuelva.

El caballero realizó una pequeña reverencia, se giró sobre los talones y se marchó.

Emily volvió a tomar asiento y acercó el quinqué. Luego abrió el diario por la primera página escrita y la leyó con el corazón a punto de salírsele del pecho.

¡Amaré a Charles Parker hasta el día el día en que me muera! Me ha encontrado llorando después de que se llevaran a Viola a que la viera otro cirujano. Charles se ha sentado a mi lado para consolarme y me ha dado su pañuelo. Huele a bergamota. ¡A él! Todavía no se lo he devuelto y no lo haré jamás. Al menos, hasta que no estemos casados. Porque un día me casaré con él, aunque sea la última cosa que haga...

Las mejillas de Emily se encendieron de nuevo. ¡Qué inocente resultaba en aquellas breves líneas! ¡Qué inmadura! ¿Habría mirado el señor Stanley la fecha y se habría dado cuenta de que cuando escribió aquello tenía tan solo diecisiete años? ¿O habría pensado que todavía estaba... estaba... ¿Que estaba qué? ¿Que estaba todavía perdidamente enamorada de Charles Parker? ¿Que seguía decidida a casarse con él a toda costa? Debía de haberle parecido una joven muy atrevida, ¡y bastante desesperada!

En ese momento le asaltó un pensamiento inquietante. ¿Existía todavía un pequeño resquicio de verdad en sus palabras, aunque hubieran pasado ya varios años de aquello? Si lo había, no hacía falta que el señor Stanley lo supiera. Especialmente en un momento en que la idea de un futuro junto a Charles parecía cada vez más improbable.

Se levantó y se dirigió hacia la puerta, y mientras lo hacía, echó un vistazo al reloj de la repisa de la chimenea. Ya habían pasado las diez. Se detuvo en seco. Era demasiado tarde para llamar a su puerta. Y, por otra parte, ¿resultaba apropiado que se presentara en el dormitorio de un caballero, independientemente de qué hora fuera? En su antigua vida, no, pero ahora que Sea View era una casa de huéspedes... ¿Y con qué pretexto se iba a presentar en su habitación? Sería mejor esperar a la mañana siguiente. Podía hacerse la encontradiza cuando bajara a desayunar o antes de que saliera de la casa. Emily comenzó a deambular por la biblioteca sin parar de darle vueltas a la cabeza y con el corazón acelerado. No. Si no hablaba con él antes de ir a la cama, no conseguiría pegar ojo en toda la noche.

Estaba empezando a refrescar, así que agarró el chal que tenía en el respaldo de la silla, se lo echó por encima de los hombros y se dirigió escaleras arriba. No sabía si Sarah se habría ido ya a dormir o no. Eso sí, esperaba que no la volviera a pillar delante de la puerta del señor Stanley.

Una vez en al rellano, echó a andar a toda prisa por el pasillo intentando no hacer ruido. Conocía el camino de memoria, de manera que la falta de luz apenas supuso un obstáculo. Cuando llegó a la puerta se sintió aliviada al ver un resquicio de claridad que asomaba por debajo. Bien. Todavía no se había acostado.

Golpeó suavemente con los nudillos.

—¿Sí? —respondió con voz grave.

Si hablaba, alguien más podría oírla, así que se limitó a esperar.

Él entreabrió tímidamente la puerta apenas unos centímetros y, al ver quien era, enarcó las cejas.

—Señorita Emily, yo... ¿necesita algo?

Iba vestido tan solo con un pantalón y una camisa blanca con el cuello abierto. Hasta aquel día nunca había visto un hombre en mangas de camisa y a él ya lo había visto dos veces a medio vestir. Su cabello estaba revuelto, igual que la cama sobre cuya colcha reposaba un libro abierto.

—Perdone la intromisión —dijo en un susurro—, pero no habría podido dormir hasta que no se lo dijera. Lo que ha leído... Lo escribí hace años, poco después de acabar la escuela. No quisiera que pensara que... que yo... bueno, que soy una joven desesperada, herida de amor o algo por el estilo.

—Porque no lo es...

—¡No!

Esbozó una media sonrisa..

—Es un alivio saberlo. ¿Y el pañuelo?

«Córcholis».

—Simplemente, nunca llegué a devolverlo.

—Entiendo. Bien. Pues gracias por informarme. —Mantuvo la mirada fija sobre ella... los ojos, las mejillas, los labios, durante unos segundos más de lo normal.

Emily tragó saliva.

—Bu... buenas noches, señor Stanley.

—Buenas noches, señorita Emily. Que duerma bien.

En cuanto a dormir bien, Emily no las tenías todas consigo. Al final, el encuentro con el señor Stanley no la había tranquilizado. Más bien al contrario.

Al día siguiente, muy de mañana, Sarah volvió a oír al señor Henshall abandonar la casa. Emily, con los mechones de pelo recogidos con tiras de papel en forma de tirabuzón, seguía durmiendo plácidamente.

Tras ponerse rápidamente un salto de cama y calzarse, Sarah bajó a toda prisa las escaleras y salió. ¿Qué dirección había tomado? ¿Hacia el mar o hacia el pueblo?

El característico campanilleo de los aparejos de un caballo la obligó a dar un paso atrás. Se trataba de un granjero que llevaba un cargamento de lecheras a Westmount o a Woolbrook.

El hombre se tocó ligeramente la visera de la gorra a modo de saludo.

—Buenos días.

—Buenos días —respondió ella. Consciente de lo inapropiado de su indumentaria, Sarah se arrebujó aproximando las solapas entre sí y añadió con expresión desenfadada:

—He salido a dar un breve paseo matutino.

Tras renunciar a la idea de seguir a nadie ataviada de aquel modo, volvió a su habitación y empezó a lavarse, sin dejar de preguntarse qué se traía entre manos Callum Henshall.

Ya vestida con un traje de algodón estampado y un fichú[3] bajó de nuevo las escaleras con intención de pedirle consejo a su madre. ¿Se habría despertado ya? Últimamente dormía mucho más y cada vez se despertaba más tarde, algo que preocupaba a Sarah. Todas habían albergado la esperanza de que trasladarse a Sidmouth iba a ser beneficioso para su madre, pero de momento apenas habían percibido signos de mejoría.

Al llegar a la puerta de la alcoba, llamó suavemente con los nudillos. No contestó. Debía de estar durmiendo. Recordó lo madrugadora que era tiempo atrás.

Golpeó con un poco más de contundencia y, al ver que seguía sin obtener respuesta, acercó la mano a la madera y la llamó:

—¿Mamá?

Nada.

Su preocupación aumentó.

—¡¿Mamá?! —Volvió a llamar con los nudillos, esta vez de manera muy enérgica.

Siguió sin suceder absolutamente nada.

Había supuesto que, si llamaba lo bastante fuerte, Viola la oiría desde el vestidor, pero su hermana tampoco respondió.

«¡Por lo que más quieras, Dios mío! ¡Haz que mamá esté bien!». No podían perder también a su madre.

Intentó abrir la puerta, pero descubrió que estaba echado el pestillo. Nunca cerraba así la puerta hasta que habían empezado a hospedar extraños.

Aunque el señor Farrant, el amigo de la señorita Stirling, había instalado cerraduras en todos los dormitorios de los huéspedes, decidieron no hacer el mismo gasto en las habitaciones familiares, ni tampoco en

---

3 N. de la Trad.: Prenda de vestir de abrigo o adorno consistente en una pieza de tela doblada en diagonal que se lleva sobre los hombros.

las puertas que conectaban las diferentes estancias internas, que seguían teniendo pestillos tradicionales.

Se arrodilló y empujó la puerta todo lo que pudo hasta que vio una delgada rendija de luz en el interior y la barra metálica del pestillo atravesándola.

Tomó un alfiler con el que se sujetaba el pelo y lo introdujo en la abertura. Después de manipularlo durante un rato, logró levantar la aldabilla interior.

Insuflándose ánimos a sí misma, abrió. Las contraventanas estaban abiertas y la luz de la mañana iluminaba la habitación, pero su madre estaba inmóvil, de un modo bastante antinatural. Corrió hacia la cama, temiéndose lo peor. Acercó la mano a la boca entreabierta de su madre y, aliviada, sintió un suave hálito y se dio cuenta de que el pecho cubierto por el camisón se movía levemente arriba y abajo. Se sentó en el borde de la estrecha cama y, a pesar del balanceo que provocó, su madre no se inmutó. Le agarró la mano, afortunadamente caliente, y le tomó el pulso. Era lento y estable.

En aquel momento se abrió la puerta del vestidor y Viola entró bostezando y arrastrando los pies.

—¿No me has oído llamar? —preguntó Sarah.

Su hermana se quedó mirando con gesto inexpresivo y se quitó algo de los oídos. Eran algodones.

—Ahora me tapo los oídos por la noche. Mamá ronca tan fuerte que la oigo desde mi habitación.

—¿En serio? No recuerdo que lo hiciera antes.

Viola se encogió de hombros.

—Ni yo. Pero tampoco había dormido nunca en el dormitorio de al lado. Yo creo que es por el jarabe para dormir. —Hizo un gesto con la barbilla señalando la mesita auxiliar. Sarah vio una botella con un vaso de agua al lado.

—¿Mamá? —Sacudió levemente el hombro de su madre, que no respondió. —Viola, por favor, moja una toallita para el rostro y tráela.

Viola se precipitó hacia el aguamanil y volvió con un trozo de tela húmeda.

Sarah comenzó a dar pequeños toques en las mejillas y en el cuello de su madre haciendo una ligera presión.

—¿Mamá? Es hora de despertarse.

Apartándose un poco le preguntó a su hermana:

—¿Cuánto jarabe se ha tomado?

Volvió a encogerse de hombros.

—¿Mmm? —Su madre murmuró algo entre dientes y, poco a poco, abrió los ojos con gesto adormilado.

—¿Sarah? ¿Qué pasa? ¿Hay algún problema?

—No conseguíamos despertarte, mamá. Nos has dado un susto tremendo. ¿Cuánto jarabe para dormir has tomado?

—No lo sé.

Sarah alzó la botella y la examinó.

—¿Qué lleva exactamente? —Retiró el tapón y tras olisquear el contenido, arrugó la nariz—. Diría que se trata de láudano. Con un alto porcentaje de alcohol y vete tú a saber qué más.

—El anciano doctor Potter se lo prescribió antes de que dejáramos May Hill—respondió Viola.

Juntas ayudaron a su madre a erguirse y, después de mojarle de nuevo la cara con agua fría, pareció revivir.

—¿Estás segura de que te hace falta? ¿Algo tan fuerte?

—Puede que no le venga mal —dijo Viola—, cuando tengamos huéspedes pululando por la casa a todas horas del día y de la noche. De hecho, es posible que todas vayamos a necesitarlo si queremos descansar un poco.

—Viola, ese tipo de comentarios no ayudan.

Sarah tomó la mano de su madre.

—¿Qué te parece si hablo con uno de los farmacéuticos de Sidmouth para ver si tiene algo más suave que te ayude a dormir? O quizá podríamos llamar a un doctor de la zona para que venga a verte y se asegure de que no hay ningún problema.

Su madre sacudió la cabeza.

—No quiero ser una molestia… ni que tengáis que aumentar los gastos por mi culpa.

—Tu salud es mucho más importante que todo eso. Ni se te ocurra volver a decir algo así.

—De acuerdo. No quiero que nadie se preocupe.

—Pues ya es tarde, mamá. Me he preocupado muchísimo cuando no has respondido después de un buen rato llamándote. De hecho, me he temido lo peor.

—Lo siento mucho, querida mía. Solo soy una carga para vosotras.

—En absoluto, mamá. Te queremos mucho y queremos que estés bien de salud y bien cuidada. Pero, por favor, deja de tomar ese jarabe para dormir.

Capítulo 5

«Una dama de buena familia y fortuna, aquejada con frecuencia de dolores de tipo cólico, acudió al mejor doctor de Londres en busca de consejo. Desde entonces a menudo visita Bath en primavera y bebe las aguas de Turnbridge en otoño».

Dr. Richard Russel,
A Dissertation Concerning the Use of Sea Water in Diseases of the Glands

Aquella misma mañana, algo más tarde, Sarah caminó hasta la zona este de Sidmouth para visitar a Fran Stirling. Al llegar al mercado, llamó con los nudillos a la puerta de la pensión Broadbridge. Muy pronto fue recibida calurosamente y acompañada a un acogedor salón que olía a cera para muebles y a ropa de cama recién lavada. La señorita Stirling llevaba puesto un delantal con peto que se quitó de inmediato para recibirla y que colgó detrás de la puerta. Por lo visto, hasta la propietaria de una pensión con una sólida reputación tenía que hacer tareas domésticas de cuando en cuando.

La señorita Stirling insistió en que tomaran el té y, cuando ambas se hubieron sentado y puesto cómodas, Sarah le preguntó si conocía algún doctor que pudiera recomendarle.

—Sí, conozco a la persona adecuada.

Informó a Sarah de que Sidmouth se jactaba de tener un médico, el doctor James Clarke, así como varios cirujanos y farmacéuticos que parecían acudir en tropel a la zona para cubrir las necesidades de los numerosos convalecientes que los visitaban.

Siguieron conversando durante unos minutos hasta que el señor Farrant se pasó para ver si la barandilla que había ajustado aguantaba bien.

—¡Oh, sí! Está firme como una roca —le respondió la señorita Stirling.

A Sarah le pareció que era una excusa un poco endeble para hacer un alto en el camino, aunque, a juzgar por el brillo en los ojos de la señorita Stirling, la visita había sido bien recibida, y decidió que había llegado el momento de marcharse.

Después de dejar la pensión Broadbridge, se detuvo en la consulta del doctor Clarke y pidió que pasara a hacerle una visita a la señora Summers en Sea View.

Este se presentó aquella misma tarde, y su madre le pidió a Sarah que estuviera presente durante el examen médico. Sarah se situó en el otro extremo de la habitación, retorciéndose los dedos mientras el anciano escuchaba el corazón y los pulmones de su madre a través de un tubo, le tomaba el pulso, le observaba los ojos y le hacía una serie de preguntas.

Cuando hubo terminado, la mujer le preguntó:

—¿Y bien, doctor Clarke?

—Como bien sabe, está usted débil. Según me comenta, su anterior doctor le diagnosticó un cólico, pero yo también he detectado algún problema glandular de naturaleza pulmonar. No es de extrañar que raras veces se sienta con la fuerza suficiente para levantarse de la cama ni para participar de los placeres de la vida.

Sarah intervino:

—No obstante, ella siempre se comporta de forma estoica, ¿verdad, mamá? Incluso animada.

—Gracias, querida. Lo intento.

El doctor mantuvo la expresión grave.

—Eso demuestra que posee usted gran fuerza de carácter, señora, pero no física.

—Bueno, ¿y qué le recomienda? —quiso saber Sarah—. ¿No hay ningún tratamiento, ninguna medicina que pueda ayudarla?

—Efectivamente, lo hay. Respirar la saludable brisa marina con frecuencia alivia los estragos de la enfermedad. Asimismo, el uso del agua marina puede ser muy útil para prevenir los cólicos biliares y las dolencias más peligrosas, y para conservar los pulmones...

Sarah escuchó con suma atención, aunque no entendió ni la mitad de lo que el doctor le decía.

Su madre intervino:

—He estado sentada fuera, en el jardín amurallado, tomando el aire. Pero aquí estoy más protegida de los vientos fuertes.

El médico asintió con la cabeza.

—Es un principio, pero a mi parecer es la combinación de la brisa marina y de los baños de mar lo que produce los mejores efectos en todas las afecciones estomacales, pulmonares y de la sangre.

La mujer adoptó una expresión de decepción.

—Ya veo...

—Parece usted algo escéptica. ¿Por casualidad no conocerá al señor Butcher, un pastor disidente que vive aquí, en Sidmouth?

—He oído hablar de él.

—Dejó Londres hace muchos años debido a una indisposición y no se cansa nunca de expresar los beneficios que le ha aportado residir en Devonshire.

—Sí, lo sabemos —comentó Sarah—. O tal vez debería decir que lo he leído en sus libros.

Su madre protestó.

—Lo último que quiero hacer es zambullirme en las frías y turbulentas aguas del mar.

—Pero, mamá, el doctor Clarke dice...

La señora Summers levantó la mano.

—Empezaré probando los baños medicinales en agua salada. Antes de someterme a algo tan drástico, me gustaría ver primero si eso tiene algún tipo de efecto.

El doctor Clark reflexionó durante unos breves instantes.

—En ese caso, permítame advertirle que no beba ni coma nada justo antes o después del baño, para que las fibras no dispongan de un suministro inmediato que las dilate.

—Creo que el riesgo de que eso suceda es muy escaso —dijo Sarah—, por desgracia mi madre casi nunca tiene apetito.

—¿De veras cree que puede ser útil? —preguntó la mujer.

—Sí, lo creo —respondió el doctor asintiendo con solemnidad—. No existe ninguna duda al respecto, las sales del agua de mar son las principales responsables de las propiedades curativas de los baños medicinales. El proceso podría prevenir, e incluso curar, los daños glandulares internos.

—Bien —concluyó Sarah, sintiendo la chispa de esperanza que tanto necesitaba—. Es evidente que merece la pena intentarlo. Gracias, doctor.

Después de dejar a su madre descansando, Sarah acompañó al doctor hasta la puerta y se encaminó hacia la biblioteca que hacía las veces de oficina. A través de la puerta de la sala vio al señor Henshall mirando fijamente la pared.

Sarah se acercó.

—Buenos días, señor Henshall. ¿Está buscando algo?

—¿Eh? ¡Oh! Estaba solo... admirando este paisaje.

Sarah lanzó una mirada dudosa a la oscura pintura. Estaba ya ahí antes de que compraran la casa y no era una de sus favoritas. Pero, bueno... sobre gustos no hay nada escrito.

—¿Está todo bien en lo que se refiere al alojamiento? —le preguntó—. ¿Tiene todo lo que necesita?

—¡Oh, sí!

—¿Y está disfrutando de su estancia?

—Está... bien. Effie se aburre un poco, me temo. Espero que no le ofenda.

—En absoluto. —Sarah reflexionó unos instantes y luego añadió: —Mi hermana Georgiana es solo un año mayor, más o menos, y cuando tiene tiempo, le encanta ir a darse un baño, pasear, recoger frutas silvestres y volar cometas. Bueno, cualquier tipo de deporte... la verdad es que disfruta con todo lo que implique estar al aire libre. Siempre y cuando usted dé su permiso, estoy segura de que Georgiana invitaría con mucho gusto a su hija a alguna de sus salidas.

—De ningún modo quiero que se meta en el agua. ¿Entendido? No sin mí. No sería seguro.

Sarah retiró ligeramente la cabeza ante su vehemencia. Tal vez le desagradaba tanto el mar como a Emily.

El señor Henshall hizo una mueca de incomodidad.

—Disculpe. Es que... me pasaría todo el tiempo preocupado.

—Lo entiendo.

—Pero, en cuanto a lo demás, por su puesto. Si a su hermana no le importa.

—Le preguntaré. ¿Dónde han estado hasta ahora? ¿Han visto ya algo?

—Solo los alrededores de la casa, la playa y parte del pueblo. Por desgracia, Effie no muestra mucho interés. Prefiere quedarse en su habitación con sus grabados de moda.

—¡Oh, cielos! Han hecho ustedes un viaje muy largo para haber visto solo eso...

—Pues se lo diré.

—¿Había estado antes en Sidmouth?

—Mmm... sí. Pero hace muchos años.

—¿Y su... esposa... le acompañó en su momento? —preguntó Sarah, no sin cierto reparo.

Él asintió con la cabeza.

—Pero preferiría no hablar de ello.

La joven parpadeó sorprendida.

Él volvió a hacer un gesto de malestar.

—Y ahora, si me disculpa, será mejor que vaya a ver qué hace Effie.

Sarah se quedó mirándolo mientras se marchaba, sintiéndose más desconcertada que ofendida. Sospechaba que aquella brusquedad hundía sus raíces en un pasado desgraciado. Al fin y al cabo, era viudo, y probablemente todavía sufría por el amor perdido. Y si ese era el caso, no podía culparlo por ello.

Cuando Viola regresó a Westmount para leerle al mayor Hutton, había dos hombres discutiendo fuera. Supuso que el del delantal manchado era el cocinero, pero no tenía ni la menor idea de quién podía ser el de los tatuajes con aspecto desarrapado.

El joven cocinero bajó la vista y miró con el ceño fruncido el contenido de la cesta que sujetaba el otro hombre.

—¿Esto es lo mejor que has encontrado?

—Es lo que había en el mercado.

—¿Puerros y espinacas? ¡En la vida he hecho yo una sopa con puerros y espinacas! —Entonces agarró una berenjena—. ¿Y esto? ¿Qué se supone que debo hacer con esto?

—¡Y yo qué sé! Se les habían acabado los guisantes.

—¡Ea pues! Esta noche, de cena, aguachirle.

Al ver a Viola acercarse, el hombre del tatuaje la saludó.

—¿Viene por el mayor, señorita?

—Sí. ¿Y usted es…?

—Taggart, primer y único lacayo. Y este es Chown. Se ocupa de la cocina; o, mejor dicho, lo intenta.

Taggart le abrió la puerta y la condujo hasta la habitación del mayor, un cuarto que debía de haber sido un estudio antes de que pusieran el diván que lo había transformado en enfermería y dormitorio.

En la penumbra, el mayor levantó la vista y torció el gesto.

—¡Ah, es usted! Otra vez.

Viola hizo oídos sordos al menosprecio. Para protegerse de las flechas de aquel hombre, recurrió a su habitual armadura de indiferencia.

—Yo también me alegro de verle. —Luego, al tiempo que se dirigía al escritorio, comentó: —Tiene usted un servicio un poco… peculiar.

—¿Ah, sí?

Viola asintió con la cabeza.

—Para empezar, le cocina un hombre, y no es francés, ni tampoco muy experimentado. O esa es la impresión que me ha dado.

—¿Y qué le hace pensar eso? Trabajaba en nuestro comedor. Y lo que no sabe, lo va aprendiendo sobre la marcha.

—¿Y su lacayo?

—Estaba sin trabajo. Como la mayoría de los que estuvieron sirviendo en el ejército, desgraciadamente. Necesitaba un empleo y yo podía ofrecerle uno.

—Admiro su compasión, no me malinterprete, pero no se me ocurre una persona con un aspecto menos adecuado para hacer de lacayo.

—¿Y por qué? ¿Porque se niega a empolvarse el pelo como esos relamidos?

—E incluso a lavárselo. O a peinarse. O a afeitarse. O a plancharse la ropa…

—¿Tan fácil es herir su sensibilidad?

—En absoluto. No obstante, sí que me pregunto qué podrían pensar sus… sus invitados menos progresistas.

Él soltó un bufido cargado de sorna.

—No recibo visitas.

—Eso no me sorprende.

Al ver que no decía nada más, Viola preguntó:

—¿Qué desea que le lea hoy? ¿Otra vez los periódicos?

Cuando vio que permanecía callado, con expresión huraña, tomó un diario y empezó a leer: «Sidmouth. Nuestra agradable y renombrada localidad costera se encuentra en estas fechas en su máximo esplendor y acoge diariamente nuevos visitantes entre los que se encuentran sir John y *lady* Kennaway, el honorable señor Burke, el reverendo J. Trollope y el coronel Fitzgerald. El baile inaugural de la temporada tendrá lugar el próximo miércoles, en el London Inn.»

Hizo una pausa para respirar y preguntó:

—¿Asistirá?

—No. ¿Y usted?

—Por supuesto que no.

Ella echó un vistazo a la figura cubierta por el holgado *banyan* de cuerpo entero y se preguntó si le pasaría algo en las piernas. ¿Habría sufrido heridas también ahí? Decidió no entrometerse.

—¿Con qué desea que siga? —preguntó—. ¿Un anuncio de píldoras biliares? ¿Polvos dentales de origen vegetal o esencia acidulada de anchoas?

—No, gracias. Ya es más que suficiente por hoy.

—Se supone que tengo que quedarme una hora.

—¡Pardiez! —exclamó, arrugando la larga y puntiaguda nariz—. La correspondencia, entonces.

Viola se acercó a la cesta, tomó una carta con el matasellos «Derby» y rompió el lacre. En la penumbra, leyó: «Estimado mayor Hutton: Mi madre dio su permiso para que mantuviéramos correspondencia, así que me pregunto por qué no ha respondido a mis cartas...».

—Esa no —le espetó.

Su tono chirriante le hizo dar un respingo y no pudo evitar echar un vistazo a la firma: «señorita Lucinda Truman».

Tomó otra carta, escrita con una florida caligrafía mucho más difícil de descifrar. Se la llevó hacia la ventana junto a un resquicio de luz que entraba entre los postigos, e incluso se levantó el velo, aunque preocupándose de desviar el rostro. «Para el mayor Hutton: Con la presente le solicitamos que nos honre con su presencia...».

—Esa tampoco —dijo, alzando la mano con gesto de frustración—. Mire, puede ignorar también las invitaciones. Actualmente no estoy muy sociable en cuanto a estado de ánimo... ni de cuerpo.

Viola tomó la siguiente.

—¿Otra de la señorita Truman?

—No. Déjela a un lado.

Ella exhaló un suspiro.

—No me lo está poniendo fácil.

—Tampoco lo pretendo.

—Entonces, al parecer, será mejor regresar a un puerto seguro, el precio del cereal.

Siguió leyendo hasta que llegaron a un punto en el que ambos corrían el riesgo de quedarse traspuestos. Entonces, justo cuando iba a anunciar su marcha, un hombre de pelo y piel oscuros elegantemente vestido llamó a la puerta con un simple golpe de nudillos y entró. Viola imaginó que se trataba de su amigo Armaan.

—¡Oh! ¡Buenos días! Usted debe ser la señorita Summers.

—Así es.

El caballero hizo una leve reverencia y su oscuro y ondulado cabello le cayó sobre la frente.

El mayor lo miró con gesto furioso.

—Creía que habías jurado protegerme. ¿Por qué has dejado entrar otra vez a esta mujer?

—Ha sido Taggart, pero tampoco se lo habría impedido. Estoy de acuerdo con tu padre; esta dama es un regalo del cielo.

¿Un regalo del cielo? ¿Ella? Viola no daba crédito.

El señor Sagar hizo un elegante gesto con la mano.

—Disculpe, no era mi intención interrumpirla. Prosiga con la lectura, por favor.

El mayor gruñó.

—Estoy medio mareado de escuchar el tono soporífero con el que canturrea los precios de los mercados.

Viola se puso en pie.

—Sea como fuere, nuestro tiempo ha acabado.

Armaan desvió un momento la mirada al mayor y la dirigió de nuevo hacia ella.

—En ese caso, la acompañaré a la salida.

Caminaron hacia la puerta principal en un silencio incómodo.

Con intención de romperlo, Viola comentó:

—El mayor Hutton me ha contado que sigue con vida gracias a usted.

—¿Gracias a mí o por culpa mía?

La joven dio un traspié.

—¿Perdón?

—No importa —respondió, sacudiendo la mano con un gesto de indiferencia.

—Tengo entendido que lo sacó de un edificio en llamas.

Él soltó una risita lacónica.

—Muy propio de él contar solo una parte de la historia.

—¿Hay más?

—¡Oh, sí! La única razón por la que se encontraba en aquel lugar era porque había ido a rescatarme. —El señor Sagar de detuvo bajo el pórtico de la entrada de carruajes y se quedó mirándola, tal vez para asegurarse de que su interés era genuino.

—Continúe, por favor —le conminó ella.

—No fue en mitad de... ¿cómo lo llaman ustedes? La contienda oficial. A algunos hombres que había conocido en mi juventud les molestaba que combatiera del lado de los británicos. Me tendieron una emboscada y me arrastraron al interior de un cobertizo donde se almacenaba munición. Me ataron las manos y empezaron a golpearme. Pretendían matarme.

Lentamente, movió la cabeza de un lado a otro, con la mirada perdida en sus recuerdos.

—Eran cuatro. Demasiados para enfrentarse a ellos. El mayor encendió un fuego al otro lado de la puerta, utilizando un bidón de metal, con intención de distraer su atención. El humo invadió el cobertizo y la mayoría escaparon asustados. Pero uno de ellos, Raj, extrajo un trozo de morralla incandescente y lo lanzó al interior de un barril de pólvora.

»Antes de salir huyendo, Raj vio cómo el mayor me liberaba de las ataduras y disparó a través de la nube de humo. Su objetivo era yo, pero erró el tiro y el proyectil alcanzó al mayor. Entonces se produjo una enorme explosión. Había llamas por todas partes. De manera que sí, yo lo saqué a rastras de aquel lugar, herido de bala y con graves quemaduras, pero vivo. Pero si entró allí, fue solo para salvarme. Siempre omite esa parte.

Armaan se quedó con la mirada fija en el horizonte, justo en un momento en que el sol vespertino iluminaba Peak Hill, cubriéndola de un manto dorado.

—En ocasiones me pregunto si preferiría que lo hubiera dejado morir.

Viola no dijo nada. Se limitó a observar el perfil de aquel hombre y las emociones que le empañaban el oscuro y apuesto rostro. Bajo la luz del día, se dio cuenta de que superaba en edad al mayor, aunque quizá solo en unos pocos años.

Él la miró, esbozó una tenue sonrisa y terminó su relato:

—Me concedieron permiso para acompañarlo de vuelta a Inglaterra, para ocuparme de que recibiera los cuidados que necesita por parte de los doctores ingleses a los que está acostumbrado. Vinimos aquí porque dicen que la brisa marina es buena para los pulmones. Espero que sea cierto. Siento que soy el único responsable de sus heridas. Él dice que no. Que si no fuera por mí, estaría muerto. No sé qué pensar.

—Estoy segura de que le está muy agradecido, aunque no se lo muestre.

Armaan asintió con la cabeza.

—Él es así, no deja entrever sus sentimientos. Pero es un verdadero amigo, no como aquellos que se volvieron en mi contra. Y no solo le estoy agradecido, sino que no tengo ningún reparo en, como diría usted, mostrárselo.

Viola consideró la posibilidad de incitarle a que le diera más detalles sobre el pronóstico del mayor, pero lo descartó. También sintió la tentación de preguntarle quién era la señorita Truman, pero se mordió la lengua.

El lunes Emily alquiló una silla de manos, un asiento individual en el interior de una pequeña cabina, provista de unas varas de madera que servían para que dos hombres jóvenes y fornidos pudieran trasladarla de un lado a otro. Llevaron a su madre en dirección este por el paseo marítimo, por delante del Fuerte Field y de la biblioteca, hasta llegar a los baños medicinales del señor Hodges, que se encontraban aproximadamente a mitad de la playa.

Emily y Georgiana caminaban a su lado. Se había decidido que fueran ellas las que acompañaran a su madre, dado que Viola y Sarah estaban ocupadas. A pesar del miedo que tenía al mar, Emily pensó que podría soportar los baños a cubierto donde el agua, según le habían asegurado, no cubría.

Delante de ellas había alguna que otra silla de manos más y varios burros pertrechados con sillas de montar para inválidos, ya que los baños de agua salada eran muy frecuentados, tanto por los enfermos, como por gente que gozaba de buena salud.

La ventaja que tenían las sillas de manos frente a los burros o los carruajes era que sus porteadores podían proseguir hasta entrar en el mismo establecimiento, reduciendo así el recorrido que tenía que hacer el enfermo por su propio pie o llevado en volandas por alguien.

Una vez dentro, los dos porteadores posaron la silla y, tras abrir la puerta, uno de ellos se asomó dentro y ayudó a su madre a levantarse y a salir del pequeño cubículo. Afortunadamente Eugenia Summers todavía podía recorrer distancias cortas por sí misma.

Mientras tanto Emily abonó el importe correspondiente a una de las asistentes, que las condujo a los vestuarios de las señoras. Al llegar, las tres se quitaron sus ropas y se pusieron las combinaciones de lino de color marrón que les habían proporcionado y las blusas que se anudaban en la cintura. A Emily le llamó la atención que, mientras que todas las mujeres iban ataviadas con el mismo atuendo anodino, cada una de ellas llevaba su propio tocado o turbante, la mayor parte de ellos rematados con ornamentos como plumas, frutas artificiales y flores.

Cuando estuvieron preparadas, la asistente les abrió una puerta que daba directamente a la zona de agua, situada en un plano inferior. Emily y Georgiana tomaron a su madre cada una de un brazo y juntas descendieron varios escalones, sumergiéndose así en la gigantesca cisterna comunitaria. Alrededor de todo el perímetro había gente sentada con el agua caliente llegándoles hasta el cuello, tanto hombres como mujeres. Esto sorprendió a Emily, especialmente porque en la playa unos y otras se bañaban por separado.

Los caballeros iban vestidos con trajes de lino similares a los de las damas y estaban sentados codo con codo rodeados por una bruma cálida y salada, algunos de ellos todavía con los sombreros puestos.

En el agua flotaban unos cuencos ligeros de madera y cobre que contenían aceites aromáticos y pomas perfumadas, despedían un aroma dulzón y que se movían arriba y abajo cada vez que un bañista removía la superficie.

Emily paseó la mirada por encima de toda aquella gente sudorosa con sus trajes de baño hinchados. Le recordaban a un montón de champiñones marrones cociéndose a fuego lento en una sartén.

De pronto, de entre todos aquellos rostros desconocidos uno le llamó la atención. Se trataba de un caballero anciano, con sombrero de copa, que inclinó la cabeza a modo de saludo a Georgiana.

—¿Quién es ese? —preguntó Emily en un susurro.

—El señor Hutton. Es el caballero que respondió a tu anuncio y contrató a Viola para que le leyera a su hijo.

—¡Ah! Me estaba preguntando por qué nos miraba.

—¿Te lo presento?

Su madre intervino.

—No me parece que este sea el momento ni el lugar más apropiado para presentaciones.

Emily no dijo nada; intentaba conservar la calma y mantener la barbilla por encima del agua, y pensó que su madre tenía razón.

Georgiana saludó con la mano al señor Hutton, pero no se acercó. Le parecía un ambiente algo extraño para las relaciones sociales, aunque algunas mujeres estaban haciendo exactamente eso, cacareando como gallinas estofándose en una olla.

En aquel momento Emily descubrió al señor Stanley justo en el otro extremo. Estaba sentado con otros hombres y tenía una expresión bastante mustia, mientras se secaba el sudor de la cara con un pañuelo empapado para luego introducirlo en el ala del sombrero. Al verla, su rostro se iluminó de inmediato y la saludó inclinando la cabeza. El gesto hizo que se le cayera el sombrero y, por muy poco, logró agarrarlo al vuelo antes de que acabara en el agua. Emily sonrió para aliviar su embarazo y él le correspondió con una sonrisa avergonzada.

Después de permanecer en remojo durante el tiempo prescrito, Emily y Georgiana ayudaron a su madre a salir del agua. Una vez fuera, les recibió una asistente que les tendió sendos vasos de agua de mar caliente. Su madre se bebió el suyo obedientemente. Emily, sin embargo, dejó el suyo después de un amargo trago.

—¿Y bien, mamá? ¿Cómo te sientes? —le preguntó.

—Como un montón de hojas de té empapadas a las que han dejado reposar demasiado tiempo.

A Emily se le escapó una risita ante tan acertada descripción.

Aquella misma tarde, unas horas después, llegaron nuevos huéspedes a Sea View. Sarah y Emily los recibieron en el vestíbulo. Sarah se alegró de que, después de un soltero y un viudo, en esta ocasión se tratara de una pareja casada. No obstante, esperaba que la señora no fuera más difícil de complacer por el hecho de ser mujer. Los dos con el pelo oscuro y bien vestidos, debían de tener poco más de treinta años.

—Señor y señora Elton, sean ustedes bienvenidos.

—Gracias, señora...

—Señorita Sarah Summers. Y esta es mi hermana, la señorita Emily. Y durante su estancia conocerán también a Viola y a Georgiana.

—Entiendo. ¿O sea que soy la única mujer casada de la casa? Pues bien. —La señora Elton levantó el reloj que llevaba prendido con un broche—. Hemos llegado con bastante antelación respecto a lo que habíamos previsto. Hemos hecho un tiempo excelente. Tanto nuestro cochero como nuestros caballos son extremadamente veloces. —En ese momento miró de nuevo a Sarah—. Fue usted muy amable al ofrecernos en su carta la posibilidad de utilizar sus establos, pero no será necesario. Ya lo hemos dispuesto todo con las caballerizas.

—Estupendo.

Sarah observó la estudiada elegancia del vestido de la señora y su refinada apariencia. Un matrimonio adinerado como aquel, con un buen número de conocidos, podía resultar muy beneficioso para el negocio.

Los recién llegados pasearon la mirada por el vestíbulo.

—Una casa muy agradable, sin duda —aprobó la señora Elton—. Estoy extremadamente complacida con ella. Y puede usted creerme; no soy persona de cumplidos.

Su esposo continuó observándolo todo con detenimiento, sin decir nada.

La señora Elton entró en la sala.

—De hecho, se parece mucho a Maple Grove. Estoy maravillada por las semejanzas. El salón tiene exactamente la misma forma y tamaño que el de la casa de mi infancia. —Se volvió hacia su marido—. Señor Elton, ¿no encuentras que el parecido es asombroso? Y la escalera... ¿Sabe? Nada más entrar he observado lo mucho que se asemeja la escalera, situada exactamente en el mismo lugar de la casa. Le puedo asegurar, señora Summers, que es fantástico que le recuerden a una un lugar por el que siente debilidad. —Exhaló un suspiro—. Si alguna vez se ve obligada a mudarse de un lugar a otro, como me sucedió a mí, entenderá lo sensacional que resulta encontrarse con algo que le recuerda tanto a lo que dejó atrás. Yo siempre digo que tener que dejar tu casa es, sin duda, uno de los sinsabores del matrimonio.

Sarah tenía cierta idea de lo que significaba tener que abandonar la casa, pero se limitó a musitar una breve respuesta mostrando su comprensión. Debió de ser suficiente, porque la señora Elton siguió hablando:

—A mis hermanos les va a fascinar este lugar. Han prometido visitarnos. Evidentemente, vendrán en el landó abierto, el *barouchlandau,* que puede alojar sin problemas a cuatro personas; y, por lo tanto, podremos explorar perfectamente los diferentes lugares de interés.

De pronto se acercó al ventanal desde el que se divisaba el mar.

—¡Qué situación tan ideal! ¡Y qué vistas! Mucho más espacioso que si estuviéramos en un hotel. Voy a escribir a todos mis amigos para decirles que tienen que venir a Sidmouth y que, cuando lo hagan, deben alojarse en Sea View.

Sarah se emocionó ante las expectativas. Aquello era justo lo que necesitaban. Con toda seguridad, muy pronto estarían realmente atareadas y sus ingresos podrían igualar los gastos e incluso superarlos.

Después de registrar a la pareja, Sarah le pidió a Emily que les entregara la llave de la habitación «Sauce».

Emily frunció el ceño.

—¿Y cuál sería?

Sarah tomó ella misma la llave y acompañó a la pareja escaleras arriba. Emily caminaba detrás de ellos, cargada con las sombrereras de la señora, aunque podría haber dejado que fuera Lowen el que se ocupara del equipaje. Probablemente sentía tanta curiosidad por los Elton como su hermana.

Sarah les condujo hasta una habitación en la esquina sudoeste, que ofrecía la posibilidad de divisar el mar desde una ventana de tamaño modesto orientada hacia el sur y de contemplar Peak Hill desde dos ventanas que miraban al oeste.

—Deliciosa —musitó la señora Elton, examinando el espacio, pero había un matiz inquisitivo en su voz. Se dirigió hacia la ventana sur.

—¿Sabe? Esperábamos poder ver el mar sin obstáculos de por medio.

—¡Oh! Bueno, desde esta ventana se ve. Y desde estas otras puede disfrutar de unas fabulosas vistas de Peak Hill y la magnífica Peak House, propiedad del señor Lousada.

—Sí, sí, muy bonita.

No parecía muy convencida. Emily, que se había quedado en el umbral, puso los ojos en blanco.

—A mí me gusta, querida —intervino su marido, con intención de colaborar.

Ella hizo oídos sordos.

—Me temo que el resto de las habitaciones con vistas al mar están ocupadas en estos momentos —dijo Sarah—. Si lo desean, en el caso de que alguna de ellas quedara libre, podría avisarles.

—Sí, hágalo, si es tan amable.

La joven asintió con la cabeza y tragó saliva. Le incomodaba hablar de dinero.

—He de mencionar que esas habitaciones son algo más caras. Es una práctica habitual, por lo que tengo entendido.

La señora Elton se volvió hacia ella con una sonrisa de complicidad.

—Pero estoy convencida, querida señorita Summers, que con nosotros podría hacer una excepción, ¿no es así? Después de todo, uno espera que en una casa llamada Sea View todas las habitaciones dispongan de vistas excelentes.

Al ver que Emily fruncía el ceño y abría la boca para hablar, su hermana se apresuró a responder de manera amigable:

—Bueno, afortunadamente, todos nuestros huéspedes pueden gozar de excelentes vistas sin obstáculos de por medio desde la sala y desde el porche.

Emily se cruzó de brazos y añadió con acritud:

—Y sin ningún coste adicional.

Mientras Sarah demostraba ser la paciencia personificada, a Emily le bastó un cuarto de hora para decidir que la señora Elton era una mujer vanidosa, extremadamente pagada de sí misma y que se tomaba demasiadas confianzas.

Tras decidir que necesitaba borrar a aquella mujer de su mente dando un paseo al aire libre, agarró una capa de la percha, salió por la puerta del porche y cruzó a toda prisa el jardín antes de que Sarah tuviera tiempo de pedirle que volviera para hacer alguna tarea doméstica detestable. Cuando llegó al paseo marítimo, levantó el rostro hacia el sol y aspiró la brisa húmeda del mar dejando que el aire puro inundara todo su ser. «¡Aaah! Mucho mejor».

—*Mu* buenas, señorita.

Echó un vistazo y divisó a Tom Cordey, sentado en un taburete delante de su humilde cabaña cerca del final de Heffer's Row. Aquello mejoró más si cabe su estado de ánimo.

Se acercó y vio que estaba tallando algo con fuertes y diestras manos.

—Buenos días, Tom. ¿Qué estás haciendo?

—Una bagatela *pa* Bibi. La semana que viene es su cumpleaños.

—¡Eso es muy amable de tu parte! ¿Puedo verlo?

Tom abrió la mano. En su palma había un perrito de madera, muy parecido a *Chips*.

—¡Es precioso!

Él encogió los anchos hombros.

—Nuestro padre no le deja tener perros, así que he *pensao* que podía hacerle uno.

—¡Qué bonito detalle! Consigues que lamente no haber tenido un hermano mayor. O, mejor dicho, un hermano y punto.

Él levantó la mirada hacia ella y esbozó una tímida sonrisa.

En aquel momento se le ocurrió una idea.

—¿Crees que podrías tallar unas cosas para nosotras? A Sarah se le ha metido en la cabeza ponerle nombres de árboles a las habitaciones de nuestros huéspedes y yo no consigo acordarme de cuál es cuál. Supongo que tiene razón, que no podemos seguir llamándolas «la antigua habitación de Emily» o «la habitación donde dormía papá». Te pagaríamos, por descontado.

—*Pos* claro que podría. Aunque se me da mejor pescar y tallar que escribir.

—Te traeré una lista. ¿Qué te parece?

Tom hizo un gesto de asentimiento con la cabeza.

—Pero tendrá que ser cuando haya *acabao* con esto. Y solo podré ponerme a ello cuando no tengamos faena. O cuando haga mal tiempo.

—Lo entiendo perfectamente. No corre prisa.

—*Mu* bien.

—Gracias, Tom. Ya me siento mucho más animada hablando contigo.

Él volvió a sonreír tímidamente.

Cuando se dio cuenta de quién había fuera, Bibi salió a saludarla y Tom escondió el juguete de madera en el bolsillo sin que su hermana se diera cuenta.

Emily siguió hablando con los dos durante unos minutos. Al ser testigo del profundo cariño mutuo y del tono guasón con el que se trataban, sintió una punzada en el pecho. Ella nunca había tenido un hermano varón, pero su hermana mayor solía bromear con ella de aquel modo. Y también Charles. Al recordarlo, su estado de ánimo volvió a decaer.

Echaba de menos a Claire casi tanto como a Charles. Emily siempre había sentido gran admiración por ella, y su repentina marcha el mayo anterior había supuesto un duro golpe. Ni siquiera había tenido oportunidad de despedirse.

Rememoró aquellos días. Había pasado una quincena en Cheltenham con una amiga que la había invitado a su casa. Cuando volvió a Finderlay la noticia de que Claire se había mudado a Escocia la dejó estupefacta. Su madre le había dicho que la anciana tía de su padre, la tía Mercer, estaba enferma y necesitaba compañía de inmediato.

Emily había pedido que le dieran su dirección, pero su madre la había disuadido de escribirle alegando que Claire debía de estar acostumbrándose a sus nuevas responsabilidades y que la tía Mercer, con lo quisquillosa que era, no querría que su dama de compañía se distrajera.

Y entonces, con la salud de su padre cada vez más delicada y su posterior fallecimiento, pronto tuvieron asuntos mucho más urgentes de los que preocuparse.

Emily suspiró. ¡Cómo había cambiado todo en el último año! Y ninguno de los cambios había sido para mejor.

Capítulo 6

«Ser ciego no es una desgracia;
Ser incapaz de soportar la ceguera,
eso sí es una desgracia».

JOHN MILTON

A la mañana siguiente Sarah se levantó temprano e, intentando no hacer ruido, se puso un corsé bien ajustado, un vestido que se abrochaba en la parte delantera, medias de lana, zapatos y una capa. Emily seguía plácidamente dormida sobre la cama que compartían. Con la placidez en el rostro, enmarcado por los rizos sujetos con bigudís de papel, parecía más joven y dulce.

Mientras salía de puntillas de la habitación, Sarah pensó que era su deber asegurarse de que el señor Henshall no estaba involucrado en algo clandestino o ilegal. Pero, en realidad, lo que la había empujado a despertarse y vestirse antes de que amaneciera era pura y simple curiosidad.

Sin dejar de caminar de puntillas, bajó las escaleras traseras que conducían al sótano y cruzó la cocina con sigilo, donde Jessie, entre bostezo y bostezo, encendía ya los fogones. Luego subió las escaleras exteriores y recorrió con cautela el lateral de la casa. Una vez en la esquina, asomó la cabeza y esperó hasta que el señor Henshall apareciera por la puerta principal.

Cuando lo hizo, empezó a seguirlo desde la distancia. El agua fría del mar y el aire cálido de la primavera formaban una densa bruma y, aunque le alegraba contar con aquella protección, tenía miedo de perder de vista a su presa en aquella nube densa con aspecto de humareda.

Cruzó Glen Lane y comenzó a atravesar Fort Field, avistándolo de vez en cuando en la lejanía, con su pelo claro visible bajo el sombrero negro y el sobretodo oscuro aleteando tras él como una capa.

Siguiendo el ruido de sus pisadas al pasar de la esponjosa hierba a la gravilla, Sarah llegó al sendero y accedió a la zona este del pueblo por un camino vecinal.

Tras dejar atrás algunas casas, el señor Henshall desapareció por una abertura en un muro de piedra y, una vez más, sus pisadas dejaron de oírse, amortiguadas por la hierba o, tal vez, por la hojarasca.

El cementerio de la parroquia.

No estaba segura de qué había esperado descubrir. ¿Que salía a darse un baño matutino? ¿Que intercambiaba secretos con un espía industrial francés? ¿Qué se veía con una mujer en un hotel cercano?

Pero ¿la iglesia? No, eso jamás se le había pasado por la cabeza. Entonces se preguntó si las puertas estarían abiertas a aquellas horas a de la mañana.

Con suma cautela asomó la cabeza por la puerta, lo suficiente para verle en dentro del camposanto.

Allí la niebla no era tan densa y se podía ver el camino que conducía a la entrada de la iglesia, cubierta por un porche abovedado, pero tanto el camino como el porche estaban vacíos.

Miró hacia un lado, luego al otro.

Allí estaba, de pie delante de una tumba, con la cabeza descubierta e inclinada hacia delante y las manos asiendo con fuerza el ala del sombrero.

El corazón le dio un vuelco.

Tomó nota mentalmente de la localización de la lápida y después se dio media vuelta y se marchó sigilosamente, sintiéndose como una intrusa maleducada y metomentodo.

Aquella misma mañana, unas horas después, Emily estaba sentada en el despacho elaborando una lista con los nombres de las habitaciones cuando la señora Elton asomó la cabeza por la puerta.

—¡Ah! Señorita Emily, me estaba preguntado...

—¿Sí, señora Elton?

—Me gustaría saber si a partir de ahora sería posible tomar arenques ahumados para desayunar. Los huevos y las tostadas están bien, y tienen un buen sabor, pero el señor E tiene el estómago delicado y las salchichas le sientan mal. Discúlpeme por expresarme con tan poca delicadeza.

Emily reprimió una sonrisa.

—En absoluto. Compramos pescado fresco de aquí. Caballa, arenques, pescadilla... Lo que no sé es si tienen arenques ahumados, pero preguntaré.

—Una de las tiendas locales podría ayudarle, no tengo la más mínima duda. Por otro lado, les sugeriría que buscaran otra panadería. El pan es de una calidad excelente... pero no puedo decir lo mismo de los molletes.

Emily sintió que su sonrisa se desvanecía. Compraban hogazas de pan a un panadero local y Sarah había empezado a elaborar algunos postres sencillos, mientras que la señora Besley preparaba el resto de la comida, incluidos los molletes.

La mujer se despidió agitando los dedos y se marchó.

Emily soltó un gruñido. ¿Para eso había quedado? ¿Para ir a comprarle pescado y molletes especiales a los clientes melindrosos? ¿Qué sería lo siguiente?

Pasado un rato, cuando entró Sarah, Emily le trasmitió las novedades.

—La señora Elton se ha quejado de los molletes y quiere que les sirvamos arenques ahumados para desayunar en lugar de salchichas.

—Ah, ¿sí? Pues a mí me ha pedido mermelada de baya de saúco. Al parecerse a su marido no le gusta la de fresas. Le he contado que no es temporada de bayas de saúco, pero me ha indicado que vaya a preguntar a la verdulería del pueblo.

—Ya veo que no se anda con miramientos para gastar nuestro dinero.

—Sí, supongo que yo podría intentar ocuparme de hacer molletes. Y si consigo encontrar arenques ya ahumados, intentaré convencer a la señora Besley de que los sirva. No le gusta el olor.

—No la culpo. —Emily arrugó la nariz y regresó a sus anotaciones.

¿Qué estás haciendo? —preguntó Sarah.

—La lista de los nuevos nombres de las habitaciones. Tom Cordey ha accedido a hacernos unas placas de madera.

—¡Una idea excelente!

—Aunque creo que nos hemos equivocado al nombrar la habitación de la señora Elton. Se me ocurren varios nombres más apropiados que «sauce»; por ejemplo: nogal «vulgar», olmo «de la bruja», espino cerval purgante...

—¡Emily! —exclamó Sarah, con una carcajada.

Emily abrió mucho los ojos con expresión de inocencia.

—Son solo ideas.

Aquella tarde Sarah abrió la puerta para recibir a un nuevo huésped. Luego se apartó a un lado brevemente en el umbral y descubrió, para su desconcierto, que el hombre llevaba unas lentes oscuras, de cristales tintados. La prueba irrefutable de que usaba un bastón de ciego le confirmó que era invidente. No lo había mencionado en su carta cuando les había escrito para reservar una habitación para dos, pero teniendo en cuenta que tendría un acompañante, tampoco le debió de parecer necesario.

—¿El señor Hornbeam? —preguntó.

—Sí. —Levantó una mano hacia donde se encontraba ella y avanzó con cuidado por el sendero.

Puggy Smith iba detrás de él con su bolsa de viaje.

—Eso es, señor —le indicó el lugareño—. Todo recto.

Cuando se le aproximó, Sarah saludó al caballero, que debía de rondar los sesenta años, esperando que su voz le sirviera de guía.

—Bienvenido a Sea View. Soy la señorita Sarah Summers. Durante su estancia conocerá a mis hermanas. —Entonces, al recordar su carta, inquirió—: ¿Su hijo no está con usted?

La emoción crispó el rostro del caballero, pero apenas un instante después su gesto se relajó.

—Tuvo que aplazar el viaje. Se reunirá conmigo en un día o dos, espero.

—Lamento oírlo.

Sarah entregó una moneda a Puggy que, tras darle las gracias, se marchó.

En aquel momento deseó disponer de otra habitación en la planta principal para poder ofrecérsela. En un principio había considerado la posibilidad de convertir el salón pequeño en un cuarto de huéspedes adicional y ahora lamentaba haber desechado la idea.

—¿Es un problema para usted tener que subir un tramo de escaleras? Si es así, tal vez podría...

—En absoluto, ningún problema —le aseguró, con una carcajada posterior—. ¡Suponiendo que disponga de barandilla! Bastará con que me ayude a situarme en la dirección correcta.

Sarah vaciló unos segundos.

—¿Puedo... tomarle del brazo para auxiliarle? —No estaba segura de si un ofrecimiento como aquel podía ser bienvenido o resultar ofensivo.

Él asintió con la cabeza.

—Gracias.

Le agarró el brazo y lo condujo primero hasta el despacho.

Pensando a toda velocidad, dijo:

—Puedo tomarle los datos utilizando su carta, pero...

—¿Necesita que firme algo? Solo indíqueme dónde.

Sarah abrió el libro de registro y, tras señalar con el dedo el lugar preciso, se dio cuenta de que no podía haberlo visto.

—Coloque la pluma donde desea que lo haga —dijo él—, y partiré de ese punto.

Sarah colocó el libro y la pluma sobre el escritorio del despacho y el señor Hornbeam estampó una firma bastante legible. A continuación, le proporcionó los detalles necesarios y lo acompañó a los pies de la escalera.

—Aquí está la barandilla. Dejaré que suba usted primero.

El señor Hornbeam comenzó a ascender los escalones a un ritmo constante, sujetándose con una mano a la barandilla y el bastón reposando en la otra.

—Su cuarto está a la derecha.

Él siguió la dirección indicada y, utilizando de nuevo el bastón, avanzó por el pasillo.

—El excusado se encuentra a la izquierda —añadió Sarah—, exactamente ahí.

Él alargó la mano y palpó el pestillo de la puerta.

—Y su dormitorio justo enfrente.

Sarah se aproximó, estiró el brazo por delante de él y abrió la puerta. Una vez dentro, lo guio hasta el par de sillones de la alcoba y le describió dónde estaban situadas las dos camas, el palanganero y el armario ropero.

—En cuanto tenga mis pertenencias —dijo él—, me manejaré bastante bien por mí mismo, pero le agradezco mucho su paciente colaboración.

—Ha sido un placer. Cualquier cosa que necesite, no dude en pedírnoslo, ya sea a mí o a mis hermanas. No servimos ninguna comida formal a mediodía, pero por las tardes sí que ofrecemos té y sándwiches en caso de que tenga apetito.

—Gracias.

Sarah se preguntó si no estarían cometiendo un error al no servir el almuerzo a los huéspedes. Un hombre anciano, solo, y para colmo, ciego, podría tener serias dificultades para caminar hasta uno de los hoteles para comer. Pero, en cualquier caso, era demasiado tarde.

Una hora más tarde, sus hermanas se juntaron para disfrutar de una sencilla comida familiar.

De camino al comedor para reunirse con ellas, Sarah echó un vistazo al salón para ver si hacía falta reponer el té o el plato de los sándwiches. Su nuevo huésped estaba sentado solo, bebiendo a sorbitos una taza de té. Al ver aquella figura solitaria en mitad de la habitación vacía, sintió remordimientos.

—Señor Hornbeam, ¿por qué no se une a nosotras? Mis hermanas están justo al otro lado del pasillo, en el comedor.

—Muchas gracias, pero no —respondió con amabilidad—. No quiero inmiscuirme en sus momentos de privacidad familiar. Estoy muy a gusto aquí, con mi té.

En ese preciso instante Emily se detuvo en el umbral y añadió:

—Se lo ruego, señor. Nos haría usted un gran favor. Empieza a cansarnos estar siempre juntas sin otra compañía. Venga usted a ofrecernos un poco de conversación fresca, si es tan amable.

—Bueno, en ese caso... —respondió, poniéndose en pie—. Si están ustedes seguras...

—Lo estamos. Venga, le llevaré su té. —Emily tomó la taza y Sarah le pasó la mano por debajo del codo.

Al llegar al comedor Emily abrió la puerta panelada, que a aquella hora tenían cerrada, y entró la primera para abrirle paso a la pareja. Luego tomó una silla que hacía mucho tiempo que no usaban, mientras Sarah acompañaba solícita al invitado para que se sentase.

—Hemos convencido al señor Hornbeam para que se una a nosotras —anunció Sarah.

Viola se quedó paralizada justo cuando se estaba llevando el vaso a la boca. Lo dejó de nuevo sobre la mesa.

—¡Es una excelente idea! —intervino Georgiana. Sin que nadie se lo pidiera, se levantó de un salto para tomar un plato, unos cubiertos y una servilleta de lino del aparador y, en menos que canta un gallo, se las había arreglado para que el caballero dispusiera de todo lo necesario.

—Lamento decirle que se trata solo de una sencilla comida familiar —se disculpó Sarah—, pescadilla frita con verduras.

—Lo de comida familiar suena simplemente celestial —respondió el hombre.

Emily pasó la bandeja de servir.

—¿Pescado, señor Hornbeam?

—Solo un trocito. Ya he tomado un sándwich.

—¿Y puré de patatas?

—Una pizca.

—¿Brécol? Me temo que no queda muy mucho.

Georgiana hizo una mueca de desagrado.

—Puede tomarse el mío, si lo desea.

Con la ayuda de una cuchara, Emily depositó el resto de brécol en el plato del señor Hornbeam.

—Lo servimos con aceite, vinagre y un poco de sal —detalló Sarah—, como hacen en Francia.

—Suena delicioso. ¿Han estado ustedes en Francia?

—Viola sí.

El caballero se quedó expectante, con las cejas levantadas por encima de sus lentes oscuras, pero las hermanas se limitaron a mirarse unas a otras.

Finalmente Viola dijo:

—Fue hace años. —Luego añadió con cierta incomodidad—: Algunos turistas regresan con obras de arte o con vino francés; nosotras nos trajimos una receta de brécol.

El señor Hornbeam soltó una risita y, aliviadas por el hecho de que el momento embarazoso hubiera pasado, las muchachas también rieron.

—Háblenos de usted, señor Hornbeam —propuso Emily—. Sé por su carta que es de Londres, pero poco más.

Él hizo un gesto de asentimiento.

—Durante muchos años trabajé de asistente administrativo en la Cámara de los Comunes. No obstante, la pérdida gradual de la visión puso fin a mi carrera. Mi mujer y yo tuvimos un hijo, que ya es mayor. Por desgracia, mi esposa murió hace ocho años.

—Lo siento mucho.

—Todas lo sentimos —añadió Viola.

—Gracias. ¿Y sus padres? —preguntó él a su vez.

Las hermanas miraron a Sarah para que respondiera en su nombre.

—Nuestro padre falleció el año pasado. Una apoplejía, debida a... las preocupaciones. Aún permaneció con vida durante casi dos meses después del primer ataque, el segundo ataque se lo llevó para siempre. —Se aclaró la garganta y continuó—: Nuestra madre vive con nosotras, pero lleva tiempo delicada de salud. En un principio vinimos a pasar la temporada esperando que el clima la ayudara a mejorar, pero ahora vivimos aquí todo el año.

—¿Y dónde estaba su casa originariamente?

—En May Hill, Gloucestershire.

—¡Ah! ¿Y qué recomendaciones ha recibido de sus doctores?

—El médico que teníamos antes simplemente le recetó un jarabe para dormir. Pero aquí hemos consultado a un doctor que le ha prescrito alternar baños de mar fríos y calientes. Confiamos en que dé resultado.

—¿La aparición de los síntomas coincidió con la muerte su padre? —preguntó él.

Sarah negó con la cabeza.

—No, no estaba bien ya antes. Sufría de cólicos y fiebre. Al final la fiebre desapareció, pero la debilidad persiste. Nos han asegurado que no se trata de nada contagioso, pero ella sigue, digamos..., consumiéndose.

El señor Hornbeam asintió con expresión pensativa.

—Lo siento por ella y por todas ustedes. Es admirable por su parte que se ocupen de manera tan extraordinaria de ella y de la casa. Es una bendición tener una prole tan afectuosa. —Se limpió la boca con unos suaves golpecitos con la servilleta y luego preguntó—: ¿No se une nunca a ustedes para las comidas?

—Actualmente prefiere que se la llevemos a su habitación en una bandeja, aunque tiene esperanzas de recobrar las fuerzas. Mientras tanto, insiste en que almorcemos todas juntas como una familia. Siempre dice: «puede que regentemos una casa de huéspedes, pero tenéis que seguir comiendo juntas como las jóvenes distinguidas que sois, aunque tengáis que serviros vosotras mismas».

Él sonrió.

—¡Debe de ser encantadora! Es evidente que mentalmente sigue fuerte... y que mantiene el sentido del humor.

—Tiene usted toda la razón.

—Espero de corazón poder conocerla durante mi estancia. —En ese momento alzó la mano—. No obstante, si prefiere la soledad, Dios me libre de entrometerme. —Entonces torció ligeramente la boca—. Aunque, al parecer, ya me he entrometido.

Todas ellas le aseguraron que no había sido ninguna molestia y que habían quedado encantadas con su compañía.

Y lo decían de todo corazón.

Después de comer, Sarah empezó a preparar su primera artesa de masa de molletes. Algo le decía que la tarea iba a resultar más complicada que la elaboración de las galletas, pero había decidido hacer al menos un intento.

A fuerza de observar a la señora Besley, sabía que la atareada cocinera a menudo añadía los ingredientes de memoria y no tenía paciencia para esperar a que la masa creciera lo suficiente. Ella, en cambio, siguió cuidadosamente la receta, dejando que la masa reposara durante unas horas antes de moldear bolas que rebozó con harina y a las que luego dio forma alargada. Lowen le ayudó a atizar el fuego y a calentar una plancha de hierro en el horno. Coció los molletes, dándoles la vuelta cuando parecían hechos por uno de los lados. Las instrucciones aconsejaban no dejar que tomaran demasiado color. La primera ronda se tostó demasiado, pero al segundo intento presentaban un magnífico acabado dorado.

Se dijo a sí misma que acababa de comer y que debería esperar al desayuno para probar uno, pero Lowen no mostró la misma indecisión y, con ayuda de un tenedor, tostó un trozo encima del fuego con avidez. Cuando lo abrió con las manos crujió, el interior recordaba a un panal de abejas. Entonces el lacayo lo untó con mantequilla y le añadió mermelada por encima.

Tras varios bocados, anunció:

—¡Este sí que es un buen mollete!

Instantes después, cuando lo hubo acabado, añadió:

—Ha hecho usted un buen trabajo, señorita. Mejor que cualquier panadero de Londres y... —bajó la voz— mejor que Martha Besley.

El olor a levadura, similar al del pan recién horneado, dio al traste con la determinación de Sarah y, siguiendo el ejemplo del anciano, doró un mollete sobre las llamas y lo embadurnó con mantequilla y mermelada.

A continuación, cerró los ojos para saborear la corteza crujiente y el esponjoso interior. Un buen mollete, sí señor. Ahora solo tocaba esperar que la señora Elton estuviera de acuerdo.

Más tarde, Sarah se puso la capota y los guantes para dirigirse a las vísperas. Viola se quedaría en casa con su madre, y Emily había dicho que tenía un recado que hacer y algunas cartas que terminar para enviarlas al día siguiente, así que su única compañía sería Georgiana.

De camino a la iglesia, Georgie se adelantó para hablar con su amiga Hannah y Sarah se quedó rezagada. Se dijo a sí misma que lo que estaba haciendo no era en absoluto inapropiado. Al fin y al cabo, no tenía nada de malo dar una vuelta por el cementerio antes del servicio religioso. Aun así, le sudaba la nuca y se sentía culpable y extrañamente nerviosa mientras caminaba hacia un joven olmo encorvado para echar un vistazo a una determinada tumba. La lápida de granito estaba coronada por una cruz celta. Cuando estuvo cerca, leyó la inscripción y entonces cayó en la cuenta. «Por supuesto...».

Katrin McKay Henshall
Amada esposa y madre
Por siempre en nuestros corazones

La mujer del señor Henshall. Que, a juzgar por las fechas, había fallecido hacía tres años.

Su hija, Effie, debía de haber tenido diez u once años por aquel entonces.

¿Habría ido Katrin Henshall a Sidmouth esperando curarse y, en vez de eso, como muchos otros, había perecido allí?

Entonces recordó su inocente comentario: «si han venido para disfrutar del saludable aire de la costa...». Y su bufido cargado de sorna.

«No es de extrañar».

Georgie la llamó desde el porche de la iglesia.

—¡Sarah! ¿Vienes?

Aceleró el paso para unirse a ella, aunque tenía serias dudas de que lograra concentrarse en el servicio.

Al menos rezaría por aquel marido y aquella hija que habían sufrido tan terrible pérdida.

Cuando terminó de despachar la correspondencia más urgente, Emily regresó a la playa con la lista de las habitaciones, imaginando que los Cordey estarían descansando en su casa después de toda una jornada de trabajo.

Como era de esperar, el señor Cordey estaba sentado fuera con su pipa, Tom tallaba un trozo de madera y Punch tenía una jarra de cerveza en la mano. Supuso que Bibi estaría dentro, haciendo la colada. Tom se levantó en cuanto la vio, mientras que los demás permanecieron donde estaban.

El padre se sacó la pipa de la boca.

—*Mu* buenas noches tenga *usté,* señorita.

—Buenas noches. ¿Qué tal ha ido el día?

—No ha *estao* mal. ¿Y el suyo?

—Bien. Hoy ha llegado un nuevo huésped. Es una persona de lo más agradable, pero no puede ver. No consigo imaginarme lo que debe ser estar ciego. ¿Y usted?

—Yo lo detestaría —dijo Punch—. No podría ver su bonita cara.

—Pero pescarías más, porque no te pasarías el día mirando *embobao* a las muchachas guapas.

El señor Cordey le guiñó un ojo y Emily respondió con una sonrisa. Vio unas hileras de pescado fileteado secándose colgadas sobre un fuego. Hasta aquel momento no se había fijado.

—¿Arenques ahumados...? —inquirió quedamente.

Él miró por encima de su hombro.

—Sí.

—¿Cree que podría vendernos unos cuantos? Uno de nuestros huéspedes nos los ha pedido expresamente.

—*Pos* claro. Punch, ve y prepara un paquete *pa* la señorita.

Su hijo sonrió con picardía.

—*Pa* la señorita Emily, lo que sea —dijo, antes de ponerse manos a la obra.

—Dígale a la señora Besley —añadió el señor Cordey— que los fría con mantequilla o que los hierva en leche. Eso sí, sin pasarse.

—Gracias. Apúntelo en nuestra cuenta, por favor.

En aquel momento Tom se acercó a ella.

—¿Ha traído la lista?

—Sí. Aquí tienes —dijo, entregándosela.

Él le echó un vistazo.

—Árboles, ¿no?

—Sí.

El joven la leyó para sus adentros.

—Si «abedul llorón» es muy largo, puedes poner solo «abedul».

Él asintió con la cabeza.

—Y tienes que decirnos cuánto vas a cobrarnos. Soy consciente de que es incómodo hablar de dinero entre amigos, pero queremos hacer las cosas como se debe.

—Lo pensaré. ¿Qué tipo de madera quieren que utilice?

—¡Cielos! No lo sé.

—¿De qué están hechas las puertas? ¿Roble? ¿Pino? ¿Aliso?

—Tampoco lo sé.

—Quizá debería pasarme a mirar.

—Por supuesto. Puedes venir cuando quieras —respondió, con una sonrisa.

Él le mantuvo la mirada con aquellos ojos de color azul cielo.

El señor Cordey le hizo un gesto con la mano.

—¡Eh! ¡Mire! Por ahí vienen dos de sus hermanas.

Emily se volvió y vio a Sarah y a Georgiana caminando por el paseo marítimo, sin duda de regreso a casa después del oficio religioso.

Punch salió con el paquete.

—Aquí tiene, señorita. Ojalá fueran rosas. Por desgracia, tendrá que conformarse con esto.

Ella ahogó una risita y aceptó el envoltorio manchado de grasa, intentando mantenerlo alejado del vestido.

—Gracias.

Sus hermanas se acercaron para saludar y le dieron las gracias al señor Cordey por los arenques. Entonces Bibi salió de la casa para reunirse con ellos y todos charlaron amigablemente durante un rato.

Al final se despidieron de la familia y se dieron media vuelta para marcharse. Apenas emprendieron el camino a casa, Sarah bajó la voz y dijo:

—Ten cuidado, Emily.

—¿A qué te refieres?

—Al hijo del señor Cordey.

—¡Oh! A Punch le encanta coquetear, pero es inofensivo.

—No me refería a él. Hablo de Tom.

—¿De Tom? ¡Pero si casi no me habla!

—Lo que resulta muy significativo, me temo. Y la forma en que te mira... Creo que siente admiración por ti.

—Te estás imaginando cosas que no son.

—Puede ser —admitió Sarah con poca convicción—, pero no estaría de más que te comportaras de un modo más... circunspecto.

—No sé cómo hacerlo.

—Intenta no... resplandecer... tanto cuando estás con él.

—¿Resplandecer? ¿En serio? —Resopló—. De acuerdo. Me esforzaré por no «resplandecer». Sea lo que sea eso.

—No lo puede evitar —la defendió Georgiana—. Es su forma de ser.

Sarah se mantuvo seria.

—Tú prométeme que tendrás cuidado.

Emily agarró una piedra y la tiró sobre la hierba.

—Lo prometo.

Después de permanecer un rato en silencio, Georgiana dijo:

—Bibi es una muchacha muy trabajadora. Estaba pensando... ¿qué os parece si la contratamos para ayudarlos a hacer las camas y ese tipo de cosas? Por las mañanas hay demasiadas cosas que hacer para nosotras solas.

—Buena idea —convino Emily—. Podríamos pagarle con los ingresos de Viola.

—¿No la necesitan en casa? —preguntó Sarah.

Georgiana se encogió de hombros.

—Sé que les prepara la cena a los hombres todas las noches, pero me parece que durante el día dispone de tiempo libre.

—¿Y crees que podría interesarle trabajar para nosotras?

—No me lo ha pedido, pero pienso que podría venirle bien disponer de algo de dinero propio.

—Es posible que al señor Cordey no le guste que su hija trabaje de camarera.

—No pasa nada por preguntar —replicó Emily—. Si lo hacemos con tacto.

Georgie arrugó la nariz.

—Sé que he sido yo la que lo ha sugerido, pero estoy empezando a replanteármelo. ¿No traería a casa el olor a pescado y a la humedad de las redes? Yo debería ser la última en quejarme, porque muchas veces entro con los bajos del vestido mojados, pero puede que a los huéspedes no les guste que sus dormitorios huelan a pescado.

Sarah frunció el ceño con preocupación.

—En eso tienes razón. No lo había pensado. Y sin duda resultaría ofensivo mencionárselo.

—¡Ya lo tengo! —exclamó Georgie—. Podríamos decirle que, como yo también ayudo con las camas, nos gustaría que se vistiera como yo, con uno de mis vestidos, en vez de un uniforme. Tengo algunos que... —se aclaró la garganta—, extrañamente se me han quedado pequeños. —Luego hizo una mueca divertida y añadió: —Podríamos colgarlo en una percha en la entrada del sótano. Se cambiaría al llegar y volvería a ponerse su ropa cuando acabara.

—Eso podría funcionar. Siempre y cuando su padre no piense que estamos siendo groseras.

—Yo podría hablar con ellos —dijo Georgiana—. Se me ha pedido tantas veces que me cambie un vestido manchado que sé muy bien cómo hacerlo.

Las hermanas se intercambiaron miradas divertidas.

Tenía toda la razón.

Capítulo 7

«BAÑOS DE MAR CALIENTES

Con unas instalaciones extremadamente prácticas y confortables, tanto el señor Hodge como el señor Stocker han erigido un establecimiento que abarca todas las modalidades de baño».

The Beauties of Sidmouth Displayed

A la mañana siguiente el señor Henshall volvió a abandonar la casa de buena mañana y Sarah bajó las escaleras en bata para echar la llave después de que se marchara. Cuando regresó, aproximadamente una hora más tarde, trajo consigo un soplo de aire fresco matinal junto a su agradable olor habitual. El jabón de afeitar, tal vez.

Ella lo afrontó con amabilidad.

—Señor Henshall, he notado que ha estado saliendo de casa muy temprano estos días. No es asunto mío a dónde va, pero dejar aquí a su hija, sin nadie que la vigile, bueno... eso sí es asunto mío. Espero que sepa que no puedo hacerme responsable de ella durante su ausencia.

Él alzó las manos.

—Effie puede cuidar de sí misma. No desea acompañarme. Prefiere seguir durmiendo.

—Yo también preferiría no tener que levantarme para echar la llave cuando se marcha. ¿Tiene intención de salir tan temprano todos los días?

—No mencionó usted ninguna prohibición al respecto, de lo contrario...

—No se trata de prohibiciones, sino de precauciones. —En ese momento le tendió una llave de repuesto—. Por favor, cierre al salir y devuelva la llave antes de dejar Sidmouth. Es la única llave extra de que disponemos.

Él parpadeó con aquellos enormes ojos claros.

—Así lo haré. Gracias por confiar en mí.

¿Confiaba realmente en Callum Henshall? Todavía no estaba segura del todo.

Después se dirigió a la planta baja para ayudar a preparar el desayuno. Nadie comentó nada sobre los molletes mientras los tostaban y se los comían, pero al menos no hubo quejas.

Más tarde, envalentonada por su modesto éxito con la repostería, Sarah decidió probar a ver qué tal se le daba preparar un pastel. Echaba de menos las tartaletas de mermelada.

Revisó unas cuantas recetas y reunió los ingredientes. Por suerte, Lowen había rayado azúcar de más la última vez, así que la tenía lista para usar.

Tras encontrar la mantequilla sobre la mesa, Sarah midió un cuarto de harina y azúcar y comenzó a mezclarlo con la mantequilla ablandada. La receta que había elegido indicaba que había que «añadir suficiente agua para formar una masa ligera». No mencionaba medidas, como solía ser habitual en ese tipo de libros. Vertió algo de agua de un hervidor e introdujo las dos manos en la mezcla intentando elaborar una masa esponjosa. En vez de eso, acabó con una amalgama pringosa que se le pegaba a los dedos y por todas partes. Extrañada, miró el libro de cocina con el ceño fruncido. Fue entonces cuando se dio cuenta de que se había saltado la parte que decía «agua fría».

La señora Besley se acercó para inspeccionar sus progresos. Chasqueó la lengua y le sugirió que volviera a empezar desde el principio.

Tal y como estaban sus finanzas, Sarah detestaba desperdiciar cosas, pero la señora Besley le aseguró que encontraría la manera de utilizar aquella masa pegajosa. Para hacer buñuelos, tal vez.

Tras acercarse a la despensa a por más mantequilla y a por un litro de agua fría, Sarah comenzó de nuevo.

Como la mantequilla estaba dura, la cortó en trozos pequeños antes de introducirla en la harina. Después agregó agua fría en pequeñas cantidades, mezclándola bien hasta que la señora Besley le indicó que había alcanzado la consistencia adecuada. Luego la extendió según las instrucciones —con el grosor de una moneda de corona—. La receta sugería que se doblara y se volviera a extender siete u ocho veces más, pero Sarah ya tenía los brazos doloridos y todavía tenía cosas que hacer fuera, así que decidió cortar la masa tal y como estaba y confiar en que saliera lo mejor posible. Introdujo los círculos de masa en pequeños moldes de lata, los presionó con los dedos y los dejó al fresco en la despensa para rellenarlas y hornearlas más tarde.

Después pasó un rato trabajando en los jardines que rodeaban la casa. Las flores blancas habían florecido pronto aquel año y cortó unas cuantas para la casa. Tras encontrar un jarrón en un armario, ordenó los tallos y las llevó al vestíbulo.

Al llegar se encontró allí con el señor Henshall, que bajaba las escaleras con un libro con la tapa de cuero en mano.

Al ver las flores, preguntó:

—¿Del jardín amurallado?

Ella levantó la vista y lo miró sorprendida.

—¿Cómo lo sabe?

Él vaciló.

—¡Oh! Recuerdo haberlas visto... desde una de las ventanas de arriba.

Sarah sabía perfectamente que las habitaciones en las que había alojado a los Henshall daban al prado delantero, y no al jardín amurallado. Si él y su mujer habían visitado a los antiguos propietarios de Sea View, ¿por qué no reconocerlo?

—Bueno —dijo alzando el libro—. Voy a leer un poco en el porche. Que tenga un buen día.

—Lo mismo digo —respondió en un murmullo, mientras la invadía un cierto desasosiego. Si estaba mintiendo sobre lo de las flores, ¿qué más cosas les estaría ocultado? Entonces se dijo a sí misma que no debía darle importancia a algo tan trivial.

Pero, aun así, lo hizo.

Al final, Emily decidió que debía ser ella la que hablara con el señor Cordey sobre la propuesta de que Bibi les ayudara en Sea View. En caso de que se negara, no quería poner en un compromiso a su hermana pequeña, ya que Bibi y Georgiana eran amigas.

De manera que, después de acompañar a su madre a los baños medicinales, Emily se dirigió a Heffer's Row y encontró al señor Cordey cerca de su bote embarrancado.

—Señor Cordey, nos estábamos preguntando —empezó—, ¿qué le parecería que Bibi trabajara para nosotras unas cuantas horas por la mañana? Tenemos mucho trabajo haciendo camas y limpiando las habitaciones para nuestros huéspedes y sería de gran ayuda poder contar con ella. Por supuesto, le pagaríamos por su tiempo.

El señor Cordey frunció el ceño provocando unas profundas arrugas en su frente curtida por el sol y en la piel de alrededor de los ojos.

—¿De camarera, quiere decir?

—Bueno, sí, aunque lo haría junto con Georgiana. Y también conmigo, a veces. Todas colaboramos donde hace falta.

—Mmm... —Volvió a fruncir el ceño, se quedó mirando el mar con una mueca de dolor, claramente absorto en sus pensamientos.

—Si no le gusta la idea, no pasa nada —se apresuró a tranquilizarlo Emily —. Solo pensamos que podría gustarle venir a Sea View y ganar algo de dinero.

Él asintió lentamente con la cabeza.

—Y tanto que le gustaría.

—Pero si usted no lo aprueba, ni siquiera se lo mencionaré.

Volvió a asentir con la cabeza y Emily sospechó que eso era exactamente lo que deseaba, que lo dejara pasar. Entonces dio un paso atrás, dispuesta a marcharse, cuando él finalmente se decidió a hablar.

—Sería bueno *pa* mi chiquilla estar con mujeres. Se pasa *to'l* día rodeada de brutos. —Seguidamente hizo un gesto con la barbilla—. Lo hará.

—Gracias, señor Cordey.

¿Debía abordar la cuestión de la ropa? Emily tragó saliva y dijo:

—Georgiana ha pensado que, cuando esté en Sea View, Bibi podría ponerse uno de los vestidos que se le han quedado pequeños. No tenemos un uniforme oficial, pero...

Él levantó una de sus manos llenas de callos.

—No hace falta. Hace ya que quería comprarle un vestido nuevo. Bueno, de la tienda de segunda mano. Hasta el de los domingos lo tiene hecho un trapo. Déjeme a mí. No les avergonzaremos.

—Por supuesto que no. En ningún momento he pretendido insinuar...

—Déjelo, señorita. Sé que es con buena intención. ¿Quiere que vaya mañana o es *mu* pronto?

Emily asintió con la cabeza.

—¡Es perfecto!

En aquel preciso instante vio a Punch y Tom que bajaban tranquilamente en dirección a la playa; Tom llevaba una cuerda enrollada al hombro y Punch una sonrisa pícara en los labios.

—¡Vaya! Ahora sí que se puede decir que hace un buen día —dijo Punch—. La señorita «rayo de sol» está aquí.

Emily se sintió cohibida de inmediato. ¿Qué le había aconsejado Sarah? ¿Que fuera más comedida en presencia de Tom? ¿Que no... resplandeciera?

—Buenas tardes, Punch. —Luego miró a su atractivo hermano y rápidamente apartó la vista con una actitud bastante rígida—: Y... Tom.

«¡Cielos!», pensó. ¡Aquello era aún peor! Tom la tomaría por una colegiala enamorada o le parecería que, de pronto, se comportaba de un modo extraño y distante.

Se esforzó por esbozar otra sonrisa y se la dedicó a ambos pescadores en igual medida.

—Les deseo unas buenas tardes, caballeros.

—¿Conque caballeros? ¡Qué graciosa! —bromeó Punch—. Buenas tardes tenga *usté* también, «damisela».

Ella le devolvió la sonrisa y luego se atrevió a mirar de nuevo a su hermano.

Tom la observaba fijamente, sin inmutarse y sin el más mínimo asomo de sonrisa.

«Córcholis». Quizá Sarah iba a tener razón, después de todo.

De camino a casa, Emily vio al señor Stanley, ataviado con su sombrero de copa, silbando mientras se alejaba de Sea View en dirección a la zona este del pueblo. Entonces se le ocurrió una idea. Con él fuera de casa, sería seguro, ¿no?

Pero ¿se atrevería?

Su única intención era entrar un momento y recuperar algo que se había dejado en la habitación. Algo que había escondido.

Nada más entrar subió a la planta de los dormitorios. En el rellano de las escaleras, vaciló, miró a ambos lados y se dirigió de puntillas a su cuarto. Una vez allí, comprobó con cuidado si había echado el pestillo. Este cedió; Emily entreabrió la puerta unos centímetros con una mueca anticipatoria, pues sabía cómo chirriaba.

Tras echar un nuevo vistazo al pasillo, abrió lo suficiente para entrar a hurtadillas y cerrar todo lo que pudo sin echar el cerrojo.

Al ver que la cama estaba sin hacer, rápidamente se puso a arreglarla. Sería una buena excusa si la pillaban allí dentro. Mientras ahuecaba la almohada y alisaba las sábanas, experimento una inexplicablemente cálida sensación de mareo y por unos instantes dejó que sus dedos reposaran sobre la colcha.

Sobre la cómoda cercana, había una pequeña caja con bisagras abierta. Intrigada, se acercó para mirar dentro. El interior afelpado contenía un alfiler de solapa, un par de gemelos de plata y un anillo de caballero. El anillo de oro tenía tallada la letra «eme» rodeada por pequeños tulipanes. Su sello personal, supuso. Entonces cayó en que no se lo había visto puesto y se preguntó por qué.

Seguidamente se acercó al armario, abrió la puerta y se puso de puntillas estirando el brazo para agarrar algo de la leja superior.

—Mmm... ¿puedo ayudarla?

El sonido de aquella voz masculina le hizo soltar un grito ahogado y volverse con las mejillas encendidas.

—¡Oh! ¡Señor Stanley! Creí que había salido. He entrado para... mmm... hacerle la cama. —Señalándola con la mano, añadió—: Como puede ver.

—¿Y el armario?

—Es que... me dejé algo.

Él levantó las cejas y frunció el ceño.

—¿Y se ha metido a hurtadillas aprovechando que me había marchado? He vuelto porque me he dado cuenta de que había olvidado echar la llave. Y ahora veo que debía haberlo hecho.

Ella se estremeció.

—Lo siento. Por favor, no se enfade conmigo. Le prometo que no pretendía hurgar en sus cosas ni llevarme nada suyo.

Él permaneció impasible.

—Podría haberse presentado y pedirme lo que quiera que sea.

—Así es. Tiene usted toda la razón. Se lo ruego, perdóneme.

Su expresión severa se suavizó.

—A propósito, ¿qué es lo que busca?

—Una cosa que no logro alcanzar. Estaba a punto de utilizar una silla, a menos que... ¿Me la podría acercar usted? —Le gustaba que fuera más alto y ancho que ella. No tan atractivo como Charles, pero, sin duda, muy masculino.

Él le mantuvo la mirada durante unos instantes y luego se acercó. En apenas un momento se encontraba junto a ella, rozándole el hombro con el suyo al estirar el brazo para llegar al estante superior.

—¿Qué estoy buscando?

—Una caja. Pequeña, redonda, de cartón, con la tapa de cristal.

Mientras buscaba, con los ojos entrecerrados con gesto de concentración, él dirigió la vista hacia algún lugar por encima de su cabeza con la mirada perdida. Emily provechó la oportunidad para examinar su rostro. Tenía la piel clara y lisa. Las cejas pobladas. La nariz delgada y recta. Y la boca... también delgada. El labio superior era ostensiblemente más fino que el inferior. El pelo marrón claro. Los ojos de un tono similar.

Él bajó la vista.

—¿Me está mirando?

—¿Qué? ¡No!

—¿Tengo algo en la cara?

—No.

A aquella distancia se dio cuenta de que físicamente era muy normal. Un hombre corriente. Pero cuanto más se acercaba, más atractivo se volvía. Apartó la vista y preguntó:

—¿Lo ha encontrado?

—Aquí la tiene.

Bajó la cajita y la examinó.

—¿Qué es? ¿Una bombonera?

Ella asintió con la cabeza y alargó la mano para tomarla. Sus dedos se tocaron en el momento en que ambos la sostenían. Él la soltó, pero ella volvió a tendérsela.

—Bueno, tenga. Se ha ganado uno. Son de mi confitero favorito de Gloucester.

Le levantó la tapa dejando al descubierto cuatro bombones.

—Pero no le diga a Sarah que me ha pillado en mi... en su habitación.

Un destello pícaro asomó a sus ojos.

—¿Está intentando sobornarme, señorita Emily?

—He de confesar que sí.

Esbozó una leve sonrisa.

—En ese caso, seré una tumba. —Tomó uno de los dulces, se lo introdujo en la boca y empezó a masticar—. Ummm, delicioso.

Emily, en cambio, no consiguió dejar de mirarle la boca. Delgada, sí, pero al mismo tiempo atractiva.

—Me sorprendió verlo el otro día en los baños medicinales —le dijo—. Me parece usted bastante... sano.

Él se encogió de hombros.

—Se supone que son buenos para la piel.

Miró un rato en su rostro.

—Por lo visto, es bastante efectivo.

Unos minutos después, Emily bajaba las escaleras sin poder borrar la sonrisa de los labios. Entonces vio al señor y la señora Elton entrando en la casa y la expresión se le desvaneció. Los tirabuzones lacios de la señora Elton y las plumas escoradas daban a entender que había estado en los baños.

—¿Ha vuelto a ir a los baños, señora Elton?

Al oír que se dirigía a ella, la mujer levantó la vista.

—Sí. Los encuentro muy refrescantes. Supongo que usted los visita con frecuencia, ¿no, señorita Summers?

—Sí, un par de veces a la semana, con mi madre.

—Y confío en que también van a tomar las aguas a Turnbridge Wells...

—No. No viajamos mucho. Pasamos la mayor parte del tiempo en casa.

La señora Elton sacudió la cabeza.

—Yo no soy partidaria del aislamiento. Creo que apartarse de la sociedad no trae nada bueno. No obstante, entiendo perfectamente su situación. El estado mental de su madre debe ser un gran inconveniente. ¿Por qué no prueba con Bath? Es más, debería. No tengo la más mínima duda de que le iría muy bien.

—Mi madre ya visitó Bath en una ocasión y no obtuvo ningún beneficio. Esperamos que Sidmouth le venga mejor.

—¡Oh! ¡Es una lástima! Le aseguro de que, en casos en que las aguas están indicadas, pueden suponer un gran alivio. Y el lugar es tan alegre que seguro que levantaría el ánimo de su madre que, por lo que entiendo, está muy decaído.

—Mamá no está...

—Y en cuanto a usted, señorita Emily... Bueno, todo el mundo sabe que las ventajas de Bath para las mujeres jóvenes y hermosas son muy numerosas. Después de tanto tiempo recluida, yo podría escribirle unas líneas que le asegurarían acceso a algunos de los mejores círculos de la sociedad...

Emily no pudo soportarlo más. Por miedo a estallar, forzó una sonrisa y dijo en un tono bastante alto:

—Sí, Bath parece un sitio magnífico. Y ahora, le ruego que me disculpe, señora Elton. Tengo unos asuntos que atender.

—Está bien —resopló la mujer. Luego levantó la nariz y se dirigió a las escaleras. —Vamos, señor Elton.

Emily se retiró a la biblioteca.

Felizmente, tan pronto como estuvo rodeada de libros lejos de los Elton, empezó a calmarse. ¡Qué mujer tan insufrible!

Viola se acercó caminando hasta Westmount para la sesión de lectura. ¿Era ridículo seguir llevando puesto el velo? Probablemente. Pero se sentía tremendamente insegura en una casa llena de hombres.

Cuando llegó, Armaan la acompañó hasta la habitación del mayor con una expresión de disculpa en su rostro.

—Hoy está de un humor de perros. Le duele la cabeza, ¿sabe? Lo siento.

—Gracias por advertirme.

Entró en el cuarto decidida a mostrarse alegre.

—Buenos días.

El mayor levantó la vista y frunció el ceño.

—¿Otra vez? ¿Tiene que llevar ese velo infernal?

Sobresaltada, apretó los labios y contuvo la respiración. Su seguridad empezó a flaquear.

Él hizo una mueca de dolor.

—Disculpe. He sido un maleducado. —Exhaló un suspiro y luego añadió—: Nuestra madre murió hace muchos años y no tenemos hermanas, así que mis hermanos y yo no tuvimos a nadie que nos enseñara modales. La nuestra fue, y es, una familia plenamente de hombres.

A Viola le llamó la atención algo de lo que dijo.

—Su padre mencionó a un hijo menor, pero no sabía que tenía usted otro hermano.

La mirada se le apagó.

—Así es, lo tenía.

Esperó a que continuara, dudando si animarle a hablar. Al final preguntó:

—¿Qué fue de él?

Su rostro se contrajo por un dolor diferente antes de que su expresión volviera a relajarse. Entonces adoptó un gesto rígido, duro, con un control tenaz.

—Murió en el continente. Debería haberlo protegido, pero no lo logré.

—Lo siento.

—Es una de las razones por las que me alisté para ir a la India. Aquí había demasiadas cosas que me traían a la memoria a Timothy. Demasiadas cosas; en la casa y en la expresión afligida de mi padre. Así que me uní a la Compañía de las Indias Orientales. ¿Cómo es el dicho? Huí del fuego para caer en las brasas. No entraré en detalles sobre aquella época, me he esforzado mucho por olvidarla. Baste decir que aquello no es un buen negocio. Es decir, negocios hay, y muchos, pero ninguno bueno. Casi fue una bendición que me hirieran y me enviaran de vuelta a casa. Porque ya no podía seguir cumpliendo con mi deber sin tener mala conciencia, aunque por aquel entonces trabajaba como secretario personal del gobernador.

—Sin duda su padre se siente muy agradecido de que volviera a casa con vida. —Entonces recordó que Armaan había arrojado ciertas dudas sobre los deseos de vivir del mayor, pero no lo mencionó.

Él resopló y no dijo nada más.

Después de un momento en silencio, ella propuso con tono amable:

—Hábleme de Timothy.

Viola temió que se negara... o que la reprendiera. En vez de eso, inspiró profundamente y empezó:

—Nos llevábamos muy poco. Dieciséis meses.

Ella se quedó pensativa.

—Supongo que estarían muy unidos, con una edad tan similar.

—Sí, éramos buenos amigos. —La miró a la cara—. ¿Se lleva usted poco con alguna de sus hermanas?

—Con Emily.

—¿Cuánto tiempo?

Viola vaciló. No había manera de eludir una pregunta tan directa.

—Dieciséis m...

—¿Dieciséis meses? —interrumpió él, sorprendido—. ¿Lo mismo que...?

—Dieciséis minutos, en realidad.

—¡Ah! ¡Tan poco! Sois gemelas.

Viola se encogió por dentro. Por lo general evitaba mencionarlo; detestaba provocar la comparación directa.

—No se diría —atajó rápidamente—. No nos parecemos en nada. Me aventaja en todo. En cualquier cosa.

—¿Como en qué?

—Es mucho más guapa y más alta. Se expresa mejor y es muy ingeniosa. Todo el mundo la adora. Baila bien, canta bien y posee todo tipo de virtudes.

—¿Y usted no?

Ella sacudió la cabeza.

—¿Por qué? ¿Qué esconde detrás de ese velo?

Ella lo miró a través de la fina malla deseando permanecer allí escondida. Le daba miedo su reacción, temía que apartara la vista, incómodo. Tenía verdadero terror.

Aun así, no le culpaba por juzgar que se comportaba de manera extraña. ¿Un velo dentro de la casa? ¿Como si estuviera de luto riguroso? ¿O fuera una víctima de la viruela?

Se humedeció los labios resecos.

—Tengo una cicatriz. ¿Le importa que lo dejemos ahí?

Él se quedó mirándola un rato más y luego refunfuñó con cinismo.

—Como si yo no tuviera ni idea de lo que eso significa.

Ella se enojó.

—¿Vamos a pasar toda la hora discutiendo o le leo algo?

Pero entonces, antes de que le diera tiempo a leer unas pocas líneas, Armaan llamó a la puerta para decirles que el cirujano había llegado.

Viola se puso tensa de inmediato, pero el hombre que entró era agradable y profesional y en ningún momento se tomó ninguna familiaridad.

El mayor los presentó someramente.

—Señorita Summers, señor Bird.

Viola asintió con la cabeza, y el hombre hizo una reverencia antes de volverse hacia su paciente.

—Ha llegado el momento de quitarle los vendajes y ver cómo progresa su ojo —anunció. Luego frunció el ceño aludiendo a la penumbra de la habitación—. Esto está condenadamente oscuro.

—Lo mismo le he dicho yo varias veces —. Viola cruzó la habitación y replegó las cortinas de una de las ventanas, luego las de la otra y finalmente se dirigió a la puerta.

—Les dejo a solas.

—No hace falta. Solo me llevará unos minutos.

—En ese caso, esperaré fuera.

Aunque el señor Bird no se parecía en nada al cirujano de sus pesadillas, no le apetecía nada estar con él.

Mientras se alejaba, oyó al señor Bird preguntar:

—¿Su prometida?

La pregunta fue seguida de otro de los característicos bufidos del mayor.

Le dolió, a pesar de que intentara convencerse a sí misma de que no.

Pasado un buen rato, el cirujano abandonó la habitación y se despidió tocándose ligeramente el ala del sombrero.

—Todo suyo.

«Ni mucho menos».

Volvió a entrar con cautela. El mayor Hutton estaba de pie, con ambos ojos destapados, iluminados por la luz del sol. Las quemaduras se apreciaban mucho más claramente: la red veteada de piel elevada y lisa, algunas partes más claras y otras de un intenso color rojo en la mejilla derecha y a un lado del cuello. Dado que era la primera vez que lo veía con tan buena iluminación, aprovechó para observar el resto de sus rasgos, la nariz alargada y ancha, los ojos hundidos y finos y los labios marcados y bien delineados. Y llegó a la conclusión de que, de algún modo, aquellos rasgos inusuales conformaban en conjunto un rostro atractivo.

—Está usted... diferente.

—¿Mejor? —preguntó con una sonrisa de satisfacción—. ¿O me prefería con el rostro cubierto de vendas?

—No, es que... Estoy segura de que se alegra de haberse librado de ellas. Y está de pie.

—Muy observadora. Sí, ha llegado el momento de empezar a recuperar fuerzas.

—¿Y la visión de ese ojo? ¿Ha mejorado?

—Tal vez deberíamos comprobarlo. Acérquese.

Viola tragó saliva y lentamente cruzó el cuarto hacia él. Le pareció más alto y tenía los hombros mucho más anchos que cuando estaba tumbado en la cama.

—¿Puede quitarse el velo?

—Prefiero dejármelo puesto.

—Yo estoy aquí, de pie, con la cara descubierta. ¿No puede hacer lo mismo?

Al ver que no respondía, preguntó con amabilidad:

—¿Sus cicatrices son mucho peores que las mías?

Se hizo un largo silencio. Aunque era como si todo su ser le gritara que no lo hiciera, alzó las manos temblorosas y lentamente se retiró el velo de la cara y lo apoyó encima de la capota.

Se obligó a sí misma a alzar la cabeza, pero sentía que la barbilla le pesaba varios galones. Esperó, paralizada y sin apenas respirar.

Él la miró, desde la frente hasta la boca, y luego dio un paso hacia delante. Viola apenas podía soportar el impulso de retirarse. El mayor avanzó un poco más, sin apartar la mirada, examinando cada centímetro expuesto. A ella la exploración le estaba resultando incómoda y, bajando la mirada, se concentró en la tela de rayas de su *banyan*.

El hombre le levantó la barbilla con delicadeza.

Se apartó de golpe, turbada por el roce de su piel. Una respuesta afilada le asomó a los labios y se murió en ellos sin que llegara a pronunciarla. Tenía los ojos azules. Había creído que sería grises, o de un verde apagado. Pero con aquella luz, eran claramente azules, con el anillo exterior más oscuro que el resto del iris.

—Tiene los ojos azules —se le escapó.

—¡Ah!, ¿sí? Siempre creí que eran de un gris bastante común.

Ella negó con la cabeza.

—Y los suyos son marrones —dijo él—. No, espere. —Se aproximó un poco más—. ¿Verdes y... dorados?

Ella se pasó la lengua por los labios secos.

—Castaños.

Una vez más, él recorrió la cara de Viola con la mirada y se detuvo en la boca. Ella se quedó inmóvil, respirando de forma superficial, esperando su veredicto.

Con voz queda, dijo:

—¿Es por esto por lo que lleva velo? Entonces, debe resultarle estremecedor mirarme a mí.

Ella sacudió de nuevo la cabeza sin decir nada.

—Es usted bonita —dijo—. Muy... bonita.

Levantó las manos hacia su rostro una vez más, pero cuando estaba a punto de tocarla, las apartó.

La joven soltó una risa forzada.

—Al parecer sigue teniendo la visión borrosa.

—A decir verdad, todavía no veo nada con el ojo derecho. Y con el izquierdo está todo nublado.

—Lo siento, sé que esperaba... —De pronto le asaltó una sospecha e inclinó la cabeza hacia un lado—. Espere. ¿Acaba de engañarme para que me quitara el velo?

—Quizá. Me merecía algún tipo de consuelo después de la decepción —argumentó, dando un paso atrás.

Armaan llamó a la puerta una segunda vez y entró, y Viola apenas pudo resistir el impulso de bajarse el velo de un tirón.

—Disculpe, mayor. Tengo que preguntárselo. He ido a ejercitar a los caballos y Taggart me lo ha impedido. Me ha dicho que deseaba hacerlo usted mismo.

Viola se volvió hacia él desconcertada. Armaan la miró una vez y luego una segunda, pero si había sentido repulsión, su expresión no lo dio a entender.

—Es evidente que no puede montar —dijo ella.

—Por supuesto que puedo —replicó el mayor Hutton, con gesto contrariado—. Ya he guardado cama el tiempo suficiente.

—¿Y qué ha dicho el doctor al respecto? —insistió ella.

—No le he preguntado. No me interesa lo que tenga que decir.

—Pues debería. Montar a caballo parece una actividad demasiado arriesgada para llevar a cabo después de una herida en la cabeza.

—Tampoco me interesa lo que tenga que decir usted.

Armaan intervino:

—La señorita Summers me parece muy sensata. Será mejor que esperemos y le preguntemos al bueno del doctor la próxima vez que venga. Y, mientras tanto, Taggart y yo nos ocuparemos de los caballos.

—¡Ah! Muy bien. Si todos seguís insistiendo en tenerme entre algodones, nunca voy a recuperar las fuerzas.

—No estoy de acuerdo —opinó Viola—. Cada vez que le veo está usted más fuerte.

Él se quedó mirándola un instante y luego apartó la vista.

¿Había sido un destello de esperanza lo que había visto asomar a su rostro?

—Y ahora está siendo condescendiente conmigo.

Al parecer no.

—Se equivoca. Estoy siendo educada —replicó Viola y, seguidamente, añadió—: Debería probarlo alguna vez.

Aquella noche, tras haber acabado sus tareas diarias, Sarah subió las escaleras de atrás deseando meterse en la cama.

En la penumbra del pasillo del piso superior, atisbó frente a ella una silueta misteriosa y se detuvo. Delante de la puerta abierta del armario de las sábanas, con un candil en una mano y alargando hacia arriba el otro brazo, un hombre rebuscaba en la leja más alta.

En aquel instante una tabla crujió bajo sus pies y la figura se volvió. Sarah reconoció los sombríos rasgos del rostro con un atisbo de sospecha. El señor Henshall. Se quedó inmóvil, con la mirada fija, la viva imagen de un merodeador al que han pillado con las manos en la masa.

¿Pero haciendo qué? ¿Robando sábanas?

—¿Necesita ayuda? —le preguntó en un tono más alto del que había pretendido en un principio. Confió en no haber molestado a los que dormían en las habitaciones aledañas.

—Eh… mmm… Simplemente buscaba una manta extra.

Cuando se le acercó, la luz de su candil iluminó un estante más abajo, en la que se veía claramente una pila de mantas dobladas.

—Están aquí —respondió, señalando con el dedo.

Él bajó la vista y sus rasgos adoptaron un aspecto casi siniestro debido el juego de luces y sombras del refulgir de la llama.

—¡Ah! Por fin. Debe pensar que estoy ciego.

«Será usted el que me cree ciega a mí», pensó Sarah. Sin embargo, se limitó a decir:

—¿Algo más, señor Henshall?

—No, es todo lo que necesito.

Cuando hizo intención de darse la vuelta sin tomar nada, ella apuntó:

—¿Y la manta?

—¡Oh, es cierto! ¡Qué tonto!

—¿Quiere que le acompañe hasta su habitación?

—No es necesario.

—Insisto.

Sarah se dio cuenta de que era un ofrecimiento extraño, pero sabía que no dormiría tranquila imaginándoselo merodeando todavía por la casa.

—En ese caso, mmm... gracias.

Ella tomó la delantera y dobló la esquina en dirección al dormitorio del huésped.

—Aquí esta. Buenas noches, señor Henshall.

—Buenas noches.

Sarah continuó hacia su habitación, con la preocupación anidando en su pecho. ¿Qué se traería entre manos? A pesar del agotamiento, tardó un buen rato en quedarse dormida.

Capítulo 8

«La costa de Devon estaba convirtiéndose en una zona de retiro para convalecientes, en especial oficiales que habían regresado de la Compañía de las Indias Orientales».

Sidmouth, A History

l día siguiente Emily estaba sentada en el escritorio de la biblioteca. Alguien llamó con los nudillos y ella levantó la vista. Jessie estaba allí de pie, indicándole a alguien el interior de la habitación.

—Aquí la tiene.

A Emily le desconcertó ligeramente ver a Tom Cordey dando un paso adelante. Por lo que ella sabía, era la primera vez que entraba en Sea View. Sus anchos hombros parecían llenar el umbral.

Jessie alzó la mirada hacia el joven, con una sonrisa de oreja a oreja y los ojos brillantes, antes de retirarse. Tenía aquel efecto en las mujeres, aunque parecía no ser consciente de ello.

—Buenos días, Tom.

—Señorita. —Se quitó la gorra con un movimiento veloz y empezó a balancearse alternando el peso del cuerpo de una pierna a otra sin decir nada más.

Ella se sintió incómoda. ¿Estaba reuniendo valor para decirle algo? No, sin duda Sarah se equivocaba en lo de su admiración por ella. Emily abrió la boca y luego la cerró. ¿Qué debía decir para esquivar ese tema de conversación si es que él lo iniciaba?

Al ver que ella no hablaba, finalmente dijo:

—He venido por lo de las puertas.

—¡Oh, claro! —exclamó, soltando de golpe una bocanada de aire y sintiéndose estúpida y aliviada a partes iguales—. Para decidir qué tipo de madera utilizarás para los letreros.

Él asintió con la cabeza.

—Bueno —añadió, poniéndose en pie—. Vamos arriba y te las mostraré.

Subió las escaleras delante de él y lo guio hasta el dormitorio de huéspedes más cercano: la habitación del señor Stanley.

Tom pasó la mano por la superficie del marco de la puerta.

—Roble.

Ella sonrió.

—Si tú lo dices...

A continuación, sacó una regla de carpintero y la apoyó sobre la puerta para hacer algunas comprobaciones.

—Estaba pensando en ocho o nueve pulgadas por cuatro, si le parece bien.

—Sí, perfecto.

Se oyeron pasos por las escaleras. Emily vio acercarse al señor Stanley con el gesto torcido.

—¿Otra vez curioseando en mi habitación, señorita Emily?

Tardó unos segundos en notar la presencia de Tom, que se encontraba unos metros más atrás, oculto entre las sombras.

—¡Oh, lo siento!

Tom se puso rígido, mirando alternativamente al señor Stanley y a Emily. Consciente de que el comentario se podía malinterpretar, Emily sintió que se le encendían las mejillas.

—Solo está bromeando. Señor Stanley, este es Tom Cordey. Nos está ayudando con algunos de los letreros para las habitaciones.

—Esto está muy bien, hombre. Discúlpenme, pero ¿les importa que pase un momento a mi habitación?

—¡Cómo no! Permítame que me aparte. —Emily dio un paso al lado.

Cuando la puerta se cerró tras él, miró a Tom y vio que tenía la mandíbula apretada.

—¿Le tratan todos los huéspedes con tanta familiaridad?

—No. Es solo que... Es culpa mía, en realidad. Se hospeda en mi antigua habitación y a mí se me olvidó algo y entré. Es inofensivo, te lo aseguro.

Él pareció meditar la respuesta de Emily y entonces relajó la postura.

—Bueno, yo ya he comprobado lo que quería ver. La dejaré tranquila.

Cuando Tom se marchó, Emily regresó a la biblioteca y, al mirar por la ventana que daba al sur, vio al señor Hornbeam en el porche. Viola estaba sentada a su lado, con la cabeza inclinada sobre un libro, al parecer leía para él. Aquello le sorprendió.

Georgiana salió del salón y extendió una mantita sobre las rodillas del anciano. A través de la puerta abierta, Emily le oyó decir:

—Aquí tiene, señor Hornbeam.

—Gracias, querida.

Georgie se sentó en los escalones que había cerca. Viola cerró el libro y, durante unos instantes, los tres permanecieron sentados en silencio.

Emily examinó al caballero, la cabeza vuelta hacia el mar, los ojos protegidos tras las lentes oscuras. La curiosidad se apoderó de ella.

Tras acercarse a la puerta y salir al porche, intervino:

—Buenos días, señor Hornbeam.

—¡Ah, señorita Emily! —respondió, sonriendo hacia donde estaba ella.

Se sentó en una silla enfrente de él. Llevaba ya dos días allí y su hijo aún no había llegado.

—¿Ha sabido algo de su hijo?

—Todavía no. Mientras tanto, sus hermanas han sido tan amables de hacerme compañía. Y, de hecho, está siendo muy agradable. —Se volvió de nuevo hacia el mar.

Después de mirar un rato más su expresión de satisfacción, Emily dijo:

—¿Puedo hacerle una pregunta personal?

Él torció la boca.

—Déjeme adivinar. Quiere saber por qué un viejo ciego y tonto ha venido a la costa para dirigir la mirada hacia unos paisajes que no puede ver.

Emily se mordió el labio alegrándose de que no pudiera notar que se había sonrojado.

—Bueno, yo no habría utilizado la palabra «tonto».

Él soltó una sonora y bienintencionada carcajada.

—¡Ja! Simplemente lo pensó, sin duda, pero no la culpo.

—Pero supongo —respondió ella—, que sí siente la «suave y saludable brisa» que ensalza el señor Butcher en su guía.

Él asintió con la cabeza.

—Precisamente la señorita Viola me estaba leyendo un fragmento y es verdad, disfruto mucho del aire de aquí. Pero es mucho más que eso. La brisa también huele. A sal. A mar. A hierba. A flores.

—Y a pescado —intervino Emily—. Y a redes y cestas húmedas. Y a algas.

El señor Hornbeam volvió a soltar una risotada.

—Cierto, pero tiendo a concentrarme más en los olores agradables. Y en los sonidos.

Emily echó un vistazo a las campanillas del rincón, que tintineaban con la brisa.

—¿Se refiere al carrillón?

Él asintió con la cabeza.

—Pero también a toda una sinfonía de sonidos. Desde el agua que golpetea suavemente la orilla hasta el rugido creciente de las olas que recuerda a un timbal y acaba rompiendo en las rocas como el poderoso entrechocar de unos platillos. Y luego vienen los crujidos de los zapatos sobre los guijarros, el aleteo de los parasoles de las damas agitándose con el viento, las voces de los pescadores cantando la captura del día y las alegres risas de la gente disfrutando de sus vacaciones. —En ese momento levantó las manos como si estuviera dirigiendo una orquesta—. Seguidamente entra el vibrato de flautín de los zarapitos y los correlimos, los grititos de los niños cuando el agua fría les salpica los pies y las advertencias de sus madres y sus niñeras que, como gallinas cluecas, revolotean alrededor de sus polluelos.

Emily deseó haber tenido papel y pluma para escribir todo aquello.

—Y cuando cae la noche —continuó— la playa se vacía, los pescadores regresan a sus casas, los turistas a sus hoteles y los vendedores de refrescos a sus tiendas como aves de vuelta al nido. Y entonces solo el mar permanece, con las mareas subiendo y bajando, pero siempre ahí, tan constante como su Creador.

Cuando terminó su declamación, se hizo un breve silencio.

Al final Emily dijo en un susurro:

—Debería haber sido usted poeta, señor Hornbeam.

—¡Vaya! Muchas gracias, querida.

Georgie añadió:

—Es más que evidente que es usted un gran amante de la música, señor Hornbeam. Debería venir con nosotras a la biblioteca el lunes por la tarde. Se celebrará un pequeño concierto para recaudar fondos para la nueva banda del pueblo. Todavía es pronto para decirlo, pero está yendo bastante bien.

—Puede que lo haga.

—Yo podría acompañarle —dijo Georgie—. Tomarle del brazo, si le sirve de ayuda. Aunque me atrevería a decir que se las arregla usted más que bien con su bastón.

—Le agradezco el ofrecimiento. Es muy cortés por su parte.

Chips, el perro, se acercó dando brincos por el prado y Georgie pidió que la disculparan y se fue a jugar con él.

En aquel momento el señor Hornbeam bajó la voz y dijo:

—Su hermana ha sido muy amable al ofrecerse, pero no quiero ser un estorbo. Estoy convencido, señorita Emily, de que tiene usted muchos admiradores con los que preferiría emplear su tiempo.

—Es posible —concedió Emily—. Pero igualmente estaremos encantadas de que nos acompañe. No es usted ningún estorbo. Además, puede que para entonces haya llegado su hijo y desee unirse a nosotros.

Su sonrisa se desvaneció.

—Tal vez.

Emily percibió el atisbo de decepción.

—Tenía entendido que había planeado alojarse aquí con usted.

—También yo. Pero parece que sus planes han cambiado. Confío en tener noticias suyas pronto.

—¿A qué se dedica, si se me está permitido preguntar? ¿Siguió sus pasos?

La decepción volvió a asomar al rostro del anciano.

—No. Esperaba que se dedicara al derecho y se ganara la vida sirviendo a la Corona, pero ha decidido seguir su propio camino.

Al ver que no añadía nada más, Emily dijo:

—Lo siento. Solo espero que le vaya bien.

De nuevo se hizo el silencio.

Emily se levantó y se aclaró la voz.

—Bueno, será mejor que vuelva a la correspondencia. Esas cartas no van a responderse solas. —Le apoyó la mano en el hombro—. Y estaré atenta por si aparece alguna dirigida a usted.

Emily sintió lastima por él. Sabía lo que significaba estar esperando una carta que nunca llegaba.

Cuando quedaron solo ellos dos, Viola dijo con dulzura:

—Me pregunto, señor Hornbeam, cómo sabía que era Emily la que tenía admiradores. Estaba en lo cierto, por supuesto. ¿Está usted seguro de que no ve?

Él se giró hacia ella.

—No puedo verlas, señorita Viola, pero las oigo.

Viola se puso rígida, sintiendo una inmediata punzada de frustración. ¿Era su voz menos atractiva de lo que pensaba? ¡Se había esforzado tanto para superar su ceceo!

Él alzó una mano como si quisiera aplacar su ofensa.

—Permítame que le explique. Cuando escucho a la señorita Emily, percibo seguridad en sí misma. Confianza. Cuando conoce a alguien, está claro por su actitud y por su tono que da por hecho que va a causar una buena impresión, que va a gustar a esa persona, e incluso que puede que la admire. Me resultó obvio desde el día en que la conocí. En su caso, en cambio, querida mía, es usted toda prudencia, vacilación e inseguridad. Su dicción, tan estudiada y precisa, resulta muy agradable al oído, pero tiene uno que esforzarse para escuchar las palabras. En su talante y en la inflexión de su voz, oigo a alguien que espera rechazo. O al menos indiferencia. ¿Me equivoco?

—¿Le ha mencionado alguien mi... defecto?

—¿Defecto? No. ¿Acaso tiene usted algo semejante?

Con un nudo en la garganta, asintió con la cabeza y, al darse cuenta de que no podría ver el gesto, susurró:

—Sí.

—¿Podría describírmelo? Por simple curiosidad. Aunque ahora sea ciego, no siempre fue así, y me gusta formarme una imagen completa de la gente que conozco.

Viola ordenó sus pensamientos y luego contó quedamente:

—Nací con una hendidura en el labio. Puede que haya oído hablar de ello como «labio leporino», pero detesto ese término. Le puedo asegurar que no me parezco en nada a una liebre, y tampoco tengo el labio cubierto de pelos.

Él asintió con expresión comprensiva.

—¿El paladar también estaba hendido?

—Afortunadamente no. Los bebés que lo tienen raras veces sobreviven. Se esfuerzan por succionar y son propensos a las infecciones. Me contaron que debo sentirme agradecida por que mi caso fue relativamente leve.

—Pero usted no se siente agradecida.

—A lo largo de mi vida me han realizado varias intervenciones quirúrgicas. Algunas lo empeoraron y necesité varias operaciones más para reparar el daño.

—¿Y ahora? ¿Está cerrada la hendidura?

—Sí, por suerte. Pero he de confesar que vivo con el miedo de que se vuelva abrir. Ya han pasado varios años y los doctores me aseguran que no sucederá, salvo que sufra algún tipo de daño o accidente.

—¿Qué aspecto tiene?

—Tengo una cicatriz vertical que nace en la fosa nasal y me cruza todo el labio superior.

—¿En qué lado?

—El izquierdo. En ese lado la piel de encima de la boca también me tira un poco.

El señor Hornbeam asintió de nuevo.

—Ese es el motivo por el que llevo velo.

Él retiró la cabeza hacia atrás, sorprendido.

—¿Lleva usted un velo para hablar con un viejo ciego en su propia casa?

Sintió que las mejillas se le encendían.

—Ahora lo llevo hacia atrás, pero en caso de que se acercara algún extraño, podría bajármelo fácilmente.

Él asintió de nuevo dando a entender que la comprendía.

—Supongo que no se diferencia mucho de mis lentes oscuras. Las llevo para protegerme y para resguardar a los demás de mi defecto; en mi caso, los ojos de aspecto cristalino.

Ella se quedó unos segundos pensativa y dijo:

—Lo que ha dicho antes de mi forma de hablar, ¿simplemente estaba siendo amable?

Él sacudió la cabeza.

—No. He sido muy honesto. No he oído a mucha gente hablar con semejante dicción. De vez en cuando se percibe una breve pausa antes de pronunciar las letras «pe» y «be». Aparte de eso, su pronunciación es excelente y resulta muy agradable escucharla.

—Sus palabras significan mucho para mí; tuve que esforzarme mucho para mejorarla.

—Bien hecho. —Durante unos instantes se quedaron en silencio, y entonces él añadió—: Las otras personas a las que lee, ¿son viejos ciegos como yo?

—Por extraño que pueda parecer, mi primer cliente tiene solo unos treinta años. Es un mayor herido mientras servía en la Compañía de las Indias Orientales.

—¿Y es ciego?

—Solo de un ojo. Fue víctima de una explosión y sufrió una herida en la cabeza. Todavía puede leer con el otro ojo, pero ve borroso y le duele la cabeza, así que su familia me contrató para que leyera para él.

—¡Pobre hombre! Tal vez un día debería encontrarme con él y asegurarle que la pérdida de la visión no es el fin del mundo, aunque un hombre joven, un oficial, debe sentirse como si lo fuera.

—Sí. Vive prácticamente recluido. El rostro y el cuello se le quemaron en la explosión y la mitad de su cara es una pura cicatriz. También recibió un disparo en el pecho. Le afectó a los pulmones; esa es la razón por la que los médicos le recomendaron el aire suave del mar.

—¡Por Dios Bendito! Con tales heridas, debería sentirse afortunado de estar vivo.

—Estoy convencida de que no es así.

—Bueno, sin duda su compañía será un bálsamo para él como lo es para mí.

—Gracias por leer para mí. —Le buscó la mano y le dio unas palmaditas—. Si alguna vez dispone de algo de tiempo libre, espero que vuelva hacerlo. Estaré encantado de compensarle económicamente por disfrutar de semejante placer.

Después de extraer del horno una bandeja de tartaletas de mermelada, Sarah se limpió las manos con un trapo y subió las escaleras. Se dirigía al cuarto de su madre para asegurarse de que estaba lista para recibir la visita. Esperaban a la señorita Stirling, que venía a tomar el té y ponerse al día de cómo estaban yendo las cosas en su primera semana recibiendo huéspedes en casa.

Tras encontrar a su madre ya vestida, Sarah la ayudó a sentarse algo más erguida en la cama hecha, ahuecó la almohada y el cojín cilíndrico que tenía en la espalda y le cubrió las piernas con una manta.

Sentía la mirada pensativa de su madre estudiándola. No quería convertirse en uno de sus desvelos, así que forzó una sonrisa y siguió actuando con rapidez y eficacia, moviendo una mesa de té al centro de la habitación y colocando unas sillas alrededor para la visita.

—¿Qué te pasa, Sarah? Pareces preocupada.

—¿Yo? Lo siento. No me pasa nada.

—Saraaah... —La manera en que alargó su nombre y el tono autoritario le dejaron claro que no iba a tolerar que siguiera negándolo.

—Estoy segura de que no es nada, pero he pillado a uno de nuestros huéspedes, el señor Henshall, fisgoneando por ahí y no estoy segura de qué pensar. Supongo que tendremos que ir acostumbrándonos poco a poco a la pérdida de intimidad, pero no me gusta.

—¿Henshall?

—Sí un caballero escocés.

Su madre frunció el ceño.

—El nombre me resulta vagamente familiar, pero no recuerdo dónde lo he oído.

—No importa, mamá. —Sarah le besó la frente—. ¿Puedo hacer algo más por ti antes de ir a preparar el té?

—No, querida. Tengo todo lo que necesito.

Pasado un rato, todas las hermanas estaban sentadas en la habitación de su madre, reunidas alrededor de Fran Stirling, su amiga y antigua dama de compañía. La señorita Stirling, como de costumbre, iba muy bien vestida y llevaba cada mechón de cabello oscuro en su justo lugar.

Viola había llegado desde el vestidor que ahora servía como dormitorio y se sentía lo bastante cómoda con la señorita Stirling como para llevar la cara descubierta.

Sarah entregó a su invitada la primera taza de té.

—¿Y cómo le van a usted las cosas en Broadbridge?

—¡Ah! Bastante bien. La casa no es ni la mitad de grande que Sea View, pero al menos está convenientemente situada en el mercado. Muchos huéspedes vienen solo por la localización, así que normalmente tengo suficiente trabajo.

Mientras Sarah servía al resto, la señorita Stirling bebió un trago de té y se sirvió una de las tartaletas de mermelada.

—¡Están deliciosas! ¿Son del maestro pastelero del pueblo?

—No, cobra demasiado caro —respondió Sarah—. He empezado a realizar algo de repostería yo misma para quitarle algo de carga a la señora Besley.

—Hace bien. Que yo recuerde, siempre ha sido bastante torpe con los dulces. —La señorita Stirling mordió otro bocado y luego paseó la mirada por los rostros de las hermanas—. ¿Y aquí qué tal va todo?

Sarah se sentó.

—Creo que podríamos decir que estamos ante un buen comienzo. En este momento tenemos alojados a seis huéspedes: un matrimonio, una pareja compuesta por padre e hija y dos hombres que viajan solos.

—¿Sólo dos mujeres? Me parece un número desproporcionado de hombres. —La señorita Stirling sonrió con picardía—. A menos que... se trate de hombres en edad de merecer que hayan oído hablar de la belleza de las hermanas Summers.

Sarah negó con la cabeza.

—El único que concuerda con esa descripción es el señor Stanley. El señor Hornbeam es un encanto, pero debe tener al menos sesenta años.

—Te olvidas del señor Henshall —intervino Emily—. Es viudo, pero no es tan viejo.

Georgiana la miró horrorizada.

—¡Pero si tendrá por lo menos treinta y cinco años!

Su madre se rio.

—¡Dios mío! ¿Tan mayor?

—Bueno, en cualquier caso, todos nuestros huéspedes parecen gente refinada —dijo Sarah—. El señor y la señora Elton han prometido escribir a sus amistades y recomendar Sea View. Por lo visto ella tiene muchos amigos muy respetables.

—Sin duda —opinó Emily— se da unos aires... Esperemos que sea una mujer de palabra.

—En cualquier caso —repuso Sarah—, creo que, de momento, lo estamos haciendo bien. Gracias de nuevo por su ayuda y sus consejos.

La señorita Stirling sonrió.

—Ha sido un placer.

—¡Ah! Y Gracias también por sugerir que pusiéramos cerraduras a todas las habitaciones de los huéspedes. Una persona nos escribió preguntando concretamente por eso.

Fran asintió con la cabeza.

—No es que yo sea especialmente sabia, queridas, simplemente hablo desde la experiencia. Uno de mis huéspedes dijo que le habían robado un reloj muy valioso e intentó que yo me hiciera cargo económicamente de la pérdida, porque al principio las puertas no tenían cerradura. Por suerte lo encontramos en una de las cestas de la colada. Aun así, contraté a Leslie... eeeh... al señor Farrant para que me las instalara esa misma semana. Espero que hayan quedado satisfechas con su trabajo...

—¡Oh, sí! Fue muy rápido y muy educado.

—Bien.

Entonces Emily dijo:

—Como sabe, Broadbridge es una de las pocas casas de huéspedes y residencias vacacionales que aparecen con su nombre en la guía del señor Butcher. ¿Cómo lo ha conseguido?

La señorita Stirling se encogió de hombros.

—Que yo sepa, yo no conseguí nada. Uno de mis huéspedes acudió a su iglesia durante su estancia. Este hombre me escribió después una amable carta y mencionó que había hablado muy bien de mí al autor. Intuyo que esa es la razón por la que el pastor mencionó el lugar.

—Entonces —dijo Emily, con gesto reflexivo—, necesitamos que uno de nuestros huéspedes hable con el señor Butcher elogiándonos. ¿Se os ocurre algún candidato?

La señorita Stirling alzó la mano.

—Tengan cuidado. Tengo entendido que no le gusta que le presionen. Prefiere incluir solo los establecimientos que él considera que merecen la pena. Así que no sería demasiado directa con él. Si un huésped les halagara, debería ser algo natural y sincero, y no un caballero que, de manera evidente, se haya quedado prendado de alguna de ustedes —dijo, sonriendo y mirando de nuevo a cada una de las hermanas.

—¡Mecachis! —exclamó Georgie—. Eso excluye al señor Stanley.

Su madre frunció el ceño.

—¿Está ese hombre intentando encandilar a alguna de vosotras? ¿Debería preocuparme? Si hubiera pensado que existía el más mínimo riesgo de que eso sucediera, nunca habría accedido a que nos embarcáramos en esta empresa. ¡Esperábamos a octogenarios convalecientes!

—No, mamá —la tranquilizó Emily—. El señor Stanley es un perfecto caballero.

A Georgie le brillaron los ojos.

—Pero Emily sí que coquetea con él descaradamente.

—Eso no significa nada —replicó Viola—. Emily coquetea con todo el mundo.

Emily le sacó la lengua a su hermana gemela.

Su madre volvió a fruncir el ceño.

—Ten cuidado, Emily —le advirtió—. De algunos hombres puede una fiarse, pero de otros no, y a menudo es difícil distinguir a los unos de los otros.

—Tendré cuidado, mamá. Por favor, no te disgustes. No hay nada de lo que preocuparse.

Seguidamente Emily se volvió de nuevo a su invitada, sin duda ansiosa por cambiar de tema.

—Es admirable, señorita Stirling, cómo regenta su propio negocio. Impresionante.

—No hago nada del otro mundo. Conozco a un ayuda de cámara y tres antiguas amas de llaves que o bien dirigen una pequeña pensión o gestionan una o dos residencias vacacionales por cuenta de sus propietarios ausentes. ¡Ah! Y el maestro pastelero, antes era cocinero en Clapham.

—¡No! ¡Pero si se comporta con tanta...!

—¿Arrogancia? Sí, pero eso es porque ha empezado a estar muy solicitado. —Levantó su tartaleta de mermelada—. No le va a gustar nada que le haga la competencia.

Sarah encogió los hombros.

—Me limito a hornear algunas galletas, pastas y cosas por el estilo. Y todavía estoy aprendiendo.

—Pues diría que aprende muy rápido. —La señorita Stirling dio otro bocado—. Deliciosa. A propósito, si alguna vez quiere dedicarse profesionalmente a ello, conozco una pensión que podría comprarte una docena al día.

—No estoy preparada para abrir mi propia tienda, pero eso sí que podría asumirlo. —Sarah le guiñó un ojo—. Al menos... para la dueña de una determinada pensión especial.

Jessie apareció en la entrada.

—Les ruego me disculpen, señoras. Han venido de visita dos señores que responden al nombre de señor Hutton acompañados de otro hombre.

—Es nuestro nuevo vecino —dijo Sarah, poniéndose seria.

Viola palideció y se levantó.

—Lo siento. Vais a tener que perdonarme —se disculpó, retirándose a la habitación contigua.

—Hágales entrar —pidió la madre.

—¿Aquí? —preguntó Sarah.

—¿Por qué no? ¿No estoy presentable? Ya estoy vestida para recibir visitas.

Unos segundos más tarde Jessie regresó y anunció:

—El señor Hutton y el señor Hutton. —Seguidamente se escabulló de nuevo.

Un caballero alto con el pelo cano entró primero y dijo:

—Que tengan un buen día, señoras. Esperamos no molestar.

—En absoluto. Son ustedes bienvenidos, señor —respondió la madre.

El hombre de apariencia solemne paseó la mirada por la habitación.

—¿La señorita Viola no se encuentra aquí?

—Acaba de salir —respondió la señora Summers mirando hacia el vestidor. Luego, haciendo especial hincapié en sus palabras, añadió: —Volverá a unirse a nosotros enseguida. No tengo la menor duda.

—Mi nombre es Frank Hutton —se presentó el caballero, con una reverencia. Posteriormente se volvió hacia su acompañante, situado detrás de él. —Y este es mi hijo Colin. Mi hijo mayor, el mayor John Hutton, al que nosotros llamamos Jack, vive en Westmount. Es para él para quien lee la señorita Viola.

—Es un placer conocerles.

El hombre hizo un gesto a su hijo para que entrara en la habitación.

—Colin acaba de llegar de visita. Cuando ha sabido de las cuatro hermanas que viven en la casa de al lado, ha insistido en que les presentáramos nuestros respetos.

Un joven vestido a la última moda, con el pelo rubio ondulado y un rostro muy atractivo dio un paso adelante. Su indumentaria, demasiado elegante para una casa de huéspedes en la costa, hubiera resultado más apropiada en el salón de algún lord londinense.

Su apariencia sofisticada se veía suavizada por una cautivadora sonrisa juvenil.

—Tiene toda la razón. ¿Y quién podría culparme por ello? Veo que mi padre no había exagerado lo más mínimo. Cuatro hermosas hermanas y una madre igualmente encantadora.

La señorita Stirling soltó una carcajada.

—¡Me temo que comete usted un pequeño error! Yo solo estoy de visita y soy demasiado mayor para ser una de las hermanas.

—Pues a mí no me lo parece.

—Esta es nuestra amiga, la señorita Stirling.

—Es un placer. ¿Y dónde está la cuarta señorita Summers?

Viola entró en la habitación con actitud apocada, con la capota con velo puesta.

—¡Ah! Aquí está Viola —dijo el padre.

Colin saludó inclinando la cabeza.

—Encantado de conocerla, señorita. Todo el mundo en Westmount habla maravillas de usted.

Viola hizo una reverencia.

—Lo dudo mucho.

En aquel momento Sarah se dio cuenta de que había una tercera persona detrás del padre y del hijo. Un hombre de piel oscura y pelo negro. De la India, supuso. Viola había hablado de él.

—¿Y quién es su amigo? —preguntó.

—¡Ah, sí! —El señor Hutton se volvió—. Casi me olvido de que estaba usted ahí. Este es Armaan Sagar. Es amigo de Jack. Sirvieron juntos en la India.

El padre y el hijo se hicieron a un lado y el tercer hombre se adelantó unos pasos he hizo una reverencia.

—Bienvenido, señor Sagar —dijo la madre.

—Gracias.

Colin miró a Viola y su velo con expresión curiosa y expectante.

Como nadie decía nada, preguntó:

—¿Iba a salir? Podemos acompañarla a donde usted quiera.

—¡Oh! Mmm... no es necesario. Pero gracias.

—Bueno —repuso el señor Hutton, enderezándose—. No queremos entretenerlas más. Tan solo deseaba conocer al resto de hermanas y presentarles a Colin.

—Y nosotras le agradecemos la visita —dijo la madre—. Vengan ustedes cuando quieran.

Capítulo 9

«Ceba bien el anzuelo y el pez picará».

WILLIAM SHAKESPEARE,
Mucho ruido y pocas nueces

Aquella tarde Sarah subió de la cocina con los albaranes de la carnicería y de la verdulería en la mano y se dirigió a la biblioteca para guardarlos con el resto antes bajar de nuevo a ayudar a la señora Besley.

Al entrar en la habitación que utilizaban como oficina, se detuvo de golpe, sorprendida de encontrar allí al señor Henshall. Se encontraba en lo alto de la escalera de mano, con el brazo estirado por encima de la cabeza, palpando la parte superior de las estanterías empotradas, donde reposaban algunos bustos de mármol y otros objetos decorativos.

De nuevo la sospecha se apoderó de ella.

—¿Puedo preguntarle qué es lo que está buscando esta vez?

Él se volvió, con las mejillas coloradas y expresión avergonzada.

—Su hermana me dijo que podía tomar prestado los libros que quisiera mientras estoy aquí.

—Ahí no hay ningún libro. Solo polvo, me temo.

Él se miró la mano, que efectivamente estaba gris, y bajó de la escalera. Se sacudió las manos, extrajo un pañuelo del bolsillo y se las limpió pasándoselo por las palmas. Luego levantó la vista lentamente.

—Creo que será mejor que se lo cuente.

—Sí. Yo también lo creo.

Henshall indicó un par de sillas junto a la chimenea.

—¿Nos sentamos?

Ella vaciló.

—No me gusta holgazanear, especialmente cuando tengo tantas cosas que hacer, pero si me acompaña abajo, podrá contármelo todo mientras pelo unos guisantes.

El alzó una ceja con gesto interrogante.

—¡Oh! —dijo Sarah—. Nuestra cocinera está muy ocupada. Le he dicho que le ayudaría.

—De acuerdo.

Él echó a andar tras ella. Tras pasar por delante de la sala de estar y del comedor, bajaron las escaleras traseras. Una vez en la cocina, se encontraron con varias cacerolas y sartenes borboteando en el fuego sin nadie que las vigilara.

La situación era más grave de lo que había imaginado.

En ese momento la señora Besley entró apresuradamente, con el delantal lleno de manchas y expresión apurada.

—¡Señorita! Siento decirle que voy con muchísimo retraso. Lowen se ha cortado con un cuchillo para deshuesar y se ha puesto todo perdido de sangre. Le he mandado a Jessie que limpie el suelo de la despensa y que ponga en remojo la camisa...

La mujer se percató de la presencia del señor Henshall y frunció el ceño.

—¡Oh! Discúlpeme, señor. No le había visto.

—He venido para ayudarte con los guisantes, como te prometí —le recordó Sarah.

—Yo también estoy dispuesto a ayudar —dijo Henshall—. Si me lo permiten.

—¿Usted, señor?

—¿Por qué no?

Con gesto de preocupación, Martha Besley les señaló una cesta llena de pescado.

—Imagino que no sabrá usted limpiar pescado...

—Pues da la casualidad de que sí. —Se le iluminó la mirada—. En mis tiempos pesqué y limpié muchos peces.

—En ese caso, señor, es usted la respuesta a mis súplicas. Póngase aquí; le traeré un cuchillo.

El señor Henshall se quitó el frac y lanzó una mirada de disculpa a Sarah.

—Espero que no le importe.

—En absoluto. Voy a buscar un delantal para que no se manche el chaleco.

Se trasladaron al tranquilo cuarto de trabajo y se sentaron cada uno en un extremo de la desgastada mesa. Sarah empezó con los guisantes mientras él se ponía a descamar y filetear metódicamente el pescado.

—¿Puede usted hablar mientras hace eso? —preguntó Sarah—. Ya ha habido suficientes accidentes por hoy en esta cocina.

—Sí, puedo.

—Quiero que sepa que no esperamos que los huéspedes colaboren en las tareas. Es usted un caballero y...

—Y usted la hija de un caballero —arguyó él.

—Sí, pero forma parte de mis responsabilidades. Es nuestra casa.

—Puede ser, pero yo viví aquí todo un verano.

Ella interrumpió lo que estaba haciendo y se quedó mirándolo fijamente.

—¿En serio?

Él asintió con la cabeza.

—Hace tres años.

—Entonces es por eso por lo que sabía dónde estaba el jardín amurallado y dónde se encontraban determinadas habitaciones incluso antes de verlas. O al menos eso es lo que pensaba yo.

—Así es. Aunque la casa ha sufrido algunos cambios desde que estuve aquí por última vez, con el nuevo excusado y el porche.

—Eso no justifica por qué ha estado usted husmeando por ahí. ¿Acaso se dejó algo?

—Efectivamente.

Ella lo miró boquiabierta.

—¡Estaba bromeando! Si uno se deja algún artículo personal, lo normal es escribir al agente inmobiliario para reclamárselo.

—Es una larga historia.

—No tengo que ir a ninguna parte. Dígame qué es lo que está buscando.

Tras echar una mirada desconfiada a la cocina, dijo:

—Lo haré, pero debe quedar entre nosotros.

—De acuerdo.

Él bajó la voz.

—Unas joyas pertenecientes a mi esposa y a su abuela se encuentran aquí. Se trata de un collar y unos pendientes. Nunca los encontré.

Sarah se dio cuenta de que fruncía el ceño.

—No lo entiendo. ¿Por qué no contactó con el agente de la propiedad en cuanto se dio cuenta?

—No sabía dónde estaban.

—¿Y? Estoy segura de que se habría encargado de buscarlas por usted.

El señor Henshall apretó los labios.

—En aquel momento, tenía cosas más importantes por las que preocuparme. Cuando Katrin murió, no estaba para pensar en nimiedades.

—Por supuesto que no.

—Más adelante, sí que escribí al agente. Me respondió que ni él ni el personal de la casa habían encontrado ningún objeto de naturaleza personal, al menos que él tuviera constancia.

—¿No le especificó qué era exactamente lo que estaba buscando? ¿Tenía miedo de que se sintiera tentado a quedárselas?

—No creo que sean muy valiosas. No estamos hablando de las joyas de la corona.

—Pero usted quiere recuperarlas.

—Sí, para Effie.

—¿Y qué le hace pensar que siguen aquí? ¿O que puede usted encontrarlas a pesar de que el agente no lo consiguiera?

—Porque Katrin las escondió.

Sarah lo miró fijamente.

—¿Las escondió?

En ese momento se oyó el ruido metálico de una cazuela y él se estremeció.

—Le propongo una cosa. ¿Por qué no se viene a caminar conmigo por la mañana? ¿A ver el amanecer? Si lo hace, le contaré más cosas.

Aquella noche, poco después de cenar, la señora Elton se llevó a Sarah a un lado.

—Señorita Summers, me estaba preguntando... ¿podría sentarnos al señor Elton y a mí en una mesa diferente de... del huésped ciego?

—¿Por qué?

—No quiero ser maleducada, pero en ocasiones uno tiene que anteponer su salud a la buena educación.

—¿Su salud? La ceguera del señor Hornbeam no es contagiosa.

—¿Y usted cómo lo sabe? Hoy en día se leen cosas tan espantosas... —Bajó la voz hasta convertirla en un susurro teatral—. La oftalmia egipcia.

Años atrás aquel término había aparecido con frecuencia en los periódicos, a raíz de la hospitalización de regimientos enteros de los ejércitos de Francia y Gran Bretaña a causa de la enfermedad, que acabó afectando también a civiles. En un principio los médicos habían creído que la dolencia no era contagiosa, pero pasados unos años habían descubierto que sí lo era. Ese era el motivo, más que justificado, por el que la gente se mostraba prudente al respecto.

Pero aquel no era el caso.

—Señora Elton, aunque comprendo su preocupación, la pérdida de visión del señor Hornbeam se debe a otra afección. Estoy segura de que no es nada que se pueda contagiar.

—Eso es lo que decían de... —volvió a susurro dramático— la oftalmia egipcia, y mire cuántos perdieron la vista.

Sarah no le había preguntado directamente al señor Hornbeam, pero había llegado a la conclusión de que su ceguera se había producido a lo largo de varios años, probablemente debido al glaucoma o las cataratas, dolencias que a veces sufría la gente de cierta edad, y no por una enfermedad contagiosa como la viruela, el sarampión o, Dios no lo permitiera, la oftalmia.

—En el comedor solo hay una mesa —dijo Sarah—. Si usted y su marido prefieren cenar en su habitación, podemos arreglarlo para que así sea, pero espero que no sea necesario.

—¿Y no le va a pedir a él que lo haga?

—¡Oh, cielos! ¡No! Estamos encantadas de disfrutar de la compañía del señor Hornbeam. Y creo que ustedes también lo estarían si le dieran una oportunidad.

—¿Podría al menos preguntarle por sus ojos? Solo para quedarme tranquila.

Sarah suspiró para sus adentros. Luego levantó la vista y vio al anciano dirigirse de manera lenta pero segura hacia el comedor.

La señora Elton palideció e hizo ademán de salir huyendo, pero antes de que tuviera tiempo de hacerlo, Sarah lo llamó:

—Señor Hornbeam, ¿le importa que hablemos un momento?

—Por supuesto que no —respondió y, de inmediato, se dirigió hacia donde se encontraban.

—Señor Hornbeam, imagino que ha tenido usted ocasión de conocer a la señora Elton.

—Sí, la otra noche, durante la cena.

—Ella se estaba preguntando… es decir, le gustaría asegurarse de que sus ojos… es decir, que su ceguera no es… contagiosa.

—¡Ah! Puede usted quedarse tranquila, señora; no lo es. Me han visto los mejores doctores de Londres. Todos ellos me diagnosticaron un glaucoma de origen indeterminado debido a la edad. No se identificó ninguna otra enfermedad o razón que la causara. Y tampoco pudieron hacer nada al respecto. Continué con mi trabajo en la Cámara de los Comunes hasta que ya no veía prácticamente nada. Y, como ustedes saben, nunca me habrían permitido estar cerca de los miembros del Parlamento si hubiera habido alguna sospecha de que pudiera contagiarlos.

—¿En el Parlamento? —La señora Elton abrió mucho los ojos—. Bien. Eso me tranquiliza. Gracias. La verdad, no entiendo por qué la señorita Summers ha insistido en que le molestáramos. Era solo curiosidad y simplemente estábamos charlando. Pero ha tenido que avergonzarnos a ambos. Bueno, no todo el mundo tiene una educación exquisita, ¿verdad?

Con el labio fruncido y un deje de sarcasmo en la voz que Sarah reconoció, el señor Hornbeam dijo:

—Sí, tiene usted razón. Y es una pena que no la tengan.

Con una mezcla de alivio e inquietud, Sarah observó cómo, minutos después, sus huéspedes se reunían para cenar: los Elton, los Henshall, el señor Hornbeam y el señor Stanley.

El menú era simple y la preparación tal vez no todo lo buena que podría haber sido a causa de los retrasos que se habían producido a lo largo del día. Aun así, Sarah había probado la sopa de verduras y estaba deliciosa. Después venía el pescado que había limpiado el señor Henshall y los guisantes que había pelado ella, acompañados de una ensalada, *roastbeef* y pudding de limón hervido.

Sarah pensó que era mejor no mencionar la participación del señor Henshall, pues no estaba segura de que pudiera avergonzarle a él o a su propia familia el hecho de que hubiera puesto a trabajar a un huésped.

El señor Henshall, en cambio, no mostró las mismas reticencias.

—Este pescado está delicioso, si se me permite opinar. Después de todo, lo he limpiado yo. Le daré un soberano a todo aquel que encuentre una raspa.

El señor Stanley asintió con la cabeza en señal de reconocimiento mientras que la hija del señor Henshall, con expresión abochornada, bajaba la cabeza mientras seleccionaba los guisantes.

La señora Elton arqueó una ceja.

—¿En serio? ¡Dios mío!

A continuación, soltó el tenedor.

—No veo por qué se escandaliza tanto —replicó él—. Pedí que se me concediera el privilegio. Me trajo muy buenos recuerdos de mi infancia. Por aquel entonces, pescábamos y limpiábamos nuestro propio pescado y lo freíamos en una hoguera al aire libre junto al mar. No existe nada igual. Aunque este está tan delicioso que se le acerca bastante.

—Estoy de acuerdo. Bien hecho. —El señor Stanley levantó su tenedor como si brindase y se llevó otro buen pedazo a la boca.

—Creció usted en Escocia, ¿no es así? —preguntó el señor Hornbeam.

—Sí, cerca de Kirkcaldy, al norte de Edimburgo.

—Cuéntenos más cosas sobre cómo es la vida allí —le animó el anciano—. Me parece interesantísimo.

—Déjeme pensar —empezó a decir el señor Henshall, entornando los ojos al tiempo en que se sumergía en los recuerdos—. Puede que sepa que hay muchos castillos abandonados en Escocia, y a los muchachos nos encantaba jugar en ellos. Un día asaltamos Ravenscraig y lo sitiamos con nuestras espadas de madera. Es decir, hasta que el administrador del barón, propietario de las tierras, nos echó los perros. Aquellas bestias despiadadas nos persiguieron durante un buen rato mordiéndonos los talones. Estábamos muertos de miedo y nos encerramos en la cabaña de un pastor esperando que dejaran de seguirnos. Nos quedamos allí atrapados más de una hora...

Su divertida forma de expresarse y su característico acento hacía que el relato cobrara vida y arrancara las risas de los oyentes. Sarah no pudo evitar fijarse en lo atractivo que estaba mientras les cautivaba a todos con su historia; a todos menos a su hija, Effie, que se dedicaba a pasear los trozos de pescado por el plato con expresión de aburrimiento.

Él continuó:

—Gracias a Dios, al final vino el pastor y le tiró unos *haggis*[4], que sin duda olían mucho mejor que nosotros, salvándonos así el trasero.

Casi todos rieron con el comentario.

El señor Elton, que permanecía serio, preguntó:

—¿Qué son los *haggis*?

Effie soltó una risotada.

—Mejor que no lo sepa.

Pasado un rato, mientras Sarah ayudaba a Jessie a servir el postre, se fijó en el alfiler de corbata de plata del señor Henshall y preguntó:

—¿Qué es el símbolo de su alfiler? ¿Una piña?

Él levantó la vista hacia ella con un destello en los ojos.

—Debería usted morderse la lengua, señorita Summers. —Una media sonrisa suavizó sus palabras—. Esto es un cardo, el emblema de Escocia.

—¿Un cardo? —preguntó el señor Elton—. ¿Eso no es una planta espinosa considerada una mala hierba?

—Aquí tal vez. Pero en Escocia es reverenciada.

—¿Por qué?

Effie soltó un gruñido; estaba claro que sabía lo que estaba por venir.

—Porque hace mucho tiempo los vikingos arribaron a nuestras costas con intención de atacar amparándose en la oscuridad. Esperando sorprender a los escoceses desprevenidos, se quitaron los zapatos y avanzaron sigilosamente por la campiña escocesa. Pero desconocían que los prados estaban cubiertos de cardos. Al pisar con los pies descalzos sus afiladas espinas, uno de los vikingos pegó un grito, despertando así a los escoceses justo a tiempo para aplastar a los invasores.

Con el labio fruncido, Effie dijo:

—Es solo una leyenda.

—Tal vez, pero desde aquel día el cardo se considera un símbolo de valentía, coraje y lealtad.

El señor Elton hizo algunas preguntas más mientras la señora Elton permaneció en silencio. Sarah se preguntó si los escoceses le parecerían tan poco atractivos como los ciegos.

---

4 N. de la Trad.: Plato típico escocés a base de vísceras de cordero especiadas y cocinadas con cebolla y harina de avena en una bolsa hecha con el estómago del animal.

Capítulo 10

«Raudo, raudo volaba el barco, pero también suavemente navegaba: dulce, dulce soplaba la brisa —Sobre mí solo soplaba».

SAMUEL TAYLOR COLERIDGE,
La balada del viejo marinero

 la mañana siguiente Sarah se despertó temprano, se vistió con ropa de abrigo y se reunió en la planta baja con el señor Henshall para dar el paseo al amanecer que le había propuesto.

Mientras descendía, él le sonrió, pero con la mirada seria.

Cuando estuvieron fuera de la casa, él indicó el camino a seguir, dirigiéndose no hacia el cementerio, sino en dirección sudoeste, por el empinado sendero de Peak Hill y, al llegar a la cabaña de los peregrinos, giró a izquierda, en dirección al mar.

Juntos abandonaron el camino y ascendieron al promontorio situado cerca del horno de cal, desde donde se divisaba tanto el mar como Chit Rock. Una vez allí, él caminó hasta el borde del montículo cubierto de hierba, con los faldones del frac ondeando al viento.

Durante unos instantes ella se quedó a su lado, en silencio, observando un alcatraz —un ave blanca con las puntas de las alas de color negro— que sobrevolaba las olas en círculo antes de sumergirse en el agua para atrapar un pez.

Entonces él respiró hondo y empezó:

—Mi esposa y yo no llevábamos mucho tiempo casados cuando me di cuenta de que no estaba bien.

Sarah pensó en la lápida del cementerio.

—¿Qué enfermedad padecía?

—Físicamente estaba razonablemente bien, pero sufría de un trastorno depresivo del estado de ánimo. Llevaba años de altibajos, pero su relación con el padre de Effie provocó un empeoramiento de su estado.

Aquel comentario la dejó anonadada.

—¿No es usted el padre de Effie?

—Su padre natural, no. Aunque siento por ella un afecto y un sentimiento de protección como el que creo que sentiría cualquier padre, y tal vez mayor del que sentía el auténtico, pues era un animal que se pasaba el día borracho, que maltrataba a su esposa y que se fundió en el juego la mayoría de sus posesiones. Katrin llevaba viuda menos de dos años cuando empecé a cortejarla. Me encandiló su belleza y lo que yo consideré una dulce vulnerabilidad. Supongo que me creía una especie de caballero andante que había llegado para salvarlas a ella y a Effie. Pero no era más que un estúpido presuntuoso.

»Los días previos a nuestra boda Katrin se los pasó llorando y yo lo atribuí a los nervios. Estaba seguro de que, cuando estuviéramos casados, podía hacerla feliz. —Sacudió lentamente la cabeza—. No había pasado mucho tiempo después de nuestra luna de miel cuando me di cuenta de que pasaba algo grave. Consulté con su médico y él me confió su historia y sus anteriores intentos de tratarla. Me dijo que no podía hacer mucho más. Katrin y yo seguimos luchando durante unos años en los que, ocasionalmente, dentro de lo malo, tuvimos algunos períodos de paz. Ella ansiaba tener otro hijo, pero después de perder dos bebés que no llegaron nunca a nacer, su estado de ánimo se hundió todavía más y se distanció de mí, trasladándose incluso a otra habitación.

Sarah meditó y logró murmurar:

—Al menos tenía a Effie.

Él vaciló.

—Si le soy totalmente honesto, no pasaba mucho tiempo con Effie. Cuando Katrin la miraba, veía a su cruel marido y, desgraciadamente, no conseguía quererla del todo. Aunque espero que Effie no se diera cuenta.

«Probablemente sí lo hiciera», pensó Sarah. «Pobre niña».

—Y entonces, hace unos años, vi un anuncio sobre los beneficios de la costa sur de Inglaterra y pensé: si es buena para el cuerpo, debe de serlo también para la mente y el espíritu. Así que convencí a Katrin de que viniéramos aquí.

»Alquilamos la casa para el verano. Quise traer a Effie con nosotros, pero Katrin se negó e insistió en que se quedara en casa con su institutriz. Sea View era muy grande para nosotros dos solos y un puñado de sirvientes, pero Katrin parecía tan subyugada por el lugar que creí que aquí podríamos ser felices.

Sarah lo miró.

—¿Y lo fueron?

El señor Henshall sacudió lentamente la cabeza.

—No.

Se quedó mirando el mar fijamente durante unos instantes y luego volvió en sí y paseó la vista a su alrededor.

—Al principio pareció que mejoraba. Le gustaba levantarse temprano y dar largos paseos. A veces se traía un caballete hasta aquí arriba y pintaba, y durante un tiempo daba la sensación de que estaba más tranquila. Pero no duró mucho.

»Empezó a comportarse de un modo cada vez más errático y algunos días ni siquiera se levantaba de la cama. Una noche le dije: «¿Por qué no te pones tu vestido azul favorito y el collar de la abuela y nos vamos al baile? Hace mucho que no bailamos».

»Katrin era una bailarina extraordinaria, muy grácil. Yo, en cambio, soy bastante patoso. ¡Pobre del que se acerque a mí durante un *reel* escocés! Pero por ella estaba dispuesto a probar. Pensé que le ayudaría a recordar tiempos más felices, aquellos días románticos en que la cortejaba.

»Pero ella dijo: «No puedo ir. El vestido ya no me queda bien y no tengo joyas a mano».

»Le recordé que habíamos traído las joyas de su abuela. Había heredado de ella un juego de zafiros azules: un collar y unos pendientes, que había logrado mantener ocultos a su primer marido para que no se los jugara.

»Katrin dijo que los había escondido y que iba a costar mucho volver a bajarlas.

»Yo estaba confundido y le pregunté por qué los había escondido si su marido, el jugador, hacía tiempo que ya no estaba. ¿Acaso tenía algún motivo para desconfiar de los sirvientes?

»Ella respondió que desconfiaba de todo el mundo. Incluido yo.

Hizo una mueca de dolor.

—Me quedé anonadado. ¿De veras pensaba que yo habría podido hacer algo así? ¿Robar las joyas? ¿Y luego qué? ¿Venderlas? Discutimos fuertemente y, huelga decirlo, no fuimos al baile.

Sarah lo miró de hito en hito.

—¿Y usted cree que sus zafiros podrían seguir aquí? ¿En la casa?

—Es posible, sí.

—Parece una historia sacada de un cuento de hadas. ¡Un tesoro escondido!

—No exactamente un tesoro. Como ya le he dicho, no creo que sean extremadamente valiosas. Pero me gustaría que Effie las tuviera, si están todavía aquí. Creo que Katrin lo habría querido así, si hubiera pensado con claridad.

En ese momento hizo una pausa y prosiguió:

—Después de superar la peor parte de mi dolor, escribí de nuevo al agente pidiéndole que buscara una vez más. Fue entonces cuando me informó de que la casa había sido vendida a una familia para su uso particular. Pensé que había perdido mi oportunidad. Imagine mi sorpresa cuando el mismo agente me escribe para anunciarme que Sea View se ha convertido en una casa de huéspedes. Escribí de inmediato para reservar habitación.

—Fue usted el primero en hacerlo. Nos preguntamos cómo se había enterado de lo de la casa, estando tan lejos.

Sarah consideró la situación y luego preguntó:

—Las joyas de su esposa, ¿estaban sueltas o...?

—Las guardaba en una pequeña caja de cuero con bisagras de latón. Soy consciente de que es probable que algún criado las encontrara hace tiempo, pero siento que debo buscarlas, por si acaso.

—Así que esa es la razón por la que vino aquí.

—Pero no la única. Quería que Effie viera la tumba de su madre y, personalmente, intentar encontrar algo de paz respecto a su muerte.

Sarah estaba confundida.

—Perdone, pero vi su tumba en el cementerio. Usted ha dicho que físicamente gozaba de una relativa buena salud. ¿Entonces cómo...?

El exhaló de forma entrecortada.

—Me avergüenza decir que, después de nuestra discusión de aquella noche, me dirigí al salón para servirme un whisky y me quedé dormido en el sofá. Desde entonces todos los días me pregunto qué habría sucedido si me hubiera quedado con ella. Si eso hubiera impedido que hiciera lo que hizo. Si podría haberla salvado.

A Sarah le dio un vuelco el corazón, por la pena y por el horror, sospechando lo que estaba a punto de decir.

—Por la mañana se había marchado. Los sirvientes y yo la buscamos, pero no apareció por ninguna parte, ni en la casa ni en el resto de la propiedad. Recuerdo haber rezado mientras corría: «Querido Dios, te lo suplico, por favor, por favor...».

»Una vez aquí tuve que armarme de valor para acercarme al borde y mirar hacia abajo. No vi nada. Rocas y olas, eso es todo. Me sentí aliviado, pero aquella sensación no duró mucho. Los pescadores la encontraron más tarde; el mar había arrastrado su cuerpo hasta la orilla. —Hizo una mueca de dolor y añadió—: Llevaba su vestido azul favorito.

—¡Oh, no!

—El jefe de policía dio por hecho que se había caído. No le hice partícipe de mis sospechas. Quería que la enterraran en el cementerio, en tierra consagrada.

El dolor asomó de nuevo a su rostro.

—Los días posteriores fueron de total confusión. Tuve que contactar con nuestro abogado, escribir a nuestras familias, negociar con el fabricante de ataúdes y con el cantero para la lápida.

El señor Henshall se pasó los dedos temblorosos por la cara y apretó con fuerza las yemas en la frente.

—Y durante todo el tiempo, temiéndome, sabiendo que había sido culpa mía. Solo... culpa... mía.

Sarah lo agarró de la manga.

—No debe decir eso. No debe pensar eso.

Él continuó como si no la hubiera oído:

—Ningún familiar consiguió llegar a tiempo para el funeral. Al fin y al cabo, era verano, y los enterramientos hay que despacharlos con rapidez. Dos días después, me encontré a mí mismo de pie, solo, en el cementerio, delante de un montón de tierra, atormentado por la culpa, sintiéndome la peor persona del mundo.

Trascurrieron unos segundos de ventosa quietud antes de que Sarah preguntara:

—¿Y qué sucedió después?

—Regresé a Escocia y Effie y yo pasamos juntos algunos años buenos. No obstante, conforme se fue haciendo mayor, empezó a comportarse de manera imprevisible. De pronto estaba feliz y un minuto después de mal humor. Nada de lo que dijera o hiciera le parecía bien. Y continuamente me recordaba que yo no era su verdadero padre y que él era mejor que yo en todo.

—¡Santo cielo! —exclamó Sarah.

Él asintió con la cabeza.

—Tenía que morderme la lengua para no decirle qué tipo de persona era realmente. Le ruego a Dios todos los días que Effie no acabe padeciendo el mismo mal que su madre.

—Dudo mucho que sea ese el motivo. Por lo que cuenta me recuerda a los típicos cambios de humor de otras adolescentes que conozco.

—Usted seguro que no; no me la imagino.

—No. Pero, sin lugar a dudas, Emily y Viola eran muy difíciles a esa edad. Por suerte, hasta ahora Georgiana no ha mostrado esa vena rebelde. Esperemos que sea una buena influencia para Effie.

—¡Dios le oiga!

Dejándose llevar por un impulso, Sarah le apretó la mano.

—Es normal, señor Henshall. Pasará.

—¿Usted cree? En las familias tradicionales, tal vez, pero ¿en una como la nuestra? ¿Cuando mi derecho a reclamarle afecto es tan endeble?

—Por lo que he visto, su relación es fuerte y sólida. De hecho, déjeme decirle una cosa: usted hace que eche de menos a mi propio padre; o al menos al hombre que era antes de que las dificultades le amargaran el carácter.

Él le lanzó una mirada irónica.

—No estoy seguro de que me guste que piense en mí como una figura paterna. Aun así, siento que el suyo se dejara llevar por la amargura. Recuérdeme que yo no lo haga.

¿Estaría Sarah el tiempo suficiente en compañía del señor Henshall como para recordarle nada? Tenía serias dudas de que así fuera, pero igualmente respondió:

—Lo haré.

Él la miró detenidamente y luego dijo:

—Ahora le toca a usted.

—¿Mmm?

Él se aclaró la garganta.

—Espero que no le importe, pero Georgiana mencionó que había estado usted comprometida.

—¡Oh! Sí, lo estuve.

No le gustaba hablar de aquello. No obstante, decidió que podría serle de ayuda. Y después de todo lo que había compartido con ella, le parecía justo corresponderle de la misma manera.

—Estuve prometida con un joven clérigo, Peter Masterson.

El pronunciar su nombre reavivó todos los sentimientos de amor y pérdida. Peter era unos años mayor que ella. Serio. Amable. Responsable. Ella se había enamorado de él y él de ella. Nunca debió acceder a prolongar el compromiso.

—Estaba a punto de recibir una rectoría en Shropshire, pero primero accedió a servir de capellán en un barco que se dirigía a las Indias Orientales. Planeábamos casarnos cuando volviera con las ganancias. Pero murió de fiebre amarilla, como tantos otros. No me enteré de su fallecimiento hasta varios meses después, cuando su barco regresó a puerto. Allí estaba yo, como una estúpida, planeando nuestro banquete de bodas y un feliz futuro, cuando Peter ya estaba muerto. —Sacudió la cabeza—. ¿Una terrible adversidad? ¿La voluntad de Dios? ¿La consecuencia de vivir en un mundo de penurias? No lo sé. En cualquier caso, ojalá me hubiera casado con él antes de que partiera. Vivo atormentada por la idea de que muriera solo.

Callum Henshall asintió con la cabeza con gesto de comprensión.

—Lo siento.

Con un nudo en la garganta, ella susurró:

—Yo también.

Había tenido un gran amor en su vida, y no esperaba tener otro.

Dos damas con las que había alternado brevemente en la iglesia se acercaron a Sea View a saludar: la señora Fulford y la señora Robins. Emily estuvo charlando con ellas en la sala mientras Sarah se fue a poner el agua a hervir. Unos minutos más tarde Georgie se unió a ellas, desvelando una mancha de hierba en su vestido de camino al sofá. Viola, como era su costumbre, escurrió el bulto.

Cuando hubo terminado de servir el té, la espigada y elegante señora Fulford tomó la palabra:

—Venimos en nombre de la Sociedad de Amigos de los Pobres, que se instituyó con el propósito de visitar y aliviar el sufrimiento de los enfermos y los desamparados de Sidmouth.

—Mi esposo es el tesorero —intervino la señora Robins, que tenía aspecto de pajarito.

La señora Fulford asintió y prosiguió:

—Estamos aquí para conseguir suscripciones y donaciones de ropa usada, ya sea de hombres, de mujeres o de niños y niñas. También aceptamos con mucho gusto ropa de cama, que se selecciona con el mayor cuidado para destinarla a los pobres más necesitados.

—Eso dice mucho de ustedes —valoró Emily—. Son muy amables.

—Últimamente hemos comprado ropa de cama nueva —dijo Sarah—, de manera que tenemos varios juegos usados que podríamos donar. En lo que se refiere a vestimenta, no sabría decirle.

—Yo tengo un par de vestidos que se me han quedado pequeños —dijo Georgiana con los labios cubiertos de migas de galleta.

—Nada que sea demasiado elegante o que resulte inapropiado para trabajar, si son tan amables —pidió la señora Fulford—. No queremos que los destinatarios sientan que van llamando la atención.

Ninguno de los vestidos raídos de Georgiana podía considerarse distinguido, pero Emily se lo guardó para sí misma.

La señora Robins se cubrió la boca con una de sus diminutas manos y dijo en un susurro cohibido:

—Las donaciones en metálico también son bienvenidas.

Las hermanas se intercambiaron miradas de incomodidad. Precisamente de eso no andaban sobradas.

—Bueno, gracias por venir, señoras —dijo Emily—. Estoy segura de que podemos encontrar unas cuantas cosas para donar. Las llevaremos a la iglesia, ¿les parece?

—El caso es que el verdulero se ha ofrecido amablemente a recibir donaciones en nombre de la sociedad.

—Entonces le llevaremos a él lo que podamos —concluyó Emily, poniéndose en pie—. Ya somos bastante activas en lo que respecta a obras de caridad. Georgiana se dedica a dar de comer a perros callejeros y Viola lee a impedidos. Así que...

—¿De veras? —inquirió la señora Fulford, con un destello de interés en los ojos y una ceja levantada—. Eso es magnífico. Algunos residentes de nuestro asilo para pobres han manifestado que les gustaría recibir visitas. Estoy segura de que estarían encantados de tener a una joven dama que les leyera. —Con gesto expectante miró una a una a las hermanas—. ¿Y quién de ustedes es Viola?

—¡Oh! Ella...

—Está ocupada —soltó Georgiana casi sin pensar.

—Es tímida —respondió Sarah al mismo tiempo.

—Pero le trasmitiremos su petición —añadió Emily, con su resolución habitual—. Estoy segura de que, si puede, les ayudará.

—Ah, ¿sí? —Viola entró en la habitación, con la barbilla levantada y los ojos centelleantes. Emily reconoció aquella mirada. «Oh, oh». Aquello podía acabar mal. Y justo cuando Emily había apaciguado a las visitantes sin comprometerla demasiado y estaba a punto de acompañarlas a la salida. ¿Qué pretendía Viola? ¿Poner a prueba a aquellas mujeres o simplemente pasar un rato divertido complicándoles las cosas a las demás?

—¿Estáis seguras de que estas damas querrán que colabore con ellas? —Viola se sentó justo delante de las señoras y lo primero que llamó la atención de todas ellas fue que no llevaba el velo.

Las visitantes permanecieron allí sentadas y sus plácidas sonrisas se desvanecieron conforme examinaron el rostro de Viola. La mujer con aspecto de pájaro abrió la boca de par en par y a Emily le entraron ganas de meterle dentro un gusano.

La señora Robins empezó a levantarse, claramente horrorizada, mirándola fijamente primero y apartando la vista un segundo después. Luego miró a su compañera, acto seguido buscó su ridículo con la mirada y finalmente echó un vistazo al reloj de broche que pendía de su vestido.

La señora Fulford, que resultaba evidente que era la cabecilla de la pareja, posó una de sus manos enguantadas en el brazo de la otra mujer y lentamente la empujó a volver a tomar asiento sin dejar de mirar el rostro de Viola con un semblante de decidida cordialidad.

—La señorita Viola, ¿verdad? Encantadas de conocerla.

La señora Robins se volvió y dijo en otros de sus susurros perfectamente audibles—: Mi hija está esperando un bebé.

—Sí, lo sé. Felicidades. —La señora Fulford le lanzó a su compañera una mirada furibunda—. Pero usted no, señora Robins.

A continuación, volvió a concentrarse en Viola.

—Su hermana nos ha dicho que lee usted a personas convalecientes. Aplaudimos ese tipo de buenas acciones. Es una labor muy loable y caritativa.

—No se trata de una labor caritativa —repuso Viola con frialdad—, sino lucrativa. Me pagan por mi tiempo.

Si esperaba desconcertar a aquellas mujeres hablando de dinero, se iba a llevar una decepción. Al fin y al cabo, habían ido allí en busca de donaciones.

—¿Y podría considerar la posibilidad de leer solo para una persona, como mucho dos, gratis? —preguntó la señora Fulford—. Algunos ancianos necesitados de Sidmouth lo apreciarían mucho, especialmente aquellos que no tienen casa o familia propia.

Viola no dijo nada; se limitó a sostenerle la mirada a la señora Fulford, sopesando su expresión.

Emily se temió que pudiera estar a punto de vomitarle alguna contestación airada que la pusiera en su sitio, así que tomó la palabra.

—Si Viola accede, ¿podría usted a cambio recomendarla a uno o dos clientes potenciales? ¿De los que están en condiciones de pagar? Al fin y al cabo, les estaría proporcionando un servicio muy útil y agradecería que ustedes respondieran con otro.

La señora Fulford la miró con expresión de reconocimiento.

—Es usted muy astuta. No nos vendría mal alguien así en la sociedad.

La señora Robins susurró:

—En serio, no creo que...

La señora Fulford se levantó.

—Gracias por su tiempo, señoritas. Señorita Viola, si es tan amable, le agradecería que viniera a visitarme al asilo para pobres de Sidmouth mañana, a cualquier hora, cuando le resulte más conveniente. Le presentaré al residente que tengo en mente.

Viola parpadeó, aparentemente desconcertada por la velocidad a la que estaban avanzando las negociaciones.

Al ver que se quedaba callada, la señora Fulford preguntó:

—¿Cree que podría venirle bien a las cuatro?

—Mmm... sí.

Emily miró a su gemela sorprendida.

—Excelente. —La señora Fulford sonrió satisfecha y el gesto le quitó varios años de golpe—. Nos vemos entonces.

Cuando las damas se hubieron marchado, Emily se llevó a Viola a un lado.

—Bien hecho, Vi. Estoy impresionada.

—Ah, ¿sí? Has sido tú la que lo ha empezado todo, pero opino que... Bueno, me gustar poder ser de utilidad. Y, sobre todo, con cosas que no tengan que ver con quitar el polvo o limpiar los baños.

Capítulo 11

«Unos baños de mar me dejarían como nueva».

JANE AUSTEN,
Orgullo y prejuicio

El mismo día, algo más tarde, después de recoger los platos del almuerzo, Sarah se llevó al comedor la caja con los trozos del plato de cerámica roto y la puso sobre la mesa. Empezó a intentar encajar las piezas entre sí, pero, pasada media hora, desistió. Le parecía una tarea imposible.

Tras devolver los fragmentos a la caja de guantes y apartarla a un lado, se trasladó al salón y se sentó en su lugar de trabajo. La pequeña mesa plegable contenía muchos compartimentos para los útiles de costura, así como una bolsa plisada de seda colgada debajo para guardar telas y labores a medio hacer. Decidió bordar un nuevo pañuelo para su madre con unas alegres prímulas amarillas en cada esquina. Mientras daba las puntadas, pensó en el señor Henshall, su esposa y su búsqueda.

Pasado un rato, el mismo señor Henshall entró en la habitación y se sentó en una silla cerca de ella.

Lo recibió con una sonrisa de bienvenida y luego dijo:

—He estado pensando en las joyas de su esposa. ¿Puedo preguntarle dónde ha mirado hasta ahora?

Él hizo una mueca de disgusto.

—Una vez más, quiero pedirle disculpas por haber estado fisgoneando. Aun así, quiero que sepa que solo he buscado en las habitaciones comunes.

—¿Dormía su esposa en el cuarto del jardín situado en la planta baja? ¿Es por eso por lo que preguntó por él cuando llegó?

—Sí.

—Ahora es la alcoba de mamá. Venga conmigo —dijo, poniéndose en pie.

Él la siguió fuera de la habitación.

—¿Está usted segura? Me sabe muy mal molestarla.

Ella llamó golpeando suavemente con los nudillos y entró.

—Buenos días, mamá.

Sarah se alegró de verla vestida y espabilada, con un libro en el regazo.

—¿Te importa si hago pasar al señor Henshall? Él y su esposa vivieron aquí antes de que llegáramos, y esta era la habitación de ella. Se dejó algo cuando se marcharon y a él le gustaría averiguar si sigue aquí.

—¿En serio? ¡Qué inesperado! Aunque, ¿recuerdas?, su nombre me resultaba familiar. Creo que el agente de la propiedad mencionó a los antiguos inquilinos. Él mismo, antes de que la compráramos, limpió toda la casa a fondo y pintó algunas de las habitaciones, así que dudo mucho que se dejaran nada. ¿De qué se trata? Puede que lo haya visto.

—Un joyero pequeño. De piel, con bisagras de latón y con cierre de pestaña.

—¡Santo cielo! No creo que algo así pudiera pasar desapercibido. Tal vez se lo quedó alguien.

—Es posible que tengas razón, pero igualmente le gustaría echar un vistazo, si no te importa.

—En absoluto. Estaba deseando conocer a tu caballero escocés.

Sarah sintió una oleada de calor subiéndole por el cuello.

—¡Mamá, por favor! ¡No es mío! Y está esperando fuera.

—¡Oh! Perdona. Solo estaba tomándote el pelo.

Sarah abrió la puerta del todo, preguntándose si lo habría oído.

La expresión de su rostro era inescrutable, pero algo en su mirada de reojo y el tono encendido de las mejillas le hizo temer que sí.

—Mamá, este es el señor Henshall. Señor Henshall, la señora Summers.

Él hizo una reverencia y ella asintió con la cabeza.

—Buenas tardes, señor. Tengo entendido que su hija está aquí con usted. ¿Qué tal se encuentra?

—Si quiere que le diga la verdad, señora, no lo sé muy bien. En estos momentos no me habla. Cometí el imperdonable error de tomarle el pelo delante de extraños. —Un discreto destello de humor asomó a sus ojos.

Su madre asintió.

—¡Ah, sí! Los padres somos el azote de la existencia de los adolescentes. Un día nos admiran y respetan y al siguiente somos objeto de sus críticas más furibundas. Dé gracias que solo tiene una hija. Imagínese yo con cin... con tantas.

—Podría decir que no la envidio, señora, pero siéndole totalmente sincero he de decir que su familia me parece encantadora.

—Gracias. Por mucho que me guste bromear al respecto, estoy bastante de acuerdo con usted.

—En concreto —dijo él—, le estoy especialmente agradecido a Georgiana, que ha sido tan amable de entablar amistad con Effie. Su hija menor tiene muy buena mano para las criaturas indómitas.

La madre se rio entre dientes.

—La verdad es que sí. Confío en que su estancia aquí suponga un beneficio para todos nosotros. Y ahora, busque usted por donde quiera con toda confianza. Como si estuviera en su casa. Aun así, le diré que este escritorio de aquí es mío. Lo traje de casa y está lleno de papeles privados.

—En ese caso, como es natural, no miraré ahí.

Sarah buscó dentro del armario de la ventana mientras él revisaba la estantería empotrada.

La madre apartó a un lado su libro y se quedó mirándolos con escaso interés. Entonces comentó:

—Tengo entendido que este era el dormitorio de su esposa mientras vivieron aquí.

—Sí, le gustaba que diera al jardín amurallado.

—A mí también. ¿Ha cambiado mucho la habitación?

—Yo no... es decir, no que yo recuerde.

Sarah se acordó de que había mencionado el hecho de que su mujer prefería tener habitaciones separadas, así que era posible que hubiera visitado aquella alcoba en contadas ocasiones. Le pareció muy triste, aunque sabía que entre las parejas de las clases sociales altas era bastante común tener habitaciones independientes.

Miraron en el armario ropero y acercaron una silla para acceder mejor a los estantes superiores. Luego buscaron en el vestidor adyacente, que se había convertido en el cuarto de Viola. Nada.

—Bueno, gracias por dejarnos mirar.

—De nada. Y venga a visitarme cuando quiera, señor Henshall.

Él volvió a darle las gracias y se marchó de la habitación junto a Sarah, hablando en voz baja conforme regresaban al pasillo.

—¿En qué otro sitio podría haberlas escondido? —preguntó la joven—. Se podría pensar que querría tener las joyas cerca. En algún lugar seguro, donde pudiera tenerlas controladas. No en una habitación común, donde las posibilidades de que las encontrara un sirviente o un visitante fueran mayores.

—Si hubiera pensado de manera lógica, sí.

—¿Y qué me dice de su dormitorio? ¿Podría haber considerado que estarían más seguras en el cuarto de su esposo?

—Lo dudo mucho. Pero no perdemos nada por mirar. La mía estaba en el piso de arriba, al lado de mi alcoba actual.

—Esa es la de Emily. Bueno, era. Ahora se aloja ahí un huésped. El señor Stanley.

—¡Ah, bien! —Callum Henshall sacudió la mano como quitándole importancia a ese hecho.

—Como seguramente habrá tenido oportunidad de comprobar, el señor Stanley es un joven bastante afable. No creo que le importe que echemos una ojeada. En cualquier caso, no perdemos nada por preguntar.

—No es mi intención causarle tantos inconvenientes ni importunar a sus huéspedes, sobre todo en un momento en que están intentando consolidarse.

—Cierto. Y sin duda no se me ocurriría fisgonear en la habitación del señor y la señora Elton, pero no creo que el señor Stanley sea el tipo de persona que se ofende con facilidad.

Sarah tomó la delantera, subió las escaleras y llamó a la puerta.

El señor Stanley abrió la puerta con una sonrisa que se atenuó ligeramente cuando los vio.

—Buenas tardes, señor Stanley. Siento molestarle.

—No me molesta. ¿Qué puedo hacer por usted?

—Ha tenido ocasión de conocer al señor Henshall, ¿verdad?

—Sí, durante la cena.

—Sentimos mucho incomodarle, pero ¿podríamos echar un vistazo a su habitación? El señor Henshall y su esposa vivieron aquí durante un tiempo, ¿sabe? Ha venido desde Escocia y creo que su esposa pudo dejarse algo.

—¿En serio? ¡Qué enigmático! —Abrió la puerta de par en par—. Espero que no fuera una bombonera.

—¿Una qué? No —respondió Sarah—. ¿Qué le hace pensar eso?

—No importa. Entren y compórtense como si estuviera en su casa. Al fin y al cabo lo es, ¿no?

—Una vez más, si le supone algún trastorno, nos...

—En absoluto. De hecho, voy a salir y les dejo que se pongan a ello. ¿Sabe si está... la señorita Emily por ahí?

—Creo que esta abajo, en la biblioteca. A menos que se haya marchado en su peregrinaje diario a Wallis.

—¡Ah! En ese caso, puede que la acompañe. —A continuación, agarró el sombrero y salió a toda prisa de la habitación.

Sarah y el señor Henshall intercambiaron unas miradas cargadas de ironía y se pusieron manos a la obra, mirando una vez más en los estantes superiores del armario ropero, sin ningún resultado.

Él se rascó la mandíbula con una mano.

—Bueno, lo hemos intentado. La verdad es que no tenía mucha confianza en que las hubiera escondido aquí. —Paseó la vista por la habitación y luego se quedó mirando a través de la ventana con gesto melancólico—. Aun así, ha sido un placer volver a ver mi antiguo dormitorio.

Sarah seguía pensando en la búsqueda.

—Recuérdeme una cosa; ¿ella dijo: «va a costar mucho volver a bajarlas»?

—Algo así. Esa es la razón por la que he estado buscando en lugares altos. De todos modos, no se olvide de que su estado mental en aquella época era bastante inestable.

—Mmm, ¿dónde más podríamos mirar? ¿Alguna vez bajó al sótano?

—No que yo sepa. Tenía una campana para llamar a los sirvientes cuando necesitaba algo.

—Como mi madre.

—¿Qué nos queda, entonces?

—¿El ático, quizá? —sugirió ella—. Es, sin duda, el lugar más alto de la casa.

—Tampoco creo que se aventurara nunca a subir allí. Diría que el único que subió fui yo, para guardar nuestras maletas en el trastero y, después, para recuperarlas.

—¿Cree que merece la pena echar un vistazo?

—Supongo que no perdemos nada. Tal vez así consiga apartar de mi mente de una vez por todas este obstinado pensamiento y aceptar que las joyas han desaparecido para siempre.

—De acuerdo, pues vamos allá.

Las estrechas escaleras que conducían al ático se encontraban en la zona oeste de la casa, en un pasillo situado entre el armario de las sábanas y la antigua alcoba de su padre, que en aquel momento estaba vacía.

Sarah tomó la delantera:

—Si lo recuerda, aquí arriba hay varias piezas y una sala de estar. Pero actualmente las únicas que tienen aquí su dormitorio son nuestra criada, Jessie, y Georgie, que también ha decidido instalarse aquí.

—Sí, Effie me comentó que su hermana duerme aquí en un humilde altillo como si fuera una heroína gótica.

Sarah se rio entre dientes.

—No vaya usted a pensar que decidimos desterrarla o algo así, le prometo que fue decisión suya. Estaba dispuesta a hacer cualquier cosa con tal de tener una habitación propia.

Al llegar al ático, recorrieron el estrecho pasillo mirando a hurtadillas en las pequeñas alcobas de los sirvientes, que o bien estaban vacías o en las que solo quedaban un bastidor de cama individual y un aguamanil. No vieron muchos sitios donde se pudiera esconder algo, y mucho menos de valor. Abrieron la puerta del trastero, donde también la familia Summers habían almacenado sus maletas y sus baúles de viaje. Detrás había un cofre, un perchero roto apoyado de cualquier manera sobre la pared, una silla con tres patas y un armario ropero con el espejo roto. Miraron en el interior del viejo cofre enmohecido y en el armario cubierto de polvo, pero no encontraron nada de interés.

A continuación, llamaron a la puerta de la habitación de Georgiana y asomaron la cabeza. La cama estaba sin hacer y había unas medias que debía de haber desechado sobre el respaldo de una silla. Sarah iba a tener que hablar seriamente con ella acerca de sus hábitos de orden y limpieza. En cualquier caso, tampoco aquí vieron muchos sitios que pudieran servir de escondite ni había armarios altos donde buscar. Luego llamaron a la puerta del cuarto de Jessie y echaron un rápido vistazo, solo para asegurarse de que no había ningún lugar evidente donde esconder algo, pero a Sarah no le pareció oportuno rebuscar entre las pertenencias de la criada.

Finalmente entraron en la que había sido la sala de estar de los criados, en la que había muy poca cosa a excepción de una mesa de roble cubierta de arañazos, unas cuantas sillas y una vitrina con viejos accesorios de costura y algunos excrementos de ratón.

—Me temo que no hay nada que sugiera que pudieran estar aquí arriba.

Él siguió su mirada.

—Estoy de acuerdo.

Llegaron a la última puerta y la abrieron. Una cuna arrumbada y una mesa de pequeño tamaño con unas sillas infantiles daban a entender que en algún momento había sido una habitación para los niños. A lo lejos, más allá de las contraventanas agrietadas y sucias, se divisaba el prado, y debajo de ellas había un largo banco que ocupaba toda la ventana. Sarah levantó la tapa del asiento, que dejó al descubierto una gran caja de juguetes que contenía un batiburrillo de juegos abandonados hace mucho tiempo: soldaditos de plomo, un tablero de damas maltrecho, unas raquetas de bádminton con las cuerdas rotas y un volante al que solo le quedaba una pluma deshilachada, una corona y un cetro de un disfraz y una capa de color violeta enmohecida.

Sarah rebuscó entre los trastos como un hombre hambriento removiendo un caldo en busca de un trozo de carne. Apartó a un lado el tablero de damas y se quedó quieta.

¿Qué era aquello? Un trozo de cuero labrado y un destello dorado captaron su atención. ¿Algún niño travieso había arrojado dentro del cajón un libro encuadernado? Lo agarró para sacarlo y sintió que se le cortaba la respiración. No era un libro.

Era un joyero con bisagras de latón y un cierre de pestaña.

Se volvió hacia el señor Henshall con la boca abierta de par en par y lentamente lo levantó, tendiéndoselo.

Él se quedó mirándolo fijamente y musitó con incredulidad:

—Es ese.

Con suma cautela lo tomó como si fuera un pájaro silvestre que podía salir volado si hacía algún movimiento brusco. Levantó el cierre y, lentamente, retiró la tapa.

Estaba vacío.

Sarah exhaló un suspiro.

—¡Qué decepción!

—Sí.

—¿Qué está haciendo aquí el joyero? ¿Cree que alguien encontró los zafiros mientras la casa estaba vacía y se los quedó, desechando el estuche?

—Es probable. O, ¿quién sabe? puede que Katrin los sacara y los arrojara por el acantilado. Dudo mucho que lleguemos a saberlo.

—Sin embargo, es interesante que hayamos encontrado el joyero aquí, ¿no? Un lugar en alto del que había que bajarlo.

Él asintió.

—En todo caso, el estuche vacío me indica que nuestra búsqueda ha llegado a su fin. Al menos, demuestra que no era algo que me había inventado como excusa para fisgonear por su casa.

Sarah lo miró, afectada.

—Lo siento.

—¿Por qué lo siente? Soy yo el que le ha embarcado en esta búsqueda inútil. Usted es una mujer ocupada y, sin duda, tiene cosas más importantes que hacer.

—No pasa nada —acertó a decir ella, con una sonrisa—. Ha sido una aventura mientras ha durado.

Bajaron las escaleras del ático hasta la planta de los dormitorios. El señor Henshall se dirigió hacia su habitación mientras Sarah se detuvo ante el armario de la ropa de cama para hacerse con una toalla limpia.

Desde la esquina oyó al señor Henshall hablando en voz baja y, en un tono algo más alto, la de Effie. La de él era agradable, en cambio la de ella tenía un matiz de descontento.

—¿Qué estabas haciendo con la señorita Sarah?

—Buscando una cosa.

—Te gusta, ¿verdad?

—Sí, supongo que sí.

Effie gruñó.

—¿Por qué? Es muy seria. No es nada simpática.

La crítica de la muchacha tocó una fibra sensible.

La puerta se cerró, amortiguando sus voces, pero Sarah había oído lo suficiente.

Se quedó un rato allí de pie, dividida entre sentirse ofendida o tomarse aquellas palabras al pie de la letra. ¿Tendría razón Effie?

Capítulo 12

«Ningún poeta o autor de renombre pasó su vida laboral en el pueblo, pero existe un asombroso número de ellos que vivieron aquí o, al menos, pasaron una temporada. Fanny Burney... Elizabeth Barret... y otros».

NIGEL HYMAN,
Sidmouth's Literary Connections

Cuando Viola regresó a Westmount, la recibió Armaan.

—Buenos días, señorita Summers. El mayor se está vistiendo, pero estará listo enseguida.

—Un poco tarde para su costumbre.

—Ha salido a nadar a primera hora de la mañana.

—¿A nadar? Pero... ¿puede?

—Sí, nada muy bien. Y el doctor ha estado de acuerdo, ahora que ya no lleva los vendajes.

—¡Qué bien! Aunque con el fresco que hace hoy, yo me lo habría pensado.

—Yo también, pero al mayor no le importa. Nada para recuperar fuerzas, no por placer.

—Entiendo. Bueno, ¿debo esperar en la sala de estar?

—Sí, por favor —dijo, invitándola a pasar con un gesto de la mano—. ¿Le importa que me una a usted?

—En absoluto.

Tras retirarse el velo al entrar, se sentó en el sofá mientras que él se quedó de pie. Ella le preguntó:

—¿Por qué permaneció oculto en un segundo plano cuando vino a nuestra casa con los Hutton?

—Quizá por la misma razón por la que usted todavía lleva velo. Nunca estoy seguro de cómo va a reaccionar la gente a mi aspecto físico o al color de mi piel.

—¡Ni su aspecto físico ni su piel tienen nada de malo!

—Tampoco el suyo, señorita Summers.

Durante unos segundos ella lo miró a los ojos, pero enseguida apartó la vista.

—Bueno, en cualquier caso, espero que sepa que siempre será bienvenido en Sea View.

—Gracias, me gustaría poder decir lo mismo de esta casa, pero, como bien sabe, el mayor puede ser más cambiante que el viento.

—Sí, soy consciente.

Armaan dio una palmada y se balanceó sobre los talones.

—¿Quiere que le pida a Chown que traiga café? Tenemos uno del sur de la India. Muy bueno.

—¿Es de allí de donde proviene usted?

Él acercó las manos como para dar a entender que quedaba cerca.

—Digamos que de esa región. Venga. Se lo enseñaré.

Viola se levantó mientras Armaan sacaba un mapa de la India y lo extendía sobre la mesa delante de ellos.

—Aquí es donde estuvimos destinados por última vez. —Luego deslizó el dedo hasta otro punto—. Y aquí es donde nací yo.

Ella se inclinó hacia delante para distinguir mejor la diminuta marca.

—Chik-ma-ga-lur... —silabeó. La sonoridad del nombre le hizo sentir como un sabor exótico y especiado en la boca—. ¿Y no lo echa de menos? ¿No ansía volver?

Él se encogió de hombros.

—Allí ya no me queda nada. Mi familia ya no está. Así que no. Me alegré de poder venir aquí con el mayor. Él ha sido un buen amigo. Un verdadero amigo.

Un movimiento captó la atención de Viola. Levantó la vista y descubrió al mayor Hutton en la puerta, vestido muy elegante. Se dio la vuelta y se marchó en silencio; era evidente que no quería interrumpir su conversación. No obstante, no se le escapó la sutil mueca de sus labios. ¿Una sonrisa divertida, quizá? ¿O de aprobación?

Pasados unos minutos, Armaan retiró el mapa y Viola recorrió el pasillo hacia el estudio del mayor.

Lo encontró sentado en el lugar que habitualmente ocupaba ella y, por alguna razón, un sentimiento de posesión la empujó a decir:

—Esa es mi silla.

Él levantó la vista y la miró con expresión irónica.

—Ah, ¿sí? Creía que tanto esta habitación como todo lo que hay en ella eran de mi propiedad.

—Solo quería decir...

Él se puso en pie y alzó una mano con la palma abierta.

—He pensado que era mejor empezar por mi cuenta, visto que, al parecer, hoy ha decidido leer para Armaan. Se dice «Chikmagalur», por cierto.

Viola sintió que las mejillas se le encendían.

—Solo estaba... le había preguntado de dónde era y él estaba tratando de explicármelo. Me temo que en geografía soy una completa ignorante, así que le resultó más sencillo mostrármelo.

Él volvió a hacer un gesto burlón.

—Le estoy tomando el pelo, señorita Viola. ¿No es capaz de reconocer cuando le hacen una broma?

—Si proviene de usted, no.

Prácticamente, tampoco era capaz de reconocerlo a él, vestido con frac, chaleco y pantalones, en lugar del holgado *banyan*.

—¡Ah, bueno! No me extraña. He perdido mucha práctica. —Por un momento apartó la vista de ella y luego volvió a mirarla a los ojos—. De hecho, a mi cínico corazón le ha venido bien ver cómo mostraba un respetuoso interés por mi amigo. —Dio unas palmaditas en el respaldo de la silla que había dejado vacía—. Y ahora, venga. Siéntese y empecemos. Ya la he atormentado suficiente por hoy.

Después de un rato leyéndole, Viola levantó la vista y dijo:

—Me ha sorprendido saber que esta mañana temprano ha ido a nadar.

Él asintió con la cabeza.

—Para fortalecer los pulmones y el resto del cuerpo. Me lo sugirió el doctor Clarke.

—¿A la playa principal?

—Prefiero la del oeste. —Él negó con la cabeza—. Está más apartada. ¿La conoce?

—La he visto desde el promontorio.

Él volvió a asentir.

—La mayoría de los que se bañan allí son hombres, y me da la sensación de que a ellos les llaman menos la atención mis cicatrices.

—Entiendo. Bueno, en cualquier caso, es impresionante. —No bromeaba cuando había dicho que lo veía más fuerte, y ahora era todavía más evidente. Apartó la vista de su fornida figura masculina y se concentró en la imagen más inocua de la palabra impresa.

La señora Stirling les había sugerido que ofrecieran a los huéspedes algunos juegos, especialmente los días lluviosos. Tenían un viejo tablero de damas, un dominó y un mazo de naipes doblados, pero eso era todo. Emily, que siempre se mostraba ansiosa por visitar la biblioteca marina de Wallis, se ofreció a comprar uno allí.

John Wallis Jr. era un miembro de la reputada familia Wallis, fabricantes de juegos de mesa y editores de mapas, textos impresos y libros de interés local. Mientras su hermano continuaba con la empresa de su padre en las oficinas de Londres, John se había mudado a Sidmouth y gestionaba los negocios de allí.

Después de haberse convertido en un próspero caballero con dos hijos, en Sidmouth el señor Wallis era considerado una especie de celebridad menor, conocido por todos y que contaba con el patrocinio de los miembros situados en los escalones más altos de la sociedad. A Emily le resultaba más fascinante que cualquiera de los visitantes famosos o con título nobiliario de Sidmouth.

Aquella tarde, cuando llegó a la biblioteca, lo encontró rodeado por un grupo de tres señoras vestidas a la última moda que le superaban en edad en al menos una década y que estaban pendientes de cada una de sus palabras, ya fuera porque estaban interesadas en su obra o... porque era un viudo en edad de merecer que ya había pasado el duelo.

Estaba contándoles algo sobre los visitantes destacados de su establecimiento. Lores, *ladies*, actores y políticos. Las mujeres proferían «ooohs» y «aaahs» como si estuvieran presenciando un espectáculo de fuegos artificiales en los jardines Vauxhall.

Cuando, finalmente, el trío se marchó, el señor Wallis se dio cuenta de que Emily se había quedado merodeando por allí.

—Y supongo que usted, señorita, también desea escuchar algo sobre los personajes notables que nos han visitado...

Ella negó con la cabeza.

—No, gracias. A no ser que... ¿Ha conocido a algún escritor famoso?

—¡Oh, vaya! ¡Un alma gemela! ¿Ha leído usted *Evelina*?

—¡Por supuesto! Y *Cecilia* y *Camilla*. ¿No me diga que ha conocido a la autora?

—Pues sí. Frances Burney. ¿Sabía usted que la señora Burney visitó Sidmouth en una ocasión? Aunque eso fue hace casi veinte años, antes de que yo llegara. Yo la conocí en Londres.

Emily se emocionó.

—¿Y cómo era?

Él se dio unos golpecitos en la barbilla con gesto pensativo.

—El nuestro fue un encuentro breve, aunque diría que es inteligente, observadora y que tiene un carácter fuerte. Tenía que serlo, teniendo en cuenta que era una mujer que escribía en aquel momento; e incluso ahora.

Emily se quedó con aquella idea para reflexionar más tarde sobre ella.

—¿Y algún otro escritor? —preguntó, entusiasta.

—El poeta Robert Southey también estuvo aquí. —Emily torció el gesto—. Pero a mí no me agradó porque se mostró muy crítico con Sidmouth. Lo describió como «un desagradable balneario infestado de damas ociosas y plagado de lacayos».

Emily tuvo que reprimir una risa y sacudió la cabeza con gesto de complicidad.

—Y, naturalmente —añadió él—, también tengo muy buena relación con el señor Butcher. ¿Ha leído usted *Los encantos de Sidmouth al descubierto*?

—Desde luego —respondió Emily, pensando que aquella era su oportunidad—. De hecho, nosotras...

Wallis se agarró las solapas con presunción y añadió:

—Yo encargué el libro y lo publiqué.

—Sí, lo sé. —«Lo que sin duda explicaba las obsequiosas alabanzas a la biblioteca marina de Wallis que aparecía en sus páginas», pensó.

Respiró hondo para tranquilizarse y dijo:

—Tengo entendido que va a salir una nueva edición.

—Sí, ya hemos empezado a elaborar el proyecto.

—¿Y qué hay que hacer para que aparezca una mención a una determinada casa de huéspedes?

Él alzó una ceja.

—Supongo que habría que encargar una guía propia. O se podría recurrir al autor, aunque creo que prefiere mantenerse objetivo.

«Excepto cuando se trata de ensalzar el establecimiento del editor», pensó Emily, aunque se limitó a responder con una sonrisa. La señorita Stirling tenía razón.

Wallis se frotó las manos.

—¿Hay algo más que pueda hacer por usted?

—He venido con idea de adquirir un juego. Algo para distraer a nuestros huéspedes en Sea View. Pero que no sea muy caro. ¿Qué me recomendaría?

Él se dirigió a un surtido de juegos de mesa que tenía expuesto.

—El juego del mono. A mis hijos les gusta mucho, y a mí también. Es apto para todas las edades —dijo, tendiéndole la caja impresa que contenía el tablero doblado.

Le detalló el funcionamiento y aludió a su precio razonable.

—Para jugar solo se necesitan fichas, un dado o una perinola. También las vendemos, si lo desea.

—De acuerdo. Me llevo el juego y la perinola.

—Excelente.

Lo siguió hasta el mostrador para pagar por su adquisición, consolándose con la idea de que al menos había logrado dejar caer el nombre de Sea View en la conversación, aunque dudaba que fuera a bastar.

Aquella tarde Sarah sacó la mesa portátil al porche y se sumó a los cinco huéspedes allí reunidos. El señor Henshall tocaba una suave melodía a la guitarra y el señor Hornbeam lo escuchaba. Effie, por su parte, estaba repantigada en una silla, con expresión claramente aburrida, y la señora Elton leía una revista de señoras mientras su marido parecía a punto de quedarse traspuesto.

Georgiana cruzó corriendo el prado en dirección a ellos.

—¿Quién quiere jugar conmigo? —preguntó, agitando una raqueta de bádminton y sujetando un volante con plumas en la otra mano.

El señor Elton se espabiló de repente y se giró hacia su esposa que fruncía los labios y sacudía la cabeza.

Luego se dirigió a Georgiana y dijo:

—Es usted muy amable, pero tendrá que perdonarme. ¡Si fuera un hombre joven! Pero, desgraciadamente, mi época de hacer deporte hace tiempo que quedó atrás.

Sarah intuía que no debía de tener más de treinta años, pero se abstuvo de decir nada.

El señor Henshall miró a su hijastra y le dio un codazo para animarla.

Ella meneó la cabeza con gesto huraño.

Dejando a un lado la guitarra, el señor Henshall se levantó y sonrió a Georgiana con cordialidad.

—Si nadie más se apunta, jugaré yo.

—¡Excelente! —Ella le entregó una raqueta y el volante y se alejó trotando unos metros.

Cuando estuvo lista, él golpeó el volante con un movimiento amplio desde abajo y lanzó la pluma al aire. Georgiana corrió y, desplazándose con brío, se la devolvió.

Él dio un salto, pero se le escapó.

—¡Oh! Está claro que no hace falte que me ande con chiquitas con usted, señorita Georgiana.

La chica sonrió con malicia.

Henshall recogió el volante, le asestó un buen golpe y durante un rato se lo pasaron varias veces antes de tener que parar y recuperarlo.

Effie los observaba con envidioso interés hasta que, por fin, preguntó:

—¿Puedo jugar?

El padre asintió y le entregó la raqueta.

—¿Por qué no jugamos unos dobles? —sugirió Georgiana—. Así no tendremos que correr tanto. ¿Quién se apunta? —Miró a su hermana mayor—. Sarah, ven a jugar con nosotros.

—Tengo mucho que hacer.

—Siempre dices lo mismo. Por favor...

Sarah alzó la vista y vio al señor Henshall observándola. También recordó el comentario despectivo de Effie sobre lo seria que era y su falta de simpatía.

—De acuerdo, pero solo unos minutos. —Apartó la labor de costura.

Georgiana encontró otras dos raquetas, en diferentes estados de conservación, y se las entregó a su hermana y a Effie.

El partido comenzó entre bromas, carreras y tiros fallidos.

Sarah no estaba en una forma excelente, pero se divirtió viendo al señor Henshall alegre, especialmente después de la decepción que se había llevado con lo del joyero. También admiró su capacidad atlética y la actitud jocosa con la que se comportaba con las muchachas.

Le pareció tan diferente del hombre reservado y sombrío que se había presentado a su puerta hacía poco más de una semana... Ahora Effie parecía más contenta, aunque era perfectamente consciente de que el temperamento de una joven adolescente podía cambiar en un abrir y cerrar de ojos.

Absorta en aquellos pensamientos, Sarah levantó la raqueta demasiado tarde y... falló.

—¡Lo siento! —se disculpó, avergonzada.

—No pasa nada —la tranquilizó su hermana.

Sarah recogió el volante del suelo y volvió a sacar.

El tiro se desvió bastante, pero el señor Henshall corrió, alargó el brazo y se lo devolvió.

Lo lanzó dibujando un suave arco en dirección a Sarah; era evidente que su intención era ponérselo fácil.

Ella golpeó con fuerza, enviando la pluma hacia arriba. La brisa marina la empujó y le pasó por encima de la cabeza.

—¡Lo siento!

—¡Ya voy yo! —Georgiana corrió a buscar a los laureles.

Una vez lo hubo recuperado, volvió trotando y se preparó para sacar. El hombre se dispuso a responder con los pies separados y las rodillas dobladas.

Devolvió el tiro de Georgiana con un ligero movimiento desde abajo y, una vez más, la brisa lo impulsó con fuerza añadida.

Sarah saltó para intentar colocar la raqueta debajo, pero la pluma volvió a caer al suelo.

Entonces sacó con destreza y el volante salió disparado. El señor Henshall corrió rápidamente hacia atrás, se impulsó hacia arriba y se las arregló para devolverla.

—¡Bien hecho! —exclamó Effie con un entusiasmo raro en ella.

—Gracias, querida.

En ese momento aparecieron el señor Stanley y Emily y en seguida les invitaron a ocupar el lugar de Sarah y del señor Henshall. Se sentaron juntos en el porche, recuperando el aliento y animando a los jóvenes jugadores.

El señor Stanley demostró estar también bastante en forma, aunque disimulaba su habilidad para mantener el espíritu festivo del partido y parecía divertirse mandando el volante lejos del alcance de Emily, riéndose entre dientes cuando chillaba.

El juego probablemente se habría prolongado algo más, pero entonces apareció *Chips*, se metió el volante en la boca y salió disparado con él, poniendo fin a la diversión.

Capítulo 13

«El novedoso y popular juego de *Mamá oca y el huevo de oro*, fabricado y comercializado por John Wallis».

Caroline Goodfellow,
How We Played: Games from Childhood Past

Al día siguiente, después de volver a leer para el mayor Hutton, Viola se pasó un momento por Sea View tan solo para recoger a Georgie y tomar un libro antes de dirigirse al asilo de los pobres. Su madre había insistido en que Georgiana la acompañara, al menos la primera vez, pues no estaban del todo seguras de a qué tipo de sitio iba exactamente y por qué alguien como la señora Fulford podía desaprobar que una mujer cruzara el pueblo sola.

Viola caminaba por la explanada con las faldas y el velo agitándose con el viento y el libro bajo el brazo. Georgie iba un poco rezagada, jugando al pillapilla con *Chips*, su sombra perenne. Tras dirigirse hacia la parte este de Sidmouth, torcieron hacia el interior, subieron por el Byes —el sendero que flanqueaba el río— y pasaron por la capilla independiente de Marsh y la destilería del señor Baker hasta llegar al asilo. Más allá giraba lentamente la rueda del molino de agua y se veía el puente de madera que cruzaba el río Sid y conducía a la aldea de Salcombe Regis.

Al llegar a la puerta del asilo de los pobres, descubrió que la señora Fulford ya estaba allí y se sintió aliviada al ver que no la acompañaba ni la señora Robins ni ninguna otra persona.

—¡Ah, señorita Summers! Justo a tiempo. Y esta debe de ser su hermana pequeña, ¿estoy en lo cierto?

—Sí, Georgiana.

La señora Fulford les sonrió. Entonces descubrió a *Chips* y dijo:

—Y este es el perro descarriado al que da de comer, supongo.

Georgie asintió con la cabeza.

—Sí, señora.

—Bien. Este es el asilo de los pobres y aquello, la escuela —indicó—. Se construyó hace siete u ocho años, con los fondos del impuesto de ayuda a los pobres y aportaciones voluntarias. Si alguna de ustedes está dispuesta a leer a los niños, también haría falta. Pero lo primero es lo primero —comentó, mientras abría la puerta.

—¿Puedo quedarme aquí? —preguntó Georgiana, ya fuese porque se sentía intimidada por aquella dama alta y bien vestida o, simplemente, porque prefería permanecer fuera.

—Está bien —respondió Viola—. Pero no te alejes.

La señora Fulford la condujo hacia el pulcro edificio de ladrillos cercano. En el interior, las habitaciones daban a un pasillo central con un comedor con vistas al río.

Cuando caminaban por en el pasillo, la señora Fulford dijo:

—Si en un futuro deseara leer para otros residentes, estoy segura de que sería muy bien recibida. No obstante, debo advertirle acerca de la señora Reed... —En ese momento hizo un gesto indicando la puerta marcada con el número 1—. He intentado de todas las maneras posibles ofrecerle la caridad cristiana, pero ha rechazado todos y cada uno de mis intentos, como también los del vicario. No lo digo por chismorreo. Simplemente no me gustaría que la desdeñara y que se lo tomara como algo personal.

—Entiendo.

La señora Fulford prosiguió hasta la puerta marcada con el número 3. Habló en voz baja:

—La señora Denby todavía ve un poco, pero su visión ha menguado considerablemente. —Llamó a la puerta.

—¡Adelante! —respondió una voz cantarina.

La señora Fulford abrió y Viola la siguió adentro.

—Señora Denby, buenas tardes. Permítame presentarle a la señorita Summers. Ha venido para leerle.

Una mujer pequeña con el pelo blanco las miró con una sonrisa radiante desde su silla.

—Ah, ¿sí? ¡Qué encantadora sorpresa! Acérquese, querida. Es un placer conocerla. Qué amable por su parte haber venido. —Le tendió la mano y Viola notó su fragilidad al estrechársela.

¿Se enfriaría la calurosa bienvenida de aquella mujer cuando viera su cicatriz? ¿Cómo de exigua sería su vista?

—Bueno... —La señora Fulford se irguió—. Las dejo para que tengan oportunidad de conocerse. Creo que la señorita Viola podría venir a leerle, digamos, ¿dos veces a la semana a esta misma hora? —preguntó, mirando a la joven a través del velo.

—Sí, eso creo.

—Excelente.

La señora Fulford se despidió de ambas con sendas inclinaciones de cabeza y abandonó la habitación.

La señora Denby se relajó de manera ostensible cuando la elegante dama se hubo marchado.

—La señora Fulford —dijo—, es una persona muy amable y eficiente. Le estoy muy agradecida.

Viola asintió y paseó la mirada por la habitación ordenada y parca en muebles intentando pensar qué decir. Los únicos objetos decorativos eran algunas piezas de encaje en la mesita auxiliar.

Se acercó para examinarlas.

—¿Las hizo usted?

—Sí, así es; junto con mi hermana y mi madre; como trabajo paralelo. Por aquel entonces, estaba prohibido. Espero que no nos denuncie —respondió, con una sonrisita infantil a la que la chica respondió de inmediato.

La anciana se fijó en el diseño punteado de su velo. Se acercó, guiñando los ojos, y sentenció:

—Hecho a máquina. —Luego sacudió la cabeza con los labios fruncidos en señal de desaprobación— ¡Cómo han cambiado las cosas!

—Y bien, ¿qué le gustaría que le leyera? —Viola miró a su alrededor en busca de algún tipo de material impreso—. ¿Cartas?

—¡Ojalá! No tengo ninguna. Hace años que no me escribe nadie.

—¿El periódico, entonces?

—Tampoco tengo.

Viola levantó el tomo que llevaba bajo el brazo.

—Yo he traído un libro, por si acaso, pero no sabía qué podía gustarle, así que...

—¡Oh! ¿Y qué es? —La mirada de la mujer se iluminó—. ¿Una Biblia?

Viola entreabrió la boca, sintiendo que su arrojo disminuía. Ni siquiera se le había pasado por la cabeza.

—Eeeh, no. Es un libro sobre naturaleza. —Leyó el título—. *La Historia Natural de Selborne*, de Gilbert White.

La chispa en los ojos de la señora Denby se apagó, pero aun así exclamó con alegría:

—Bueno, suena bastante edificante también. Escuchémosla. Tome asiento.

Se sentó en la otra silla que había en la habitación y abrió el volumen. Al ver que las citas iniciales estaban en latín y en griego, volvió la página en busca de un texto más largo que sirviera de introducción y pensó que había cometido un error.

—¿Qué le parece si voy directamente a una de las ilustraciones? Por lo que entiendo, todavía ve un poco, ¿no? —Pasó las páginas hasta que dio con el dibujo de un par de pájaros en una rama, etiquetada como «m. y f. de chotacabras»—. ¿Le interesan los pájaros?

—¡Los adoro! Me encanta escucharlos desde mi ventana.

—Pues no se hable más. Pájaros.

Viola inclinó la cabeza y leyó: «El *caprimulgus* (o chotacabras) es una maravillosa y curiosa criatura. Esta ave rompe a cantar con extraordinaria puntualidad al ponerse el día, y lo hace de una manera tan exacta que puedo confirmar que, en más de una ocasión, ha coincidido con el disparo del cañón de Portsmouth, que se oye cuando el tiempo está en calma».

—¿De verdad esos pájaros se alimentan de cabras? —preguntó la señora Denby—. ¿O se trata de una leyenda?

—No lo sé —admitió Viola.

Seguidamente pasó a otra sección del libro y leyó: «El lenguaje de las aves es muy antiguo y enigmático. Se dice poco, pero se expresa y se entiende mucho. Los cuervos emiten una nota profunda y solemne que reverbera en el bosque; el sonido de cortejo de la corneja es extraño y ridículo; los grajos, en la época de apareamiento, intentan cantar, pero sin mucho éxito; el chotacabras, desde que anochece hasta el amanecer, deleita a su compañera palmoteando las alas como si fueran unas casta-ñuelas...»

«Menudo concierto», pensó Viola para sus adentros imaginando lo mucho que habría disfrutado el señor Hornbeam de aquel pasaje. Enton-ces levantó la vista y, al descubrir que su oyente se había quedado dormi-da, exhaló un suspiro y cerró el libro.

La próxima vez, resolvió, llevaría consigo algo más interesante.

Habían establecido que las noches de los sábados y los domingos no se serviría cena, proporcionándole así a la señora Besley una especie de des-canso dominical, aunque seguía teniendo que ocuparse del desayuno del sábado y preparar una colación fría para el domingo.

En consecuencia, aquel sábado por la noche, los huéspedes habían sa-lido a cenar a algún otro sitio.

Aun así, después del ágape familiar informal, Sarah hizo café y sacó una bandeja de galletas de miel y tartaletas de frutas. Cuando los huéspedes regresaron a Sea View después de cenar fuera, se reunieron en la sala a tomar café e intercambiaron experiencias y opiniones so-bre la calidad de la comida que habían tomado en el hotel, la posada o el pub.

Pasado un rato, Georgie preguntó:

—¿A quién le apetece jugar a algo? Tenemos *El nuevo juego del mono*, de Wallis, y estoy deseando probarlo.

Effie torció el gesto.

—Suena muy infantil.

—En absoluto —intervino Emily—. El señor Wallis me ha asegurado que es apropiado para todas las edades.

Effie se encogió de hombros.

—En ese caso, contad conmigo. Al menos no es *Mamá oca*.

—Resultaría mucho más divertido con más jugadores —dijo Georgia-na con voz cautivadora, paseando la mirada por los presentes.

—No, gracias —respondió la señora Elton, echando un vistazo a su esposo, que se había quedado medio dormido a su lado en el sofá, con una taza vacía balanceándose peligrosamente en su mano—. No nos gustan los juegos de mesa.

—¡Ojalá pudiera! —contestó con amabilidad el señor Stanley—, pero me espera mi hermana. Ha llegado hoy y se aloja con una amiga en el hotel York. De no ser así, con mucho gusto pasaría la noche con ustedes.

Tras detener la mirada unos instantes sobre Emily, hizo una reverencia y se fue.

«¡Qué hermano tan cumplidor!», pensó Sarah.

Emily lo observó mientras se marchaba y entonces dijo:

—Yo también juego. Señor Henshall, ¿se une a nosotras?

Él vaciló, miró a su hijastra y respondió:

—Si a Effie no le importa...

La joven se encogió de hombros una vez más.

—Haz lo que quieras.

—Anímate, Effie —la exhortó Georgie—. Necesitamos todos los que jugadores que podamos conseguir. ¿Quién más se apunta? ¿Sarah?

—Una ronda. Luego tengo que volver con los menús de la semana que viene.

El señor Hornbeam tomó la palabra.

—Yo también me uno, si les hace falta otro participante.

Georgiana lo miró de hito en hito, parpadeando rápidamente.

Effie frunció el ceño y abrió la boca, según supuso Sarah, para manifestar su desacuerdo, lo que le hizo intervenir de inmediato:

—Es usted muy amable, señor Hornbeam. Estoy segura de que Georgiana le puede indicar el número que obtiene y ayudarle a avanzar las casillas que corresponda. —Lanzó a su hermana una mirada penetrante.

—Por supuesto que puedo —corroboró Georgiana, obediente—. Venga, siéntese a mi lado.

Después de trasladarse a una mesa en la sala contigua, Georgiana sacó el juego de mesa de su funda y lo desdobló, alisando con las manos la superficie.

—Elija una ficha —le pidió, indicando un montón de piezas que había recolectado por la casa—. Yo usaré el pez. —Acto seguido tomó una pequeña figurita hecha de madreperla y examinó el batiburrillo restante—. ¿Qué prefiere, señor Hornbeam? ¿Un cuarto de penique, una moneda de tres peniques, un dedal o uno de los botones?

—El cuarto de penique.

—Y aquí está la perinola. —Emily dejó sobre la mesa la nueva peonza octogonal con diferentes puntos incisos en cada cara. Cuando se la hacía girar, caía sobre una de sus caras y el número que había quedado más arriba indicaba cuántos espacios tenía que avanzar el jugador.

El juego había sido impreso con una serie de casillas que se sucedían en forma de espiral hacia el centro, numeradas desde la uno a la sesenta y tres. Los bordes y varias de esas casillas estaban ilustrados con monos juguetones vestidos como humanos en posturas rocambolescas: bailando, pescando, practicando esgrima, marchando con botas militares extremadamente grandes, montando sobre un caballito de madera, chupándose el dedo del pie... Otros recuadros mostraban dibujos de varios lugares u objetos, como una prisión, una taberna o un pozo.

Georgiana se inclinó hacia delante y empezó a leer las reglas impresas en el recuadro central del tablero:

«El que cae en la casilla 5 debe pagar uno para aprender a bailar. El que sacó 6 debe pagar uno como prenda. El soldado, número nueve, puede avanzar hasta el número trece. El tahúr debe empezar de nuevo. El dandi debe pagar dos por su locura...».

Una vez hubo terminado de leer las normas, volvió a sentarse.

—Por suerte, están escritas aquí mismo, por si se nos olvida alguna.

La partida comenzó con Georgiana haciendo girar la perinola en nombre del señor Hornbeam.

—¡Un cinco, señor Hornbeam! —exclamó Georgie—. Tiene que pagar al maestro de baile. Es decir, retrocede una casilla.

Uno por uno, todos los jugadores sentados a la mesa hicieron girar la perinola y movieron sus fichas según se les indicaba.

Cuando empezó la segunda ronda, el señor Hornbeam alargó el brazo con la mano extendida.

—Déjeme ver esa perinola.

Con expresión de perplejidad, Georgiana la posó en su palma abierta.

—¡Pero si usted no ve! —se le escapó a Effie.

Él deslizó los dedos por la peonza, elaborada en hueso tallado, y le preguntó:

—¿Está totalmente segura?

Acto seguido la hizo girar y, cuando se detuvo, palpó la superficie.

—Uno.

Luego la hizo girar de nuevo.

—Tres.

A Georgiana se le iluminó la cara.

—¡Tiene usted razón, señor Hornbeam!

Al igual que los dados, cada cara tenía tallados unos puntos cóncavos que representaban un número.

—Pero va a tener que seguir ayudándome a encontrar la casilla correcta —respondió humildemente.

—No tengo ningún inconveniente —lo tranquilizó Georgiana.

El juego continuó con el señor Hornbeam sacando otro cinco.

—Después de pagar al maestro de baile, me había quedado en la cuatro, de manera que esto me lleva a la nueve. ¡Ah! Eso significa que he caído en el soldado y que avanzo hasta la trece.

—Buena memoria, señor Hornbeam.

Sarah cayó en la casilla del cortejo, ilustrada por un mono disfrazado con una capota y un vestido de mujer y un segundo simio arrodillado delante de él.

—Tienes que avanzar hasta la posada —le recordó Georgie.

«Del cortejo a la posada», reflexionó Sarah. ¿Cuál era el significado implícito de aquello? Fuera el que fuese, tuvo la sensación de que no le gustaba. De manera espontánea, aquello le trajo recuerdos de su hermana mayor, Claire. Su cortejo la había llevado hasta una posada, y mucho más rápido de lo que habría debido. A Sarah se le revolvió el estómago y esperó que la expresión de su rostro no revelara sus desdichados pensamientos.

Cuando le llegó el turno, el señor Henshall también fue a parar al cortejo, y Sarah no pudo evitar ruborizarse.

—¡*Oh, la, la!* —se burló Georgie—. Los dos habéis caído en el cortejo.

Él movió su ficha para situarla en la posada junto a la de Sarah, pero Effie le recordó:

—No puede haber dos jugadores en la misma casilla. Como has sido el último en llegar, tienes que regresar a la casilla en la que estabas antes.

El señor Henshall tomo su ficha y, con un suspiro melodramático, la hizo retroceder.

—Atascado en el cortejo.

—No se desanime —dijo el señor Hornbeam con un deje travieso en la voz—. Hay sitios peores.

Pasado un rato, Sarah cayó en el pozo y le tocó permanecer allí en espera de que otro participante aterrizara en la misma casilla.

—¿Ves por qué necesitábamos más jugadores? —dijo Georgie—. Con pocos, tendrías que esperar una barbaridad de tiempo.

Como no podía ser de otra manera, cuando le tocó el turno, Callum Henshall también cayó en el pozo y Sarah pudo continuar.

—Gracias por rescatarme, galante caballero.

—Es un auténtico placer, hermosa aunque empapada dama.

Sarah ahogó una risa.

Effie se perdió en el laberinto y tuvo que empezar de nuevo, lo que provocó innumerables protestas por su parte. Luego su padre estuvo recluido en la prisión durante tres rondas. El señor Hornbeam cayó en el dandi emperifollado y tuvo que retroceder dos casillas, a lo que respondió ahuecándose el pañuelo del cuello, pasándose el dedo por sus pobladas cejas con aire remilgado y declarando con voz afectada:

—¡Qué espanto! Se me va a estropear la peluca.

Los demás le rieron la payasada e incluso Effie esbozó una sonrisa.

Parecía que Georgiana iba a ser la primera en llegar a la meta, pero, de pronto, sacó un número demasiado alto y se pasó de largo, viéndose obligada a retroceder hasta la casilla cincuenta. Al final, fue Sarah la que ganó la partida, lo que desencadenó un coro de lamentos y de vítores a partes iguales.

—Y ahora sí —resolvió, empujando hacia atrás su silla—, me veo obligada a ausentarme.

Aquello originó más protestas.

—¡Vamos, Sarah! Una ronda más.

—Lo siento, pero no —insistió, poniéndose en pie—. Tal vez haya alguien dispuesto a ocupar mi lugar.

—¿Quién? —preguntó Emily—. Si respondes que la señora Elton, ya te digo yo...

—¡Sssh!

Se oyeron unas toses que provenían de la puerta lateral, la que estaba más cerca de la habitación de su madre. Sarah se asomó y la encontró allí de pie, apoyada en el marco de la puerta, pero, en cualquier caso, ¡de pie!

—¿Qué me decís de mí?

—Disculpa, mamá, ¿te estábamos molestando?

—En absoluto. Es solo que me ha dado la sensación de que estabais pasándolo muy bien y he pensado unirme a vosotros. Si nadie tiene nada que objetar, claro está.

—Por supuesto que no —respondió Emily—. Estaremos encantados.

—Ven aquí, mamá. Ocupa mi sitio —propuso Sarah, ayudándola a sentarse en la silla que acababa de dejar libre, con el corazón rebosante de emoción y una sonrisa de satisfacción al ver a su madre vestida y dispuesta a disfrutar con los demás.

A continuación, procedió a hacer las presentaciones.

—¿Recuerdas al señor Henshall? Esta es su hija, Effie. Y este es el señor Hornbeam. Señor Hornbeam..., nuestra madre, la señora Summers.

El anciano se levantó e hizo una reverencia.

—Es un honor, señora.

—Gracias. Bueno... —La madre miró al resto con un entusiasmo casi infantil. En ese momento Sarah descubrió cierto parecido con Georgiana que hasta entonces no había notado.

Con el hoyuelo en la mejilla que aparecía cuando sonreía, agarró la perinola y miró al resto de las personas sentadas a la mesa.

—¿Jugamos?

El domingo por la mañana las hermanas asistieron a juntas a la iglesia parroquial. Todas excepto Viola que, como era habitual, se quedó en casa con su madre.

Al entrar en la nave central, Sarah divisó al señor Henshall delante de ellas, encajonado entre otras personas en una cola atestada de gente, y deseó que se le hubiera ocurrido invitarle a ir a pie con ellas y compartir su banco.

Esa tarde el señor Henshall, después de cambiarse de atuendo y vestirse con ropa de montar, salió de Sea View y se fue a buscar un par de caballos que había alquilado en una cuadra local.

Pasado un buen rato, subió el sendero a lomos de un caballo castaño a la vez que tiraba de un equino gris de menor tamaño para Effie. Llevaba el sombrero de copa bien calado y manejaba las riendas de ambos animales con facilidad y despreocupación.

Sarah salió a saludarlo.

—¿A dónde se dirigen?

—Había pensado en dar un simple paseo por la zona. Tal vez subir hasta Honiton, o recorrer la costa. Quiero que Effie conozca algo más de la región. Y, la verdad sea dicha, echaba de menos montar.

Con las manos enfundadas en unos refinados guantes de piel, inclinó hacia atrás el ala del sombrero para verla mejor.

—¿Monta usted, señorita Summers?

—No, hace siglos que no lo hago. Aunque me encantan los caballos.

Él asintió con la cabeza.

—En casa tenemos unos cuantos. Espero que mi mozo de cuadra se esté ocupando de que no pierdan la forma.

Effie apareció con un sencillo traje de montar de color verde, por una vez con expresión entusiasta en lugar de su habitual gesto huraño. El señor Henshall desmontó y unió las manos entre sí para ayudar a la joven a encaramarse en su silla lateral.

A continuación, se volvió hacia Sarah y, durante unos instantes, se quedó mirando su rostro. Le dio la sensación de que quisiera decir algo más pero, al parecer, se lo pensó mejor y regresó a su montura.

—Que se diviertan —le dijo Sarah.

Agarrando las riendas, él la miró una vez más.

—Gracias.

Contempló cómo se alejaban. Estaba impresionada con la facilidad y la pericia con la que Effie cabalgaba junto a su padrastro, pero fijó la mirada en él.

Su figura resultaba imponente a lomos del caballo, con aquella postura impecable, sus anchos hombros y su evidente dominio de la montura.

Con aquella levita de montar ajustada y las relucientes botas de húsar, era la perfecta estampa del caballero inglés. Y de pronto, casi sin darse cuenta, se descubrió a sí misma preguntándose si alguna vez se pondría falda escocesa.

Capítulo 14

«Los aficionados a la natación deberán saber que, no muy lejos de la playa, hacia el oeste, hay una agradable bahía convenientemente apartada en la que, si el tiempo acompaña, podrán dar rienda suelta a su afición sin problemas».

The Beauties of Sidmouth Displayed

El lunes, cuando terminaron las tareas matutinas —antes de lo esperado, gracias a la enérgica ayuda de Bibi—, Viola y Emily decidieron dar un paseo para estirar las piernas, tomar un poco el aire y evitar tanto a Agusta Elton como la interminable lista de cosas por hacer de Sarah.

Tras cruzar el prado, continuaron hacia el norte por el sendero de Peak Hill y, al llegar a la cabaña de los peregrinos, torcieron hacia el promontorio y el mar. Llegaron a la cima cerca del horno de cal e hicieron una pausa para recuperar el aliento, mermado por la empinada pendiente. De pie sobre la loma cubierta de hierba, la una junto a la otra, se asomaron al borde para ver Chit Rock que, como una torre, sobresalía del agua tapizada por los destellos del sol. Las gaviotas volaban en círculos en un cielo azul celeste.

Con el viento agitando su velo, Viola exhaló un suspiro de placer.

—Nunca me canso de estas vistas.

Desvió la mirada por debajo de ellas hacia la playa de poniente, situada al otro lado de Chit Rock. Allí no había casetas de playa, ni tampoco aglomeraciones de gente.

Por el flanco de la colina discurría un sendero que partía del horno de cal y desembocaba en la playa. Más tarde, los trabajadores guiarían a sus mulos por aquel camino, cargados de piedra caliza para el horno, pero en aquel momento no había nadie.

Mientras estaban allí, dos hombres aparecieron en la playa. No llevaban sombrero y ambos tenían el pelo oscuro. De repente y, sin andarse con ceremonias, empezaron a desprenderse de sus ropas: fracs, chalecos, camisas y calzado.

Viola se dio la vuelta para marcharse, pero Emily la agarró de la mano.

—¿Quiénes son? —susurró—. He oído decir que muchos hombres vienen aquí a nadar.

—¿Es por eso por lo que has querido venir por aquí? —preguntó Viola.

—Yo no te he oído protestar.

Uno de los hombres tenía la piel clara, mientras que la del otro era del color de un café bien cargado. La distancia hacía que las diferencias entre las dos figuras fueran menos obvias, pero aun así Viola fue capaz de distinguir sin lugar a dudas de quién se trataba: el mayor y Armaan.

Desde aquella altura no se apreciaban bien sus rasgos ni las cicatrices del lado derecho del rostro. Sus hombros se veían muy anchos y el pecho se estrechaba marcando una esbelta cintura. La boca se le secó.

—No deberíamos estar aquí... mirando como pasmarotes —dijo Viola en voz baja con tono reprobatorio.

Los hombres pasaron a los pantalones y Emily soltó un grito ahogado y se llevó las manos a los ojos.

Viola se tapó los suyos. Había oído que los hombres nadaban sin ropa, pero en realidad nunca se lo había creído. Al oír el sonido de un chapoteo, se atrevió a echar un vistazo a hurtadillas por entre los dedos.

Abajo, el mayor se zambullía de cabeza bajo una ola que se aproximaba, mientras que Armaan se adentraba más lentamente. Viola se sintió aliviada al ver que en aquel momento el agua ocultaba sus cuerpos.

Emily, que de repente tenía los ojos muy abiertos, le apretó la mano y dijo con voz tensa:

—¡Ha desaparecido! ¿Dónde está?

A su hermana siempre le había angustiado la idea de meterse en el agua. Viola utilizó la mano libre para señalar con el dedo.

—Allí.

El mayor reapareció, cortando el agua con grandes brazadas y desplazándose con aparente facilidad. ¡Qué extrañamente emocionante le resultaba verlo moverse con aquella fuerza y elegancia, sin indicio alguno de las heridas que le impedían hacerlo en tierra firme! Parecía fuerte y sano, y de una masculinidad arrolladora.

Tras recorrer a nado toda la longitud de la playa, el mayor se puso en pie, con el cuerpo sumergido hasta la cintura, probablemente intentando recuperar el aliento. Entonces se volvió hacia una barcaza costera en el horizonte.

—A ese hombre le pasa algo en la cara —dijo Emily—. ¿No lo ves?

Viola no quería admitir que conocía a los hombres que estaban observando, así que se limitó a decir:

—¿Cómo puedes saberlo desde tan lejos?

Emily entornó los ojos.

—No lo sé. Hay algo extraño.

Viola se sintió ofendida por el mayor y se puso a la defensiva.

—No todo el mundo es tan perfecto como tú, Emily.

—¡Vaya! Gracias, Vi —respondió secamente.

Aprovechando la provocación, Viola declaró con fingida inocencia:

—Tal vez deberíamos intentar darnos un baño. ¡Ah, no! ¡Perdona! No me acordaba de que a ti te da miedo el agua.

Emily se volvió hacia ella con mirada desafiante.

—Yo me bañaré el día que tú cruces Sidmouth sin velo.

Viola sabía que se lo había buscado, pero el orgullo le impidió disculparse.

En esta ocasión, fue Emily la que tiró de la mano de Viola, obligándole a apartar los ojos de aquella incitante visión.

Y entonces, la frase «nunca me canso de estas vistas» cobró pleno sentido.

Aquel mismo día, mientras las hermanas preparaban la mesa para el almuerzo, Emily dijo:

—Está haciendo muy buen tiempo últimamente. Deberíamos organizar un pícnic.

Sarah arrugó la nariz.

—Ya tenemos bastante trabajo con todo lo que hacemos. No puedo pedirles a los sirvientes que se ocupen de más cosas.

—No tiene por qué ser algo demasiado elaborado.

—Incluso una simple comida al aire libre conllevaría un trabajo extra y cierta planificación. No solo en lo que se refiere a la comida y la bebida, sino también la vajilla y la mantelería, por no hablar de cómo trasportarlo todo al lugar elegido.

—Ayudaremos todas —insistió Emily. Luego se volvió hacia Viola y Georgie—. ¿Verdad?

—¡Con mucho gusto! —exclamó Georgie entusiasmada—. ¿Invitaríamos a nuestros huéspedes y amigos?

—Si invitamos a los huéspedes —señaló Emily—, podríamos considerarlo como si fuera la cena de ese día, de ese modo evitaríamos añadir más trabajo a Besley.

—Buena idea.

—Sin duda, sería un detalle hacia nuestros huéspedes. Incluso puede que mamá se uniera.

—Eso dependería de dónde lo hagamos —replicó Sarah—. Si insistes en subir hasta la cima de Peak Hill, entonces no.

—¿Y qué me dices de quedarnos a mitad de camino, en esa preciosa arboleda que hay subiendo la colina?

—¿Pero eso no sigue siendo propiedad del señor Lousada?

—A nadie le importará.

—Si queréis —se ofreció Georgie—, yo puedo pedirle permiso. Lo veo a menudo, cuando salgo a pasear. ¡Oh, Sarah! ¡Por favor! Di que sí, que podemos hacer un pícnic.

Sarah se volvió hacia Viola, que no había abierto la boca en todo el tiempo.

—¿Tú qué opinas, Vi?

Esperaba que su reservada y taciturna hermana se opusiera a la propuesta, pero levantó la barbilla y contestó:

—Me parece una idea estupenda y ayudaré con el trabajo extra.

Qué inesperado.

Parecía que la decisión estaba tomada. Durante la comida, las hermanas siguieron discutiendo los pormenores y poco a poco la idea fue volviéndose más atractiva. Era cierto que seguía haciendo muy buen tiempo, tal y como había dicho Emily. Además, la despensa estaba llena de sobras y, en los días previos, Sarah había preparado muchos dulces, así que habría menos cosas que hacer y que comprar.

Lo siguiente era convencer a la cocinera.

Las hermanas bajaron juntas al sótano y le expusieron el plan.

—Hace siglos que no preparo un pícnic, y nunca lo he hecho para unos huéspedes que pagan por ello —les advirtió la señora Besley.

—Ayudaremos todas —la tranquilizaron.

Después de inspeccionar a fondo las lejas de la despensa y discutir la cuestión con su madre, elaboraron un menú y una lista de la compra. Habían decidido que la comida del pícnic se parecería al almuerzo frío que servían los domingos, aunque algo más simple: jamón al horno y pollo asado fríos, pastel de pescado, fruta fresca si la encontraban o cocida y en frascos de cristal, con galletas, queso, panecillos rellenos y tartaletas. Para beber, té y sidra.

También necesitarían terrones de azúcar y leche para el té, tazas, vasos, platos y algunos utensilios.

Conforme añadían nuevos detalles, el pulso de Sarah se aceleró.

Más tarde la señora Besley revisó la lista y asintió con la cabeza.

—Creo que puedo arreglármelas. Y he de reconocer que puede suponer una agradable novedad. ¿Podría pedirle ayuda al cocinero de nuestro vecino?

Sarah la miró confundida.

—¿De qué vecino?

—Me refiero al cocinero de Westmount. Está muy verde, pero tiene muchas ganas de aprender. Viene de vez en cuando a preguntarme cómo hago las cosas.

Justo en ese preciso instante, como si lo hubieran invocado, alguien llamó a la puerta del sótano y Jessie condujo a un hombre joven de aspecto desaliñado hasta la cocina.

La señora Besley sonrió.

—Adelante, señor Chown. Precisamente estábamos hablando de usted.

—Eso no augura nada bueno —dijo el joven. Llevaba un delantal sucio, tenía una expresión avergonzada y le hacía falta un buen afeitado.

—En absoluto —repuso la señora Besley—. Nos preguntábamos si estaría usted dispuesto a ayudarnos a preparar un pícnic.

—Nunca he hecho nada parecido, pero estaré encantado de ayudarlas en todo lo que pueda. —Se rascó la nuca—. Imagino que, mientras tanto, no le importará prestarme algo de sebo...

A la señora Besley se le iluminó el rostro como a un progenitor orgulloso ante su hijo pródigo.

—Por supuesto que no.

Más tarde Viola caminó hasta Westmount para la sesión de lectura del día. Cada vez le parecía más ridículo ponerse el velo para recorrer una distancia tan corta como aquella, pero aun así lo hizo. El deseo de protegerse estaba demasiado arraigado.

El lacayo la acompañó adentro y le indicó el fondo del pasillo con un gesto.

—Gracias, Taggart. Conozco el camino.

Antes de llamar a la puerta del mayor, se desató la cinta de la capota.

—Adelante.

Conforme entraba, se quitó la capota, incluido el velo. Mientras lo dejaba en la mesa auxiliar más cercana, notó que le temblaban las manos. No era la primera vez que se descubría en su presencia, pero aun así le ponía nerviosa. Después de todo, él no conocía el motivo de su cicatriz.

Lentamente se giró hacia él.

El mayor la miró y emitió un gruñido de satisfacción.

—Me alegro de que prescinda de él.

Deseosa de desviar la atención, Viola preguntó:

—¿Ha disfrutado del baño?

—¿Cómo sabe que he ido a nadar?

—¡Oh! Pues... lo he dado por hecho. —Parpadeó intentando disipar de su mente la imagen del mayor con el torso desnudo y el agua cubriéndole hasta la cintura.

Se acercó a la pila donde se acumulaba la correspondencia y los periódicos más recientes.

—¿Qué quiere que le lea hoy?

—Antes quiero que hable conmigo. Armaan ha salido a montar y mi padre y mi hermano no son muy dados a conversar. ¿Cómo le va todo? ¿Alguna novedad?

—La verdad es que sí. He empezado a leerle a una mujer en el asilo de los pobres.

—¿Por qué?

—Me lo pidieron y pensé que podría ser agradable. Me gusta ser útil.

—¿Quiere una medalla? —Estiró el brazo bruscamente hacia la chimenea—. A mí me dieron una. ¡No se imagina de lo mucho que me ha servido!

Viola sintió cómo la humillación y la rabia le encendían las mejillas. Incluso los ojos le ardían.

—No, no quiero una medalla. Me ha preguntado si tenía alguna novedad, así que se lo he contado. ¿Qué debería hacer en su opinión? ¿Pasarme el día sentada en la penumbra, mano sobre mano, como hace usted?

Tan pronto como terminó de pronunciar aquellas ásperas palabras, la invadió el remordimiento. El doctor le había dicho que la oscuridad aliviaría los dolores de cabeza. ¡Qué cruel había sido por su parte! Durante unos segundos él no dijo nada y la tensión entre ambos alcanzó su punto álgido. Se esperaba una reprimenda, o incluso que la despidiera. Sin embargo, suavizó el tono de voz.

—Me lo merezco. Ya veo que a los dos se nos da de maravilla repartir golpes a diestro y siniestro cuando sentimos dolor.

—Yo no...

Él levantó la mano.

—Le pido disculpas. ¿Qué le parece si empezamos la visita desde el principio? Por favor.

—De acuerdo. Y yo también lo siento.

Sintiéndose incómoda bajo su intensa mirada, Viola agarró el correo.

—Hay una carta de su abogado. ¿Empezamos por ella?

—De acuerdo. Aunque sus misivas suelen traen malas noticias.

Viola la desdobló y empezó a leer.

—Lamento informarle de que...

Hizo una pausa. Los garabatos de aquel hombre resultaban muy difíciles de descifrar.

—Lo siento. No consigo entender lo que pone en esta línea.

Entrecerró los ojos, luego levantó la vista y se sobresaltó al ver al mayor de pie cerca de ella. Muy cerca, de hecho.

—La letra de este hombre es espantosa —dijo él—. ¿Dónde se ha atascado?

Sintiéndose extrañamente mareada tanto por su proximidad como por su altura, le indicó la frase con indecisión.

Él se inclinó hacia delante para verla con el ojo bueno.

—Los impuestos locales están subiendo. ¡Pardiez! Ya eran lo bastante altos tal y como estaban.

Una vez descifrada la frase, Viola esperaba que se apartara, pero no fue así. Levantó la vista y lo miró con expresión interrogante.

Él observó detenidamente el rostro de la joven.

Entonces acercó la mano y vaciló a pocos centímetros de su mejilla.

—¿Puedo?

«Que si puede... ¿qué?», pensó

No sabía a qué se refería, pero aun así asintió sin decir nada.

Le rozó con los dedos la comisura de su boca y ella se estremeció.

—¿Le he hecho daño? —preguntó, con el ceño fruncido.

Negó con la cabeza.

—Me ha sorprendido.

Aproximó los dedos de nuevo, en esta ocasión trazando suavemente, muy suavemente, el contorno de los labios. El tacto de su piel le provocó un leve cosquilleo. ¿De verdad eran sus labios tan carnosos, tan sinuosos? ¿O estaba exagerando su forma?

En aquel momento detuvo el dedo sobre la piel más espesa y áspera de la cicatriz. Viola lo notó: Allí no había vello que pudiera erizarse bajo el delicado tacto de las yemas.

—Todavía no me puedo creer que lleve velo para tapar esto —dijo en voz baja—. Tiene usted una boca muy hermosa. Toda... usted es hermosa. No lo dude jamás.

Nadie le había tocado la boca con tanta... dulzura. Con tanta admiración. Y su boca... ¿hermosa? Los ojos se le llenaron de lágrimas.

Viola no quería hablar de aquello, pero necesitaba contárselo. Lo mejor sería decírselo. Aunque, sin duda, borraría de un plumazo aquella expresión de admiración.

Cuando él retiró la mano, se puso una coraza, tal y como estaba acostumbrada a hacer, y se irguió.

—Creo que debería saber lo peor. Mi cicatriz no se debe a ninguna lesión, como la suya. Yo...

—Nació con una fisura labial.

A ella se le cortó la respiración.

—¿Lo sabía?

—Lo he supuesto.

Ella agachó la cabeza, sintiéndose más cohibida que nunca.

—¿Es tan obvio?

—No. No me lo habría imaginado si no fuera porque he visto algo parecido antes. En Francia, durante la guerra. Una mujer francesa que conocí —y que, en realidad, nos ayudó— tenía una cicatriz así. Al parecer, allí los métodos quirúrgicos están más avanzados.

Viola asintió con la cabeza.

—Sí. Fuimos a Francia cuando acabó la guerra. Fue allí donde me operaron por última vez. —O al menos eso esperaba, que fuera la última.

Él entrecerró los ojos.

—En cualquier caso, eso no justifica que esconda esa cicatriz insignificante detrás de un velo.

—¿Insignificante? ¿Acaso no sabe que la gente cree que es contagioso? ¿O que, si una mujer encinta ve a alguien con el labio hendido, su hijo nacerá con mismo defecto?

—Tonterías.

—Eso lo dice alguien que nunca se ha encontrado con gente que echa a correr cuando lo ven.

—Es posible que no echen a correr, pero sí que he visto a muchos estremecerse y apartar la vista cuando me los cruzo. Mis cicatrices son mucho más extensas que las suyas.

—Pero la mía es más profunda.

—¿Se trata de una competición?

Ella alzó las manos.

—Las suyas se produjeron mientras servía a nuestro país y a nuestro rey. Y salvaba a un amigo. Son un distintivo honorífico.

Él soltó una risotada burlona.

—La mía, en cambio —añadió Viola—, es una marca de desgracia. De deformidad.

—Siente usted mucha lástima por sí misma.

Ella lo miró boquiabierta.

—Dijo la sartén al cazo. No sé si conoce la expresión.

—Pufff. Supongo que tiene razón. Pero detesto ser así. Odio que la gente me mire con pena, o que se estremezcan de repugnancia, o ambas cosas.

Lo miró a los ojos con compasión.

—Yo no me estremezco.

Él le devolvió la mirada, como si estuviera sopesando hasta qué punto era sincera, con un brillo intenso en el ojo bueno. Ella apartó la vista primero.

Entonces, intentando disipar la tensión, bromeó:

—Y tampoco veo solo sus cicatrices. Veo también una nariz grande y aguileña; unos ojos grandes y con los párpados caídos; y unos labios delgados y arqueados. Sus cicatrices son el menor de sus problemas.

Él soltó un bufido irónico similar a una carcajada y ella se sintió aliviada al verlo sonreír.

—Gracias. Me ha quedado muy claro que no tengo motivo alguno para envanecerme cuando estoy con usted.

Aquella noche Sarah organizó el aparador y se preparó para ayudar a servir otra cena a sus huéspedes.

Las cenas no eran precisamente solemnes, aunque sí amenas, y hasta entonces habían sido variadas y de calidad. Normalmente empezaban con una sopa y algo de pescado, seguidos por un plato de carne y una serie de guarniciones y, para terminar, café y postre.

Después de las primeras noches, en las que los huéspedes cenaron solos, Sarah y Emily decidieron turnarse para actuar como anfitrionas durante las comidas. Una de ellas los acompañaba, ocupándose de que la conversación no decayera, mientras que la otra supervisaba el servicio, ayudando a Jessie cuando era necesario, rellenando los platos de los que querían repetir o retirando los de quienes habían terminado.

Emily tenía un don natural para ejercer de anfitriona, preguntándole a todo el mundo cómo había transcurrido el día, compartiendo anécdotas locales, incluyendo en la conversación a los huéspedes más callados y, con frecuencia, haciéndoles reír.

Sarah se esforzaba en imitarla, pero no podía igualar el encanto y las respuestas ingeniosas de su hermana.

La señora Elton era una de las que más hablaba y tendía a acaparar la conversación, pero Sarah había aprendido a darle la vuelta a sus afirmaciones para convertirlas en preguntas para los demás y detener así su verborrea, al menos durante un rato. En eso era mejor que Emily, que perdía fácilmente la paciencia con aquella mujer y en ocasiones se mostraba brusca con ella, frenándola cuando estaba a punto de soltarles otra de sus historias sobre lo fabulosos que eran sus nuevos amigos de Sidmouth o lo mucho que la echaban de menos los amigos de su pueblo natal.

El señor Stanley cenaba con ellos solo de manera ocasional. Dado que su hermana se alojaba en el hotel York, la mayoría de las veces cenaba con ella.

El señor Hornbeam, siempre agradable y educado, era alguien con quien resultaba fácil charlar y solía contribuir con regularidad a la conversación. Si le preguntaban, contaba sus experiencias en el Parlamento, pero parecía que le interesaban más las vidas de los demás y hacía preguntas excelentes. Todo el mundo se había acostumbrado rápidamente a sus lentes oscuras y a sus dificultades. Quienes se sentaban a su lado le ofrecían los diferentes platos sin que tuviera que pedírselo, e incluso la señora Elton había terminado aceptándolo.

Viola seguía negándose a sentarse con los huéspedes o a esperar en la mesa y continuaba comiendo con su madre. Sarah entendía su inseguridad, pues no resultaba fácil comer llevando un velo. Y, para ser del todo honesta, no sabía cómo reaccionaría la señora Elton a su defecto, considerando cómo se había comportado con el señor Hornbeam. Afortunadamente, con lo que ganaba leyendo, podían hacer frente al sueldo de Bibi, así que la hermana mayor no se quejaba.

Aquella noche Sarah supervisó el servicio, mientras que Emily, una vez más, ejerció de anfitriona.

Pidió al señor Henshall que les contara más cosas sobre su infancia en Escocia, y después de que les hubiera relatado alguna anécdota, Sarah notó que Effie ponía los ojos en blanco.

—El poeta Walter Scott es de Edimburgo —dijo Emily.

—Así es —convino el señor Henshall—. De hecho, en una ocasión coincidí con él.

Emily lo miró boquiabierta.

—¿De verdad?

—Sí. Fue en una cena a la que estaba invitado. Recitó un largo poema después de escucharlo solo una vez. Tiene una memoria prodigiosa. Y luego nos leyó uno escrito por él.

—¿Cuál?

Él miró hacia arriba con aire pensativo.

—Creo que era *La dama del lago*.

A Emily se le iluminó la mirada y recitó unos cuantos versos.

—¡Arpa del norte! Tú que durante tanto tiempo estuviste colgada, del olmo mágico que hace sombra al manantial de San Felano, y bajo la brisa intermitente jugueteaban tus notas.

El señor Henshall asintió con la cabeza.

—Ese era. Me sorprendió descubrir que Scott es cojo.

A Emily le cambió la cara.

—¿Cojo?

—Sí, pero no parece que le resulte muy invalidante. Nos contó que incluso había subido a la colina de Castle Rock.

—En ese caso debe de tratarse de una lesión sin importancia —repuso Emily, más tranquila.

—Desde luego, no le impidió ser el tipo más popular de los que estábamos allí —añadió él, guiñándole el ojo.

El señor Hornbeam intervino:

—Tengo entendido que el señor Scott trabajó como secretario del tribunal supremo de Edimburgo.

—Efectivamente. Y como juez instructor del condado.

A Emily seguía interesándole más su obra literarias.

—¿Le gusta su poesía, señor Henshall?

—He reconocer que no he leído gran cosa de lo que ha escrito. Me temo que siempre me ha interesado más la música.

El señor Hornbeam hizo un expresivo gesto con la mano.

—Al fin y al cabo, ¿no son las canciones una especie de poesía a la que se le ha puesto música? Y lo dice alguien que disfruta enormemente con la música del señor Henshall.

La señora Elton tosió.

—Bueno, cada uno tiene sus gustos. A mí no hay nada que me guste más que la ópera. ¿No está de acuerdo, señor Elton?

—¡Oh! Ah... A mí me gusta lo que a ti te guste, querida. Tu placer es el mío.

Él y el señor Henshall compartieron una mirada cómplice.

—Ya que aquí no tenemos ópera —dijo Emily—, tal vez el señor Henshall podría tocar para nosotros después de cenar.

Este miró a su hijastra.

—Si Effie canta...

La joven arrugó la nariz.

—Preferiría no hacerlo. Además, esta noche hay un concierto en Wallis. Podríamos ir.

Él accedió afablemente, mientras Sarah asumía su decepción.

De manera que, después de cenar, todos ellos recorrieron el paseo marítimo para disfrutar del concierto que daba la banda de aficionados de Sidmouth.

Cuando llegaron al porche de la biblioteca, la señora Elton se abrió paso a empujones entre el gentío y se sentó apretujándose en uno de los bancos de delante. El resto se quedó de pie al fondo, aunque Georgiana le buscó un taburete al señor Hornbeam e insistió en que se sentara. Aquel gesto despertó en Sarah un sentimiento casi de orgullo maternal por su solícita hermana.

La banda local, fundada por algunos comerciantes del pueblo, tocó varias piezas militares bastante animadas, pero Sarah hubiera preferido escuchar la guitarra de Callum Henshall.

Después del concierto y tras los debidos aplausos y donaciones, todos ellos regresaron a Sea View. Una vez allí, Sarah dio las buenas noches al resto y regresó al despacho para ocuparse de cierto papeleo.

Más tarde, cuando subió las escaleras para irse a la cama, escuchó una suave melodía que, según pudo comprobar, provenía de la habitación del señor Henshall. Durante unos minutos se quedó fuera, escuchando. La dulce y triste tonada evocó en ella sentimientos de pena y de pesar. Aun así, las melancólicas notas le resultaron reconfortantes, a pesar de que le partieron el corazón.

El señor Hornbeam no era el único que apreciaba la música de Callum Henshall.

Capítulo 15

«Yo cortaba y servía el bizcocho de semillas aromáticas... pues las dos pequeñas ancianas tenían la misma afición que los pájaros por picotear los granos y el azúcar...».

CHARLES DICKENS,
David Copperfield

Al día siguiente Sarah estaba sentada en la biblioteca revisando las anotaciones del registro. Esperaban la llegada de un tal señor Gwilt, de Pontypool, donde quiera que estuviera aquel lugar. En su carta les había informado de que tenía previsto arribar a última hora de la tarde, de manera que debía de estar al caer. Con la llegada de aquel huésped, les quedaría solo una habitación libre. No obstante, su satisfacción se veía empañada por el hecho de que no tenían ninguna solicitud pendiente en un futuro próximo.

En aquel momento sonó la aldaba y, antes de que a Sarah le diera tiempo de reaccionar, Georgiana gritó:

—Ya voy yo.

Unos segundos más tarde, Georgiana condujo al huésped hasta el despacho.

—Está aquí... el señor Gwilt, Sarah.

Su voz afectada y los ojos muy abiertos daban a entender... algo, pero Sarah no estaba segura de qué era. El hombre se aproximó a la mesa del despacho mientras su hermana se quedaba en la puerta detrás de él, señalando al individuo con movimientos bruscos y enfáticos. ¿Qué le pasaba? Fuera lo que fuese, Sarah tendría que ocuparse de ello más tarde.

Sonrió al huésped, un hombre pequeño con el rostro enjuto que debía de rondar los cincuenta.

—Bienvenido.

—Soy Robert Gwilt, llegado según lo previsto. —Hablaba con el agradable acento cantarín de los galeses y, tras dejar en el suelo una de sus bolsas de viaje, se quitó el sombrero—. Una habitación para dos, si es tan amable.

Sarah consultó de nuevo el registro y luego levantó la vista con indecisión, buscando a una segunda persona detrás de él. No había nadie.

—Lo siento, le habíamos asignado una habitación individual, pero...

—No se preocupe. *Parry* puede dormir en su jaula.

El hombre levantó el bulto de su otra mano y la joven descubrió con creciente preocupación que sujetaba una jaula para pájaros. En su interior le pareció ver unas coloridas plumas y un pico prominente. ¿Un loro? ¿Hablaría o daría chillidos que no dejarían dormir a nadie?

El señor Gwilt se inclinó hacia delante con aire conspirador.

—Aunque me gusta dejarlo salir de vez en cuando. Ya sabe, darle un poco de libertad. Dejarle estirar las alas —concluyó, con un guiño.

—¡Oh, señor Gwilt! Me temo que...

Se puso en pie, decidida a precisarle la política de la casa respecto a los animales, y miró la jaula con más detenimiento. El loro estaba muy quieto, de una manera antinatural. Tenía los ojos vidriosos... o, mejor dicho, de vidrio. El pájaro estaba disecado.

Sarah no sabía si sentirse aliviada o si preocuparse todavía más.

Empujó hacia delante el registro con las manos temblorosas.

—Bien. No importa. Si es tan amable de... mmm... rellenar esto. En su carta decía que se quedaría con nosotras todo el mes de junio. ¿Es correcto?

—Así es. —Escribió su nombre y su dirección en Gales. Luego extrajo un monedero y colocó sobre la mesa varios billetes y todo un surtido de monedas de oro y plata.

—Aquí tiene. Creo que he hecho los cálculos correctamente, pero si me he equivocado, hágamelo saber.

Sarah vaciló. Aquel dinero les vendría de maravilla.

—No solicitamos el pago anticipado. No obstante, lo agradecemos.

—Me quita un quebradero de cabeza saber que alguien se ocupa de él.

—Gracias. Debe de estar sediento después del viaje. ¿Puedo ofrecerle un poco de té?

—Es usted muy amable, pero *Parry* está cansado. Quizá más tarde.

—Por supuesto. Entonces le mostraré su habitación.

Tomó la llave, lo acompañó fuera de la biblioteca y le indicó las escaleras.

—Por aquí.

En el pasillo se cruzaron con Emily y ella se volvió y se quedó mirando.

—Un lugar precioso, ¿eh, *Parry*? Con los techos muy altos. Hay que ver lo que te gustaría volar por aquí...

Cuando, unos minutos más tarde, Sarah regresó al despacho, Emily la estaba esperando con los ojos encendidos.

—Ese hombre tiene un pájaro disecado en una jaula.

—Sí, lo sé.

—Y habla con él, como si estuviera vivo.

Sarah exhaló un suspiro.

—Ya.

—Está loco.

—No digas eso. No sabemos nada de él ni tampoco por lo que ha pasado en la vida. Además, si dejamos a un lado lo de su... mascota, parece el huésped ideal. Incluso ha pagado por adelantado.

—Bien. De lo contario, parecería el típico que se larga sin pagar alegando locura.

—Sssh.

Emily se llevó la mano a la frente.

—Desde luego, no podías haber caído más bajo.

Dolida, adoptó una actitud defensiva.

—Así que es todo culpa mía, ¿no? —la desafió—. ¿También las deudas de papá? ¿La vinculación testamentaria? ¿Nuestras desgraciadas circunstancias?

—No. Yo... lo siento, Sarah. Sé que tú no tienes la culpa.

Pero Sarah se sentía responsable. No de las deudas de su padre, pero sí de su muerte, y del desastre que la había provocado. Porque solo ella había tenido conocimiento de lo que su hermana tenía en mente, y no había hecho nada por evitarlo.

187

Después de otra visita al mayor, Viola volvió al asilo de pobres, en esta ocasión con un ejemplar del Nuevo Testamento y de los Salmos.

La señora Denby la saludó con gran efusividad.

—¿Ya has vuelto? ¿Tan pronto? ¡Qué delicia!

Viola se sentó en la silla que tenía al lado.

—¿Qué vamos a leer hoy? —preguntó la anciana, con un intenso brillo en los ojos.

—He traído el Nuevo Testamento y los Salmos. ¿Le gustaría empezar por algo en concreto?

—¡Oh! ¡Qué delicia! ¿Qué te parece el evangelio según San Juan? Es uno de mis favoritos.

Tras rebuscar entre las páginas para encontrarlo, Viola empezó a leer: «En el principio existía el Verbo, y el Verbo estaba junto a Dios, y el Verbo era Dios. Él estaba en el principio junto a Dios. Por medio de él se hizo todo, y sin él no se hizo nada de cuanto se ha hecho...».

Siguió leyendo durante un rato hasta que un alguien llamó a la puerta con delicadeza.

—¡Está abierto! —dijo la señora Denby, mirando hacia la entrada. La puerta emitió un chirrido. —¡Ah, señor Butcher! Pase usted.

Viola se sobresaltó y se alegró de haberse dejado el velo puesto.

El caballero la miró y vaciló.

—Puedo volver en otro momento, si está ocupada.

—De ninguna manera. Es usted muy amable al venir a verme. ¿Conoce usted a mi nueva y joven amiga?

—No creo haber tenido el placer.

—Pues le presento a la señorita Summers. Viola, este es el señor Butcher. Esta joven ha venido a leerme. ¿No le parece increíblemente generoso?

—Efectivamente, lo es —respondió él, acompañándose de una reverencia—. Encantado de conocerla.

Viola permaneció sentada en silencio, anonadada. Aquel era el autor de la guía de Sidmouth, el hombre al que su familia quería impresionar para que escribiera una reseña favorable sobre Sea View. Necesitaba encontrar las palabras adecuadas, pero se sentía paralizada.

El clérigo era un hombre de avanzada edad, con una nariz larga y caída y los ojos hundidos. Aunque iba vestido con la indumentaria tradicional de un caballero, llevaba una gorra de tela que se parecía más a un gorro de dormir, con dobladillo y una borla en la parte superior.

En ese momento ladeó la cabeza y echó un vistazo al libro que Viola sujetaba entre sus manos.

—¿Y qué está leyendo, si se me permite preguntar?

La señora Denby la miró expectante. Al ver que no respondía, habló en su nombre:

—Hoy es el Evangelio según San Juan. La última vez fue... ¡Vaya! Se me ha olvidado —dijo mirando de nuevo a la joven.

Tras humedecerse los labios, Viola acertó a decir:

—*La Historia Natural de Selborne.*

Él sonrió con gesto alentador.

—Excelentes elecciones, ambas. Gilbert White, el autor de la *Historia Natural*, también era clérigo. Yo también he escrito alguna cosa, ¿sabe?

Viola se obligó a hablar.

—Yo... Sí. Mis hermanas y yo hemos leído su libro. Está muy bien.

Él asintió con la cabeza.

—Gracias. No sé si sabe que tengo una modesta biblioteca, señorita Summers. Está usted invitada a tomar prestados los libros que desee, en caso de que necesite más material para leer.

—Gracias.

El pastor la miró con mayor detenimiento a través del velo.

—No recuerdo haberla visto en la casa de encuentros.

—Esto... No.

—La familia Summers asiste a la iglesia parroquial —dijo la señora Denby.

—Por supuesto. Bueno, no quiero entretenerla más, visto que está en tan buenas manos. Que tengan un buen día, señoras. —Volvió a hacer una reverencia, se volvió y se marchó.

Una vez hubo cerrado la puerta tras de sí, la señora Denby dijo:

—El señor Butcher es pastor de la antigua capilla disidente, al final de calle High.

Viola asintió con la cabeza y luego preguntó:

—Usted también pertenece a la Iglesia anglicana, ¿verdad?

—Sí, aunque aquí en Devon tenemos una larga historia de iglesias disidentes: metodistas, baptistas, congregacionistas y demás.

Aunque no era tan instruida como Emily, Viola sabía que los disidentes, también llamados disconformes, no compartían las doctrinas de la Iglesia anglicana oficial.

—¿Le presiona el señor Butcher para que asista a su iglesia?

—Desde luego, me ha invitado, pero no me presiona.

—Si no desea que venga a visitarla, estoy segura...

La anciana la miró con mayor atención.

—¿Quién ha dicho que no quiero que venga a visitarme? Es un hombre bueno y amable.

Viola sintió una oleada de calor que le subía por el cuello.

—Le ruego que me disculpe. No era mi intención decir nada malo sobre él.

—Querida mía, si llegas a mi edad, aprenderás a sentirte agradecida con todo aquel que se tome el tiempo de visitarte.

Viola agachó la cabeza con la sensación de que estar recibiendo una regañina.

—¿Incluso cuando se trata de alguien tan mezquino como yo?

—Especialmente con alguien como tú.

Viola alzó la vista y la expresión afectuosa y burlona de la señora Denby alivió su incomodidad.

En ese momento la mirada de la mujer se detuvo en el velo.

—¿Sabes? Puedes quitarte eso cuando quieras. Si estás intentando ocultar tus granos, o lo que quiera que tengas, no puede ser peor que mis arrugas y mis manchas de la vejez.

—De acuerdo. —Lentamente Viola se retiró el velo del rostro, mucho menos nerviosa que cuando lo había hecho ante el mayor. Además, le resultaría más fácil leer sin él.

A la señora Denby se le iluminó la cara.

—Mucho mejor. Gracias, querida.

En ese momento adoptó una expresión meditabunda.

—Mi vecina, la señorita Reed, lleva velo. Solía ponérselo cuando salía, pero estos últimos días ya no sale nunca. Va al comedor a recoger su comida y se la lleva a su habitación en lugar de comer con los demás. Es verdad que yo tampoco me arriesgo a ir muy lejos estos días, pero lo haría si pudiera.

La mujer se quedó pensativa durante un rato más, y entonces sonrió y la expresión ensimismada desapareció.

—Y ahora, por favor, léeme algo más.

❦ ❦ ❦

Poco después, cuando Viola abandonó la habitación de la señora Denby, se sorprendió al ver que el señor Butcher seguía en el asilo para pobres, a punto de salir del cuarto de otro residente.

Dentro se oyó una estridente voz femenina.

—Ya puede borrarme de su lista, señor. ¡Impóngale sus buenas acciones a otro!

La puerta se cerró de golpe detrás de él.

Él se encogió y, aparentemente, al oír los pasos de Viola, miró hacia donde se encontraba con el rostro contraído por la vergüenza.

—¡Ah, señorita Summers! Volvemos a encontrarnos. Pasados unos instantes de incomodidad, añadió: —A propósito, no me estaba limitando a ser educado. Está usted invitada a tomar prestados todos los libros que desee, en especial si es para una buena causa como esta.

Viola consideró la propuesta.

—Ahora que lo dice, la señora Denby me ha pedido un libro que no tenemos. ¿Por casualidad no dispondrán de un ejemplar de *El progreso del peregrino*?

Al señor Butcher se le iluminó la cara.

—Pues la verdad es que sí. De hecho, se trata de una edición relativamente reciente. Lo escribió otro clérigo, John Bunyan. Estaré encantado de prestárselo. Se lo traeré a la señora Denby la próxima vez que venga y puede dejárselo a ella cuando haya acabado. No corre prisa.

—Excelente. Gracias. Es usted muy amable.

—Lo que está haciendo usted sí que es muy amable. —Miró el velo—. ¿Puedo hacerle una pregunta? ¿Fue la viruela?

—¿Qué? ¡Ah, no! Otra... afección.

—Ah. Era simple curiosidad. Mucha gente falleció por su culpa y otros quedaron marcados para siempre. —Desvió la mirada hacia la puerta del cuarto que acababa de abandonar—. La señorita Reed, por ejemplo. ¿Ha tenido ocasión de conocerla?

—No, pero he oído hablar de ella.

—No muy bien, imagino. La señorita Reed ha puesto a prueba la paciencia de muchos santos, y de algún que otro simple mortal como yo también.

—Dice mucho de usted que siga intentándolo.

Él hizo una mueca.

—Se hace muy difícil… tanto para ella misma como para las personas que desean ayudarla. Supongo que está en su derecho. Y tiene motivos para estar amargada, no se lo puedo negar. Contrajo la enfermedad cuando estaba en la flor de la vida y en su momento de mayor belleza. Como se suele decir, era una joven arrebatadora. Estaba prometida con un caballero de alta alcurnia y todo apuntaba a que tenía el futuro asegurado. Pero la enfermedad, que mató a sus padres y a su hermano, le dejó unas cicatrices tremendas. El lord rompió el compromiso y, debido a su estado, la gente no le culpó por ello ni le dieron la espalda, cosa que habrían hecho en otras circunstancias. Ella y su hermana se quedaron con algo de dinero y unos cuantos criados leales; pero, cuando el dinero se acabó y los viejos sirvientes murieron, se vieron obligadas a aceptar la caridad de la iglesia.

—¡Qué triste! —Viola respiró hondo, con la mirada puesta en la puerta cerrada, pensando en la mujer que había al otro lado—. ¿Y su hermana?

—Murió hace unos años. Fue ella la que me contó su historia durante una de mis visitas.

—Ya veo.

—Las cicatrices de la señorita Reed se fueron atenuando con los años —añadió el señor Butcher—; pero, para entonces, su juventud y su belleza también se habían desvanecido. En mi opinión, a la mayoría de las personas no les impresionarían especialmente las marcas que le han quedado. En este momento, lo que hace que la gente se aparte de ella es su amargo resentimiento contra el mundo y contra todos los que viven en él.

Aquellas palabras le provocaron la misma desazón que un par de medias de lana.

—Le agradezco que me lo haya contado.

Hablaron durante unos minutos más mientras Viola seguía dándole vueltas a la cabeza.

Estaba allí, con el hombre que, según Emily, tenía en sus manos el futuro de la casa de huéspedes. Su hermana le había preguntado al señor Wallis por la nueva edición de la guía y había mencionado Sea View, pero este le había contestado que el contenido dependía exclusivamente de la elección del autor.

Sabía que tenía que decir algo, pero no encontraba las palabras. Se despidió de él y se marchó, sin dejar en ningún momento de recriminarse a sí misma su comportamiento. Emily se pondría furiosa si se enteraba.

Y en ese momento, decidió que no se lo diría.

—¿Que tú qué? —exclamó Emily, con el ceño fruncido y mirada peligrosamente desafiante.

Al volver a la casa, Viola se topó con Sarah y con Emily, que estaban discutiendo sobre las posibilidades que tenían de aparecer en la guía. Con la boca torcida en señal de preocupación, Emily dijo que probablemente tendrían que hacer una importante donación a la iglesia del señor Butcher para asegurarse una mención. Viola salió en defensa del hombre sin darse cuenta de lo que aquello implicaba. Con aquella hermana en particular, era incapaz de guardar un secreto.

—He dicho que lo he conocido —repitió Viola—. En el asilo de los pobres. Y me ha parecido muy amable y humilde.

—Dime que le has hablado bien de nosotras.

—Yo... yo no tengo la facilidad de palabra y la espontaneidad que tienes tú. Ni tampoco se me da bien conseguir que los caballeros se plieguen a mis deseos. Ese es tu fuerte, no el mío.

Emily se llevó las manos a la cintura.

—¿O sea, que no has dicho nada? ¿Justo en un momento en el que hubiera estado dispuesto a escucharte?

—Le dije que todas habíamos leído su libro. Y que... estaba muy bien.

Emily levantó las manos al cielo.

—¿Eso es todo?

Sarah intentó calmar un poco los ánimos.

—Estoy segura de que Viola lo ha hecho con la mejor intención. No está acostumbrada a salir ni a estar en compañía de extraños.

Emily no se inmutó.

—¿Volverás a verlo?

—Es posible.

—Entonces te escribiré algo para que le digas la próxima vez que te lo encuentres. Puedes aprendértelo de memoria y así no tendrás la excusa de que no has sabido qué decir.

Viola levantó la barbilla.

—No es responsabilidad mía.

—Es responsabilidad de todas ganarnos el sustento, nos guste o no. —De pronto Emily chasqueó los dedos—. Me acabo de acordar de una cosa que quería deciros. Hace unos días escribí al señor Butcher invitándolo a visitar Sea View, a probar una de nuestras comidas o incluso a pasar una noche, para que así pudiera comprobar por sí mismo nuestra hospitalidad.

A Sarah se le arrugó el ceño por la preocupación.

—¿Y si se presenta sin avisar y se lo encuentra todo manga por hombro o al señor Elton roncando en la sala?

—Tenemos que intentarlo. Esperemos que funcione y que acepte.

—Eso me recuerda... —Viola les entregó unas cartas—. He recogido el correo, aprovechando que pasaba por allí.

Emily agarró ansiosa el pequeño montón y le echó un rápido vistazo.

—No, no, no. Nada.

—¿No hay respuesta del señor Butcher? —preguntó Sarah.

Viola se inclinó hacia su hermana mayor.

—Se refiere a que no hay nada de Charles.

Emily la miró con la nariz arrugada.

—Ninguna de ellas lleva un matasellos local, así que no parece que el señor Butcher haya respondido. —Entonces levantó la que estaba más arriba—. ¡Ah! Aquí hay una para Simon Hornbeam.

—¿De su hijo?

—Supongo que sí. Llevémosela directamente.

El señor Hornbeam llevaba una semana con ellas y todos los días esperaba la llegada de su hijo, o al menos una carta. Viola rezó por que al joven no le hubiera ocurrido ningún contratiempo que le impidiera reunirse con su padre tal y como habían planeado.

Sarah se quedó en el despacho, pero Viola siguió a Emily cuando se fue en busca del señor Hornbeam.

Lo encontraron en el porche, su lugar preferido de Sea View.

—¡Hay una carta para usted, señor Hornbeam! —anunció Emily en un tono alegre y cantarín.

—¡Oh, gracias!

Emily se la tendió, olvidándose de que no veía.

—¿Quiere que se la lea? —se ofreció Viola con más delicadeza.

—Sí, por favor.

Viola se sentó en la silla que tenía más cerca, abrió la carta y leyó en voz alta:

Estimado padre:

Le pido disculpas por no haberle escrito antes. Un grupo de amigos me ha invitado a visitar Brighton con ellos. Sé que habíamos planeado reunirnos en la costa, pero, según tengo entendido, Sidmouth es un pueblo marítimo muy tranquilo, frecuentado casi exclusivamente por gente mayor. Mis amigos me han asegurado que Brighton es mucho más moderna y divertida.

Hoy hemos ido a ver el palacio del príncipe regente. Deberías verlo alguna vez. ¡Oh! Perdona, a veces me olvido de que no puedes. De todos modos, no te pierdes gran cosa; no sé si es de tu estilo. Puedes reunirte con nosotros si lo deseas, aunque está endiabladamente lejos. Se habla de la posibilidad de viajar a Weymouth una vez que hayamos probado todas las oportunidades de esparcimiento que hay aquí, de manera que todavía es posible que vaya a Sidmouth.

Mientras tanto, te informo de que Brighton es más caro de lo que había previsto, así que, si fueras tan amable de adelantarme otras veinte, querido padre, te estaría muy agradecido.

Estoy seguro de que lo entenderás y que encontrarás una manera agradable de pasar el tiempo.

Con todo el cariño,
Giles

Viola observó a Emily por encima de su hombro y ambas intercambiaron miradas de pena. Pobre hombre. ¿Qué podían decir?

—Lo siento, señor Hornbeam —empezó Viola—. Intuyo lo decepcionante que debe de ser.

—Mmm. Me temo que no es la primera vez que Giles me decepciona. Esperaba que con el tiempo hubiera madurado. Por desgracia... —Sacudió lentamente la cabeza—. Pero los padres nunca perdemos la esperanza, nunca dejamos de rezar y de desear que se comporte de forma diferente. Pero bueno...

Una vez más, las hermanas intercambiaron miradas de lástima. ¿Cómo podían consolarlo?

Emily lo intentó.

—Al menos parece que todavía existe una posibilidad de que venga. Con el tiempo.

Como respuesta, el señor Hornbeam se las arregló para esbozar una sonrisa, pero no resultó muy convincente.

Al día siguiente todas ellas se pasaron la jornada yendo de acá para allá, atareadas con los preparativos del pícnic que se celebraría un día más tarde. Habían invitado a los huéspedes y todo el mundo había aceptado. Emily miraba fuera cada vez que pasaba delante de una ventana, esperando que el tiempo se mantuviera agradable.

El cocinero de Westmount había acudido para ayudar con los preparativos y Bibi se había quedado más tiempo para colaborar. A mediodía, la señora Besley ya estaba jadeando, resoplando y dando órdenes a todo el que se atreviera a cruzarse con ella. Emily estuvo tentada de esfumarse, pero, puesto que la idea había sido suya, decidió no evadirse de sus responsabilidades, incluso a pesar de que el libro que estaba leyendo en aquel momento no dejaba de llamarla como si fuera el canto de una sirena. De manera que resistió a la llamada e hizo todo lo que se le pedía, ya fuera picar, remover, envasar o doblar manteles y servilletas.

En un determinado momento, Sarah le pidió que fuera a comprobar si la bandeja del té de la tarde necesitaba ser rellenada y que bajara algunos de los utensilios de servir del comedor. Subió al piso de arriba para hacer lo que se le pedía.

En la sala vio al señor Gwilt, con una taza de té en la mano, un plato con un trozo de bizcocho de semillas hecho migajas y el loro en su jaula cerca.

La curiosidad pudo más que ella. Se unió a él y le preguntó:

—¿De dónde sacó a su loro, señor Gwilt?

—¡Oh! Bueno. Supongo que espera que me invente alguna fabulación como que fue navegando por África o por Sudamérica con un gran explorador. Como sabe, de allí es de donde provienen la mayoría de los loros.

—¿Y no fue así?

—No, querida. La verdad es que lo compré en una tienda de curiosidades. Lo habían encontrado en la casa de un viejo marinero después de que el hombre muriera. La pobre criatura estaba muerta de miedo y de hambre. En la tienda le daban de comer, pero se burlaban de él y lo atormentaban; eran más malos que el demonio. No pude soportar ver cómo trataban a una criatura tan majestuosa. Así que lo compré, a pesar de que era una locura y muy poco práctico, pero fue el destino. Él me necesitaba y yo lo necesitaba a él, aunque en aquel momento todavía no lo sabía.

En ese momento miró al pájaro con cariño.

—Me llevó mucho tiempo ganarme su confianza, después de todo lo que había tenido que soportar. Pero al final aprendió a fiarse de mí. Dicen que los loros viven mucho tiempo, y esperaba...

El señor Gwilt meneó la cabeza.

—Ya tenía muchos años cuando llegó a mi vida. Aun así, nunca me arrepentiré de habérmelo llevado a casa.

—¿El nombre se lo puso usted?

El señor Gwilt asintió con la cabeza.

—¿Sabía hablar?

—¡Oh, sí! Decía: «quiero más». Y varios términos algo audaces propios de los marineros que no voy a repetir.

Él le guiñó un ojo y ella respondió con una sonrisa. Aquel hombre le caía bien.

En aquel momento entró Sarah.

—¡Ah! ¡Estás aquí, Emily! ¿Has encontrado esas cucharas de servir que te he pedido?

—Todavía no. He estado charlando unos minutos con nuestro huésped recién llegado.

Su eficiente hermana empezó a recoger los platos y las tazas que habían dejado los demás huéspedes.

—Buenas tardes, señor Gwilt. ¿Tiene todo lo que necesita?

Él la miró con expresión radiante.

—La verdad es que sí. El bizcocho de semillas es excelente.

Sarah observó las rebanadas de aspecto reseco y cargadas de semillas de alcaravea, pero se limitó a decir:

—Me complace oírlo. Le haré saber a la señora Besley que le ha gustado.

Por lo que Emily sabía, su hermana todavía no había intentado preparar ningún bizcocho.

Sarah estiró el brazo para recoger su plato, pero él levantó una mano.

—Si no le importa, me voy a llevar las semillas arriba para dárselas a *Parry*. Le gustan mucho, ¿sabe?

—¡Oh! —Sarah vaciló, claramente desconcertada, y ella y Emily se intercambiaron una mirada—. Claro. Por supuesto.

Desdobló una servilleta, volcó sobre la tela las migajas restantes y las semillas y la dobló de nuevo.

—¿Qué más comía? —preguntó Emily.

—Principalmente verduras, fruta, frutos secos e insectos.

Emily espero que el hombre no tomara la costumbre de almacenar comida perecedera en su habitación. Aquello podría acabar atrayendo también insectos.

Sarah se mordió el labio y luego dijo:

—Señor Gwilt, ¿puedo pedirle que no traiga a su loro a cenar? Algunos de los otros huéspedes podrían encontrar que... distrae su atención.

—Está bien, señorita Sarah —dijo tocándose la nariz—. Lo entiendo y procuraré explicárselo.

Sarah parpadeó confundida.

—¿Explicárselo a quién? ¿A *Parry* o a los huéspedes?

Él soltó una carcajada.

—¡Como si *Parry* entendiera ese tipo de sutilezas sociales, habiendo sido educado por marineros!

—¿Y no podría simplemente dejarlo en su habitación?

—Si es realmente necesario, lo haré.

Parecía cariacontecido hasta que Sarah añadió:

—Espero que entienda que la cena es una ocasión bastante formal, pero el pícnic de mañana será al aire libre y mucho más informal, de manera que, si lo desea, podrá traer a *Parry*.

El rostro se le iluminó.

—Gracias. Los dos lo estaremos esperando con impaciencia.

Capítulo 16

«Se haría de un modo tranquilo, sin pretensiones, elegante, infinitamente superior al trajín y los preparativos, el mucho comer y beber y el despliegue de pícnic de los Elton».

JANE AUSTEN,
Emma

A la hora fijada, partieron juntos para el pícnic desde Sea View. Habían contratado a Puggy, su carro y su burro para ayudarles a transportar las canastas con comida, víveres y una única silla.

Su madre había accedido a acompañarlos, pues no deseaba que nadie tuviera que quedarse en casa con ella. Aunque habían alquilado una silla de manos para llevarla a los baños, hasta ese momento se había negado a comprar una para inválidos para usar por la casa y los alrededores. No quería asumir que fuera a convertirse en una discapacitada permanente y todavía albergaba la esperanza de recuperar las fuerzas. Viajó en el carro junto a Peggy con un parasol ondeando al viento sobre la cabeza mientras los demás iban a pie.

El señor Henshall, que acarreaba la funda con su guitarra, acompañaba a Effie y a Georgiana.

Emily caminaba junto al señor Stanley y Viola llevaba del brazo al señor Hornbeam.

El señor Gwilt iba detrás, jaula en mano, mientras los Elton miraban con recelo, tanto a él como al pájaro, y se mantenían a una distancia prudencial de ambos y evitando la compañía de los demás.

Y a la cola de la comitiva se encontraba Sarah, que caminaba junto a los que iban con ellos para colaborar, Jessie y Lowen.

Por deferencia a su edad, Sarah había insistido en que la señora Besley descansara después de todo el trabajo. No le parecía necesario que tuviera que pasarse el día correteando por la colina para servirles.

También había dispuesto que Bibi se quedara en la casa con *Chips*, al que habían apaciguado con un hueso fresco. Lo último que querían era que el vivaracho animal se dedicara a dar vueltas enloquecido robándoles el jamón.

El viejo carro cruzó pesadamente el prado, pasó por un sendero lleno de barro y recorrió un tramo de Peak Hill, subiendo gradualmente los niveles inferiores. Una vez arriba, en una suave elevación, les esperaba una arboleda que debía servir para darles cobijo.

El señor Gwilt aminoró la marcha para caminar junto a Sarah. Con una mirada elocuente a *Parry*, bajó la voz y dijo:

—Confío en que no haya pichón para comer. Ni pato.

—No... respondió Sarah que se encontró a sí misma bajando también la voz—. Pero hay pollo.

—¡Oh, Dios mío! No soporto la idea de mordisquear un muslo de pollo. —En ese momento hizo un gesto señalando la jaula—. Demasiado cercano, no sé si me entiende.

—Bueno, hay muchas otras opciones donde elegir.

—¿Faisán? ¿Ganso?

Sarah, que finalmente había entendido dónde residía el problema, negó con la cabeza.

—No. Ni tampoco pavo, no se preocupe.

El señor Gwilt hizo una mueca.

—¡Qué lástima! ¡Con lo que me gusta el pavo! Está delicioso.

Cuando llegaron a la ubicación, los hombres ayudaron a Lowen, Puggy y a Jessie a extender unas mantas y a trasladar las canastas.

La propia Sarah dispuso la silla en un terreno llano cerca de las mantas y luego ella y el señor Henshall ayudaron a su madre a ir desde el carro a su asiento.

Muy pronto los cuencos y tarros estaban colocados en mitad de las mantas y empezaron a repartir los platos y los cubiertos. Sarah había pagado un dinero extra a Puggy para que se quedara a ayudar, así que dejaron las botellas con las bebidas y las jarras en el carro. Desde allí, Puggy las servía mientras Jessie y Lowen distribuían los vasos.

En cuestión de minutos todos estaban sentados con los platos a rebosar y los vasos llenos de bebidas frías. En total eran doce personas, a los que había que sumar a los sirvientes y al conductor. Siete huéspedes y las cinco mujeres de la familia Summers.

La señora Elton estaba sentada de manera remilgada, con los tobillos cruzados a un lado, mientras que la madre permaneció en la silla. Los hombres despatarrados o con las piernas cruzadas y mujeres cubriéndolas con sus vestidos, que de vez en cuando se ponían de rodillas para alcanzar un plato o pasarle algo a alguien, completaban la estampa.

Lowen y Jessie pululaban a su alrededor rellenando los vasos hasta que Sarah insistió en que se sentaran y comieran algo también. Jessie vaciló, pero Lowen no estaba dispuesto a desaprovechar la oportunidad. Primero extendió una mantita para Jessie cerca del carro y después él y Puggy se acomodaron sobre la compuerta trasera, con sendos muslos de pollo y sus correspondientes vasos de sidra.

Sarah miró al complacido grupo y la invadió un sentimiento de satisfacción. ¿Qué era lo que tenía el comer al aire libre? No podían disfrutar de un clima más agradable, con un apacible sol, los gráciles árboles proporcionándoles zonas de sombra y una suave brisa que refrescaba el ambiente y mantenía alejados a los insectos. Sentía una apacible sensación de plenitud en el corazón y en el estómago.

Se inclinó hacia Emily y dijo:

—Tenías razón. Ha sido una idea estupenda.

Cuando todo el mundo hubo terminado sus respectivas raciones y habían vuelto a servirse, Lowen y Jessie lo retiraron todo excepto los postres. El señor y la señora Elton se disculparon diciendo que volverían solos y Georgiana y Effie se fueron a recoger flores silvestres para hacer unas coronas.

Sarah, Viola y Emily aprovecharon los huecos libres que habían quedado sobre las mantas para apiñarse alrededor de su madre, hablándole en un tono agradable, pero evitando levantar la voz. El señor Hornbeam y el señor Stanley, por su parte, se recostaron para descansar después de la comida y echar una cabezadita, y el señor Gwilt incluso se tumbó para cerrar los ojos. *Parry*, en cambio, los mantuvo abiertos.

Callum Henshall se sentó solo en el extremo opuesto de las mantas, aparentemente abstraído en sus pensamientos, acariciando las cuerdas de la guitarra. Tocaba una melodía triste y cadenciosa y tenía puesta la mirada en el horizonte, sobre un par de golondrinas de color gris plateado que se alejaban volando.

Dirigió la mirada hacia Sarah y la sorprendió mirándolo. El cuello se le puso rojo, pero ella levantó la mano y lo saludó con gesto amigable. Cuando acabó la pieza, se levantó y se acercó a él.

—¿Qué era lo que estaba tocando? Era precioso.

—Una composición de Niel Gow, un famoso violinista escocés.

—Sonaba triste.

Él asintió con la cabeza.

—Se trata de un lamento por la pérdida de su amada esposa.

A Sarah se le hizo un nudo en el estómago.

—¡Oh!

Él la miró y, tras unos instantes, añadió:

—Su segunda esposa.

Cuando ella se hubo acomodado, continuó:

—Su primera esposa le dio cinco hijos, pero después de su muerte conoció al auténtico amor de su vida. Según se dice, su segundo matrimonio no solo fue más duradero sino también más feliz. Compuso este lamento después de su muerte. Gow lo escribió para violín, así que sin duda no le hago justicia tocándolo con la guitarra.

Ella lo miró sin pestañear.

—A mí me ha parecido muy hermoso.

Se miraron y a Sarah le dio la sensación de que las pupilas de sus ojos verdes se agrandaban. Se preguntó qué vería él en los suyos.

Él bajó la cabeza y se aclaró la garganta. Cuando volvió a mirarla esbozaba una sonrisa.

—¿Toca usted algún instrumento, señorita Summers?

—No. Bueno, solo el pianoforte... un poco. Todas aprendimos, pero Viola es la única que tiene talento.

—¿Es a ella a la que oigo tocar de vez en cuando tras la puerta cerrada de la sala?

—Sí. Es muy tímida.

—¿No es consciente de su habilidad?

Se encogió de hombros.

—Es solo que no le gusta que la miren.

—¡Ah!

Sarah volvió la vista hacia donde se encontraba Viola, sentada al lado de su madre, con el velo ondeando con la brisa. Cerca de ellas, Emily arrancaba hojas de hierba y las dejaba caer sobre la cabeza del señor Stanley, probablemente con la esperanza de que se despertara pronto y hablara con ella.

—Viola fue la única de nosotras dispuesta a practicar durante horas. Yo estaba demasiado ocupada y Emily prefería alternar con la gente... —Estuvo a punto de mencionar a su hermana mayor, pero se mordió la lengua.

—¿Y Georgiana? —preguntó él.

—¡Oh! Georgiana no es precisamente el tipo de persona a la que le guste tocar un instrumento. Ella es más de juguetear por ahí. De todas nosotras es la que menos paciencia tiene para permanecer sentada.

Como si hubiera querido ilustrar la aseveración de su hermana, Georgie apareció corriendo por el prado con un montón de flores que iba perdiendo por el camino.

Sarah esbozó una sonrisa indulgente.

—Mamá le recuerda continuamente que se supone que las jóvenes hechas y derechas deben tocar un instrumento, dibujar y cantar, pero Georgie prefiere jugar al cricket, correr y explorar.

Su madre no solo no protestó, sino que no pareció darse cuenta de nada. Estaba sentada en la silla, abanicándose, con expresión somnolienta.

—¿Y qué me dice de Effie? —preguntó Sarah—. ¿Le gusta la música?

En ese momento miró a lo lejos y la vio dejándose caer de golpe junto a Georgie con las piernas cruzadas y empezar a hacer una cadena de flores.

Él también observó a su hija.

—Sí. Toca bastante bien la guitarra y la mandolina, aunque prefiere bailar.

—Como Emily.

—Me gustaría que fuera a la escuela, pero ella no quiere. Cuando hablamos del tema, cita siempre ese libro de «la dama distinguida». ¿Cómo se llama?

—¿*El espejo de las gracias*?

—Exacto. —Entonces se dirigió a la joven—: Effie, ¿cómo es el fragmento al que aludes cada vez que sugiero que vayas a la escuela?

La chica levantó la vista de la cadena y recitó: «No poseía más educación que la que residía en su maestría con la guitarra y el baile; pero en esas artes era admirable».

Sarah se rio entre dientes con gesto de complicidad y Effie y Georgiana retomaron el juego, con las cabezas muy juntas y entre susurros y risitas.

Sarah volvió a poner su atención en el señor Henshall.

—Bueno, si a una dama distinguida le parece bien que se toque la guitarra, ¿quién soy yo para contradecirla?

—¿Le gustaría intentarlo? —propuso él, levantando el instrumento unos centímetros hacia a ella.

—¿Yo? Pero... —Miró la guitarra, con aquella madera reluciente y las cuerdas tensas sobre la boca.

Al ver que dudaba, él se inclinó hacia delante.

—Aquí. —Giró el torso hacia ella y deslizó el instrumento en su regazo.

—Ni siquiera sé cómo se coloca.

—Yo le enseño.

Se puso de rodillas y se desplazó ligeramente para situarse detrás de ella, pasando el brazo alrededor de su codo y levantándoselo hasta las cuerdas. Luego le rodeó el otro lado con el brazo izquierdo, le tomó la mano y se la llevó hasta el mástil.

A Sarah le latía el corazón a toda velocidad. El tenerlo tan cerca le resultaba sorprendentemente íntimo y extrañamente emocionante.

—El índice va aquí, el corazón, aquí. El pulgar. Muy bien. Y ahora, con esta mano, pulse cada una de las cuerdas e intente olvidar que están hechas de tripa de animal.

Ella murmuró:

—¿Y ahora qué?

—Intentémoslo con algo bastante sencillo —sugirió él—. ¿Conoce la antigua balada *Robin Adair*?

—Sí.

—Bien, Entonces presione aquí, luego aquí y aquí, para tocar los acordes. Y puntee la melodía con la derecha.

El soplo susurrado de su respiración le acarició la mejilla y la oreja, y el calor de su pecho le calentó la espalda.

—No me veo capacitada para recordarlo todo.

—De acuerdo, entonces yo pondré los acordes y usted rasgue las cuerdas.

Colocó su mano sobre la de ella y le dirigió los dedos. De repente, empezó a costarle respirar.

El señor Stanley se despertó y se apoyó sobre los codos, con la hierba cayéndole de la cabeza. Miró hacia donde se encontraban y bromeó:

—¡Vaya! Si yo fuera capaz de dar clases de música así, me dedicaría profesionalmente a ello.

El extraño dueto tocó unos cuantos compases más hasta que Effie se llevó las manos a los oídos.

—¡No, no, no! —protestó, levantándose y acercándose a ellos—. Traiga. Déjeme a mí.

—Por supuesto —respondió Sarah, cediéndole rápidamente el instrumento—. Tu padre solo intentaba mostrarme cómo se toca. Enséñanos tú cómo se hace.

Mientras Effie se sentaba y se ponía a ello, Sarah miró a su alrededor y descubrió a Emily sonriéndole y se dio cuenta de que su madre, de repente, estaba muy despierta y, además, mostraba mucho interés.

Aquella noche Sarah bajó al sótano, al cuarto de trabajo, donde últimamente solía preparar galletas, pastas y tartaletas de manera regular. Una vez allí, hojeó su libro preferido, *El arte de la cocina, fácil y asequible,* esperando encontrar una receta sencilla de bizcocho para probar. Cuando llegó a una encabezada por la frase «Cómo hacer un bizcocho de libra» se detuvo y, tras reunir los ingredientes, empezó a seguir las instrucciones.

Pasado un rato, oyó pasos en la cocina contigua, que estaba oscuras. ¿Sería la cocinera que había ido a inspeccionar?

Sarah dijo en voz alta:

—Soy yo, señora Besley.

A través del umbral vio que habían encendido la luz. Levantó la vista y vio a Callum Henshall, vestido con pantalones, una camisa y un chaleco y con un quinqué en la mano.

El corazón le dio un vuelco.

—¿Qué está haciendo aquí abajo?

—He venido a ver si quedaba un poco más de esto —dijo, levantando un trozo de pastel de pescado frío.

—¿De veras tiene hambre todavía? ¿Después del festín de hoy?

—Sí —respondió, haciendo una mueca con la boca—. Se trata de un talento poco común. —Entonces se quedó mirando el libro de cocina, los cuencos y las ollas que tenía a su alrededor—. ¿Y usted? ¿Qué está haciendo? No me creo que necesite preparar más comida. Ha sobrado mucha del pícnic.

—Lo sé, pero quería probar a hacer un bizcocho.

—¿Le importa que le haga compañía?

Sarah vaciló. ¿Le importaba? No, en realidad no.

—En absoluto. Esa tetera todavía está caliente, por si quiere un poco de té.

Él posó el quinqué sobre la mesa, se preparó una taza y se sentó en un taburete.

—¿Qué tipo de bizcocho tiene pensado hacer?

—Un bizcocho de libra. La receta parece relativamente sencilla comparada con las otras. —Aunque no por ello menos fatigosa, como había podido comprobar. Después de batir la mantequilla hasta conseguir la consistencia de una «delicada crema espesa», había tenido que montar doce yemas de huevo y seis claras y los brazos le temblaban por el esfuerzo.

Miró al señor Henshall que estaba sentado al otro lado de la mesa. Tenía un pie apoyado en el travesaño del taburete, sujetando con una mano una taza que reposaba sobre la rodilla levantada, mientras que con la otra se metía en la boca el trozo de pastel de pescado que le quedaba con un gesto de satisfacción.

Sarah apartó la vista de sus labios fruncidos mientras masticaba y volvió a mirar la página impresa.

Siguiendo las indicaciones, añadió una libra de harina, una libra de azúcar rallada y unas semillas de alcaravea.

Tras dejar a un lado la taza y sacudirse las migas de las manos, el señor Henshall se levantó, rodeó la mesa y, situándose de pie junto a ella, le echó un vistazo a la receta.

—¿Qué va ahora? —preguntó.

Sarah en seguida fue consciente de su cercanía y del calor que despedía.

—Mmm... —No tenía ni idea. Hizo lo posible por recomponerse y leyó la línea siguiente.

—Amasar bien durante una hora con la mano o con una cuchara grande de madera.

Levantó la vista a tiempo para ver cómo él arqueaba las cejas.

—¿Una hora? ¡Vaya!

Ella asintió con la cabeza.

—Exactamente.

—No me extraña que los cocineros tengan los brazos como los lanzadores de troncos. —En ese momento la miró rápidamente de reojo—. Excluyéndola a usted, por supuesto. Los suyos, señorita Sarah, son delgados y femeninos. Lo que he podido ver de ellos...

Sarah se ruborizó. Él volvió a mirarla. Si se daba cuenta, podía echarle la culpa al calor del horno. Por suerte, no hizo ningún comentario.

Él se lavó las manos en una pila cercana y se secó con una toalla.

—¿Qué le parece si pruebo yo? Y usted me supervisa para asegurarse de que lo hago correctamente.

—¿En serio? Gracias.

Se remangó dejando al descubierto unos antebrazos masculinos salpicados de vello rubio. Reprimiendo el deseo de tocarlos, le entregó una cuchara de madera.

Él comenzó a darle vueltas. Cuanto más batía la masa, más resaltaban sus fibrosos antebrazos.

Obligándose a sí misma a fijar la atención en otra cosa, Sarah se entretuvo un rato en recoger los ingredientes y retirar la harina que había derramado. Luego untó un molde con mantequilla y añadió más leña al fuego antes de volver a revisar sus progresos.

—Es usted mucho más fuerte y rápido que yo. No creo que vayamos a necesitar una hora, ni mucho menos. Ya tiene muy buen aspecto.

Él le sujetó el cuenco y ella volcó la mezcla en el molde y alisó la superficie. Luego lo llevó al horno.

A continuación, volvió a la mesa para acabar de limpiar.

Él se quedó mirándole la mejilla.

—¿Me permite? Tiene algo justo... ahí —dijo, señalando vagamente un lugar impreciso de su rostro.

Ella se quedó inmóvil, recelosa e impaciente a partes iguales. Él le levantó delicadamente la barbilla con una mano mientras le retiraba algo de la piel con la otra.

—Era solo una pizca minúscula de masa. —Le mostró el viscoso pegote de su dedo índice y luego se lo llevó a la boca. No lo lamió, sino que más bien lo presionó con los labios como si le diera un beso.

Sintiendo que tenía la garganta seca, Sarah tragó saliva.

—¿Y bien?

Él asintió con la cabeza con expresión pensativa y volvió a concentrarse en su mejilla antes de bajar la vista hasta su boca.

—En mi opinión, le falta un poco de azúcar.

Y Sarah ya no estuvo segura de si seguían refiriéndose al bizcocho.

A la mañana siguiente, Viola llevó a sus vecinos de Westmount un plato con galletas y pastas hechas por Sarah para deshacerse de parte de sus nuevos intentos culinarios que había sobrado después del pícnic.

Llamó a la puerta de la cocina con la intención de dejar el plato tapado y marcharse, pero en vez de salir a recibirla el señor Chown, fue el propio señor Hutton padre, perfectamente vestido pero sin corbata, con el pelo algo revuelto de haber estado durmiendo.

—¡Ah, señorita Viola! Pase, pase. Estaba poniéndome un café.

—Se ha levantado usted temprano —dijo ella.

—No consigo dormir después de que amanezca. Últimamente no duermo mucho. No envejezca, señorita Summers.

Viola esbozó una sonrisa.

—Si usted no lo hace, yo tampoco lo haré.

Él le devolvió la sonrisa y levantó la taza.

—Chown ni siquiera ha terminado todavía de preparar el desayuno, pero lo primero que hay que hacer es tomarse un café.

—Tiene usted toda la razón.

—Jack y Armaan se han ido a nadar, y Colin... bueno, la mayoría de los días tenemos suerte si lo vemos antes de las doce.

—¿A nadar? ¿Otra vez? —Volvió a sonrojarse al recordar la imagen del mayor y de Armaan metidos en el agua.

—Sí. Van casi todos los días. Jack está decidido a recuperar las fuerzas.

—Impresionante. Bueno —dijo, levantando el plato—. Les dejaré esto, entonces.

—Por favor, venga a desayunar conmigo. Y tráigaselo.

—De acuerdo.

El señor Hutton le sirvió una taza de café y Viola lo siguió hasta la sala donde Chown, que estaba colocando unas fuentes con panecillos y jamón cocido, les dijo que volvería en cuanto pudiera con unos huevos cocidos.

Se sentó en el asiento que el señor Hutton le acercó y, después de unos segundos de vacilación, se desató la capota, se la quitó y la dejo en la silla vacía que tenía al lado. No era posible tomarse un café con el velo puesto.

Él también tomó asiento, levantó la vista para mirarla y se quedó quieto.

Viola inspiró hondo de forma entrecortada y se dijo a sí misma que no le importaba. Si el patriarca se iba a llevar una decepción por el hecho de encontrarla repulsiva, era mejor saberlo antes de que se encariñara con la familia. De que se encariñara más, en realidad.

¿Le habría hablado el mayor a su padre de su defecto? ¿Le habría descrito la cicatriz y a qué se debía? ¿O el señor Hutton se habría quedado estupefacto? Levantó la barbilla, obligándose a sí misma a no apartar la mirada.

Él bajó la vista hasta las comisuras. No parecía impresionado, sino simplemente triste.

—Bueno, querida. Me alegro de poder verle bien la cara, por fin.

—¿Se lo ha contado al mayor?

—Sí. Le preocupaba que pudiera hacer algún comentario inoportuno. Y he de confesar que, en el pasado, hubiera podido hacerlo. Pero estos últimos años, con tantos jóvenes volviendo a casa lastimados y lesionados, y ahora mi propio hijo tan cruelmente mutilado... —Sacudió la cabeza—. No. He aprendido que me equivocaba a darle tanta importancia a las cosas superficiales. A la perfección de una mujer. A la habilidad de un hombre para montar a caballo o cazar...

El señor Hutton se levantó, cruzó la habitación hasta el aparador y abrió un cajón. Sacó un pequeño marco ovalado, lo llevó hasta la mesa y lo dejó delante de ella. Mostraba un retrato en miniatura de un apuesto soldado de uniforme, con una expresión orgullosa y refinada sobre unos anchos hombros.

Era Jack Hutton. Antes de que la pólvora y el fuego lo hubieran cambiado. Desfigurado. Le hubiera arrebatado parte de su altivez. Se le veía muy joven. Muy seguro de sí mismo.

—No quiere que la exponga, pero he pensado que podría gustarle verla. El señor Hutton bajó la vista y se quedó mirando el retrato.

—Se creía invencible. Inmortal. Los hombres jóvenes suelen hacerlo. Por aquel entonces era solo un teniente, decidido a ascender de rango y conquistar el mundo.

Viola observó su rostro. La postura. La apariencia. Era innegable que había sido un hombre atractivo, fascinante, a pesar de su nariz larga y de tener el labio superior algo delgado. Aun así, mostraba cierta altivez que no le gustó. Tal vez había desaparecido debido a las circunstancias que lo dejaron lleno de cicatrices. Pensó que no quería ver esa soberbia, ni por toda la belleza del mundo.

El señor Hutton devolvió el retrato al cajón y se sentó de nuevo con un suspiro.

—Ahora lo único que quiero es que mi hijo se recupere, por dentro y por fuera, y que vuelva a aferrarse a la vida.

—Yo también —afirmó ella, pasándole el plato—. Mientras tanto, pruebe una de estas.

Él tomó una galleta y le dio un bocado. Luego abrió mucho los ojos y rápidamente le dio otro.

—¿Y dice que las ha hecho su hermana? Están deliciosas. ¡Qué lástima ser tan mayor! Con mucho gusto me casaría con ella.

Viola se rio y tomó una galleta de jengibre. Estaba realmente exquisita.

Los dos estaban sentados en amor y compañía, charlando y riendo, cuando entró el mayor, con el pelo todavía húmedo, una toalla en la mano y el ceño algo fruncido. Llevaba puesta una bata sobre los pantalones; una amplia «uve» dejaba ver su cuello y parte del pecho.

Al descubrirlos allí, se detuvo en seco.

—Me estaba preguntando qué sería toda esta algarabía. ¿Qué estáis tramando? Míralos, como uña y carne. Sin duda, planeando mi desaparición. ¡Voy a tener que guardarme bien las espaldas!

A pesar de sus palabras, Viola se percató del humor y el cariño de su comentario, y aquello le llenó el corazón felicidad.

—Tienes toda la razón —dijo su padre—. Y ahora ve a vestirte, hijo. Vas a avergonzar a Viola.

—En absoluto —murmuró ella, a pesar de que se había ruborizado una vez más.

Se preguntó qué dirían si supieran que, en realidad, lo había visto con mucha menos ropa.

Inspirada por haber oído tocar al señor Henshall, aquella mañana Sarah se sentó al pianoforte. Dejó su lista de tareas junto a ella en el banco, seleccionó una pieza de música y empezó a pulsar las teclas con indecisión.

Al principió tuvo la sensación de que le pesaban los dedos, que se movían muy lentamente, pero pronto recuperó la familiaridad y, con ella, el placer. Tendría que practicar más a menudo.

Antes de lo que le hubiera gustado se impuso la lista de tareas por hacer. Se levantó y se dispuso a abandonar la habitación.

Al salir encontró al señor Henshall, sombrero en mano, apoyado contra el marco de la puerta del salón. Cuando la vio aparecer, se irguió sorprendido.

—Señorita Summers. Creía que era la señorita Viola la que tocaba. Me dijo que no era usted muy diestra, pero eso sonaba bastante bien.

—Gracias. Oírle tocar ha despertado mis ganas de volver a practicar.

—Me alegro.

Él sonrió y ella le devolvió una sonrisita tonta que se prolongó durante varios tictacs del reloj del pasillo. Con mucho esfuerzo se obligó a volver al presente.

—Bueno. Que tenga un buen día. —Entonces echó un vistazo al sombrero—. ¿Va a salir?

Él asintió con la cabeza.

—Effie y yo hemos alquilado un carruaje y vamos a pasar el día a Branscombe.

—¡Excelente! No he estado nunca, pero he oído decir que es una aldea muy agradable.

Él le sostuvo la mirada.

—Estaría encantado de que se uniera a nosotros, si lo desea.

—Por desgracia, tengo varias tareas que atender.

—¿Puedo ayudarle con alguna?

Sarah parpadeó, sorprendida por la pregunta y sintiéndose extrañamente tentada a decir que sí.

Effie bajó trotando las escaleras, vestida para salir.

Miró alternativamente a los dos adultos con el ceño fruncido.

Sarah respondió:

—No es necesario. Gracias.

Él hizo un gesto con la cabeza.

—Entonces no la entretengo más.

«Pero ¿y si le dijera que sí?», se le ocurrió inesperadamente.

Sorprendida por aquel pensamiento, se dio media vuelta y se marchó, sintiendo la mirada de él hasta que llegó al despacho.

Aquella misma mañana, algo más tarde, Sarah estaba sentada al escritorio, doblando una factura, mientras Emily subía a lo más alto de la escalera de la biblioteca, buscando un nuevo libro para leer.

La señora Elton apareció en el umbral.

—Señorita Summers, es usted muy amable y complaciente. Me estaba preguntando...

Sarah se puso rígida y se preparó para alguna otra petición especial.

—Detesto quejarme —prosiguió la señora Elton—. De hecho, no le he dicho nada antes porque lo último que deseamos es provocar desunión entre sus huéspedes, pero...

Sarah reprimió un gruñido.

—¿Sí, señora Elton?

—El señor E y yo vinimos en busca de paz y tranquilidad, pero últimamente se ha estado tocando música con alarmante regularidad. El pianoforte es una cosa, pero ahora el... ¿qué es? ¿Un laúd? —preguntó, arrugando la nariz con gesto de desagrado.

—Una guitarra.

—Bueno, lo que sea. El caso es que está afectando los delicados nervios del señor E.

—¿De veras? —Fingió cierta preocupación—. Pues yo la encuentro bastante relajante. Y muy agradable. El señor Henshall es un excelente músico, así como un considerado caballero. Toca bajito y no lo hace extremadamente tarde.

—¿Un caballero? Tenía entendido que era escocés. —La mujer se rio entre dientes como si hubiera hecho un chiste divertido, pero Sarah no compartió su regocijo.

—Podría pedirle que no tocara durante las horas de descanso establecidas, pero no creo recordar que lo haya hecho nunca después de las diez.

—¡Cielos! Nosotros la mayoría de las noches nos retiramos a dormir a las ocho. El señor E necesita dormir mucho.

—Entiendo. Aunque estoy segura de que es usted consciente de que, en muchas casas, ni siquiera sirven la cena hasta las siete o las ocho.

La señora Elton le lanzó una mirada que evidenciaba que estaba reprimiéndose.

—No estamos en Londres, señorita Summers. Estamos en Sidmouth y pagamos generosamente por el privilegio.

—Estoy segura de que es posible llegar a un acuerdo —concedió Sarah sin alterarse—, pero no puedo pedirle a toda la casa que se quede en silencio a una hora tan temprana de la noche.

La mujer puso un gesto de disgusto.

—Me resulta muy decepcionante teniendo en cuenta lo complaciente que ha sido hasta ahora. Tal vez, después de todo, no le trasmitiré mis encendidas alabanzas a *lady* Kennaway. Sé que a esa buena mujer también le gusta acostarse pronto.

Desde lo alto de la librería, Emily le ofreció con fingida dulzura:

—¿Quiere que le demos unos tapones de algodón para taparse los oídos, señora Elton? He oído que *lady* Kennaway tiene fe ciega en ellos.

—Emily... —la regañó Sarah en voz baja, aunque hubiese aplaudido la respuesta de su hermana. Luego miró a la señora Elton y dijo—: Tal vez podríamos adelantar la hora de descanso a las nueve y mantenerla un poco más de tiempo por la mañana.

—Excelente, gracias.

Con un brillo triunfante en los ojos, la señora Elton se despidió agitando los dedos y se marchó.

Cuando estuvo segura de que ya no podía oírlas, Sarah se volvió hacia su hermana y dijo quedamente:

—Ten cuidado. No podemos permitirnos ofender a los Elton. Están muy bien relacionados.

Emily refunfuñó y bajó la escalera.

—Me cuesta creer que esa mujer pueda tener amigos. O será que los ve muy poco. Puede que al principio pareciera encantadora, pero el encanto se le ha ido enseguida, como la capa dorada de una pulsera barata.

Emily se acercó al escritorio y entornó los ojos.

—¿De dónde eran? Sé que está escrito en el registro, pero no me acuerdo.

—De Surrey, creo. Se me ha olvidado de qué localidad exactamente.

Emily miró a su hermana fijamente a los ojos.

—¿Sabes que cuanto más cedas, más te va a exigir?

Sarah soltó un largo suspiro, que había reprimido durante largo rato.

—Sí. Aunque espero que al final nuestros esfuerzos sirvan de algo.

Emily refunfuñó de nuevo y empezó a hojear al registro.

Capítulo 17

«A pesar de haber estado, en más de una ocasión, en una máquina de baño, hasta ahora jamás había descubierto un carro tan maravilloso como este. Es extremadamente práctico, lo juro».

The Merry Guide to Margate,
Ramsgate y Broadstairs

Aquel mismo día Sarah estaba de pie en el pasillo, aguantando con los brazos temblorosos el peso de una pintura que sujetaba en alto. En la escalera, Georgie intentaba enganchar el alambre para colgarla en el clavo dispuesto en la pared.

—Date prisa, por favor —pidió Sarah con los dientes apretados, sintiendo que el pesado cuadro estaba a punto de resbalársele—. No creo que vaya a resistir mucho.

Cerca de ellas, se abrió una puerta y se oyeron los pasos de alguien que se aproximaba.

—¡Oh, vaya! Esperen. Déjenme a mí.

En apenas un instante el señor Henshall se encontraba a su lado sosteniendo el marco con facilidad.

Georgie enganchó el alambre.

—Es mucho más sencillo cuando el marco no tiembla. Gracias, señor Henshall.

Este soltó el cuadro y lo ladeó hasta que quedó derecho.

—Sí —convino Sarah—. Gracias por rescatarme.

—Ha sido un placer. —Luego ocupó el lugar de Georgiana en lo alto de la escalera para asegurarse de que la pintura quedaba estable.

Prácticamente dando un salto de impaciencia, Georgie preguntó:

—¿Puedo irme ya, Sarah? Hannah me está esperado.

—Está bien.

Georgiana se marchó a toda prisa; el señor Henshall se demoró un poco. Sarah miró sus expresivos ojos, la nariz ligeramente respingona y en el marcado hoyuelo de la barbilla.

—¡Qué pronto ha vuelto! ¿Qué tal Branscombe?

—Maravilloso. Pero Effie no se encontraba bien, así que nos hemos venido antes.

—Espero que no sea nada serio.

—Una simple molestia estomacal, creo. En mi opinión, ha estado comiendo demasiados dulces en el carruaje. Ha ido a acostarse.

Sarah pidió para sus adentros porque fuera solo eso.

Él levantó la vista y contempló el voluminoso cuadro en su marco dorado.

—Me gusta.

Ella asintió con la cabeza.

—A mí también. Es uno de los pocos que hemos conservado. No estaba incluido en la vinculación testamentaria, porque lo compró mamá con su dinero. Es Finderlay. Nuestra antigua casa.

La imponente mansión estaba rodeada de tilos, con un delicioso jardín y una extensa zona verde que se prolongaba en la distancia.

—Un lugar muy bonito —dijo él—. Imagino que lo echa mucho de menos.

—Sí. Tengo muchos bonitos recuerdos de allí... y también algunos tristes. A pesar de todo, es un consuelo disponer de esta pintura.

—Queda muy bien en el lugar en el que la ha colocado.

—Gracias.

Tras observar la imagen, él comentó:

—Es mayor que nuestra casa, que también está vinculada para que pase al primer varón de la línea sucesoria. En su momento esperaba tener un hijo al que dejársela, pero, por desgracia, no sucedió.

—¡Quién sabe! Tal vez algún día... De repente se interrumpió, sintiendo que se ruborizaba.

Él la miró con interés.

—¿Algún día qué?

—No tiene importancia. Iba a decir una tontería. Algo que no me gustaría que me dijeran a mí.

Él ladeó la cabeza.

—Me tiene intrigado. ¿Por qué se ha sonrojado de ese modo?

—Me refería solo a que... En realidad, no es asunto mío. Solo había pensado... bueno, que tal vez un día vuelva a casarse y tenga un hijo.

Él la miró a los ojos con suma intensidad.

—¿Y por qué no le gusta que le sugieran la posibilidad de casarse y tener hijos?

Se ruborizó de nuevo, pero levantó la barbilla y respondió:

—Como se puede imaginar, cuando Peter murió estaba rota de dolor, y alguna gente bien intencionada intentó consolarme. Pasadas unas semanas, si no días, empezaron a decir: «Eres joven. Encontrarás a otro. Volverás a enamorarte y te casarás». Lo detestaba. No es algo que se pueda reemplazar tan fácilmente.

—Estoy de acuerdo con que esos comentarios fueron prematuros, pero había algo de verdad en ellos. Podría casarse y tener una familia propia.

Ella meneó la cabeza, sintiendo un nudo en la garganta.

—Ya he vivido un gran amor en mi vida. No espero tener otro.

El señor Henshall se quedó en silencio, asimilando lo que acababa de oír.

—¿Cuánto hace que murió?

—Algo más de dos años.

—¿Y todavía se siente así?

Sarah vaciló y se lo preguntó a sí misma.

En vez de contestar, resopló y dijo:

—Usted es un hombre y, como tal, podría volver a casarse y tener hijos a cualquier edad. Pero una mujer...

—¡Vamos! No es usted tan mayor. No puede tener más de treinta.

Sarah se quedó con la boca abierta.

—¿Aparento treinta? ¡Solo tengo veintiséis!

—¿Lo ve? —dijo, con una leve sonrisa—. Es muy joven. Aunque bastante seria y responsable, tal vez eso le hace parecer más... madura.

Ella meneó la cabeza con los labios fruncidos.

—Buen intento.

Durante unos instantes más se quedaron mirando el cuadro en silencio, luego él se volvió hacia ella con una sonrisa juvenil.

—Y ahora, ¿qué más puedo hacer por usted? ¿Goteras? ¿Alguna teja suelta? Me he vuelto muy hábil. Es lo que tiene vivir en una casa vieja. Siempre hay algo que arreglar.

Lo miró con expresión meditabunda.

—Pues la verdad, si lo dice en serio...

La joven lo acompañó hasta el armario del pasillo.

—Hay muchos pequeños inconvenientes. Por ejemplo, esta puerta no cierra.

Él la examinó.

—Por aquí el suelo está muy inclinado y el marco se ha combado, ¿lo ve? Por eso el cerrojo no engancha. Puedo volver a colocar la puerta, si quiere. O, si no, instalar un pestillo mejor.

—¿En serio? ¿Podría? Pues, sí. Es decir... siempre que no haya que adquirir piezas muy costosas.

—No creo. En el cobertizo de la parte de atrás hay cajones llenos de viejos utensilios, así como accesorios y herramientas. Al menos, antes era así. Si no le importa, puedo echar un vistazo y ver si hay algo que me pueda servir.

Por un momento se había olvidado de que tiempo atrás él mismo había estado viviendo allí. Parecía conocer la casa y los edificios aledaños mejor que ella.

—Es un ofrecimiento muy amable por su parte. Acepto con mucho gusto.

Luego se quedó pensando y añadió:

—Quizá podríamos compensarle de alguna manera, ¿tal vez con un descuento en su tarifa?

—Ya veremos. Todavía no he conseguido arreglarlo.

Unas horas más tarde, el señor Henshall había recolocado la puerta y ajustado el viejo pestillo para que cerrara bien.

Y lo mejor de todo es que no les había costado ni un penique.

Sarah pasó el cerrojo, que emitió un satisfactorio chasquido.

—¡Excelente! Gracias. —Entonces repitió la oferta de corresponderle de alguna manera.

Él reflexionó y respondió:

—Hay una cosa que me gustaría que me diera a cambio.

—Ah, ¿sí? ¿De qué se trata?

—Un par de horas en su compañía. Lejos de sus responsabilidades en la casa. Podríamos... alquilar un caballo y un carruaje e ir a dar un paseo. O a navegar, incluso.

Con la mente dándole vueltas a toda velocidad, soltó la primera excusa que se le vino a la cabeza:

—No tenemos barco.

—No es un problema. Según la guía hay mucha gente en el negocio de los barcos de recreo, «atendidos por navegantes expertos y precavidos». Era verdad. Se le había olvidado. Entonces lo miró con interés.

—Le gusta navegar, ¿verdad?

Él asintió con la cabeza.

—Crecí junto al mar y pasaba mucho tiempo en el agua. Es más fácil viajar a Edimburgo en barco, cruzando el estuario, que conducir hasta el puente más cercano.

—¿Y de qué tamaño alquilaría el barco?

—Bastaría un modesto barco de vela.

—No demasiado pequeño, si no le importa. Tendría miedo de volcar. Y solo si no hace mal tiempo.

—Por supuesto. Puede elegir cuándo, e incluso el barco, si lo desea.

Sarah se quedó pensativa. ¿De verdad estaba accediendo a aquello? ¿Debía hacerlo?

Él se acercó a la biblioteca, de donde volvió con un ejemplar de *Los encantos de Sidmouth al descubierto,* y después de hojear rápidamente las páginas del delgado volumen, finalmente dio con el listado de «barcos de recreo».

Sarah repasó los nombres.

—Conozco algo al señor Puddicombe y al señor Heffer. Ambos parecen personas agradables y de fiar.

—Empezaré por ellos —dijo, con expresión de entusiasmo—. ¿Y a dónde iríamos? ¿A Exmouth? ¿A Dawlish?

—¿Tan lejos? Seguramente nos llevaría varias horas. No sé si podría ausentarme tanto tiempo.

—Entonces, si quiere, podríamos limitarnos a rodear la costa. Y tal vez hacer otro pequeño pícnic.

Sarah se quedó un rato con la mirada perdida, imaginando la escena. Cabalgando las suaves olas, con una fresca brisa en la cara, las aves elevándose sobre sus cabezas, sentada junto a Callum Henshall. Sonaba tan apacible, tan relajante, tan... romántico.

De pronto le asaltaron las dudas. ¿Aquello significaba que la estaba cortejando? Si aceptaba, ¿sería culpable de darle falsas esperanzas? Era la hija mayor de todas las que vivían en la casa. Tenía unos deberes para con su madre y sus hermanas. Establecer un vínculo con un hombre, especialmente con uno que vivía tan lejos, sería irresponsable.

No obstante, pensar eso le parecía excesivamente presuntuoso. Solo estaba solicitando pasar unas horas en su compañía, no toda una vida. Lo que le planteó tenía que ver con una preocupación más práctica:

—No tengo mucha experiencia con la navegación. ¿Y si me mareo?

Él sonrió con dulzura.

—En ese caso le recordaré que tiene que mirar a un punto fijo en el horizonte. Y si eso no funciona, le sujetaré el sombrero mientras le da de comer a los peces y después le prestaré mi pañuelo.

Sarah se rio. Resultaba extraño cómo sus palabras habían conseguido tranquilizarla. Con aquel comentario sobre darle de comer a los peces, era poco probable que tuviera en mente una escena romántica.

A la mañana siguiente el señor Henshall apareció en la puerta del despacho con las facciones tensas. La expresión de su rostro distaba mucho de la actitud cálida y distendida del día anterior.

—Señorita Summers, no sé qué hacer. No me gustaría tener que romper una de sus puertas, pero a Effie le pasa algo. La he oído llorando en su habitación y se niega a dejarme entrar.

Sarah se levantó de inmediato.

—¿Han discutido?

—Esta vez no.

—¿Todavía le duele el estómago?

—¡Ah! No lo sé —respondió con un fuerte acento escocés acentuado por la ansiedad.

Rápidamente subieron al piso de arriba. Delante de las habitaciones contiguas, Sarah le preguntó:

—¿Le importa si intento hablar con ella a través de la puerta interna en vez de aquí, en el pasillo? No querría incomodarla.

—Por supuesto que no —dijo al tiempo que abría la puerta de su cuarto.

Sarah le posó una mano sobre la suya.

—Espere aquí un momento. Veré lo que puedo hacer.

Entró sola en el dormitorio del señor Henshall y percibió aquel fresco aroma tan suyo que todavía no era capaz de identificar. ¿Brezo? ¿Pino escocés?

Se acercó a la puerta que conectaba las dos habitaciones y dio unos suaves golpecitos.

—¿Effie? Soy yo, la señorita Sarah.

—¡Márchese!

—¿Ha pasado algo? ¿Hay algo que pueda hacer por ti?

—No, no puede hacer nada. Nadie puede hacer nada.

—Un momento, un momento. Estoy segura de que no es grave. ¿No te encuentras bien?

—Me siento fatal. Voy a morir, lo sé. Será mejor que me deje en paz.

Desde luego, aquella joven podía ser muy dramática. No era de extrañar que su pobre padre estuviera preocupado.

Pensó en la situación. Aunque había pagado al señor Farrant para instalar cerraduras con llave en las puertas exteriores de las habitaciones de los huéspedes, no había asumido los mismos gastos para las interiores. Estas estaban provistas solo de pestillos tradicionales, como el de la puerta de su madre.

—Abre, por favor —pidió Sarah—. Tu padre está muy preocupado, y con razón; y yo también.

La única respuesta que obtuvo fue un gemido indescifrable.

Sarah se extrajo un alfiler del pelo y se arrodilló para emplear el mismo método que había utilizado el día que su madre no había respondido. Empujó la puerta hasta conseguir abrir una rendija por la que introdujo el alfiler y levantó el pasador.

—Effie, voy a entrar. —Se levantó y abrió la puerta.

La joven estaba tumbada a un lado de la cama, sacudiendo la cabeza y con la cara empapada de lágrimas.

—Le he dicho que no entrara.

—Effie, querida —dijo Sarah con ternura—. No puedes decir que te estás muriendo y esperar que un adulto responsable se quede mano sobre mano sin hacer nada.

La joven volvió a soltar un gemido y enterró la cara en la almohada.

Unos segundos más tarde, la volvió a levantar.

—He echado a perder su toalla. Se la pagaré con mi asignación.

—No tiene importancia. —Miró a su alrededor, pero no encontró ni rastro de la mencionada toalla. Entonces empezó a albergar una sospecha.

—Effie, ¿cuántos años tienes? ¿Trece? ¿Casi catorce?

La muchacha asintió sin levantar la cabeza de la almohada.

Sarah vaciló. ¿Cómo plantear la cuestión sin avergonzar a la joven o sin ofenderla?

—¿Estás... con el periodo? —preguntó.

—¿El qué?

Sarah bajó la voz.

—¿Estás... sangrando... por ahí abajo?

Effie abrió mucho los ojos y asintió enérgicamente con la cabeza.

—¿Cómo lo sabe? Tengo una hemorragia. Creo que se llama así. Me estoy muriendo.

Aunque aliviada, Sarah mantuvo una expresión impasible para no aumentar el bochorno de la muchacha.

—No, no te estás muriendo.

Se sentó en una silla cubierta de ropa desordenada que había cerca de la cama y la miró a la cara.

—Tengo una buena noticia y una mala, querida. La buena es que no te estás muriendo. Has empezado a menstruar, es algo que les sucede a las muchachas de tu edad. Y es totalmente normal.

Effie la miró de hito en hito.

—¿A Georgie también?

—A Georgie también.

La chica se sentó.

—¿Y la mala?

—Que te va a pasar todos los meses durante los próximos, digamos... treinta años.

Abrió la boca estupefacta.

—Debe de tratarse de una broma. Eso no tiene nada de normal.

Sarah tuvo serias dificultades para reprimir una risa.

—¿Tu madre no te lo advirtió? Por lo que sé eras bastante joven cuando murió.

La joven meneó la cabeza.

—Apenas hablábamos. Pasaba más tiempo con la niñera o la institutriz.

Sarah le dio unas palmaditas en el brazo y se puso en pie.

—Bueno, te traeré algunas prendas apropiadas para este momento. Pero antes déjame ir a hablar con tu padre y decirle que estás bien. ¿Quieres ser tú la que le cuente la situación o prefieres que lo haga yo?

Una vez más, Effie negó con la cabeza, en esta ocasión con mucho empeño.

—¡Jamás podría contarle algo así! Dígaselo usted, por favor. Me moriría de vergüenza.

Sarah también temió que pudiera suceder.

Al no ver al señor Henshall en el pasillo, se fue corriendo a su habitación a por unas cosas y luego se dirigió al armario de la limpieza con intención de hacerse con una palangana antes de volver al cuarto de Effie. Se marchó después de un rato, con una toalla manchada empapada en agua en el fondo de la bacinilla. Cuando bajaba las escaleras con ella discretamente, encontró al señor Henshall recorriendo el pasillo de un lado a otro dando grandes zancadas.

—Por fin —suspiró, pasándose una mano temblorosa por el pelo—. Estaba a punto de ir a buscar un doctor.

—El señor Clarke vendrá pronto a visitar a mamá, pero Effie no necesita un médico, ella...

La mirada de él recayó sobre el agua ensangrentada.

—¡Oh, cielos! ¿Está...?

—Está bien. No se altere. Deme un momento.

Sarah descendió rápidamente las escaleras y dejó la palangana y la toalla en uno de los cuartos de trabajo para restregar las manchas más tarde. Luego se lavó las manos y regresó para apaciguar al preocupado padre.

Tras conducirlo al salón, le pidió con un gesto que se sentara y le dijo con delicadeza:

—Effie no está herida, ni tampoco enferma. Se ha... hecho mujer.

—¿Mujer? ¡Ah! —Con la boca muy abierta, se quedó con la mirada perdida. La piel bajo el cuello de la camisa adquirió un intenso rubor.

Pasados unos segundos, sacudió la cabeza.

—En ningún momento se me habría pasado esa idea por la cabeza. Debe considerarme un estúpido. Sigue pareciéndome una niña. Aunque si lo pienso bien, tan inestable y malhumorada como una adolescente.

Sarah entrelazó las manos.

—Me ha pedido que sea yo quien se lo cuente. Le da mucha vergüenza hablarlo con usted.

—No me extraña. De hacerlo yo, la conversación acabaría siendo un completo desastre.

—Bueno, es algo que normalmente se deja en manos de las mujeres de la familia, así que no sea demasiado duro consigo mismo.

Él asintió lentamente con la cabeza. Seguía pareciendo distraído.

—¿Qué debo hacer?

Sarah se retorció los dedos preguntándose si una charla de esa naturaleza haría que la relación entre ellos se volviera aún más incómoda, pero no había manera de evitarlo.

—De momento le he dado todo lo necesario, aunque dudo que pueda entrar en más detalles sin sentirme yo misma incómoda. Le... escribiré algunas cosas y, si lo desea, puede leerlas usted primero.

—Buena idea. Más discreto. —Se levantó y exhaló con evidente alivio—. No sé cómo decirle lo mucho que aprecio su ayuda. Gracias a Dios, ha sucedido mientras estábamos aquí. Me da pavor pensar en la ineptitud con la que lo habría manejado yo solo. Estoy seguro de que Effie me habría retirado la palabra para siempre.

—Lo dudo mucho —respondió Sarah, con una sonrisa—. Aunque... tal vez un año sí.

Él le tendió la mano y, al encontrar que las tenía entrelazadas, las envolvió con las suyas.

—Siempre estaré en deuda con usted.

Habían pasado dos semanas desde la primera visita del doctor Clarke y aquella mañana regresó para ver cómo progresaba la señora Summers. Una vez más, su madre le pidió a Sarah que estuviera presente durante la consulta médica.

—¿Ha estado haciendo uso de los baños terapéuticos? —preguntó el doctor Clarke,

Su madre alzó dos dedos.

—Sí. Dos veces a la semana.

—¿Alguna mejora?

—Un... poco.

Sarah la miró con severidad.

—Muy poco, mamá. Si es que ha habido alguno.

El médico se frotó la barbilla con gesto pensativo.

—Si los baños medicinales no han demostrado eficacia, es hora de probar con los fríos.

La madre gruñó.

—¿De veras tengo que entrar en el mar?

—Creo que es el mejor remedio que tenemos. Los baños en el mar son buenos precisamente por una razón, porque son fríos.

—¿Está seguro de que funcionarán?

Él asintió con la cabeza.

—Si me lo permite, le voy a describir un caso que proviene de los escritos del señor Richard Russell. Tenía una paciente que no conseguía recuperarse de la enfermedad que padecía, a pesar de todos los esfuerzos del doctor. Llevaba casi un año confinada en la cama, en condiciones muy penosas y se sentía muy desdichada. No parecía que hubiera ninguna posibilidad de recuperación. Solo quedaba un remedio al que no habían recurrido, y era el agua marina. De manera que se envió a la paciente a la Isla de Wight, aquí, en el canal. Empezó a bañarse en el mar; primero dos veces a la semana, luego tres, y al final todos los días. Su apetito aumentó, recobraba fuerzas día tras día y su ánimo mejoró. Después de dos semanas bañándose, la mujer se repuso. Una vez que hubo recobrado la salud, salía todos los días, alternaba con la gente y disfrutaba de los placeres de la vida. Recuperó el color y, si me perdona la expresión, surgió del mar como una segunda Venus, extremadamente bella y grácil.

Sarah se removió inquieta.

—¡Cielo santo!

Su madre suspiró.

—De acuerdo. Lo haré.

—En ese caso, antes de empezar, tengo que recomendarle algunas precauciones. Deberá posponer los baños hasta pasado el mediodía, o al menos varias horas después del desayuno, para permitirle hacer la digestión. Y antes de entrar en el agua, debería realizar algo de ejercicio físico para producir una sensación de calor en todo el cuerpo. Bajo ningún concepto debe entrar en el agua en frío.

Sarah frunció el ceño.

—Mamá apenas puede caminar. No veo cómo va a hacer suficiente ejercicio para entrar en calor.

—Bastará con recorrer la playa arriba y abajo antes de empezar, se lo aseguro. Y cuando se haya bañado, le ayudará beber un vaso de agua de mar apenas esté fuera.

Su madre esbozó una sonrisa nerviosa.

—Estoy segura de que ya tragaré bastante mientras intento no ahogarme.

—Tranquilícese, señora. No hay motivo alguno para inquietarse. Los operadores de las máquinas de baño cuidarán muy bien de usted. Si siente nauseas o sed después de beber agua de mar, la leche de burra le será muy útil, pero las molestias desaparecen después de dos o tres días.

Tras alguna otra indicación más, el doctor Clarke se levantó, se puso el sombrero y se marchó.

Una vez a solas, su madre dijo:

—La primera vez que visitamos Sidmouth vi un cartel de un lugareño que alquilaba burros a los inválidos con sillas de montar como Dios manda, y también vendía leche de burra, pero nunca pensé que me vería en circunstancias tan penosas como para necesitarlos.

—Lo sé, mamá, pero ayudará. Inténtalo, por favor.

Su madre volvió a suspirar y le dio unas palmaditas en la mano.

—Lo haré.

Aquel mismo día, cuando Emily se unió a sus hermanas para el almuerzo, Sarah comentó los consejos del doctor y pidió voluntarias para acompañar a su madre a bañarse en el mar.

Emily enseguida pidió que la excusaran. Una cosa había sido acompañarla al espacio controlado de los baños medicinales, pero el mar abierto planteaba unas perspectivas muy diferentes y, sobre todo, aterradoras.

Sarah y Viola estaban demasiado ocupadas para ir. Por suerte Georgiana, a la que le gustaba el agua, declaró que estaría encantada de bañarse con ella.

Empezaron aquella misma tarde.

Recordando la recomendación del doctor de hacer ejercicio antes de entrar en el mar, no alquilaron un burro ni tampoco una silla de manos para llevar a su madre a la playa. Emily y Georgiana la tomaron cada una de un brazo y la ayudaron a recorrer la modesta distancia. Una vez que llegaron a las máquinas de baño y la ayudaron a entrar, Georgie se quedó con ella. Emily, por su parte, esperó en la orilla con una toalla extra y un chal grueso para acompañar a su madre de vuelta a la casa, muerta de preocupación.

Pasado un rato, la pareja salió de la máquina de baño. Su madre parecía débil y sin aliento, con el pelo colgado de los alfileres y cayéndole sobre los hombros con un desaliño impropio de ella.

Renqueaba tanto y estaba tan cansada que se arrepintieron de la decisión de renunciar a alquilar una silla. Las dos jóvenes tuvieron que hacer un gran esfuerzo por ayudarla a cruzar la playa y se sintieron aliviadas cuando el robusto Tom Cordey les ofreció su vigoroso brazo para acompañarla hasta la casa.

Capítulo 18

«La señora Elton estaba impaciente por fijar la fecha y ponerse de acuerdo con el señor Weston en lo referente al pastel de pichones y al cordero frío».

JANE AUSTEN,
Emma

Aquella misma tarde, Viola se acercó al asilo de los pobres para visitar de nuevo a la señora Denby.

Mientras recorría el paseo marítimo, miró hacia delante y vio a un hombre que salía del hotel York. Este se tocó ligeramente el sombrero para saludar a dos damas y luego se volvió para proseguir por calle Fore. Cuando se dio la vuelta, a Viola le resultó un perfil familiar y sintió un escalofrío trepando por su piel como si fuera un ciempiés. Unos segundos después ya estaba fuera de su vista.

Se dijo a sí misma que no podía ser él. Eran solo imaginaciones suyas. Hacía poco había pensado en el cirujano, y tal vez por eso en ese momento le pareció verlo.

Además, apenas había visto la cara de aquel hombre. ¿Sería capaz de reconocerlo después de siete u ocho años? Lo más probable es que no fuera él. Vivía muy lejos de Sidmouth.

A pesar de todo lo que se decía a sí misma para tranquilizarse, la sensación de inquietud persistió, así que en lugar de tomar calle Fore, pasó por delante del hotel y, por si acaso, tomó el sendero que bordeaba el río.

Pasado unos minutos, al llegar al asilo de los pobres, entregó a la señora Denby un paquete con galletas envuelto en papel marrón que le enviaba Sarah y luego le leyó durante un rato *El progreso del peregrino*. La anciana permaneció sentada escuchando, con la espalda encorvada y la cabeza inclinada.

—«Mientras caminaba por el desierto de este mundo, me acerqué a cierto lugar donde había una guarida, y me acosté en ese lugar para dormir; y mientras dormía, soñé un sueño...»

Cuando se dio cuenta de que a la mujer empezaban a cerrársele los ojos, hizo una pausa y dejó el libro sobre el regazo.

Luego miró las piezas de encaje que había sobre la mesa y preguntó:

—¿Me contaría usted cosas de su época como encajera?

—¡Oh! —La señora Denby levantó la cabeza y, en un abrir y cerrar de ojos, se había espabilado—. Si así lo deseas, por supuesto. Veamos. Mi familia y yo hacíamos encaje de Honiton. ¿Lo conoces? Es muy popular por estos lares.

—He visto algunos en las tiendas. Es muy bonito.

La anciana asintió con la cabeza.

—Mi madre, mi hermana y yo hacíamos puntillas como estas y mi tía las cosía, uniendo las piezas o convirtiéndolas en una malla.

—¿Cómo aprendió? ¿Le enseñó su madre?

La señora Denby negó con la cabeza.

—Empecé a hacer encajes en una escuela local cuando tenía solo seis años. —Miró hacia un lugar más allá de donde estaba Viola, con los ojos nublados por los recuerdos.

—Estuve allí hasta los quince. Al principio solo unas horas al día, luego leíamos durante una hora y aprendíamos a sumar. Después de tres años ya trabajaba diez o doce horas al día. En invierno hacía mucho frío. No podíamos encender el fuego porque el hollín podía manchar el encaje. Todavía recuerdo lo mucho que me dolían los dedos del frío...

La señora Denby levantó las manos y se quedó mirando los dedos huesudos y los nudillos agrandados como si fueran los de una extraña.

—A veces sueño que todavía estoy haciendo encaje, pasando los bolillos arriba y abajo. Aunque en mis sueños, no tengo los dedos así...

Viola supuso que todos aquellos años inclinada sobre la almohada de bolillos habían contribuido a aquella espalda encorvada, así como a las manos ganchudas y a la falta de vista.

La señora Denby volvió de nuevo la mirada hacia Viola y prosiguió con su historia.

—La encargada de los encajes era una mujer firme pero justa; en cambio, el comerciante para el que trabajaba era un hombre duro. Si no acabábamos la labor de la jornada, nos teníamos que quedar hasta que termináramos. Si hacía falta, a veces teníamos que permanecer despiertas toda la noche para luego ganar solo unos peniques. El comerciante y las tiendas eran los que se llevaban la mayor parte del dinero, no nosotras.

»Cuando dejé la escuela trabajé en casa con mi madre y mi hermana. En aquella época, la mayor parte de las veces el comerciante nos pagaba en especie. En ocasiones con cosas que no queríamos ni necesitábamos —añadió, sacudiendo la cabeza una vez más, con los labios fruncidos en un inusual gesto de desaprobación.

—¿Por qué? —preguntó la joven.

—Creo que para que no pudiéramos comprar materiales y hacer nuestros propios encajes para venderlos. Algunas de nosotras hacíamos un poco de trabajo a escondidas, pero ese hilo tan delicado era muy caro. Y la mayoría de las piezas completas provenían del trabajo de varias encajeras. Aun así, nos las arreglamos para hacer estos. Es todo lo que me queda de mi familia, y los guardo como oro en paño.

Viola se inclinó para inspeccionar mejor las intricadas ramitas.

La señora Denby continuó:

—Recuerdo muy bien cuando nos sentábamos toda la familia, con las almohadas en el regazo, trabajando toda la noche para terminar con el tiempo suficiente de venderlo a la mañana siguiente a cambio del desayuno.

—¡Cielos!

—Eran tiempos difíciles. Pero volvería atrás si pudiera. ¡Oh! Cuánto daría por pasar otra hora con mi familia. ¡Los echo tanto de menos!

Inesperadamente, Viola sintió que los ojos se le llenaban de lágrimas.

La mujer inspiró hondo y dijo en un tono más alegre:

—Debes dar gracias a Dios por tener todavía a tu madre y a tus hermanas, querida. ¡Es una bendición! Espero que disfrutes de ello en todo momento.

Un sentimiento de culpa se apoderó de Viola. Sabía que no siempre se sentía agradecida por la familia que tenía.

—Tiene usted toda la razón. Intentaré recordarlo.

La señora Denby sonrió y tomó otra de las galletas de Sarah.

—¡Deliciosas! ¿Me ayudarías a escribir una nota de agradecimiento para tu hermana?

—Por supuesto que lo haré. Con mucho gusto.

—¡Córcholis! —murmuró Sarah, cargada de frustración—. No debería ser tan difícil.

—¿Qué hay? ¿Qué le ha pasado? —preguntó el señor Henshall, entrando en la biblioteca que hacía las veces de despacho con la frente arrugada por la preocupación.

—¡Oh! Disculpe. No me he dado cuenta de que me había quejado tan fuerte. Solo estaba intentando cuadrar las cuentas, sin éxito.

—Quizá podría ayudarle. Un par de ojos nuevos pueden ver qué es lo que se le escapa.

—¿En serio? Pues se lo agradecería mucho. Aunque me da cierta vergüenza que vea el estado de nuestras finanzas.

—Pues no debería. Y sea el que sea, tiene mi palabra de que no lo compartiré con nadie.

—De acuerdo —aceptó, indicándole la silla que estaba junto a ella.

Él tomó asiento y se inclinó sobre el libro mayor, con uno de sus anchos hombros rozando el suyo. Podía sentir el calor que despedía y percibir su fresco aroma masculino.

—Explíqueme a qué corresponde cada columna.

Ella las señaló todas una por una.

—Este es el vendedor, los bienes o servicios que hemos adquirido, la fecha y la cantidad a deber. Y esta es la fecha en que he pagado la factura.

Él examinó los números pasando los dedos lentamente por encima de cada entrada.

—¿Qué significan estas marcas?

Sarah sintió que se ruborizaba.

—Que he pedido un aplazamiento.

—¡Ah! —Él continuó escudriñando los números—. ¿Y qué me dice de estos gastos en combustible? ¿Encargó para todo el año?

—Sí, de ese modo el precio era más bajo.

Él asintió y volvió a las páginas.

—Y paga... ¿trimestralmente?

—Sí. —En ese momento se quedó pensando y de pronto cayó en la cuenta—. ¡Claro! ¡Eso es! —dijo, regresando al mes en curso—. Había contado también el de este mes, aunque todavía no ha vencido. ¡Qué tonta!

—En absoluto.

—Y usted ha visto mi error en un abrir y cerrar de ojos.

Él encogió el hombro y ella percibió el movimiento a través de la manga como si fuera una caricia.

—En casa tengo un administrador. Revisamos mutuamente el trabajo del otro para detectar posibles errores. Dos pares de ojos ven mejor que uno.

Ella asintió con la cabeza.

—Como dice el versículo: «Más valen dos que uno, porque obtienen más fruto de su esfuerzo».

Él se volvió hacia ella y sus rostros quedaron muy próximos. Entonces, como si buscara en su expresión un significado oculto, dijo con dulzura:

—Estoy de acuerdo.

De repente, Sarah sintió que se mareaba y apartó la vista. Lo había dicho sin pensar. ¿La consideraría una descarada? Después de todo, ella estaba feliz con su soltería. O al menos se había resignado a ella.

—Espero que no piense que... —tragó saliva—, intentaba insinuar algo.

—Ah, ¿no? De acuerdo —dijo, entornando los ojos con un irónico gesto de decepción.

—Soy... feliz así, como estoy —replicó Sarah—. Y estoy convencida de que usted también.

—Yo no.

—Ah, ¿no?

Él sacudió lentamente la cabeza deslizando la mirada hasta su boca.

Sarah inspiró de forma entrecortada y apretó los labios con nerviosismo.

El hombre siguió cada uno de los movimientos de la joven con los ojos, que parecían inundados de... ¿atracción?, ¿deseo?

—Señorita Summers. —La señora Elton apareció de repente en el umbral—. ¡Oh! Discúlpenme. ¿He... interrumpido algo?

Sarah se apartó del señor Henshall y se puso de pie.

—En absoluto. El señor Henshall simplemente me estaba ayudando con una cosa.

La mujer los miró a ambos alternativamente.

—Ya lo veo.

El señor Henshall se levantó, hizo una reverencia y se marchó.

—Les ruego me disculpen, señoras.

Cuando se hubo marchado, la señora Elton empezó:

—Bueno, el señor E y yo hemos estado pensando. Hemos hecho muy buenos amigos aquí en Sidmouth, como nuestra querida *Lady* Kennaway, y nos gustaría invitarla a una fiesta vespertina. Ya que nos alojamos aquí, en Sea View, en lugar de en una residencia vacacional privada, nos encontramos en una situación de desventaja. No he visto que en la lista de servicios que ofrecen se encuentren las cenas privadas, pero me preguntaba si podríamos celebrar una aquí, siempre que usted —y naturalmente su cocinera—, estén de acuerdo.

Sarah dudó.

—No lo sé. Tal vez. ¿A cuánta gente tenía pensado invitar?

—¡Oh! Tenemos tantos amigos aquí que resultaría muy complicado reducir la lista de invitados. ¿Cuánta gente puede albergar su comedor?

—Doce, cómodamente.

La señora Elton frunció el ceño.

—¿Solo doce?

—Podríamos traer unas sillas extra y juntarlas un poco, si no le importa estar algo más estrechos.

—Bueno, la verdad es que el tipo de amistad que tenemos es bastante cercana, de manera que no creo que a nadie le importe un poco de cercanía.

—Necesitaría bastante tiempo para prepararla. Como sabe, servimos la cena a nuestros huéspedes cinco noches a la semana, pero podría considerarse la posibilidad de hacerlo en sábado o en domingo.

—¡Cuántas limitaciones! —exclamó la señora Elton con un suspiro—. Ya le dije al señor E que debíamos alquilar una residencia vacacional, pero él esgrimió que una vivienda entera para nosotros solos no tenía sentido. Yo le aseguré que haríamos muchos amigos y que tendríamos que recibirlos, pero ¿cree que me escuchó? Donde quiera que vayamos, acabamos siendo muy populares.

—Estoy convencida de ello. ¿Qué había pensado respecto al menú?

—¡Oh! Lo que usted considere más apropiado. O tal vez podría preguntar a su madre, que seguro que solía acoger invitados con regularidad. Tengo entendido que era una dama.

Sarah se pudo rígida.

—Sí, lo es. —¿El comentario de la señora Elton pretendía ser un insulto o simplemente estaba verbalizando una circunstancia que ninguna de ellas quería afrontar? ¿El hecho de regentar una casa de huéspedes las convertía en una familia dedicada al comercio? ¿Habían dejado de pertenecer a la clase de las damas? En cualquier caso, se dijo a sí misma que debía ignorar el desaire.

Recordó las encantadoras cenas que habían celebrado en Finderlay, con flores en las mesas, mantelerías de un blanco inmaculado, todas y cada una de las piezas de cubertería pulidas y los platos y copas colocados de forma impecable. ¡Y la comida! La señora Besley hacía maravillas con la limitada cantidad de pan y de pescado que le proporcionaban allí, pero las suntuosas comidas que preparaban en la cocina de su antigua casa una multitud de sirvientes...

—¿Preferiría varios platos dispuestos en la mesa todos al mismo tiempo, de manera que sus invitados puedan servirse ellos mismos a placer? Es así como servíamos generalmente las comidas en casa, al menos entre amigos y familiares.

Todavía recordaba con toda nitidez a su madre presidiendo un impresionante surtido de bandejas rebosantes de asado de caza, bolas de carne de vaca estofadas, ragú de pato, pastel de pichón, mollejas, fricasé de pollo, ensaladas, manitas de ternera y muchos platos más, todo ello «a la francesa». La gente se servía libremente, aunque a veces los caballeros servían a las damas, mientras los criados se ocupaban de rellenar las copas. Todo el mundo departía con otros comensales y las alegres conversaciones se sucedían. Risas, despreocupación, deleite, cordialidad...

—Creo que me inclino por algo más formal —respondió la señora Elton, rompiendo el nostálgico hechizo—. Con varios platos.

—Varios platos. Entiendo. ¿Alguno en concreto que tenga en mente?

—¿Qué me sugiere usted?

—Bueno, aquí abunda todo lo que tenga que ver con el pescado o el marisco. Cangrejo, langosta, gambas...

La señora Elton arrugó la nariz.

—No me gustan los crustáceos. No tendría nada que objetar en caso de que optáramos por un pescado suave, supongo; siempre que no sepa a pescado.

—¡Oh! De acuerdo. El salmón es suave. O tal vez lenguado. O rodaballo.

—Lo que usted vea.

—¿Y sopa?

—Sí. Tiene que haber sopa.

—¿Sopa de guisantes?

—Demasiado vulgar.

—¿Juliana? Tendría que preguntar a nuestra cocinera si podría prepararla con verduras de temporada.

La señora Elton alzó las manos con gesto de exasperación.

—¡Más limitaciones!

Sarah optó por ignorar también aquel comentario.

—¿Prefiere alguna carne en particular? ¿Pollo, cordero, ternera...?

—¿Qué me aconseja?

—El fricasé de pollo es delicioso. El costillar de ternera es muy tierno, pero caro. Las chuletas de cerdo podrían ser una buena y prudente elección.

La señora Elton sacudió el dedo índice.

—No. Nada de cerdo. Tengo intención de invitar a Emanuel Lousada. —Se acercó a Sarah y dijo *sotto voce*—. Es judío, ¿sabe? No come cerdo.

Sarah retiró la cabeza.

—¿El señor Lousada va a venir a su fiesta?

El reputado caballero había jugado un papel fundamental en que Sidmouth se convirtiera en el destino vacacional que era, construyendo varias propiedades, incluyendo una distinguida mansión para su familia.

—¿Por qué le sorprende? Es un caballero muy amable, famoso por su hospitalidad. No tengo ninguna duda de que nos corresponderá con una invitación a Peak House.

—¡Cielos!

La señora Elton alzó su alargado rostro hasta mirar a Sarah con altivez.

—¿No tienen ustedes trato con el señor Lousada?

—Todavía no hemos tenido el placer —respondió, sin alterarse—. ¿Y en cuanto a verduras y ensaladas?

—Sí, varias de las dos.

—De acuerdo. Tendré que hablar con la señora Besley. Una vez más, le recuerdo que dependerá de lo que haya de temporada y de lo que tenga disponible la verdulera. En cualquier caso, prepara un plato de tomates con vinagre balsámico sobre un lecho de col marina que está delicioso.

—¿Col marina? —La señora Elton arrugó la nariz por segunda vez—. No, diría que no. ¿Qué me dice de remolacha? El señor Elton es muy aficionado a la remolacha.

—Yo también. Pero no creo que haya empezado ya la temporada.

—¿Y espárragos?

—Ya ha pasado.

—¡Qué latosas resultan estas limitaciones!

—Bueno, no se preocupe. Hablaré con la señora Besley...

—Y con su madre.

—Y con mi madre, y planificaré un menú exquisito. Y le prepararé también un presupuesto estimado de lo que costaría una cena de esas características. Me temo que será cara.

La señora Elton hizo un gesto displicente con la mano.

—¡Ah, bueno! Es el precio de tener amigos. Aun así, será menos elevado que alquilar una residencia vacacional para nosotros solos. Sí, sí. Sin duda merecerá la pena. Y ahora, voy a acabar nuestra lista de invitados.

Levantando la barbilla con expresión triunfante, la mujer se dio media vuelta y abandonó la habitación entusiasmada.

El domingo Sarah ayudó a colocar los platos del almuerzo frío que había preparado la señora Besley: fiambre lonchedado, pan y quesos; cazuelas de gambas; carne con pastel de huevo; y fruta y jaleas; todo ello dispuesto sobre el aparador de caoba en la sala de desayunos para los huéspedes que deseaban comer algo, ya fuera antes o después de asistir a la iglesia.

Pasado un rato, un pequeño grupo de Sea View salió de la casa con el propósito de participar en los servicios religiosos. Effie, Georgiana y el señor Henshall caminaban juntos, seguidos por Viola, que tenía la mano apoyada en el brazo del señor Hornbeam, y Sarah y Emily, que paseaban la una junto a la otra.

Habían propuesto al señor Gwilt que se uniera a ellos, pero él había declinado educadamente la invitación alegando que él y *Parry* cantarían juntos algunos himnos en su habitación.

La señora Elton, por su parte, había insistido en asistir a la antigua capilla de los disidentes con la esperanza de conocer al reverendo Edmund Butcher, aunque Sarah había oído murmurar al señor Elton que, que él supiera, este no pertenecía a su misma congregación religiosa.

Cuando estaban llegando, mientras recorrían el sendero que conducía a la parroquia, Sarah y Emily coincidieron con *lady* Kennaway, a la que habían conocido de pasada y con la que alguna que otra vez habían intercambiado saludos antes o después del servicio.

Sarah la saludó.

—Buenos días, *lady* Kennaway.

—Buenos días, señorita Summers. Señorita Emily. ¿Cómo se encuentra su madre? Confío en que su salud haya mejorado.

—Ha empezado a tomar baños de mar, siguiendo las recomendaciones del doctor Clarke —respondió Sarah—. Y tenemos mucha fe en que funcione.

—Bien. Rezaré por ella.

—Gracias. Le estamos muy agradecidas.

Emily tomó la palabra:

—A propósito, unos amigos suyos se hospedan en nuestra casa.

La mujer levantó las cejas.

—Ah, ¿sí? ¿Puedo saber quiénes?

—El señor y la señora Elton. —Al ver que no parecía conocerlos, Emily añadió—: De Surrey.

—¿Elton? Me temo que no recuerdo ese apellido. —Luego, en un tono de complicidad, *lady* Kennaway añadió—: Pero por favor, no les mencione que me he olvidado de ellos. Es horrible hacerse mayor.

Emily pensó que la dama aparentaba encontrarse perfectamente y gozar de gran lucidez.

—En absoluto, *milady*. A mí me parece que está usted muy joven.

Cuando la dama prosiguió hacia su banco, situado muy cerca del altar, Emily se inclinó hacia Sarah y le susurró:

—Los Elton no son más que unos pretenciosos a los que les gusta mencionar a gente importante haciendo creer que los conocen.

—Eso no lo sabemos —respondió Sarah en el mismo tono de voz—. Es posible que *lady* Kennaway se haya olvidado, tal y como ha dicho. Sin duda una dama como ella debe de conocer a una cantidad ingente de personas.

—La «querida» *lady* Kennaway —cuchicheó, Emily imitando el tono adulador de la señora Elton.

—Sssh... —la reprendió Sarah, paseando la mirada por la iglesia—. No es ni el momento ni el lugar.

Capítulo 19

«A menudo se pueden ver barcos de pesca y de recreo salpicando el azul del océano con sus velas blancas y ofreciendo, cuando viran y cambian de posición, un agradable e interesante espectáculo».

The Beauties of Sidmouth Displayed

l día siguiente Callum Henshall y Sarah abandonaron Sea View con intención de realizar la excursión en barco. El señor Henshall se ofreció a llevarle la cesta y juntos caminaron por la playa para encontrarse con el señor Puddicombe.

Desde la distancia, Sarah vio una embarcación de tamaño modesto varada sobre los guijarros, con la proa hacia delante, lista para zarpar.

El señor Puddicombe, un próspero pescador que poseía varios barcos, les esperaba de pie, vestido con abrigo, botas y un gorro de lana.

El señor Henshall le tendió la mano.

—Gracias por ofrecerse a llevarnos usted mismo.

—Las señoritas Summers se merecen lo mejor de lo mejor —dijo, con una sonrisa que dejó al descubierto la ausencia de uno de los incisivos.

Sarah le devolvió el gesto mirando su curtido rostro.

—Es usted muy amable.

—Y ahora, señorita, ponga un pie dentro y muévase hacia delante. Y usted también, caballero, si no quiere estropear sus elegantes botas.

—No hay de qué preocuparse. Estas han vadeado por el mar del Norte infinidad de veces.

Puddicombe asintió con gesto de aprobación.

—Eso está *mu* bien.

El señor Henshall ayudó a Sarah a subir al bote y le entregó la cesta. Luego los hombres empujaron juntos el barco en dirección al lugar donde rompían las olas y el señor Henshall subió hábilmente de un salto mientras el pescador se encaramaba con las botas mojadas y cierta dificultad.

Remaron hacia un lugar de aguas más profundas y, una vez allí, el señor Puddicombe desplegó la vela. La ligera tela se desdobló y se agitó hasta que el viento la hinchió y la tensó. Sarah no perdió la capota gracias a los lazos que la ataban a la barbilla.

Con las suaves olas batiendo contra el casco y las cuerdas golpeando el mástil, se fueron alejando de la orilla.

Al contemplar Sidmouth desde aquella nueva perspectiva, la joven pensó que el valle del Sid le recordaba a un enorme escenario central rodeado por un elevado anfiteatro de colinas. Entonces levantó la vista y vio la mansión del señor Lousada en lo alto de Peak Hill y, más allá, rodeada de gigantescos olmos, The Lodge, donde residía uno de los magistrados del condado. Ambas, junto al encantador Witheby Cottage, dominaban el pueblo.

El señor Puddicombe hizo un gesto indicando el timón.

—¿Le gustaría probar, señorita Summers?

—No, gracias.

Entonces se giró hacia el señor Henshall.

—¿Y a usted, señor?

—La verdad es que sí.

El señor Henshall se aproximó y comenzó a maniobrar el timón y a ajustar la vela con brazos firmes y manos diestras.

En un abrir y cerrar de ojos habían superado Chit Rock y navegaban a lo largo de la playa de poniente.

El anciano observó durante un rato al señor Henshall y asintió con gesto de aprobación.

Conforme se dirigían hacia el oeste, Sarah admiró la pared rojiza de Peak Hill, con el verde follaje cayendo en cascada por sus bordes como un frondoso chal de encaje. También admiró a Callum Henshall, el cabello rubio cobrizo enmarañado por la brisa, las cejas doradas sobre los ojos entrecerrados para protegerse del sol, el atractivo perfil y el delgado torso.

Para su tranquilidad, el viento era suave y constante y el mar estaba en calma. Cerró los ojos e inspiró el aire fresco y salado cargado de humedad, mientras oía los sonidos del mar que salpicaba a su alrededor, las sacudidas de la vela y los graznidos distantes de las gaviotas.

Cuando volvió a abrirlos, vio al señor Henshall mirándola, con los labios curvados en un gesto risueño.

—¿Se divierte?

—Sí, muchas gracias.

—¿Lista para dar de comer a los peces?

Ella esbozó una sonrisa.

—Todavía no.

Pronto se aproximaron al majestuoso High Peak. Sarah se quedó maravillada al ver aquel punto emblemático, que hasta entonces solo había divisado desde la lejanía.

Una vez hubieron superado el segundo pico, el paisaje costero cambió, y empezó a estar surcado de ensenadas, pequeñas cascadas y playas.

En un determinado momento, el señor Henshall señaló algunas plantas puntiagudas que sobresalían de la pared de un rocoso acantilado.

—Mire eso. Son cardos. Parece que aquí también crecen.

Sarah entrecerró los ojos para ver mejor las flores plumosas de color púrpura, cada una de ellas en la parte superior de una bola espinosa.

Se dio cuenta de que las había visto antes, a lo largo de los márgenes de caminos y campos. Los lugareños los llamaban «abrojos». Sarah nunca le había prestado demasiada atención a la planta, porque, tal y como decía el señor Elton, parecían más bien hierbajos. Pero ahora las veía bajo otro prisma. ¿Qué había dicho que simbolizaban? ¿Coraje y lealtad? Miró al escocés. Sí, le parecía apropiado.

Al final el señor Puddicombe relevó a Callum en el timón.

—¿Dónde estamos? —preguntó Sarah al piloto, elevando la voz para hacerse oír sobre el sonido del viento.

—Cerca de Otterton.

Rodearon una descomunal roca que sobresalía por encima del agua y ante sus ojos apareció una bahía. El señor Puddicombe hizo un gesto con la barbilla.

—Esa es la bahía de Ladram.

En ella se elevaban varias formaciones rocosas de gran tamaño, como si fueran estatuas en una fuente, una de ellas tan grande como un barco.

—¡Qué maravilla! —exclamó en voz baja.

Vararon el barco en aquel magnífico paraje y el señor Henshall tomó la cesta de pícnic de las manos de Sarah y la ayudó a bajar. Después de explorar un poco los alrededores, extendieron un mantel sobre una gran roca plana, ya que la playa de arena estaba llena de guijarros incrustados.

El señor Puddicombe aceptó un sándwich con un gruñido de agradecimiento y se lo zampó en un santiamén antes de volver a la playa con un espetón para pescar desde la orilla.

Sarah y el señor Henshall permanecieron sentados el uno al lado del otro, charlando, comiendo y disfrutando del fabuloso paisaje.

—Ha sido una idea excelente —dijo ella—. Gracias por invitarme.

—De nada. Espero que no sea la última vez.

Ella lo miró con curiosidad.

—¿La última vez que me relajo y disfruto?

Él le sostuvo la mirada.

—No, la última vez que pasa tiempo conmigo.

Durante unos segundos bañados por el sol, Sarah se permitió soñar despierta sobre lo que sería ser cortejada por Callum Henshall. Los dos siguieron mirándose a los ojos hasta que la situación se fue volviendo más tensa e incómoda.

Él se aclaró la garganta y dijo:

—He estado pensando en lo que me contó sobre la pérdida de su prometido, el gran amor de su vida, y he de decir que la envidio. Usted posee el ideal romántico, un noviazgo que nunca se va a ver manchado por la realidad o la decepción.

Ella frunció el ceño, enojada de una manera ilógica.

—Usted no sabe si mi matrimonio con Peter hubiera sido una decepción. Era un hombre bueno y afectuoso.

—Tiene razón, por supuesto. Me temo que estaba recordando el mío. —En ese momento la miró de soslayo con expresión cohibida—. Sé que su pérdida fue muy dolorosa, pero habría imaginado que estaría deseosa de intentarlo de nuevo, ya que su primera experiencia con el amor fue tan positiva.

—¿Y usted no lo está? Quiero decir, ¿está deseoso de intentarlo de nuevo?

Él negó con la cabeza.

—Desde que murió Katrin, unas cuantas conocidas han mostrado interés, pero yo he mantenido la distancia. En su momento pensé que

Katrin era la persona adecuada, que ella y yo seríamos felices juntos. Me equivoqué. En cualquier caso, me dije a mí mismo que no debía precipitarme en formar otro vínculo. Que tenía que ser prudente. —Volvió a mirarla de reojo—. Aunque en este momento, me está resultando muy complicado.

Continuó mientras la miraba:

—Para mí, usted representa todo lo que siempre he admirado. Un mujer afable y hermosa que se preocupa en grado sumo por su familia. Y me pregunto si mi impresión es demasiado buena para ser cierta.

Aquellas palabras tan halagadoras le llegaron muy hondo, pero también la desconcertaron. Le parecía demasiado pronto para tener una conversación como aquella.

—Yo podría preguntarme lo mismo sobre usted —dijo—. ¿Es usted realmente como aparenta?

—Si aparento ser un padre frustrado y un viudo desencantado —refunfuñó él—, entonces sí, lo soy.

Ella negó con la cabeza.

—No es así como yo le veo. Tal vez no es usted muy hábil en juzgar el carácter de las personas, especialmente el suyo. Yo veo a un hombre responsable que se esfuerza por hacer las cosas de la manera correcta. Veo un padre paciente y amable con su hijastra, que a menudo se comporta de manera áspera e irascible.

Sarah pensó en sus propios defectos y añadió:

—Y por favor, no me santifique ni me sobrevalore. Estoy muy lejos de ser perfecta. Me esfuerzo mucho por gestionar las cosas y facilitar la vida a la gente, confío en que Dios me proporcione la fuerza para controlarlo todo, porque mi fe no es todo lo sólida que debería ser. Intento mantener a mi familia unida, o lo que queda de ella. —Levantó una mano y la colocó boca arriba, formando una especie de cuenco—. Pero es como si... intentara retener agua en la palma. Y me cuesta pedir ayuda a Dios. Aceptar su voluntad cuando permite que sucedan cosas que no me gustan.

—¿Como la pérdida de su prometido?

—Sí, entre otras pérdidas.

—Es decir —él inspiró hondo y luego exhaló—, se muestra reticente a amar de nuevo por miedo a no volver nunca a ser tan feliz. Mientras que yo, lo hago por miedo a repetir mi infelicidad.

Ella intentó quitarle hierro a la situación.

—¿Lo ve? Los dos somos casos perdidos.

Una vez más, él le sostuvo la mirada, con la luz del sol reluciendo en sus ojos.

—Hable por usted. En lo que a mí respecta, todavía tengo esperanzas.

Cuando volvieron de la excursión, Sarah retomó sus tareas con una sensación de felicidad que todavía perduraba. Sin embargo, se dijo a sí misma que era solo algo pasajero. El señor Henshall se marcharía pronto, mientras que sus responsabilidades seguirían siendo las mismas.

La señora Fulford demostró ser fiel a su palabra y recomendó a Viola a algunos de sus conocidos. Muy pronto, la joven le leía también a una tal señora Gage, que había alquilado el número cinco de Fortfield Terrace, una elegante hilera de casas adosadas de cierta altura situada a espaldas de Fort Field. La mujer era vecina de la señora Fulford, que residía allí de forma permanente, mientras que las otras diez viviendas se alquilaban como alojamientos estacionales. Hacía tiempo el lord propietario del señorío había encargado a un arquitecto que construyera una composición en forma de medialuna orientada hacia el mar para proporcionar alojamiento a los visitantes ilustres. El proyecto nunca llegó a terminarse, dejando un terreno abierto por la parte delantera que antiguamente se había utilizado para entrenamientos militares y que en aquel momento se usaba para hacer deporte y con fines recreativos.

Tanto cuando se encontraba en casa como fuera, la señora Gage utilizaba una silla de ruedas de Bath —una silla abierta tapizada, provista de un mecanismo situado en la parte delantera para controlar la dirección y unas asas posteriores—, que podía moverse tanto tirando de ella, a modo de carro, como empujándola desde atrás.

La adinerada viuda pedía a Viola que le leyera en voz alta la columna de sociedad del periódico: las noticias de nacimientos, bodas, nombramientos y muertes; y le preguntaba cuáles de los nombres que mencionaban conocía y qué otros detalles sobre la gente involucrada podía proporcionarle.

Algunos días, en vez de leer, le pedía que la llevara por el paseo marítimo para tomar un poco el aire. Ella confiaba en que se lo pidiera a su criada, pero prefería la compañía de Viola porque le ofrecía una conversación más amena.

Mientras Viola caminaba y la señora Gage rodaba, a menudo con su perrito *Nerón* sobre el regazo, la oronda anciana le pedía que identificara a todas las personas con las que se cruzaban. Viola conocía a algunas, pero no las suficientes para satisfacer la curiosidad de su nueva clienta.

En una o dos ocasiones, se encontraron casualmente con Georgiana y Emily durante uno de sus paseos y la mujer insistió en que las hermanas caminaran junto a ellas a modo de séquito y se unieran a la conversación, ya que conocían a más gente que Viola.

Por lo que ella sabía, a la señora Gage no le pasaba nada en la vista ni tenía ningún problema con su capacidad para leer, pero estaba encantada de pagarle por su tiempo, así que hacía lo que le pedía. Tenía en mente ahorrar algo de dinero —después de haber satisfecho el sueldo de Bibi— para comprarle un regalo a la señora Denby.

Viola era consciente de que, en realidad, realizaba las funciones propias de una dama de compañía, aunque durante solo unas horas a la semana.

La idea de una dama de compañía le recordó a Claire.

Todavía se preguntaba por qué su hermana mayor había dejado la casa para hacerle de dama de compañía a la convaleciente tía abuela Mercer. ¿Habría insistido su padre en que lo hiciera?

Viola siempre había pasado mucho tiempo sola y nunca asistía a los acontecimientos sociales, así que, con frecuencia, era la última en enterarse cuando sucedía algo. La marcha de Claire la había pillado por sorpresa, casi tanto como a Emily, que por aquella época estaba de viaje con una amiga de la escuela.

Todas sabían que su padre quería que Claire se casase con el hijo de un viejo amigo suyo y que ella se había negado. ¿Se habría marchado a Escocia para escapar de la presión de contraer matrimonio con un hombre que no le gustaba? ¿O habría sido su padre el que la había enviado a vivir con aquella tía exigente como una especie de castigo? Él, hasta los dos últimos meses de su vida, había sido un padre benévolo, aunque distante, pero a menudo perdía los estribos cuando se enfadaba.

Aunque no se lo había dicho a nadie, había esperado que, tras la muerte de su padre y una vez olvidada la discusión, su hermana regresara. Pero, desgraciadamente, no había sido así. Y Claire no mantenía correspondencia con ellas.

«¡Oh, Claire!». ¿Volverían a verla alguna vez?

Después de la cita de aquel día con la señora Gage, Viola, como de costumbre, se fue a Westmount para leerle al mayor. Cuando llegó, se encontró que la casa era un hervidero de actividad.

Chown se dedicaba a dar órdenes a voz en grito, Taggart manejaba una escoba, el señor Hutton limpiaba las cenizas y las migas de la mesa que estaba junto a su silla favorita y Colin... bostezaba vestido todavía con su bata de estar por casa.

Al verla, el joven sonrió.

—¡Ah, señorita Vi! Por favor, disculpe este caos. Esperamos visita para mañana y nos han reclutado a todos de manera forzosa para que nos ocupemos de que todo esté limpio y en su sitio. —Sacudió la cabeza—. Esta casa está llena de solteros. ¿Qué se puede esperar?

—¿Puedo preguntarle quién les visita para provocar semejante revuelo?

Colin se acercó a ella y dijo en un tono conspirador:

—Se trata de una dama, ¿sabe? La hermosa Lucinda Truman. —A continuación, con un estremecimiento teatral, añadió—: Y su madre.

Viola recordó el nombre de una de las cartas del mayor y se le hizo un nudo en el estómago.

—¿Son... amigas de la familia?

—Supongo que se puede decir que sí. Es la prometida de Jack.

Sintió un nudo en la garganta, como si alguien le apretase con fuerza. ¿El mayor estaba prometido?

Temblando, inspiró hondo esforzándose por mantener una expresión neutra.

—Y... ¿cómo es la señorita Truman?

—¡Oh! Hermosa, como ya le he dicho. Un ángel de cabellos dorados. Y de una familia decente. El padre falleció y la madre... —Se aclaró la garganta—. Bueno, ya la conocerá durante su estancia y tendrá ocasión de juzgarla usted misma.

¿Iba a conocer a la señorita Truman? ¿Quería hacerlo? Sentía curiosidad, a pesar de que le causaba auténtico pavor.

—¿Se quedarán mucho tiempo?

—Diez días, creo. Lo leería usted en la última carta de la señorita Truman.

—No, él... debió de guardársela para leerla él mismo.

—Cartas de amor, ya sabe —dijo Colin, sonriendo y guiñándole un ojo.

No fue capaz de devolverle la sonrisa.

Al ver que permanecía muy seria, el joven cambió el gesto.

—Imagino que Jack le habrá hablado de ella.

No, no lo había hecho. Ella había empezado a leer una de las cartas de la señorita Truman, pero él le había dicho que la apartara sin más explicaciones.

—Solo de pasada —dijo Viola en voz alta.

—No se han visto desde que Jack regresó —precisó Colin—. Fue decisión de él. Esperaba curarse antes. No puedo culparle por ello.

Viola tragó saliva y miró a su alrededor, hacia la sala de estar y el salón adyacentes.

—¿Y dónde se encuentra su hermano? ¿Preparándose también para la visita?

Colin asintió.

—Mientras charlamos, le están afeitando y cortándole el pelo.

—¡Ah, bueno! En ese caso, será mejor que me marche. No quiero estorbar. Si no le importa, dígale que he venido.

Aquel día Emily vio al señor Gwilt sentado en el porche con la jaula sobre la silla que tenía al lado.

—Buenas tardes.

—¡Ah! Señorita Emily. Encantado de saludarla. ¿Le apetece unirse a nosotros?

El hombre levantó la jaula de la silla y la puso en el suelo.

—A *Parry* no le importará cederle su asiento a una dama.

—Gracias... a ambos.

Emily tomó asiento junto a él y durante un rato los dos se quedaron mirando hacia el prado y, más allá del paseo marítimo, al mar.

—¿Está disfrutando de su estancia? —preguntó ella educadamente.

—Mucho. Es un placer estar en un lugar tan encantador con unas anfitrionas tan agradables.

—¿Ha viajado usted mucho?

—Prácticamente nada. Durante la última década apenas he pasado de la puerta trasera de mi casa.

Debió de notar su cara de preocupación, pues le dio unas palmaditas en la mano y añadió:

—Y no hubiera querido estar en ningún otro lugar del mundo.

Seguidamente inspiró hondo y exhaló un suspiro de satisfacción.

—No obstante, el venir aquí, ahora... Sí, lo que más aprecio es la buena compañía. No me malinterprete, también me siento muy a gusto con *Parry*, pero es bastante más callado de lo que solía ser.

Emily se sintió aliviada cuando le guiñó un ojo y le correspondió sonriendo.

—Se preguntará por qué lo sigo teniendo si ya no puede hablar conmigo.

—No, yo... —Emily empezó a poner reparos, pero luego admitió—: Reconozco que siento curiosidad.

—En ocasiones yo también me pregunto por qué me sentí satisfecho de dejar a mi esposa de tantos años en un cementerio rural y, sin embargo, resolví que tenía que traer a *Parry* conmigo.

Emily lo miró de hito en hito.

—¿Tenía usted una esposa, señor Gwilt?

—Es normal que le sorprenda que alguien como yo recibiera tal bendición.

—No quería decir...

Él levantó la mano con la palma abierta.

—No pasa nada, querida. No me ofendo fácilmente. No puedo permitírmelo, teniendo en cuenta quién es mi compañero de viaje.

Volvió a mirar hacia el mar.

—Pues sí, la señora Gwilt y yo estuvimos casados veinticinco años, y la amaba con toda mi alma. Aunque prefiero recordarla tal y como era antes de que una larga enfermedad hiciera estragos en su cuerpo y en su mente.

—Lo siento mucho.

Él asintió con la cabeza con una expresión de dolor.

—Le despojó de la capacidad de hablar y de la memoria. Me sentía tan impotente. Cuidé de ella, lo hice; lo mejor que pude, aunque no pudiera hablar conmigo y diera la sensación de que apenas sabía quién era yo. ¡Oh! Fueron muchos años de silencio.

Los ojos le brillaban por las lágrimas sin derramar. Parpadeó para reprimirlas y se mordió el labio con intención de mantener el control para continuar:

—Fue entonces cuando me di cuenta de que necesitaba a *Parry* tanto como él me necesitaba a mí. —Posó la mano sobre la jaula que estaba entre las sillas—. Por aquel entonces sí que hablaba. Llenaba aquellas habitaciones silenciosas con un agradable parloteo.

—Me alegro de que se encontraran el uno al otro.

Una vez más el señor Gwilt asintió con la cabeza, con la mirada puesta en el loro.

—Cuando falleció mi esposa, *Parry* estaba allí, a mi lado. Antes de lo que hubiera querido, él también acabó callándose, y la casa se volvió insoportablemente silenciosa. Insoportablemente vacía. —Inspiró hondo, intentando tranquilizarse—. Pero todavía tiene buen aspecto, y sus brillantes colores me animan.

Movió la jaula hacia delante para que los dos pudieran ver al loro.

—Y por supuesto, por mucho que lo quisiera, y aunque en ocasiones me olvide de cuál es la verdad, en el fondo sé que es... era... solo un pájaro.

Pasados unos instantes, se sorbió la nariz y añadió:

—Después de hacer que lo... conservaran, un tabernero local me ofreció una corona por él. Quería ponerlo en un estante detrás de la barra. —Meneó la cabeza con gesto sombrío—. Ahora bien, si me hubiera ofrecido una guinea, le habría dejado esta pequeña «responsabilidad» sin pensármelo ni un instante.

Emily se quedó mirando la jaula y reprimió una carcajada. Miró al señor Gwilt sin saber muy bien si estaba bromeando o cómo debía reaccionar.

Él le sonrió con picardía y ella rompió a reír.

El hombre hizo lo propio y Emily pensó que en muy raras ocasiones había escuchado un sonido tan hermoso.

Capítulo 20

«Después de regresar a la máquina, experimenté una maravillosa sensación de bienestar. Es la sensación más placentera del mundo y, a partir de ahora, me bañaré todas las veces que sea posible siempre y cuando sea seguro».

FRANCES BURNEY,
Diary

fortunadamente, la segunda experiencia de su madre con los baños de mar fue mucho mejor y regresó a Sea View temblando, pero con una sonrisa. Además, después de unos días, eximió a Emily de la tarea de acompañarla aduciendo que, entre Georgiana y la ayuda de un bastón, se las podía arreglar perfectamente para recorrer la distancia caminando por su propio pie. Este hecho resultó un gran alivio para todas —probablemente más para Emily que para el resto—, pues era la prueba de que su madre estaba recobrando las fuerzas.

En aquellos días Sarah, su madre y la señora Besley barajaron diferentes opciones, consultaron con los tenderos y planificaron un menú para la cena de los Elton. Juntas calcularon el precio que les cobrarían, intentando que fuera lo más ajustado posible y que fuera suficiente para incluir los costes, una compensación al personal por el esfuerzo extra y el sueldo de un camarero que contratarían para aquella noche.

Sarah le presentó el menú a la huésped por escrito e incluyó deliberadamente el precio. Contuvo la respiración esperando que la señora Elton se desmayara por la impresión o, al menos, que protestara.

Al ver que no replicaba, la joven dijo:

—Tanto la señora Besley como mi madre consideran que el precio es el apropiado teniendo en cuenta el menú y el número de comensales. Pero si excede la cantidad que esperaba, podríamos cambiar la ternera y sustituirla por pollo. También el cordero es menos costoso, y el estofado de cordero es muy sabroso.

La señora Elton estudió el folio.

—No, me gusta el menú tal y como está. Y merecerá la pena, tanto para nosotros como para usted, porque al recibir la visita de unos personajes tan reputados, invitados por nosotros, la buena fama de Sea View está asegurada.

¿Personajes reputados? Sarah se pasó la lengua por los labios resecos.

—Mencionó usted al señor Lousada. ¿A quién más planea invitar?

—A mi querida *lady* Kennaway y a sir John, por supuesto; al general y a la señora Baynes y al señor Wallis, de la biblioteca marina. Puede que sea un editor, pero también es muy conocido. No creo que nadie lo mire por encima del hombro por considerarlo un comerciante, a pesar de que se dedique a... —Se detuvo un instante y susurró con tono teatral—: a vender libros y publicaciones.

A continuación, le devolvió el menú a Sarah y prosiguió:

—Y luego está el señor Butcher. Asistimos a los servicios religiosos de su capilla específicamente para conocerlo, aunque nosotros pertenecemos a la Iglesia anglicana. Y supongo que tendremos que invitar también a su esposa.

Sarah se puso nerviosa. ¿El señor Butcher? Aquella podría ser la oportunidad que tanto estaban esperando. Emily todavía no había recibido respuesta a su carta, pero si aceptaba la invitación de los Elton, aquello todavía podía impresionarlo. ¡Emily se iba a poner muy contenta!

La señora Elton citó unos cuantos nombres más, la mayor parte de ellos de personas que estaban en Sidmouth de visita y de las que no había oído hablar. Luego fijaron una fecha: el sábado de dos semanas después.

Torciendo la boca con gesto pensativo, la mujer añadió:

—Creo que debería entregar las invitaciones en mano. De ese modo tendré ocasión de visitarles y profundizar en nuestra relación, lo que permitirá que la conversación sea más fluida alrededor de la mesa. A menos que crea usted que enviarlas por correo sea más adecuado...

Sarah se quedó pensando. Por experiencia, sabía que a la gente no le gustaba verse obligada a dar una respuesta inmediata.

—Escribir les dará de oportunidad de revisar su calendario de compromisos y responder por carta.

—¿Hay tiempo suficiente para eso?

—Sí, a no ser que tenga usted previsto imprimir las invitaciones.

—No había pensado en eso...

—No es necesario. Una invitación escrita a mano es perfectamente aceptable.

—¡Cuántos detalles hay que considerar!

—Sí. —Sarah estuvo totalmente de acuerdo. El corazón le latía a toda velocidad y tenía la nuca cubierta de sudor. ¡Ojalá consiguieran que aquella cena resultara un éxito!

Viola estaba de bastante peor humor de lo habitual, incluso en ella. Echaba de menos ir a Westmount, charlar con el señor Hutton y con Armaan y que Colin le tomara el pelo. Pero, para ser honesta consigo misma, tenía que reconocer que lo que más añoraba con diferencia era al mayor. En más de una ocasión recreaba mentalmente las conversaciones y encuentros entre ambos. No, no había mencionado su compromiso, pero ¿por qué iba a compartir una información tan personal con una extraña a la que pagaba para que le leyera? Y en realidad tampoco tenían confianza; apenas había sido educado con ella, al menos al principio. No podía sentir que la había decepcionado. No obstante, sus últimos encuentros habían adquirido un tono más personal. Y le había tocado la boca. Había creído que significaba algo; o que podía significar algo. Estaba claro que había cometido un error y que había sido una tonta. Pero él también se había equivocado. Un hombre comprometido no debía ir por ahí tocándole los labios a otra mujer, y estaba decidida a decírselo. Si es que volvía a verlo.

Al restringir sus visitas a Westmount, tenía tiempo libre y había empezado a visitar a la señora Denby más a menudo.

Aquel día, cuando entró en su habitación en el asilo de los pobres, la anciana dio una palmada como si estuviera aplastando un insecto. Viola escuchó el inconfundible sonido de un papel al arrugarse.

Aquello despertó sus sospechas.

—¿Qué es lo que tiene ahí, señora Denby?

Ella levantó la vista con la expresión de culpabilidad de un niño escondiendo una golosina.

—¿Qué? ¡Ah! Es que no quería que me sorprendieras leyendo. Todavía veo un poco, ¿sabes? Pero no quiero que dejes de visitarme.

—No lo haré. Y ahora, dígame, ¿qué tiene ahí escondido?

La mujer sacó un trozo de papel que había escondido entre ella y el brazo de la silla y se lo mostró.

—He recibido una carta. ¡Yo! Un placer nada común a mi edad. ¡Ah! ¡Y cómo he disfrutado cuando se la he enseñado al señor Banks! Él recibe cartas a menudo y siempre se pavonea delante de mí.

En ese momento soltó una risita y le tendió la carta a Viola.

—¿Serías tan amable de leérmela, querida? Me encantaría oírla en tu deliciosa voz, y puede que a ti también te parezca interesante.

—Ah, ¿sí?

La anciana asintió con la cabeza y frunció los labios como si reprimiera una sonrisa.

Intrigada, Viola aceptó la carta y, tras reconocer la letra, la leyó en voz alta:

Querida señora Denby,

Gracias por su amable nota referente a mi humilde oferta de dulces y pastas que le envié con Viola. Fue usted extremadamente generosa con sus alabanzas y, dado que ahora estoy empezando a prepararlos para nuestros huéspedes, sus alentadoras palabras no podían llegarme en un momento más oportuno.

También quiero darle las gracias por haber entablado amistad con nuestra querida Viola. Ella nos habla maravillas de usted, ensalzando su amabilidad y su excelente humor. A veces pienso que nuestra querida hermana menosprecia su valía y resulta muy reconfortante cuando alguien de fuera de la familia reconoce la joya que realmente es.

La saluda atentamente,

Viola sintió un nudo en la garganta. ¿De veras Sarah la venía como una persona valiosa o simplemente estaba siendo educada?¿Ella, una joya?, pensó entre la incredulidad y la emoción. Le costaba mucho creerse aquel halago.

Aquella noche, durante la cena, Sarah ayudó a Jessie a servir mientras que Emily hizo las veces de anfitriona. El señor Stanley cenó con ellas, algo que sucedía raras veces desde la llegada a Sidmouth de su hermana. Sarah notó que a menudo dirigía la vista hacia Emily, sentada al otro lado de la mesa, y cada una de sus miradas delataba la admiración que sentía por ella.

Una sombra apareció en la puerta y cuando miró hacia allí, a Sarah le sorprendió ver a Lowen. No era habitual en él irrumpir en el comedor.

El criado se aclaró la garganta.

—Un tal señor Giles Hornbeam pide ver al señor Hornbeam.

El señor Hornbeam levantó la cabeza de golpe y abrió mucho la boca para acabar sonriendo de satisfacción, al tiempo que desplegó una red de pequeñas arrugas de felicidad bajo sus lentes oscuras.

Sarah respondió:

—Hágalo entrar, si es tan amable.

En el umbral apareció un apuesto caballero, alrededor de la treintena, vestido a la última moda, con el sombrero en la mano.

—Buenas noches.

El señor Hornbeam se levantó.

—Giles, hijo mío. Sabía que vendrías.

El joven saludó de forma general a todos los presentes con una inclinación de cabeza.

—Les pido mil disculpas por la interrupción. No se me ha ocurrido pensar que estarían cenando tan pronto.

—No tiene por qué disculparse —repuso Sarah—. Es usted más que bienvenido. —A continuación, hizo un gesto indicando la mesa—. Por favor, únase a nosotros. Haré que le pongan un cubierto. Tenemos comida de sobra.

Él levantó la mano abierta.

—No se moleste. Cenaré más tarde en el hotel.

—¿El hotel? —preguntó su padre—. En mi habitación tengo una cama para ti.

—Y estoy seguro de que debe de ser muy confortable, pero... —dijo cambiando el peso del cuerpo de una pierna a otra—. ¿Podría hablar con usted en privado, padre?

El señor Hornbeam vaciló.

—¿Por qué no te sientas unos minutos mientras termino esta excelente comida? Si no tienes hambre, estoy segura de que Jessie te traerá una taza de té mientras esperas.

Jessie asintió:

—Por supuesto, señor.

El volvió a levantar la mano.

—No, gracias. Siento interrumpir su cena, pero solo me llevará unos segundos, lo prometo, padre.

Durante unos instantes el señor Hornbeam permaneció en silencio mientras su expresión y todo su ser se tensaba como si intentara hacer acopio de valor.

—De acuerdo —aceptó, dejando la servilleta sobre la mesa—. Les ruego a todos que nos disculpen. Prosigan sin mí, por favor.

Rodeó la mesa sin ningún esfuerzo y sin utilizar siquiera el bastón.

Sarah se quedó mirándolos mientras se marchaban y, tan pronto como la puerta se cerró tras ellos, lanzó una mirada a Emily para indicarle que retomara la conversación y rompiera el incómodo silencio.

Emily hizo caso de las indicaciones de su hermana y preguntó al señor Henshall sobre el libro que estaba leyendo. Durante un rato, ambos departieron sobre las novelas de Waverly.

Pasados unos minutos, el señor Hornbeam volvió a entrar y todo el mundo se volvió hacia él expectante. Resultaban doloroso ver el gesto de decepción que contraía su rostro.

Deteniéndose en el umbral, anunció:

—Al final mi hijo no se unirá a mí.

—Lo siento mucho, señor Hornbeam —dijo Sarah.

—Gracias.

Rodeó lentamente la mesa, en esta ocasión con más cautela, retomó su asiento y se puso la servilleta en el regazo.

—En realidad tampoco es que me haya sorprendido tanto. Un viejo como yo no puede competir con un grupo de amigos jóvenes y afables.

El señor Henshall respondió:

—Yo diría que usted también cuenta, justo aquí, con un grupo de amigos afables, aunque no seamos tan modernos como su hijo.

—Ni tan jóvenes —añadió el señor Gwilt, con una sonrisa apocada.

El señor Elton preguntó:

—¿En qué hotel se aloja?

—En el London Inn, pero solo por esta noche. Mañana regresa a Weymouth para reencontrarse con sus amigos.

—Tal vez deberíamos haber ido a Weymouth —dijo la señora Elton—. O incluso a Brighton.

A Emily le brillaban los ojos cuando abrió la boca para responder:

—Pues...

Sarah imaginó cuál sería su agria respuesta: «Pues no seremos nosotras las que la detengan». Así que lanzó a su hermana una mirada de advertencia y rápidamente intervino:

—En ese caso no les habríamos conocido, y sin duda habría sido una verdadera lástima.

El señor Elton hizo un gesto con la cabeza en señal de agradecimiento y luego volvió a mirar a su esposa.

—Yo estoy disfrutando mucho en Sidmouth, querida. Aunque, por supuesto, la próxima vez podemos ir a algún otro sitio, si así lo prefieres.

—Mi hijo ha encontrado que Brighton es muy entretenido.

Emily sonrió con dulzura y añadió:

—Y está muy pero que muy lejos de aquí.

Después de cenar Sarah habló en privado con el señor Hornbeam en el vestíbulo.

—Me sorprende que su hijo hiciera un viaje tan largo si no tenía intención de quedarse más tiempo.

El señor Hornbeam asintió distraídamente.

—Sí.

—¿Puedo preguntarle por qué lo ha hecho?

—Bueno, no ha venido hasta aquí en busca de consejo, eso se lo puedo asegurar. Se ha marchado con la cartera más llena y dejando la mía mucho más vacía.

—¡Ah!

—Así es, «¡ah!» —dijo él con una mueca.

—Lo siento.

—Se lo ruego, deje de decir que lo siente, querida.

—¿He hecho que se sienta usted peor? No era mi intención.

—En absoluto. Es solo que no tiene por qué disculparse. Su amabilidad, la suya y la de sus hermanas, consigue aliviar el dolor que me causa su cruel indiferencia.

—Me alegro.

Él le dio unas palmaditas en el hombro.

—Y yo me alegro de haber venido aquí.

—Nosotras también.

El señor Henshall asomó la cabeza por la puerta del salón.

—¿Qué me dice de una partida de ajedrez, señor Hornbeam? Le indicaré los movimientos en voz alta.

El anciano vaciló.

—¿Al ajedrez, dice? Debo advertirle que en mis tiempos era bastante bueno.

—Y estoy seguro de que lo sigue siendo.

El señor Hornbeam se esforzó por sonreír.

—Gracias, señor Henshall. Me encantará jugar con usted.

En aquel momento Sarah sintió incluso mayor admiración por el escocés de la que había sentido hasta entonces y, desde la distancia, buscó su mirada y esperó que notara el afecto y la gratitud que sentía.

Capítulo 21

«Con frecuencia, hasta que no ves a otras personas prestarle atención a algo, no empiezas a prestársela tú. No tengo ninguna duda de que, si Eve hubiera tenido la mala suerte de tener un labio leporino, a ella no le habría importado hasta que apareció Adam y la miró sin demasiado convencimiento».

Mary Webb,
Precious Bane

l día siguiente Viola evitó otra vez ir Westmount. Unos treinta minutos después de la hora en la que solía visitar al mayor, Armaan se presentó en Sea View con una carta en la mano.

Viola fue a abrir la puerta.

—Buenos días, señor Sagar. ¿Todo bien?

—No, señorita. El mayor no está contento. Está muy enfadado porque no ha venido.

—¡Oh!

—¿Está usted enferma?

—No, simplemente di por hecho que al tener invitados...

Él meneó la cabeza.

—El mayor desea que venga.

Armaan le entregó una nota, escrita de forma apresurada.

Señorita V. S.,

Tenía entendido que había usted aceptado venir a Westmount una hora al día. ¿O acaso no era ese nuestro acuerdo? ¿Un acuerdo por el cual le pago? Le ruego que cumpla con su obligación o que tenga la bondad de contarme las razones de su ausencia.

Atentamente,
J. H.

«Pues sí que está enfadado, sí», pensó.

Cuando levantó la vista, vio que Armaan la observaba con gran interés, como si estuviera haciendo conjeturas.

—Creo que la echa de menos.

—¿Que me echa de menos? —«¿Con la hermosa señorita Truman en su residencia?», dijo para sí. Estuvo a punto de soltar un bufido impropio de una dama. Inspiró hondo y añadió—: De acuerdo. Iré inmediatamente si le viene bien. Deme solo un minuto para prepararme.

Después de tomar su capota con velo y unos guantes, se reunió con él fuera.

De camino a la casa, preguntó:

—¿Cómo está yendo la visita? ¿Están disfrutando de su estancia la señorita Truman y su madre?

Una expresión de malestar contrajo su rostro.

—No estoy muy seguro. Las cosas están mejorando, al menos eso creo, pero al principio estaban un poco tirantes.

—¿Por qué?

Abrió la boca para responder, pero entonces la miró y pareció pensarse mejor lo que estaba a punto de decir.

—El primer día, encontraron que la comida era inaceptable. Entonces Chown le pidió ayuda a la señora Besley y ahora las viandas son mucho más comestibles. Casi buenas.

—Es un alivio.

Él la miró de soslayo.

—Recibir invitados en casa puede ser muy engorroso, ¿no? Usted debe de saberlo.

Ella asintió con la cabeza.

258

—Mejor que nunca —respondió, aunque se preguntó qué había querido decir con aquello.

Poco después, cuando llegaron a Westmount, Armaan le cedió el paso para que entrara en la sala de estar.

Viola tenía los nervios de punta al pensar en la posibilidad de encontrarse con la prometida del mayor. Se dejó el velo puesto, sintiendo la necesidad de protegerse. No sabía qué era lo que esperaba encontrarse. Bueno; eso no era del todo cierto. Sí que lo sabía. Esperaba conocer a una belleza vanidosa y malcriada. ¿Habría mostrado la señorita Truman rechazo al ver las cicatrices de su prometido? ¿Habría reaccionado de forma melodramática, desmayándose?¿Tal vez al recuperarse se habría comportado de manera altiva y dijese que de ninguna manera aceptaría atarse a un hombre deforme siendo ella tan perfecta? Por una parte, esperaba que fuera así. Entonces, imaginando la reacción del mayor ante semejante espectáculo, apartó de su mente aquel pensamiento.

Mientras cruzaba el umbral, intentó reunir fuerzas, pero la joven rubia que se aproximó para saludarla era toda gentileza y educación. Hermosa, sí, pero no demasiado presuntuosa.

—Señorita Summers, me alegro de conocerla por fin. He oído hablar mucho de usted.

En ese momento hizo una reverencia y Viola, automáticamente, respondió con otra.

—Tengo entendido que le ha estado leyendo la prensa y la correspondencia al mayor Hutton.

—Mmm... Sí.

—Entonces habrá leído mis cartas.

—Mmm... no. El mayor se ocupó él mismo de... las misivas más personales.

—¡Oh, bien! Es un alivio. —La señorita Truman se llevó una mano al pecho—. Estoy convencida de que habría juzgado mi forma de escribir como infantil y estúpida. ¡Y todo el mundo dice que mi ortografía es espantosa! —añadió con una sonrisa, ante la que Viola empezó a relajarse.

—¿Está disfrutando de su estancia en Sidmouth?

La señorita Truman miró detrás de sí como si quisiera asegurarse de que nadie la oía.

—Yo no utilizaría precisamente la palabra «disfrutando»; apenas hemos salido de casa.

—¿Y cómo están yendo las cosas... aquí? —quiso saber.

—Para serle totalmente sincera, volver a verle, tal y como está, me causó un gran impacto. No puedo negarlo. Él me había escrito, aunque creo que en realidad le había dictado la carta a su... amigo. Eso fue antes de que se uniera usted a esta pequeña tropa. —Volvió a esbozar una sonrisa, aunque muy pronto empezó a flaquear—. Me habían avisado de que debía esperarme cicatrices, un ojo dañado, y su pobre oreja... mutilada. Pero confieso que ha resultado mucho peor de lo que mi inocente imaginación era capaz de concebir. Me temo que he pasado toda mi vida en un ambiente muy protegido.

Viola asintió con la cabeza mostrando su comprensión.

—Estoy convencida de que, al principio, debió de ser difícil, pero con el tiempo se acostumbrará a las cicatrices. Muy pronto, apenas las notará.

La señorita Truman la miró fijamente, con los labios entreabiertos por el asombro y los ojos iluminados quizá por la esperanza.

—¿De veras lo cree? ¿Usted se ha acostumbrado a ellas?

—¡Oh, sí! Con ello no quiero decir que no las vea, pero sin duda ya no me impresionan ni me turban.

—El caso es que... según me han dicho, usted también tiene cicatrices, y tal vez eso haga que esté acostumbrada a verlas. —La señorita Truman se quedó mirando el velo.

Viola sintió una fuerte opresión en el pecho al tiempo que la sensación de haber sido traicionada empezaba a correrle por las venas. ¿El mayor la había descrito como una mujer marcada? ¿Una pobre desgraciada con el labio leporino? ¿Era ese el resumen de quién era como persona?

Las burlas y los insultos que había sufrido durante la infancia le habían dejado cicatrices emocionales, y aunque la acompañarían toda su vida, los había superado, al menos la mayoría. Y últimamente se había vuelto bastante insensible a los desaires de la gente que no significaba nada para ella. ¿Pero aquello?

—¿Se lo dijo el mayor? —preguntó.

—Creo recordar que fue su padre el que lo mencionó primero, y entonces el mayor me advirtió de que debía ser amable. —La señorita Truman buscó con su cristalina mirada los ojos de Viola tras el vaporoso velo. Ella sabía que el encaje ensombrecía sus rasgos, los difuminaba, pero no los ocultaba del todo.

¿De verdad requería semejante esfuerzo no reaccionar de manera negativa a su apariencia? ¿Ser amable con alguien como ella?

Al ver que no respondía, la señorita Truman dijo:

—Discúlpeme. Tal vez no debería haberlo mencionado. Solo quería que supiera que estaba al tanto. Y darle permiso para quitarse el velo si así lo desea.

—No especialmente —contestó casi en un susurro. «Ahora no», pensó.

La joven dama parpadeó y se obligó a sí misma a esbozar una alegre sonrisa.

—Está bien. Bueno, doy por hecho que ha venido a leerle al mayor. Yo me he ofrecido a hacerlo, pero dijo que ya la ha contratado a usted para ese menester. Así que, si me acompaña... —La señorita Truman le hizo un gesto indicando el pasillo y la acompañó hasta el despacho.

Cuando llegaron a la puerta abierta, Viola vio al mayor Hutton de pie junto a la ventana, con las contraventanas abiertas de nuevo, mirando hacia fuera.

La señorita Truman, tras titubear unos segundos en el umbral, empezó a decir tímidamente:

—Discúlpeme, mayor, pero...

—Te tengo dicho que utilices mi nombre de pila... —dijo serenamente sin darse la vuelta.

—¡Oh, sí! Siempre me olvido —dijo ella, bajando la cabeza—. Está aquí la señorita Summers.

—¡Ah! —Se volvió y mantuvo la mirada en su prometida—. ¿Quieres unirte a nosotros?

—¡Oh! Gracias, pero no. Esperaré con mamá. —Agitando las pestañas, se despidió de él distraídamente con una leve inclinación de cabeza y se marchó a toda prisa.

Cuando se hubo retirado, el mayor Hutton miró de frente a Viola con gesto severo.

—¡Mira quién ha venido por fin! ¿Ha concluido su permiso injustificado y ha decidido finalmente retomar sus obligaciones?

—Solo he faltado cuatro días.

—Días por los que le estoy pagando.

—Puede descontármelos del sueldo.

—No será necesario. Recuperará las horas perdidas.

—Ah, ¿sí? —preguntó con tono retador.

Adoptó un tono más amable.

—Eso espero.

Se retiró el sombrero y tomó asiento.

—¿Por qué esta tan enfadado? Simplemente supuse que estaría demasiado ocupado con sus invitadas para querer que le lea las noticias.

—Las suposiciones son peligrosas. —En ese momento observó el perfil de la joven—. ¿Es esa la única razón por la que ha mantenido la distancia?

—Por supuesto —respondió con frialdad. Quería hacerle... tantas preguntas. Pero solo se sentía con derecho a plantearle una—: ¿Empezamos?

Después de recoger la correspondencia del día en la oficina de correos, Emily recorrió el paseo marítimo en dirección a la biblioteca marina, deseando encontrar una nueva novela para leer.

Cuando se aproximó al porche de Wallis, vio al señor Stanley con un codo apoyado sobre la barandilla hablando con una joven que estaba sentada en el banco de al lado. A Emily se le encogió el estómago por la decepción hasta que cayó en la cuenta de que debía de ser su hermana.

Al darse cuenta de que se acercaba, el señor Stanley se irguió de un respingo y de pronto pareció no estar muy seguro de qué hacer con el pastelito que tenía en la mano.

—Señorita Summers.

—Señor Stanley. —Él tenía un trozo de glaseado en el labio. Emily reprimió una sonrisa, y también el deseo irrefrenable de limpiárselo.

Se volvió hacia su acompañante, una joven refinada y de aspecto agradable vestida con un sencillo traje de día, un Spencer y un sombrero de hojas de palma.

Al ver hacia dónde dirigía la mirada, el señor Stanley dijo:

—¡Ah, señorita Summers! Permítame presentarle a mi hermana, la señorita Stanley.

La joven se puso en pie y ambas se saludaron con una reverencia. Luego miró a su hermano y se rascó el labio con un dedo enguantado y una significativa mirada con la ceja levantada. Él se sonrojó y se limpió la boca.

—¿Summers? Ah... la familia propietaria de la casa de huéspedes que elegiste.

Emily se puso tensa, pero en seguida se sintió aliviada al no ver ningún indicio de mofa en su cara.

—Así es —empezó él—, pero...

Emily tomó la palabra.

—Hace muy poco que hemos abierto la casa a los huéspedes y mis hermanas y yo nos las arreglamos lo mejor que podemos. Su hermano está siendo muy paciente y atento con nosotras.

A la señorita Stanley se le formaron unos hoyuelos a ambos lados de la boca.

—No me sorprende. A lo largo de los años le he regalado innumerables oportunidades para aprender a ser paciente.

—Muy cierto —respondió él.

Ella le dio un simpático codazo en el costado.

La actitud amigable de la joven y sus cabellos de color caramelo eran muy similares a los de su hermano y Emily decidió casi de inmediato que le gustaba.

La señorita Stanley miró primero a Emily y después a su hermano con un brillo pícaro en los ojos.

—Y ahora entiendo por qué lo vemos tan poco últimamente.

—¡Tan poco! —protestó él, con una carcajada—. Vengo a visitaros a ti y tu amiga casi todos los días.

Emily miró más allá de los hermanos en dirección a la ventana de la biblioteca.

—¿Su amiga no está con ustedes?

La señorita Stanley negó con la cabeza.

—La pobre tiene migraña y ha decidido quedarse en la cama.

—¡Qué pena!

—Así que llevo varias horas sola —dijo con un suspiro—. Le ruego que no se ofenda, señorita Summers, pero no puedo evitar desear que mi hermano hubiera elegido alojarse en el mismo hotel que nosotras. Hubiera sido mucho más práctico.

—Para ti, tal vez —replicó él—. Yo, sin embargo, prefiero Sea View con las comodidades propias de un hogar familiar.

Su hermana le lanzó una mirada maliciosa.

—Y porque sabes que, si te hospedaras en nuestro hotel, la señorita Marchant y yo te estaríamos dando la lata todo el día para que fueras a buscar nuestros chales, nos trajeras helados y nos acompañaras de compras.

—Sí, también por eso —convino él—. Me gusta disfrutar de cierta libertad.

Emily observó la manera en que los dos hermanos bromeaban entre sí de forma cariñosa y sintió una punzada de melancolía. Cuando eran más pequeñas, ella y Viola a menudo habían deseado tener un hermano varón, y no solo por esa horrible vinculación testamentaria.

—Bueno —dijo entonces, sonriendo, a la hermana—, ha sido un placer conocerla, señorita Stanley.

A continuación, tras una nueva ronda de reverencias y una inclinación de cabeza, Emily entró sola en la librería.

Una vez dentro, el reclamo de las cubiertas de los libros y de las páginas impresas no atrajo su atención de inmediato como solía sucederle. Al ver que el dependiente estaba ocupado con otro cliente, se detuvo frente a la ventana y vio al señor y a la señorita Stanley abandonar la terraza y marcharse paseando.

El cariño fraternal entre ellos le recordó la manera en que, en su día, la trataba Charles, y no solo a ella, sino también a sus hermanas. Años atrás, cuando eran más pequeños, él había ejercido el papel de hermano de algún modo: uniéndose a ellas cuando jugaban en el prado o durante las clases de baile, acompañándolas al pueblo y, en ocasiones, regalándoles alguna que otra pieza de sus expediciones de caza.

Había sido siempre amable con Claire, Sarah y Georgiana. Y también con ella, aunque a veces la reprendía por comportarse de una manera excesivamente estridente o por sus sonoras carcajadas impropias de una dama.

Echando la vista atrás, con quien más reservado se había mostrado siempre había sido con Viola. Sus operaciones y posteriores convalecencias habían hecho que permaneciera aislada durante largo periodos, así que tal vez era porque, sencillamente, no la conocía tan bien como al resto. O tal vez la razón era que, debido a su estado, la consideraba demasiado sensible como para hacerle bromas.

Conforme Emily se fue haciendo mayor, las atenciones de Charles hacia ella habían cambiado. La corregía menos y la admiraba más, o esa había sido su impresión. Comenzaron a pasar mucho tiempo juntos —montando a caballo, paseando, charlando— y su madre había empezado a pavonearse como una gallina clueca en espera de que una de sus crías contrajera matrimonio.

Habían bailado juntos en varias ocasiones la última noche de la fiesta de varios días que se había celebrado en honor de su amigo lord Bertram. ¿Cuánto tiempo hacía de aquello? ¿Un año? Charles se había acercado mucho mientras bailaban, la había mirado fijamente a los ojos con una sonrisa, y en un momento dado, cuando estaban solos, le había parecido que estaba a punto de besarla... De hecho, se había mostrado tan atento que Emily casi deseó no haber aceptado la invitación para pasar dos semanas con una amiga del colegio justo después de la fiesta.

Poco después su padre sufrió una apoplejía y, durante un tiempo, la perspectiva de un romance habían pasado a un segundo plano. El hombre sobrevivió dos meses más, postrado en la cama, frustrado y enfadado, hasta que un segundo ataque acabó con su vida.

Charles se había ausentado del vecindario durante aquellas semanas, optando por pasar una temporada en la casa que su familia tenía en Londres. Había vuelto para el funeral del señor Summers, pero se había mantenido alejado de Finderlay. Al principio, Emily supuso que su ausencia obedecía a que deseaba respetar su periodo de luto, pero cuando se encontraba casualmente con él —en la iglesia o en el pueblo— se daba cuenta de que su actitud, de repente, se había vuelto distante. Sí, se acercaba educadamente a saludarla y le preguntaba por la salud de su madre, pero justo después se alejaba lo más rápidamente posible.

Su madre le aconsejó que no lo presionara, que a los caballeros como Charles no les gustaba que los persiguieran, que les insistieran. Intentó seguir los consejos maternos... durante un tiempo. Pero aquello no dio los resultados esperados. Y ella seguía sin entender qué ocurría.

Con un profundo suspiro, se giró hacia un expositor cercano con nuevas novelas, decidida a perderse en el consuelo que le ofrecían los libros.

Sarah estaba sentada en su mesa hojeando las páginas en blanco del registro cuando Emily regresó de la oficina de correos.

—¿Alguna nueva solicitud de habitaciones? —preguntó.

—Solo una de una pareja de ancianos que pregunta por un cuarto en la planta baja. —Emily levantó las tres cartas que había recogido—. Y, por desgracia, el señor Butcher ha declinado mi invitación a visitar Sea View.

Sarah estuvo a punto de contarle que la señora Elton lo había invitado a su cena, así que tal vez no estaba todo perdido, pero Emily siguió hablando antes de que le diera tiempo a hacerlo.

—No obstante, sí que he recibido una carta muy interesante.

—Ah, ¿sí?

—¿Recuerdas a la señorita Jane Lewis?

—Sí. No sabía que siguieras teniendo trato con ella. Pensaba que habíais perdido el contacto después de que se mudara.

—Y así fue, pero me acordé de que se había trasladado a Surrey. A Hinchley Wood que, casualmente, está bastante cerca de Esher.

Sarah levantó la vista y se quedó inmóvil.

—Y le escribiste para preguntarle por los Elton.

Emily asintió con la cabeza con un destello de satisfacción en la mirada.

—Déjame adivinar, ¿ella tampoco los recuerda?

—A decir verdad, sí que los recuerda. Me ha reconocido que los conoce y también admite que no le caen bien. Es más, que no caen bien a nadie.

—Pobres señor y señora Elton...

—¡¿Pobres señor y señora Elton?!

—Bueno, si no les caen bien a nadie... debe de ser muy triste.

Emily puso los ojos en blanco.

—«Triste» no es precisamente la palabra que emplea Jane Lewis, ni tampoco la que usaría yo. —A continuación, levantó la carta y leyó un extracto:

Espero no estar insultando a una nueva amiga tuya, si es que así la consideras. Su esposo no está mal, supongo, pero la señora Elton... No me gusta hablar mal de nadie, pero he llegado a la conclusión de que es una persona manipuladora, maleducada y egoísta que intenta ganarse a la gente con argucias de una forma abominable. No puedo decir otra cosa. Espero que no pienses que soy malvada, pero fuiste tú la que me pediste mi más sincera opinión.

—¡Cielo Santo! —exclamó Sarah—. Es peor de lo que imaginaba.

A Emily le brillaban los ojos.

—Pues, en mi caso, es exactamente lo que imaginaba.

—Bueno, ¿y ahora qué se supone que debemos hacer al respecto? No puedo echarlos porque no caigan bien a la gente. Y su cena ya está organizada.

Emily meneó la cabeza lentamente.

—Estoy segura de que acabaremos por arrepentirnos.

Alterada después de su conversación con Emily, Sarah fue habitación por habitación con un plumero en la mano descargando su angustia con cualquier resto de polvo que hubiera osado acumularse.

Al ver al señor Gwilt y a su loro sentados solos en la sala, entró para hablar con él.

—Buenos días, señor Gwilt. Espero que esté disfrutando de su estancia.

—Así es. Y también *Parry*.

—Me alegra oírlo. ¿Y a dónde irá después de Sidmouth? ¿De vuelta a casa?

—¡Oh, Dios mío! ¿Está intentando librarse ya de nosotros?

—¡Por supuesto que no! —le tranquilizó, con una risotada—. Ha pagado usted para quedarse seis semanas y ese es el tiempo del que dispondrá. —Seguidamente, adoptando un tono más dulce, añadió—: Y más, si así lo desea. Solo estaba dándole conversación.

—¡Ah, no! No volveré a casa. De hecho, si he de serle honesto, ya no tengo casa. La vendí. Era demasiado grande y vieja para *Parry* y para mí solos.

—Entiendo. ¿Y está pensando usted instalarse aquí, en Sidmouth?

—Instalarme, no sé; pero puede que me quede algún tiempo más. Lo que he visto del lugar hasta ahora me gusta bastante.

—Que, si no le molesta que le dé mi opinión, es bastante poco. Apenas ha salido de la casa.

—Tiene usted razón. Es solo que no me gusta dejar a *Parry* demasiado tiempo en la casa. Se siente solo.

Sarah sospechó que, en realidad, era él el que se sentía solo, y dijo:

—Tengo una idea. Dentro de un rato voy a acercarme al pueblo. ¿Le apetece acompañarme? Solo tengo planeado pasarme por la verdulería —sé que le gusta la fruta—, y quizá, después, podríamos entrar en la librería.

—¡Oh! Me parece muy bien. Me gusta mucho leer.

—Wallis, además de librería, es también una biblioteca circulante. Se pueden tomar libros prestados por una cuota bastante razonable. De hecho, yo tengo una suscripción, pero últimamente he estado muy ocupada para utilizarla. Me haría un favor eligiendo un libro. De lo contrario, Emily me regañará por tenerla abandonada. Es una gran lectora.

—Sí, ya me he dado cuenta. La verdad es que sí, que me apetece. Y si con eso la ayudo, mejor todavía. Pero... *Parry*...

Sarah hizo una mueca a modo de disculpa.

—No creo que dejen entrar mascotas en tiendas como esas. ¡Ya sé! Podemos dejarlo aquí, en el despacho. Emily se quedará durante la próxima hora, más o menos, acabando de gestionar la correspondencia. Ella y *Parry* pueden hacerse compañía mutuamente.

—¡Excelente idea! Gracias, señorita Sarah. Es usted muy amable. Deme solo unos minutos para prepararme. Bajaremos enseguida.

Subió las escaleras alegremente mientras Sarah regresaba a la biblioteca.

—Vas a hacerle compañía a *Parry* durante la próxima hora, como mucho, dos. Por favor, no montes un escándalo.

—¿A *Parry*? —Emily soltó un gruñido—. ¡Debes de estar de broma!

—¡Sssh!... Ha sido la única manera que he encontrado de convencer al señor Gwilt de que vaya al pueblo.

—¿Y por qué te importa tanto que lo haga?

—Porque sí.

—¡Está bien! La verdad es que he pasado tiempo en compañía de seres de sexo masculino mucho menos agradables. Y al menos *Parry* no se pasará el rato hablando sin parar de sí mismo. —Esbozó una sonrisa irónica—. O eso espero.

El señor Gwilt bajó las escaleras con el sombrero puesto y la jaula en la mano.

—Aquí estamos —dijo, dejando a *Parry* sobre la mesa—. Gracias, señorita Emily, por vigilarlo. Confío en que no le cause demasiadas molestias.

Ocultando sus reticencias, Emily le sonrió con amabilidad.

—No se preocupe, tendremos cuidado el uno del otro. Disfrute del paseo.

Capítulo 22

«No he malgastado en excesos la pequeña fortuna
que antaño poseía, y no me avergüenza confesar que
ahora, en la vejez, soy pobre».

CAPITÁN THOMAS CORAM,
fundador del Hospital Foundling

l día siguiente, de camino al asilo de los pobres, Viola se detuvo en la oficina de correos con el fin de recoger el correo
para Emily y seguidamente prosiguió por calle Back, donde le
sorprendió ver al mayor Hutton delante de una de las tiendas, hablando
con un hombre más bajo que él. El mayor llevaba la oreja tapada con una
venda y un parche en el ojo derecho. Por lo demás, iba ataviado con un
elegante traje de caballero y un sombrero de castor cepillado hasta la perfección. Que ella supiera, era la primera vez que se atrevía a pasear por la
concurrida calle comercial. Sospechó que aquello era obra de la señorita
Truman. ¿Qué otra cosa sino podía haberle empujado a superar sus reticencias?

Empezó a aproximarse, pero, al oír el tono airado de la conversación,
se detuvo frente al escaparate del repositorio de Kingswill, fingiendo interés en los fósiles locales y los mármoles de Devonshire expuestos.

El hombre pequeño de pelo ralo decía:

—No atendemos a cualquiera, señor. Como le dije a él ayer, soy sastre
de caballeros ingleses. El cartel lo dice muy claro.

—¿Y qué le hace pensar que no es un caballero?

269

El sastre le indicó el escaparate con un gesto de la mano. Armaan estaba de pie en el interior, con actitud rígida, mirando los rollos de tela.

—Bueno... no tiene aspecto de serlo.

—Pues lo es. Se lo puedo garantizar. Y también le garantizo que, si no atiende al señor Sagar con todas las muestras de respeto que tendría hacia cualquier otro hombre, no volverá a hacer negocios ni conmigo, ni con mi padre, ni con mi elegante hermano. ¿Le ha quedado claro?

—Sí, señor. Entendido. Le puedo asegurar, mayor, que no tendrá ninguna queja.

—Es el señor Sagar el que no debe tener ninguna queja. Y en caso de que la tenga, o de que le cobre usted de más, me enteraré.

—No sucederá, señor. Soy una persona respetable. Puede preguntar a quien quiera.

El sastre entró apresuradamente en la tienda y el mayor se volvió para marcharse. Al ver a Viola, redirigió sus pasos hacia donde se encontraba.

Cuando se aproximó, ella dijo:

—Me alegra verlo por ahí.

El hizo una mueca y respondió:

—He venido solo porque ayer ese hombre se negó a atender a Armaan.

—Lamento oír eso.

Él se encogió de hombros.

—En realidad, creo que me molesta más a mí que a él. Está acostumbrado.

En ese momento miró el paquete envuelto en papel marrón que llevaba en las manos.

—¿De camino a otra de sus obras de caridad?

—Simplemente le llevaba esto a la señora Denby.

—¿Puedo acompañarla?

—Por supuesto —respondió encantada. Giraron hacia el norte en dirección al asilo de los pobres. Después de unos pasos, ella le preguntó:

—¿Ha dejado a la señorita Truman y a su madre en Westmount?

—No. Están tomando el té en el hotel York.

—¡Ah!

Juntos dejaron atrás las tiendas y enfilaron Mill Lane. Conforme caminaban uno al lado del otro, más consciente era Viola de su cercanía. El brazo de él rozó el suyo y, en respuesta, sintió un escalofrío.

Un carruaje torció la esquina algo escorado y aceleró hacia ellos. Al verlo, él la rodeó con el brazo y la apretó con fuerza apartándola de la calle.

El pulso de la joven se aceleró:

—Gra... gracias.

Durante unos segundos más, el mayor mantuvo el brazo alrededor de su cintura. Ella sintió su calor a través del vestido de muselina y tuvo que esforzarse por no acercarse más a él. Hasta que se acordó de la señorita Truman. Entonces se puso rígida y echó a andar de nuevo.

Cuando llegaron al asilo de los pobres, él abrió la puerta y la sujetó para que pasara.

—¿Cree que a la señora Denby le importaría recibir a otro visitante?

—En absoluto. Estará encantada. —Viola tomó la delantera y le guio por el pasillo hasta la habitación de la mujer.

Y resultó que tenía razón.

Los recibió con una calurosa bienvenida y dándoles las gracias de manera efusiva, tanto por la visita como por el regalo. Viola hizo las presentaciones de rigor y a la anciana se le iluminó el rostro al observar al mayor Hutton.

—Mis más cordiales saludos, señor. Viola también le lee a usted, ¿verdad?

—Sí, efectivamente —confirmó, lanzándole una mirada burlona—. Cuando encuentra tiempo.

La señora Denby entrecerró los ojos para verle la cara.

—¿Le parecería muy grosero que le preguntara que le ha sucedido?

—Resulté herido en una explosión. Afortunadamente solo perdí la vista de un ojo. ¿Y usted? ¿Cómo perdió la suya?

—Después de muchos años haciendo encaje de bolillos. Una historia de lo más aburrida en comparación con la suya.

—En absoluto.

—La verdad es que todavía veo... un poco —añadió en un susurro con un tono socarrón—. Pero no se lo diga a Viola, o dejará de visitarme.

Él se rio.

—Ya le digo yo que eso no pasaría jamás. Sé de buena tinta que tiene debilidad por usted. Y créame que la entiendo.

—Es usted muy amable, caballero. ¡Muy amable! —repitió, guiñándole un ojo a la señorita Summers—. Y muy apuesto, también, si no le importa que se lo diga.

Él sonrió.

—¿A qué hombre le importaría algo así?

La señora Denby insistió en que compartieran sus galletas y, mientras comían, los entretuvo con una historia que les prometió que era absolutamente cierta.

—Hace muchos años, la acaudalada viuda de un noble, ataviada con un elegante cuello de encaje, cruzaba el pueblo en una silla de manos, que no en un carruaje, cuando le abordó un salteador de caminos. ¿Se lo imaginan? Cuando este le exigió: «deme todo su dinero o le corto el cuello», ella creyó que le amenazaba con arrebatarle el encaje y cayó desmayada. Cuando volvió en sí, le entregó todo el dinero, una suma considerable, antes que renunciar a su encaje francés.

Sus oyentes se echaron a reír hasta que la señora Denby se puso seria.

—No es que los robos sean algo divertido, por supuesto.

Por alguna razón, aquella aclaración hizo que Viola y el mayor volvieran a reír a carcajadas.

—Entonces esta historia es la excepción a la regla —dijo él.

La anciana sonrió de nuevo, pero de forma un tanto forzada. Viola se preguntó qué sería lo que la había entristecido.

Cuando abandonaron el asilo de los pobres media hora después, el mayor Hutton le dijo:

—Creo que me he enamorado. Ahora entiendo por qué le gusta tanto venir aquí. Es encantadora.

—Me alegra que lo piense. Estoy totalmente de acuerdo.

Juntos emprendieron el camino de vuelta. Él no dijo nada más sobre la señorita Truman y ella tampoco. No quería echar a perder el placentero hechizo.

Ya habían recorrido la mitad del paseo marítimo cuando se dio cuenta de que había cruzado buena parte del pueblo por la línea de costa con el velo retirado.

Ansiosa por terminar sus tareas lo antes posible para poder retomar la escritura, Emily se detuvo ante la puerta del siguiente dormitorio y llamó con los nudillos.

Desde el interior le respondió una voz en tono jovial:

—¡Adelante!

Emily empujó la puerta para abrirla.

—Buenos días, señor Gwilt. Solo quería ver si tiene algo de basura que me pueda llevar.

Él levantó la vista del libro que estaba leyendo con unas lentes con montura de medialuna apoyadas sobre su delgada nariz.

—¡Qué amable! La papelera está justo ahí.

Mientras cruzaba la habitación hacia lugar indicado, saludó a *Parry*, que estaba en su jaula, con un gesto de la cabeza. Luego le echó un vistazo al libro que sujetaba entre sus manos el señor Gwilt.

—¿Puedo preguntarle qué está leyendo?

—*Tom Jones*, de Fielding. Me lo recomendó el señor Wallis.

—¿Y qué le está pareciendo?

—A decir verdad, es bastante... bueno... escandaloso, para mi gusto. Prefiero las historias de aventuras en las que el bien triunfa sobre el mal, y que no le hacen a uno sonrojarse. Supongo que eso me convierte en una persona algo ñoña.

—En absoluto. ¿Ha leído *Los viajes de Gulliver*?

—Hace mucho que no.

—Tenemos un ejemplar, y es usted libre de tomarlo prestado cuando lo desee.

—Gracias, será un placer.

Emily volcó la papelera en otra mayor que llevaba y se acercó a recoger las migas que había sobre la mesa cerca del loro, pero de pronto se detuvo.

—Casi me llevo sus semillas. —Entonces levantó la voz y dijo con voz afectada: —Te las voy a dejar, *Parry*, por si te apetece... picar algo. —Luego se rio entre dientes por su pequeña broma, orgullosa de su tolerante condescendencia.

El señor Gwilt la miró con recelo.

—Querida, en realidad no come nada. ¿Se encuentra bien? —preguntó, mirándola con cierta preocupación, como si fuera ella la loca que hablaba con un pájaro disecado.

Y tal vez lo era.

273

Cuando hubo terminado sus quehaceres, Emily regresó a la biblioteca. Durante varios minutos se quedó inmóvil delante del escritorio, con la mano apoyada en la mejilla. Se suponía que tenía que responder a la pareja de ancianos que les habían pedido una habitación en la planta baja que, por desgracia, no podían ofrecerles. Pero no conseguía pasar del saludo. Permanecía con la mirada perdida, abstraída en sus pensamientos.

¡Había anhelado tanto que Charles se hubiera presentado a tiempo y se hubiera dado cuenta de lo mucho que la echaba de menos! ¡De lo mucho que la amaba!

Durante unos días había logrado apartar de su mente la decepción coqueteando con el señor Stanley; pero, cuando este había empezado a pasar más tiempo con su hermana, Charles volvió a sus pensamientos.

Ella no había sido la única que había creído que se casaría con su vecino. Todo el mundo lo había pensado. Llevaba mucho tiempo enamorada de él, y la atracción parecía mutua.

Todavía le dolía su repentina indiferencia, cuando había dejado de bromear con ella y de tratarla con afecto para volverse frío y distante.

Se frotó los párpados con las manos intentando borrar el recuerdo de la última vez que habló con él, pero no lo consiguió.

Él y su madre habían ido a despedirse de ellas tres o cuatro meses después del fallecimiento de su padre, cuando hacían ya el equipaje y se preparaban para dejar Finderlay. Mientras las madres hablaban en la sala de estar, Emily se había llevado a Charles a un lado. Al fin y al cabo, estaban a punto de marcharse. Ella, por su puesto, tenía previsto darle tiempo y, manteniendo su habitual tono despreocupado, le preguntó cuándo creía que podría ir a visitarlas en Sidmouth.

Vio una expresión glacial en su rostro.

—Me temo que no voy a tener el placer. Aunque os deseo que tengáis buen viaje.

Ella lo había mirado con el ceño fruncido, perpleja.

—¿Qué pasa, Charles? ¿Por qué te comportas así? ¿He hecho algo que no debía?

Parecía incómodo, pero rápidamente recobró la compostura.

—En absoluto, señorita Summers.

—¿«Señorita Summers»? ¿Después de habernos llamado durante años Emily y Charles?

—Ya no somos niños.

—Lo sé. Pero pensaba que éramos... bueno, algo más. —Le había agarrado el brazo y notó que se ponía rígido como la rama muerta de un árbol—. ¿Ha sucedido algo? Dímelo, Charles, por lo que más quieras. ¿Qué pasa?

La mandíbula le temblaba.

—Todo el mundo sabe que siento un gran aprecio por usted y por sus hermanas, señorita Summers. Si en algún momento le he hecho creer que mis intenciones iban más allá, le pido disculpas. Somos amigos, eso es todo.

Aturdida, Emily balbució:

—¿Pooor... por qué? ¿Debido a nuestras... penosas circunstancias?

—No, esa no es la principal razón. Su her... —Se interrumpió y se pasó una mano por la cara.

—¿Mi qué?

—No me corresponde a mí decirlo.

—¿Mi hermana? ¿Es eso lo que ibas a decir? —La incredulidad se transformó en rabia. Sabía que otra gente consideraba que Viola estaba enferma, pero no pensaba que Charles fuera una de ellas.

Él hizo una mueca de incomodidad.

—Ya he dicho demasiado. Por favor, tenga por seguro que siento muchísimo el... dolor de su familia. Desde lo más profundo de mi corazón.

Tras una brusca reverencia, se giró sobre los talones y abandonó la casa con grandes zancadas.

Al recordar la escena, Emily volvió a sentir náuseas.

No intentó hablarle por segunda vez antes de dejar Mary Hill y, recordando el consejo de su madre, resistió a la tentación de escribirle. Pero desde entonces, él no le había escrito, ni tampoco había ido a visitarla.

¿Por qué? ¿Acaso estaba cortejando a alguna otra? ¿Era esa la razón por la que seguía manteniendo las distancias? Solo de pensarlo, le dolía el corazón.

Mientras seguía allí sentada, perdida en sus ensoñaciones, Viola regresó de su visita al asilo de los pobres. Entró directamente, con la capa, la capota y los guantes puestos.

Emily se quedó mirándola fijamente, paralizada al ver su rostro desnudo.

—¿Dónde está tu velo?

Viola se encogió de hombros y se llevó la mano a la capota como si quisiera asegurarse de que seguía en la parte posterior de la cabeza.

—No me lo he puesto.

Antes de que Emily tuviera tiempo de reaccionar, Viola dejó unas cartas sobre la mesa del despacho.

—He recogido el correo, aprovechando que pasaba por delante.

Emily revisó ansiosa la correspondencia del día. La tan deseada carta seguía sin llegar.

—Nada —dijo dando una palmada sobre el escritorio—. Otra vez. Realmente ha dado por terminada nuestra relación.

Al percibir que su hermana la observaba, levantó la vista y vio el ceño fruncido de Viola.

—Sigues pensando que es culpa mía.

Emily desplazó la mirada hacia su boca y se detuvo unos instantes en la cicatriz.

Luego apartó la vista.

—No lo sé. Tengo el corazón roto y... necesito echarle la culpa a alguien.

Viola resopló.

—Eso no es justo.

Emily abrió los brazos en cruz.

—¡Nada de esto es justo!

Cuando Viola se marchó con paso airado, Emily suspiró. Entonces decidió que, si Charles no le escribía, lo haría ella. Estaba cansada de esperar. Quería saber por qué había cambiado su actitud hacia ella. Mejor dicho, hacia ellas. ¿De verdad era por Viola, a la que conocía, incluyendo su condición, de toda la vida? ¿O simplemente se había dado cuenta de que ya no le importaba? ¿De que ya no la estimaba, ni la amaba lo suficiente como para casarse con ella? Sin duda, era peor no saberlo que descubrir la verdad. Al menos, eso esperaba.

Al ver que no quedaba papel, Emily se dirigió al dormitorio de su madre. El cuarto estaba vacío, algo no muy habitual. Miró por la ventana y vio a su madre sentada en el jardín con una labor de costura y una mantita cubriéndole las piernas. La luz de sol parecía sentarle bien, al menos hasta cierto punto. La imagen de su madre fuera de su cama y de su habitación, sentada al aire libre, la animó.

Aprovechando la calma, se sentó en el escritorio de su madre, extrajo una hoja de papel, sumergió una pluma en el tintero y empezó a escribir.

Querido Charles,

Espero que me perdones por importunarte, si es que escribir una carta a un conocido de toda la vida y antiguo vecino se puede considerar importunarle. No quiero parecer atrevida, pero hubo un tiempo en el que fuimos amigos, o al menos eso creíamos. Solo sé que tú has cambiado mucho. ¿Qué he hecho para merecer tu fría indiferencia? ¿O no se ha debido a mí, exactamente, sino a mi hermana?

Hizo una pausa y se quedó mirando la pared, pensativa. Si la razón era esta última, ¿qué podía decir para rebatírsela? ¿Qué podía decir nadie, en realidad?

Un tablón del suelo crujió en el pasillo y el corazón le dio un vuelco. No quería que ninguna de sus hermanas le pillara escribiendo a Charles. Lo considerarían inapropiado. Degradante. Desesperado.

Rápidamente deslizó la hoja bajo la alfombrilla de cuero del escritorio y la sustituyó por un folio en blanco.

Georgiana apareció en el umbral.

—¡Ah! Eres tú. ¿Qué estás haciendo aquí?

—Escribiendo una carta. Me había quedado sin papel.

—Siempre te pasa lo mismo. Tal vez deberías dedicarte profesionalmente a la escritura y que te pagaran por palabra. Se acabarían todos nuestros problemas económicos.

—¡Ja, ja! ¡Ojalá!

Georgiana miró detrás de su hermana.

—¿Dónde está mamá?

—En el jardín —respondió Emily, indicándole la ventana con un gesto de la barbilla.

Georgiana cruzó la habitación y Emily tapó con una mano la esquina de la carta que sobresalía.

Su hermana se quedó de pie junto a ella y se asomó por la ventana.

—¡Ah, sí! Creo que voy a unirme a ella.

—¿Habéis hecho Bibi y tú todas las camas? ¿Se ha limpiado el polvo del salón?

Georgiana soltó un bufido.

—¡Te estás volviendo peor que Sarah! —espetó, abandonando la habitación entre fuertes pisotones.

Emily gruñó para sus adentros. Había conseguido enfadar a dos de sus hermanas en cuestión de minutos.

Cuando las pisadas de Georgie se desvanecieron, Emily levantó la alfombrilla del escritorio. Se quedó inmóvil, desconcertada al descubrir que no escondía una carta, sino dos.

La segunda estaba doblada y había sido franqueada en un lugar sorprendente: Edimburgo.

Después de asegurarse de que su madre seguía en el jardín, desdobló la misiva y leyó la firma. Era de su tía abuela Mercer. Por fin, allí estaba la dirección de Claire. Emily se la había pedido varias veces, pero sus peticiones claramente habían disgustado a su madre, que siempre tenía alguna razón para considerar que no era el momento adecuado. ¿Pero ahora? Encontrar aquella carta le pareció que era una señal.

Entonces, pensando mejor en la carta que le había escrito a Charles, hizo una bola con ella y la tiró a la chimenea. Las brasas casi extintas, forzadas a despertarse y convertirse en una llama viva, destruyeron la prueba de su estupidez.

Decidió escribir a Claire.

Capítulo 23

«Estaba terriblemente asustada y llegué a pensar que nunca me recuperaría de la zambullida. No tengo palabras para describir la conmoción».

FRANCES BURNEY,
Diaries

Aquel día, a la hora del almuerzo, la familia empezó a congregarse en el comedor a la hora habitual. Incluso su madre, que logró caminar hasta allí con la ayuda de su bastón, se unió a ellas. Emily se apresuró a prepararle un cubierto, con el corazón rebosante de júbilo y esperanza. Era casi como en los viejos tiempos.

Georgiana irrumpió en la habitación con un destello de picardía en la mirada.

—Viola ha cruzado el pueblo sin velo. Eso significa que Emily tiene que bañarse en el mar.

De repente Emily deseó no haberle revelado nunca el reto que tenía con su hermana.

—¿De qué estamos hablando? —preguntó Sarah.

—De una estúpida apuesta. Eso es todo.

Viola se puso una servilleta sobre el regazo.

—Si a Emily le da miedo de verdad, no tiene por qué hacerlo.

Emily irguió la columna con expresión resolutiva.

—Por supuesto que lo haré. Al fin y al cabo, soy una mujer de palabra. Vamos.

—No tiene por qué ser ahora mismo —dijo Viola.

—¿Para qué esperar?

Viola echó un vistazo por la ventana.

—El día está gris y hace mucho viento.

—Si no lo hace ya, puede que pierda el valor —añadió Georgiana.

—Espera y ve más tarde —propuso su madre—. El señor Clarke aconseja no bañarse nunca después de comer o beber.

Emily dejó a un lado su servilleta.

—No tengo hambre.

Su madre meneó la cabeza.

—No hay ninguna prisa, Emily. Además, no puedes ir sola, y Georgiana ya se ha estado bañando conmigo. No quiero que se exceda o que se arriesgue a pillar un resfriado.

Sarah añadió:

—Y yo tengo una cita con el bodeguero para la cena de los Elton.

—Pues no puede ir a bañarse sola —insistió su madre—. No es seguro.

—No estará sola —repuso Georgie—. Una de las asistentes de la máquina de baño la ayudará a entrar y salir del agua. La señorita Heffer o la señorita Barret, con toda probabilidad.

—Yo iré con ella —anunció Viola levantando ligeramente la barbilla.

Emily le lanzó una mirada hostil.

—¿Por qué? A ti tampoco te gusta bañarte en el mar. ¿Tienes miedo de que me arrepienta?

Viola le sostuvo la mirada.

—¡Pues sí que pone pegas la señorita!

—¡Oh, está bien! —aceptó Emily poniéndose en pie—. Ven si quieres.

Tras hacerse con unas toallas, ponerse las capotas y abandonar la casa, las dos hermanas cruzaron Peak Hill Road y dejaron atrás Heffer's Row en dirección al paseo marítimo y hacia los guijarros.

Aquel día la playa estaba prácticamente desierta debido a los vientos racheados y las agitadas olas. Fuera del agua, Emily divisó la figura de un único bañista. Al menos se encontraba a cierta distancia. Había oído que, en algunas localidades de la costa, los hombres intentaban acercarse a las máquinas de baño a hurtadillas con la esperanza de avistar a las mujeres ligeras de ropa.

Cuando pasaron por delante de él, el señor Cordey levantó la vista de las redes que estaba reparando.

—No se irán a meter hoy, ¿verdad, señoritas? Se avecina una buena tormenta.

—No estaremos mucho tiempo —respondió Emily, con un gesto de la mano, antes de seguir su camino.

—Veo que estás realmente decidida a acabar con esto de una vez —comentó Viola en voz baja—. Recuerda: «después del orgullo viene la caída».

—Mejor eso que tener que aguantar que te pases el resto de mi vida recordándomelo. Por cierto, ¿por qué has cruzado el pueblo sin velo? Seguro que el viento te lo ha apartado de la cara y ni siquiera te has dado cuenta. Y ahora, simplemente estás aprovechando la oportunidad para atormentarme.

—Ya te he dicho que no tenías por qué hacerlo.

—Claro, ¿y tener que seguir oyéndote toda la vida?

Se detuvieron en la primera máquina de baño que se encontraron.

Los vehículos tenían el aspecto de una carreta de cuatro ruedas con puertas en ambos extremos. Normalmente un caballo los desplazaba una y otra vez dentro y fuera del agua o, en caso de apuro, unos cuantos hombres fuertes.

—Buenas tardes, señoritas —les saludó una robusta mujer que se estaba metiendo una petaca en el bolsillo de su delantal. Llevaba un vestido oscuro, un pañuelo y una capota bien atada bajo la barbilla. —Ya no pensaba aceptar más clientes.

—Está muy revuelto, ¿no cree? —preguntó Viola.

—Si no se alejan mucho, no. ¿Quieren que las sumerjan o prefieren ir solas?

Emily había oído que los nadadores inexpertos a menudo hacían uso de un *dipper*, una persona corpulenta del mismo sexo que ayudaba a los bañistas a salir del carro, los sumergía en el agua y luego los sacaba. Emily se echó a temblar al pensar en la posibilidad de que alguien la empujara al mar.

—Mmm, pues... iremos solas. Aunque, quizá, podrías usted ayudarnos a volver en esta... mmm... máquina, cuando hayamos acabado.

—Por supuesto, señoritas. Son ustedes unas enérgicas nadadoras, ¿verdad?

¿Era a *whisky* a lo que olía el aliento de la mujer?

—Tampoco diría tanto —reconoció Emily—, pero nos las arreglaremos sin necesidad de que nos... sumerjan.

Le pagaron el chelín y los seis en peniques, subieron los escalones y entraron por la puerta trasera.

En el interior se encontraron en una pequeña cabina de madera con dos diminutas ventanas en las paredes para dejar pasar la luz y unos bancos justo debajo.

Comenzaron a desvestirse ayudándose mutuamente con los cierres y corchetes.

Fuera, el tintineo metálico les hizo saber que la asistente estaba enganchando un caballo al extremo más cercano al mar, listo para tirar del carruaje. Más tarde se trasladaría al animal hasta el otro lado para sacarlas mientras se volvían a vestir con total privacidad.

Los bañistas habituales solían tener sus propios trajes, y algunos incluso tenían cierto encanto, pero Emily jamás había tenido ni la necesidad ni el interés de poseer uno, así que ella y Viola se pusieron con cuidado la ropa de baño en tonos pardos que estaba colgada en perchas para ese menester.

La máquina de baño se puso en marcha con una sacudida que les hizo tambalearse. Emily estiró el brazo y buscó apoyo en una de las perchas de la pared, mientas que Viola se agarró firmemente al banco con un gritito de sorpresa.

Una vez estuvieron lo suficientemente dentro, el vehículo se detuvo. Aun así, una ráfaga de viento zarandeó la pequeña cabaña sobre ruedas.

—¿Lista? —preguntó Viola cubriéndose el cabello con el gorro que hacía juego con el traje.

Emily arrugó la nariz mientras se ajustaba el suyo.

—¿Cuánta gente se habrá puesto esto?

—No lo pienses. Tal vez el agua salada los mantiene limpios.

Emily se ciñó un cordón alrededor de la cintura del informe saco que cubría su cuerpo desde el cuello hasta los tobillos.

—Con esto no vamos a hacer que nadie gire la cabeza.

—Mejor —sentenció Viola, indicando la puerta que daba hacia el mar.

Emily se mordió el interior de la mejilla y la abrió de un empujón.

—Recuerda que la apuesta fue idea tuya —le mencionó Viola, que tampoco parecía muy entusiasmada con la situación.

Emily se colocó de pie sobre la pequeña plataforma y Viola se apretó a su lado. En la distancia, sobre la plateada superficie del mar, Emily divisó de nuevo una cabeza de cabello oscuro que se desplazaba por el agua, esta vez en dirección a la orilla. Esperaba que fuera el nadador que había visto antes y no un tiburón poco común.

En ese momento apareció la asistente, desplegó las escaleras, y le tendió la mano para bajar.

Emily se obligó a sí misma a ser la primera, agarrando con fuerza la mano de la mujer, y boqueando cuando el agua fría envolvió su cuerpo y le cortó la respiración.

En aquel lugar la profundidad no era mucha y los dedos de los pies se le hundieron en una superficie cubierta de arena suave y húmeda, libre de los guijarros que salpicaban la orilla.

Seguidamente, la mujer estiró el brazo por detrás de ella y ayudó a entrar a Viola.

—¡Oh! ¡Qué fría! —Una ola golpeó la boca de Viola, y esta escupió.

—No se alejen —les advirtió la mujer—. Voy a mover el caballo.

Viola probó a sumergirse en el agua y empezó a chapotear con la falda del traje de baño ondulando a su alrededor. Para no ser menos, Emily hizo lo propio y se aventuró un poco más hacia adelante. Luego salpicó a Viola y su hermana le devolvió la broma.

—¿Lo ves? No hay nada que temer.

Por el rabillo del ojo Emily atisbó una amenazante pared gris, pero no le dio tiempo a reaccionar. La ola aislada le golpeó de lleno haciéndole perder el equilibro. Se encontró a sí misma bajo el agua, con la resaca agitándola con fuerza, provocándole un fuerte mareo. Sus peores pesadillas se había hecho realidad: el agua entrándole por la nariz, los pulmones ardiéndole, incapaz de ver, de respirar. Presa del pánico, se obligó a abrir los ojos intentando desesperadamente encontrar la superficie. Tomar aire. Las involuntarias volteretas se ralentizaron y sus pies tocaron la arena, lo que hizo que, instintivamente, se impulsara hacia arriba y sacara la cabeza, inspirando hondo y tosiendo agua salada.

Miró a su alrededor, desorientada. ¿Dónde estaba la máquina de baño?

Miró hacia ambos lados, en parte esperando ver a Vi contemplándola con una sonrisa de satisfacción, burlándose al verla escupir en ese lamentable estado. Pero no había ni rastro de ella.

El corazón le latía como un mazo.

—¡Vi! —Dio una vuelta entera sobre sí misma buscando a su hermana. Nada. «¡Dios mío, no! ¡Por favor!». Si le sucedía algo a Vi..., su malhumorada, exasperante y amada hermana gemela, no podría soportarlo. ¿Por qué había sido tan desagradable con ella todos aquellos años? ¿Por qué?

Entonces vio la máquina de baño sobre un costado. El agua la había volcado al mismo tiempo que a ella. ¿Y dónde estaba la mujer fornida? ¿Se habría dado un golpe, teniendo en cuenta su estado de embriaguez, y se habría hundido?

¿Y Vi? ¿Se habría quedado atrapada bajo el vehículo? ¿O se la habría llevado la corriente?

Volvió a mirar a su alrededor cada vez más desesperada. «Señor, te lo ruego. Por favor, no. Por favor». Su familia ya había sufrido muchas pérdidas.

Un hombre sin más indumentaria que unos pantalones bombachos apareció corriendo por la playa, con el pelo mojado y un fardo bajo el brazo. Tiró al suelo el haz de ropa, corrió hasta la orilla y se zambulló. Emily, sorprendida, dio un paso atrás, perdió el equilibrio y a punto estuvo de volver a hundirse. Unos instantes después, el hombre resurgió con un potente chapoteo, echando la cabeza hacia atrás y retirando así el cabello oscuro de su rostro.

Entre sus musculados brazos sostenía a una delgada joven, como Tritón raptando del mar a una ninfa. De no ser porque lo había visto correr unos segundos antes, hubiera creído que tenía cola de pez.

Estaba claro que la falta de aire le había alterado el cerebro.

Emily se retiró el agua de los ojos. Era su hermana la que estaba en brazos de aquel hombre. ¿Estaba viva, o...? No podía soportar la idea de que no fuera así.

El tritón caminaba lentamente hacia ella.

—¿Está herida? —exclamó.

Conforme se fueron acercando, oyó que Viola tosía y daba bocanadas para recuperar la respiración. Emily se desplazó chapoteando para reunirse con ellos, olvidándose de su miedo al agua debido al espanto, mucho mayor, que le producía perder a su hermana.

En ese momento la asistente asomó desde el otro lado del vehículo volteado, con el gorro empapado y chorreando agua.

—¡Carámbanos! Esto no *m'había pasao* desde que tenía diez años. ¿Está bien, señorita?

Pero ella solo tenía ojos para su hermana, mientras Tritón la llevaba a un lugar donde estuviera a salvo.

En apenas un minuto Viola estaba de pie cerca de Emily y, al siguiente, una ola las golpeó con una fuerza arrolladora. Viola, al verse de nuevo con el agua al cuello, luchó por ponerse de pie, intentando agarrarse a algo.

«¡Ayudadme!», gritó para sus adentros.

Viola quería vivir. A pesar de todos los padecimientos y tribulaciones, quería vivir.

«Dios todo poderoso, te ruego...».

De improviso, algo o alguien la agarró y tiró de ella con fuerza hasta sacarla del agua. Al toparse con el aire tan ansiado, inspiró hondo, acabó atragantándose con agua salada y comenzó a toser. Yacía en los brazos de alguien. ¿Sentiría su rescatador repulsa al ver el rostro de la mujer a la que había salvado de las olas? Volvió a inspirar hondo y levantó la vista, abriendo y cerrando los ojos para liberarlos del agua. Pero aquel no era un extraño. Ni tampoco el señor Cordey o algún otro pescador.

Era el mayor Hutton.

Y la sostenía entre sus brazos, con el torso desnudo.

—Gracias a Dios —murmuró él—. Acababa de salir cuando he visto cómo le golpeaba la ola. Al ver que no volvía a la superficie, me he temido lo peor.

—Maa... mayor...

—Deje que la saque de aquí.

Apretó los dientes con fuerza y se abrió paso a través del fuerte oleaje. Viola intentó levantar la cabeza, pero sintió como si el cuello estuviera hecho de pudin.

—¿Y mi hermana...?

—Estoy aquí —dijo Emily, que caminaba penosamente a través de las aguas turbulentas en dirección a ellos—. ¿Estás bien?

—No sabría decirte.

El mayor dejó a Viola de pie en una zona donde el agua no era muy profunda, pero sujetándola por detrás, asiéndola firmemente por la cintura con ambas manos. Entonces le dijo al oído:

—¿Puede mantenerse?

—Creo que sí.

Emily llegó a su lado y la rodeó con los brazos.

—¡Oh, Vi! ¡Cuánto lo siento!

Viola tosió de nuevo y dijo con voz ronca:

—¿Por qué lo sientes? No has sido tú la que ha enviado la ola.

—Por todo. Cuando he pensado que te había perdido, se me ha parado el corazón.

Viola se la quedó mirando fijamente, recobrándose del aturdimiento.

—Yo también lo siento.

Emily se volvió hacia su rescatador.

—Gracias, señor...

El mayor hizo una mueca de incomodidad, quizá porque era consciente de su desnudez.

—Será mejor que dejemos las presentaciones para otro momento.

Emily pestañeó varias veces, con la boca abierta de par en par, y Viola se preguntó si se habría dado cuenta de las cicatrices.

—De acuerdo. —Agarró el brazo de su hermana con gesto protector—. Desde aquí ya puedo ayudarla yo.

Él vaciló.

—Si usted lo cree así...

Desde la playa, el señor Cordey y otros pescadores corrían hacia la orilla para ayudar al caballo, que luchaba por abrirse camino y seguía amarrado a la máquina volcada, y para arrastrar la cabina de vuelta a tierra.

Tom Cordey se adentró en el agua hacia ellos, con el bronceado rostro compungido por la preocupación.

—¿Se encuentran bien?

—Creo que sí.

—Bueno —dijo el mayor Hutton—, están en buenas manos, así que mejor me marcho con la poca dignidad que me queda.

Viola se volvió hacia él.

—Gracias, mayor. De todo corazón.

Aquella noche, después de la cena familiar, las hermanas se reunieron en la habitación de su madre para tomar el té y un poco de pudin. Emily echó un vistazo a Viola y, por un acuerdo tácito, empezó a relatar una versión suavizada del accidente, quitándole hierro a la situación para evitar que afectara a los nervios de su madre y espoleara las quejas de Sarah.

—¿Se ha volcado la máquina? —La señora Summers se irguió alarmada, acercándose al borde de la cama—. Podríais haberos ahogado.

—Estamos estupendamente —se apresuró a tranquilizarla Emily—. No te alteres. En ningún momento corrimos grave peligro.

A Georgiana le brillaban los ojos de emoción.

—Pues no es eso lo que me ha contado Bibi. Me ha dicho que Tom y otros hombres tuvieron que rescataros.

—Bibi exagera —respondió Emily, que añadió secamente—: Tal vez un día se convierta en novelista.

—¡Oh, Emily! —dijo su madre, bajando la mirada con expresión apenada—. Te dije que no te precipitaras. ¿O acaso no te aconsejamos que esperaras a que mejorara el tiempo? No solo te has puesto en peligro a ti misma, sino también a Viola.

A punto estuvo de recurrir a la actitud defensiva de siempre, de pronunciar la queja habitual: «¿Por qué es siempre culpa mía? ¿Por qué Viola no tiene nunca culpa de nada?», pero se contuvo.

Su gemela se aproximó discretamente y le tomó la mano.

—Yo tengo tanta culpa como ella, si no más. Y nadie podía haber previsto aquella ola, ni que la máquina volcase. Solo queríamos que supierais lo que nos ha ocurrido antes de que empezara a funcionar la rueda de los rumores, pero resulta evidente que es demasiado tarde.

Su madre dio unos golpecitos sobre la cama junto a ella.

—Venid aquí, las dos.

Las gemelas se miraron desconcertadas y se levantaron para obedecer. Por suerte, el enfado de su madre se había desvanecido; se sentaron una a cada lado y la señora Summers las abrazó.

—¡Oh! ¡Mis queridas niñas! Gracias a Dios que no estáis heridas o peor todavía. No sé lo que hubiera hecho si el mar os hubiera llevado.

—Estamos aquí, mamá. No vamos a ir a ninguna parte.

Emily se atrevió a mirar a Sarah, esperando ver rabia, y le asombró descubrir que tenía los ojos rebosantes de lágrimas y su habitual expresión estoica contraída por la emoción.

Entonces, con la voz ronca, su hermana dijo—: Me alegro mucho de que las dos estéis a salvo.

Aquella misma noche Emily decidió utilizar el aseo situado entre las habitaciones de los Henshall y los Elton para darse el placer de tomar un baño caliente después del frío chapuzón en el mar.

Al ver que Lowen empezaba a resoplar y a respirar con dificultad después de solo un viaje por las escaleras, le ayudó a acarrear los cubos de agua caliente.

Pasado un rato, después de un largo y lujoso baño, salió vestida con una bata cálida y una toalla sobre los hombros. El cabello, recién lavado y secado lo mejor que había podido, le caía sobre los hombros como una fría cortina aterciopelada. No deseaba otra cosa que sentarse junto al fuego con una rica taza de chocolate humeante y un libro.

Mientras se dirigía a la habitación que compartía con Sarah, el señor Stanley subió las escaleras, probablemente después de haber pasado la noche con su hermana.

Al verla, no sonrió. La miró de arriba abajo con sus ojos marrones y una intensidad inusual, y con los labios muy apretados.

—¿Qué es eso que he oído sobre que hoy ha estado a punto de ahogarse? Espero que no sea cierto.

Emily se detuvo en el rellano y lo vio acercarse gracias a la luz de la lámpara que estaba en lo alto de las escaleras.

—No del todo. Aunque sí que nos hemos llevado un buen susto. Había leído acerca de máquinas de baño que había volcado en otras localidades costeras, pero no aquí.

Él la miró boquiabierto y los ojos se le entrecerraron.

—¿Se ha volcado la máquina de baño?

—Sí.

—¡Canastos! ¡Podrían haberse matado! ¿De verdad se encuentra bien?

A Emily le conmovió verlo tan afectado.

—Es muy usted amable al preocuparse, señor Stanley, pero, como puede comprobar, estoy perfectamente. Y, gracias a Dios, también Viola.

—Lo cierto es que sí, que tiene usted muy buen aspecto. Como siempre.

Bajo la oscilante luz de la vela, la miró unos instantes a la cara y luego se fijó en el cabello, que le caía sobre los hombros. De pronto, Emily se sintió cohibida por estar allí, en aquel estado.

Él se aclaró la garganta.

—Bueno, es un alivio. Georgiana ha dicho algo sobre que un hombre las rescató. Ojalá hubiera sido yo. —Esbozó una media sonrisa como para indicarle que volvía al tono bromista y desenfadado, aunque este no llegó a percibirse en su mirada.

—Rescató a Viola —le aclaró Emily—. Yo salí del agua por mi propio pie.

—Cómo no. —Él le sostuvo la mirada—. Del mismo modo que, sin duda, afrontará cualquier reto que la vida le tenga preparado. Espero algún día leer largo y tendido sobre usted; relatos de la valerosa, brillante y experta Emily Summers.

Durante unos segundos más se quedaron mirándose; entonces él bajó la vista hacia el dedo meñique.

Le siguió la mirada y reconoció el anillo que había visto en su habitación.

—Hasta ahora no se lo había visto puesto. ¿Es su sello personal?

Él la miró un instante a los ojos y apartó la vista de nuevo.

—Mmm... no. No exactamente. Es un regalo. —Entonces cambió de posición y dijo—: Bueno, ya la he retenido aquí de pie mucho tiempo. Buenas noches, señorita Summers. —Hizo una reverencia y se dirigió a su habitación.

Emily lo observó mientras se marchaba con un extraño dolor en el pecho.

—Buenas noches, señor Stanley.

Capítulo 24

«El baño de esta mañana ha sido tan delicioso...
que me demoré más tiempo del previsto».

JANE AUSTEN,
carta

El domingo por la tarde Viola regresó al asilo de los pobres y le contó a la señora Denby su percance de la tarde anterior.

—¡Cielo santo! ¡Gracias a Dios que estás bien! —exclamó la anciana—. El señor Butcher ha estado aquí antes y ha mencionado que ayer, en Otterton, un barco de pesca volcó aproximadamente a la misma hora. El hijo de un marinero murió ahogado.

—¡Oh, no! Siento mucho oír eso. —Viola se quedó pensando unos instantes antes de preguntar—: ¿Por qué suceden cosas así?

—No lo sé. El mar es impredecible.

—No, me refiero a por qué Dios protege a unas personas y no a otras.

—Tampoco lo sé, querida. Ojalá nos procurara a todos paz y seguridad, pero no es así.

Viola miró a la mujer con interés y un presentimiento la hizo estremecer. Jane Denby había perdido a sus padres, a su hermana y a su marido. ¿Habría algo más detrás de aquella historia?

—Para su madre debe de haber sido todo un alivio. ¿O les dio un buen cachete por haber ido a bañarse en un día así?

—Las dos cosas —respondió Viola, con una risita. Luego se puso seria al notar que el rostro de la anciana se teñía de esa tristeza melancólica que había percibido en ella en una o dos ocasiones.

La joven vaciló y, finalmente, le dijo con amabilidad:

—¿Puedo preguntarle si usted y su marido tuvieron hijos?

—Sí, uno. Un varón —confirmó, con el rostro contraído—, pero se echó a perder.

—¡Oh, no! Lo siento. No tiene que contármelo si no quiere.

—No me importa que lo sepas. Hace años que nadie me pregunta por Robbie, aunque yo lo tengo siempre en mi mente.

Miró hacia un lugar impreciso con una expresión de arrepentimiento crispándole el rostro.

—No lo educamos para que se comportara de ese modo. Mi propio hijo, un ladrón. ¡Cuánta vergüenza y dolor llegó a causarnos! Su delito, su nombre, apareciendo en los periódicos.

Sacudió la cabeza lentamente.

—Pero lo peor de todo es lo que robó. Unos encajes de la tienda de la señora Nicholls. Por aquel entonces, antes de que se inventaran las máquinas de hacer encajes, eran mucho más valiosos. Lo sorprendieron cuando intentaba venderlos. Dijo que lo había hecho porque el tratante nos pagaba demasiado poco. Y creo que sentía rencor hacia los Nicholls, porque tenían más éxito que nosotros. Le dije que dejara de echarle la culpa a otros. Que asumiera la responsabilidad de sus propios actos.

En ese momento exhaló un suspiro.

—No sé si llegaría a arrepentirse, pero intentó convencer al juez de que no volvería a hacer algo así jamás. En cualquier caso, lo deportaron, a Nueva Gales del Sur, donde quiera que esté eso. Si hubiera sido una mujer, se habría librado con unos cuantos meses de trabajos forzados, pero era un hombre, aunque todavía joven e insensato. —Le temblaban los labios.

»Mi esposo, que Dios lo tenga en su gloria, intentó consolarme diciendo que no era culpa nuestra o, al menos, no del todo; pero está claro que debimos equivocarnos en algo, y mucho. Intentamos hacerlo lo mejor que sabíamos, pero estoy segura de que podríamos haber sido mejores padres. Supongo que, al ser nuestro único hijo, lo malcriamos. Sea cual fuere la razón, nada de lo que me ha sucedido en esta vida me ha hecho sentir que he fracasado tanto como este hecho. Ni mi escasa educación, ni la pobreza, ni el vivir en un asilo de pobres.

A Viola se le encogió el corazón. Pensó en el carácter jovial de la señora Denby. ¿Cómo podía seguir mostrándose alegre una mujer que había sufrido tanto?

La anciana continuó:

—Como dice el proverbio: «instruye al niño en su camino y aun cuando fuere viejo, no se apartará de él». Yo me aferro a esa esperanza, a que, aunque esté en el otro extremo del mundo, un día Robbie haya regresado a lo que le enseñamos en nuestro hogar. —Frunció los labios—. Si es que ha vivido lo suficiente. Sé que es posible, mejor dicho, probable, que lleve ya mucho tiempo muerto.

—¿No hay alguna manera de averiguarlo?

—No, que yo sepa. Si realmente ha muerto, ruego a Dios que se arrepintiera antes de exhalar su último aliento y que el Señor haya tenido compasión de su alma.

Con un nudo en la garganta y los ojos rebosantes de lágrimas, Viola susurró:

—Y yo.

La señora Denby puso las manos sobre las de ella.

—Pasé años luchando por proseguir con mi vida y conservar la fe —le confesó—, y entonces decidí que mi objetivo sería dar las gracias por todo y aferrarme a la alegría, aunque esta se empeñe en escapárseme de las manos.

—¿Cómo? —preguntó Viola—. Después de todo por lo que ha pasado...

La anciana señora asintió con la cabeza.

—Hubo muchos días en que no lo conseguí; a pesar de ello, como con todo, cuando lo practicas durante mucho tiempo se hace más fácil. —Dio unas palmaditas en la mano de la joven, al tiempo que su débil sonrisa iba desvaneciéndose—. Y ahora, estoy cansada, querida. ¿Te importa si hoy no leemos?

—En absoluto, señora Denby. Descanse. Pronto vendré a verla de nuevo.

—¡Eres tan amable, querida! Daré gracias también por ti.

De regreso a Sea View, Viola tomó un camino diferente, pasando por entre los puestos del mercado antes de salir al paseo marítimo. Cuando se encontró de nuevo cerca del hotel York, echó un vistazo, se detuvo, y se quedó mirando. Allí estaba de nuevo, el mismo hombre que había avistado en otra ocasión, sentado en uno de los bancos de fuera.

Un segundo hombre se le acercó, llamándole a gritos:

—¡Señor Cleeves! —Los dos caballeros se estrecharon las manos y el recién llegado se sentó a charlar.

A Viola se le encogió el estómago. Esta vez no podía convencerse de que se había confundido de persona o echarle la culpa a su imaginación. Esta vez no había posibilidad de error. Abner Cleeves. Allí, en Sidmouth.

Sintió que la sangre empezaba a bombear con fuerza en su cerebro. «Tranquilízate», se dijo. «Ni siquiera sabe que estás aquí».

Conversando animadamente con el otro hombre, no miró hacia donde se encontraba ella, y el pulso acelerado del corazón de Viola comenzó a apaciguarse. Se apretó el pecho con una mano en un intento de calmarse y exhaló. Ya sin temblores, se volvió hacia una cancela oxidada para marcharse, aguzando el oído por si detectaba los pasos de alguien siguiéndola.

«¡No seas tonta!», se reprendió a sí misma. «Te hizo el mayor daño que alguien te podría hacer y cobró por ello. Ya no quiere tener nada más que ver con la desventurada señorita Summers».

Entonces se preguntó si estaría en Sidmouth de vacaciones o si habría ido para instalarse allí por trabajo, como hacían muchos cirujanos. Rogó a Dios que no fuera lo segundo. No sabría qué hacer si tuviera que encontrarse a aquel hombre con regularidad.

Mientras se dirigía a casa, rezó para no volverlo a ver nunca más.

Aquella noche algunos huéspedes se reunieron de nuevo en el salón para hablar, reír y jugar a juegos de mesa en la acogedora habitación iluminada por la luz de las velas. Por un momento Sarah sintió como si hubieran vuelto atrás, a la época de Finderlay, cuando la casa estaba llena de familiares, amigos y acontecimientos felices.

Estaba sentada en su mesa de trabajo, bordando más prímulas en el pañuelo de su madre y haciendo compañía al señor Henshall y al señor Hornbeam, que jugaban otra partida de ajedrez. Mientras el señor Henshall describía los movimientos, su contrincante registraba las posiciones en la mente y parecía ir ganando.

Cerca de ellos, Emily y el señor Stanley se encontraban uno frente al otro sobre el tablero de damas. La chica se reía y le tomaba el pelo a su oponente, negándose, en tono de broma, a coronar una de sus piezas. El señor Stanley se mostraba más reservado, pero respondía a sus payasadas con una discreta sonrisa y expresión melancólica.

¿Alguna vez se habían comportado ella y Peter de aquel modo? No, que ella recordara. Sin duda, había sido amable y atento, aunque no era muy dado a bromear o coquetear. Era un hombre callado y serio, algo que a ella siempre le había gustado.

El señor Hornbeam dirigió a su contrincante para que moviera a su reina hasta una determinada casilla.

—Jaque mate, señor Henshall. O eso creo.

Callum estudió el tablero buscando una manera de escapar y luego suspiró.

—Tiene usted razón, señor. Ha vuelto a ganar.

El señor Hornbeam ladeó la cabeza.

—Espero que no me lo esté poniendo más fácil porque soy ciego.

—¡Ojalá pudiera agarrarme a eso! No, señor, ha ganado usted justamente.

El señor Hornbeam asintió con gesto de satisfacción y se puso en pie.

—¿Mañana por la noche jugamos la revancha?

—No veo la hora.

El vencedor se fue a dormir y el señor Henshall se quedó.

—¿Qué han estado haciendo usted y Effie? —preguntó Sarah—. No nos hemos visto mucho últimamente.

—Fuimos de excursión a Lyme. Estuvimos en el Cobb y comimos en un *pub* que había allí. Effie hizo algunas compras.

—Suena muy bien. ¿Effie disfrutó?

—Sí. Creo que sí.

—Bien.

Él miró la labor que tenía entre manos.

—¿Esta noche no prepara ningún dulce?

—No lo había previsto —dijo, levantando la mirada de la aguja—. A no ser que... ¿tiene alguna petición especial?

Él la miró con gesto de complicidad.

—Creo que ya tiene demasiados huéspedes haciéndole peticiones especiales.

—No me importa. —Para sus adentros, Sarah añadió: «No, si es para usted».

—En ese caso, tengo debilidad por el *shortbread*[5], si es que desea probar algo diferente. Por la variedad delgada y crujiente, la favorita de María, Reina de Escocia. —Esbozó una sonrisa—. Y la de un servidor.

Sarah no le prometió nada, pero sabía que no iba a ser capaz de resistirse a prepararle unas cuantas.

La siguiente vez que Viola fue a Westmount, le desconcertó ver un coche de postas esperando en la entrada. La señorita Truman, vestida con un traje de viaje, sombrero y guantes, dejó una pila de cajas de sombreros sobre el escalón situado bajo el pórtico de la entrada de carruajes. Su madre, mientras tanto, le entregó una bolsa de equipaje al postillón, que la llevó hasta el vehículo.

Viola se cubrió con el velo y recorrió el sendero.

—¡Señorita Truman! ¿Se marchan? Creí que su madre y usted tenían previsto quedarse algunos días más.

La joven tenía los ojos rebosantes de lágrimas. La expresión de su madre, en cambio, era firme y severa.

—¡Oh, no! —exclamó Viola—. ¿Qué ha sucedido?

La señorita Truman apretó los labios con fuerza y finalmente dijo:

—Me temo que... he roto nuestro compromiso.

Viola soltó todo el aire de los pulmones como si se tratara de un globo pinchado.

—¡Oooh!

La madre alzó su respingona nariz representando la expresión misma de la altivez.

—¿Y acaso se la puede culpar por ello? No. Nadie que haya visto a ese hombre puede responsabilizar a mi hermosa hija por echarse atrás. ¿Qué se supone que debía hacer mi pequeña, mi ángel? ¿Renunciar a sí

---

5   N. de la Trad.: Tipo de galleta de sencilla ejecución originaria de Escocia que se elabora con harina, azúcar y mantequilla, y que alcanzó gran popularidad gracias a la reina María Estuardo.

misma? ¿Aceptar convertirse en la esposa y acompañante permanente de un recluso? ¡En una enfermera! ¡Y estando en la flor de la vida! ¡No! ¡Sería demasiado cruel! Si alguien se atreve a sugerir que lo ha dejado plantado, se las tendrá que ver conmigo.

—Mamá, no sigas por ahí. —La señorita Truman le lanzó a Viola una mirada de disculpa y después animó a su madre a recorrer el camino hasta el carruaje—. Dame unos minutos para despedirme de la señorita Summers en privado. Enseguida estoy contigo.

—De acuerdo, pero no te entretengas. Cuanto antes nos marchemos, mejor.

Cuando la anciana hubo entrado en el carruaje, la señorita Truman se volvió hacia Viola.

—Le ruego disculpe a mi madre. Puede ser bastante vulgar cuando se erige en defensora de su hija. Como una leona cuyo cachorro está siendo amenazado. —Con expresión tímida, la señorita Truman buscó la mirada de Viola a través del velo y después la apartó de nuevo.

—Espero que no se lleve una opinión demasiado mala sobre mí. Sé que algunos lo harán. Abandonar a uno de nuestros héroes heridos en el momento en el que más apoyo necesitan... Pero lo he intentado. Vine aquí decidida a permanecer fiel a mi promesa. Reprimí la aprensión que sentía y tomé la firme decisión de sacar el mayor provecho de todo esto. Es posible que, con el tiempo, me hubiera acostumbrado, tal y como dijo usted. Pero ¿y su comportamiento arisco? ¿Y su predisposición a recluirse? No. El aislamiento hubiera terminado por consumirme.

Viola se sentía dividida entre dos deseos irreconciliables: reprender a la joven o abrazarla.

—¿Cooo... cómo se ha tomado la noticia el mayor?

—¡Oh! Está... bueno, su rostro mostraba valentía, pero uno nunca sabe qué siente exactamente ese hombre, ¿verdad? No me extrañaría que se presentase ante usted completamente impasible, incluso aliviado. —Una vez más los ojos de la joven se llenaron de lágrimas, pero se las arregló para sonreír y agarrar la mano de Viola.

—Adiós, señorita Summers. Cuide mucho de él.

¿Ella?

—Yo... haré lo que pueda.

Viola observó a la señorita Truman mientras se alejaba y se reunía con su madre dentro del vehículo. Tan pronto como se cerró la puerta y los caballos emprendieron la marcha, entró en la casa y fue directamente a la habitación del mayor. Tal vez debería haberse detenido para preguntar al señor Hutton o a Armaan qué tal se encontraba y si quería de recibir visitas, pero estaba demasiado preocupada para entretenerse con esas cosas. ¿Y si la vanidad de la muchacha había hecho añicos su autoestima? ¿Y si se consideraba indigno de ser amado? ¿Y si creía que nunca sería aceptado por ninguna dama?

Golpeó la puerta entreabierta con los nudillos esperando una maldición o, lo que era aún peor, que no respondiera.

—Adelante.

Con mucho cuidado, desplazó la puerta unos centímetros, temerosa de encontrárselo de nuevo en la cama o despatarrado sobre un sillón ahogando sus penas en una botella de brandi.

Lo encontró en el escritorio, escribiendo una carta. ¿Estaría escribiendo a su abogado, quizá, para iniciar un proceso por incumplimiento de compromiso? ¿O estaría redactando ya una misiva para Lucinda Truman en la que le rogaba que cambiara de opinión?

Levantó la vista.

—¡Ah, señorita Summers!

—¿Qué tal ese ánimo? —preguntó Viola—. La señorita Truman es muy joven e insensata y se deja influenciar demasiado por su madre. Por favor, no deje que esto le rompa el corazón. Con el tiempo se recuperará. Se lo prometo. —Dejándose llevar por un impulso, le tomó la mano y, agachándose, se sentó junto a su silla sobre los talones y lo miró a la cara, deseando que se valorara del mismo modo que lo hacía ella.

—Señorita Summers, yo... estoy conmovido. Entiendo que se ha encontrado con la señorita Truman cuando se marchaba...

—Sí, así es. Y me lo ha dicho. No se sienta humillado. Me alegra saberlo para poder ayudarle.

—Bien. —El mayor se puso en pie y a Viola volvió a sorprenderle su altura—. Entonces puede colaborar metiendo estos periódicos en cajas. He dejado que este montón acumulara demasiado polvo.

La joven se puso de pie, tambaleándose.

—No lo entiendo. ¿De verdad se encuentra bien? ¿No le afecta la marcha de la señorita Truman?

—Sí, estoy bien. No me llevó mucho tiempo darme cuenta de cómo se sentía. Se le notaba en la cara. Era evidente su incomodidad cada vez que se obligaba a sí misma a mirarme a los ojos. La sutil curvatura de sus labios cuando se enfrentaba a mis cicatrices. Y tampoco le gustaba mi casa. La ausencia de vida social, de cenas formales y de fiestas. ¿De veras cree que habría sido feliz aquí? ¿Conmigo? No.

—Hubiera acabado aceptándolo si usted se hubiera esforzado un poco. Si la hubiera llevado a algún sitio. Si le hubiera ofrecido algún tipo de entretenimiento. Si se hubiera esmerado algo más.

—Es bastante probable. ¿Pero cree que yo quería algo así? ¿Unirme a una mujer que apenas soportaba mirarme o permanecer en mi compañía? ¿Que se estremecía cada vez que me acercaba, aunque intentara ocultarlo bajo una aparente timidez, detrás de un pestañeo y de sonrisas esquivas? No soy ningún idiota. Esperé que dijera algo y, al ver que no lo hacía, le insinué a su madre que accedería a separar nuestros caminos de manera tranquila y amistosa. Aceptó de inmediato.

—Cuando la he visto, la señorita Truman tenía los ojos llorosos.

—Me sorprende. Y usted también. ¿Quiere que corra tras ella y le pida que recapacite?

—Lo que yo quiera no tiene ninguna importancia.

—En eso se equivoca.

Durante unos instantes se quedó mirándolo y luego sintió que la rabia se apoderaba de ella.

—No quiero tener nada que ver en esto. Ya me siento lo suficientemente culpable con mi vida tal y como es.

—No tiene que sentirse culpable de nada. La señorita Truman no me amaba, y le aseguro que yo tampoco la amaba a ella. Llevo arrepintiéndome de mi precipitada proposición de matrimonio desde antes de irme a la India. Creo que es una de las razones por las que decidí irme.

—¡Oh! —Viola lo escudriñó con cautela, deseando creerle—. Pues... bien. Me preocupaba que estuviera destrozado.

Él le tomó la mano y la apretó con afecto antes de soltarla.

—Aprecio su inquietud mucho más de lo que se imagina. Pero estoy bien. Y, a la larga, ella será mucho más feliz, estoy convencido.

—Espero que tenga razón.

Él esbozó una leve sonrisa .

—¿Acaso no la tengo siempre?

—En absoluto —respondió ella—. Prácticamente nunca.

En ese momento Colin se unió a ellos, apoyando con despreocupación un hombro en el marco de la puerta.

—Señorita Vi, si yo fuera usted, no me preocuparía por la señorita Truman. En menos que canta un gallo, estará como una rosa. Y en un par de semanas se comprometerá con algún otro primogénito. Quédese con lo que le digo.

Pero no era la señorita Truman lo que le preocupaba.

Colin procedió a contarle a su hermano que Taggart quería contratar a alguien para que talara un árbol que se había caído durante el último temporal.

—No hace falta. Lo haré yo mismo y tú me ayudarás. No te viene mal hacer un poco de ejercicio.

—Sin duda —respondió Colin enderezándose—. De acuerdo. Le diré a Taggart que no hace falta que llame a la caballería, porque la caballería ya está aquí. —Luego guiñó un ojo a Viola, se volvió haciendo una teatral pirueta y abandonó la habitación.

Durante un buen rato la joven permaneció donde estaba, mirando al mayor Hutton, el hombre que había acudido a socorrerla y la había sacado del agua.

—A propósito —dijo—, ¿qué estaba haciendo en la playa principal el otro día? Creía que prefería la de poniente.

—Decidí nadar cerca de casa, aprovechando que no había nadie. Y gracias a Dios que lo hice.

De nuevo la sensación de gratitud se apoderó de ella.

—Gracias otra vez por venir a auxiliarme.

Él asintió lentamente con la cabeza.

—¡Ojalá pudiera hacerlo siempre!

¿Qué había querido decir? Confundida, se volvió hacia la mesa del despacho y su mirada tropezó con la carta que el mayor estaba escribiendo cuando había llegado.

Señor Bird,

Me gustaría encontrarme con el cirujano que mencionó y conocer sus innovadores métodos con mayor profundidad. Le ruego que concierte una cita a una hora que les resulte conveniente a ambos.

Atentamente,
Mayor J. Hutton

¿Un cirujano? De inmediato el estómago se le encogió. Dándole unos golpecitos a la carta con los dedos, preguntó:

—¿A qué se refiere con esto? ¿A algún nuevo método para recuperar la audición de ese oído?

Él esbozó una sonrisa burlona.

—¿De qué oído?

—Ya sabe a lo que me refiero.

—No creo que haya esperanzas para mi oído derecho, pero con el que me queda, me gustaría escuchar lo que este hombre tiene que decir. Es especialista en reducción de cicatrices y otras cirugías faciales.

La garganta se le llenó de bilis.

—¿Esto es por lo de la señorita Truman?

—En cierto modo, sí. Sin duda su aversión ha fortalecido mi decisión de hacer algo con toda esta piel endurecida. —Trazó un círculo con el dedo en el lado derecho de su cara

—¿Quiere recuperarla?

—En absoluto. No sufro por su pérdida, señorita Summers, si es eso lo que se siente tentada a creer. Pero si existe algún modo de resultar menos repugnante, creo que me debo a mí mismo, y a la sociedad en general, hacer todo lo que esté en mi mano. ¿Quién sabe? Tal vez algún día pueda pedirle a otra mujer si quiere compartir mi vida y mi lecho, y no quiero que se aparte muerta de asco.

Dio un paso adelante y le sostuvo la mirada. Una vez más Viola recordó la sensación de encontrarse en brazos del mayor contra su pecho desnudo y sintió que le faltaba la respiración.

«No se apartará», le hubiera gustado decirle, pensando que tal vez se estaba refiriendo a ella. Pero ¿y si no era así? No podía hacer una aseveración de ese tipo en nombre de cualquier otra mujer que no fuera ella.

—¿Y cómo se llama ese cirujano? —le preguntó, sintiendo que se revolvía al estómago solo por plantear la pregunta.

—¿El colega del señor Bird? No lo recuerdo.

Pensó que, sin duda, no sería Abner Cleeves, teniendo en cuenta la gran cantidad de cirujanos que acudían a Sidmouth. Aun así, la bilis volvió a agriarle la garganta al recordar al hombre que había visto a la entrada del hotel York.

Entonces tragó saliva y dijo:

—Si se trata de Cleeves, salga corriendo en dirección contraria.

Capítulo 25

«Todo el que tuviera acceso a la alegría,
Deberá compartirla,
Pues la dicha nació para ser una hermana gemela».

LORD BYRON,
Don Juan

Aquella misma tarde, Emily y Viola estaban sentadas juntas en la biblioteca, hechas un ovillo en los dos sillones situados junto a la chimenea, con unas mantas de punto cubriéndoles las piernas y un par de tazas de té vacías sobre la mesa que había entre ellas. Fuera caía una lluvia fría, pero dentro el ambiente era cálido y sereno, y ambas estaban disfrutando de la conversación y la compañía mutua; las dos solas, algo que no ocurría desde hacía mucho tiempo.

Estaban hablando de su funesta experiencia con el baño con mayor libertad y desparpajo, aprovechando que nadie podía oírlas. Al recordar los detalles, se burlaban la una de la otra: la asistente achispada, los espantosos trajes de baño, Viola chinchando a su hermana y diciéndole que no había nada que temer, para, al final, acabar las dos arrastradas por una temible ola y que Viola tuviera que ser rescatada.

—Cuando vi salir del agua a aquella criatura salvaje, medio desnuda, sosteniendo a una mujer en los brazos —dijo Emily—, creí que la resaca me había confundido el cerebro. Era como si una de esas ilustraciones mitológicas hubiera cobrado vida: Tritón y la ninfa. Me pregunté si tendría piernas como un hombre o la cola de un pez.

Viola se echó a reír y su hermana notó que también se había sonrojado.

—Tú sí que sabes cómo contar una historia, Em. Tal vez deberías escribirlo todo; cambiando los nombres, por supuesto.

—Mmm... puede que lo haga. Todavía no me puedo creer que Tritón resultara ser tu mayor. —Emily sacudió lentamente la cabeza—. Sin duda, no se parece en nada al inválido que yo tenía en mente cuando escribí aquel anuncio.

Siguieron hablando del incidente durante unos minutos más, de cómo los pescadores habían salido corriendo para ayudar, de Tom entrando en el agua a toda prisa para asegurarse de que todos estaban bien y del hecho de que luego las acompañara a casa.

Después las dos se quedaron en silencio durante un rato, observando abstraídas las llamas agitándose y chisporroteando.

Entonces Viola dijo:

—Cuando volví de Francia para recuperarme de la última cirugía, viniste a mi habitación y me leíste parte de un relato que estabas escribiendo, ¿te acuerdas? Así que tú le leíste a una inválida mucho antes de que lo hiciera yo. —Las dos hermanas compartieron un mirada cargada de afecto y entonces Viola preguntó—: ¿Qué fue de aquella historia? Recuerdo que me gustó lo que oí.

—¡Oh, cielos! No tengo ni la menor idea. He escrito el principio de muchas historias, pero todavía no he acabado ninguna.

—Pues tal vez deberías. Yo me pondría la primera en la cola para leerla.

Emily sonrió a su hermana, encantada con la renovada cercanía entre ellas.

En ese momento Jessie llamó a la puerta de la biblioteca e hizo pasar a Tom Cordey.

Emily no había oído la aldaba. Habría sido más rápido entrar por la puerta principal, y se preguntó si Tom había elegido la puerta trasera —la que utilizaban los sirvientes y los comerciantes—, porque se veía a sí mismo de aquel modo, o porque creía que los vecinos poseían el privilegio de pasar a saludar de manera informal.

Entonces, al ver las mejillas sonrojadas y los ojos brillantes de Jessie, pensó que quizá la visita había empezado por el sótano por otra razón.

—Buenas tardes, Tom —dijo, poniéndose en pie.

Él saludó con una inclinación de la cabeza.

—Señorita Emily, señorita Viola.

—Gracias otra vez por acudir en nuestra ayuda el otro día.

—No tiene importancia.

Emily le hizo un gesto para que entrara.

—Pasa, pasa.

Él accedió a la habitación con unas cuantas piezas de madera en la mano.

—He pensado que debía enseñarles dos carteles antes de hacer los demás. Para ver cuál les gusta más.

Viola le lanzó una mirada inquisitiva a su hermana, que esta interpretó como: «¿quieres que me marche?», pero Emily deseaba que se quedara.

—Viola, ven y danos también tu opinión.

Tom colocó sobre la mesa las piezas de madera tallada y se acercaron para examinarlas. Una de ellas era rectangular con los bordes biselados, mientas que la otra tenía las esquinas redondeadas.

Ambas muestras tenían el nombre labrado de una de sus habitaciones, con las letras oscurecidas con pintura para que fueran legibles.

Y las dos estaban mal escritas.

Emily se quedó allí de pie, notando cómo la sensación de embarazo le cerraba el estómago. No quería ofender a aquel joven bondadoso, su vecino, pero no podía colgar un cartel mal escrito en la puerta de sus habitaciones.

Viola le lanzó a su hermana una mirada nerviosa, en espera de que fuera ella quien respondiera primero, la que tomara la iniciativa.

Emily apretó los labios y finalmente dijo:

—Me encantan los bordes biselados, ¿verdad que son estupendos, Vi?

—Sí, lo son.

—Has hecho un buen trabajo, Tom. Son mucho más elegantes de lo que había imaginado.

—Me alegro de que les gusten.

—Hay solo una cosita sin importancia... —dijo, señalando la palabra «avedul».

—Usted dijo que podía quitar lo de «llorón» si me parecía demasiado largo.

—Sí, no pasa nada por haberlo omitido. Pero, para tu información, «abedul» se escribe con «b».

El bronceado del rostro del joven no pudo ocultar el rubor.

—Todo el mundo escribe las cosas de forma diferente —se apresuró a decir Emily—. Sin duda fue culpa mía. Has estado trabajando con la lista que te di y yo tengo muy mala letra.

—Eso es cierto —corroboró Viola, con intención de ayudar—. Escribe fatal.

Emily miró a su hermana con la nariz arrugada.

—Gracias por darte cuenta.

En realidad, su caligrafía era tan buena como su ortografía, pero hubiera dicho cualquier cosa por borrar la expresión mortificada del rostro del muchacho.

Tom se frotó la nuca.

—Ya le dije que se me daba mejor pescar y tallar la madera que escribir.

—Sin duda, eres muy mañoso, Tom. Son maravillosos, de verdad. Estoy deseando ver los demás.

Él la miró con vacilación, como si estuviera calibrando su sinceridad. Entonces asintió con aparente satisfacción y se volvió para marcharse.

Cuando salió, Emily exhaló un suspiro y se dejó caer sobre la silla.

Su hermana también volvió al asiento.

—Has manejado la situación maravillosamente, Emily.

—Gracias. Me alegro de que estuvieras aquí conmigo.

El tiempo desapacible se prolongó hasta principios de junio, provocando cierto decaimiento en la familia y los huéspedes, así como una tendencia a la reclusión. Para tener algo con que entretenerse, Georgiana y Effie decidieron montar una obra de teatro y pasaban horas en el ático, escribiendo un guion, reuniendo disfraces y elementos de atrezo y montando cierto escándalo al patear durante los ensayos los desnudos tablones de madera.

El señor Elton leía satisfecho junto al fuego, al tiempo que su esposa deambulaba por las habitaciones comunes como un animal enjaulado deseando poder salir para ir a visitar gente.

Mientras tanto, el señor Henshall seguía jugando al ajedrez con el señor Hornbeam, partidas que a menudo ganaba el invidente. Viola, por su parte, le había tomado mucho cariño al señor Hornbeam, que era mucho más afectuoso con ella de lo que había sido su padre.

El señor Stanley jugaba a las damas con Emily, aunque con menor frecuencia que antes. Desafiando al mal tiempo, parecía pasar incluso más tiempo con su hermana, y Viola se daba cuenta de que a su gemela le afectaban profundamente aquellas ausencias.

Un día en que la lluvia había amainado, Viola decidió hacer una rápida visita a Westmount. Desde que había empezado a sentirse cómoda con sus clientes, Georgie ya no solía acompañarla en sus salidas, pero aquel día su hermana pequeña, que se había aburrido de ensayar para la obra de teatro, le preguntó si podía ir con ella.

Juntas corrieron hasta la casa de los vecinos, la pequeña con una capa con capucha y Viola protegida por un paraguas.

Al llegar, Taggart las acompañó hasta el salón, donde encontraron al señor Hutton sentando con un periódico en la mano y a Colin repantigado sobre el sofá. El señor Hutton les informó de que Jack se había retirado a una habitación con su abogado, que se había presentado con unos papeles que necesitaban ser atendidos, pero insistió en que las damas se quedaran un rato.

Colin se irguió.

—Sí, por favor. Tengan piedad de nosotros. Nos estamos ahogando en el tedio.

Armaan entró e invitó a Georgiana a jugar una partida de damas mientras que el señor Hutton regresó a su periódico. Viola se sentó en el otro extremo del sofá y Colin se puso de pie de un salto como un resorte.

—¡Estoy tan aburrido! —se lamentó. Seguidamente cruzó la habitación y deslizó una mano por la fina capa de polvo que cubría el pianoforte. —¡Ojalá pudiéramos, al menos, escuchar un poco de música!

Sin levantar la vista del tablero, Georgiana dijo:

—Viola sabe tocar, y lo hace extraordinariamente bien.

Viola puso reparos.

—Mi hermana exagera.

—No es verdad.

El señor Hutton levantó la vista de su diario.

—Tal vez debería permitir que juzgáramos por nosotros mismos.

Viola meneó la cabeza.

—No, gracias. Solo toco en privado.

Colin refunfuñó.

—¿Y privarnos a todos los demás del placer de escucharla?

—Es tremendamente tímida —la justificó Georgie.

—¡Vamos, señorita Summers! Tenga piedad —intentó engatusarla Colin—. Necesitamos desesperadamente un poco de diversión. ¿Cree que podemos convencer a Jack para que nos permita acceder a las habitaciones comunes para jugar a las cartas o incluso a la sala de billar? Pues no. Necesitamos algo con lo que entretenernos o nos volveremos locos.

—Yo... no quiero que nadie me mire.

—¿Y quién quiere mirarla? Solo queremos escucharla. Le propongo una cosa: usted toca el pianoforte y nosotros nos vamos a la habitación de al lado. ¿Qué le parece?

—Si de veras lo quiere...

—Sí.

—De acuerdo.

Georgie se levantó e interrumpió el juego.

—¿Tienes que ser siempre tan dramática?

A continuación, soltando un suspiro, siguió a los hombres a la sala de estar adyacente.

Viola se sentó en el banco y hojeó las partituras que reposaban en la leja delante de ella. Entonces, tras asegurarse de que todos habían abandonado la habitación, renunció a cualquiera de las piezas disponibles y empezó a interpretar una de sus composiciones favoritas. Conforme tocaba las primeras notas, la emoción hizo que los demás se sumieran en un silencio reverencial, lo que le provocó una tremenda inseguridad. A pesar de ello, se obligó a continuar y, al hacerlo, la conciencia de sí misma se desvaneció, y el recuerdo de la música y la satisfacción de sentir la suavidad del marfil bajos los dedos le hicieron olvidar su incomodidad.

En apenas unos instantes, estaba tocando con pasión, dejando que la música la invadiera. ¡Cuánta paz! ¡Cuánto placer!

Al llegar al final, en un momento en que los sonoros acordes retumbaban en la sala y seguidamente se desvanecían, se dejó arrastrar hasta una nueva pieza, olvidándose del tiempo y del lugar, cautivada por la magia de la música.

Pasado un rato fue consciente de que había alguien cerca. Debería haberse sentido incómoda de inmediato, pero al levantar la vista, descubrió que se trataba del mayor, que estaba de pie en el umbral, con los brazos cruzados y la cabeza inclinada, concentrado, escuchando sin mirar.

Cuando las notas finales de la segunda pieza recorrieron danzando el espacio que había entre ellos, él alzó la mirada y exclamó:

—¡Qué belleza!

Debía de referirse a la música. Aun así, por la manera en que la miró a la cara, a los hombros y a las manos, como si la acariciase, tuvo la sensación de que se trataba de un elogio hacia ella.

Y tal vez lo era.

Pasadas unas horas, el día por fin se despejó y Viola se fue a ver a la señora Gage, la nueva clienta que le había buscado la señora Fulford. Había estado postergando la visita. La mujer, que estaba impaciente por salir después de la racha de mal tiempo, le pidió que la llevara de paseo.

Poco después, el lacayo de la señora Gage y su robusta criada bajaron la silla de ruedas por los escalones de Fortfield Terrace y Viola empezó a empujarla por el paseo marítimo con su perrito de raza pomerania en el regazo. Juntas avanzaron por el camino, inclinando la cabeza cuando se cruzaban con otros viandantes, intercambiando saludos y disfrutando de la brisa fresca. Resultaba, sin duda, de lo más agradable.

De pronto se le ocurrió una idea.

—Señora Gage, puedo preguntarle si... ¿la silla es de su propiedad o...?

—No, la mía era muy voluminosa para traerla en el carruaje. Esta la hemos alquilado a alguien de aquí, de Sidmouth.

—¿A quién?

—No lo sé. Se ocupó mi lacayo. Pregúntele a él.

—Lo haré.

Llevó de vuelta a la señora Gage a Fortfield Terrace con tiempo suficiente para que la anciana echara una cabezadita antes de que llegaran sus amigos a jugar al *whist*.

El lacayo acompañó a Viola hasta la salida y estuvo encantado de indicarle dónde podía conseguir una silla de ruedas.

—Sí, señorita. Hay varios sitios en el pueblo donde alquilar sillas, tanto de manos como sillas de Bath. La de la señora se la arrendé a Radford y Silley.

—Gracias.

Tal vez a señora Denby, a la que le costaba enormemente caminar unos pocos pasos y que raras veces salía del asilo de los pobres, podía apetecerle dar un paseo. Y, con mucho gusto, ella lo haría posible.

Al final descartó lo de la silla de manos, no solo porque sería difícil disfrutar de una salida con la presencia constante de dos extraños, sino también porque pagar a los porteadores acabaría resultando muy caro.

Sin embargo, en lo que respectaba a una silla de Bath, se veía perfectamente capaz de manejarla ella sola gracias a la experiencia con la señorita Gage. De hecho, estaba deseando probar.

Al día siguiente Viola se presentó en el asilo de los pobres empujando una sencilla silla de Bath de mimbre, el modelo menos caro, sin capota plegable. Por suerte, hacía buen tiempo, de manera que no iban a necesitar protegerse más que con un sombrero, y Viola llevaba el suyo con el velo hacia atrás.

—¿Qué tal el día, señora Denby? ¿Le apetece un paseo?

La anciana echó un vistazo a la silla, intrigada pero recelosa.

—¿La has alquilado para mí?

—Efectivamente.

—¿Y a dónde podríamos ir? —Un tímido entusiasmo iluminó su rostro.

—Usted escoge. ¿Calle High? ¿El paseo marítimo? ¿Algún otro lugar?

Los ojos de Jane Denby adoptaron una expresión distante, meditabunda.

—Calle High. Hace años que no voy.

Viola sonrió.

—Pues ya está. Decidido.

—¿Estás segura? Esa silla... No tengo dinero para pagarla.

—Ya está pagada. Es nuestra durante la siguiente hora. —A continuación, hizo un ademán indicando la puerta—. ¿Vamos?

—¡Sí! —La anciana aplaudió, pero entonces su expresión impaciente se empañó—. Pero debo advertirte una cosa. Tal vez no desees que te vean conmigo. Es posible que alguna gente me recuerde, y también lo que hizo mi hijo.

—Querida amiga, si alguien nos desaira, le pagaremos con la misma moneda. Aunque, sinceramente, en caso de que se nos queden mirando, lo más probable es que sea por mí.

El rictus alicaído de la anciana se transformó en una leve sonrisa.

—¡Menudo equipo hacemos! ¿No te parece?

Viola se conmovió.

—Desde luego que sí.

Pasado un rato, cuando ambas recorrían la calle High, la señora Denby le ordenó levantando la voz:

—¡No tan rápido! ¡Quiero verlo todo!

Y cuando pasaron por encima de un charco, se echó a reír como una niña pequeña.

Al llegar a la intersección con forma de «y» entre calle Fore y calle Back, Viola le preguntó:

—¿Hacia dónde?

La mujer vaciló y finalmente dijo:

—A la izquierda.

Seguidamente pasaron por delante del London Inn y de las tiendas de la calle Fore, deteniéndose para mirar unos cuantos escaparates.

Cuando llegaron a una tienda de segunda mano, Viola se paró al darse cuenta de que mostraba un surtido de lentes usadas.

—Mire. ¿Alguna vez ha usado lentes?

—Nunca me las he podido permitir.

—Entremos. Solo para probarlas. Como mínimo, nos divertiremos.

—Si quieres...

Afortunadamente, la puerta de la tienda de segunda mano era lo suficientemente amplia para permitir la entrada de la silla. En el interior, maniobraron a través de las estanterías atestadas hasta llegar al escaparate.

Viola tomó un monóculo, un artilugio formado por una única lente que había que sujetar con la mano.

—Debo decir —dijo imitando la voz afectada de un dandi londinense—, que la compañía es exquisita. ¿Alguna vez había visto unas damas vestidas con semejante distinción?

La señora Denby se rio entre dientes y, tras tomar unos impertinentes, una especie de lentes que había que había que aguantar con la mano por medio de un mango, se los colocó delante de los ojos y dijo con un tono grandilocuente:

—¿Le parece que vayamos a la ópera, *milady*?

Viola aplaudió.

—¡Bien hecho! —Acto seguido se puso un par de espejuelos que se le clavaron en la nariz, mientras la anciana se probaba una montura con lentes ovaladas y deslizaba las patillas por detrás de las orejas.

—Lo cierto es que estas están bastante bien —aprobó, mirando a través de los cristales la etiqueta—. Leo mucho mejor. Y lo suficientemente bien como para saber que no me las puedo permitir.

—Las que lleva puestas no son tan caras. —Viola comprobó el precio escrito a mano—. Y si le ayudan a ver...

—Por desgracia, mi niña, ni siquiera dispongo de esa cantidad.

—En ese caso, tendré que buscar otro cliente para el que leer.

La señora Denby negó con la cabeza.

—No lo hagas. No quiero que pienses que te quiero por tu dinero. Lo que realmente aprecio es tu compañía.

Viola le apretó la mano.

—Y yo la suya.

Tras abandonar la tienda y continuar su camino, llegaron a un callejón que cruzaba en perpendicular y que terminaba en el mercado, un edificio de ladrillos coronado por una bola y una veleta con un gallo. Dentro ojearon algunos puestos. Compraron dos bollitos glaseados, prometiéndose mutuamente que no se lo dirían a Sarah, y varias ciruelas maduras que se comieron allí mismo y cuyo jugo acabó chorreándoles por la barbilla. Tras limpiarse las pruebas incriminatorias con un pañuelo, siguieron su camino.

Cuando dejaron el mercado, Viola le indicó la pensión de Broadbridge, precisándole que la propietaria y gestora era una amiga suya.

Al llegar al final de la calle, volvió a preguntarle:

—¿Hacia dónde?

La anciana dudó y luego dijo:

—¿Sabes qué? Probemos con calle Back.

—¡Bravo!

De las dos calles, enfilaron la más estrecha, donde se encontraba la oficina de correos y, en frente, la bodega de la señora Tremlett. El resto de la calle estaba flanqueada por tiendas y negocios, con habitaciones de alquiler en los pisos superiores y el Old Ship Inn al fondo.

Viola sabía que, unas puertas más adelante, estaba el comercio de encajes de la señora Nicholls. En la puerta había una mujer joven sentada en un taburete, encorvada sobre el cojín que tenía en el regazo, moviendo con las manos las bobinas con las que elaboraba una pieza. Cuando levantó la vista y las vio, se metió rápidamente en la tienda. ¿Sería para evitarlas o se trataba solo de una coincidencia?

—Es su hija, Caroline —dijo la señora Denby con voz timorata—. ¡Qué mayor se ha hecho!

—¿Quiere que sigamos o...?

—Me gustaría echar un vistazo al escaparate.

La joven la empujó hasta la fachada de la tienda, giró la silla para situarla de cara al expositor y después se situó a su lado.

Sobre el escaparte, se podía leer el apellido NICHOLLS, pintado con trazos sencillos.

Junto a la puerta, una modesta tarjeta comercial anunciaba:

M. & C. Nicholls
Fabricante de encaje Honiton.
Un amplio muestrario a su disposición. Precios moderados.
Se limpian, reparan y restauran otros encajes.
Existencias disponibles de diferentes modelos.

Detrás del cristal, colgados de unas cuerdas, pendían varios artículos terminados, listos para su venta: centros de mesa, mantelitos individuales, cuellos, fichús y pañuelos ribeteados con perlas de caracol rosado y nudos de los enamorados. En el anaquel inferior se podían ver otras piezas más pequeñas, puntillas, entredoses y fruncidos, así como hilos, broches y alfileres, bobinas y un surtido de muestras.

Viola se sintió inmediatamente atraída por un intricado velo de luto con un diseño de madreselva en el borde, hasta que se recordó a sí misma que estaba intentando acostumbrarse a salir a cara descubierta.

La señora Denby se quedó observando con expresión nostálgica un chal antiguo, situado deliberadamente en el centro del escaparate, en el lugar más destacado. Tenía un elaborado patrón de flores, hojas y pájaros.

Viola lo notó y se acercó para admirar los primorosos detalles.

—¡Es precioso! —exclamó, volviendo a mirar a la mujer. Esta asintió con la cabeza.

—Mi hermana, mi madre y yo contribuimos a hacerlo. Las puntillas, por ejemplo. Y también las flores, las hojas y los pájaros.

—Es maravilloso ver su trabajo expuesto.

Ella hizo un gesto de asentimiento.

—Debo reconocer que es muy gratificante. Y también que me trae muchos recuerdos. Ya te conté cómo era. Todas nosotras sentadas en nuestra cabaña, o fuera para tener más luz cuando hacia buen tiempo, trabajando sin parar. En ocasiones charlábamos, pero incluso cuando estábamos en silencio, su compañía era lo suficientemente placentera, aunque en su momento no siempre supe apreciarla.

La puerta de la tienda se abrió y salió una señora con el cabello cano, un gastado delantal blanco sobre un vestido negro y unos labios delgados que dibujaban una línea cóncava. Era Mary Nicholls. Aunque ambas mujeres tenían una edad similar, ella iba mucho más erguida y su aspecto era más lozano.

La señora Denby se puso tensa y luego dijo:

—Buenas tardes, señora Nicholls.

—Jane.

—Estaba enseñándole a mi joven amiga su impresionante muestrario. Siempre ha tenido usted los mejores modelos.

La mujer vestida de negro asintió enérgicamente como muestra de conformidad.

—Gracias. Hace siglos que no te veo.

—Últimamente no salgo mucho.

Viola estuvo tentada de decir: «Vive al final de la calle. Podría ir a visitarla alguna vez», pero se mordió la lengua.

—Me alegro de verte —dijo la señora Nicholls.

Su interlocutora parpadeó, aparentemente sorprendida.

—Lo mismo digo.

—No quedamos muchos de los de antes.

—Cierto. —La señora Denby esbozó un leve sonrisa—. Bueno. Adiós.

Al oír que se despedía, Viola tiró de la silla para darle la vuelta y echó a andar calle abajo.

La señora Nicholls la llamó.

—¿Jane?

Viola se detuvo y volvió a girar la silla.

La anciana propietaria se quedó mirando a su ocupante y dijo:

—Espero que sepas que siempre serás bienvenida aquí. No tengo nada en contra de ti. Lo que sucedió... forma parte del pasado.

La señora Denby asintió con la cabeza de forma pausada y alzó la mano a modo de despedida.

Durante el camino de vuelta apenas dijeron nada mientras pasaban por delante del Old Ship Inn y regresaban a Mill Lane, para llegar al asilo de los pobres.

—¿Se encuentra bien? —le preguntó la joven con voz queda.

—Creo que sí. Cuando la he visto, he sentido cómo toda la vergüenza volvía a apoderarse de mí, pero no es culpa suya.

—Ni suya tampoco.

—¡Ojalá pudiera creer sus palabras! Bueno. En cualquier caso, me alegro de haberme quitado este peso de encima, después de tantos años sin vernos. Si volvemos a encontrarnos, ya no resultará tan incómodo.

—Ha sido bastante amable.

—Sí, para mí sorpresa, sí.

Cuando acabó su hora preceptiva, Viola llevó a la señora Denby a su habitación y la ayudo a levantarse de la silla de ruedas y sentarse en la suya.

La mujer le lanzó una mirada radiante.

—Muchas gracias, querida. No recuerdo haberme divertido tanto como hoy. ¡Voy a dormir durante una semana!

Viola le devolvió la sonrisa.

—¿Sabe una cosa? Estaba pensando... La cosa ha ido bastante bien. ¿Qué le parecería venir a la iglesia con nosotras? Yo podría venir a recogerla e ir hasta allí juntas.

—¿En serio? No hay nada en el mundo que me apetezca más. ¡Eres tan buena conmigo! La hija que nunca tuve.

Viola fue a devolver la silla, le dio las gracias al señor Radford y emprendió el camino a casa satisfecha.

De repente, en mitad de la calle, se detuvo de manera abrupta y a punto estuvo de caerse de bruces. Se quedó petrificada delante de una tienda que ni siquiera vio, y miró fijamente hacia delante.

Cuando lo tuvo más cerca, se dio cuenta de que Abner Cleeves había envejecido, tenía más canas en las patillas, aunque el cabello hirsuto, los armoniosos rasgos aristocráticos y los ojos apagados como un estanque muerto eran los mismos.

Paseaba junto a otro hombre hacia donde se encontraba ella. Cuando estaba a punto de pasar de largo, le lanzó una mirada de soslayo y luego volvió a mirarla, con los ojos entrecerrados. Viola rezó por que no la reconociera. Unos segundos después, él saludó educadamente con una inclinación de la cabeza y prosiguió su camino.

Mientras avanzaba, el señor Radford salió de su tienda y gritó:

—¡Señorita Summers! ¡Se ha olvidado la factura!

Viola la aceptó asintiendo en silencio como muestra de agradecimiento, intentando no llamar más la atención.

—¿Señorita Summers? —Era una voz familiar, lánguida, que arrastraba ligeramente la letra «eme». El hombre que había deseado desesperadamente evitar se había dado media vuelta y volvía sobre sus pasos. Se detuvo a unos metros de ella y lo único que impidió que Viola retrocediera fue la pared de la tienda que tenía a su espalda.

Él bajó la mirada con intención de hacer un examen general de su rostro y se detuvo en la boca.

Como si hablara para sí mismo, masculló:

—¡Ah, sí!

Su acompañante, que también había vuelto atrás para comprobar qué era lo que le había llamado la atención, los miró alternativamente con las cejas levantadas en señal de expectación, esperando, de manera más que evidente, que los presentara.

—Señorita Summers, es un placer volver a verla —comenzó Cleeves—. Permítame que le presente al doctor Davis.

Su colega se quitó el sombrero e hizo una reverencia.

Abner Cleeves trazó un círculo con los dedos enguantados cerca de la boca de Viola, ella retrocedió y echó la cabeza hacia atrás.

—¿Ve esto, Davis? Cuando esta joven acudió a mí, tenía una considerable hendidura en el labio. Yo se la reparé.

Indignada al oír cómo se apropiaba del mérito pese a haberle causado tanto dolor de forma innecesaria, hubiera querido rebatirle aquella afirmación, pero sentía la boca como llena de algodón y no pudo articular palabra.

Cleeves, que al parecer había interpretado su silencio como una manera de dar su consentimiento para explayarse y para utilizarla como prueba de su pericia, continuó:

—Después de escarificar los márgenes de la hendidura con unas tijeras, coloqué unas pinzas de sujeción y los suturé con hilo encerado...

Una imagen le cruzó la mente como un fogonazo. Una bandeja quirúrgica llena de instrumentos relucientes: una aguja curvada, tijeras, un cuchillo, unas pinzas...

Alguien le sujetaba la cabeza por detrás, impidiendo que la moviera, mientras aquel hombre le extraía un pedazo del labio superior mientras en la otra mano sostenía aquellas tijeras resplandecientes, con las cuchillas abiertas como una amenazante dentadura lista para clavarse en la carne. Y entonces llegaron los cortes, la sangre, el dolor, los gritos sofocados.

Sintió un sudor frío por todo el cuerpo y empezó a temblar.

—Como niña que era, no paraba de llorar —decía el señor Cleeves—, de manera que la herida se negó a cerrarse y los puntos de sutura se soltaron. Después de un segundo intento con resultados similares, esperamos a que fuera adolescente y hubiera desarrollado un poco más de autodominio. Entonces le apliqué unas grapas a lo largo del labio para reforzar el cierre. Se los dejamos ocho o nueve días; normalmente pasado ese tiempo los bordes suelen haberse unido. Entonces le retiré las grapas, le apliqué un emplasto y un trozo de tela que no desprendiese pelusas y... *voilà* —concluyó, señalando la boca con un gesto de la mano que hizo que Viola sintiera ganas de vomitar.

El segundo hombre asintió.

—Impresionante.

Viola sacudió la cabeza. Deseaba con todo su corazón corregirle. Decirle que aquella última técnica tampoco había funcionado. Describirle el desgarro y la infección que hizo que la hendidura acabara siendo aún mayor de lo que era en un principio debido a todos aquellos cortes y «escarificaciones».

Contemplándola con cierta prevención, el segundo hombre preguntó:

—¿Perdió el habla?

—No. Es solo timidez. ¿Verdad, señorita Summers?

Viola abrió la boca, pero seguía sin poder articular palabra.

—Muchos afectados de labio leporino tienen dificultades para hablar, o al menos para hacerlo con claridad —comentó Cleeves a su compañero en un aparte, como si ella fuera un objeto exhibido en una exposición—. Esta técnica también repara la capacidad de comunicarse del paciente. Cuando la hendidura del paladar es solo parcial, puede taponarse con algodón, o bien insertar una placa de plata, oro o plomo que actúe como obturador palatal y que puede sujetarse mediante una esponja. Ambos procedimientos consiguen que recuperen el habla.

—Asombroso. Realmente asombroso.

—Gracias. Me enorgullece decir que soy un pionero en la introducción de nuevos métodos.

Quería gritarle. Llamarle mentiroso. Charlatán. Decirle que era un farsante y un estafador en cuanto a las técnicas quirúrgicas. Sintió que las manos se le tensaban como si quisieran formar unas garras y el cerebro le martilleaba presa de una rabia silenciosa.

¡Si supiera cómo se habían escandalizado los médicos al ver las condiciones en las que estaba su boca, utilizando palabras como *«sauvage»* o *«barbare»*! Les habían dicho a sus padres que, quienquiera que le hubiera hecho aquello, había utilizado técnicas que habían quedado obsoletas hacía un siglo.

—Quizá podría aparecer en el próximo encuentro de nuestra sociedad —sugirió el doctor Davis—. Los miembros quedarían muy impresionados. —Seguidamente se volvió hacia Viola y le dijo lentamente y alzando mucho la voz, como si fuera dura de oído: —No le importaría, ¿verdad?

Viola tan solo fue capaz de permanecer allí de pie y negar con la cabeza.

Capítulo 26

«Oh, Sidmouth, bendecida con suaves brisas
celestes que devuelven la salud,
A ti acuden presurosos los marchitos pacientes,
No obstante, tu puerto sanador no es infalible,
Y a ella no le ofreciste refugio, sino una tumba...».

Placa conmemorativa,
Iglesia de San Egidio y San Nicolás

no de los primeros domingos de junio, parte de los residentes en Sea View se reunieron de nuevo para dirigirse juntos a la iglesia. Recorrían el sendero por parejas:
Sarah y Emily; Georgiana y el señor Hornbeam; y el señor Henshall
y Effie. Le habían pedido a su madre que los acompañara, pero ella
había respondido que no se sentía con fuerzas, lo que resultó un tanto
decepcionante después de sus recientes progresos en cuanto a vigor
y resistencia.

Viola, que había salido un poco antes para ir a recoger a la señora
Denby, apareció en aquel momento empujando la silla de Bath al tiempo
que la anciana manejaba el volante con sus manos huesudas.

Sarah todavía no había coincidido con ella, pero sentía como si la conociera perfectamente, tanto por las descripciones de su hermana como
por la entrañable carta que Viola le había ayudado a escribir.

En el momento en que convergieron sus caminos, en el sendero de la
iglesia, Viola se ocupó de hacer las presentaciones.

La señora Denby los saludó uno por uno con una inclinación de cabeza y la mirada resplandeciente.

—Es un auténtico placer conocerles. —Acto seguido extendió la mano hacia Sarah, que dio unos pasos hacia delante para estrechársela—. Y señorita Sarah, no sabe cuánto le agradezco los deliciosos regalos que me ha hecho llegar a través de Viola.

En aquel preciso instante llegó otra mujer en silla de ruedas, empujada por un lacayo vestido con librea y atendida por una doncella vestida de negro. Era más joven, más oronda e iba vestida de manera más elegante que la señora Denby. Aun así, las dos mujeres se saludaron con una inclinación de cabeza cuando vieron sus respectivos «carros de batalla», como si se tratara de dos reinas igual de regias.

—Buenos días, señora Gage —saludó Viola. Emily y Georgiana hicieron otro tanto.

El anciano señor Hutton apareció entonces por el camino y, al ver que iba solo, Viola insistió en que se sentara con ellos.

Todos juntos se dirigieron en procesión hasta la entrada de la iglesia y siguieron por el pasillo de la extensa nave. La señora Denby respondió a los saludos de algunos ancianos a los que se les veía gratamente sorprendidos de verla, lo que contribuyó a iluminar más si cabe su ya alborozada sonrisa. Viola situó la silla al final del banco en el que se sentaban habitualmente, tomó asiento junto a ella y ambas compartieron el libro de oraciones a lo largo de todo el servicio religioso.

Después de la bendición, Sarah y Viola se quedaron unos minutos en la parte posterior de la iglesia, esperando a que Emily, Georgiana y la señora Denby terminaran de charlar con sus numerosos amigos.

Al mirar en torno a ella y ver la gran cantidad de lápidas que cubrían tanto los muros como las paredes, Viola preguntó:

—¿Crees que mamá acabará enterrada aquí? ¿Tan lejos de papá?

—Esperemos que no tengamos que afrontar esa decisión hasta dentro de mucho tiempo. ¡Quién sabe! Mamá todavía puede recuperarse.

—¿De verdad lo crees?

—Es posible. Piensa en el señor Butcher.

—Sí, pero no todos los que vienen aquí se curan —dijo Viola, indicando con un gesto a su alrededor—. No hace falta ir muy lejos para comprobarlo.

Sarah no pudo hacer otra cosa que asentir. Leyó la primera de dos placas situadas cerca de ellas:

MARY, ESPOSA DE ROBERT LISLE, DE ACTON HOUSE
Letrado en el condado de Northumberland.
Murió el 21 de febrero de 1791, a la edad de 39 años,
y por expreso deseo suyo fue enterrada aquí.

Y la otra:

Acoge, oh, señor, el alma de tu sierva.
Bajo esta lápida descansan
los restos de
Charlotte Temperance,
la mayor de las hijas que quedaban con vida
de Thomas y Elizabeth Alston,
de Odell Castle, Bedforshire.
Falleció en Sidmouth, el 10 de noviembre de 1810,
A la edad de diecinueve años.

Viola, desvió la vista hacia donde miraba su hermana y comentó:

—¡Cuántas muertes! Y no te olvides de la señora Denby, que lleva viviendo aquí toda la vida y siempre ha tenido una salud muy frágil.

—Sí, pero quizá si se hubiera pasado la juventud matándose a trabajar en alguna oscura fábrica de algodón del norte, en lugar de hacer encaje de bolillos en la templada Sidmouth, habría fallecido hace mucho tiempo.

—Supongo que tienes razón. Gracias a Dios todavía sigue con nosotros.

Sarah examinó a su hasta hace poco taciturna e introvertida hermana.

—Eres muy buena con ella, y muy generosa con tu tiempo.

Viola se encogió de hombros.

—Disfruto con su compañía.

Sarah sacudió lentamente la cabeza en respuesta a la modestia de su hermana y sintió cómo la invadía una profunda emoción.

—Ya sé que no soy tu madre, Vi, pero estoy muy orgullosa de ti.

Viola la miró con expresión de sorpresa y los ojos se le llenaron de lágrimas.

—Gracias, Sarah. Tus palabras significan mucho más de lo que puedas imaginar.

Aquella misma tarde, pasadas unas horas, Sarah se sentó en una de las sillas tapizadas del porche, inspiró hondo y, tras colmarse de la brisa del mar y de una deliciosa paz, se dispuso a disfrutar de unos minutos de sosiego.

En aquel preciso instante se abrió la puerta del salón y apareció Callum Henshall, pertrechado con su guitarra.

—¡Ah, señorita Summers! ¿Le molesta que le haga compañía?

—Por supuesto que no.

Él tomó asiento en una silla cercana.

—Si exceptuamos nuestro breve paseo en barco, no recuerdo haberla visto nunca sentada mano sobre mano, y menos aún relajándose.

—Me pareció apropiado tomarme un pequeño descanso dominical.

—Y muy merecido, en su caso. Trabaja usted muy duro.

—Siempre hay algo pendiente de hacer. —Se percató de que parecía preocupado—. ¿Ha sucedido algo?

Él torció el gesto.

—No exactamente. Effie está más irritable de lo normal, aunque cueste creerlo. Ahora insiste en que, de regreso a casa, visitemos las tiendas de Bath para compensarla por la «insoportable estancia en la soporífera Sidmouth y los interminables días de tortura en las diligencias que te destrozan la columna vertebral».

—Siento mucho que su estancia haya resultado decepcionante —respondió Sarah.

—Solo para ella. En mi caso ha superado con mucho las expectativas —repuso, mirándola fijamente a los ojos y provocando que el corazón le diera un vuelco.

—Además, no creo que sea cierto que odie este lugar —dijo él—. Se ha encariñado mucho con su familia. Soy yo el que la decepciona, limitando su libertad y sus ganas de gastar dinero, y no llevándola a un baile o a una modista para que le cosa unos vestidos. Se divirtió mucho el día que nos fuimos de excursión a caballo, y cuando navegamos hasta Ladram, casi tanto como usted y yo. Aun así, de momento y durante un tiempo, no voy a proponerle ninguna otra salida lejos. Dudo mucho que llegara a perdonarme.

Esbozó una sonrisa forzada y Sarah se la devolvió, pero sintió que le temblaba la barbilla.

—Siento mucho oír eso... —Estuvo a punto de llamarlo Callum, pero se mordió la lengua.

Él la miró y después apartó la vista y observó de soslayo la bahía iluminada por los rayos del sol. Las gaviotas revoloteaban en círculo y desde la playa alguien volaba una cometa, dispersando las aves y provocando profusos graznidos de protesta.

—Sé que tiene usted muchas responsabilidades aquí —dijo el señor Henshall—, con tantas novedades y tanto que aprender y que supervisar. Pero tal vez, con el tiempo, pueda liberarse durante un breve período. Y viajar. La señorita Emily mencionó que tienen ustedes una tía abuela en Escocia...

—Oh, sí... pero está bastante lejos —Sarah pensó también en Claire, que también estaba en Escocia, pero no la mencionó. Hubiera requerido unas explicaciones que no estaba del todo preparada para dar.

Durante unos instantes ambos se quedaron en silencio, solo roto por los graznidos de las aves y el tintineo de las campanillas del carrillón.

Finalmente, él le preguntó con voz suave:

—¿Tiene previsto quedarse aquí indefinidamente? ¿Sacrificar su propia vida?

Ella lo miró fijamente y se puso a la defensiva.

—Esta es mi vida. Mi familia. Nuestra madre nos necesita.

—Tal vez una de sus hermanas podría ocupar su lugar.

Sarah hizo una pausa para reflexionar.

—Supongo que Georgiana podría... más adelante. Cuando crezca un poco y empiece a preocuparse menos por los animales callejeros.

—Me parece que usted también ha adoptado alguna que otra criatura descarriada, empezando por mí.

Al contemplar su expresión de humildad, el enfado de Sarah se desvaneció.

—El caso es que tiene usted razón —continuó el señor Henshall—. Todavía es muy joven. ¿Y qué me dice de Viola?

—Viola se negó desde el primer momento a trabajar con los huéspedes. Es por eso por lo que empezó a leer a los impedidos, para conseguir ingresos de alguna otra manera. Así que no, no la veo desempeñando mi labor. Últimamente ha empezado a implicarse más y se muestra menos retraída, pero sigo pensando que no funcionaría.

—¿Y la señorita Emily?

—¡Oh! Emily anda siempre con la cabeza metida en los libros... tanto los que está leyendo como los que espera escribir algún día. Es tan creativa y tiene tanto talento que el solo hecho de pedírselo me haría sentirme fatal.

—Entonces, está usted atrapada aquí.

—De momento, sí. Aunque yo no me considero «atrapada». Disfruto con ello la mayor parte del tiempo. Me gusta ser útil, organizar.

—Podría hacerlo ejerciendo otras funciones. Por ejemplo, siendo la dueña y señora de su propia casa.

Sarah lo miró a los ojos y él alzó la mano con la palma extendida.

—No me lo diga. Ya vivió un gran amor en su vida y no espera tener otro.

Ella le hizo una mueca y él sonrió, pero rápidamente se puso serio de nuevo.

—Tengo un gerente y varios arrendatarios ocupándose de la finca durante un mes o dos, pero no puedo seguir fuera durante mucho más tiempo. Yo también tengo responsabilidades.

—Lo entiendo —respondió ella, deseando no haber parecido tan desconcertada como en realidad se sentía. ¿Estaba insinuando que, si las cosas fueran diferentes, se quedaría? ¿O estaba yendo demasiado lejos en la interpretación de sus palabras?

—Quiero ser un buen administrador —continuó—. Al no tener un hijo varón, un primo heredará la hacienda, y es mi deber gestionar bien la tierra y mantener la casa en buenas condiciones.

—Y estoy convencida de que lo hace de manera admirable.

Él inspiró hondo.

—Así que, como puede ver...

Dejó que la frase se desvaneciera, inacabada, pero ella la completó mentalmente. «Nos encontramos en un *impasse*».

Emily estaba cruzando el vestíbulo cuando el señor Stanley bajó saltando las escaleras con un libro en la mano.

—Buenas tardes, señor Stanley. Le hemos echado de menos esta mañana.

—¿Qué tal en la iglesia? ¿Ha sido un oficio edificante?

—Sí, el párroco ha dado un sermón que había escrito él mismo de su puño y letra. Me ha parecido muy bien redactado, condenatorio y gloriosamente breve.

Él se removió inquieto.

—Espero que no piense mal de mí. No soy siempre tan perezoso. Cuando estoy en casa, suelo acudir a la iglesia de manera regular.

Emily alzó una mano abierta.

—No era mi intención reprocharle nada. —Acto seguido señaló el libro que llevaba en la mano—. ¿Qué lleva ahí?

—El primer volumen de *Emma*. Lo encontré en la mesilla de noche e imaginé que sería uno de sus favoritos.

Emily había empezado a releerlo antes de la llegada del señor Stanley, pero después había pasado a otras novelas.

—¿Y le está gustando?

—Hasta ahora solo he leído el primer capítulo —dijo levantando el ejemplar—. Y ya he resuelto un misterio; uno que me concierne personalmente.

—¿A qué se refiere?

—Al misterio de la carta perdida. —El señor Stanley abrió el libro y extrajo un rectángulo de papel doblado—. Por fin sabemos cómo se las arregló para extraviarla antes de anotar en el registro mi solicitud de una habitación.

—¡Oh! —De repente se acordó de cómo habían ido las cosas. Había dejado a un lado *Emma* para escribir una respuesta a su misiva, utilizándola «de manera temporal» para marcar por qué página iba. Y después se había olvidado por completo.

Él exhaló un suspiro que daba a entender un largo sufrimiento.

—Supongo que es mejor que ser relegado a la papelera.

Ella levantó la vista y lo miró a la cara, sin saber muy bien si estaba ofendido o si se trataba de una broma.

Su rápida sonrisa la tranquilizó.

—Al menos se le dio un importante uso literario.

Emily le tendió la mano abierta.

Él levantó las cejas con expresión interrogante.

—¿Para qué la quiere?

—Tiene que ver con el mantenimiento del registro.

—Oh, sí. Ya hemos comprobado lo exigente que es usted con esas cuestiones.

El cálido brillo de sus ojos suavizó el tono burlón.

Emily reclamó la carta con un gesto de la mano. No estaba del todo segura de para qué la quería, pero la quería.

Él se la entregó.

—¿Y que utilizo yo ahora para marcar por dónde voy?

Emily se quedó pensando, alzó la mano y se quitó la cinta que llevaba anudada alrededor de la cabeza a modo de sencilla diadema.

—Aquí tiene —resolvió, tendiéndole el lazo.

Él se quedó mirándolo, pero no hizo intención de tomarlo.

El rictus travieso se desvaneció.

—Yo... no debería aceptarlo.

—¿Por qué no? Es solo para marcar las páginas de mi libro, no espero que se lo ponga. —Emily sonrió de nuevo, pero él permaneció serio. ¿Acaso creía que se la estaba ofreciendo como prenda de amor?

No era como si le hubiera entregado un mechón de pelo. ¿De veras pensaba que aceptarlo era una señal de que existía algún tipo de compromiso u obligación por su parte?

Después de un largo rato, lentamente, casi de manera reverencial, el señor Stanley tomó el lazo de sus manos y lo colocó entre las páginas alisándolo.

—Gracias, señorita Summers. Se lo devolveré cuando me marche.

¡Qué actitud tan extrañamente formal tenía de repente! ¿Se habría comportado de manera demasiado atrevida? Desde luego, no había sido su intención.

—Como guste, señor Stanley.

Él hizo una reverencia, se volvió y empezó a subir las escaleras sin rastro del vigor del que había hecho gala cuando las había bajado.

Emily observó cómo se marchaba, sintiéndose perpleja y casi... como si le hubieran echado una reprimenda. A lo largo de los años Charles le había corregido en varias ocasiones sobre asuntos relacionados con la etiqueta y, si hubiera estado allí, tampoco le había gustado su comportamiento.

Llevó la carta a la biblioteca y la desdobló sobre el escritorio. El día que había llegado la había leído de forma superficial, examinando las fechas solicitadas para despachar cuanto antes una respuesta para aquel extraño.

Entonces estudió la elegante caligrafía. La estructura era muy formal y la ortografía excelente. A continuación, miró el cierre: «Honorable señor don Mark Stanley», seguido de su dirección.

«Honorable señor don». La utilización de aquel tratamiento indicaba que era hijo de un sir o de un lord. Aunque también podía querer decir que era un abogado o alguien designado para un cargo oficial, pero le parecía demasiado joven para eso. En cualquier caso, estaba claro que se trataba de un caballero.

Mark. Un nombre sencillo, masculino. Le quedaba bien.

Al recordar su indecisión sobre aceptar o no el lazo, Emily se sintió apenada. Tal vez había malinterpretado su coqueteo, al igual que había malinterpretado el de Charles. Entonces se consoló pensando que, a pesar de todo, el señor Stanley lo había aceptado, pero en seguida recordó que tenía intención de devolvérselo cuando se marchara.

Al día siguiente, en Westmount, Viola estaba leyendo en voz alta las noticias de Londres cuando el mayor le espetó:

—¿Le incomoda?

Viola levantó la vista, sobresaltada.

—¿Qué exactamente?

—Tener que alquilar habitaciones en la que debería ser su casa particular.

Ella resopló.

—¿Qué sentido tiene hablar de ello? Lo hecho hecho está.

—¿Se encuentra su familia en una situación económicamente tan delicada?

—Por desgracia, sí. Aunque Sarah me daría un buen sopapo si me oyera admitirlo. Somos excesivamente orgullosas en lo respecta a esas cuestiones.

—Tengo entendido que tienen ya varios huéspedes.

—Actualmente sí, pero de momento no tenemos más solicitudes para las próximas fechas. No obstante, esperamos que la situación mejore. Van a publicar una nueva edición de la guía del señor Butcher *Los encantos de Sidmouth al descubierto,* y estamos tratando de que mencione Sea View. Una buena reseña, sin duda, atraería más visitantes.

—¿Qué es lo que han hecho hasta ahora para conseguirlo?

Viola se quedó pensativa.

—Emily se presentó al señor Wallis, el editor, que tiene una gran influencia sobre el autor. Y también escribió directamente al pastor con el fin de invitarle a visitar Sea View para que pudiera comprobar de primera mano sus numerosas cualidades.

—Ah, ¿sí? ¿Sabe? El señor Butcher vino a visitarnos en una ocasión, pero yo lo eché con cajas destempladas. Soy un fiel seguidor de la iglesia anglicana.

—No tenía conocimiento de que asistiera usted a la iglesia.

—Y no lo hago. No desde que... pasó lo que pasó —aclaró, trazando un círculo en el aire sobre el lado derecho de su rostro—. Y dígame, ¿obtuvo su hermana alguna respuesta del pastor?

—Pasado un tiempo le respondió diciendo que prefería mantenerse objetivo y que él mismo disponía de una casa con «numerosas cualidades» en Sidmouth y que, por lo tanto, no necesitaba hacer uso de la nuestra.

—Mmm...—El mayor hizo una mueca—. No soy la persona más indicada para llamar a alguien maleducado, pero... es un maleducado.

—Emily también lo vio así, pero yo lo conocí en el asilo de los pobres y me pareció una persona de lo más amable.

—¿Hizo usted alusión a Sea View?

Viola sacudió la cabeza.

—Me temo que me faltó valor. Y ¿quién sabe? Si llegara a visitarnos, es posible que tampoco le impresionara especialmente. Todavía no sabemos con exactitud lo que estamos haciendo y la mitad de las veces andamos como pollo sin cabeza.

—La correspondencia —dijo entonces el mayor súbitamente.

Viola parpadeó, desconcertada por la brusquedad con la que había pasado de lo personal a lo profesional.

—Como quiera —respondió con frialdad. A continuación, empezó a hojear el mazo de cartas—. ¿Alguna preferencia?

—¿Sabe qué? Olvídelo. Me acabo de acordar de que tengo algo importante que hacer. Mejor lo dejamos para mañana. Por supuesto, le pagaré la hora completa.

Viola se sintió humillada y abochornada por el hecho de que le recordara que era una subordinada que recibía una remuneración. Hablar de dinero era algo que siempre la incomodaba.

Le habría gustado protestar, pero su orgullo estaba tocado, de manera que se dio media vuelta y abandonó la habitación con paso airado sin despedirse siquiera.

No había pasado del vestíbulo cuando se dio cuenta de que se había olvidado de sus buenas maneras... y de su capota.

Con un suspiro, volvió a entrar.

Una vez dentro lo encontró inclinado sobre la papelera de la habitación, escarbando entre su contenido y extrayendo algo de su interior.

—Disculpe, he olvidado mi... ¿qué está haciendo?

Él se irguió por completo.

—Nuestra conversación me ha recordado dos cartas que recibí y que olvidé responder.

—¡Oh! ¿Quiere que se las lea?

—Ya me las arreglo solo.

—Siento oír eso. Pronto no necesitará mis visitas.

—Puede ser —respondió él, sosteniéndole la mirada—, pero igualmente seguiré queriendo que venga.

Aquel día, algo más tarde, Sarah estaba sentada sola en el despacho intentando, una vez más, cuadrar las cuentas. Los recientes desembolsos relacionados con la cena de los Elton habían acabado con la mayor parte del pago por adelantado del señor Gwilt. Tal vez deberían haberle pedido al menos una fianza a todos los huéspedes el día de su llegada.

Sarah se levantó y se fue a hablar con su madre. Cuando llegó a su habitación le sorprendió encontrarla vacía. Últimamente sucedía con cierta frecuencia. Miró a través de la ventana en dirección al jardín amurallado; tampoco había nadie. ¿Se habría ido de nuevo con Georgiana a tomar un baño de mar? «Es lo más probable», pensó para sus adentros. No había motivo para preocuparse.

Aun así, lo hizo. Esperaba de corazón que su madre estuviera bien, donde quiera que se encontrara.

Regresó a la biblioteca y revisó una vez más el libro mayor, buscando si era posible tomar alguna medida que supusiera un ahorro en los costes. Entonces se preguntó si el señor Henshall podría darle algún consejo. Por un momento deseó poder hacerle partícipe del problema, compartir con él muchas más cosas además de... Al imaginarlo, se sintió invadida por un profundo anhelo, un anhelo que rápidamente se vio empañado por el miedo. ¿Qué sería de su familia si las dejaba?

No.

Apoyó la cabeza en las manos y se frotó las palpitantes sienes, deseando borrar aquel ensueño tan seductor. Ella tenía un deber para con su familia, de la misma manera que Callum Henshall lo tenía para con la suya.

Cerró el libro y, tras tomar la última edición de *The Exeter Flying Post,* empezó a examinar con detenimiento la columna de las ofertas de empleo. Deslizó el dedo por el listado, ignorando los anuncios de aprendices y cocineros y buscando los avisos dirigidos a gobernantas y damas de compañía.

Uno de los empleos era para trabajar en Brighton, a muchas horas de viaje en diligencia. ¿De veras estaba dispuesta a pedirle a una de sus hermanas que aceptara un trabajo semejante? ¿Y tan lejos de casa? ¿O debía solicitarlo ella dejando que las demás se las arreglaran solas?

No.

Dejó el periódico sobre la mesa con un profundo suspiro.

Entonces le vino a la mente un conocido fragmento de las Sagradas Escrituras. El versículo que hablaba de poner todas tus cargas en manos de Dios.

Sarah juntó las manos y, con los ojos cerrados, empezó a rezar.

Algo más tarde, Sarah oyó el crujido de un tablón del suelo y alzó la vista. Era el señor Gwilt, que merodeaba cerca de la entrada.

—Lo siento. No pretendía interrumpirla.

—No se preocupe. Adelante.

Él se aproximó a la mesa.

—He estado... mmm... pensado en el futuro.

—¡Oh! En ese caso, tenemos algo en común. Dígame.

—En una ocasión me dijo usted que podía quedarme más tiempo si quería. Tal vez solo estaba siendo educada.

—En absoluto. Puede quedarse todo el tiempo que quiera.

—Gracias. El caso es que lo he pasado muy bien aquí con su familia y, a decir verdad... no tengo ningún otro sitio donde ir.

A Sarah se le encogió el corazón al pensar en la soledad de aquel hombre y tuvo que contenerse para no dejar escapar unas lágrimas.

Al ver la expresión de su cara, él se apresuró a tranquilizarla.

—Tranquila, tranquila. La situación no es tan grave como imagina. No estoy en la indigencia, ni muchísimo menos. Tengo el dinero de la venta de mi casa. ¡Ojo! tampoco es que fuera una vivienda imponente; se trataba de una casa adosada de ladrillos, con dos pisos y dos dormitorios. Pero me pagaron bien. El dinero no durará para siempre, pero puedo permitirme quedarme aquí un poco más de tiempo hasta que encuentre un trabajo. Es decir, si alguien me contrata. Soy consciente de que ya no soy ningún jovenzuelo, pero todavía estoy en pleno uso de mis facultades, tanto físicas como mentales... o casi —concluyó, con una risita ahogada.

—¿Y qué tipo de empleo estaría dispuesto a aceptar? —preguntó Sarah.

Él se encogió de hombros.

—Algo como oficinista, tal vez. Durante años trabajé de contable en un banco. Cuando mi esposa enfermó, empecé a llevar la contabilidad de varias tiendas cercanas, principalmente desde casa, para no tener que dejarla sola demasiado tiempo.

Durante unos segundos apartó la vista, abstraído en sus pensamientos, y luego se esforzó por esbozar una tenue sonrisa.

—En cualquier caso, le pagaré por adelantado, como la primera vez. ¿Qué le parece una semana extra, para empezar? Después de eso, tendré que hacerle un giro bancario.

—El banco de Exeter podría ayudarle a tramitarlo. —Sarah dudó si repetirle lo que le había dicho el día de su llegada, hasta que sintió cómo su conciencia la aguijoneaba.

Entonces tragó saliva y, muy a su pesar, continuó:

—Como ya le comenté, no solicitamos el pago anticipado, pero...

El señor Gwilt alzó la mano.

—No, no. Quiero ir pagando sobre la marcha. Nunca en la vida he sido persona de acumular deudas.

Sarah respiró aliviada.

—Le confieso que el pago será más que bienvenido.

De hecho, incluso podría ser la respuesta a sus plegarias.

Capítulo 27

«El lugar está muy concurrido y se organizan tantos bailes y partidos de cricket que nadie puede dudar de su intelectualidad».

Elizabeth Barrett Browning,
carta desde Sidmouth

A la mañana siguiente, cuando Viola llamó a la puerta principal de Westmount, le abrió Taggart, pero por primera vez no la recibió con una sonrisa de bienvenida, ni tampoco le abrió la puerta al tiempo que la invitaba a entrar.

Hizo una mueca de disculpa.

—Hoy no, señorita.

—¿Por qué? ¿Ha sucedido algo? ¿Se encuentra bien el señor Hutton?

—Sí, señorita. Es solo que... está reunido con alguien y hoy no tendrá tiempo.

—¿Puedo preguntarle con quién?

Él sacudió la cabeza.

—Lo siento, señorita. Tengo órdenes de no comentar nada. —Y lentamente cerró la puerta.

Preguntándose qué estaba sucediendo y esperando que el mayor de verdad se encontrara bien, se alejó poco a poco. Aún faltaba un buen rato para su cita con la señora Gage, así que tomó el camino más largo y se dirigió hacia el paseo marítimo con la intención de disfrutar de las vistas al mar para luego encaminarse dirección este, pasando por delante de los restos del antiguo fuerte.

A través de una abertura abovedada en el muro de piedra, vio a Colin Hutton en el campo de hierba que se extendía dentro, vestido para jugar al críquet, haciendo estiramientos, corriendo en el sitio y agitando a modo de prueba un bate de madera plano.

Viola pasó por debajo del arco abovedado para saludarlo.

Al verla acercarse, a él se le iluminó la cara.

—Buenos días, señorita Vi.

—¿Listo para el partido de hoy?

—Ni muchísimo menos, pero, aun así, estoy deseando que empiece. ¿Y usted?

—Me encantaría asistir, pero en un rato se supone que tengo que leer para la señora Gage. Espero poder convencerla para venir.

—Hágalo. Necesitamos un buen grupo de animadores. ¡Ah! Por cierto. Yo no me molestaría en ir a Westmount hoy.

—Ya lo he intentado. Taggart me ha mandado de vuelta a casa. Ha dicho que el mayor estaba reunido con alguien.

Colin asintió con la cabeza.

—El señor Bird le iba a presentar a otro cirujano que él conoce.

—¿Qué cirujano? —preguntó, con el corazón acelerado, recordando una vez más su desagradable encuentro por la calle con el señor Cleeves.

—Alguien que se supone que podría resolver lo de sus cicatrices. Una nueva técnica, o algo por el estilo. —En ese momento hizo una mueca—. He decidido marcharme y dejarles solos con su inquietante conversación.

Viola se recordó a sí misma que había varios cirujanos en Sidmouth, de manera que las posibilidades de que se tratara del mismo hombre eran muy pocas.

—¿Qué tipo de persona era?

Colin arrugó la frente.

—¿Qué tipo de persona?

—Quiero decir, ¿era viejo? ¿Joven? ¿Alto?

—¿Está buscando marido, Vi? —bromeó el joven.

—No, es solo que... Respóndame, por favor.

—No lo sé. No era joven, aunque sí más joven que mi padre. Tirando a menudo. Sí que me fijé que iba bien vestido, considerando que se trataba de un hombre común y corriente.

Viola se estremeció y preguntó:

—¿Pelo?

—Sí, tenía algo de pelo.

—Colin, se le dan fatal las descripciones. ¿Cómo se llama?

—La verdad es que no presté atención.

Viola se humedeció los labios resecos.

—No sería... Cleeves, ¿verdad?

Colin frunció el ceño, pensativo, y luego sacudió la cabeza.

—No me suena.

Ella respiró aliviada y luego preguntó:

—Si se trataba de una simple reunión, ¿por qué no me lo ha dicho Taggart?

Colin se encogió de hombros.

—No creo que Jack quiera decir nada hasta que no sepa algo más. No querrá que nadie se haga ilusiones. Quizá yo tampoco debería haberle dicho nada, pero usted es prácticamente de la familia.

Viola se emocionó.

—Gracias, Colin.

A pesar de todo, se sintió tentada de regresar a Westmount y esperar a ver quién salía de la casa; y lo habría hecho de buena gana de no ser porque la señora Gage la estaba esperando.

El pueblo al completo esperaba con impaciencia el partido de críquet entre los visitantes de Sidmouth y los pescadores locales. Todo el mundo excepto, al parecer, el mayor Hutton, que había rehusado asistir. Viola esperaba que la señora Gage quisiera verlo, pero cuando llegó a la casa de la anciana y el lacayo la acompañó al salón, la mujer parecía no saber nada del acontecimiento que estaba a punto de empezar justo delante de su puerta. Fortfield Terrace estaba tentadoramente cerca del campo de juego que se encontraba entre la hilera de elegantes residencias vacacionales y el paseo marítimo.

—¡Oh! ¡qué bien! Ya estás aquí. Estoy intrigada por saber qué pasa después. —Indicó con la cabeza la silla en la que solía sentarse la joven, donde la novela *Belinda* aguardaba para ser leída.

Sentada en el sofá, la mujer tomó su bordado, pues le gustaba trabajar mientras escuchaba.

—*Lady* Delacour es un personaje muy interesante, ¿no te parece?

—Ssssí —respondió Viola, con la mirada puesta en la ventana, deseando una vez más poder asistir al gran evento—. ¿No está interesada en el partido?

—¿Partido? ¿Qué partido?

—El partido de críquet entre los pescadores de Sidmouth y los visitantes.

—¡Ah, sí! Algo he oído. —La anciana agitó la mano con displicencia—. No son cosas que despierten el interés de una dama.

Intentó actuar como si no estuviera decepcionada.

—Bueno, ¿empezamos? —Tomó el libro y retomó la lectura donde la habían dejado—: «La historia de *lady* Delacour y la manera en que la relató despertaron en la mente de Belinda asombro, piedad, admiración y desdén: Asombro por su incoherencia, piedad por sus desventuras, admiración por su talento y desdén por su comportamiento».

Pasó la página e inspiró hondo antes de continuar.

Desde fuera les llegó una creciente oleada de voces y el sonido de los músicos afinando sus instrumentos.

La señora Gage frunció el ceño.

—¿Qué es todo ese jaleo?

Viola se levantó y se dirigió a la ventana. Unos segundos después la señora Gage se unió a ella, apoyándose en un bastón de ébano con el mango dorado. La mujer podía recorrer distancias cortas, bastante rápido cuando quería, y era evidente que en aquel momento quería.

Las ventanas delanteras daban directamente al campo. El partido todavía no había comenzado, pero había mucha animación.

Alrededor del perímetro algunas tabernas y otros negocios habían instalado tiendas de campaña abiertas por los laterales. El cervecero y uno de los panaderos compartían una carpa, aprovechando la oportunidad para vender refrigerios. Y no muy lejos de allí, la banda de Sidmouth empezaba a tocar una animada marcha militar.

—¿Qué es todo esto? —preguntó la señora Gage en voz baja.

—Lo que le he dicho. Se va a jugar un partido entre los visitantes y nuestros pescadores. Algunos de los lugareños tienen fama de jugar muy bien.

—¡Bah! ¿Mejor que los caballeros que han jugado en Eton, Oxford o Cambridge? Lo dudo mucho.

La joven se encogió de hombros.

La señora Gage la miró con gesto de complicidad.

—¿Qué le parece si dejamos lo de la lectura por hoy y salimos a ver el partido?

La propuesta levantó el ánimo de Viola, que accedió entusiasmada. Su deseo había sido concedido.

Mientras el lacayo ayudaba a su señora a ponerse el abrigo y sentarse en la silla, ella fue a buscarle la capota.

La señora Gage aceptó el sombrero y se lo ató bajo la barbilla.

—Tenemos que llevarnos a *Nerón*. —Se dio unas palmaditas en la rodilla y el pequeño y mullido pomerania naranja y beis se subió de un salto a su regazo.

Viola también se puso la capota. ¿Tendría el valor suficiente para prescindir del velo en medio de una multitud como aquella? Vaciló y finalmente se lo puso sobre la cara.

Como en anteriores ocasiones, el lacayo y la criada bajaron la silla por los escalones que llevaban hasta el camino y Viola recorrió con ella la corta distancia hasta el campo.

Los espectadores ya se habían congregado. Algunos de los residentes de Fortfield Terrace habían sacado sillas para presenciar el partido cómodamente sentados. Otras damas, en cambio, estaban sentadas sobre unas mantas, protegiéndose con sombrillas que ondeaban al viento, mientras que algunos grupos de hombres y jóvenes aguardaban de pie, desperdigados aquí y allá, bromeando y apostando entre ellos.

Al otro lado del campo, se alzaba una tienda que protegía del sol al adinerado Emanuel Lousada y sus invitados. Y en el extremo oeste, las hermanas de Viola y algunos de los huéspedes estaban sentados en mantas tendidas en el suelo, como si celebraran un segundo pícnic. Al verla, Sarah, Emily y el señor Gwilt la saludaron con la mano. Georgie y Effie charlaban, riendo y acariciando un montón de pelo que supuso que debía de ser *Chips*.

Al ver al señor Hutton y Armaan cerca, Viola los saludó con la mano y después volvió a tomar las asas de la silla para situar a la señora Gage de manera que pudiera gozar de unas buenas vistas, tanto del partido como de los asistentes.

Los caballeros visitantes se quitaron los abrigos y jugaron en mangas de camisa con unos chalecos ligeros y unos pantalones de color beis. Asimismo, llevaban unos estrechos pañuelos de cuello de color negro y sombreros de copa. Viola reconoció a algunos de ellos, entre los que se encontraban Colin Hutton y dos de sus huéspedes: el señor Henshall y el señor Stanley.

Los pescadores también iban en mangas de camisa, con chalecos y pantalones de diferentes tonos. Se cubrían con sombreros de fieltro de ala ancha y corona baja, con antiguos tricornios o con gorras de lana planas. Entre sus filas estaban Punch y Tom Cordey.

El equipo de los pescadores ganó a cara o cruz y le tocó batear primero. Alrededor del campo, algunos de los espectadores visitantes se quejaron de que el partido estaba amañado.

Colin se situó en el lugar del receptor mientras el resto de caballeros se dispersó por el campo: el señor Stanley, el señor Henshall y otros que Viola no conocía.

Toot Salter se colocó delante del *wicket*[6], bate en ristre, mientras el señor Henshall le lanzaba la pelota.

¡Zas! Golpeó la pelota y los visitantes corrieron tras ella. Mientras tanto Toot corrió en dirección al *wicket* situado en el otro extremo, al tiempo que Punch, el otro bateador, se apresuraba a intercambiar posiciones con su compañero, convirtiéndose así en el siguiente en batear.

Colin, por su parte, se encontraba a poca distancia del *wicket* del bateador, esperando el siguiente lanzamiento. Punch le asestó un buen estacazo, pero el señor Henshall capturó la pelota después de que esta botara una sola vez. A continuación, la lanzó con fuerza y derribó el *wicket* antes de que Punch y Toot pudieran intercambiar sus posiciones, provocando la eliminación de Toot por parte del señor Wallis, que actuaba de árbitro.

Seguidamente Tom se situó en posición de batear. Sujetando el bate hacia abajo, golpeó el suelo varias veces a modo de ensayo.

En la cancha central, el señor Henshall tomó carrerilla y lanzó la pelota. Esta botó una vez en línea con los palos verticales del *wicket*.

¡Zas! Tom le atizó de lleno.

La bola pasó por encima del equipo visitante hasta llegar a la valla, que delimitaba su terreno de juego.

Cuatro carreras de golpe.

---

6 N. de la Trad.: Especie de portería compuesta de tres palos verticales y dos travesaños que se sitúan en ambos extremos del campo de críquet. El objetivo del lanzador es derribarla con la pelota, mientras que el del bateador es evitar que esto suceda.

Tom alzó el bate en señal de triunfo y tanto sus compañeros de equipo como los espectadores locales prorrumpieron en gritos de júbilo.

Al final, cuando todos los jugadores habían intervenido, los dos equipos cambiaron de campo.

Los pescadores se repartieron por el terreno de juego, entre ellos Toot Salter, Ruder, Pike y otros con nombres más comunes que Viola no conseguía recordar. Punch asumió la posición de receptor y Tom se instaló en la cancha central.

Un joven caballero al que no conocía se aproximó pavoneándose dispuesto a batear. Llevaba las patillas recortadas hasta un punto muy preciso y una flor en el ojal del chaleco.

—A ver qué tal se te da lanzar —dijo el dandi con desdén—. Imagínate que soy un pez.

Viola habría jurado que se trataba de uno de esos jugadores de Oxford o Cambridge a los que había aludido la señora Gage y deseó que Tom lo eliminara.

Entonces, cuando estaba distraída por el partido, Georgiana, seguida por *Chips,* se aproximó a ellas dando grandes zancadas con intención de saludarlas. Al ver al perro callejero, el pomerania de la señora Gage se bajó de un salto de su regazo y echó a correr hacia el campo.

—*¡Nerón!* ¡No! ¡Vuelve! —gritó la mujer, presa del pánico—. ¡Por favor! ¡Deténganlo antes de que lo pisoteen!

Viola salió disparada como una flecha detrás del perro justo en el mismo momento en que Tom tomaba carrerilla y lanzaba la pelota por todo lo alto. Ella oyó vagamente el crujido de la madera al chocar con la compacta pelota. Por el rabillo del ojo atisbó algo impreciso que se dirigía hacia ella e intentó agacharse, pero era demasiado tarde. La bola se estampó contra su cara.

Empezó a gritar, tanto por el dolor como por el sobresalto. No, no, no. Se retiró el velo y se tapó la boca con ambas manos.

La multitud estalló en una ovación que en seguida se desvaneció.

El árbitro gritó algo. El partido se detuvo. Alrededor de ella, la gente se arremolinó para ver qué era lo que había perturbado el partido.

—¡Viola! ¡Vi! —Era la voz de Sarah, llamándola desde la distancia.

Un hombre gritó:

—¡Pérdida deliberada de tiempo! ¡Interferencia de pase! Debería haber sido una carrera.

—¿Eso es lo único que le preocupa? —le espetó Emily enfurecida—. ¿No ve que está herida?

—No debería haber entrado en el terreno de juego —se defendió el hombre. Sus voces sonaban cada vez más cercanas.

—Y usted, señor —replicó Emily—, no tiene nada de caballero.

Viola seguía allí de pie, encorvada, cubriéndose la cara con las manos y sintiendo un dolor lacerante en la boca.

¿Se le habría vuelto a romper el labio? ¿Se habría abierto la cicatriz? Notaba el sabor a sangre y a lágrimas saladas.

Colin Hutton estaba de pie a su lado.

—¿Señorita Vi? ¿Está herida?

Sarah le tocó el brazo.

—¿Es la boca?

Viola asintió con la cabeza y Sarah inspiró hondo.

—¡Oh, no!

El señor Hutton dijo:

—Vamos, llevémosla a Westmount. El señor Bird está allí, con Jack. Tal vez pueda hacer algo.

Sarah entregó a Viola un pañuelo y esta se limpió la nariz, levantando lentamente la cabeza. A su alrededor, un montón de ojos la miraban fijamente. Ella apretó el trozo de tela contra la boca.

El señor Hutton levantó el brazo y llamó a dos jóvenes que estaban encaramados en el asiento de un carro de los que utilizaban los granjeros.

—Llevad a esta dama a Westmount. No está lejos de aquí.

—¡Ay, señor! ¿Y el partido?

El señor Hutton ofreció al joven una moneda de oro y este se puso firme.

—En ese caso, señor, lo haremos de inmediato —dijo, al tiempo que le propinaba un codazo a su compañero para que se bajara del banco.

Colin y Armaan ayudaron a Viola y a Sarah a subirse a la parte trasera del carro, mientras que el señor Hutton le tendió la mano a Emily para que se encaramara al banco con el conductor.

En ese momento apareció Georgiana, con *Nerón,* en brazos, y se lo devolvió a su dueña.

Vi la llamó.

—Por favor, ocúpate de llevar a la señora Gage de vuelta a casa cuando acabe el partido.

—Claro —respondió Georgina—. No te preocupes.

El carro se puso en marcha y Colin, Armaan y el señor Hutton echaron a andar a través del campo para reunirse con ellos en Westmount.

Señalando a Colin, que se retiraba del partido, Toot Salter se dirigió a sus oponentes.

—A no ser que tengan otro jugador que lo reemplace, hemos ganado.

—Ya juego yo —se ofreció Georgiana.

El dandi con la flor en el ojal del chaleco se mofó.

—¡Pero si es usted una mujer!

El señor Wallis sacudió la cabeza a modo de disculpa.

—Señorita, este es un deporte de caballeros.

—Déjenla jugar —oyó decir Viola al señor Henshall mientras el carro se alejaba—. La he visto batear y lo hace mucho mejor que la mayoría de ustedes, que son un puñado de...

Unos minutos más tarde, al llegar Westmount, Viola vio al cirujano, el señor Bird, que se marchaba en aquel preciso momento. El mayor salió de su habitación para averiguar a qué obedecía todo aquel guirigay.

—¿Qué está pasando?

—La señorita Summers está aquí. Y sus hermanas.

—Ya te lo he dicho. No quiero ver a nadie. No estoy de humor para visitas.

—Viola está herida.

—¿¡Qué!? —exclamó, levantando la cabeza de golpe—. ¿Cómo? ¿Se encuentra bien?

Su padre postergó la marcha del cirujano.

—Señor Bird, ¿le importaría echarle un vistazo?

«Otro cirujano, no», pensó Viola. «Y te lo ruego, Señor, no más operaciones».

Cuando miró a sus hermanas, las lágrimas le nublaban la vista.

—*Eztoy* asustada. —La angustia la hizo cecear.

Sarah le apretó la mano.

—Todo va a ir bien.

El cirujano se acercó.

—¡Venga, venga! ¿Por qué tanto alboroto por un poco de sangre en el labio? Comparado con las heridas del mayor, es una nimiedad. A menos que... ¿Ha perdido usted algún diente? Porque, ¿sabe?, yo no soy dentista.

—No, mmm... no creo.

Viola se pasó la lengua por los dientes y luego le hizo un gesto con la cabeza a Sarah.

Sarah asintió con un gesto y luego comentó:

—Mi hermana nació con una hendidura en el labio, así que...

—¿Un labio leporino?

—Una hendidura —le corrigió Sarah—. Se ha sometido a varias operaciones quirúrgicas y tiene miedo de que se le haya vuelto a abrir.

—¡Ah! Discúlpenme. Ahora entiendo el motivo de su inquietud. Déjeme que lo vea mejor.

Con cierta reticencia, Viola retiró el pañuelo.

El doctor Bird miró a los hombres allí congregados y frunció el ceño.

—A excepción de las hermanas, el resto de ustedes esperen en otra habitación.

Cuando se hubieron marchado, el doctor palpó el labio y, a continuación, lo levantó con cuidado para examinarlo por debajo.

—Uno de sus dientes le ha provocado un corte en el interior de la boca. Por eso está sangrando. La cicatriz está intacta.

Viola soltó un respiro entrecortado y Emily le apretó la mano.

—Gracias a Dios —murmuró Sarah.

—No me parece necesario darle puntos. Se curará sin ayuda. Solo necesita tiempo.

—¡Es un alivio! —susurró Viola.

—Lo que sí sería de ayuda es que trajeran algo de hielo para evitar la inflamación y reducir así la tensión en la cicatriz.

Sarah se acercó a la habitación contigua y preguntó a los hombres:

—¿Tienen hielo?

—¡Cáspita! ¡No! —respondió el mayor—. Tal vez en alguno de los hoteles...

Emily se puso en pie.

—Nosotras tenemos en el sótano. Yo iré —dijo, echando a correr hacia la puerta. La señora Besley tenía planeado hacer helados con él, pero aquello era más importante.

Colin la siguió.

—Déjeme a mí. Soy un excelente corredor.

—Gracias, pero usted no conoce la casa. Iré todo lo rápido que pueda.
—Lo cierto era que Emily era incapaz de quedarse allí de pie sin hacer nada.

Cruzó la vereda y empezó a subir el prado en pendiente en dirección a Sea View. Correr a toda velocidad no era lo más apropiado para una dama, pero no le importó.

Bajó a toda prisa las escaleras del sótano, abrió la puerta trasera con un fuerte empujón y pasó por delante de la cocina en dirección a la despensa.

En ese momento apareció la señora Besley.

—¿Se puede saber qué está haciendo aquí, señorita, corriendo como si fuera un animal salvaje?

—Vengo a por hielo.

—¡Ah, no! ¡Eso sí que no! —bramó—. Es para hacer helados para los huéspedes.

—Es para Viola. Le han dado un golpe en la boca durante el partido de críquet.

—¡Oh! —La cocinera abrió mucho los ojos—. En ese caso, por supuesto. Démonos prisa.

La señora Besley se puso manos a la obra y en unos minutos había picado una buena cantidad del bloque de hielo y la había introducido en una lata.

Emily bajó la loma y volvió a recorrer la vereda con el corazón latiéndole a toda prisa, tanto por la ansiedad como por el esfuerzo.

Una vez en Westmount entregó la preciada carga y, doblando la espalda, apoyó las manos sobre las rodillas para recuperar el aliento. Su madre le habría echado una buena regañina si la hubiera visto en una posición tan desgarbada, especialmente en presencia de todos aquellos hombres.

—¿Te encuentras bien? —le preguntó Sarah.

Ella asintió con la cabeza y, jadeando, respondió:

—Sí, solo tengo un poco de flato.

Sarah le dio un apretón en el hombro.

—Gracias, Emily.

Cuando se incorporó, descubrió que Viola la estaba mirando fijamente con el ceño arrugado por la sorpresa o, tal vez, por el dolor.

—Sí, gracias.

—Sssh. Intente no hablar. —El cirujano envolvió el hielo con un trapo y se lo entregó a Viola—. Apriételo con cuidado contra la boca. Eso es. Debería ayudarle a mejorar.

Unos minutos más tarde, el señor Bird se marchó. Momentos después, el anciano señor Hutton reapareció en el umbral.

—Mi hijo sugiere que debería usted quedarse aquí un rato más. El señor Bird va a volver esta noche y le gustaría aprovechar para asegurarse de que se encuentra bien del todo. Al fin y al cabo, no solo tiene una herida, sino que también ha sufrido una conmoción, y le ayudará a tranquilizarse.

—Son ustedes de una amabilidad extraordinaria —dijo Sarah—, pero creo que estará más cómoda en casa.

—La verdad es que me gustaría quedarme —intervino Viola.

Sarah la miró estupefacta.

—Si estás segura...

—Sí, lo estoy.

Sarah agarró el pañuelo ensangrentado que tenía en la mano.

—Me lo llevaré a casa para ponerlo en remojo. —Acto seguido se volvió hacia el señor Hutton y preguntó: —¿A qué hora volverá el señor Bird?

—A las ocho o así. Siempre y cuando no le surja alguna emergencia.

—En ese caso, si no puedo escaparme, mandaré a Georgiana para que te acompañe a casa.

—O a Emily —sugirió Viola.

Emily se volvió haca ella y, durante unos instantes, las gemelas se miraron profundamente a los ojos.

Sarah las miró alternativamente con las cejas levantadas y repitió:

—O a Emily.

La razón principal por la que Viola había querido quedarse era para asegurarse de que el mayor Hutton se encontraba bien y para enterarse de lo que le había dicho el cirujano durante su visita.

Después de que se fueran sus hermanas, el mayor apareció en la puerta.

—¿De veras está bien?

Viola se volvió hacia él.

—Según su doctor Bird, sí.

Él la observó atentamente.

—Su labio parece un mangostán.

—¿Un qué?

—Una fruta de color morado. De la India.

—¡Vaya! ¡Pues muchas gracias, caballero! —No pudo evitar una sonrisa temblorosa—. No me haga reír. Duele. —Tras meditar unos instantes, preguntó—: ¿Por qué se ha negado a verme esta mañana?

—Necesitaba pensar. No quería que nadie influyera en mi decisión.

—¿Respecto a la posibilidad de operarse?

—Sí.

—¿Está...? —Hizo una pausa y empezó de nuevo—. Sé que es decisión suya, pero le está yendo muy bien. Cada vez ve menos borroso con el ojo izquierdo, y su pecho se ha curado. Está recuperando fuerzas, está nadando y rescatando damiselas en peligro. —Esbozó una tenue sonrisa—. ¿Está seguro de que querer someterse a una cirugía experimental?

—No quiero que la gente aparte la vista asqueada durante el resto de mi atribulada vida.

Ella le sostuvo la mirada.

—Yo no apartaré la vista. —Durante un breve instante la tensión entre ellos se acentuó. Entonces ella se sonrojó y se corrigió—: Quiero decir, si... coincidimos... en un futuro...

¿De verdad creía que su opinión contaba lo más mínimo, cuando la gente también apartaba la vista al verla a ella?

Para salir de la embarazosa situación, intentó aportar un poco de humor:

—Por otra parte, dudo mucho que el parecer de alguien con los labios de mangostán cuente gran cosa.

Él permaneció extrañamente serio.

—Sí, al fin y al cabo, el futuro, lamentablemente, es incierto.

Georgie, Effie, el señor Henshall y el señor Stanley regresaron del partido de críquet charlando animadamente mientras cruzaban en tropel el prado en dirección a Sea View. Emily y Sarah, acompañando a su madre, salieron a recibirlos al porche.

Emily notó que Georgie llevaba una flor en la oreja que contrastaba con el pelo revuelto y la falda manchada de hierba.

—¿Debo dar por hecho que vuestro equipo ha ganado? —preguntó Emily.

El señor Stanley negó con la cabeza.

—No, pero vuestra hermana pequeña ha conquistado el corazón de todo el mundo; tanto de los visitantes como de los locales.

—Está exagerando —dijo Georgie, claramente cohibida—. ¿Cómo está Viola?

Tras asegurarle que Viola se encontraba bien y que volvería pronto a casa, Emily le pidió que le diera más detalles sobre el partido.

Effie tomó la palabra para hablar en nombre de su amiga.

—¡Georgie ha estado excepcional! Ha conseguido una carrera larga cuando bateaba y todos la han ovacionado.

—¡Bien hecho! —exclamó Sarah.

Georgie arrugó la frente, cubierta de surcos de sudor.

—Podría haberlo hecho mejor. Tendría que haber retrocedido más cuando me ha tocado cubrir el campo. No me puedo creer que se me haya escapado esa pelota.

—No le des más vueltas, muchacha —dijo el señor Henshall—. Has jugado muy bien. Ninguno de nosotros se podía imaginar que ese zagal iba a mandarla tan lejos.

El señor Stanley mostró su conformidad con un movimiento de la cabeza.

—Tengo que admitir que dudé cuando Henshall insistió en que se permitiera jugar a tu hermana. Pero tenía toda la razón. Ha sido muy valiente al dar un paso adelante, especialmente con tanta gente en contra, y no solo ha demostrado que sus detractores estaban equivocados, sino que ha conseguido que todos nos sintamos orgullosos de ella.

—Yo también estoy orgullosa de ti, Georgiana —dijo la señora Summers, dándole un apretón afectuoso en el hombro—. Pero no solo de ella, sino de todas mis mujercitas. —Seguidamente, rodeando con el otro brazo los hombros de Effie y atrayéndola hacia sí, añadió—: Incluida tú, querida.

Effie giró el cuello para mirar a la mujer y, en vez de apartarse, se acercó aún más a ella, con los ojos brillantes por el asombro.

Capítulo 28

«Las estancias destinadas al recreo del London Inn
son amplias, están bien equipadas y, por lo general,
adecuadamente atendidas. Las salas están disponibles
para jugar a las cartas todas las noches y, durante la
temporada, se celebra un baile todos los miércoles».

The Beauties of Sidmouth Displayed

Al día siguiente, poco antes del mediodía, Emily y Viola estaban sentadas juntas en el porche cuando su madre, ayudada por su bastón, salió a reunirse con ellas. Sarah iba de una esquina y otra quitando telarañas, lo que provocaba el tintineo del carrillón. Seguidamente cruzó el prado en dirección a un borde de flores y empezó a cortar un ramo para poner como centro de mesa. La única ausente era Georgie, que había salido a navegar con Effie y el señor Henshall. Emily se había ofrecido a ayudar a Bibi con las camas para que pudiera ir.

Pasado un rato Viola se levantó y se disculpó diciendo que se acercaba la hora de su visita a la señora Denby.

—¿Estás segura de encontrarte lo suficientemente bien como para ir, querida? —le preguntó su madre mirándole el labio todavía hinchado.

—Sí, gracias. —Viola apretó suavemente el hombro de su madre. Después, tras unos instantes de vacilación, hizo lo propio con Emily.

Su hermana sintió cómo el gesto de afecto le llegaba a lo más hondo.

Apenas se marchó, Emily preguntó:

—Mamá, ¿puedo asistir al baile esta noche?

—No lo sé, querida. Depende de si Sarah puede prescindir de ti.

Ambas miraron a Sarah, que regresaba con un puñado de flores de tallo largo.

—Tendría que hacer algo más que prescindir de mí —dijo Emily—. Necesitaría que me acompañara. No puedo ir sola. Georgie es demasiado joven para los bailes y, como bien sabes, Vi no está dispuesta a venir.

—Conmigo no cuentes —dijo Sarah con rotundidad—. Tengo mucho que hacer.

—¡Siempre dices lo mismo!

—Porque siempre es verdad. Especialmente ahora, que se acerca la cena de los Elton.

—Discúlpenme —les interrumpió una voz masculina. Todas ellas volvieron la cabeza y descubrieron al señor Stanley, que se encontraba junto a la puerta.

—No era mi intención escuchar su conversación, pero mi hermana tiene previsto asistir al baile y me ha reclutado para que la acompañe. Sería un honor acompañarla también a usted, señorita Emily, si su madre no tiene inconveniente.

La joven miró a su madre ilusionada.

—¿Puedo, mamá?

—Supongo que sí. Gracias, señor Stanley.

—Será un placer.

Emily se levantó y entró en la casa con el joven caballero.

—Puede que incluso baile con usted —dijo él—, si me lo permite. E intentaré no pisarla.

Ella soltó una carcajada.

—Yo no puedo prometerle lo mismo. Hace mucho que no practico, debido al periodo de duelo.

Él asintió y le sostuvo la mirada.

—En ese caso, nos las arreglaremos como podamos entre los dos.

Aquella noche, Emily disfrutó enormemente poniéndose su vestido de fiesta favorito y sus zapatos de salón. Le habría gustado disponer de ayuda para arreglarse el pelo, pero tuvo que resignarse a apañárselas sola.

En un determinado momento alguien llamó a la puerta.

—Adelante. Está abierto. —Esperaba a Sarah, pero al ver a la persona reflejada en el espejo reprimió un grito de felicidad y giró de golpe el taburete que utilizaba para vestirse—. ¡Stirling! Perdón. Señorita Stirling. Es difícil deshacerse de las viejas costumbres.

—Lo sé. —La antigua dama de compañía sonrió—. No se preocupe. He oído que va al baile...

—¿Quién se lo ha dicho?

—Un pajarito —respondió la señorita Stirling esquiva—. He pensado pasarme por si necesitaba que le echara una mano con el pelo. A mí también me cuesta deshacerme de las viejas costumbres.

—Sí, por favor. Es muy amable, y yo soy un auténtico desastre con estas cosas. Justo en este momento estaba deseando que apareciera un hada madrina y hete aquí que aparece como por arte de magia.

Cuando estuvo lista, Emily bajó las escaleras para encontrarse con el señor Stanley. Estaba muy elegante y su distinguida indumentaria le hacía los hombros especialmente anchos. Aun así, con su constitución cuadrada y sus facciones corrientes, no se le podía comparar con el recuerdo de Charles Parker vestido de gala, pero se dijo que debía dejar de compararlos y pensar en divertirse.

—Está usted deslumbrante. —Los ojos le brillaban de admiración. Entonces, de manera abrupta, su semblante se volvió serio y su actitud se tornó mucho más formal. Tras una inclinación de cabeza, preguntó—: ¿Le parece que vayamos a recoger a mi hermana? —A continuación, frunció el ceño—. Tal vez debería haberlo hecho antes; así podríamos haber ido los tres juntos, caminando.

¿A cuento de qué, de pronto, necesitaba una carabina? Hasta aquel momento no había tenido ningún inconveniente en estar a solas con ella. Esperó que se tratara solo de una señal de respeto.

—Yo iré con ustedes hasta el pueblo —se ofreció la señorita Stirling mientras bajaba las escaleras—. Casualmente, voy en esa dirección.

—¡Ah, bien!

El señor Stanley le abrió la puerta a las damas y acto seguido se llevó las manos a la espalda, sin ofrecerle el brazo a ninguna de las dos. Luego mantuvo la distancia, permaneciendo durante todo el trayecto en el extremo opuesto del paseo marítimo, mientras la señorita Stirling se quedaba entre los dos.

¿Qué era lo que le hacía mostrarse tan precavido? Emily rememoró una vez más la manera en que Charles había cambiado su actitud hacia ella, pasando del afecto más cálido a un recato glacial.

La señora Stirling los acompañó hasta el mismo hotel York, cuya fachada daba directamente al mar. Se despidió de ellos y se dirigió hacia su pensión.

Emily y el señor Stanley entraron juntos en el hotel.

En el vestíbulo, Emily saludó a la joven Stanley que le presentó a su amiga, la señorita Marchant, una mujer muy bella y, a juzgar por su elaborado vestido, también adinerada. Resultaba más que evidente que era consciente de ambas circunstancias.

—¿Estamos listos? —preguntó el señor Stanley.

Su hermana se llevó una mano al vientre y les confió:

—Espero ser capaz de bailar. La cena que nos han servido no me ha sentado del todo bien. Demasiado grasienta.

—Lamento oírlo —dijo Emily—. Tal vez podrían venir alguna noche a Sea View a cenar con nosotros. Mañana serviremos el famoso asado de ternera de la señora Besley, acompañado con pudin de Yorkshire. Está delicioso.

—Suena muy bien —convino la señorita Stanley, sonriéndole abiertamente. Su amiga, en cambio, arrugó la nariz. —Yo ya he dispuesto todo para cenar aquí, en el hotel. Pero gracias de todos modos.

—¡Oh, bien! Más para mí —bromeó el joven, mientras caminaban hacia la calle.

En aquel segundo encuentro, la señorita Stanley siguió pareciéndole igual de cercana y encantadora que su hermano. Una joven amable y natural. Su amiga, por el contrario, le pareció estirada y distante. Aunque, la verdad, no le importaba lo más mínimo. No había ido al baile a entablar amistad con forasteros arrogantes. Había ido a bailar y a olvidar, por un rato, sus desengaños.

Sin apenas decir nada más, los cuatro enfilaron calle Fore y recorrieron la corta distancia hasta los salones de recreo del London Inn.

Tras dejar sus sombreros y abrigos a un asistente, entraron en las espaciosas estancias iluminadas por candelabros y a rebosar de gente bien vestida y de música animada. Emily estaba emocionada y nerviosa a la vez. En una ocasión, cuando vivían en Gloucestershire, había sido la joven más popular del baile. ¿Pero en ese momento? ¿Allí?

El señor Stanley bailó primero con la señorita Marchant y a continuación con su hermana, después de obtener la promesa por parte de Emily de que bailarían la siguiente serie. Mientras esperaba, Emily se mantuvo apartada, iluminada por las velas, con una copa de ponche en la mano y adoptando una expresión de agrado que pretendía ocultar lo embarazoso que le resultaba estar allí de pie, sola.

En aquel preciso instante hizo su aparición la señora Elton, agarrada del brazo de su marido, como si se tratara de una entrada solemne. Nadie les prestó ni la más mínima atención. Al ver a Emily, se acercó a saludarla.

—¡Ah, señorita Emily! Ha llegado usted antes que nosotros. No tenía conocimiento de que fuera usted aficionada a asistir a reuniones sociales.

—De vez en cuando.

La señora Elton se volvió hacia ambos lados de manera que su falda y su combinación se agitaron creando un bonito efecto. Levantó la vista expectante, esperando claramente que alguien le hiciera un cumplido.

Antes de que Emily la complaciera, la mujer preguntó:

—¿Qué le parece mi vestido? ¿Y el ribete? Lamentablemente mi peinado no es tan elaborado como me hubiera gustado, ya que viajo sin mi criada. Pero he de decir que el suyo está muy bien. Tal vez debería haberle pedido ayuda con el mío.

Emily sonrió educadamente. Al menos alguien estaba hablando con ella, aunque fuera la señora Elton.

—En general, no hay nadie a quien le preocupe menos su indumentaria que a mí —continuó la mujer—, pero en una ocasión como esta, en la que todos los ojos están puestos sobre una, no me gustaría parecer inferior a los demás.

—No debe preocuparse por eso, señora Elton. La verdad es que está usted espléndida.

—Gracias. Bueno, adiós —se despidió, marchándose con su marido en busca de personas más importantes con las que hablar.

Emily permaneció donde estaba, estudiando subrepticiamente a los asistentes. A la mayoría no los había visto nunca. Eran visitantes. Forasteros. Pero sí que reconoció a algunos residentes.

Entre los músicos, distinguió al señor Farrant, que les había instalado las cerraduras. Y al señor y la señora Mason, profesores de baile locales, que hacían las veces de maestros de ceremonias extraoficiales.

En ese momento entró un grupo de cuatro personas, y Emily, que hasta entonces había estado observándolo todo de manera distraída, aguzó la vista al reconocer a lord Bertram, un amigo de Charles Parker. Lo había visto por última vez en una fiesta que habían celebrado los Parker en su casa. Iba acompañado del dandi de la flor en el ojal que había participado en el partido de críquet y dos espectaculares mujeres ataviadas con elegantes vestidos y con plumas que brotaban de sus cabellos rizados.

¿Estaría aquel hombre al corriente de que Charles había roto su relación con ella? ¿Conocería la razón?

El antiguo dolor volvió a clavársele en el pecho y se dio la vuelta, esperando que no la viera o, al menos, que no advirtiera la expresión de su cara.

El señor Stanley apareció ante ella.

—¿Lista para nuestro baile, señorita Summers? Mi hermana ha sobrevivido, de manera que tengo muchas esperanzas puestas en usted.

—Yo... —Se humedeció los labios resecos, con el corazón latiéndole a toda velocidad. Si tenía que verla el amigo de Charles, mejor que fuera bailando con un caballero que de pie y sola como un pasmarote—. Sí, gracias.

Él le tendió la mano enguantada y ella posó en ella unos dedos enfundados en unos guantes blancos de seda.

El maestro de ceremonias pidió un baile campestre, con los hombres dispuestos en hilera mirando hacia las damas, situadas en el lado opuesto. Mientras los músicos interpretaban la introducción, unos y otros se intercambiaron inclinaciones de cabeza y reverencias e, inmediatamente después, las parejas iniciaron el primer patrón.

Emily pisó al señor Stanley en dos ocasiones y una vez, mientras miraba a lo lejos y veía que Lord Bertram y el dandi miraban hacia donde se encontraba y se reían, giró en el sentido equivocado y sintió que las mejillas se le ponían coloradas. ¿Se estarían burlando de ella?

—Lo siento —se disculpó con voz queda.

El señor Stanley la tranquilizó con una sonrisa.

—No pasa nada.

Entonces siguió la mirada de Emily y su expresión animosa flaqueó.

—¿Conoce a ese tipo?

Ella levantó la vista y miró a su pareja sorprendida.

—¿Mmm?

—Ese hombre al que no le quita la vista de encima.

—Lo siento. No me había percatado.

Entonces les llegó el turno de situarse al frente del grupo y, al convertirse en la pareja dirigente, todos los ojos se posaron sobre ellos. Emily se concentró en los pasos para evitar ponerse en evidencia equivocándose de nuevo.

—Me he dado cuenta de que él también la mira a usted.

—Ah, ¿sí? No le he tratado mucho, pero tenemos un conocido en común. Un amigo de cuando vivíamos en nuestra antigua casa.

Él le escudriñó el semblante.

—¿Un amigo... especial?

Emily tragó saliva.

—Durante un tiempo creí que sí.

—¿Le... decepcionó?

Ella confirmó con la cabeza.

—Lo siento. —Él hizo un gesto de asentimiento con el que le mostraba su comprensión y luego miró al grupo—. ¿Y qué me dice de sus acompañantes?

—No los conozco.

—Muy buena planta.

Emily se preguntó si se referiría a lord Bertram o a las mujeres, pero no le pidió que se lo aclarara. La verdad es que los cuatro eran las personas más elegantes de la sala y numerosas miradas de admiración recaían sobre ellos.

Cuando acabó el baile, todo el mundo aplaudió a los músicos y luego el señor Stanley la acompañó fuera de la pista. Entonces se dio cuenta, demasiado tarde, de que se aproximaba peligrosamente al cuarteto que deseaba evitar.

Lord Bertram la miró fijamente.

—Una de las señoritas Summers, ¿verdad? —dijo, inclinando la cabeza a modo de saludo.

Emily se detuvo de golpe y se inclinó realizando una desgarbada reverencia.

—Lord Bertram. Bu... buenas noches.

Antes de que pudiera continuar su camino, el dandi tomó la palabra, con el rostro iluminado por el interés.

—¡Ah! La hermosa fierecilla que me ha increpado durante el partido de críquet. Preséntenos, Lord Bertram, hágame el favor.

Lord Bertram miró con frialdad a su amigo y luego dijo:

—Señorita Summers, permítame presentarle al señor Sidney Craven.

El señor Craven le tomó la mano e hizo una marcada reverencia.

—Es un placer, señorita Summers. Y estas son mis hermanas, Caroline y Persephone.

Emily se las arregló para hacer otra reverencia, esta algo más airosa. La hermana más joven hizo lo propio, mientras que la mayor se limitó a inclinar la cabeza.

—¿Summers? ¿No se llamaba así la...?

Lord Bertram la interrumpió.

—La señorita Summers y su familia son amigas de Charles Parker.

—¡Oh!

Las dos jóvenes la miraron con interés.

Emily se volvió lentamente para incluir al señor Stanley en la conversación, aunque algo reticente a presentárselo por si soltaba que se alojaba en su casa a cambio de dinero. Se sintió aliviada al ver que se encontraba a unos metros de distancia, hablando con su hermana.

Lord Bertram miró por encima de la cabeza de Emily.

—¿Sus hermanas no han venido con usted?

—No, están en casa, ocupadas.

—¿Ha venido sola?

—Por supuesto que no. He venido con el señor Stanley y con su hermana.

Al oír su nombre, el señor Stanley regresó a su lado. Mientras tanto, su hermana y la señorita Marchant se unieron al siguiente baile con nuevas parejas.

—Lord Bertram —dijo Emily—, permítame presentarle al señor Stanley. Señor Stanley, lord Bertram, el señor Craven y las señoritas Craven.

El señor Stanley saludó con una inclinación de la cabeza.

Bertram los miró alternativamente.

—¿Hace mucho que se conocen?

—No, no mucho —empezó el señor Stanley—. Yo...

Emily le interrumpió.

—El señor Stanley se aloja en nuestra casa. Es... un amigo de la familia. ¿Verdad, señor Stanley?

—¡Oh! Mmm... Sí. Tengo la fortuna de tener una excelente relación con las Summers. Una familia encantadora. ¡Y la casa! ¡Qué maravilla! Unas vistas del mar inigualables.

«Está exagerando un poco», pensó Emily, pero se esforzó por mantener una expresión serena.

—La han alquilado para la temporada, imagino —dijo el señor Craven.

—En realidad mi padre la adquirió hace unos años, esperando que la brisa del mar mejorara la salud de mi madre.

La música empezó.

—Vamos, milord. Me había prometido el siguiente baile —le instigó Persephone.

—Es cierto, se lo he prometido. Les ruego nos disculpen. Ha sido un placer volver a verla, señorita Summers.

El señor Craven se volvió hacia Emily.

—¿Me permite este baile?

—¡Pero Sidney! ¡Me habías dicho que ibas a bailar conmigo! —protestó Caroline haciendo pucheros.

—Puedo bailar contigo en cualquier otro momento, Caro. ¿Qué me dice, Stanley? Sea bueno y ocupe mi lugar.

—Con mucho gusto —respondió el señor Stanley, ofreciéndole su mano a la joven.

El baile comenzó. Otra danza campestre con abundantes giros y saltos. A la mínima oportunidad, Craven miraba fijamente a los ojos de Emily con una expresión más lobuna que amistosa. Cada vez que le tocaba la mano o la cintura, se resistía a retirarla y cuando llegaron a la última posición y esperaban el turno para volver a incorporarse le susurró al oído: «había oído hablar de la belleza de las hermanas Summers, pero usted ha superado mis expectativas».

Emily forzó una media sonrisa y se apartó de él, incómoda por sus intensas miradas, su actitud empalagosa y sus inesperados comentarios. ¿Tenían ella y sus hermanas cierta reputación entre los desconocidos? Aunque fuera por algo positivo, como su belleza, pensar en ello le hacía sentir extrañamente incómoda.

En aquel instante decidió borrar de su rostro aquella mirada engreída y lasciva.

—Supongo que es usted consciente de que la persona a la que golpeó ayer con la pelota de críquet era mi hermana, y que su conducta posterior fue terriblemente grosera.

—¡Oh! Vaya. Yo... lo siento mucho. ¿Qué hermana era? No sería la que...

—¿A qué se refiere? Era Viola. Mi gemela.

—¿Su gemela? Está usted de broma. No se le parece en nada. ¡Me habría dado cuenta!

La joven puso los ojos en blanco. ¡Menudo patán!

355

Finalizado el baile, regresó a la mesa de los refrigerios, sintiéndose incómodamente acalorada, tanto por el baile como por el inoportuno coqueteo de su pareja.

Lord Bertram le pidió el siguiente baile. Este resultó ser un experto bailarín y, mientras se movían por la pista realizando los diferentes pasos, la observó con sincero interés, incluso se podría decir que hacía conjeturas. Por lo demás, se comportó con el mayor decoro, a diferencia de su amigo. Cuando se quedaron unos segundos al margen mientras esperaban sumarse de nuevo al baile, se aclaró la garganta y peguntó:

—¿Sus hermanas... se encuentran bien de salud?

—Sí, sí. Muy bien.

Cuando regresaron a la fila, la mente de Emily empezó a dar vueltas, más rápido incluso que los giros del baile. ¿Le estaba preguntando por Claire? Recordaba perfectamente que aquel hombre se había pasado toda la fiesta en casa de los Parker cubriendo de atenciones a su hermana mayor. Pero de eso hacía más de un año.

Cuando acabó el baile, la mayor de las señoritas Craven apareció a su lado y le dijo en voz baja:

—Tenga mucho cuidado con todo lo que respecta a Lord Bertram.

Su expresión distante y su tono paternalista molestaron a Emily. ¿Estaba celosa de la atención que le había prestado?

—¿Por qué? —le preguntó con aspereza.

—Prefiero no entrar en detalles. Al fin y al cabo, es amigo de mi hermano. No obstante, le recomiendo encarecidamente que no se fíe de él. Coquetea con muchas mujeres, pero no tiene intención alguna de contraer matrimonio.

¿Daba por hecho que las Summers no eran lo suficientemente respetables para un hombre como aquel? «¡Qué mujer tan insolente!», pensó para sus adentros, sintiendo cómo le hervía la sangre.

—Sé cuidar de mí misma —respondió.

—Otras pensaron lo mismo antes que usted.

Ella le lanzó una mirada fulminante, pero no dijo nada más.

La señorita Craven alzó la barbilla.

—Le ruego que me disculpe —dijo, volviéndose fríamente—. Mi intromisión era bienintencionada.

«¿De veras?», se preguntó Emily. En ese momento echó la vista atrás. Sí, había habido una atracción en ciernes entre Claire y lord Bertram, que se había hospedado durante varias semanas en casa de la familia Parker. Él y Claire habían bailado juntos y coqueteado de principio a fin durante las diferentes actividades lúdicas que se habían organizado en su honor. Emily recordaba que Claire se había quedado claramente prendada del atractivo joven. Pero, por lo que ella sabía, él nunca había ido a visitarla a Finderlay, ni tampoco había pedido la bendición de su padre o había planeado regresar. Tal vez ella no conocía la historia al completo.

El señor Stanley regresó de nuevo a su lado.

—Señorita Summers, ¿qué sucede? Parece disgustada.

—Yo... Me temo que no me encuentro bien.

Él arrugó el ceño con preocupación.

—En ese caso, será mejor que la lleve directamente a casa.

Su hermana y la señorita Marchant quisieron quedarse más tiempo, de manera que, tras prometerles que regresaría pronto, el señor Stanley acompañó a Emily hasta Sea View.

Durante el camino de vuelta, ambos permanecieron callados.

Cuando llegaron al porche, el señor Stanley empezó:

—Señorita Summers, hay algo que debería decirle. Tal vez tendría que habérselo contando antes, pero...

Viola abrió la puerta y se mostró muy sorprendida al verlos a los dos allí.

—Lo siento. Iba a tomar un poco de aire. Siento interrumpir.

—No interrumpe usted nada —dijo él—. Tan solo he venido a acompañar a su hermana a casa, y ahora tengo que ir a buscar a la mía.

—¡Oh! Entiendo. —Viola los miró alternativamente con gesto de extrañeza.

Tan pronto como el señor Stanley se despidió con una inclinación de la cabeza y se marchó, se volvió hacia Emily.

—Has vuelto antes de lo previsto. ¿Está todo bien?

—¿Te importa que te lo cuente mañana? Necesito pensar.

—Por supuesto que no.

Seguidamente, dejando a su hermana en el porche, entró en la casa.

—¿Que viste qué? —A la mañana siguiente Emily, que se encontraba de pie en el vestíbulo junto a su hermana, la miró con el ceño fruncido.

Viola hizo una mueca de desagrado al oír el tono airado de su gemela y repitió quedamente:

—Vi al señor Stanley besando a alguien.

—No era yo.

—Yo no he dicho que lo fueras.

Emily se llevó una mano a la cintura.

—¿Y cuándo fue eso, supuestamente?

—Anoche.

—El señor Stanley me acompañó a casa, pero no me besó.

—Eso fue después. He pensado que debías saberlo.

—¿Y dónde lo viste? No sería aquí, en la casa.

Viola negó con la cabeza.

—En el paseo marítimo.

—¿Estás completamente segura de que era él? ¿Desde tan lejos?

—Sí. Salí a tomar el aire, ¿recuerdas? Me senté en un banco, no muy lejos de allí.

—Seguramente sería su hermana. Asistió al baile con nosotros y tenía previsto acompañarla hasta el hotel después de traerme a casa. —Aun así, no acababa de entender por qué motivo la habría llevado hasta el extremo oeste del paseo marítimo cuando el hotel York estaba justo al otro lado. Aunque quizá solo querían dar un paseo.

—El abrazo que yo vi no tenía nada de fraternal.

«¿Podría tratarse de la amiga de su hermana, la altanera señorita Marchant?», se preguntó Emily.

—¿Qué aspecto tenía?

—No la vi bien; estuvo de espaldas a mí la mayor parte del tiempo. Pero era alta y con el pelo oscuro. ¿Su hermana tiene el pelo oscuro?

—No, es rubia, y tirando a menuda. —Volvió a mirar a Viola con el ceño fruncido y le inquirió desafiante—: ¿Estás completamente segura de lo que viste?

—¿Crees que me inventaría algo así? ¿Que me divierte verte disgustada y decepcionada?

—A veces creo que sí.

Viola apretó sus magullados labios y no dijo nada más.

Emily apartó la vista, turbada. Le gustaba el señor Stanley y disfrutaba con su compañía. Con sus atenciones. Sabía que no podía reprocharle nada, pero la idea de que hubiera besado a alguien hacía que se sintiera traicionada.

Como si hubiera oído que lo nombraban, el joven bajó las escaleras con expresión apesadumbrada.

—Discúlpenme, señoritas. Me gustaría tener una conversación en privado con usted, señorita Emily.

—¿Sobre qué? —le retó—. ¿Sobre la mujer alta y de pelo oscuro con la que se besó anoche?

—¡Oh! —El hombre palideció y tragó saliva con un ostensible movimiento de la nuez. Juntó las manos con una palmada y una expresión de culpabilidad que recordaba a la de un escolar delante del director del colegio.

—Lo que tenga que decirme, lo puede decir delante de Viola.

Emily agarró la mano de su hermana, le indicó al señor Stanley el camino hasta el salón pequeño y cerró la puerta.

Una vez dentro, él expulsó todo el aire que había retenido en los pulmones.

—Se llama Maria Pritchard.

Emily levantó la barbilla.

—¿Y la besó usted en el paseo marítimo?

Él cerró los ojos con fuerza.

—Fue ella la que me besó a mí, pero... sí, nos besamos. Y siento mucho que lo presenciara.

—Yo no lo vi, pero Viola sí, y me lo contó. Pero yo no quise creerla. A mi propia hermana. ¡Qué tonta he sido!

—Soy consciente de que está usted consternada. ¿Le resultaría más o menos grave si le dijera que estamos prometidos?

Emily lo miró boquiabierta.

—¡No sabría qué decirle!

Él hizo una mueca de dolor al oír el tono resentido de su respuesta y bajó la vista, al tiempo que empezaba a balancearse sobre los talones.

—¿Debo irme? —preguntó Viola.

—No, quédate, por favor. —Emily le apretó la mano con fuerza y luego volvió a mirar fijamente al señor Stanley—. ¿En serio me acompañó usted a un baile y después, esa misma noche, le pidió matrimonio a otra mujer?

—Por supuesto que no. Hace mucho tiempo que estamos prometidos. Aunque no de la manera habitual. Nos comprometimos en secreto, fue algo que se forjó en nuestra más tierna juventud.

—¿Y por qué secreto?

—Éramos muy jóvenes y sabíamos que nuestras familias no lo aprobarían. Me di cuenta de nuestro error casi de inmediato. No obstante, como caballero que soy, no podía romperlo.

—¿Y por qué no me lo dijo?

—Como ya le he contado, era un secreto; no lo sabía nadie.

—Y a usted le ha venido que ni pintado estas últimas semanas.

—Nunca fue mi intención... —Hizo una mueca y decidió abordar la cuestión de manera diferente—. Vine a Sidmouth de vacaciones. Sí, a pasar tiempo con mi hermana, pero principalmente a disfrutar de cierta libertad mientras podía. Y de pronto usted irrumpió en mi habitación y en mi vida...—Se pasó una mano temblorosa por el cabello—. Lo sé, yo respondí a su flirteo. Le permití que pensara que estaba tan libre y tan lleno de vida como usted. En ningún momento pensé que pudiera acabar haciéndole daño. Era usted demasiado bella y demasiado segura de sí misma como para considerar seriamente fijarse en un hombre como yo. Aun así, mi comportamiento hacia usted debería haber sido más prudente, más reservado.

Con un nudo en la garganta, Emily preguntó:

—Fue ella la que le regaló ese anillo, ¿verdad?

En ese preciso instante cayó en la cuenta de que el dibujo del tulipán debería haberla puesto sobre aviso. Los tulipanes simbolizaban el amor verdadero.

Él asintió.

—Empecé a ponérmelo hace poco, esperando que me recordara mi compromiso, y que debía mantenerme a una distancia prudencial de usted. Pero cuando estaba con usted, me parecía tan... inteligente, ingeniosa y bella... que no me podía resistir. Me dije a mí mismo que usted sabía que me marcharía en unas semanas. Que lo que hacía no tenía nada de malo.

Inspiró hondo y bajó la voz.

—Pero entonces, anoche, vi cómo reaccionaba al ver a ese hombre. Cómo palideció en su presencia y se agarraba a mi brazo buscando apoyo.

—¿Qué hombre, Em? —susurró Viola.

—Te lo contaré más tarde.

El señor Stanley continuó:

—Me dijo que su amigo la había decepcionado y vislumbré a la mujer vulnerable que se esconde bajo esa máscara desenfadada. Comprendí lo equivocado que había estado al pensar que no podía hacerle daño y temí que fuera demasiado tarde y que acabara sufriendo independientemente de cómo me comportara a partir de ese momento.

—Es por eso por lo que permaneció callado durante el camino de vuelta a casa.

Él asintió con la cabeza.

—Estaba dividido entre mis sentimientos y mi deber. Empecé a decírselo, pero cuando nos interrumpieron, pensé que tal vez era lo mejor, pues ya estaba bastante disgustada. Así que decidí que, pasase lo que pasase, se lo contaría esta mañana.

»Anoche, después de dejarla, recogí a mi hermana y a su amiga y las acompañé a su hotel. Apenas entré, las vi a las dos, a la señorita Pritchard y a su madre, rodeadas de su equipaje. Aparentemente, acababan de llegar.

»Mi hermana y la señorita Marchant se dirigieron escaleras arriba mientras yo me quedaba allí, sin saber qué decir, esperando indicaciones. Ni siquiera estaba seguro de si se suponía que debía admitir que nos conocíamos, imagínese el resto.

»Pero cuando la señorita Pritchard me vio, se acercó rápidamente y me tendió la mano para que la besara delante de su madre y de todos los demás. Yo hice lo que se esperaba de mí, de manera bastante acartonada, sin entender qué pretendía exactamente.

»Entonces me presentó a su madre diciendo: «Este es el señor Stanley, del que tanto te he hablado».

»Luego me preguntó si me apetecía ir a caminar un poco por el paseo marítimo, alegando que había pasado demasiado tiempo sentada en aquel angosto asiento y que lo que más necesitaba en aquel momento era un paseo bajo la luz de la luna.

»Estaba convencido de que su madre se opondría, teniendo en cuenta lo tarde que era, aunque sí, la luna brillaba lo suficiente como para ver perfectamente. Sin embargo, esta dijo: «Oh, sí, me parece una idea estupenda. Al fin y al cabo, estáis prometidos».

»Yo me quedé allí de pie, con la boca abierta de par en par, como una trucha sorprendida por un anzuelo. La señorita Pritchard le entregó su sombrerera, me agarró el brazo con fuerza y me sacó de allí prácticamente a rastras.

—¿No sabía que venía?

Él negó con la cabeza.

—Le pregunté por qué no me había escrito para informarme y hacerme saber que nuestro acuerdo privado se había hecho público. No lo expresó con tantas palabras, pero me dio a entender que había presentido que me estaba alejando de ella y se había presentado aquí para reclamar lo que era suyo.

»Echamos a andar por el paseo marítimo, mientras yo le daba vueltas a la cabeza, muerto de miedo. Ella charlaba animadamente, como si no fuera consciente de mi estado de confusión. Cuando nos aproximamos al final del paseo, miré hacia Sea View y hacia la luz que se veía en la ventana de la biblioteca, donde imaginé que se encontraba usted.

»Ella pareció darse cuenta de que había desviado mi atención, porque, con los ojos encendidos, me obligó a volverme. Creí que iba a echarme una reprimenda, algo que sin duda me merecía, pero me tomó mi cara entre las manos y me besó.

»Todavía había alguna gente por ahí y tuve miedo de que nos hubieran visto. —Frunció el ceño—. Siento que haya tenido que enterarse de esta manera. Lo siento de veras. Más de lo que usted cree.

Unas lágrimas inesperadas asomaron a los ojos de Emily y ella parpadeó recordándose a sí misma que de quien estaba enamorada era de Charles Parker, no de aquel hombre.

—Haré las maletas y me trasladaré al hotel —dijo—. Sin duda estará impaciente por verme marchar, y no la culpo.

—Yo no he dicho que tenga que marcharse.

Él se puso a dar vueltas al anillo que llevaba en el dedo meñique.

—Creo que es lo mejor. Para todos.

Emily levantó la barbilla.

—¿Y para colmo de males se marcha usted antes de tiempo haciéndome responsable de la pérdida de ingresos que eso supone?

—Pagaré el importe íntegro antes de marcharme.

Tal vez debería haberse sido lo suficientemente orgullosa para no aceptar su dinero, pero su orgullo había sufrido demasiados reveses recientemente como para darle importancia a algo tan trivial.

—De acuerdo —concluyó, asintiendo con la cabeza.

—Denme diez minutos.

Las hermanas se fueron al despacho a esperar. Emily recuperó la hoja de recuento del señor Stanley y calculó el total de la factura, pero le pidió a Viola que fuera ella la que recibiera el dinero. Esta aceptó con expresión sombría y se sentó detrás del escritorio mientras ella se quedaba de pie a un lado.

Unos minutos más tarde, entró el señor Stanley, con su maletín en una mano y el sombrero en la otra.

Una vez hubo pagado la cuenta, se guardó la cartera en el bolsillo y dijo:

—Una vez más, le pido disculpas. Y también lamento no haber podido despedirme del resto de su familia como corresponde. Por favor, asegúrense de trasmitirles mi gratitud y mis mejores deseos.

—Así lo haremos. No tenga ninguna duda.

Con gesto de arrepentimiento, se despidió con una inclinación de cabeza y abandonó la habitación.

Tan pronto se hubo marchado, Viola dijo:

—Lo siento mucho, Emily. De verdad. Sé que probablemente no me creerás, pero es así.

—Gracias —respondió, apretando la mano de su hermana—. Soy una tonta por tomármelo tan a pecho. Era solo un coqueteo inocente, o al menos eso era lo que me decía a mí misma. Aun así...

En ese momento entró Georgiana con el correo.

—Acabo de ver al señor Stanley marchándose. Creía que tenía previsto quedarse más tiempo...

Viola miró a su gemela y respondió impasible:

—Ha cambiado de planes. Al parecer su hermana quería que se uniera a ella en el hotel.

—¡Oh! ¡Qué pena! Me caía bien.

«Y a mí también», pensó Emily.

Después de que Georgiana les entregara las cartas y se fuera al piso de arriba, Viola le dio a Emily un último apretón y se fue a ver si su madre necesitaba algo.

Emily tomó asiento detrás del escritorio con la correspondencia diaria, esperando que llegara alguna buena noticia que le distrajera de la desdichada escena con el señor Stanley. Tras hojear las escasas cartas, se detuvo al ver que una de ellas había sido franqueada en Edimburgo.

Impaciente, levantó el lacre y desdobló el papel. Desconcertada por su inesperada brevedad, leyó:

Querida Emily,

Gracias por preocuparte por mi bienestar. Sigo gozando de buena salud, algo que supone una bendición inmerecida.

Me sorprendió recibir tu carta. Tenía entendido, por lo que me había dicho la tía Mercer, que papá os había prohibido cualquier contacto conmigo, es por eso por lo que, a pesar de que aprecio el gesto, te rogaría que en el futuro respetaras los deseos de nuestro padre y te abstuvieras de volver a escribirme. Los gastos de franqueo tanto para Escocia como de vuelta son extremadamente caros.

Atentamente,
Clarice

Al leer aquellas líneas escuetas y frías, se le hizo un nudo en el estómago. Claire, su Claire, no había escrito aquello. Aunque no podía negar que la letra le era familiar.

Y había firmado con el nombre «Clarice», un apodo cariñoso que ella utilizaba en ocasiones, medio en broma, cuando Claire se mostraba demasiado seria o maternal. ¿Se trataba de algún mensaje oculto?

Entonces pensó de nuevo en su encuentro del día anterior con Lord Bertram, en el hecho de que le había preguntado por sus hermanas, y en la advertencia de la señorita Craven.

Entonces se levantó a toda prisa y se fue a buscar a Sarah.

Capítulo 29

«El paso en falso de una hija será perjudicial para la suerte de las demás».

JANE AUSTEN,
Orgullo y prejuicio

Viola subió las escaleras para ver cómo se encontraba Emily después del desagradable encuentro con el señor Stanley. Al acercarse a la pequeña habitación que esta compartía con Sarah, escuchó a sus hermanas hablando dentro.

—¿De verdad piensas que esa es la razón por la que Charles se apartó de mí?

—Creo que es bastante probable —respondió Sarah en tono serio.

—¿Por lo sucedido con una de mis hermanas? Me parece muy injusto.

—Te guste o no, dice muy poco en favor del resto de nosotras. La humillación y la deshonra se hacen extensivas a todas. Algunos lo considerarían una prueba de debilidad familiar.

Viola se llevó la mano a la boca y apretó con fuerza para no dejar escapar un grito. La sensación de ultraje empezó a correrle por las venas y le revolvió el estómago; pensó que iba a vomitar. Sabía, o al menos sospechaba, que Emily la responsabilizaba del hecho que Charles se hubiera distanciado de la familia, pero ¿Sarah también la consideraba culpable de lo sucedido? ¿Hasta el punto de calificar su defecto como una debilidad familiar de la que había que avergonzarse?

—¿Qué otra cosa —continuó Sarah—, aparte de ese lamentable asunto, podría haber causado su distanciamiento, cuando toda nuestra relación estuvo marcada por una absoluta cordialidad?

—Supongo que tienes razón... No cabe duda de que el motivo debe de ser ese.

—La quiero —dijo Sarah—, pero no puedo obviar cómo el honor del resto de nosotras se ha visto materialmente dañado por su paso en falso.

Emily refunfuñó.

—Si la mayoría de la gente acaba sabiéndolo, ¿quién va a querer relacionarse con nuestra familia?

Las dos siguieron hablando, pero sus palabras fueron perdiendo intensidad hasta convertirse en un zumbido mareante similar a un enjambre de abejas. ¿Un paso en falso? Aquel comentario le sorprendió por lo injusto, pero ¿el resto? ¿La humillación, la prueba de una debilidad familiar, la deshonra? ¡Oh, sí! En el fondo de su corazón, Viola se sentía culpable de todas aquellas acusaciones y más.

Cuando, algo más tarde, entró en la habitación del mayor, Viola lo encontró hojeando el *Gentleman's Magazine,* cuyos grabados y titulares resultaban más amenos y fáciles de leer que las pesadas columnas de los periódicos. Levantó la vista y, tras mirarla una vez, y después de una segunda, dejó la revista a un lado.

—¿Qué ha pasado? ¿Se encuentra bien? Parece usted gravemente enferma.

Viola hizo una mueca.

—Gracias —respondió secamente. A continuación, se acercó al escritorio. —¿Por dónde quiere que empecemos hoy?

—Con usted tomando asiento y contándome lo que ha pasado.

Vaciló. ¿Debía confiarse a un hombre al que conocía desde hacía menos de un mes? Aun así, el deseo de liberarse de aquel peso que lastraba su corazón era demasiado intenso. Se sentó en una silla y se volvió para mirarlo a la cara.

—Es solo que... He escuchado una conversación entre Emily y Sarah. Sabía que Emily estaba resentida conmigo, pero es mucho peor de lo que pensaba. ¡Cuándo pienso en lo que les he oído decir...!

—Dígamelo.

—Apenas puedo soportar recordarlo, imagínese repetirlo.

—Estoy empezando a perder la paciencia. Dígamelo y basta. Ya sabe, la confesión es buena para el alma y todas esas cosas.

—De acuerdo —respondió con un suspiro—. Hace mucho tiempo que sé que Emily me culpa, al menos en parte, del hecho de que las esperanzas que tenía puestas en un determinado joven —un vecino de May Hill—, acabaran hechas añicos. Y cuando Emily se siente herida, arremete contra todo y contra todos, y a menudo habla sin pensar. Pero Sarah... —Sacudió la cabeza, volviendo a sentirse terriblemente desgraciada—. Sarah nunca dice una palabra descortés sobre nadie a menos que sea verdad. Y, aun así, lo hace muy raras veces.

—Continúe.

—Dijo que mi condición dice muy poco en favor de todas nosotras; que la humillación y la deshonra que he traído se hacen extensivas a toda la familia; que era una prueba de debilidad familiar; y que el honor del resto de mis hermanas se debe de haber visto materialmente dañado por mí. También dijo no sé qué sobre una incorrección, algo de un paso en falso, aunque puede que esa parte no la entendiera bien. ¡El corazón me latía con tanta fuerza!

Él frunció el ceño de manera ostensible.

—Seguro que no lo ha entendido bien.

—Quizá, pero hay una cosa que sí sé que dijo Emily: «¿quién va a querer relacionarse con nuestra familia?»

Se quedó mirando al vacío, sintiendo cómo, de nuevo, la vergüenza se apoderaba de ella.

Poco después, tras lograr dominar poco a poco sus emociones, inspiró hondo.

—Perdóneme. No debería haberle contado todo esto. Es que ha sido tan... estremecedor. Aunque supongo que no debería haberlo sido. —Entonces se levantó y volvió a escritorio—. Bueno, no me paga usted para que me desahogue contándole las desgracias familiares, sino para que le lea. ¿Por dónde quiere que empiece? ¿Por la correspondencia o por la prensa?

Ignorando lo que acababa de decir, el mayor le preguntó:

—¿Qué es lo que ha provocado esa... conversación entre ellas? ¿Ha sucedido algo?

—No estoy segura. Sé que hoy Emily ha recibido una carta, aunque no estoy segura de quién la ha enviado. ¡Ah! Y anoche asistió a un baile en los salones de recreo. Al parecer se encontró con alguien, un amigo del vecino que la decepcionó. Supongo que eso debió de hacerla estallar. —No mencionó que su hermana había estado coqueteando con un huésped, ni el desagradable descubrimiento de que ya estaba prometido.

El mayor arrugó la frente.

—¿Su hermana tenía expectativas reales de que su vecino le hiciera una proposición de matrimonio?

Viola asintió.

—Todas creíamos que lo haría.

—¿Y por qué la culpa a usted?

—Por esto —dijo señalándose la boca—. Proyecta una oscura sombra sobre nuestra familia y tiene un impacto directo sobre nuestras perspectivas de futuro.

—¡Qué demonios...!

Ella asintió con la cabeza para enfatizar sus palabras.

—Piénselo bien, tantas hermanas y ninguna de nosotras casada. Bueno, Georgiana solo tiene quince años, pero eso es lo de menos. No se puede negar que ha influido.

»El pretendiente de Sarah murió. Eso, al menos, no fue culpa mía, pero todas pensábamos que Emily se casaría con Charles. Hasta el año pasado, cuando de pronto se distanció de ella sin apenas ninguna explicación.

—¿Y por qué iba a ser culpa suya? ¿Acaso ese joven, siendo vecino suyo, no la conocía desde hacía mucho tiempo?

Ella asintió, y se quedó pensando como si valorara lo que acababa de decir.

—Supongo que una cosa era tener amistad con nosotras, o coquetear con Emily, y otra muy diferente casarse y pensar en tener hijos.

Él sacudió la cabeza con el labio torcido.

—No puedo creer que su propia hermana... No sé si recuerda que en una ocasión me dijo que ella le aventajaba en todo, pero permítame que muestre mi desacuerdo.

—Es verdad. Ella es mejor que yo en todo. Usted la vio el día que me rescató, y también cuando me golpearon con la pelota.

Él frunció el ceño.

—Apenas me fijé en ella. —Entonces la miró a la cara—. Dígame, ¿sus ojos cambian de color, oscilando entre el ámbar, el verde y el color del topacio dorado, dependiendo de su estado de ánimo?

Ella parpadeó y se quedó mirándolo boquiabierta.

—No, los suyos son marrones.

—¿Y tiene, como usted, unas pecas encantadoras?

—Mmm... No.

—¿Y su voz es tan clara y dulce como la suya?

—Bueno, ella no ha tenido que trabajar durante tantos años para mejorar su pronunciación, como yo. —De hecho, pensó, Emily hablaba bastante deprisa, y mucho. Su padre solía llamarla «charlatana».

Deseó que el mayor no le pidiera que le presentara formalmente a Emily cuando no estuviera ocupada con alguna emergencia, porque si pasaba demasiado tiempo en compañía de su hermana, no volvería a mirarla como la estaba mirando en aquel momento. Su ojo sano resplandecía con un brillo intenso, y aunque le costaba sostenerle la mirada, se sentía atraída por él como los insectos por la luz.

—¿Y cómo reaccionó su hermana al ver mis cicatrices? —le preguntó él—. ¿Se estremeció, asqueada? No la culparía por ello.

—Tal vez al principio. Pero se acabará acostumbrando a ellas como ha hecho con las mías.

Él soltó un bufido.

—Las pruebas indican lo contrario.

—Por favor, no la juzgue mal. Emily es una persona muy apasionada y dice todo lo que se le pasa por la cabeza, pero aun así la quiero y siempre lo haré. Aunque en ocasiones me pregunto si ella me quiere a mí.

—Me pareció que estaba sinceramente preocupada por usted el día del accidente. ¿No están muy unidas?

Viola se encogió de hombros.

—Podríamos haberlo estado más, pero yo era una niña delicada. Resultaba muy difícil darme de comer y siempre estaba muy delgada. Ella, en cambio, era muy bulliciosa, como corresponde a las niñas pequeñas.

—¿Y dónde estaba el problema?

—A mis padres y a mi niñera les preocupaba que pudiera hacerme caer por accidente y me hiciera daño en la boca, así que nos mantenían alejadas casi todo el tiempo, lo que no resultó fácil para ninguna de las dos siendo gemelas. Y luego llegaron las espantosas cirugías y las dolorosas recuperaciones. Nadie quería ver algo así. —En aquel momento le asaltó un recuerdo vago—. Aunque Emily sí que se coló en mi habitación en una ocasión, me agarró la mano y lloró conmigo. ¡La echo tanto de menos! —Levantó ambas manos—. ¿No le parece estúpido? Vivimos en la misma casa y, a pesar de eso, la echo de menos.

—No, no tiene nada de estúpido.

Viola se sorbió la nariz y se enjugó las lágrimas.

—Discúlpeme. Soy una pesada y una sensiblera.

—En absoluto. —El mayor vaciló y en voz baja y ronca, añadió—: Venga aquí, por favor.

Ella se quedó mirándolo fijamente y luego se aproximó lentamente, con cautela.

Él le tendió la mano, una ancha y masculina mano.

Viola la observó para después desviar la vista hasta su rostro, descubriendo su llamativa y desigual mirada clavada en ella.

Tragó saliva y apoyó su mano sobre la de él.

Él no dijo nada, solo rodeó su mano y le acarició los nudillos con el pulgar mientras seguía mirándola en absoluto silencio.

Se le llenaron los ojos de lágrimas que empezaron a fluir sin que pudiera hacer nada por detenerlas.

A pesar del consuelo que le había proporcionado su visita al mayor, no logró desterrar la sensación de traición y de rabia que la afligía.

Al día siguiente, después de leerle a la señora Denby, Viola, de camino a casa, se pasó por la oficina de correos a recoger la correspondencia. Cuando llegó a Sea View, se dirigió directamente a la biblioteca, dejó las facturas sobre la mesa y se dio la vuelta sin mediar palabra.

Emily la llamó.

—¿Qué pasa? Irrumpes aquí dando pisotones, como Georgiana cuando le encargas una tarea. ¿Cuál es el problema?

Viola se volvió.

—Por lo visto, yo.

—¿A qué te refieres? Creía que las cosas entre nosotras estaban mejor.

—Y yo también, aunque por poco tiempo.

—¿He dicho algo que te haya molestado? Te ofendes con tanta facilidad que es difícil saberlo. Reconozco que, en el pasado, te he dicho cosas hirientes; pero, si quieres que te diga la verdad, no sé qué es lo que he hecho mal ahora.

Viola se acercó.

—Os oí hablar a Sarah y a ti. Me estabais echando la culpa no solo de que Charles rompiera relaciones contigo, sino de arruinar la reputación y el porvenir de todas vosotras.

Emily se quedó mirándola, con la boca abierta de par en par, sinceramente desconcertada.

—¿De qué estás hablando?

—No te molestes en negarlo, ¡os oí!

—¿Cuándo fue eso?

—Ayer. Fui a la habitación a buscar a Sarah y os oí desde el otro lado de la puerta.

—¡Oh! —Emily exhaló un suspiro—. Acababa de recibir una carta. ¡Oh, Vi! No estábamos hablando de ti.

—¡Vamos! ¡Os oí! Sarah dijo que yo era una deshonra y que era la prueba de una debilidad familiar. Y tú dijiste: «¿quién va a querer relacionarse con nuestra familia?»

—No estábamos hablando de ti, te lo prometo.

—¿De verdad esperas que me lo crea? Durante mucho tiempo has estado resentida conmigo y has dejado bastante claro que pensabas que yo era, en parte, la razón por la que Charles se distanció de nuestra familia.

—Sé que lo he hecho, pero estaba equivocada. Completamente equivocada. No fue por ti, sino por Claire.

—¿Claire? —Viola sintió cómo la incredulidad le contraía el rostro—. ¿Porque decidió mudarse a Escocia y convertirse en dama de compañía? Sé que eso dice muy poco en favor de nuestra situación económica, aunque acertadamente, pero sigue siendo un papel aceptable para la hija de un caballero. Desde luego, no es algo que merezca ser considerado una «deshonra» o un «paso en falso».

—Yo tampoco lo sabía, pero Claire no se fue a Escocia para convertirse en dama de compañía, al menos no fue ese el motivo principal. Se fue porque pensaba que no tenía elección. —Emily pasó a relatarle los pocos detalles que conocía—. Lord Bertram la convenció para que se fugara con él después de la fiesta en casa de los Parker. Pero, en algún momento, a mitad de camino, cambió de opinión y la abandonó, dejando su reputación, en caso de que se hiciera público, hecha jirones.

—¿Lord Bertram? —repitió Viola, echando la vista atrás.

La rabia enturbió el rostro de Emily.

—Todavía no me puedo creer que bailara con ese hombre. Si lo llego a saber...

—¿Y crees que Charles se enteró? ¿Y que por eso rompió relaciones con nosotras?

—Sarah cree que sí. Y sin duda los hechos coinciden con las fechas en que cambió su actitud.

—¿Y quiénes saben que se fugó con él?

—Sarah compartía habitación con ella, de manera que lo supo enseguida. Claire le suplicó que no dijera nada hasta que no estuviera lo bastante lejos.

—¿Incluso sabiendo que les rompería el corazón a nuestros padres?

Emily asintió.

—Pobre Sarah.

—Sí, se siente muy culpable por ello. Al parecer papá se enteró al día siguiente y fue en su búsqueda, pero era demasiado tarde.

Viola intentó hacer memoria.

—Recuerdo lo enfadado que estaba. Y que se negaba a pronunciar su nombre. ¡Me pareció tan injusto! ¿Por qué no nos lo dijeron?

—Pensaron que, cuanta menos gente lo supiera, menos posibilidades había de que se hiciera público y acabara perjudicándonos a todas nosotras por asociación.

—¿Es esa la razón por la que papá sufrió una apoplejía?

—Sarah cree que sí. Es solo una conjetura, pero, también en este caso, las fechas coinciden.

—¿Y mamá? ¿Es por eso por lo que casi nunca nombra a Claire?

Emily volvió a asentir.

—Papá dijo que Claire estaba muerta para él y le prohibió a mamá que la nombrara. Ella ha elegido cumplir sus órdenes, incluso después de su muerte.

—¡Santo cielo!

—Entonces, ¿me crees ahora? Siento que hayas tenido que enterarte de este modo. Sarah me lo dijo solo porque me topé con la dirección de Claire y le escribí. La respuesta que recibí... bueno, suscitó más dudas de las que resolvió.

—¿Qué decía?

—Te la enseñaré más tarde. Pero no parecía que la hubiera escrito Claire; era demasiado forzada e impersonal. Creo que la tía Mercer le dijo lo que tenía que escribir. Al fin y al cabo, ella era la tía de papá, y es muy probable que se empeñe en hacer cumplir sus órdenes.

—No me extraña que a mamá nunca le haya gustado esa mujer. —Viola se quedó callada unos instantes, asimilándolo todo. Luego preguntó—: ¿Qué vamos a hacer?

—¿Respecto a Claire? ¿Qué quieres que hagamos?

—Debe de haber algo que podamos hacer. Además, ahora me siento fatal. Le conté al mayor lo que había oído. Estaba muy enfadado con vosotras.

Emily resopló.

—Entiendo que en el pasado me mereciera su desaprobación, pero esta vez no. Espero que lo remedies y que la próxima vez que lo veas le aclares el malentendido.

Viola asintió, aliviada en lo que a ella se refería, pero preocupada por Claire.

—Por supuesto que lo haré.

Aquel mismo día, más tarde, Viola se acercó a Westmount para darle al mayor las debidas explicaciones. Cuando llegó, Taggart le dijo que estaba con su padre, hablando de un suceso que había tenido lugar en su antiguo hogar, y del que había tenido conocimiento a través de la carta de un viejo amigo.

Decidió no interrumpirles. Se dirigió al salón, se sentó al pianoforte y empezó a tocar suavemente.

Pasado un rato, apareció el mayor y preguntó:

—¿Puedo unirme a usted, señorita Summers?

—Sabe que no me gusta que me miren.

—Le prometo que no lo haré.

Viola dejó de tocar.

—A propósito, tenía usted razón.

—¡Oh! Mi frase favorita. ¿En que tenía razón estaba vez?

—Malinterpreté lo que discutían Emily y Sarah. No estaban hablando de mí.

—Me alegra oírlo. ¿Desea... contarme sobré qué o quién discutían?

—Tal vez en otra ocasión. Yo misma desconozco todos los detalles.

—De acuerdo. Debe de sentirse aliviada. Yo lo estoy por usted.

—Sí. —Exhaló un largo suspiro y decidió no compartir sus preocupaciones sobre Claire, no hasta conocer el asunto a fondo.

El mayor Hutton se aproximó y le entregó unas cuantas páginas de una partitura.

—En ese caso, ¿le importaría interpretar esta pieza? La compré en Wallis hace unos días. ¿La conoce?

Ella hojeó los folios, estudiando la composición.

—No. Y parece bastante complicada.

—Solo le pido que lo intente. No criticaré su interpretación. No soy ningún experto.

—De acuerdo. Aunque probablemente cometeré muchos errores en mi primer intento.

—¿No es así con la mayoría de las cosas en la vida? Si le sirve de ayuda, podría sentarme a su lado y volver las páginas.

—¿Sabe solfeo?

—Hace mucho que no practico, pero debería ser capaz de descifrar las notas.

—En ese caso, se lo agradezco —dijo desplazándose para hacerle hueco en el banco, sintiendo cómo se le aceleraba el pulso por la emoción.

Él miró el espacio que le había dejado y se dirigió al otro lado.

—¿Le importa si me siento mejor aquí?

—Por supuesto que no. —Viola se deslizó hasta el otro extremo con el corazón en un puño al darse cuenta de que quería sentarse con su «perfil bueno» hacia ella. Él se acomodó a su lado echando hacia atrás los faldones del frac.

Aspiró el aroma fresco y masculino de su loción de afeitar, dejando que su cercanía le invadiera los sentidos.

El mayor se inclinó hacia la partitura, rozándola con el hombro. Viola lo miró. Vio su oreja sana y su recortada patilla demasiado cerca.

Él guiñó los ojos.

—Mi lectura a primera vista no es tan buena como hace un tiempo, en más de un sentido. Si ve que me pierdo, deme un codazo.

La joven asintió. Considerando lo cerca que estaban el uno del otro, apenas tendría que moverse para hacerlo.

Empezó a tocar, al principio con cierta inseguridad, atascándose al llegar a un complicado compás, y después ganando confianza conforme se fue familiarizando con la melodía y el estribillo.

Cuando se acercó al final de la página, él se inclinó hacia delante, siguiendo la música, apoyando la pierna en la de ella. A través del vestido de muselina y de la tela de su enagua, Viola sintió la firmeza de sus músculos y el calor que emitía.

En ese momento ella hizo un gesto con la barbilla y él pasó la página. Después de una breve pausa, Viola continuó, moviéndose con destreza a través de los compases, como si se desplazara por un sinuoso sendero a través de un laberinto ajardinado.

La música hizo que se sintiera muy dichosa. Se regocijó en el ritmo de las notas más bajas retumbando a través del instrumento, en cómo la melodía trepaba desde las profundidades, elevándose cada vez más hasta remontar el vuelo.

—Maravilloso... —murmuró él.

Ella lo miró y descubrió que no tenía puestos los ojos en la partitura, sino en ella. Su corazón empezó a latir con fuerza. Prácticamente a tientas, buscó la posición de los dedos y continuó tocando hasta el final de la página.

Volvió a hacer un gesto con la barbilla, pero él no se dio cuenta. La nota se quedó suspendida en el aire y ella le dio un codazo, mucho más fuerte de lo que le hubiera gustado.

Él soltó un pequeño gruñido, se irguió y volvió la página.

Cuando se acercaba al *crescendo,* Viola cerró los ojos, permitiendo que la música tomara el control y que la reverberación de los acordes palpitara a través de ella, como si las cuerdas se extendieran a lo largo de sus dedos, desde el instrumento hasta su alma.

Cuando las notas finales se desvanecieron, poco a poco fue consciente del silencio y la quietud del hombre que estaba a su lado, que no aplaudió ni la elogió.

Entonces se volvió y descubrió que él no solo había vuelto la cabeza hacia ella, sino también el torso, para poder verla mejor. En ese momento rozó la rodilla con la de ella y no la retiró. ¿Lo habría hecho de forma deliberada o no era consciente del contacto... y del efecto que estaba teniendo en ella?

Los rostros, antes a varios palmos de distancia, estaban en ese momento mucho más cerca. Viola inspiró profundamente, con el aliento tembloroso, mientras el espacio entre ellos disminuía.

Lo tenía muy cerca. Tentadoramente cerca. Le temblaban los dedos, anhelando alargar el brazo y acariciarle la mejilla.

Él separó ligeramente los labios, con el ojo brillándole con intensidad.

—Hay... tantas cosas que quiero decir... —expresó en un tono quedo que retumbó a través de ella del mismo modo que lo había hecho la música—. Pero no encuentro las palabras que puedan expresarlo.

Ella se pasó la lengua temblorosa por los labios. El mayor dirigió su atención a la boca de Viola.

Entonces él se inclinó un poco más, levantando la vista y mirándola fijamente a los ojos; evaluando, esperando. Ella contuvo la respiración, sin moverse y, por supuesto, sin apartarse.

Al ver que no se retiraba ni ponía objeciones, se aproximó todavía más, acercándose al rostro y la boca de la señorita Summers. Cerró los párpados cuando los labios de él tocaron los suyos, suavemente, afectuo-samente, delicadamente.

Un momento más tarde, él levantó la cabeza, interrumpiendo el contacto demasiado pronto.

Luego la miró y con una dulce sonrisa dijo:

—Gracias. Ha sido... perfecto.

Ella se quedó dudando si se refería a la música o al beso.

—No pare.

Durante unos breves instantes, la confusión se apoderó de Viola, completamente aturdida por el beso. ¿Que no parase de besarlo? Estaba decidida a hacerle caso.

Entonces se dio cuenta de que la voz no pertenecía al mayor, sino a su padre.

—Toque otra. ¡Oh!... —Miró a su hijo, que seguía muy cerca de la joven, y abrió los ojos de par en par—. Quiero decir... Le ruego que me disculpe.

—En absoluto —repuso Viola, sin poder evitar el rubor.

El mayor se levantó del banco.

—Solo estaba ayudando a la señorita Summers a pasar las páginas.

—¿Así es como lo llaman hoy en día? Bueno, les dejo que continúen —dijo, antes de darse media vuelta y abandonar rápidamente la habitación.

La incomodidad se extendió también entre ellos y la joven también se levantó.

—Será mejor que me vaya.

Él asintió.

—Gracias por complacerme. Interpretando esta pieza, quiero decir.

Con el semblante aturdido, la saludó con una inclinación de cabeza y le hizo un gesto para que lo precediera.

Una vez la hubo acompañado hasta la puerta, dijo:

—Espero no haberme sobrepasado. El momento parecía requerir algo más que palabras.

Ella asintió con las mejillas todavía más encendidas.

—Lo entiendo.

Él escudriñó su rostro con gesto de preocupación.

—¿Está disgustada?

Ella negó con la cabeza.

—Avergonzada.

Él deslizó un dedo por la piel acalorada de su mejilla.

—Usted no tiene nada de lo que avergonzarse, querida mía. Créame.

Capítulo 30

«Se cosen labios leporinos.
Se colocan paladares de oro».

Anuncio publicitario del odontólogo Josiah Flagg

Aquella misma tarde Sarah y Emily estaban sentadas en la biblioteca discutiendo en voz baja sobre la carta de Claire y los últimos preparativos para la cena de los Elton, prevista para el día siguiente, cuando la señora Elton entró en la habitación con el ceño fruncido.

—No logro entender el porqué, pero la respuesta a nuestras invitaciones ha sido de lo más decepcionante. No puedo evitar pensar que debe de tener algo que ver con esta casa o con su familia. Con la señorita Viola, quizá. O tal vez con el tiempo. Debe haber alguna razón por la que haya escrito tan poca gente para aceptar, y no precisamente la que más nos hubiera gustado. ¿Hay alguna fiesta en algún pueblecito cercano que se olvidaron de comentarnos?

Emily negó con la cabeza.

—No, que yo sepa.

Sarah inspiró hondo intentando mantener la calma y dijo:

—Siento que esté usted decepcionada con la respuesta, pero ya está todo listo para mañana: la comida está en la despensa y la señora Besley ya ha empezado a prepararla. Ya no hay vuelta atrás.

—Por supuesto que la hay. No se va a celebrar ninguna cena. O, al menos, nosotros no vamos a ser los anfitriones. La estoy cancelando. Hagan lo que quieran con la comida. Sírvansela a sus huéspedes.

—Pero... la pagarán ustedes, tal y como acordamos, ¿no? —Desde el escritorio Sarah extrajo la hoja de recuento en la que se detallaban los gastos de la pareja hasta ese momento, incluido el coste de la cena.

—¿Y por qué motivo deberíamos hacerlo? Mis amigos no van a comérsela.

Sarah resopló.

—Hemos gastado mucho dinero por su encargo.

La señora Elton se encogió de hombros.

—Los riesgos de iniciar un negocio, supongo. Uno no debería abrir un establecimiento si no puede afrontar los riesgos que comporta. En cualquier caso, le puedo asegurar que su decepción es mucho menor que la nuestra.

—Lo dudo mucho.

En ese momento entró el señor Elton y, tras mirar a Sarah, volvió la vista hacia su esposa, y luego se dirigió de nuevo a Sarah.

—¿Sobre qué estamos discutiendo?

—Estamos discutiendo unos precios exorbitantes. —La señora Elton se volvió hacia Sarah—. Y me gustaría recordarle, señorita Summers, que le pedimos muy educadamente que parara la música y no lo ha hecho. Y tampoco han satisfecho nuestras peticiones respecto a los desayunos. Confío en que nos compensará por todos estos trastornos e inconvenientes reduciéndonos la factura.

Sarah se quedó mirándola, sintiendo cómo se le revolvía el estómago.

—Me temo que no podemos hacer eso.

La falsa sonrisa de la señora Elton se desvaneció y, con ella, cualquier vestigio de cortesía.

—Es una pena, porque ahora nos vemos obligados a hablarles al señor Butcher y al señor Wallis de nuestra experiencia altamente insatisfactoria en Sea View.

Su esposo tomó la palabra.

—Debo decir, querida, que a mí me ha parecido de lo más agradable.

—Cierra la boca, Philip.

Sarah tragó saliva.

—Lamento que sienta usted la necesidad de hacer algo así, pero sigo viéndome obligada a cobrarle la cantidad acordada.

—¡Ya verá cuando se enteren nuestros amigos! —le espetó la mujer, mirándola con gesto de indignación.

Sarah se las arregló para sostenerle la mirada.

—Cada uno deberá actuar según le dicte la conciencia.

Emily se mostró menos delicada.

—Cuénteselo, señora Elton. ¿Y por qué no empieza por sus entrañables amigos, el señor Lousada y la queridísima *lady* Kennaway?

—Pues es muy posible que lo haga —respondió, levantando las manos—. Jamás en mi vida me habían tratado con tan poco respeto.

—¿En serio? —empezó a decir Emily—. Eso no es lo que yo...

—No —le cortó Sarah.

Sin mediar palabra, el señor Elton extendió el brazo con la mano abierta y Sarah le entregó la factura.

—Ni se te ocurra pagarla —dijo su esposa, furiosa.

—Soy un hombre que paga sus deudas, Agusta, y que cumple con su palabra, incluso cuando el hacerlo ponga a prueba mi paciencia —añadió lanzándole a Sarah una mirada elocuente y extrayendo su cartera.

En ese momento alguien golpeó con la aldaba la puerta principal. Emily se apresuró a abrir y, unos instantes después, regresó con una visita insospechada.

Sarah levantó la vista y se quedó boquiabierta.

—¡*Lady* Kennaway! ¡Qué... inesperada sorpresa!

—He venido a cumplir con mi promesa de visitarlas. —*Lady* Kennaway miró uno por uno los sorprendidos rostros—. ¿Llego en un mal momento?

—En absoluto —respondió Emily, con una sonrisa de satisfacción—. Llega usted a tiempo de saludar a su querida amiga, la señora Elton.

La señora Elton balbució:

—*Lady* Kennaway, yo... estoy...

La recién llegada la miró con el ceño fruncido y a continuación se volvió de nuevo hacia Emily:

—No conozco de nada a esta persona.

—No importa —la tranquilizó Emily, agarrándola del brazo amigablemente—. Se marchará muy pronto. Pero confío en que usted pueda quedarse a tomar el té con nosotras. Mamá tiene muchas ganas de verla.

—Con mucho gusto.

El señor Elton extrajo varios billetes y algunas monedas hasta alcanzar la cifra total.

Sarah los aceptó aliviada.

379

—Gracias, señor Elton.

Él hizo un gesto con la cabeza a modo de disculpa y abandonó la habitación.

Cuando al día siguiente Viola regresó a Westmount, Taggart le abrió la puerta como de costumbre. El mayor Hutton la recibió de inmediato, vestido con una levita azul oscuro, unos pantalones ligeros y un elegante chaleco de rayas en tonos canela y marfil.

—Señorita Summers, ¿puedo hablar con usted un momento? —Su actitud le pareció tan formal como su indumentaria.

—Por supuesto.

Viola dio por hecho que se arrepentía del beso y que tenía intención de restablecer la distancia entre ellos y restituir sus respectivas posiciones como patrón y empleada.

Lo siguió hasta la sala, algo que también resultaba demasiado formal después de todas las horas que habían trascurrido en sus aposentos privados.

Una vez allí, empezó a decir:

—He estado pensando largo y tendido sobre nuestro... último encuentro. Soy consciente de que podría dar por hecho, de forma totalmente justificada, que mi comportamiento podría, o al menos debería, conducir a una declaración. Usted es hija de un caballero, una dama, y tiene todo el derecho a esperar que un caballero se comporte con usted con honorabilidad. Actué sin pensar y permití que mis emociones...

Adoptando una actitud defensiva, Viola alzó una mano.

—No siga, por favor. No espero nada de usted. No tiene usted ninguna obligación para conmigo. Está más que claro que se arrepiente usted de nuestro... de lo que sucedió, de manera que será mejor que no hablemos más de la cuestión. Olvídese incluso de que ocurrió.

Él la miró con gesto serio, parecía casi dolido.

—¿Usted puede olvidarlo? Porque yo no.

Ella lo miró desconcertada. ¿Qué esperaba que dijera? Decidió intentarlo de nuevo.

—Simplemente quiero que sepa que no está obligado a nada. No espero, mejor dicho, no quiero nada de usted.

Él frunció el ceño.

—Me ofende.

Ella resopló.

—¿Qué más quiere de mí? Le estoy liberando de toda responsabilidad. ¿No es eso lo que esperaba? Es evidente que se arrepiente de nuestro... —Bajó la voz—. Beso.

—No. No exactamente. Para serle totalmente sincero, estoy destrozado. Como, sin duda, ha tenido ocasión de comprobar por sí misma, no soy un hombre completo. Hacerle una propuesta de matrimonio, por muy honorable que pueda parecer visto de manera superficial, sería increíblemente egoísta por mi parte. Lo realmente honorable sería dejarla marchar.

—Tonterías. Usted no tiene nada de malo. Nada que le inhabilite para el matrimonio.

—¿Ser ciego de un ojo, sordo de un oído y con la mitad del rostro desfigurado no me inhabilita?

—Ni mucho menos. Sus heridas no me molestan. Sigue siendo un hombre con muchas cosas que ofrecerle a una mujer. Pero esa mujer no soy yo. No tengo ninguna intención de casarme. De hecho, hace mucho tiempo que acepté que jamás contraería matrimonio.

—¿En serio? ¿Y eso por qué?

—No sea estúpido. Es más que obvio que no debería tener hijos. Casarse con usted... con alguien, sería una irresponsabilidad.

—¿Eso se lo ha dicho un médico o es una conclusión a la que ha llegado por sí misma?

—No creo que los médicos sepan mucho al respecto, pero la mayoría de la gente culpa a la madre, dando por hecho que tuvo pensamientos impuros o que vio una liebre o a alguna persona con el labio hendido. Pero desconozco si se hereda, como el pelo rojo, las pecas u otros muchos rasgos que pasan de padres a hijos.

—¿No dicen que es Dios el que teje a los niños en el vientre de sus madres? Si Él lo permite, alguna razón habrá.

—¿Qué razón? ¿Qué razón puede haber... qué puede traer de bueno esto? —dijo, llevándose bruscamente la mano a la boca.

Él se quedó mirándola.

—Se me ocurre una cosa. —Apartó la vista, se aclaró la garganta y preguntó—: ¿Qué importancia tiene una cicatriz tan pequeña en comparación con las mías? Si nos ponemos así, yo valgo todavía menos que usted.

—No. Usted no nació así. Sus imperfecciones no se trasmiten a las personas con las que se cruza ni a sus vástagos.

—Yo podía haber evitado las mías. Actuar de manera diferente. Defenderme. Usted no tuvo elección. Si alguno de nosotros tiene culpa de algo, está claro que no es usted.

—Yo... me gustaría creerle. Sin embargo...

—Y a mí me gustaría creerla a usted cuando dice que mis heridas no le molestan —dijo, sacudiendo la cabeza—, pero no puedo.

En aquel momento alguien golpeó con los nudillos la puerta entreabierta.

Molesto por la interrupción, Hutton frunció el ceño y, alzando la voz, dijo:

—¿Sí?

Taggart abrió y anunció:

—El señor Cleeves, señor.

Viola se quedó inmóvil. Era él. No. ¿Por qué no había hecho caso de sus advertencias?

Abner Cleeves entró en la sala con una sonrisa de oreja a oreja.

—Sé que no me esperaba. Solo quería dejarle el presupuesto para la operación que me solicitó —dijo, entregándole un trozo de papel doblado.

Viola se quedó allí de pie, paralizada por el miedo y la impotencia que había experimentado siempre en presencia de aquel hombre.

Al verla, el doctor dijo:

—¡Ah, señorita Summers! El mayor Hutton y yo estuvimos hablando el otro día de su caso. ¡Qué... casualidad que se conozcan ustedes!

¿Había hablado de ella con aquel hombre? Estaba atónita, molesta.

Aprovechando, una vez más, su silencio, Cleeves continuó:

—Otro de mis triunfos. Tal y como le expliqué, las primeras intervenciones no dieron el resultado esperado porque sus incesantes llantos tensaron y rasgaron los puntos de sutura. Pero, como puede comprobar, ahora tiene muy buen aspecto. Su apariencia ha superado incluso mis altas expectativas.

El hombre le sonrió y Viola sintió como si estuviera congelada dentro de un bloque de hielo que retuviera sus gritos de rabia y que le impidiera no solo responder, sino también moverse.

—Bueno, eso es todo por ahora. Le veo pronto.

Se despidió con una inclinación de la cabeza y se marchó.

Viola recuperó el habla.

—Mayor, dígame que no tiene intención de dejar que ese hombre le opere.

—Ese hombre, como usted lo llama, es un reputado cirujano. Un pionero que emplea los más novedosos métodos quirúrgicos, según el señor Bird.

—¿Y él cómo lo sabe?

—Su colega, el señor Davis, se lo presentó. Al parecer dio una charla en una reunión de su sociedad médica sobre los avances en los trasplantes epidérmicos. Todo el mundo quedó muy impresionado.

Ella hizo una pausa para asimilarlo todo. ¡Oh, sí! Abner Cleeves siempre había sido todo un embaucador al que se le daba de maravilla hacer creer que estaba más que cualificado y que sus métodos ofrecían todas las garantías. Pero sus capacidades no estaban a la altura de su bravuconería.

Antes de que tuviera tiempo de refutarle, él continuó:

—Y él mismo me ha hablado de muchos de sus casos. Un índice de éxito muy loable. Usted misma lo acaba de oír. Ha reconocido que los procedimientos iniciales no obtuvieron los resultados esperados por el llanto, algo que a mí no me sucederá. No puede culparle por ello.

—¡Por supuesto que lloraba! No me daban nada para el dolor excepto vino rebajado con agua. ¡Cualquiera hubiera llorado!

—Yo no lo haré. Además, me ha asegurado que el dolor será soportable y la recuperación breve.

Ella sacudió la cabeza.

—Le ha mentido, exactamente igual que mintió a mis padres.

—Era usted muy joven y su memoria está enturbiada por años de dolor. Sus recuerdos acerca de los detalles de la intervención no son fiables.

Viola hizo un gesto en dirección a la ventana.

—Entonces vaya a preguntarle a mi madre. Ella estaba allí y sus recuerdos sí que son fiables.

—Las madres no pueden permanecer ajenas al llanto de un hijo, de manera que tampoco creo que sea capaz de ofrecernos un relato objetivo. De hecho, tengo entendido que su madre se puso histérica y que el señor Cleeves se negó a seguir llevando su caso.

—¡Tonterías! Naturalmente que mi madre estaba disgustada. Sus métodos me dejaron aún peor que al principio. Mis padres se negaron a que volviera a intentarlo. Debido a la guerra tuvimos que esperar, pero, cuando se acabó, me llevaron a Francia para que repararan el estropicio.

—Siento mucho que tuviera que pasar por todo eso, pero no tiene ningún sentido que sigamos discutiendo sobre sus intervenciones, porque lo que yo necesito es muy diferente. Me ha detallado el proceso y su experiencia con otros soldados heridos. Incluso me ha ofrecido cartas de recomendación.

—Obras de ficción, no tengo ninguna duda.

Él negó lentamente con la cabeza, con la mirada baja, casi afligido.

—Pues yo tampoco tengo ninguna duda de que sufrió usted mucho, y entiendo que le remueva recuerdos dolorosos. Pero parece usted demasiado vengativa. ¿Tiene intención de arruinarle la vida a ese hombre? Tal vez no tuvo éxito con usted, pero eso no lo desacredita por completo, ni anula todas las habilidades y técnicas que ha aprendido ni la experiencia que ha adquirido a lo largo de todos estos años operando.

Viola sintió cómo le bullía sangre.

—No me fío de él, y no quiero verle dolido, decepcionado, o peor.

—¿Peor de lo que ya estoy, quiere decir?

—No he querido decir que su estado actual sea malo.

—Pero lo es. Y no quiero seguir teniendo este aspecto durante el resto de mi vida. No, si existe una solución.

—¡No merece la pena correr el riesgo! —gritó. Luego inspiró hondo intentando calmarse. —Si realmente debe someterse a una intervención peligrosa cuya efectividad no ha sido probada, búsquese a otro cirujano.

—El señor Cleeves ha sido el primero en utilizar esta nueva técnica. No es algo que pueda hacer cualquier barbero o boticario. Se trata de un especialista y confía plenamente en su habilidad para reducir estas cicatrices.

Ella sacudió la cabeza.

—Pues cuando mis padres consultaron con él por primera vez, les dijo que era un cirujano dentista, experto en reparar labios y paladares hendidos. ¿Confiaría usted en que un dentista le cortara la piel de otras partes de su cuerpo y las implantara en su rostro como si fuera un simple pedazo de tierra? —Solo de pensarlo, sintió nauseas.

—Tanto el señor Bird como el señor Davis me han hablado muy bien de él.

—Y yo he tenido una experiencia personal muy negativa con ese hombre.

—Sí, hace años. Lo que significa que no puede ser imparcial. Y tampoco es usted médico, ni un experimentado cirujano.

—¿Quiere decir que mi palabra no tiene ningún valor?

Él suspiró.

—No he dicho eso, pero he tomado una decisión basándome en los mejores consejos médicos que tengo a mi disposición; unos consejos que usted, señorita Summers, no está cualificada para dar. La intervención está programada para el lunes. El doctor Davis lo ha organizado todo para utilizar una sala operatoria en Exeter.

Los ojos se le llenaron de lágrimas y la garganta se le cerró. ¿Existía la posibilidad de que hubiera algo de verdad en sus palabras? ¿De que no estuviera siendo objetiva? En aquel momento, el rechazo y el agravio anulaban todo lo demás.

Se dirigió a la puerta.

—Por supuesto, es elección suya, no obstante, si decide ponerse en manos de ese hombre, mi conciencia no me permitirá seguir viniendo. No puedo formar parte de esto. —Agarrando el pomo de la puerta, se volvió—. Adiós, mayor. Por su bien, espero estar equivocada, pero lo dudo mucho.

Con las lágrimas nublándole la visión, volvió a toda prisa a Sea View y, tras pasar corriendo por delante de Emily en dirección a la habitación de su madre, se arrojó en los brazos de esta.

Capítulo 31

«Me vería obligada a trabajar todos los días de la semana, incluidos los domingos, para ganar el suficiente dinero para enderezar lo que una estúpida liebre había retorcido. Sabía que me costaría una fortuna curar un labio leporino».

MARY WEBB,
Precious Bane

n lunes por la mañana el tiempo volvió a tornarse desapacible y tempestuoso, a juego con el estado de ánimo de Viola.

Sentada con Emily en la biblioteca, estaba mirando el fuego de la chimenea cuando notó que su hermana gemela la estaba mirando. Levantó la vista y vio que la examinaba con los ojos entrecerrados.

—¿Qué haces que no vas a Westmount?

Viola se encogió de hombros con expresión fatalista.

—El mayor no está. Ha ido a que lo opere ese carnicero que se hace pasar por cirujano. —Después de volver de Westmount había puesto al corriente de todo tanto a su madre como a Emily. Su madre había sido la única que había parecido comprender el profundo miedo que le tenía a aquel hombre y el peligro que suponía para Jack Hutton.

—¿Ya? No me imaginaba que fuera a ser tan pronto. ¿Y por qué no estás con él?

—No pinto nada allí. Además, él sabe que yo no estoy de acuerdo y discutimos. Acaloradamente. No quiere verme. Y, en cualquier caso, es demasiado tarde. Ya se ha marchado a Exeter.

—¿A Exeter? —repitió Emily sorprendida.

—A una sala de operaciones que hay allí. Creo que partían esta mañana temprano.

Emily se acercó a la ventana lateral y miró hacia fuera.

—¿Estás segura? Hay un carruaje en la puerta de Westmount.

Viola corrió a reunirse con su hermana y entrecerró los ojos para ver mejor.

—Ese no es el carruaje del mayor. Creo que es el coche de su padre.

Emily se volvió hacia ella.

—Soy consciente de que no soy la persona más adecuada para ofrecer asesoramiento romántico después de los últimos acontecimientos, pero te conozco. Ese hombre te importa de verdad. ¿En serio no quieres estar allí con él, para apoyarle, a pesar de que no estés de acuerdo con su decisión?

Viola sintió que el corazón se le aceleraba y las lágrimas amenazaban con desbordarse.

—Tienes razón. Al menos debería averiguar lo que está pasando. Tal vez le ha sucedido algo a su carruaje y se han retrasado. Me acercaré a ver. Gracias, Em —dijo, apretando el brazo de su hermana. Luego agarró su capa con capucha y salió por la puerta a toda prisa.

Cruzó corriendo el prado, esquivó los charcos del camino y subió por la vereda que daba acceso a Westmount.

Taggart sujetaba la portezuela del coche de caballos mientras el anciano señor Hutton se preparaba para subir.

—¡Señor Hutton!

Este se volvió.

—¡Señorita Viola! No esperaba verla esta mañana.

—¿El mayor se ha marchado ya?

Su padre asintió.

—Hace algunas horas. Colin y Armaan iban con él.

—¿Y usted no?

Él sacudió la cabeza.

—Él sabe que, al igual que usted, yo desapruebo que se someta a un procedimiento quirúrgico tan arriesgado, así que ha dicho que me volviera

388

a casa y que ya me informarían. Al principio he accedido, pero ahora he cambiado de opinión. No me siento bien dejándolo en un momento como este. Así que me voy a Exeter, tanto si le gusta como si no. Estoy en mi derecho como padre.

—Lléveme con usted, por favor. Yo también quiero estar presente.

Al ver que vacilaba, añadió:

—Me siento fatal desde que discutimos. Si le pasara algo...

—La entiendo perfectamente, pero ¿a su familia no le importará? Soy lo bastante viejo como para ser su padre, así que no creo que tengamos que temer a las malas lenguas, aun así...

—No se preocupe por eso. Lo único que me importa es que esté bien. Quiero estar allí cuando todo haya acabado, pase lo que pase.

—Y yo también.

—Emily sabe que estoy aquí, pero tal vez Taggart podría avisar a mi familia de que me he marchado con usted.

Taggart asintió.

—Por supuesto, señorita.

—De acuerdo —concluyó el señor Hutton—. ¿Necesita algo más o está lista para partir?

—Estoy lista.

Tras ordenar al postillón que azuzara a los caballos, subieron colina arriba alejándose cada vez más de Sidmouth. El postillón, tomándose al pie de la letra las palabras del señor Hutton, espoleó a los animales para que corrieran lo más rápido posible, incluso cuando la lluvia arreció. En el carruaje, los dos permanecieron sentados en silencio, Viola rezando hasta que el movimiento del vehículo acabó sumiéndola en un sueño irregular.

Llegaron a Exeter en menos de dos horas.

Una vez allí, se detuvieron para pedirle indicaciones a un lugareño y, a continuación, se encaminaron hacia el hospital a través de las concurridas calles.

Después de dejar el coche y a los agotados animales al cuidado del postillón, recorrieron a toda prisa el camino de acceso hasta llegar al edificio, donde preguntaron a un trabajador con un cubo y una mopa dónde se encontraba la sala de operaciones.

—¿La sala de operaciones? —repitió el anciano, arrugando el ceño con expresión de preocupación.

—Sí, tenemos mucha prisa, así que...

—Entonces, ¿lo conocían? Lo siento. Lo siento muchísimo.

—¿Qué siente?

El hombre meneó la cabeza.

—Ha sido algo espantoso. El pobre tipo ha muerto en la mesa. Yo no lo he visto en persona, gracias a Dios, pero sí que he visto los rostros de los pobres estudiantes, que salían blancos como la nieve. Uno incluso ha vomitado —añadió levantando sus aparejos como prueba.

—¡No! —Viola se llevó las manos a la boca.

El señor Hutton apretó los dientes.

—Llévenos con él.

—Lo he tapado con una sábana, como corresponde —dijo el hombre—. Y para serle sincero, no sé qué interés pueden tener en verlo.

—Llévenos con él —repitió el señor Hutton en un tono severo, intentando reprimir sus emociones.

—Sí, señor. Por aquí —dijo el trabajador, dejando sus aparejos y volviéndose para mostrarles el camino.

Viola y el señor Hutton siguieron al hombre, que caminaba con una evidente cojera, por un pasillo que olía a antiséptico, a serrín y a sangre.

Viola sintió náuseas y el corazón le latía con tal fuerza que incluso le dolía. No podía, no quería creerlo. No podía ser verdad. Pero, al fin y al cabo, ¿acaso no había sido ella la que le había advertido al mayor de aquella posibilidad? Le había dicho que no pusiera su vida en manos de aquel charlatán, pero el hecho de tener razón no le proporcionaba ninguna satisfacción.

Tras volver una esquina, unos metros por delante de ellos se abrió una puerta de la que salieron dos hombres. Viola reconoció a uno de ellos al instante: era Abner Cleeves. Junto a él se encontraba el señor Davis, con quien lo había visto en Sidmouth.

—¡Usted! —le gritó Viola, provocando que ambos dieran un respingo.

De repente, todos sus antiguos miedos y la impotencia que había sentido hasta ese momento se inflamaron hasta convertirse en una furia incandescente.

—¡Mentiroso! ¡Embaucador! ¡Asesino!

Cleeves la miró con el ceño fruncido.

—Esta mujer está loca. Llévensela de aquí.

—¡No! —gritó, manteniéndose firme—. Todo esto es culpa suya, Abner Cleeves.

Un hombre entrado en carnes, mayor que ellos, irrumpió en el pasillo desde un despacho cercano mirando a derecha e izquierda.

—¿Cleeves? ¿Abner Cleeves? —Miró fijamente al cirujano y juntó las cejas, que con el gesto parecían negras nubes de tormenta—. ¿Qué diablos hace usted aquí?

El señor Cleeves alzó la barbilla.

—El doctor Davis y el señor Bird me han concedido el permiso para usar la sala de operaciones para dos intervenciones.

—No me puedo creer que haya tenido usted la osadía de volver.

—Señor —intervino el doctor Davis—, por si no lo sabe, el señor Cleeves es un reputado cirujano con una alta formación.

—¡Paparruchas! —le espetó el hombre entrado en carnes—. Abner Cleeves fue el peor aprendiz que he tenido la mala suerte de tutelar. Y desde entonces, he recibido varios informes sobre su mala conducta profesional.

Sin que los médicos lo advirtieran, el trabajador abrió una puerta señalizada como «sala de operaciones». El señor Hutton y Viola se intercambiaron miradas y se escabulleron sin hacer ruido, huyendo de la discusión, para entrar en la habitación, temerosos de que los demás intentaran detenerlos si se les daban la oportunidad.

Una vez dentro, la visión de una figura cubierta por una sábana y de un montón de serrín ensangrentado casi le provocó arcadas.

El señor Hutton le apretó el brazo.

—Espere aquí. Yo miraré primero.

Asintió, asustada ante la posibilidad de ponerse a vomitar en cualquier momento. Si ella se sentía tan mal, ¿cómo se sentiría su propio padre?, se preguntó.

Con el rostro grave y pálido, el señor Hutton se dirigió a la mesa aproximándose al cuerpo amortajado. Acercó la mano, temblorosa.

Le retiró la sábana de la cabeza y bajó la vista.

—Gracias a Dios.

La esperanza brotó tímidamente en el pecho de Viola.

—¿No está muerto?

—¡Oh, sí! El pobre diablo está muerto, pero no es Jack.

—¿Está seguro? —preguntó, temiendo que no fuera verdad—. El hombre ha dicho que ha sido algo espantoso.

—Si fuera mi hijo, lo reconocería. Este hombre está más cerca de mi edad que de la de Jack —replicó, volviendo a colocar la sábana con sumo respeto.

Viola se mantuvo rígida, todavía indecisa.

—No lo entiendo.

—Ni yo. Pero es una buena noticia, al menos para nosotros.

—Me parece demasiado bueno para ser verdad. ¿Es posible que haya operado primero al mayor y que esta sea una segunda... víctima?

—Venga, querida. Salgamos de aquí y busquemos a Jack y a los demás.

De vuelta al pasillo, el hombre entrado en carnes estaba esperando. Se presentó como William Snede, director del hospital.

—Imagino que están ustedes buscando a su hijo...

—Sí, el mayor Hutton. ¿Se encuentra bien?

El director asintió.

—Iba a ser el siguiente. Pero Abner Cleeves no va a llevar a cabo ninguna otra intervención experimental, no mientras yo tenga algo que decir en este hospital.

—Gracias a Dios. —Viola respiró aliviada, convencida por fin de que estaba vivo y se encontraba bien. Seguía estando furiosa consigo misma, pero lo único importante en aquel momento era que estuviera vivo.

Snede abrió una puerta y entró primero.

Desde detrás del director, Viola oyó al mayor preguntar:

—¿Dónde está Cleeves?

—Cleeves no va a realizar ninguna otra operación aquí, ni hoy ni ningún otro día, Dios mediante. Y todo gracias a esta joven, que me alertó de su presencia.

—¿Qué joven?

Snede se apartó a un lado, alargando un brazo hacia ella.

—Me temo que no sé su nombre.

El mayor Hutton frunció el ceño.

—¿Qué está pasando aquí? Papá, si has utilizado tu influencia para posponer la intervención, no esperes que te dé las gracias por inmiscuirte.

—Se equivoca —terció Snede—. Su aparición ha sido de lo más oportuna y muy bien recibida. Gracias, señorita... —Miró detenidamente el rostro de Viola, solo entonces ella se acordó de que no llevaba puesto el velo. —Debo decir que tiene usted una cicatriz muy limpia —continuó él—. ¿Es obra de Cleeves?

—No, fui a Francia para que arreglaran lo que él me había hecho.

—¡Ah! Ya me extrañaba a mí. Por un momento he pensado que podía haber mejorado, pero ya veo que no. —Seguidamente se volvió hacia el mayor—. Le prometo, señor, que lo mejor que le ha podido pasar es mantenerse alejado de ese hombre y de su escalpelo.

—Entonces, ¿será otro doctor el que lleve a cabo la operación?

—No, no lo recomiendo. En la antigüedad se atrevían con los trasplantes epidérmicos, pero actualmente no tenemos la suficiente habilidad ni experiencia con ese tipo de intervenciones.

—¿Y qué se supone que debo hacer?

—Para empezar, alegrarse de seguir con vida y sentirse agradecido por tener gente en su vida que lo ama, como estas dos personas.

Tras salir de la estancia encontraron a Colin y a Armaan en otra sala de espera y se lo contaron todo.

—Nunca me gustó ese hombre —protestó Armaan.

Colin se encogió de hombros.

—Pero iba muy bien vestido.

Pasado un rato, todos ellos abandonaron juntos el hospital.

De vuelta a casa, Colin se subió al coche de su padre, mientras que Armaan insistió en viajar en el exterior del carruaje del mayor, a pesar de la lluvia, dejando a Viola y al mayor Hutton solos dentro, aunque a la vista, gracias a una pequeña ventana pensada para guardar el decoro y desde donde podía oír si le llamaban, en caso de que necesitaran algo.

Iluminado por las lámparas de latón, él le entregó una manta para cubrirse las piernas y se tapó con otra. Luego se quedó mirando a través de la ventanilla, contemplando las calles de Exeter y, posteriormente, la campiña, mientras la luz del día empezaba a desvanecerse. Viola se preguntó si seguiría disgustado con ella por la discusión y por haberse inmiscuido en sus planes, aunque no había hecho alusión ni a lo uno ni a lo otro.

Al final le preguntó:

—¿Sigue enfadado?

—Solo conmigo mismo. —Pasados unos segundos añadió—: Siento no haberle hecho caso.

—No pasa nada. Yo solo me alegro de que esté bien.

Él asintió y se quedó callado un rato más.

—¿Sigue teniendo frío? —le preguntó en voz baja.

—No —contestó, y casi de inmediato deseó rectificar su rápida respuesta. Tal vez, si le hubiera dicho que sí, habría compartido su manta con ella o se habría sentado más cerca.

Se quedó callada, arrepentida, pero sin decir nada más.

Estaba inquieta. No encontraba las palabras para expresarse y temía haber perdido el respeto y la buena opinión que aquel hombre tenía de ella.

Él volvió a mirar hacia fuera, o tal vez se había quedado dormido, porque tenía la cabeza inclinada hacia la ventana con el lado derecho hacia ella.

¿De verdad no podía oír nada con el oído derecho? Viola empezó a sentirse cada vez más inquieta debido a su silencio y al largo rato que llevaban allí recluidos.

Aprovechando que él seguía concentrado en la ventana, o tal vez incluso dormido, y que el ruido de las ruedas y el fragor de los cascos de los caballos retumbaban en el interior del carruaje, decidió hacer un experimento.

Se aproximó a su oído derecho y susurró:

—¿Es este el oído por el que no oye?

Él no se movió ni hizo gesto alguno de haber oído.

Esperó un minuto y luego volvió a acercarse y dijo:

—Jack Hutton, a mí me pareces maravilloso tal y como eres.

En ese momento él se giró de golpe. Viola se ruborizo. ¿La habría oído, después de todo?

—¿Qué es lo que ha dicho? —preguntó, con el ceño fruncido.

—¡Oh, nada! No tiene importancia. —Abochornada, se volvió hacia la ventana opuesta y permaneció así durante lo que quedaba de viaje.

Cuando finalmente llegaron a Sidmouth, se detuvieron delante de Sea View para dejar antes a Viola. El mayor Hutton se apeó primero y le ofreció la mano para ayudarle a bajar. Cuando ella tuvo los dos pies en el suelo, aún tardó en soltarla.

Ella levantó la vista y, sin decir nada, lo miró con expresión interrogante.

Él se le acercó al oído y le dijo:

—Viola Summers, tú también me pareces maravillosa.

Capítulo 32

«Ayer y hoy el tiempo ha estado especialmente agitado, con lluvias y fuertes vientos... Las olas han invadido el paseo marítimo, llegando incluso a penetrar en el pueblo. El señor Pepperell, el lechero, ha tenido que hacer parte del reparto en bote».

PETER ORLANDO HUTCHINSON,
Diario

E l clima borrascoso continuó al día siguiente, con fuertes lluvias que no solo empaparon el suelo, sino también los ánimos de los habitantes de Sea View. Debido al aguacero, los Elton habían pospuesto su partida varios días, aunque las relaciones entre ellos y la familia siguieron siendo muy frías.

Mientras tanto, Georgiana y Effie pasaron mucho tiempo en el ático ensayando la obra de teatro que planeaban representar al final de la semana.

A pesar de la lluvia, Viola se puso una capa, desplegó el paraguas más grande que tenían y recorrió el pueblo a toda prisa para visitar a la señora Denby.

El paseo marítimo, que estaba hecho de tierra apisonada, estaba plagado de charcos, y la gente se apiñaba bajo el toldo de la biblioteca marina de Wallis, observando el cielo encapotado con expresión melancólica.

Cuando llegó al asilo de los pobres, encontró a la señora Denby mirando por la solitaria ventana con gesto de preocupación.

—No me gusta como suena —dijo—, ni el aspecto que tiene, a juzgar por lo que he podido ver. Demasiada lluvia en muy poco tiempo. ¿Sabe?, aquí hemos sufrido inundaciones en el pasado y este edificio está muy cerca del río.

—La capilla de Marsh también está cerca del río y no creo que corra ningún riesgo.

La anciana soltó un bufido.

—Yo no estaría tan segura. Nunca entenderé por qué motivo decidieron construirla allí. El Sid se desborda cada pocos años, y normalmente suele empezar cerca del vado que hay en esta misma calle, un poco más arriba. —Sacudió la cabeza—. Todavía me acuerdo cuando el único paso para cruzar el río era un tronco de árbol. Cuando el agua subía, la inmundicia se acumulaba detrás y bloqueaba el cauce, obligándolo a discurrir por Mill Lane en dirección a la zona este del pueblo. Incluso ahora, que tenemos el puente de madera, sigue habiendo inundaciones, especialmente tras una tormenta o cuando llueve abundantemente.

—Pues esperemos que pare pronto de llover —dijo Viola, intentando animarla—. ¿Quiere que le lea algo para que se distraiga un poco?

—No, querida. No quiero que te entretengas mucho tiempo. No me gusta que vayas sola por ahí con la que está cayendo.

—Ya que estoy aquí, déjeme al menos que le lea unos minutos.

—De acuerdo. Lucas 6, versículo 48, entonces.

Abrió el pequeño volumen con el Nuevo Testamento y los Salmos que había tomado prestado y buscó la página correspondiente.

«Semejante es —leyó— al hombre que, al edificar una casa, cavó y ahondó y construyó los cimientos sobre la roca; y cuando vino una inundación, el río golpeó con ímpetu aquella casa, pero no la pudo mover, porque estaba cimentada sobre la roca».

Pasado un rato, de camino a casa, Viola enfiló el sendero que partía de la iglesia y se detuvo en Westmount. Quería ver cómo le iba al mayor. Esperaba que el clima desapacible no le hubiera afectado al ánimo, especialmente después del angustioso viaje a Exeter el día anterior.

Su hermano la saludó afectuosamente.

—¡Ah! ¡Señorita Vi! Llega justo a tiempo.

—¿Para qué? —preguntó Viola—. Si teníamos una cita, me temo que me he olvidado.

—No, no. Pero necesitamos a un cuarto jugador para el *whist*. No podría haber sido más oportuna.

Colin la acompañó hasta la sala.

—Aquí tenemos a la señorita Summers, que se ha enfrentado a la lluvia para salvarnos. —En la habitación, su padre y Armaan estaban sentados en la mesa de juegos.

—Tal vez podríamos aprovechar para que la señorita Viola tocara algo para nosotros —sugirió Armaan, señalando el pianoforte con un gesto de la cabeza—, y acallar así el fragor y los aullidos de la lluvia y del viento.

—Me temo que, en este momento, no me apetece mucho tocar.

—Entonces, por favor, juegue con nosotros a las cartas —le suplicó Colin—. No se imagina la que se ha liado cuando hemos intentado que Jack saliera de su habitación y de su abatimiento. Es usted el tónico que necesita.

—¿Está muy deprimido? Me lo temía. De hecho, es la razón por la que me he pasado a verles.

—Vaya a hablar con él —le instó su padre.

—Y si hace falta —añadió Colin—, sáquelo tirando de la oreja buena.

Viola recorrió el pasillo, llamó suavemente a la puerta y asomó la cabeza.

—¿Mayor? Soy yo.

Estaba sentado en el sillón, con la revista sobre las rodillas y una vela y una taza de té en la mesita auxiliar. Cuando levantó la vista, puso un gesto de satisfacción.

—¡Oh! El «yo» que más deseaba ver —dijo, poniéndose en pie y dejando a un lado la revista—. Tenía miedo de que fuera Colin que venía a coaccionarme para que jugara a las cartas.

—Solo quería asegurarme de que estaba bien —dijo Viola—. Sé que los días grises pueden ser difíciles.

—Cierto. Pero ahora que la he visto ya me siento mejor.

Complacida por la respuesta, Viola tomó asiento y él volvió a sentarse.

—Para ser totalmente sincera, primero he ido a visitar a la señora Denby.

Él esbozó una leve sonrisa.

—¡Ah! Bueno, no me importa estar en su lista de obras caritativas, siempre y cuando me encuentre, al menos, en la segunda posición de sus clientes favoritos.

—Al menos —convino , sonriéndole con dulzura.

Pasados unos segundos, ella se removió.

—¿Quiere que le traiga algo? ¿O que le lea?

Él sacudió la cabeza.

—Ahora mismo, tengo todo lo que necesito. Cuénteme, ¿qué ha pasado últimamente en Sea View?

Viola le relató las desavenencias con la señora Elton y su amenaza con referirle su descontento al señor Butcher y al señor Wallis.

—¡Menuda bruja!

—No podría estar más de acuerdo.

En ese momento Colin asomó la cabeza por la puerta.

—Vi, en serio, se suponía que tenía que sacarlo a rastras de aquí. Sigue faltándonos un jugador para la partida de *whist*.

Ella se levantó.

—Accedo a jugar una ronda siempre que el mayor me ayude.

Jack emitió un gruñido amistoso y se puso en pie.

—De acuerdo.

Una vez reunidos en torno a la mesa, empezó la partida. Viola no era muy buena jugando, así que Hutton le fue dando pistas de vez en cuando. El resto de participantes, que se sentían muy agradecidos por el hecho de poder jugar, no protestaron en demasía.

Pasado un rato, el juego se detuvo cuando el viento empezó a sacudir la casa con fuerza. Viola miró hacia las ventanas salpicadas por la lluvia y dijo:

—Será mejor que me vaya.

—Espere a que amaine. Si es que lo hace —le sugirió el señor Hutton.

Armaan frunció el ceño.

—Espero que Chown esté bien. Ha salido en busca de provisiones.

Unos minutos más tarde, la puerta lateral se abrió de golpe y Chown entró acompañado de una ráfaga de viento, con el agua chorreando del sombrero deformado, por la cara y la ropa.

—¡Santo Cielo! —exclamó el señor Hutton—. ¿Ha ido usted nadando hasta las tiendas?

—Ahí fuera la cosa está muy fea, señores. El río se ha desbordado y está inundando las calles. Los tenderos están asegurando los puertas y ventanas con tablas.

—Supongo que eso significa que no ha traído ni queso ni vino —dijo Colin, con gesto mohíno.

—Me temo que no. El panadero me ha lanzado una hogaza antes de cerrar. Ahora está un poco mojada. —Levantó el pan embebido como prueba.

Colin suspiró.

—Bueno, al menos la inundación es en la parte este del pueblo. No llegará hasta aquí.

A Viola se le encogió el estómago.

—El asilo de los pobres está cerca del río. Yo le leo a una de las residentes. Está muy débil y no ve bien.

—Estoy seguro de que, en caso necesario, alguien la ayudará, tanto a ella como a los demás. No sé, el vicario, los capilleros, la supervisora...

Viola se levantó.

—Eso espero, pero necesito asegurarme de que se encuentra bien.

El señor Hutton frunció el ceño.

—Admiro su arrojo, señorita Viola, pero ¿qué puede hacer usted?

—No lo sé, pero tengo que hacer algo. Discúlpenme.

Viola se dirigió a toda prisa hacia la puerta.

—Colin —dijo el mayor detrás de ella—, hay un segundo chubasquero en el armario de arriba. Ve a por él, por favor. Yo tomaré el mío.

—No quiero salir con este tiempo —respondió Colin.

—No es para ti. Es para la señorita Summers.

—Yo también voy —dijo Armaan—. Un momento.

El mayor y Armaan alcanzaron a Viola cuando bajaba por el camino en dirección a la playa.

Después de ayudarla a ponerse el impermeable, los tres recorrieron a toda prisa el paseo marítimo en dirección al lado este del pueblo, pasando por delante de la biblioteca marina, completamente vacía en aquel momento. Cuando dejaron atrás Beach House, Viola se detuvo un momento e indicó con el dedo una escena inaudita.

Delante de ellos el agua bajaba por delante del hotel York hasta desembocar en el paseo marítimo, mientras que a lo lejos se veía una corriente aún más ancha procedente del río desbordado, que saturaba el estuario e inundaba la marisma en su furiosa carrera hacia el mar.

El camino que daba acceso al asilo de los pobres estaba cortado.

—¡Por aquí! —gritó Viola. Tendrían que dar un rodeo, en dirección norte. Los guio de vuelta a Silver Street, que discurría en diagonal, y la siguieron hasta el cementerio. Desde allí se abrieron camino a través de numerosos charcos y enfilaron Church Lane en dirección al molino.

El agua cubría el puente en el vado y luego discurría por Mill Lane como un furioso torrente de barro hasta llegar a calle Fore y calle Back, donde formaba sendas cascadas.

A Viola se le cayó el alma a los pies. Entre ellos y el asilo de los pobres las turbulentas aguas tenían como mínimo un metro de profundidad y seguían creciendo a una velocidad asombrosa.

—Iré yo —se ofreció el mayor—. Usted quédese aquí.

—Pero...

—No sabe nadar.

—No creo que nadie sepa nadar ahí.

—Yo, sí. Y Armaan también.

Ella agarró la manga del mayor.

—Tenga cuidado.

De repente divisaron un bote. Resultaba de lo más extraño ver un barco de pesca navegando por la calle, pasando por delante de las casas y las tiendas como si fuera un canal veneciano. A los remos se encontraba Tom Cordey, afanándose penosamente.

—¡Tom! —lo llamó Viola, haciéndole señas con los brazos.

Él maniobró para dirigirse hacia donde se encontraba.

—¿Necesita una mano? —le gritó Hutton.

—No me vendría mal. La corriente es muy fuerte. Mi padre y mi hermano van en el esquife, así que estoy solo.

Mientas se aproximaba, Viola dijo:

—Yo también quiero ir.

El mayor negó con la cabeza.

—Vamos a necesitar espacio para la señora Denby y para todo aquel que encontremos desamparado. Armaan y yo se la traeremos, lo prometo. Usted espérenos en algún sitio seguro y seco. ¿Qué le parece la iglesia? Allí podrá cuidar de ella. Hasta entonces, le sugiero que busque algo con qué cubrirla en caso de que tenga frío o esté mojada. ¿Cree que podrá hacerlo?

Viola, que ya empezaba a sentir frío, asintió, feliz de poder hacer algo.

Él le apretó la mano para tranquilizarla, se volvió y se metió en el agua con sus botas altas. Luego se encaramó al bote y agarró uno de los remos adicionales. Armaan hizo lo propio.

Una vez los hombres hubieron encauzado el bote hacia la calle inundada, Viola dio media vuelta y se dirigió hacia el sur.

Intentó llegar a Broadbridge's para asegurarse de que la señorita Stirling se encontraba a salvo, pero el agua le bloqueaba el paso. Miró a través del mercado inundado y se sintió aliviada al descubrirla en un bote con el señor Farrant y algunas personas más. Al verla, la señorita Stirling agitó los brazos y gritó:

—¡Estamos todos bien! ¡Vete a casa y ten cuidado!

Viola asintió y echó a andar hacia la iglesia. Siguiendo un impulso, torció a la derecha, se adentró en un estrecho callejón y, con el agua cubriéndole hasta los tobillos, se abrió paso chapoteando con la intención de aproximarse a calle Back por la parte posterior.

Llamó con los nudillos a la puerta trasera de la tienda de la señora Nicholls. Al ver que no contestaba nadie, entró con cautela y se encontró en mitad de un frenesí de actividad.

—¡Oh, señorita! —dijo la anciana mujer al verla—. Lo siento, pero en este momento no puedo atenderla. Tengo mucho que hacer. —No muy lejos de ella, su hija subía corriendo las escaleras cargada con un montón de encaje—. Tenemos que trasladar todo el encaje arriba por si el agua alcanza esta altura.

—¿Puedo ayudarles? —Estaba segura de disponer todavía de algo de tiempo hasta que el mayor consiguiera llegar al asilo de los pobres, recogiera a la señora Denby, y tal vez a sus vecinos, y regresara.

—¿Lo dice en serio? ¡Qué amable! Por supuesto que sí.

Siguiendo las instrucciones de la mujer, subió diferentes tipos de encaje, algunos cuidadosamente empaquetados, otros amontonados de cualquier manera. Ella y la joven señorita Nicholls se los pasaban la una a la otra por las escaleras como si participaran en una carrera de relevos.

Cada cierto tiempo echaba un rápido vistazo por la ventana del piso superior antes de bajar de nuevo a toda prisa. El agua, aprisionada por las fachadas de las tiendas que no habían resultado dañadas y que actuaban como muro de contención, llegaba ya hasta las ventanas de la planta baja.

Pasado un rato, todo el encaje se encontraba fuera de peligro.

—Gracias, querida —dijo la señora Nicholls jadeando por el esfuerzo—. Y ahora, ¿qué es lo que quería?

—Quería saber si tiene usted algo que sirva para abrigar a la señora Denby —respondió Viola.

La mujer la miro con los ojos muy abiertos.

—¿Se refiere usted al chal antiguo?

—¡Cielos, no! No puedo permitirme algo así. Además, el encaje no resultaría muy práctico con este tiempo. Pero si pudiera prestarme algo liso y grueso, como una manta... Se lo devolveré. Los hombres han ido a socorrer a los residentes del asilo de ancianos que no pueden salir por su propio pie o que no tienen ningún otro sitio adonde ir, y me preocupa que pueda estar pasando frío.

—¡Por supuesto! —La señora Nicholls envió a su hija al piso de arriba con instrucciones y, mientras esperaban, dijo: —La vi con ella en la iglesia, ¿sabe? Sin duda su amistad es una bendición para Jane.

—Y para mí.

Pasados unos minutos, la joven regresó con una manta de lana tejida a mano.

—Perfecto. Gracias. Y ahora, será mejor que me vaya.

Viola salió a toda prisa por la puerta trasera con la pequeña manta bajo el chubasquero. Al darse cuenta de que a la señora Denby le sería imposible recorrer a pie todo el camino hasta Sea View, se detuvo en la tienda del señor Radford. Este ya la había cerrado, pero le abrió cuando la oyó llamar con los nudillos y accedió a dejare la silla de Bath que había alquilado en otras ocasiones. Viola le dio las gracias y se dirigió con ella hacia la iglesia parroquial. Al llegar, esperó a los demás bajo el porche abovedado.

En ese momento oyó una voz familiar que la llamaba.

—¡Viola!

Era su hermana Sarah, que corría hacia ella agitando los brazos.

—¡Estás aquí! Gracias a Dios. No te encontraba y había empezado a preocuparme. He pasado por Westmount, pero me han dicho que el mayor y tú habíais ido al asilo de los pobres. Y cuando he visto toda esa agua bloqueando el camino...

—Estoy bien. Siento haberte preocupado.

—¿Dónde está el mayor? Espero que también esté a salvo...

—Lo mismo digo. Él y Armaan se han ido en el bote de Tom Cordey para intentar llegar al asilo de los pobres.

Sarah asintió con gesto de conformidad.

—El señor Henshall y el señor Puddicombe también han salido en el barco de este para ofrecer su ayuda. Les dije que se trajeran a Sea View a todo el que necesitara refugio o una comida caliente. Tenemos más que de sobra.

—Buena idea, aunque no creo que a los Elton les haga mucha gracia.

—¡Oh! ¡Olvídate de los Elton!

—¡Hurra! ¡Así me gusta! —exclamó Viola—. Y que conste que se trata de un halago.

Sarah le dio un abrazo apresurado y luego le preguntó:

—¿Crees que estarás bien hasta que vuelvan los hombres? Me gustaría volver a casa para empezar a prepararlo todo.

—Por supuesto. Vete tranquila. Nos vemos allí.

Unos minutos más tarde aparecieron el mayor y Armaan, rodeando con los brazos una pequeña figura y las cabezas agachadas para protegerse de la lluvia y del viento.

Cuando se reunieron con ella bajo el porche, Viola dijo:

—¡Me alegro tanto de que se encuentre a salvo!

La señora Denby levantó la vista y parpadeó intentando librarse del agua de su rostro.

—Todo gracias a estos valientes y fornidos caballeros.

Al ver la silla, el mayor exclamó:

—¡Buena idea!

A continuación, con ayuda de Armaan, acomodó a la señora Denby sobre el asiento y Viola le cubrió los hombros con la manta de lana.

A pesar del alivio que sentía, a esta le sorprendió que no hubiera nadie más con ellos.

—¿Y el resto de residentes?

—El anciano señor Cordey ya había recogido al señor Banks.

La señora Denby tomó la palabra.

—La señorita Reed no ha querido venir. He intentado convencerla, pero ha contestado que si se la llevaba el agua, nadie la echaría de menos.

—¡Oh, no!

—Armaan y yo volveremos a intentarlo —dijo el mayor—. Tom nos está esperando en el bote. Vamos a ver si alguien más necesita ayuda.

—Si encontráis a alguien, traedlo a Sea View, por favor. Allí les daremos cobijo y comida.

—¡Excelente! Gracias.

Los dos se volvieron con intención de marcharse.

Viola estiró el brazo y le agarró la mano.

—Tenga cuidado.

Durante un largo rato él le sostuvo la mirada.

—Lo haré.

Viola sintió deseos de besarlo, pero, condicionada por la presencia de los demás, se tuvo que limitar a apretarle la mano.

Cuando Sarah regresó a Sea View, chorreando y mareada, accedió a la casa por la puerta del sótano, desatándose la capa conforme entraba. A continuación, tras colgar en una percha del vestíbulo las prendas exteriores mojadas y la capota empapada, se dirigió a la cocina.

Una vez llegó a la puerta, se detuvo en seco, sorprendida de ver a su madre junto a la mesa de roble destapando cuencos y fuentes de la comida que habían preparado para los Elton.

—La ternera y el salón ahumado los podemos servir fríos, junto con las ensaladas. Pero estos otros platos habrá que calentarlos. ¿Están encendidos el horno y los fogones?

La señora Besley asintió.

—Lowen está atizándolos.

—Bien. También tenemos que calentar la sopa. Es lo más adecuado para un noche fría y húmeda como esta.

—Sí, señora.

—Creo que, en esta ocasión, lo mejor será disponer las bandejas sobre el aparador. Yo empezaré a lonchear el jamón y la lengua.

Sarah la interrumpió.

—Mamá... estoy encantada de verte tan llena de energía, pero nunca antes te había visto aquí abajo. ¿Cómo has llegado hasta aquí?

—Caminando, querida. ¿Cómo si no? Y ahora ven, ayúdame a llevar esta olla de sopa. Pesa mucho.

—Sí, claro. —Se acercó rápidamente a su madre—. Ya la llevo yo. No te excedas.

—De acuerdo. Entonces yo me pondré a rebanar el pan y colocaré la mantequilla cerca de los fuegos para que se ablande. A nadie le gusta untar la mantequilla fría y dura.

Tras colocar la olla sobre los fogones, Sarah dijo:

—Gracias por colaborar, mamá. Tenía serias dudas de que pudiéramos tenerlo todo preparado para cuando empezara a llegar la gente, pero veo que la señora Besley y tú os las arregláis de maravilla entre las dos. ¿Dónde está Jessie?

—Reuniendo toda la cubertería y los platos que logre encontrar.

Sarah asintió.

—En ese caso, iré arriba a asegurarme que el aparador está libre y a poner un mantel limpio en la mesa del comedor.

—La gente puede comer tanto allí como en la sala de desayunos —opinó su madre—, o incluso en el salón, si así lo desean. No es momento para formalidades. Lo importante es que todo el mundo se sienta cómodo.

—Estoy de acuerdo.

Sarah miró el semblante satisfecho de su madre y sus atareadas manos y sintió un nudo en la garganta. Entonces, llevada por un impulso, se inclinó hacia ella y la besó en la mejilla antes de subir las escaleras a toda velocidad.

Capítulo 33

«Me invadió una felicidad desbordante, y tuve
la sensación de que esta era tan pura e intensa que
incluso podría curarme de mi enfermedad. Y en
realidad había algo de verdad en ello, porque desde
aquel día mi labio no volvió a tener tan mal aspecto».

MARY WEBB,
Precious Bane

Viola recorría de un lado a otro el porche de Sea View rezando
por que Jack surgiera en cualquier momento de la oscuridad.
La casa estaba inundada de luz y rebosante de voces mientras
los huéspedes se congregaban para calentarse, beber a sorbos un poco de
sidra o de té e intercambiar historias sobre la inundación.

Fuera, la lluvia por fin había amainado. Aun así, la inquietud de Viola
no terminaba de aplacarse.

¿Se habría ido a Westmount sin pasar primero por Sea View? Era
una posibilidad, aunque debía de saber que estaría preocupada por su
seguridad.

Estaba a punto de bajar a la playa para averiguar si los Cordey había
vuelto a casa o si alguno de los otros pescadores había visto al mayor,
cuando un carro tirado por un burro apareció traqueteando por el camino en penumbra. Cuando se aproximó, reconoció a Hutton entre sus tres
pasajeros.

Aliviada, agarró con fuerza la mano de Emily.

Una vez se hubo detenido el carro, el mayor y Armaan ayudaron a apearse a una anciana. Debía de ser la señorita Reed, con el velo ladeado; pero en aquel momento Viola solo tenía ojos para Jack.

—¿Quién es esa mujer que los acompaña?

—La señorita Reed, creo. Del asilo de pobres. No quería venir.

—¡Ah! Ahora me acuerdo de que me hablaste de ella. Déjamela a mí.

Su hermana le apretó la mano y luego se apresuró a saludar a los recién llegados.

—Bienvenida. La señorita Reed, ¿verdad? —dijo Emily, agarrándola del brazo—. Permítame que la acompañe dentro. Señor Sagar, ¿sería tan amable de ayudarme? Encontraremos un rincón tranquilo donde pueda usted secarse y entrar en calor. ¿Tiene hambre? La comida estará lista enseguida, y tenemos para dar y tomar. Nos haría usted un favor...

Emily continuó con su charla y, con ayuda de Armaan, condujo a la mujer adentro sin que esta protestara. Su hermana era capaz de cautivar incluso a una mujer con el corazón de piedra.

Rápidamente sus pensamientos regresaron a Jack. ¿Cuándo había empezado a pensar en él utilizando su nombre de pila? Este pagó al conductor y, tras darle las gracias, el carro se alejó.

Mientras el mayor cruzaba el prado mojado en dirección a ella, se acercó al borde del porche. Al llegar a la escalera, se detuvo un momento para mirarla. Se encontraba dos peldaños por encima de él, lo que la hacía ligeramente más alta.

Movida por un impulso, le rodeó el cuello con los brazos.

—¡Gracias a Dios que estás bien!

Él la agarró de la cintura y la acercó hacia sí.

Apretando su mejilla contra la de él —la de las cicatrices—, se dejó llevar saboreando su cálido abrazo.

Aun en contra de su voluntad, Viola se retiró ligeramente, entrelazando las manos detrás de la nuca del mayor. Él aflojó la presión de los brazos, pero continuó agarrado a su cintura.

—Estoy tan orgullosa de ti —dijo. Nunca lo había mirado a la cara desde semejante altura. Desde tan cerca. A una distancia tan tentadora de su boca.

Le refulgía la mirada como un tizón ardiente. Había algo en los ojos del hombre que los hacía resplandecer. Chispear.

Sin poder contenerse, la joven envolvió la mandíbula del hombre con las dos manos.

Apartó la vista de sus ojos y la detuvo en su boca. Se inclinó ligeramente, ladeó la cabeza y se aproximó aún más.

Él inspiró hondo, como si le costara respirar.

Ella apretó los labios contra los de él, que encontró fríos, suaves y húmedos por la lluvia. Un instante después, aquella sensación se evaporó. Él aumentó la presión de los brazos y le devolvió el beso, con la boca cada vez más cálida, firme, apasionada.

Finalmente el mayor se separó levemente y esta vez fue ella la que respiró hondo. Aún la sujetaba por la cintura, la apartó ligeramente y la miró a los ojos con una sonrisa temblorosa en los labios.

—Recuérdame que rescate ancianitas más a menudo —dijo con ironía.

Ella se rio por lo bajo.

Pasados unos segundos, se puso serio.

—Dime que es más que un «gracias». Dime que me quieres tanto como yo te quiero a ti.

—Te... te quiero —respondió con voz entrecortada. Seguidamente, con mayor seguridad, añadió: —Te quiero mucho.

—¿Eras sincera cuando me dijiste aquello el otro día? ¿Que todavía tengo mucho que ofrecer como hombre? ¿A pesar de mis cicatrices y del hecho de que esté ciego de un ojo y me falte una oreja?

—Sí, muy sincera. Lo dije de todo corazón.

—¿Quiere eso decir que has cambiado de opinión? ¿Qué estás dispuesta a afrontar un futuro conmigo? —La voz se le empañó por la emoción—. Viola... —dijo con tono ronco—. Dime que quieres casarte conmigo. Y date prisa, porque estoy deseando besarte otra vez.

—Sí, quiero. —Viola se inclinó hacia delante y volvió a apoyar los labios en los suyos.

Él respondió rodeándola de nuevo con los brazos y levantándola por los aires, estrechándola con fuerza y con la boca fundiéndose con la suya. Entonces, lentamente, muy lentamente, ella se deslizó por su cuerpo hasta volver, muy a su pesar, a poner los pies en el suelo.

Pese a no haber podido ayudar directamente con las labores de rescate, Sarah se alegraba de ser capaz de ofrecer a los que sí habían participado y a los desplazados un lugar donde secarse, entrar en calor y comer como Dios manda.

La señora Besley, Jessie y su madre estaban en el comedor, dándole los últimos toques al banquete, mientras Georgiana y Effie, que habían interrumpido los ensayos de la obra para echar una mano, daban vueltas ofreciendo té caliente o sidra.

Muy pronto el salón estaba a rebosar de personas que nada tenían que ver las unas con las otras. Entre ellas se encontraba la señora Denby, que estaba sentada con Armaan, no muy lejos del señor Gwilt y su loro; o la señorita Reed, la misteriosa recién llegada, que descansaba junto al fuego.

Justo en ese momento llegaron Colin y el señor Hutton, que venían de Westmount para informarse de si el mayor y Armaan se encontraban bien.

Emily los tranquilizó de inmediato.

—El señor Sagar está justo ahí. Y el mayor también se encuentra perfectamente. Está... mmm... terminando algo fuera. Volverá enseguida.

—Quédense y únanse a nosotras. Estamos a punto de servir la cena y tenemos mucha comida —añadió, indicándoles el comedor.

—Gracias. Si está usted segura de que no le importa contar con unos huéspedes inesperados...

—En absoluto. Todo esto es fruto de la improvisación. O, mejor dicho, fruto de la inundación.

El señor Henshall entró detrás de ellos, seguido por un trío de reticentes Cordeys, con los sombreros en la mano, y de un anciano del asilo de los pobres.

Verlos le levantó el ánimo a Sarah. Se quedó mirando al señor Henshall, que llevaba la ropa empapada, el pelo revuelto y el rostro rubicundo por el viento. Nunca le había parecido tan atractivo.

El huésped se limpió los zapatos y entró en la habitación, pero los pescadores se quedaron atrás.

—No quiero ponerle el suelo *perdío* de porquería —dijo el señor Cordey.

—No se preocupe usted por eso. Entren, por favor. Esta noche, quien más y quien menos, presenta un aspecto desaliñado. Además, aquí tienen toallas para todos, por si quieren secarse. Y el señor Henshall les puede mostrar dónde está el excusado.

—¿Un retrete en el interior de la casa? —preguntó el señor Cordey, entrecerrando los ojos.

—Sí, en el piso de arriba.

—¿No tienen ustedes letrina?

—Sí. Está fuera, en la parte posterior del jardín.

—Entonces usaré ese. Jamás, en toda mi vida, he utilizado un retrete interior y no tengo intención de empezar ahora.

—Pero prométame que volverá. Vamos a necesitar su ayuda para comernos toda la comida que hemos preparado. Hay ternera, jamón, pasteles...

—Está bien, señorita. Cuente conmigo.

Effie se aproximó a su padrastro y le cubrió los hombros con una manta tejida a mano.

La expresión de su rostro se suavizó.

—Gracias, querida.

En ese momento los Elton bajaron las escaleras con sumo sigilo.

—¡Vaya! —exclamó la señora Elton con la nariz levantada—. Veo que están haciendo buen uso de la comida que pagamos.

—Señor y señora Elton —dijo Sarah, haciendo acopio de paciencia ante la pareja—, ¿por qué no se unen a nosotros? Algunas de estas buenas personas se han quedado desamparadas por culpa de la lluvia y los demás han arriesgado su vida para rescatar a las primeras. Sería una pena desaprovechar toda esta excelente comida.

La señora Elton paseó la mirada por todos y cada uno de los presentes, vacilando cuando llegó a los Hutton, que iban elegantemente vestidos, y finalmente dio un paso atrás cuando sus ojos se posaron en el señor Cordey.

—Creo que no. Uno tiene que establecer ciertos límites. Vamos, señor Elton. Regresemos a nuestra habitación a pasar nuestra última noche de tortura. Ya te dije que nunca debimos elegir este lugar.

«Santo Dios», pensó Sarah. Bueno, al menos lo había intentado.

El señor Banks, del asilo de los pobres, se había caído la primera vez que había intentado subirse al bote, así que Sarah le ofreció al pobre anciano algo de ropa seca: la levita y los pantalones de su padre y la camisa que había cosido para Peter. Ya llevaban demasiado tiempo en su baúl, envueltas en papel de seda. Le ofreció también una habitación desocupada para que pudiera cambiarse.

Poco después, tras recibir una señal de su madre, Sarah emplazó a los convidados a que pasaran al comedor.

—Vengan todos. Hay un auténtico festín esperándoles. No se pueden imaginar la bendición que supone tener a tanta gente para dar buena cuenta de él.

Pasado un rato, Sarah se sentó un momento para descansar, agotada por todos los preparativos, pero complacida por cómo se estaba desarrollando todo. Había descubierto que había algo profundamente satisfactorio en dar de comer a la gente.

No muy lejos de allí, cerca del fuego, en una butaca con el respaldo alto, la señorita Reed permanecía sentada con la espalda muy rígida y el velo cubriéndole la cara.

—¿Puedo traerle algo de comer o de beber? —le preguntó Emily, por segunda o tercera vez.

—No, gracias.

Poco tiempo después, el señor Hornbeam se acercó a la silla que hacía juego con su butaca y que estaba orientada hacia el fuego. Tras tocar el respaldo preguntó:

—Disculpe, ¿está ocupado este asiento?

La mujer, o bien no lo oyó, o decidió ignorarlo, así que Sarah respondió:

—No, está libre.

Él se sentó, dejó sus lentes oscuras en la mesita auxiliar y se frotó el puente de la nariz.

Tras echar un rápido vistazo en dirección a donde se encontraba, la señorita Reed se volvió de nuevo y escudriñó el perfil del anciano bajo la tenue luz.

—¿Simon Hornbeam?

—¿Sí? —dijo él, girándose hacia la silla que tenía a su lado. Quien no lo conociera, habría pensado que podía verla.

—Ya me parecía a mí —dijo la mujer—. Probablemente no me reconocerá. Soy la señorita Reed.

Sarah había oído el principio de la conversación de manera involuntaria, pero de pronto estaba demasiado interesada como para marcharse.

—¿No será... Alvinia Reed? —preguntó él.

—Así es.

—¡Ah! Su voz me resulta familiar. ¿Está de visita en Sidmouth, como yo?

—No, vivo aquí. El as... mi casa se ha inundado.

—Siento mucho oír eso. Debo decir que me sorprende que se acuerde de mí, teniendo en cuenta que rechazó mi mano hace ya muchos años. Incluso se negó a bailar conmigo.

—Y sin duda, ahora dará gracias por su buena estrella.

—No, no doy gracias por mi buena estrella, pero sí que doy gracias a Dios porque, después de que usted me rechazara, conocía a mi mujer, Mary, y me casé con ella. Fuimos felices durante muchos años.

—Qué suerte la suya.

—Prefiero pensar que fui bendecido.

—Y supongo que tuvo usted hijos... —dijo la señorita Reed en un tono que sonó casi acusatorio.

Él asintió.

—Mary y yo tuvimos un hijo. No estamos muy unidos. No fue culpa de mi esposa, a veces tengo la sensación de que el culpable soy yo.

En ese momento apareció Georgiana.

—Aquí tiene, señor Hornbeam. Un plato de tartaletas y galletas.

—Gracias, Georgiana. —El señor Hornbeam aceptó el plato y se lo tendió a la señorita Reed—. ¿Le apetece una? La señorita Sarah es una excelente repostera.

—No, gracias.

—No tiene hambre.

—No se puede comer como se espera de una dama cuando se lleva el velo puesto. Y prefiero no quitármelo.

—¡Ah! —dijo él. Seguidamente hizo un pausa y Sarah contuvo la respiración—. Tengo entendido que tuvo usted la viruela. Recuerdo haberlo oído, de un amigo común.

—Y no tengo ninguna duda de que se alegró usted de mi desgracia. Le parecería que me lo tenía bien merecido después de que lo rechazara.

—En absoluto. —Acto seguido, tras una breve pausa, le preguntó en voz baja—: ¿Tan... grave es?

Ella se sorbió la nariz.

—Digamos que... lo fue. Las cicatrices se han ido mitigando, pero ahora se han visto magnificadas por las arrugas y las manchas de la edad. —La voz se le rompió, como si estuviera confiándole una terrible calamidad.

Él asintió con actitud comprensiva y después dijo:

—¿Quiere que le traiga algo de beber? ¿Un té o un poco de sidra? Estoy seguro de que Georgiana no tendrá inconveniente en ayudarme.

—¿Acaso no ha oído lo que le he dicho?

Él hizo una mueca de fastidio por el tono severo.

—Sí, lo he oído. En mi opinión, a menudo le damos demasiada importancia a cómo nos ven los demás, cuando la verdad es que el resto de la gente está más preocupada por cómo los vemos nosotros. Puede que se queden mirándonos, incluso que, durante un rato, nos observen con atención, pero al final acaban volviendo a concentrarse en sí mismos y en sus propios problemas.

La señorita Reed lo examinó atentamente y, poco a poco, pareció darse cuenta.

—¿Es usted...? Usted es ciego.

—Sí, perdí la visión hace ya unos años. —En ese momento agarró sus lentes—. Me estaban haciendo daño, pero puedo volver a ponérmelas. No ha sido mi intención engañar a nadie, ni hacerme pasar por algo que no soy. Pero aquí, en estas butacas con el respaldo alto, mirando a la chimenea, pensé que no pasaba nada. Nadie está mirando. Y a nadie le importa si me quito las gafas o si usted se retira el velo. Simplemente se alegran de encontrarse en una habitación cálida, disfrutando de la buena comida en buena compañía.

La señorita Reed miró subrepticiamente por detrás del respaldo de su butaca. Realmente la gente no estaba mirando hacia donde estaban. Estaban todos demasiado ocupados charlando con los que estaban sentados junto a ellos o dando buena cuenta de la comida de sus platos.

—Sí, por favor, señor Hornbeam. Una taza de té suena de maravilla. ¿Cree que podrá arreglárselas?

—Sin ningún problema. Conozco esta casa casi como si fuera mía.

El anciano se levantó y se dirigió al comedor. La señorita Reed se quedó mirándolo mientras se alejaba, y después se retiró el velo del rostro. Un rostro lleno de arrugas y de cicatrices.

Luego tomó una galleta del plato y, al hacerlo, sus ojos se llenaron de lágrimas; su brillo le proporcionó a su rostro un lustre, un esplendor que hizo que casi pareciera hermosa.

El señor Hornbeam regresó. Le acompañaba Georgiana, que sujetaba una segunda taza. Él le entregó la que llevaba a la señorita Reed.

—Aquí tiene.

—Gracias.

El señor Hornbeam se volvió a sentar y Georgiana le pasó la segunda taza.

—Gracias, querida.

Ambos dieron un pequeño sorbo a sus respectivos tés.

—En aquellos tiempos tenía usted muchos admiradores —dijo él—. El hecho de que me rechazara no fue una sorpresa tan terrible.

—Eso fue hace mucho. Le puedo asegurar que ahora ya nadie me admira.

—¿Y de quién es la culpa?

Ella lo miró boquiabierta.

—¿Cómo se atreve? Yo no tengo ninguna culpa de que mi vida acabara destrozada.

—Por supuesto que la enfermedad no fue culpa suya —respondió el señor Hornbeam, adoptando un tono más suave—, pero somos nosotros los que elegimos cómo responder a los reveses de la vida.

—Es muy fácil decirlo ahora que no puede verme, pero en aquel momento no era usted ciego, y no tengo ninguna duda que, al igual que los demás, se habría compadecido de mi «pobre» prometido.

—Yo no. Rompí relaciones con él después de que él rompiera con usted.

Ella echó la cabeza hacia atrás, sorprendida.

—Está dando a entender que usted habría seguido conmigo porque así se lo exige su honor de caballero, pero ¿acaso cree que yo hubiera accedido a que se casaran conmigo por deber? ¿Por caridad? ¿Con qué finalidad? ¿Para que todo el mundo admirara a mi esposo por su paciencia y su capacidad de aguante?

Pasados unos instantes el señor Hornbeam dijo sin alterarse:

—El resentimiento nunca resulta atractivo, señorita Reed. Ni siquiera para los ciegos.

La sorpresa hizo que se le cortara la respiración. Sarah sintió casi lástima por ella y en cierto modo se arrepintió de estar escuchando.

—No sirve de nada aferrarse al pasado, amiga mía —continuó el señor Hornbeam.

—Usted y yo no somos amigos.

—No —convino él—, aunque podríamos serlo.

La aldaba sonó de nuevo y Sarah se levantó para ir a abrir.

Al ver en el umbral de su casa al reverendo Edmund Butcher y a su esposa, se quedó estupefacta.

La emoción y la inquietud se apoderaron de ella.

—Pasen, pasen. Espero que su casa no se haya visto afectada por la inundación...

—No, no. Nos hemos... enterado de que han traído hasta aquí a alguno de los residentes del asilo de los pobres y hemos venido para asegurarnos de que están todos bien.

—¡Oh, sí! La señora Denby, la señorita Reed y el señor Banks están aquí y se encuentran estupendamente. Por favor, únanse a nosotros. Tenemos mucha comida y son ustedes más que bienvenidos.

Viola se acercó a saludarlos y tanto ella como Sarah ayudaron a la pareja a desprenderse de sus abrigos mojados y los acompañaron al salón, donde, en apenas unos minutos, estuvieron cómodamente sentados ante sendos platos con comida y bebidas calientes.

Al ver cómo se desarrollaba todo, Emily alzó los brazos en señal de triunfo. Sarah tuvo miedo de que el gesto fuera algo prematuro. Con las habitaciones llenas de pescadores blasfemando, los ancianos cubriéndose con mantas y otros invitados vestidos de cualquier manera, además de las pilas de botas y abrigos empapados, era consciente de que Sea View no mostraba precisamente su mejor aspecto. Por no hablar del olor. «¡Qué se le va a hacer!», se dijo a sí misma. Había cosas más importantes.

Georgie paseó la mirada por la habitación y dijo:

—Me siento como si estuviéramos en el arca de Noé, secos y a salvo mientras la lluvia no para de caer y el nivel del agua sigue subiendo.

El comentario provocó que la gente intercambiara sonrisas con aquellos que tenían más cerca. Muchos de ellos parecían haberse emparejado o formado grupos de tres a través de una especie de acuerdo tácito.

Georgiana le dio un codazo a Effie, que estaba sentada a su lado, al ver que Sarah intercambiaba miradas con el padre de su amiga.

Viola y el mayor Hutton, que estaban situados en extremos opuestos de la habitación, se sonreían mutuamente con cara de tontos, al igual que el señor Gwilt y *Parry*. Mientras tanto la señorita Reed le lanzaba una mirada furtiva al señor Hornbeam.

Emily estaba sentada junto a su madre; los Hutton con Armaan; el señor Banks, del asilo de los pobres, con la señora Denby; y el señor Butcher con su esposa. Y, para terminar, estaban los Cordey, que habían formado dos parejas: Punch y Tom; y Bibi y su padre.

Todos sanos y salvos.

Un profundo sentimiento de gratitud se apoderó de ella. «Gracias, Señor».

Aprovechando un momento de tranquilidad y que el mayor estaba hablando con su familia, Viola cruzó la habitación para ver cómo le iba a la señora Denby. La anciana estaba sentada sola en un extremo del sofá, con una manta cubriéndole las piernas. La silla de ruedas la habían dejado en el vestíbulo y el señor Banks había vuelto al comedor para rellenar su plato.

—¿Todo bien, señora Denby? No tendrá frío, ¿verdad? ¿Quiere que le traiga más té?

—No, querida. Tengo todo lo que necesito. —En ese momento dio unas palmaditas en el espacio que había junto a ella—, pero tengo algo para ti.

Sacó un cuadrado de papel marrón doblado de su canesú.

Viola se sentó y lo tomó entre las manos.

—¿Qué es?

La anciana alargó el brazo y lo desdobló.

—No creerías que las iba a abandonar existiendo una amenaza de inundación, ¿verdad?

—¡Sus puntillas! —exclamó la joven, reconociendo las valiosas piezas de encaje Honiton de su amiga. La flor, las hojas y los pájaros.

La señora Denby alzó la flor.

—Se suponía que debía ser un pensamiento, pero podría ser una violeta. Y es así como la llamaremos. En cualquier caso, quiero que te las quedes. Puede que no sean perfectas, pero son hermosas y hacen que me sienta muy feliz cuando las veo; como a ti.

—¡Oh, señora Denby! ¡Me encanta! Pero ¿está segura? Sé lo mucho que significan para usted.

Ella asintió.

—No tengo hijas ni nietas. Solo te tengo a ti. Y no se me ocurre nadie más a quien quisiera dárselas.

Viola le apretó la mano.

—Gracias. Creo que podrían quedar muy bien en... digamos... un velo de novia.

A la señora Denby se le cortó la respiración.

—¡Oh, querida! Es el mejor velo que podrías ponerte y, sin duda, no se me ocurre un lugar mejor para lucirlas.

—Es usted la primera en saberlo, así que sssh... —dijo Viola, llevándose un dedo a la boca.

—Entendido. —Los ojos de la anciana brillaban de satisfacción—. ¡Oh! ¡Estoy tan feliz!

Viola la besó en la mejilla y luego se fue a contárselo a su madre.

Capítulo 34

«La paloma volvió a él a la hora de la tarde, y he aquí que traía una hoja de olivo en el pico; y entendió Noé que las aguas se habían retirado de sobre la tierra».

Génesis 8:11

La noche de la inundación, a última hora, la gente con una casa a la que regresar, incluidos los Cordey, los Butcher y los Hutton, abandonaron Sea View dando abundantes muestras de agradecimiento por el festín. Los residentes del asilo de los pobres, en cambio, todavía no podía regresar a su hogar. Su madre insistió en cederle su habitación a la señora Denby, cuya fragilidad hacía que tuviera aún más problemas para subir las escaleras que ella. Según su madre, hacía años que no se sentía tan fuerte y no tenía ningún problema en dormir en la que había sido la alcoba de su marido. No obstante, a pesar de su insistencia, Emily reparó en que le costaba respirar y que se agarraba con fuerza a la barandilla, hasta el punto de que, prácticamente, tuvo que tirar de sí misma para subir los últimos escalones. Al verla, Emily le ofreció un brazo para que se apoyara.

Instalaron a la señorita Reed en la única habitación libre a excepción de la de su padre, la que el señor Stanley había dejado vacante varios días antes y que estaba recién limpia. El señor Hornbeam, por su parte, le brindó al señor Banks la cama libre que había en su habitación, en la que debería haber dormido su hijo.

En mitad de todo aquel bullicio, Emily se dio cuenta de que Viola entraba disimuladamente en el cuarto provisional de su madre y permanecía allí unos minutos, e imaginó de qué estarían hablando. La posibilidad y la esperanza de que estuviera en lo cierto hizo que el corazón se le inundara de alegría.

Cuando, finalmente, todos los huéspedes estuvieron instalados, recorrió la casa en busca de Viola y finalmente la encontró a solas en la cocina, iluminada por un candil, calentándose un poco de leche en un cazo.

Emily le tendió la mano y Viola la tomó. La mirada reluciente de su hermana gemela se fundió con la suya como si fueran una sola.

—Entonces, ¿te lo ha pedido?

Viola asintió con los labios apretados dibujando una sonrisa eufórica.

—¡Lo sabía! —Emily le agarró también la otra mano—. ¡Bien hecho!

—¿Bien hecho? Ni que me hubiera propuesto cazarlo.

—Y aun así lo has conseguido. Y me lo debes a mí. Fui yo la que puso el anuncio, ¿recuerdas?

Viola soltó una carcajada.

—¡Cómo olvidarlo! —dijo, apretando una vez más las manos de Emily antes de soltarlas—. Y te estoy muy agradecida.

—Aunque, en aquel momento, quisiste estrangularme.

—Cierto. —Viola se procuró una segunda taza, repartió la leche entre las dos y las puso sobre la mesa. Luego se quedó mirando la llama temblorosa de la vela con gesto ausente y sacudió lentamente la cabeza para continuar—: Todavía no me lo puedo creer. Nunca creí que me casaría. Y los demás pensaban igual. Al contrario que tú; todos estaban convencidos de que... —Bajó la vista con los labios apretados formando una delgada línea—. Lo siento.

—No pasa nada.

—Si Charles no recupera el sentido común, con el tiempo algún otro hombre más juicioso dará el paso.

—¡O varios! Pero, por ahora, estoy contenta. De verdad. Siempre y cuando...

Emily alargó deliberadamente la frase, y se frotó la barbilla, adoptando una actitud algo cómica.

—Siempre y cuando... ¿qué?

—Que me dejes ser tu dama de honor.

Viola esbozó una sonrisa.

—Por supuesto. ¿Quién iba a serlo sino?

🦇 🦇 🦇

A la mañana siguiente Viola hizo partícipe también a Sarah de la buena nueva.

—¿Te importa que una de tus hermanas pequeñas se case antes que tú? —le preguntó, bastante nerviosa.

—¡En absoluto! —Sarah rodeó el escritorio de la biblioteca para darle un abrazo—. Me alegro muchísimo, tanto por ti como por el mayor. Además, ya iba siendo hora de que tuviéramos una boda en la familia.

Viola ladeó la cabeza para mirarla.

—Esperaba que dijeras lo que siempre dices, que ya has vivido un gran amor en tu vida y que no esperas tener otro.

Sarah esbozó una sonrisa con los labios cerrados que no se reflejó en sus ojos.

—Solía decirlo muy a menudo, lo sé. Pero ahora... ahora me arrepiento de haberlo hecho.

—¿Lo dices por el señor Henshall? —preguntó Viola en un susurro.

Sarah sacudió la cabeza.

—El señor Henshall y Effie se marchan a Escocia en unos días. Él tiene responsabilidades que atender allí. Una finca. Hay gente que depende de él. Igual que me pasa a mí aquí.

—Sin duda debe de haber alguna manera de compatibilizar ambas cosas: este lugar y tu felicidad.

Sarah suspiró y le dio unas palmaditas en la mano a su hermana.

—Eres muy amable al pensar en mí, pero borra esa cara tan larga. Hoy nos toca alegrarnos por ti.

Una vez Viola abandonó el despacho, Sarah se recostó sobre el respaldo de la silla.

Pasados unos minutos, entró el señor Elton.

—Estamos a punto de marcharnos. He venido a pagarle las noches extra.

—Gracias, señor Elton.

Sarah miró detrás de él, pero no había ni rastro de su esposa.

Cuando hubo abonado la cuenta, Sarah se puso en pie y lo acompañó fuera. La señora Elton se encontraba en el vestíbulo, junto a su equipaje apilado, con la espalda muy recta y apartando la cara.

Sarah inspiró hondo y dijo:

—Buen viaje.

La mujer se negó a mirarla.

Sarah interpretó el gesto como un recordatorio de que no solo había fracasado en su intento de agradar a uno de sus primeros huéspedes, sino que también la había ofendido. El arrepentimiento hizo que su estado de ánimo decayera. No le gustaba fallar.

En ese momento llegó un coche de caballos y Lowen sacó el equipaje de la pareja. El señor Elton le abrió la puerta a su esposa. Con la cabeza bien alta, ella se sorbió la nariz y cruzó el umbral sin mirar atrás. Con una última mirada de disculpa, su esposo la siguió obedientemente.

Sarah se quedó observándolos mientras se marchaban, con gran pesar de su corazón, deseando que su estancia hubiera ido mejor y pensando que podría haber actuado de forma diferente.

Entonces, expulsando el aire de los pulmones con aflicción, regresó al despacho.

Casi de inmediato, hizo aparición otro huésped, consiguiendo que, de forma instantánea, el ánimo de Sarah mejorara considerablemente.

—¡Buenos días, señor Hornbeam! ¿Qué puedo hacer por usted?

—¡Ah, señorita Sarah! —empezó él—. Justo la persona con la que quería hablar. He estado pensando: ¿tendría usted disponibilidad y la buena disposición de extender mi estancia?

El estado de ánimo de Sarah mejoró aún más.

—Mi querido señor Hornbeam, para usted tenemos una gran cantidad de ambas cosas. De hecho, toda mi familia estará encantada de saber que se queda usted más tiempo.

—Gracias. Es usted muy amable.

Sarah se preguntó para sus adentros si la decisión tendría algo que ver con la señorita Reed, pero decidió no fisgonear.

Afortunadamente, el agua que había penetrado en el asilo de los pobres durante la inundación disminuyó rápidamente. Cuando lo hizo, Viola y sus hermanas fueron a ayudar en las tareas de limpieza. La señora Fulford estaba allí, organizándolo todo, mientras que el señor Butcher y unos cuantos voluntarios de su congregación se unieron a ellas.

Incluso el mayor Hutton se acercó para ofrecerles su ayuda, lo que hizo que la admiración que Viola sentía por él creciera aún más.

Cuando todo estuvo listo, Viola llevó a la señora Denby de vuelta a su habitación, prometiéndole que la visitaría muy pronto.

La señora Denby le apretó la mano.

—Gracias, querida. Y gracias por compartir tu casa y tu familia conmigo.

Viola la besó en la mejilla.

—Ahora usted también es de la familia.

Aquella noche todo el mundo regresó a su propia cama y Sea View recuperó cierta apariencia de normalidad. Viola estaba exhausta, aun así, se tumbó en su cama en el vestidor contiguo al cuarto de su madre y permaneció un buen rato con los ojos abiertos. La habitación era pequeña, pero el tabique que dividía las dos estancias proporcionaba a ambas la suficiente privacidad. Además, gracias a la puerta que separaba los dos espacios, era posible dejar un candil encendido y quedarse despierta leyendo sin molestar a la otra. Desde que había dejado de tomar el jarabe para inducir el sueño, en ocasiones su madre tenía problemas para dormir, pero aquella noche era Viola la que no paraba de moverse y dar vueltas.

Se levantó y abrió la puerta.

—Mamá, ¿estás despierta?

Su madre inspiró hondo y bostezó.

—Ahora sí.

—¡Oh! Lo siento.

—No te preocupes. Desde que he empezado a hacer más de ejercicio duermo mucho mejor.

—¿Te refieres a los baños?

—Bueno, sí, y también he estado saliendo a caminar con Georgiana. Recorremos los caminos al oeste de aquí. Hay tantos setos que casi nadie me ve, algo que agradezco, porque debo parecer una mujer anciana y débil que camina penosamente con su bastón. Aun así, poco a poco me siento más fuerte y cada vez llego más lejos. —Miró expectante a su hija—. Pero tú no has venido a hablar de eso.

Su madre dio unas palmaditas en el colchón a modo de invitación.

Viola se acercó y se sentó en el borde de la cama. La luz de la luna, que penetraba a través de las ventanas, iluminó el semblante de su madre, revelando un gesto de preocupación.

—¿Qué sucede? ¿Empiezas a tener dudas sobre el mayor?

—En absoluto. No estoy preocupada por mí, sino por Sarah.

—¿Qué pasa con Sarah?

—Le gusta el señor Henshall, estoy convencida de ello. Y es evidente que es recíproco, pero él está a punto de marcharse sin esperanza de que su afecto sea correspondido, porque cree que no puede desentenderse de las responsabilidades que tiene aquí. —Levantó una mano—. No estoy culpando a nadie, es solo que me siento mal por ella. Debe haber algo que podamos hacer.

—¿Le ha propuesto matrimonio?

—No creo. Ella no le ha animado mucho que digamos.

—Hace menos de dos meses que se conocen, ¿me equivoco?

—Sí, unas seis semanas. Más o menos el mismo tiempo que hace que conozco a Jack.

La señora Summers asintió pensativa.

—Sarah se parece mucho a vuestro padre, está siempre dispuesta a cargar todo sobre sus espaldas, y nunca pide ayuda a nadie.

—¡Ja! —sonrió Viola—. Sarah no tiene ningún problema en pedir ayuda a sus hermanas. Precisamente, esa es una de las cosas que no echaré de menos cuando se case.

Su madre se rio.

Viola se quedó pensando y luego añadió:

—Le gusta sentir que la necesitan, pero no me parece justo que deba negarse a sí misma la oportunidad de volver a ser feliz. Yo no soy tan noble como ella. Debo confesar que en ningún momento me he parado a pensar en las obligaciones que tengo en esta casa antes de aceptar la proposición del mayor. ¿Me convierte eso en una persona terriblemente egoísta?

—No, querida. Además, en tu caso solo te mudarás a la casa de al lado.

—Eso es cierto. Y podría seguir ayudando, si me necesitáis.

Su madre le sujetó la barbilla mirándola con incredulidad.

—No me imagino a la esposa del mayor viniendo a limpiar nuestro excusado.

—No, esa es una tarea para la que no me ofreceré voluntaria.

—Pero sí que espero veros a los dos a menudo. Después de vuestra luna de miel, por supuesto.

Viola sonrió al pensar en ello, incluso cuando se dio cuenta de que se había puesto colorada.

Su madre la miró con expresión melancólica.

—Estás muy enamorada de él, ¿verdad?

Viola asintió.

—Y es obvio que él lo está de ti. ¡Oh, querida! No sabes la alegría que me da verte tan feliz. Ver esa preciosa sonrisa en tu precioso rostro. —Apoyó un dedo bajo la barbilla de Viola y su voz se volvió más grave—. Y saber que un hombre como Dios manda ha sido capaz de reconocer lo que yo siempre he visto en ti —añadió, acariciando la mejilla de su hija antes de soltarla.

—Y ahora, será mejor que empieces a pensar en tu boda y dejes que yo me ocupe de Sarah, ¿entendido?

Con el corazón encogido y los ojos llenos de lágrimas, Viola asintió.

—Gracias, mamá.

En honor al último día completo que pasarían juntas, Georgiana y Effie anunciaron que iban a representar la obra que llevaban un tiempo ensayando.

Georgie había querido que los Cordey le prestaran uno de sus botes como atrezo, pero Sarah le prohibió que se lo pidiera recordándole que, primero, los botes eran su medio de vida, segundo, que pesaban mucho más de lo que parecía, y tercero, que no quería en su casa un bote húmedo, lleno de arena y maloliente, aunque cupiese por la puerta, algo sobre lo que tenía serias dudas.

Así las cosas, las jóvenes optaron por fabricar un bote a partir de una bañera que envolvieron en papel marrón y que instalaron en el salón con las cortinas azules de terciopelo como telón de fondo. Junto a ella, pusieron un taburete cubierto por una capa oscura. Por último, delante de este improvisado escenario, colocaron siete sillas que, a la hora señalada, ocuparon Emily, Viola, su madre, el señor Hornbeam, el señor Henshall, Sarah y el señor Gwilt. Extrañamente, la jaula del loro no estaba presente.

Sarah se inclinó hacia el señor Gwilt y le preguntó:

—¿Dónde está *Parry*?

Con los ojos brillantes, este le respondió con gesto de complicidad:

—Preparándose para su entrada triunfal.

En la obra Effie se había caracterizado para encarnar el papel de un capitán de barco que navegaba por alta mar.

Una tormenta había arrasado e inundado una isla y lo único que había quedado de ella era un trozo de tierra seca en lo alto de una colina, donde sobrevivía, abandonada, una hermosa dama, representada por Georgiana.

A Sarah le divirtió ver a su desastrada hermana con un elegante vestido, el pelo moldeado con tirabuzones y recogido en lo alto de la cabeza. Lucía una tiara, un collar e incluso un poco de colorete y de carmín. Estaba muy guapa y sorprendentemente mayor.

Effie llevaba un tricornio, uno de los fracs de su padre y un bigote pintado. Resultaba muy graciosa como marinero fanfarrón. El inesperado reparto requería que las dos jóvenes se comportaran de manera muy diferente a como eran realmente, y tal vez era esa la razón por la que se habían repartido los papeles de ese modo.

Georgiana estaba en lo alto del taburete, agitando un pañuelo y gritando con expresión melodramática:

—¡Auxilio! ¡Socorro! ¡El agua está creciendo y va a arrastrarme!

—¡No tenga miedo! ¡Yo la rescataré! —respondió Effie. Después fingió que remaba y le tendió una mano a Georgiana para que subiera al «barco»—. Suba a bordo, hermosa dama.

Por desgracia, la actuación de las jóvenes estaba tan poco trabajada como el guion. Deberían haberle pedido a Emily que les escribiera algo.

Cuando ambas estuvieron de pie en el barco, empezaron a balancearse de un lado a otro de manera exagerada y Georgie dijo en voz alta y afectada:

—¡Oh, Dios mío! La tormenta ha empeorado.

Effie levantó los brazos al cielo.

—Y hemos perdido los remos.

—¡Oh, no! —exclamó Georgie—. ¿Cómo vamos a alcanzar tierra firme ahora?

—Yo sé nadar. ¿Y usted? —preguntó el capitán.

—Ni una brazada —respondió la dama—. Estamos perdidos.

De pronto un loro cruzó el mar volando, se posó en el barco y soltó un graznido. Era *Parry*, guiado por el señor Gwilt, al que habían reclutado para ayudar con la obra. El ave estaba fuera de la jaula, pero permanentemente pegado a su percha.

—Por favor, señor loro —entonó Georgie—. Si sabe hablar, vaya a la orilla y pida ayuda.

—No sabe hablar —dijo Effie—, solo graznar.

—Queridos míos —replicó el señor Gwilt poniendo voz de loro—, sé hablar y volaré hasta tierra firme para traer ayuda.

El señor Gwilt se llevó al pájaro añadiendo unos cuantos graznidos más, por si acaso.

A continuación, tras unas cuantas líneas más, bastante forzadas y carentes de sentido, el capitán estrechó la mano de la dama y dijo:

—Cuando todo haya acabado, deberá casarse conmigo.

—¡Pero señor! Somos muy diferentes. Provenimos de tierras diferentes y con diferentes... acentos. ¡Nunca funcionaría!

—No diga eso. Me rompe el corazón. Lo único que importa es el amor verdadero...

Sarah empezó a sentirse cada vez más incómoda. ¿Acaso estaban intentando darle una lección y habían ideado aquella obra para contarle su opinión?

—Si el loro no vuelve pronto, tendré que intentar nadar hasta la orilla.

Georgie entrecruzó las manos sobre el pecho y suspiró dramáticamente.

—Si no regresa, señor, nunca lo olvidaré.

Sarah se quedó mirando con más atención el collar del disfraz de su hermana que, a la luz de las lámparas, despedía destellos de color azul. ¡Un momento! ¿Era posible? Entonces miró al señor Henshall y vio que él también parpadeaba sorprendido.

Sarah se puso de pie y gritó:

—¡Descanso!

Georgiana frunció el ceño.

—¿Qué? Sarah, no, no hay descanso.

—Ahora sí que lo hay. Ese collar... ¿De dónde lo has sacado?

Georgiana se encogió de hombros.

—De arriba, de la habitación infantil, estaba con todos los otros juguetes desechados. Son de pega. También había unos pendientes, pero se me clavaban.

El señor Henshall se acercó para examinar las gemas de color azul engarzadas en oro.

—Estas no son de pega, querida. Son auténticas.

Effie dejó de observar el collar para mirar a su padrastro.

—No lo entiendo. ¿Cómo lo sabes?

—Porque pertenecían a tu madre. Ella... se los dejó aquí cuando nos alojamos en esta casa hace unos años.

Effie abrió mucho los ojos y entreabrió la boca, pero no dijo nada.

Él le tocó el hombro.

—Creo que le hubiera gustado que las tuvieras tú.

—Pero nunca me habías hablado de ellas.

—No quería que albergaras falsas esperanzas, por si no las encontrábamos nunca.

Sarah añadió:

—De hecho, tu padre y yo las hemos estado buscando. Encontramos el estuche en la habitación infantil, pero estaba vacío.

—Me las había llevado a mi habitación —dijo Georgie—. Me las encontré cuando me trasladé al ático y después decidí usarlas para el disfraz.

Georgie se volvió hacia Effie, con los ojos brillantes.

—Ya te dije que a ti te sentarían mejor. —Se llevó las manos a la nuca, soltó en cierre y, con gesto ceremonioso, puso la cadena de oro alrededor del cuello de su amiga como si fuera una corona de laurel.

—De parte de tu madre —le susurró.

Effie, con suma delicadeza y con un respeto reverencial, tocó el collar y luego levantó la vista de nuevo con una sonrisa de admiración, al tiempo que los ojos se le llenaban de lágrimas.

Capítulo 35

«Ninguna de las piezas de encaje Honiton es obra de una sola encajera, sino que son fruto del trabajo de muchas manos».

CAROL MACFADZEAN,
Sidmouth's Lace

quel mismo día Viola regresó al asilo de los pobres para visitar a la señora Denby después de que se hubiera vuelto a instalar en su habitación.

Lo primero que hizo al llegar fue entregarle dos paquetes envueltos en papel.

—¿Qué son? ¿Más galletas?

Viola sacudió la cabeza sintiéndose cada vez más emocionada.

La anciana retiró el papel del primero de ellos.

—¡Oh! ¡Las lentes! Te has acordado. —Se pasó las patillas por detrás de las orejas y miró a Viola a través de los cristales ovalados—. Eres incluso más hermosa de lo que pensaba. Gracias, querida.

—Y ahora este —la apremió Viola.

La mujer abrió el segundo paquete, que era más grande. A continuación, se inclinó para verlo mejor y se llevó la mano al pecho.

—¡El chal de encaje...! —Miró a la chica. Los ojos se veían más grandes a través de las lentes.—. ¿De verdad es para mí?

—Por supuesto que lo es.

—Pero... ¿cómo? Era terriblemente caro.

—La señora Nicholls me hizo muy buen precio cuando se enteró que era para su «querida Jane». Por lo demás, había ganado algo de dinero extra con otra clienta y el mayor insistió en contribuir al regalo, sabiendo el cariño que le tengo.

—¡Qué amables! Todos vosotros.

La anciana deslizó los dedos cuidadosamente por las puntillas de encaje.

—Estos pájaros los hice yo. Mi hermana se encargó del ribete de hojas y mi madre, de las flores. Y mi tía cosió todas las piezas entre sí. Es tal y como te dije, ninguna pieza terminada es obra de una sola persona. —Se quedó mirando fijamente el chal, con los ojos empañados por los recuerdos—. Un alma solitaria puede hacer muy poco, pero juntos... podemos crear una belleza perdurable.

La señora Denby volvió a levantar la vista con una tímida sonrisa.

—Gracias, querida. Lo guardaré como oro en paño. Y cuando me haya ido, quiero que lo tengas tú, ¿de acuerdo? Sin discusiones. Así es como debe ser.

A Viola también se le empañaron los ojos. Pestañeó para contener las lágrimas y estrechó la mano de la anciana.

—De acuerdo, pero solo si me promete que vivirá muchos años.

Pasado un rato, cuando salía del asilo, se cruzó con el señor Butcher, que llegaba en aquel preciso momento.

—¡Ah, señorita Summers! Es un placer volver a verla.

—Gracias, señor. Fue muy amable por su parte ayudar con la limpieza.

—Y por la suya. —Entonces torció ligeramente la boca con gesto pensativo y se balanceó sobre los talones—. A propósito —dijo—, sé que rechacé la invitación de su hermana a visitar Sea View y que mi inesperada visita la noche de la inundación no ejemplifica lo que debe ser una estancia habitual allí.

¿Se trataba de una crítica o un cumplido? Viola se puso ligeramente a la defensiva, se trataba de su familia.

—No, aquello era un batiburrillo de gente de muy diversa procedencia y la comida era algo diferente de la que acostumbramos a servir.

—Era excelente; y la compañía, diversa pero muy agradable y entretenida. La señora Butcher y yo lo pasamos maravillosamente.

Se sintió aliviada.

—Me alegra oírlo. Y fue todo un detalle que se acercara a asegurarse de que los residentes estuvieran a salvo.

Él bajó la cabeza y adoptó una actitud algo tímida.

—Sé que les dije que ese era el motivo por el que había ido hasta allí, pero la verdad es que fui por otras dos razones: usted y el mayor Hutton.

—¿El mayor Hutton? —repitió ella.

Él asintió.

—Estuvo presionándome por carta tanto o más que su hermana. Al final me invitó a su casa y se pasó todo el rato ensalzando las virtudes de Sea View y de sus anfitrionas e insistió en que fuera a visitarlas. Y le aseguro que no resulta nada fácil decirle que no a un hombre como él.

Viola sonrió.

—Soy muy consciente de ello.

—Todavía le estaba dando largas cuando llegó la inundación, así que utilicé la excusa de asegurarme de que los residentes estaban bien, aunque ya había oído que estaban en buenas manos. En realidad, quería ver el lugar por mí mismo.

Viola esperó a que continuase. Tenía miedo de hacerse ilusiones.

—Le alegrará saber que incluiré una mención a Sea View en la próxima edición de mi guía. Y será una buena reseña.

La satisfacción se apoderó de ella.

—¡Qué buena noticia! Mi madre y mis hermanas estarán encantadas. Gracias, señor Butcher.

Le tendió la mano y él se la estrechó.

—Se merecen ustedes todos mis elogios, querida. Ya me impresionó usted muy positivamente el día en que nos conocimos. Bueno, y ahora... —dijo, soltándole la mano y enderezando la espalda—, ¿cómo se encuentra hoy nuestra querida señora Denby?

—Se encuentra bien. Muy alegre. Y tan encantadora como siempre.

—¿Y la señorita Reed? —preguntó, mirando hacia su puerta como si intentara armarse de valor—. Supongo que debería visitarla a ella primero.

—No está —respondió la joven, contenta de trasmitirle semejante información.

—¿Cómo? —La preocupación ensombreció su rostro—. ¿Y dónde está? Pensé que había regresado con los demás.

—Y así fue. Pero hoy está en Sea View tomando el té con uno de nuestros huéspedes. Al parecer los dos eran viejos amigos, pero habían perdido el contacto y se reencontraron la noche de la inundación.

Él sacudió la cabeza con incredulidad.

—Y la gente todavía duda de que existan los milagros.

A primera hora de la mañana siguiente, el señor Henshall salió a reunirse con Sarah en el porche por última vez.

—¿Ya han terminado de hacer las maletas?

Él asintió. Sentándose junto a ella, aunque sin mirarla, con la vista puesta en el horizonte, le dijo en voz baja:

—Ojalá tuviera una gran fortuna. Así podría resolver sus problemas económicos sin la necesidad de regentar una casa de huéspedes.

Ella contempló su perfil apesadumbrado y respondió con dulzura:

—Aunque la tuviera, no podríamos aceptarlo.

—Quizá sí podrían. Si yo... si nosotros... —Se pasó la mano por la cara—. En cualquier caso, no son más que conjeturas que no sirven para nada, puesto que no poseo ninguna fortuna. Tengo una propiedad y medios, pero estoy atado a la tierra.

—Lo sé —dijo ella. Por supuesto que no tenía más remedio que marcharse. Lo había sabido desde el primer momento—. Lo siento, señor Henshall. Ha sido un pensamiento muy generoso.

Por un momento se atisbó en su rostro un momento de debilidad, pero entonces inspiró hondo, intentando dominar sus emociones.

—Bueno, no puedo esperar ganarme el respeto de una mujer en tan poco tiempo, sobre todo cuando empezó sospechando que era un ladrón o algo peor.

Sarah consiguió esbozar una débil sonrisa, a pesar de tener el corazón roto.

—Cómo me gustaría que las cosas fueran diferentes, pero no lo son.

—¿Me permite, al menos, que le escriba?

Sarah vaciló, sintiéndose dividida.

—¿Con qué fin?

Él se estremeció y ella se arrepintió por haber sido tan tajante. Pero ¿acaso no era mejor para ambos —o al menos más fácil— una ruptura drástica?

La señorita Summers se levantó y cruzó las manos sobre sus agitadas tripas.

—Bueno —dijo intentando mantener un tono despreocupado—, ¿a qué hora parte su diligencia?

Él también se puso en pie.

—A las nueve. El tipo del carro que nos llevará a la posada debe de estar a punto de llegar.

Ella tragó saliva y le tendió la mano.

—Entonces, les deseo a usted y a Effie que tengan buen viaje.

Por unos instantes, él le sostuvo la mirada. Luego le tomó la mano, le besó el dorso, y se marchó.

Ella se quedó allí de pie, frotándose aquella cálida zona con el pulgar, hasta que llegó el carro y, minutos más tarde, se alejó traqueteando.

Deseosa de consuelo y de que alguien le dijera que había hecho lo correcto, Sarah estuvo tentada de ir en busca de su madre. En vez de eso, se fue a la biblioteca para distraerse con la lista de tareas cotidianas.

Poco tiempo después, le sorprendió ver que era su madre la que iba a buscarla a ella.

—Buenos días, querida.

Sarah se levantó.

—Buenos días, ¿necesitas algo? ¿Quieres que te traiga una taza de té?

—Siéntate, hija mía. No hace falta que estés atenta a mis necesidades en todo momento. Me gusta que estés pendiente de mí, lo reconozco, pero no eres mi enfermera. Además, ya no necesito una.

Sarah la miró de arriba abajo.

—Debo decir que tienes muy buen aspecto.

—Gracias. —Su madre se acercó a la ventana—. ¿Los Henshall se han marchado a tiempo?

—Sí, hace un rato.

—¿Te ha apenado verlo marchar? —Se volvió hacia ella y la miró como si quisiera adivinar sus sentimientos.

—Tal vez un poco. —La joven ladeó la cabeza al observar el semblante de su madre—. ¿Por qué me miras así? En ningún momento tuve intención de conquistarlo y jamás esperé que surgiera nada de nuestra... amistad. Y desde luego, no deseaba ningún romance. Me gusta, sí, pero no existe la posibilidad de un futuro entre nosotros. Él vive en Escocia y yo aquí. Y hace muy poco que nos conocemos.

—Más o menos el mismo tiempo que Viola y el señor Hutton, y están prometidos.

—No es lo mismo. Tanto Viola como el mayor viven aquí, y ella puede dejar de leer a los impedidos cuando quiera, mientras que mis responsabilidades continuarán.

Entonces, al pensar en las tareas que las esperaban, añadió:

—Mamá, ¿podemos hablar más tarde? Tengo muchas cosas que hacer hoy.

—¿Cómo qué?

—Como decidir el menú semanal con la señora Besley y escribir los pedidos para el carnicero y el verdulero.

—Ya está hecho.

—¡Ah! En ese caso, hay que ocuparse de las facturas y de los salarios trimestrales.

—También están pagados.

—¿Lo has hecho tú?

—Sí, y Georgiana y Bibi ya han hecho todas las camas, Emily ha despachado la correspondencia y yo he quitado el polvo de salón.

Sarah parpadeó sorprendida.

—Poco a poco, estoy recuperando las fuerzas —continuó su madre—. Tengo que admitir que ayudar con el banquete la noche de la inundación me dejó exhausta, pero ahora estoy mucho mejor.

—¿Dirías que se debe a los baños de mar?

En ese momento entró Georgiana y respondió:

—A eso y a los largos paseos que damos.

Emily y Viola también aparecieron en el umbral.

—Os estoy muy agradecida —dijo Sarah—, pero todavía tenemos que pensar en cómo atraer más clientes. Si no incrementamos pronto nuestros ingresos, tendremos problemas.

—También nos hemos encargado de esa cuestión —dijo Emily—. Sea View aparecerá en la nueva edición de *Los encantos de Sidmouth al descubierto*. Le pedí al señor Wallis que me dejara echarle un vistazo y copié el añadido.

A continuación, entregó a Sarah un trozo de papel en el que se podía leer:

Sea View es una casa de huéspedes situada en la parte oeste del pueblo y regentada por su propietaria, la señora Summers, y las hijas de esta. La familia Summers merece una mención y un respaldo especial por ofrecer a los visitantes, además de alojamiento, todo tipo de comodidades, pulcritud y atenciones domésticas. La situación de la casa no podía ser mejor, con preciosas vistas al mar y a la campiña circundante. En conjunto, Sea View es una fantástica morada para todos aquellos que no desean gastar su dinero en una residencia vacacional privada.

Con la mente funcionando a toda velocidad, Sarah lo leyó de nuevo, casi como si tuviera miedo de creérselo.

—Pero... ¿cómo?

—El mayor Hutton intercedió por nosotras. E incluso le insistió al señor Butcher en que viniera a visitarnos. Esa es, en parte, la razón por la que vino la noche de la inundación.

Emily miró a su hermana gemela con gesto de admiración.

—Personalmente, yo creo que fue porque se quedó impresionado por nuestra Viola y por todas sus buenas acciones.

Sarah se dejó caer lentamente sobre la silla del escritorio. Fuera cual fuese la razón, se sentía invadida por la gratitud y el alivio.

De repente se irguió y dio unas palmaditas sobre el libro de registro.

—Probablemente esto supondrá más huéspedes y más trabajo para todas nosotras. Excepto, por supuesto, para ti, Viola.

Luego se quedó pensando unos instantes y añadió:

—Dicho esto, se me ocurre una idea. El señor Gwilt me dijo que quería quedarse aquí más tiempo del que podía permitirse. Me pregunto si podríamos ofrecerle un trabajo. Tiempo atrás trabajaba en un banco, y yo necesito ayuda con la contabilidad, pero no podemos permitirnos un administrador a tiempo completo.

—Entonces, podría colaborar también de algún otro modo —opinó Emily—. Lowen apenas puede subir los cubos con agua y las maletas por las escaleras, por no hablar de los baúles.

—Cierto, pero ¿qué os parecería a vosotras que se instalara aquí, en nuestra casa, para... desempeñar un trabajo de manera oficial? —Sarah las miró una a una y luego añadió con cautela: —Como sabéis, que se quede el señor Gwilt implica también quedarnos con *Parry*.

—Lo mejor del señor Gwilt son sus excentricidades —lo defendió Emily.

Su madre asintió.

—Yo he pasado solo pequeños ratos con él, pero me parece un hombre muy humilde y respetuoso.

—Es verdad. Y a mí *Parry* me gusta —añadió Georgiana—. Aunque, si se quedan, esperemos que *Chips* no lo pille nunca fuera de la jaula.

Sarah volvió a dar unas palmaditas al registro.

—Cuando tengamos un flujo constante de huéspedes, si es que alguna vez lo conseguimos, podremos permitirnos asignarle una retribución económica. Mientras tanto, tal vez podamos recompensarle con comida y alojamiento, siempre y cuando a él le parezca bien. ¿Estamos de acuerdo?

Todas ellas dieron su conformidad.

—De acuerdo, hablaré con él.

Emily ladeó la cabeza.

—Hablando de un «flujo constante de huéspedes», ¿ha dicho algo el señor Henshall sobre si volverán el año que viene?

—No.

—¿Le has pedido que lo haga?

—Por supuesto que no.

Emily se volvió hacia Georgiana.

—¿Y Effie no ha dicho nada?

Georgie sacudió la cabeza.

—Se ha pasado casi todo el tiempo quejándose de la duración del viaje.

—¿Ves? —dijo Sarah—. Ahí lo tienes —dijo, fingiendo despreocupación a pesar de que la invadía cierto arrepentimiento. ¿Debería haberle invitado a volver? ¿O al menos darle permiso para escribirle?

—Eso depende de ti —dijo Emily—. Al fin y al cabo, tenemos su dirección. ¿Qué te impide escribirle? De hecho, como propietaria de la casa de huéspedes Sea View, diría que estás obligada a escribirle para agradecerle su estancia y hacerle saber que, si decide regresar, será más que bienvenido —añadió levantando una ceja.

Sarah se dejó llevar por la esperanza hasta que, finalmente, acabó imponiéndose la realidad.

—Escribirle sería terriblemente descarado por mi parte.

Emily se encogió de hombros.

—En ese caso, le escribiré yo en tu nombre. El anuncio que escribí para Viola no podía haber dado mejores resultados.

—¡Oh, no! Ni se te ocurra. —Sarah meneó la cabeza—. Si alguien le escribe, seré yo.

Emily sonrió con picardía.

—Me alegra mucho oír eso.

Al final la familia se dispersó. Al encontrarse que sus tareas ya estaban hechas, Sarah se dirigió al salón para continuar bordando el pañuelo para su madre.

Cuando cruzó la estancia, vio algo encima de su mesa de trabajo que le llamó la atención. Se aproximó y se quedó paralizada. Allí, encima de la mesa, había un cardo —con su tallo de color verde, su bulbo espinoso y la flor de color púrpura—, el símbolo de Escocia. Al verlo, le asaltó la imagen de Callum Henshall y una sonrisa cargada de nostalgia curvó sus labios.

Sarah alargó la mano con cuidado. Tocar la flor le provocó una pequeña punzada en el pecho, así como un atisbo de esperanza. Entonces pensó que, independientemente de aquel recordatorio, en su mente siempre habría espacio para un escocés.

Capítulo 36

«La novia iba elegantemente vestida; las dos damas de honor con más modestia, como correspondía; su padre la acompañó al altar, su madre permaneció con el frasquito de sales en mano, con la esperanza de emocionarse».

JANE AUSTEN,
Mansfield Park

Al día siguiente, Sarah ordenó sus pensamientos y fue a hablar con el señor Gwilt. Lo encontró en el porche, con *Parry* encaramado en una silla cercana. Ella se sentó al otro lado, con los nervios a flor de piel.

—¡Que hermoso día! ¿No le parece, señorita Sarah? —dijo mirando hacia ella. Luego inspiró hondo para llenarse los pulmones de aire fresco—. ¡Cómo me gusta este lugar!

—Me alegra oírlo. —A continuación, retorciéndose las manos sobre el delantal, empezó: —Señor Gwilt, mi familia y yo hemos estado hablando sobre su situación, y no queremos que dilapide usted sus ahorros quedándose aquí y pagando las tarifas propias de un huésped.

En sus labios se dibujó una triste sonrisa.

—Si no nos quieren ustedes aquí, es evidente que tendremos que marcharnos.

—No, no. Me ha malinterpretado. Estamos encantadas de que se quede, simplemente nos gustaría saber si accedería a trabajar para nosotras

437

a cambio de comida y alojamiento. Hace un tiempo mencionó que había trabajado como oficinista y contable, y ciertamente nos sería muy útil contar con su ayuda en ambos campos.

Se le iluminaron los diminutos ojos.

—¿Lo dice en serio?

Sarah añadió rápidamente:

—Me gustaría dejarle claro que no sería un trabajo a tiempo completo, y también que no nos podemos permitir asignarle una retribución económica. Aunque no descarto poder hacerlo en un futuro si el negocio va bien. Además, me temo que tendré que atribuirle también otras funciones, como la de acarrear baúles, agua para el baño y cosas por el estilo. Lowen está cada vez más mayor, así que nos vendría bien contar con la ayuda de otro hombre. No obstante, no es mi intención ofenderle, de manera que, si eso le parece...

—¿Ofenderme? Ni por lo más remoto. Me halaga. El hecho de que ponga su confianza en mí, bueno... me he quedado sin habla, como *Parry*.

Ella le preguntó tímidamente:

—¿No consideraría ese tipo de trabajo manual indigno de alguien como usted?

—Señorita Sarah, si en algún momento de mi vida hice gala de semejante orgullo injustificado, hace mucho que me deshice de él. Para mí será un placer servirles, tanto a su familia como a sus huéspedes.

Ella se mordió el labio.

—Probablemente tendría que pedirle que se mudara a otra habitación. Hay un cuarto libre en la planta baja, pensado, en principio, para un mayordomo, y varios dormitorios pequeños en el ático.

Él sacudió la cabeza.

—Jamás se me ocurriría invadir la intimidad de la señorita Georgiana, pero, si a los habitantes de la planta inferior no les importa contar con uno más entre sus filas, a mí me parece perfecto. Y no se preocupe, me ocuparé de advertir a *Parry* que no haga demasiado ruido —añadió, guiñándole un ojo.

Sarah permaneció seria. Lo mejor era abordar las cuestiones más delicadas de antemano para que supiera a qué estaba accediendo.

—En lo que respecta a *Parry*... —dijo, echándole un vistazo al pájaro y sintiendo una punzada de culpabilidad—. No le quepa la menor duda de que será bienvenido en su habitación, pero tendremos que pedirle que permanezca allí, al menos mientras esté trabajando.

—Tiene usted toda la razón, señorita Sarah. Lo entiendo. No se preocupe, se lo diré.

Sarah respiró aliviada.

—Bien. De acuerdo. Acabaremos de pulir el resto de detalles más adelante.

A la semana siguiente la señora Summers le entregó a Sarah un paquete grande y plano.

—¿Qué es esto? —preguntó la joven.

—Es para ti. Bueno, para todas nosotras, en realidad, pero quería que fueras la primera en verlo. Vamos, ábrelo.

Sarah retiró el papel que envolvía la caja rectangular y levantó la tapa.

Protegido por una capa de papel de seda se encontraba el plato de porcelana china ribeteado en oro. La reliquia familiar que había roto, con la colorida imagen de tres jóvenes ataviadas con ropas chinas, apiñadas mientras una cuarta les leía en voz alta. El regalo de su padre.

Había sido totalmente reconstruido; aunque, observado desde cerca, resultaban visibles algunas delgadas líneas de las grietas reparadas. Aun así, volvía a estar entero.

—¿Cómo lo has conseguido? —preguntó Sarah—. Yo me rendí. Me parecía imposible, estaba demasiado roto.

—¡Oh! Ya conoces a la señorita Stirling —respondió su madre—. Conocía a la persona adecuada.

—¡Ah, claro! Por supuesto.

Su madre deslizó el dedo por una de las sutiles grietas.

—Soy consciente de que no ha quedado perfecto. Se ve que faltan algunos trozos del original y que ha tenido que rellenar y repintar los huecos como mejor ha podido.

La joven examinó el plato una vez más. El experto artesano había colocado los pedazos de repuesto en el lugar exacto, consiguiendo un resultado de una gran belleza en sí mismo.

—Es maravilloso —opinó—. Gracias, mamá. Y también tendré que darle las gracias a la señorita Stirling.

—De nada.

Contemplando la imagen de las hermanas tan cerca las unas de las otras, Sarah dijo con voz queda:

—Muy pronto otro miembro de nuestra familia abandonará su lugar.

—¿Te refieres a cuando Viola se case?

—¿A quién sino?

Su madre la miró con gesto de complicidad.

—Viola vivirá en la casa de al lado, suponiendo que ella y el mayor decidan quedarse en Sidmouth. Y si tú en algún momento, digamos, te marcharas de aquí, te echaría muchísimo de menos; todas nosotras lo haríamos. Pero jamás, por nada del mundo, nos interpondríamos entre tú y tu felicidad.

—No adelantemos acontecimientos.

Su madre le apretó la mano.

—De acuerdo. Por ahora, tenemos un asunto más acuciante que atender. ¿Me ayudarías a organizar el banquete de bodas de Viola?

Sarah sonrió.

—Ni tú ni nadie podría impedírmelo.

Emily se sentó en el escritorio de la habitación de su madre. Allí se estaba más tranquila que en la oficina y tenía permiso para utilizarlo cuando le apeteciera. La señora Summers y Georgie habían salido a dar uno de sus paseos antes de ir a darse otro baño de mar. Mientras tanto, Sarah estaba ultimando algunos detalles de los preparativos del banquete nupcial y Viola había ido a visitar a los Hutton. De manera que disponía de tiempo y de la habitación para ella sola.

Acarició la tapa del nuevo diario que había comprado en la biblioteca marina de Wallis y, seguidamente, lo abrió y alisó la primera página.

Entonces, después de considerar por dónde empezar, sumergió la pluma en el tintero y comenzó a escribir:

> *En la costa sur de Devonshire vivían cuatro hermanas. Cuatro hermanas que nunca dejaban de pensar en la quinta, ni de añorarla. La que habían perdido, aunque, Dios mediante, no para siempre...*

Viola y el mayor Hutton se reunieron con el vicario de la iglesia parroquial y, unos días después, se leyeron por primera vez las amonestaciones, un trámite que debía llevarse a cabo hasta en tres ocasiones. Habían planeado casarse a finales de julio y estaba previsto que al servicio religioso le siguiera un banquete de bodas que se celebraría en Sea View para todos los amigos y vecinos que quisieran celebrarlo con ellos.

Finalmente, una agradable mañana estival, llegó por fin el esperado acontecimiento.

Llevaba un flamante y refinado vestido de seda color marfil de corte imperio, muy acorde con la moda del momento. La señorita Stirling le había moldeado y recogido el pelo y después la había ayudado a ponerse el velo adornado con la puntilla de encaje de la señora Denby.

Emily, como dama de honor de Viola, eligió para la ocasión un sobrio vestido de satén azul claro y la señorita Stirling le engarzó unas flores en la cabeza.

Mientras se vestían, alguien llamó a la puerta del dormitorio. Georgiana asomó la cabeza y Sarah estaba detrás de ella.

—¿Se permite entrar a las hermanas?

Viola se volvió.

—¿Cómo no? Adelante.

Abrazó a las recién llegadas y, una vez más, echó de menos a Claire.

—¡Estáis fabulosas! —exclamó Sarah—. Señorita Stirling, no ha perdido usted su toque.

Fran Stirling reprimió una sonrisa, claramente complacida por el cumplido.

—No he podido resistirme. He venido a ofrecer mis servicios, en honor a los viejos tiempos.

Viola le apretó la mano.

—Y nos alegramos mucho de que lo haya hecho.

Por si acaso, la señorita Stirling añadió unos cuantos tirabuzones al pelo de Sarah y algún que otro alfiler más al descuidado moño de Georgie, que había empezado a aflojarse.

Cuando todas estuvieron vestidas y listas, Emily tomó las manos de su hermana gemela y le sonrió satisfecha.

—¡Estás preciosa!

Viola se sonrojó, dichosa.

Después, todas bajaron al piso inferior y se reunieron con su madre, que llevaba un discreto vestido lila, puesto que ya había trascurrido el año y un día de luto total. Juntas abandonaron la casa y se subieron al carruaje de los Hutton, que esperaba en la puerta, engalanado con lazos y flores.

Unos minutos más tarde, cuando llegaron a la iglesia parroquial, vieron al mayor que esperaba de pie, hecho un manojo de nervios, vestido con un elegante traje negro y un pañuelo de cuello de color blanco. Se había puesto una discreta venda negra para cubrirse la oreja, pero, a petición de Viola, no llevaba ningún parche en el ojo. Para ella, sus dos ojos eran igual de bellos, aunque solo pudiera ver con uno. Precisamente con ese, observó con un respeto reverencial cómo se reunía con él en el altar, con una expresión de profundo amor y admiración dibujada en el rostro. Ella no se había sentido jamás más hermosa ni más apreciada.

Los amigos y las personas queridas ocupaban los primeros bancos. El señor Hutton la acompañó hasta el altar, mientras que su madre se enjugaba las lágrimas con su nuevo pañuelo. Emily asistía a Viola, y Colin y Armaan se mantuvieron de pie junto al mayor durante la ceremonia.

Con los amigos y vecinos presenciándolo todo, el vicario comenzó:

—Queridos hermanos, estamos aquí reunidos, en presencia de Dios, para unir a este hombre y a esta mujer en sagrado matrimonio, que simboliza para todos nosotros la unión mística entre Cristo y su Iglesia.

A Viola le latía el corazón con un alegre ritmo. Todavía no acababa de creerse que aquello estuviera sucediendo realmente.

El vicario continuó:

—Este ha sido creado, en primer lugar, para la procreación y la educación de los hijos, que deberán crecer en el temor y la glorificación del Señor.

Se preguntó, una vez más, si ella y Jack tendrían hijos. Y en caso de que así fuera, ¿nacerían sanos y sin ninguna tara? Entonces recordó lo que le había dicho el mayor: que, fuera lo que fuese lo que les deparara la vida, lo afrontarían juntos y amarían con toda su alma a todos y cada uno de los hijos que Dios quisiera darles. Aquellas palabras le habían proporcionado serenidad y valor, tanto entonces como en aquel momento.

—John Robert Hutton, ¿quieres a esta mujer como legítima esposa, para vivir juntos, siguiendo el decreto divino, en sagrado matrimonio, para amarla, honrarla, consolarla y cuidarla, en la salud y en la enfermedad, y guardarle fidelidad hasta que la muerte os separe?

—Sí, quiero —respondió el mayor con voz potente.

El clérigo se volvió entonces hacia ella y le planteó una variación de las mismas preguntas.

Pestañeando para contener las lágrimas de felicidad, Viola asintió.

—Sí, quiero.

A continuación, tras repetir los votos, el mayor le colocó un anillo en el dedo.

—Con este anillo yo te desposo, con mi cuerpo te honro...

Viola sintió un nudo en el estómago al escucharle pronunciar aquellas palabras con su voz seria y grave.

El vicario rezó por ellos, los bendijo y los declaró marido y mujer.

Acabada la ceremonia, el mayor Hutton y la flamante señora Hutton abandonaron la iglesia de la mano, al tiempo que los invitados los rociaban con semillas y buenos deseos.

El mayor ayudó a Viola a subir al carruaje, se acomodó junto a ella y, cuando los caballos emprendieron la marcha, le dio un largo y profundo beso.

Juntos se dirigieron a Sea View y muy pronto sus familias y el resto de invitados se unieron a ellos, deseosos de disfrutar del banquete. En el comedor les esperaba una copiosa comida, preparada por la señora Besley, Jessie, Chown y dos sirvientes más contratados para la ocasión.

En cuestión de minutos, los invitados se diseminaron tanto por el comedor como por el porche, entre ellos los Hutton, la señora Denby, el señor Hornbeam, los Cordey vestidos con sus ropas de domingo, la señorita Stirling, Armaan Sagar, el señor y la señora Butcher y muchos otros.

No obstante, a pesar de estar rodeados de gente, Viola no conseguía apartar la vista de una persona en concreto: Jack Hutton. Amaba a aquel hombre con locura y disfrutaba enormemente de la convicción de que él también la amaba.

Cuando acabaron de comer, se levantaron y cruzaron juntos la habitación para hablar con su padre, su hermano y su amigo.

—Os deseo todo lo mejor —dijo Armaan, inclinando la cabeza hacia ella para después abrazar a Jack.

—Felicidades, hijo mío. —Su padre le dio una palmadita en la espalda y luego se inclinó para besar a Viola en la mejilla—. Bienvenida a la familia, querida.

—Gracias, me hace muy feliz unirme a su equipo.

Colin le besó la otra mejilla.

—No tanto como a nosotros. ¿Crees que podrás soportarnos, Vi?

—Creo que sí. Después de todo, siempre quise tener un hermano.

—Y yo siempre quise tener una hermana.

Entonces Viola miró a las suyas: Sarah, Georgiana y Emily. Le hubiera gustado que también estuviera Claire, pero se sentía muy agradecida por haber recuperado la cercanía con aquellas tres.

Entonces, con un nudo en la garganta, concluyó:

—Sí, tener hermanas es algo maravilloso.

Nota de la autora

uchas gracias por leerme! Deseo que hayas disfrutado del libro y que estés impaciente por tener en tus manos las siguientes novelas que también voy a ambientar en la costa de Devonshire. Yo misma estoy ansiosa por volver a las playas de Devon y confío en que tú también lo estés.

Y ahora me gustaría compartir algunas notas contigo:

Para aquellos lectores que se preguntan por qué utilizo el vocablo Devonshire a veces en lugar del de Devon, mucho más común actualmente, la razón es porque prefiero el término histórico y porque la propia Jane Austen en su novela *Sentido y sensibilidad* se refiere al condado como Devonshire.

A pesar de que no hallé una gran cantidad de publicaciones sobre la reparación del labio leporino durante el periodo de la Regencia, sí que encontré esclarecedor y, al mismo tiempo, desgarrador, leer acerca de determinados procedimientos (y supersticiones) en siglos anteriores y agradezco que las técnicas hayan avanzado enormemente y que organizaciones como Smile Train y Operation Smile ayuden a que estas sean accesibles a todo el que las necesita.

¿Has reconocido al señor y a la señora Elton, ambos personajes de *Emma*, de Jane Austen? En esta novela, la señora Elton repite varias líneas de diálogo que aparecen en la obra de Austen. Puede que también hayas reconocido varias frases de *Orgullo y prejuicio* en la conversación que escucha Viola entre sus dos hermanas. Si es así, espero que hayas disfrutado de estos pequeños homenajes a la gran Jane Austen.

En Sidmouth se celebraban partidos de cricket en los que se enfrentaban locales y visitantes, aunque en una época posterior al periodo en el que trascurre la novela. Asimismo, a pesar de que la inundación descrita es ficticia,

Sidmouth sufrió varios aluviones a lo largo de los años, y para la escena del rescate me inspiré en parte en borrosas fotografías en blanco y negro de botes navegando por las calles del pueblo para socorrer a los damnificados. De manera similar, los accidentes con máquinas de baño sucedían con cierta frecuencia en el litoral inglés, y los hombres, por regla general, se bañaban como Dios los trajo al mundo, al menos hasta la segunda mitad del siglo XIX.

Edmund Butcher, John Wallis Jr. y Emanuel Lousada son todos ellos personajes históricos, pero aparecen en la novela de manera ficcionada. El resto de personajes no pretenden representar a ninguna persona real.

Sea View, tal y como se describe, no existía en esa época, pero la mayor parte del resto de edificios a los que se hace alusión, sí.

Me gustaría mostrar mi agradecimiento a Nigel Hyman y a Ann Jones, del museo de Sidmouth, por su inestimable ayuda en la investigación y en la revisión de la novela en un momento en el que las restricciones para viajar me impedían visitar Sidmouth. Además de responder a mis preguntas por *e-mail*, también me recomendaron (y enviaron) diversos libros. Les estoy profundamente agradecida por ello.

En lo que se refiere a los libros, he confiado en gran medida en *The Beauties of Sidmouth Displayed,* del reverendo Edmund Butcher, y también me han resultado muy útiles *Old Sidmouth,* de Reginald Lane, *Sidmouth, A History,* del Museum Comittee, *Sidmouth's Prints,* de Deborah Robertson, *Sidmouth's Literary Connections,* de Nigel Hyman, y *The Georgian Seaside,* de Louise Allen, entre otros. Y en caso de que algún lector esté interesado en saber más acerca del encaje Honiton y la vida de las encajeras, le recomiendo el hermoso libro *Sidmouth's Lace,* de Carol McFadzean, un auténtico regalo para la vista.

También me siento muy agradecida por las provechosas opiniones de mi primera lectora, Cari Weber, así como por las de Anna Shay, la pianista Woytcke, la autora Michelle Griep y mi agente, Wendy Lawton. También quiero darles las gracias a mis editoras, Karen Schurrer, Rochelle Gloege y Hannah Ahlfield, al igual que a Raela Schoenherr y a todo mi equipo en Bethany House Publishers.

Para terminar, gracias una vez más por leer mis libros. Me siento en deuda con todos y cada uno de vosotros. Para más información sobre mí y sobre mis demás novelas, sígueme en Facebook o Instagram y date de alta en mi lista de correos a través de mi página web **www.julieklassen.com**.

Descarga la guía de lectura gratuita
de este libro en:
https://librosdeseda.com/